家藏文库

花间集 上

〔后蜀〕赵崇祚 编　　杨景龙 注析

中州古籍出版社
·郑州·

图书在版编目（CIP）数据

花间集/(后蜀)赵崇祚编；杨景龙注析.—郑州：中州古籍出版社，2018.8
（家藏文库）
ISBN 978-7-5348-7882-4

Ⅰ.①花… Ⅱ.①赵…②杨… Ⅲ.①词(文学)–作品集–中国–古代 Ⅳ.①I222.82

中国版本图书馆CIP数据核字（2018）第133851号

家藏文库：花间集

选题策划	卢欣欣　赵发杰
约稿统筹	卢欣欣
责任编辑	高林如
责任校对	秀　霞
封面设计	王　歌
版式设计	曾晶晶

出　版　中州古籍出版社
　　　　　地址：河南省郑州市经五路66号
　　　　　邮编：450002
　　　　　电话：0371-65788693
经　销　新华书店
印　刷　郑州市毛庄印刷厂
版　次　2018年8月第1版
印　次　2018年8月第1次印刷
开　本　640毫米×960毫米　1/16
印　张　41.75印张
字　数　530千字
定　价　78.00元（全二册）

前言

五代后蜀广政三年（九四〇），卫尉少卿赵崇祚编定《花间集》，这是中国文学史上第一部文人词总集，它的出现，标志着长短句曲子词的正式成熟。武德军节度判官欧阳炯应编者约请作《〈花间集〉序》冠于书前，旨在说明编选的缘起与宗旨，从理论的角度标示《花间》词体的美感特质与《花间》词人的创作趋向。在题材内容和美感风格上，《花间集》影响了宋词和历代词创作，其词史意义仿佛诗歌史上的《诗经》。《花间集》全书十卷，收录以温庭筠为首的十八家词人五百首词作。十八家词人中，温庭筠、皇甫松是晚唐人，和凝仕于后晋，孙光宪本是蜀人仕于荆南，韦庄、薛昭蕴、牛峤、张泌、毛文锡、牛希济、欧阳炯、顾夐、魏承班、鹿虔扆、阎选、尹鹗、毛熙震、李珣诸家，或为蜀人，或仕于蜀。缘此，《花间集》向来被视为五代十国时期西蜀词人词作的集结，这是中国早期词史上一部时代特征和地域特征鲜明的词选本。

一、《花间集》的时地特征与集序旨趣

《花间》词产生的晚唐五代，是中国古代颇有"循环"意味的历史发展过程中，又一个"合久必分"的阶段。这一时期，战乱不息，政变迭作，中原王朝国祚短暂，中原以外小邦林立，朝代轮替更换不断。政

治上没有绝对权威的乱世，往往成为中国思想文化史上自由解放的时代。唐代思想本较开放，值此乱世，正统的儒家伦理观念和道德意识，受到持续不断的冲击，对人的束缚力更为减弱。乱世人命危浅、朝不保夕的严酷现实，也进一步诱发人的个体生命意识的觉醒，使得这一时期士人们的行为更加"通脱"，性格更加"放浪"，沉溺酒色，纷纷向醉乡和翠红乡里体验个体生命的感性快乐，消解现实的压抑苦闷，"时代精神"遂"从马上转入闺房"之内（李泽厚《美的历程》）。

受到时代思想解放的影响，晚唐五代时期的文学领域里，涌动着一股反对"文以明道"，带有明显异端色彩的反功利、反教化思潮。久遭压抑的人性因"王纲解纽"而得到纾放，文学领域遂翻卷起表现人的欲望情感的洪流。从元白"艳丽浅近"的"元和体"才子小诗，到李贺、杜牧、李商隐、韩偓、吴融等人的诗歌，再到传奇小说，以及登上文坛不久的长短句曲子词，男女两性之爱、悲欢离合之情逐渐成为以上各类文体表现的一个重心和热点。尤其是李商隐密丽幽约的《无题》诗和韩偓"皆裙裾脂粉之语"的"香奁体"诗（严羽《沧浪诗话》），在题材选取、语言风格和文学精神上，已经与词体十分接近。

诗衰而词兴。新兴的音乐文学性质的长短句曲子词，因其"格卑"，免去了以言志载道为主的诗文的诸多顾忌，加上它的形式优势，言情显得更为方便，"情有文不能达，诗不能道者，独于长短句中可以委婉形容之"（查礼《铜鼓书堂词话》），所以，它代"香奁体"诗而起，发挥了更为出色的言情作用。在诸种文体里，词可以说是晚唐五代时期爱情意识寻找到的最佳文学载体。从文学史上第一个大力填词的文人作家温庭筠开始，词即多写离别相思、男欢女爱的两性情感，晚唐五代词人群起效之，形成《花间》词派。《花间集》收录多为香艳情词，烙上了鲜明的时代印记。

从地域环境的角度看，当中原王朝走马灯似的迅速更迭之时，蜀地以其得天独厚的地理位置，先后建立了前蜀、后蜀两个割据性质的政权，在长达半个多世纪的时间里，保持了相对安定承平的局面。蜀中地处秦岭以南，四面环山，形成天然屏障，这里山川秀美，气候温润，物阜民丰，号称"天府之国"。其富庶繁华在唐代即足与扬州比美，有"扬一益二"之誉。至唐末五代，蜀中已超越扬州，富甲天下。在此雄厚的物质财富积累的基础上，蜀中从上到下鼓荡着享乐奢靡之风。前后蜀主既无心力经营天下，问鼎中原，便在此温柔富贵之地耽玩逸乐，优游卒岁。上行下效，蜀中社会广泛流行着寻胜追欢、歌舞宴集的风习。这种历久不衰、自上而下弥漫于整个社会的享乐风气，正是用于宴乐演唱助兴的《花间集》小歌词得以产生、传播的适宜气候和土壤。由于中原动乱，唐末有许多士人入蜀避难定居，出仕为官，在嗜好词曲的蜀主身边，聚集起一批文士，这些陪侍蜀主"自旦至暮，继之以烛"、"杂以妇人，以恣荒宴"的文人，就是《花间》词的创作主体，一些《花间》词作，可能就是在君臣欢娱的场合创作并交付演唱，以资笑乐的。

冠于《花间集》前的欧阳炯《序》，即明确地宣示了《花间》词应歌而作的娱乐消遣功能。与《诗大序》大力阐扬"温柔敦厚"的"诗教"，标举诗歌"美刺比兴"的社会功能，推尊诗歌"经夫妇，成孝敬，厚人伦，美教化，移风俗"的伦理教化作用的旨趣不同，《〈花间集〉序》这篇为词史上第一部文人词总集而作的序文，大胆宣称自己继承的是文学史上的"南朝之宫体"诗传统，煽扬的是里巷艳曲的柔靡风调，传递出与儒家文艺观渺不相涉的"新变"观念，溢出了传统诗教的范围，显示出与诗分途的离心倾向。围绕着"娱乐消遣"这个中心，《〈花间集〉序》提出了词作的语言、音律标准，语言上要求精美，"镂玉雕琼，拟化工而迥巧；裁花剪叶，夺春艳以争鲜"，音律上要求"合鸾歌"、"谐凤律"，便于传播歌唱。序文还描述了《花间》词写作、演唱的环境场合，突出其间的富艳豪华与两性情爱因素："《杨柳》、《大堤》之句，乐府相传；《芙蓉》、《曲渚》之篇，豪家自制。莫不争高门下，三千玳瑁之簪；竞富樽前，数十珊瑚之树。""家家之香径春风，宁寻越艳；处处之红楼夜月，自锁嫦娥。"序文更强调说明了该集的编选目的，就是为"绣幌佳人"（歌女）在"绮筵公子"面前演唱这些"清绝之辞"时，更添"娇饶之态"，收到更好的娱宾遣兴的演唱效果，"将使西园英哲"们"用资羽盖之欢"，也就是让那些饮酒听歌的达官贵族、士夫文人享受到更大的官能快乐和心理满足。因此，那些为言志之诗、载道之文不屑于或不便于表现的男女私情，便可以毫无顾忌地借助不登大雅之堂的小歌词、借助歌词附着的流行通俗音乐"燕乐"，加以畅快淋漓地抒泄。

二、《花间》词的主要题材内容

配合燕乐演唱、属于流行歌曲歌词性质的五百首《花间》词，主要表现男欢女爱，花情柳思，这一点和当代流行歌曲的性质大致相近。饮食男女，古今攸同，这是由其娱乐消遣的创作动机、演唱目的所决定的。在《花间集》里，怨女思妇的离别相思之情，触目皆是。《花间》词人用"玉楼"、"小庭"、"池沼"、"花树"、"莺燕"、"鸳鸯"、"阑干"、"帘幕"、"锦屏"、"绣茵"、"冰簟"、"檀枕"、"钿钗"、"妆奁"、"麝烟"、"蜡泪"等意象，为美丽多情、寂寞忧伤的女性构筑了一个精美而狭小的生活空间。在这个封闭的空间里，从春到秋，从夜到晓，一年四季，一日朝暮，孤寂的女子或凭栏远眺，或门倚黄昏，或辗转衾绸，或慵对妆奁，始终纠结于期待、守候、盼望、失望、落空的无穷循环之中。《花间集》中这些衣饰华丽、妆容美艳、仪态柔婉、心性慵懒的女子，处于情感和欲望不能得到正常满足的饥渴状态，经受着无有了时的思念之情的熬煎折磨。这就是多数《花间》情词抒写的基本内容，大致形成了一种模式套路，凝成了一种抒情定势，无须举例印证说明。

给《花间》词中的美丽女性造成无尽的情感痛苦的当然是男子。《花间》词中的男子，多是"风流子"、"醉公子"，女性的痛苦都由此辈的不负责任所致。值得注意的是，在这辘轳回转的无尽痛苦折磨之中，耽溺情薮的《花间》词中女子，也有了对异性、对感情、对人生、对命运的某种程度的觉悟。顾夐《浣溪沙》"薄情年少悔思量"，魏承班《满宫花》"少年何事负初心"，孙光宪《浣溪沙》"争教人不别猜嫌"，均写女子为情所累的烦恼怨悔、困惑追问，这正是女子理性意识开始觉醒的标志。孙光宪《清平乐》"终是疏狂留不住"，则是女子从一次次痛苦的经历中总结出的沉痛经验，是对男人心性的本质认识。孙光宪的《谒金门》最有情感和心理深度："留不得。留得也应无益。白纻春衫如雪色。扬州初去日。　轻别离，甘抛掷。江上满帆风疾。却羡彩鸳三十六，孤鸾还一只。"词中展现女子别时怨尤无奈、矛盾痛苦的复杂心情，见出对人心和命运、对事物和情感本质的洞察透彻。于是，在可能的情况下，女子甚至积极行动起来，尝试主动改变自己的生存境遇，改变被动承受的命运，尹鹗《菩萨蛮》"上马出门时。金鞭莫与伊"二句，即写女子自救的努力，但采取这种抗争方式实堪悲悯，其间似乎更多娇妒的意味，显然不能解决根本问题。也就是说，在女性没有取得社会、经济、人格独立的时代，即便觉醒，也无出路，柔弱的《花间》女子，的确是"无计那他狂耍婿"（顾敻《玉楼春》）的。

当然，《花间》词中的男子，也不全是"浪子"、"荡子"。有"怨女"就有"痴男"，从男性角度切入抒情的一些词作，多表现他们用情的深挚专一。顾敻《浣溪沙》"露白蟾明又到秋"写男子对女子的思念，阎选《浣溪沙》"寂寞流苏冷绣茵"写男子单恋，读来十分感人。特别是韦庄那些带有自叙传性质的情词，如《女冠子》二首、《荷叶杯》二首等，无不情真意挚，深切动人。尤其难能可贵的是，韦庄还在《归国遥》等词中多次写到自己的"愧"意，是一份非常难得的思想感情。在古代男权社会里，男人对女子任意而为，轻易抛掷，游乐不归，把不负责任当作风流潇洒。他们似乎认为这一切天经地义，从来都不曾扪心自问，感到过愧疚。所以，韦庄对空闺独守的女子，所生出的这一份真切的"愧"意，乃是几千年历史上稀有的极具人性深度的情感，值得予以充分的重视与肯定。

《花间》情词里还有不少写邂逅生情的作品，并不给人以轻浮之感。如韦庄《思帝乡》"春日游"，张泌《浣溪沙》"晚逐香车入凤城"、"小市东门欲雪天"，牛希济《临江仙》"柳带摇风汉水滨"，孙光宪《菩萨蛮》"木绵花映丛祠小"，《生查子》"暖日策花骢"，《风流子》"楼倚长衢欲暮"，李珣《南乡子》"沙月静"、"相见处"等皆是。这类作品，可让我们具体了解那一时代人们情感生活的某些真实状况。因词中所写是乍见初遇，是第一印象，往往体验更为饱满，情绪更为强烈，创生的美感也更为鲜活。在一些民歌性质的作品中，这种乍见生情被表现得更加淳朴生动，如温庭筠《河传》、皇甫松《采莲子》，其清新质朴的风格，仿佛采莲民歌。再如欧阳炯《南乡子》其二，李珣《南乡子》其七、其十，表现的南粤地方青年男女爱情方式，均很有风俗画意味。

《花间》词中的情爱表现，具有明显的泛化倾向。在《花间》词人的笔下，竟然出现了艳情化的"宫怨"文本，尹鹗《满宫花》中的"帝子"竟是冶游寻欢的"浪子"，这样的写法前所未有。宗教题材的作品，更是大面积染上了浓重的艳情色彩。如《女冠子》、《临江仙》、《河渎神》、《天仙子》、《巫山一段云》诸调，各家虽大多题咏本调，但就题发挥之时，往往和男女之情夹缠不清，透射出已融入《花间》词人潜意识的荒荒云雨之欲和恋恋红尘之念。《花间》词人和词中男女，皆为"本我"而非"超我"，他们的人格真面，在这类似"化装舞会"的词作里，被读者看觑得愈加清晰。《花间》情词中还有一些较为"特殊"的作品，如牛峤《菩萨蛮》"玉楼冰簟鸳鸯锦"，欧阳炯《浣溪沙》"相见休言有泪珠"，皆写床笫之欢，典型地体现了序中"南朝之宫体"、"北里之倡风"的词学主张，被况周颐评为"自有艳词以来，殆莫艳于此矣"（《蕙风词话》卷二）。还有和凝《柳枝》写耳鬓厮磨之亲昵，阎选《虞美人》写男女幽会之狂欢，李珣《虞美人》"金笼鹦报天将曙"写偷欢起迟，孙光宪《浣溪沙》"乌帽斜倚倒佩鱼"写青楼冶游，词作的认识价值都大于审美价值，有了这一类词，可以让人了解那一时代的社会生活的某些细部。还有尹鹗的《醉公子》结句"何处恼佳人。檀痕衣上新"，写妻子搀扶醉酒归来的丈夫时，发现丈夫衣服上留有唇膏印痕，让她气恼莫名。这是一个很有表现力的细节描写，甚至可以沟通现代社会的某些场景，能让读者对人性本能、家庭关系和夫妻伦理，会心莞尔。

《花间》情词虽有少数浮薄之作，但多数作品并未停留在追逐欲望满足的浅层次，而是由欲到情，表现出人类爱情心理中专注思念的忧伤寂寞之美。这些情词中的男女主人公，大都具有精神向度与心理深度。温庭筠《更漏子》"知我意，感君怜。此情需问天"，韦庄《浣溪沙》"夜夜相思更漏残",顾夐《玉楼春》"镇长独立到黄昏",孙光宪《更漏子》"此情江海深"等,皆情深一往,执着不渝。张泌《浣溪沙》"此情谁会倚斜阳",毛熙震《河满子》"独倚朱扉闲立,谁知别有深情",孙光宪《浣溪沙》"蕙心无处与人同",均是情有独钟,意有专属,芳心自持,幽独自守,非浮花浪蕊所可比数。还有两处文本里出现了"诗"字,它们是顾夐《荷叶杯》"我忆君诗最苦",魏承班《诉衷情》"诗情引恨情"。"诗"不仅是由欲到情迁移升华的结晶,同时也表征着人的情感、精神品位之高度。

《花间》情词的精神向度与心理深度,或体现为词人想象力的展开,或落实到表现手法的层面。前者如毛文锡《醉花间》其二,后者如和凝《临江仙》"披袍窣地红宫锦"。最典型的作品是张泌《浣溪沙》其六:"枕障熏炉隔绣帏。二年终日两相思。杏花明月始应知。 天上人间何处去,旧欢新梦觉来时。黄昏微雨画帘垂。"《花间》情词对精神向度和心理深度的表现,到此已是"蔑以加矣",此等笔力,直欲将古今痴情之人一网打尽。词笔已然触及人类面对两性情感的终极迷惘,让人感叹"一阴一阳之谓道",措语犹浅。这样,我们就可以把话题进一步引向深入。在《花间集》众多看似浅近世俗的情词里,含蕴着一些容易被忽略的比情感心理更深层次的内容。《花间》情词总是借助描写客观的季节、天气、时令、花柳、禽鸟,来烘托、唤起人的主观情绪,将情感与季节、心理与风物对接。如孙光宪《虞美人》"翠櫋愁听乳禽声。此时春态暗关情。独难平",季节与人情之间,有着深刻的内在感应。顾夐《虞美人》"深闺春色劳思想。恨共春芜长",到此地步,奚分景语抑或情语,客体抑或主体。和凝《菩萨蛮》"越梅半拆轻寒里"写闺中春思,也是把怀春之情放置于季节的背景之上加以表现的。所以说,要想真正探得《花间》情词主客对应的深度内蕴，需从"比德论"入手，将一般性的理解诠释上升到人与自然异质同构的生命哲学高度。

《花间》情词是词史上"词为艳科"这一理论观点形成的基础。李冰若先生《栩庄漫记》、吴世昌先生《诗词论丛》、詹安泰先生《宋词散论》皆分《花间》词人为各具特色之三派，但在写作艳丽情词这一点上，十八家却表现出了高度的相似性，共同组成一个"《花间》派"。历代词论家评《花间》词人，无不瞩目他们"精艳"（刘熙载《艺概》）、"凄艳"（陈廷焯《云韶集》）、"莹艳"（李冰若《栩庄漫记》）、"幽艳"（沈雄《古今词话》）、"富艳"（李冰若《栩庄漫记》）、"香艳"（姜方锬《蜀词人评传》）、"浓艳"（李冰若《栩庄漫记》）、"侧艳"（李冰若《栩庄漫记》）、"冶艳"（张德瀛《词征》）、"婉艳"（姜方锬《蜀词人评传》）的风格。正是肇基于《花间》情词题材、语言、风格之"艳丽"，才形成了词学领域"词为艳科"、"别是一家"的词体观，影响并制约着此后千年词史的创作实践与理论批评。尊《花间集》为"倚声填词之祖"（陈振孙《直斋书录解题》），可谓宜甚！

三、《花间》词题材内容的丰富性

如果《花间》词仅如上所论，只在男女情爱的天地里打转的话，那么其所表现的题材领域确实太过狭窄。爱情虽然是文学艺术的永恒主题，但毕竟远不是生活的全部，因此不应该也不可能成为文学艺术表现的全部内容。说《花间集》是女性和爱情的世界，只是言其大略。情词在《花间集》里占有压倒的比重，是不争的事实，但其他类别的词作，诸如边塞题材、隐逸题材、怀古题材、科举题材、南粤风土等，在《花间集》

中也都得到了程度不等的表现。

边塞题材有温庭筠《定西番》"汉使昔年离别"、"细雨晓莺春晚",《遐方怨》"凭绣槛",《蕃女怨》"万枝香雪开已遍"、"碛南沙上惊雁起",《诉衷情》"莺语",韦庄《木兰花》"独上小楼春欲暮",牛峤《定西番》"紫塞月明千里",毛文锡《甘州遍》"秋风紧",《河满子》"红粉楼前月照",顾敻《遐方怨》"帘影细",孙光宪《酒泉子》"空碛无边",《定西番》"鸡禄山前游骑"、"帝子枕前秋夜",毛文锡《醉花间》"休相问"等十五首,佳者雄烈悲壮,有类盛唐边塞诗。隐逸题材有和凝《渔父》"白芷汀寒立鹭鸶",顾敻《渔歌子》"晓风清",孙光宪《渔歌子》"草芊芊"、"泛流萤",李珣《渔歌子》"楚山青"、"荻花秋"、"柳垂丝"、"九疑山",《南乡子》"云带雨"等九首,其闲适疏旷、逍遥自放的旨趣,有着明显的道家思想影响痕迹。怀古题材有韦庄《河传》"何处。烟雨",薛昭蕴《浣溪沙》"倾国倾城恨有余",毛文锡《柳含烟》"隋堤柳",欧阳炯《江城子》"晚日金陵岸草平",和凝《临江仙》"海棠香老春江晚",孙光宪《河传》"太平天子"、"柳拖金缕",《后庭花》"景阳钟动宫莺啭"、"石城依旧空江国",《思越人》"古台平"、"渚莲枯",《杨柳枝》"万株枯槁怨亡隋",鹿虔扆《临江仙》"金锁重门荒苑静",毛熙震《临江仙》"南齐天子宠婵娟",《后庭花》"莺啼燕语芳菲节",李珣《巫山一段云》"古庙依青嶂"等十六首,这说明《花间》词人并没有完全忘记历史和现实,古代士人究心治乱、忧念天下的传统,在频繁出入于歌宴舞席的《花间》词人身上,还能依稀看到。科举题材有韦庄《喜迁莺》"人汹汹"、"街鼓动",和凝《小重山》"正是神京烂熳时",薛昭蕴《喜迁莺》"残蟾落"、"金门晓"、"清明节"等六首,内容上涉及了礼部南院五更发榜、举子看榜、成进士者杏园探花、曲江欢宴、跨马游街，以及贵家女眷扎结彩楼、万人空巷争睹新进士风采等唐五代科举故实，表现了唐五代时期士子们热衷科名的普遍价值取向。南粤风土有欧阳炯《南乡子》八首，李珣《南乡子》十首，加上毛文锡《中兴乐》"豆蔻花繁烟艳深"、孙光宪《菩萨蛮》"青岩碧洞经朝雨"、《八拍蛮》"孔雀尾拖金线长"三首，共计二十一首。在"采丽竞繁"的《花间》词林，这些南粤风土词，用朴素清新的笔调描写南粤风光，有着特殊认识和审美价值。组词中的地名意象如"越南"、"南中"、"越王台"、"采香洞"等，动植物意象如"孔雀"、"大象"、"猩猩"、"珍珠"、"红豆"、"荔枝"、"豆蔻"、"桄榔"、"椰子"等，在古典诗词意象系列里较少出现，富有鲜明的南粤地域特色，洋溢着浓郁的异域情调，读之新人耳目。

此外诸如孙光宪《风流子》"茅舍槿篱溪曲"写农村风光，毛文锡《浣溪沙》"七夕年年信不违"写节令，毛熙震《菩萨蛮》"绣帘高轴临塘看"写时间生命意识，皇甫松《摘得新》二首、韦庄《菩萨蛮》"劝君今夜须沉醉"抒人生感慨，皇甫松《梦江南》"兰烬落"、韦庄《清平乐》"春愁南陌"写游子乡愁，温庭筠《酒泉子》"日映纱窗"、"楚女不归"写游女乡思，毛文锡《月宫春》"水精宫里桂花开"写神话想象，和凝《小重山》"春入神京万木芳"写都市繁华，以及《女冠子》、《河渎神》等词调写宗教题材，上述类别虽有某些篇子略沾艳色，但都算不上真正的情词，值得读《花间》情词产生"审美疲劳"的读者，予以特别的关注。

综上各类，《花间集》中的非艳情词计有一百二十首左右，比重超过《花间集》总首数的五分之一，这个比例已经不算很小。《花间》词"题材狭窄"云者，看来也只能是相对而言了。由上面的简单分类评介，我们可以清楚地看到,《花间》词的取材范围,和历代古典诗词基本是一致的,并不显得特别狭窄。我们不能囿于成见,戴着一副"有色"眼镜去看《花间集》,而应该通过扎实具体的分析比量,实事求是地给出一个恰如其分的评价。其实,真正有特殊价值、全新美感的作品,不一定非得占到多数,比如开豪放词风的东坡词,真正能称得上豪放的作品,在存词总数三百五六十首的《东坡乐府》里,充其量也就是一二十首吧。但这并不影响豪放词风的形成,并不影响东坡词"自是一家"(苏轼《与鲜于子骏书》)。因此,我们也就没有必要斤斤于非艳情类词作在《花间集》里的数量多少了。

四、《花间》词的艺术表现

前人对于《花间》词艺、词风,发表过许多很好的看法,诸如"情真而调逸,思深而言婉"(晁谦之《花间集跋》)、"《花间》以小语致巧"(王世贞《艺苑卮言》),"香而弱"(沈曾植《菌阁琐谈》引王士禛语),"《花间》字法,最着意设色"(王士禛《花草蒙拾》),"工致而绮靡"(邹祗谟《远志斋词衷》)等,虽角度不同,皆切中肯綮,给我们提供很多重要的启示,足资借鉴。我们认为,要想较为准确全面地把握《花间》词艺、词风,需要采取辩证、相对的思路,从以下几个方面入手进行具体的比较分析。

一是秾艳与清丽。温庭筠居《花间》十八家词人之首,号称"《花间》鼻祖"(王士禛《花草蒙拾》),他的词是《花间》诸家效法的楷模。讨论《花间》词艺、词风,温庭筠词最具典范意义。温词语言风格的最大特点就是秾艳,喜用丽字,涂饰抹画,敷彩着色。如《菩萨蛮》其一:

"小山重叠金明灭。鬓云欲度香腮雪。懒起画蛾眉。弄妆梳洗迟。　　照花前后镜。花面交相映。新帖绣罗襦。双双金鹧鸪。"全词的色彩感极强，富艳精美，下字造语，显得"极为绮靡"（胡仔《苕溪渔隐丛话》）。温词中此类丽字艳语最多，诸如"水精帘里颇黎枕。暖香惹梦鸳鸯锦"（《菩萨蛮》其二）、"翠翘金缕双鸂鶒。水纹细起春池碧"（《菩萨蛮》其四）、"香玉。翠凤宝钗垂簏簌。钿筐交胜金粟。越罗春水渌"（《归国遥》）、"脸上金霞细，眉间翠钿深"（《南歌子》）、"金带枕。宫锦。凤凰帷"（《诉衷情》）等，可谓比比皆是。温词语言的秾艳绮丽，普遍影响了《花间》词人。即使总体语言风格趋于"清淡"的韦庄，亦有许多绮词丽语，说"端己之视飞卿，离而合者也"（陈廷焯《白雨斋词话》），确有见地。其他词人如牛峤"大体皆莹艳缛丽，近于飞卿"，欧阳炯"极为秾丽……上承温飞卿，艳而近于靡也"，和凝"其词有清秀处，有富艳处，盖介乎温韦之间也"，顾敻"词秾丽，实近温尉"，魏承班"浓艳处近飞卿"，阎选"词多侧艳语，颇近温尉一派"，毛熙震"其词秾丽处似学飞卿"（李冰若《栩庄漫记》）。可知《花间》词人群，普遍笼罩在温庭筠秾丽绮艳的语言风格的影响之下。

当然，温词并非一味秾艳绮丽，他时常用清辞淡语以为调剂，使他的"蹙金结绣"之词，不至于浓到化不开的程度。一般而言，温词描写女性首饰妆容、居室环境多用丽语，写景多用清辞，如他的《菩萨蛮》其十："宝函钿雀金鸂鶒。沉香阁上吴山碧。杨柳又如丝。驿桥春雨时。画楼音信断。芳草江南岸。鸾镜与花枝。此情谁得知。"词用丽语描写女子妆奁首饰、容貌与闺阁居处环境之美，用清辞描写吴山碧色、芳草江南的远景，与杨柳如丝、驿桥春雨的近景。后者对浓稠的"丽语"起到了极好的调剂稀释作用。此类浓淡相济之处，在温词中甚多。其他

《花间》词人亦大抵如此。

与温庭筠齐名并称的韦庄，作为"飞卿之流亚"（陈廷焯《云韶集》卷一），在《花间》词人群中处于关键的位置。《花间》词人非并世而出，他们的年辈相差三到四代人。温庭筠卒于《花间集》编成之前约七十年，成为"《花间》鼻祖"，实际上出于某种追认。韦庄年辈介于温庭筠和其他多数《花间》词人之间，他继承温庭筠写作艳词，引导蜀中词人群起效温，终至形成了《花间》词派。所以在《花间集》里，他排在两位唐人温庭筠、皇甫松之后，而处于西蜀词人之前，总领西蜀词人，可以说是连接温庭筠与西蜀词人的一座桥梁。韦庄学温而形成自家面目，在总体语言风格上，偏于清丽，与温庭筠的秾艳不同。所以词论家有"飞卿，严妆也；端己，淡妆也"之评（周济《介存斋论词杂著》）。他的《菩萨蛮》五首、《归国遥》二首、《荷叶杯》二首、《女冠子》二首等，均当得起"清艳绝伦，如初日芙蓉，晓风杨柳"之誉（顾宪融《词论》）。他的《菩萨蛮》其一，被唐圭璋先生评为"清秀绝伦"，认为它虽"与温词之浓艳者不同，然各极其妙"（《唐宋词简释》）。韦庄的语言风格，也吸引了《花间》词人学习模仿，欧阳炯、毛文锡、牛希济、孙光宪、李珣诸家词，总体语言风格不似温词秾艳，而与韦庄的清丽为近。

二是深隐与疏朗。从抒情方式和效果来看，温词深隐，韦词疏朗。张惠言《词选序》说"温庭筠最高，其言深美闳约"，周济《介存斋论词杂著》说温词"酝酿最深"，均为有得之论。他的《菩萨蛮》其一，写闺中独处的美艳女子晨起懒于梳妆，陈廷焯《白雨斋词话》评曰"无限伤心，溢于言表"，似觉言重。但那慵懒迟缓的起床梳洗的动作情态，确实暗示着词中女子一段隐约难言的心曲。词至结句方借"双双金鹧鸪"的衣饰图案以为反衬，暗点题旨，然终不说破。全词以描写代抒情，典型地体现了温词"深美闳约"、"酝酿最深"的表现特点。他的《菩萨蛮》其二、《更漏子》其五也是较为典型的作品。

　　导致温词表情深隐的原因,有以下几个方面:其一是辞藻过于秾艳,即所谓"密丽"。艳词丽藻在某种程度上遮蔽了语言背后的意蕴,如《菩萨蛮》其二,只见香闺陈设的富丽和女子妆容的美妍,"暖香惹梦"所言者何?钗饰的轻微颤动又透出女子怎样微妙的心理?思之思之,似乎还是不知所以。藻采秾艳如乱花迷眼,分散了读者的注意力,反而不去深究词意了。其二是注重写心理印象,词的结构不主故常。这使得温词意象、词句常有跳转,时现断接,给解读带来不小的困难。如他的《更漏子》其五,每一句的画面色彩均可见可感,但到底是写远行还是写归家,是写送别还是写行役,是写游子见闻还是写思妇望归,颇难论定。而不管作哪一种理解,都会出现前后不接、彼此龃龉的说不圆处。这种写法和秾丽的藻饰一起,不仅影响了宋代周邦彦、吴文英等"风格尚艳尚密的大家"(刘扬忠《唐宋词流派史》),而且跨越古今,影响了二十世纪三十年代的现代主义诗人(废名《谈新诗》)。其三是创作主体潜意识心理的渗透。温词里的女性,无不衣饰华艳,仪容姣好,然却体态慵懒,情绪低迷,她们丽色不偶,空闺独守,外表美丽而内心寂寞。贵族女性如此,民间采莲女亦然。温庭筠笔下的这些女性身上,确有他自己心灵隐秘的投射。以女子之丽色,比士子之长才,以女子的丽色不偶,比士子的怀才不遇,乃是古典诗词的惯常思路。词人才华杰出,但一生坎坷,沉沦下僚,心中蕴蓄的寂寞忧伤之感无以抒泄,在作词时有意无意地渗入笔下女性人物身上,深合创作主体的心理发生机制。正是这一层原因,导致了温庭筠部分词作题旨的难以索解,也让清代常州词派在倡言"比兴寄托"说时,得以借重温词,以之为立论依据,并从中抽绎出了不无拔高之嫌的"《离骚》'初服'之义"（张惠言《词选》）。

夏承焘先生尝比较温韦差异云："温词较密，韦词较疏；温词较隐，韦词较显。"（《论韦庄词》）与温庭筠的深密隐约不同，韦庄词表情显得较为疏朗明晰。这有前文谈到的语言层面的因素，还有诗学背景在起作用。温庭筠诗学梁陈宫体、六朝辞赋、长吉歌诗，以之作词，故而藻采秾艳，旨趣深密。韦庄诗学白居易，以平易浅近为宗，把写诗的方法拿来填词，自然疏而不密，显而不晦。温庭筠词多代言女性，韦庄情词则带有自叙传性质，如他的联章体《女冠子》二首，前章忆旧，后章记梦，梦境与回忆异常分明："四月十七。正是去年今日"，言之凿凿；"忍泪佯低面，含羞半敛眉"，"依旧桃花面，频低柳叶眉"，历历如绘。词中所写，就是词人自己的情感经历和体验，故能生动真切如此。他的《荷叶杯》"记得那年花下"，铭心难忘的也是早年一次萍水相逢的爱情邂逅。《菩萨蛮》其二、其三，都是写自己青壮年时期浪游江南的亲身经历体验，所以格外真切动人。

韦词表情疏朗的成因，主要是其自叙传性质，写个人亲历之事，表露自己的爱情心理。温词里的抒情主人公，大都是美丽忧伤的女性，韦词里的抒情主人公，往往就是词人自己；温词里词人隐身于女子背后，几乎从不出场，韦词里词人走到了前台，直接抒情，词情缘此变得明晰，词的抒情力度也缘此得以加强。情爱之外，韦庄还在词里直抒人生感慨，如他的《菩萨蛮》"劝君今夜须沉醉"；或感叹朝代兴亡，如他的《河传》"何处"。此后的《花间》词人张泌、和凝、顾夐、孙光宪、阎选、尹鹗、毛熙震、李珣等，都有自道经历体验的情词，或有咏史、隐逸词摅怀寄意，走的都是韦庄的路子。其中孙光宪、李珣的表情方式，总体上接近韦庄。文本里的抒情形象与文本的创作主体合一，这原是诗歌的表现方式，韦庄把它引入词中，不仅为《花间》词人效法，而且通过南唐词，普遍地影响了宋代词人。

三是香弱与劲健。清人王士禛用"香弱"二字，形容《花间》词体特征，可谓准确传神。"香弱"的词体风格，是由《花间》词人的题材选取、语言使用、表现手法所决定的。《花间》词多写闺阁女性，用雅洁优美的语言，通过描写时令物候、季节天气烘托渲染，描写闺阁环境、衣饰妆容、动作表情衬托暗示，含蓄而又细腻地表现她们怨别伤离、惜春悲秋的幽深情感、幽眇心理、幽微意绪，形成《花间》词体"香弱"的风格特点。如温庭筠《菩萨蛮》其六，词写离别相思，均取侧笔，暮春天气里的女子体态慵懒，情思娇弱，是一首体现《花间》词"香弱"体格的典型作品。慵倦无力之外，《花间》词中多有女性的"娇羞"、"泥人"情态描写，也是"香弱"的表现。顾夐《荷叶杯》其四写幽会情景，风情万种的魅惑里，尽显少女的柔弱娇羞，可谓"香弱"极矣。

情词之外，咏史怀古、宗教题材、南粤风土、江湖隐逸等类别的词作，也都程度不同地沾染香艳色彩，显示出某种"香弱"的格调。和凝《渔父》"香引芙蓉惹钓丝"一句，堪为"香弱"二字形象的注脚。《花间》"香弱"体格影响深远，它和《花间》词离别相思的题材选取，秾艳倩丽的语言运用，含蓄婉转的抒情手法一起，凝定为词体的最高范式，成为后代词人追摹难及的典范。不仅是宋初晏欧小令，宋代婉约词整体处于它的渗透笼罩之下。明人杨慎的《升庵长短句》、陈子龙的《湘真词》，清人王士禛的《衍波词》、纳兰容若的《饮水词》等，均为《花间》"香弱"词格的异代嗣响。更为重要的是，它肇始了贯穿千年词史的词"别是一家"的"本色论"和"正变论"，以婉约为本色、以婉约为词体之正的理念，深植于词人、词论家的潜意识，使他们推尊本色、崇正抑变，几乎本能地排斥、贬低以诗为词、以文为词的豪放之作。《花间》"香弱"体格的影响，功与过密不可分，同样巨大而深远。

正如情词在相当大的程度上并不能代表《花间》词题材内容的全部，《花间》词体，也远非"香弱"二字可以括尽。温庭筠的词中，比较质直的、较有情感力度的抒情即已出现。论者时常谈及的《梦江南》其一的起句"千万恨，恨极在天涯"，其二的结句"肠断白蘋洲"，自不待言；还有人们不大谈论的《南歌子》"不如从嫁与，作鸳鸯"，其情感表达与韦庄《思帝乡》"妾拟将身嫁与"可有一比。再如他的《清平乐》"洛阳愁绝"赋别，悲感之中自有豪气涌动，在温词中洵为别调，与"香弱"渺不相涉。韦庄词的自叙传性质，使这种直白劲质的抒情更为常见，如他的《菩萨蛮》其二"未老莫还乡。还乡须断肠"，其三"此度见花枝。白头誓不归"，均直抒胸臆，如同赌咒发誓，既不"香弱"，也不含蓄。他代言体的《思帝乡》其二，可说是唐五代词"爱情奏鸣曲"中的一个最响亮的音符，词中少女源自本能的情感如火山爆发、洪水溃堤，震撼人心，丝毫不见"香弱"的影子。

温韦之外，《花间》词中以劲健之笔抒情者多有。如毛文锡《醉花间》起句，毛熙震《南歌子》起句，顾敻《酒泉子》上片等，都是质言重笔。孙光宪词总体上可视为《花间》词"香弱"体格的"滋补"，陈廷焯曾指出："孟文词在五代时最显气格"（《云韶集》卷一），"孙孟文词，气骨甚遒，措语亦多警炼"（《白雨斋词话》卷一）。他的《河满子》"冠剑不随君去，江河还共恩深"，《思帝乡》"如何。遣情情更多"，《谒金门》"留不得。留得也应无益"等，均是一起有力，顶点抒情，与《花间》常见的含蓄柔婉不是一副笔墨。孙光宪词可为《花间》词"香弱"体格"补钙壮骨"的"清健"词风，极受詹安泰先生推崇，他认为

"孙词有一种特色，飘忽奇警，矫健爽朗，是温、韦所不能范围的。这种艺术风格，正可以和温、韦鼎足而三"，并进而指出孙词的词史影响："张先、贺铸的小词，其警健处，往往从孙词出；即号称继承温词的周邦彦，也有神似孙词的。"（《宋词散论》）.

四是小语致巧与大笔濡染。清人尝谓"《花间》逸格，原以少许胜人多许"（杨芳灿《纳兰词序》），指出了《花间》词艺术表现上的一个突出特点。《花间集》所收皆小令，无慢词长调，体段有限，章句短小，必然追求含蓄蕴藉、以少胜多的抒情效果，这就对语言的表现力提出了更高的要求。所谓"《花间》小语致巧"（王世贞《艺苑卮言》），从积极方面来理解，就是指《花间》词要在有限的篇幅字句内，追求语言的巧妙灵动、风致韵度，以使作品具有更高、更充分的表现力。《花间》词因"小语致巧"，名章隽句间见层出，时常给读者带来新鲜甚至惊喜的美感享受。这里借鉴词话的"摘句批评"方式，分写景、写人、抒情几类，各拈数例，略加评鉴。

先看写景隽句：鹿虔扆《虞美人》"绿嫩擎新雨"五字，摹写亭亭田田的嫩荷上雨珠点点，"何等鲜脆"（萧继宗《评点校注花间集》），再读周邦彦《苏幕遮》"叶上初阳干宿雨。水面清圆，一一风荷举"，转觉费力。李珣《浣溪沙》结句"断魂何处一蝉新"，写新蝉一声，蓦然惊秋，令人魂断，言外含有不尽之意，可谓"情境交融，尽遗俗腐"（萧继宗《评点校注花间集》）。次看写人隽句：韦庄《浣溪沙》"一枝春雪冻梅花。满身香雾簇朝霞"，对女子形象不作具体、静态的细致刻画，运用比拟形容其仿佛，留给读者更大的审美想象余地。李冰若先生赞曰："善于拟人，妙于形容，视滴粉搓脂以为美者，何啻仙凡。"（《栩庄漫记》）萧继宗先生进一步指出："不独写美人容貌，亦极状美人标格。象征手法，可云高绝。"（《评点校注花间集》）李珣《临江仙》"小池一朵芙蓉"，运用比拟修辞，写女子临镜梳妆，"是人是花，一而二，二而一。句中绝无曲折，却极形容之妙"（况周颐《蕙风词话》）。再看抒情隽句：孙光宪《生查子》"绣工夫，牵心绪。配尽鸳鸯缕"，写闺中女子为绣鸳鸯图案而精心搭配彩线。"牵心绪"三字，明说牵心于刺绣，实乃因所绣为"鸳鸯"而牵动怀春的心绪，含蓄微妙，颇耐寻味。论者指出："'牵心绪'三字，虽寻常语，但与上下文相融合，便不寻常。"（萧继宗《评点校注花间集》）顾敻《诉衷情》结句"换我心、为你心。始知相忆深"，更是脍炙人口。其感情强烈，语言质朴，全用白描，直探人心。此三句"乃人人意中语，却能说出，所以可贵"（刘永济《唐五代两宋词简析》），被誉为"透骨情语"。在此需要强调的是，这三句虽是直言质语，但仍复有曲折含蓄，不止如一些论者所乐道的仅是爱之深切强烈的表现，这其中也包含着女子难遏的怨艾之意，正因为负心男子太无心肝，不知体谅珍惜，所以才需"换心始知"。这种直中有曲的笔法，正是《花间》"小语"隽句艺术上的"高处"。

隽句之外，"小语"还应包括《花间》词的篇章格局之小，可参本书文本"简析"，此处不赘。由上举例分析，可知《花间》"小语"确如刘熙载所言"虽小却好"（刘熙载《艺概》）。但刘熙载紧接着下一转语曰"虽好却小"，即辩证地指出了《花间》词"小语致巧"的局限性。"小语致巧"的负面，就是前人指出的《花间》词"犹伤促碎"、"有句无篇"等流弊。所以读《花间》词尚不能仅止满足于赏其"小语"的风致巧思，而应该放开眼光，更多关注《花间集》中那些虽不够多但似乎更有价值的大笔濡染之篇句。

《花间》"致巧"的"小语"，主要出现在情词里。题材类别转换，

"小语"即转成"大笔",说明《花间》词人是有着更大的艺术魄力,具备多副笔墨手腕的。边塞之作如温庭筠《蕃女怨》"碛南沙上惊雁起",牛峤《定西番》"紫塞月明千里",毛文锡《甘州遍》"秋风紧",孙光宪《酒泉子》"空碛无边"、《定西番》"鸡鹿山前游骑"等,其意象、风格、境界与唐代边塞诗几无差别。牛峤《定西番》"紫塞月明千里",词写征人乡愁,化用盛唐边塞诗的语汇意象,追摹盛唐边塞诗的悲壮风格和宏大意境,仿佛"盛唐诸公《塞下曲》"(卓人月《古今词统》),是《花间集》中难得一闻的大声镗鞳的"盛唐遗音"(沈雄《古今词话》引陆游语)。隐逸之作如孙光宪《渔歌子》其二描写湖上夜景,渔父迎着浩荡的长风,吹奏清越的渔笛,但见眼前万顷金波滉漾,一片水月空明,境界空阔浩大,宋张孝祥《念奴娇·过洞庭》词句"玉鉴琼田三万顷,着我扁舟一叶。素月分辉,明河共影,表里俱澄澈",所写与之相似。宗教题材如牛希济《临江仙》"洞庭波浪飐晴天",起二句视界开阔,秋日洞庭涌浪连空、水天相接的浩瀚气势,尽收笔底。过片二句洞庭月夜景色描绘,更有神韵,万里平湖,水月辉映,星斗垂影,冷光相射,意境清旷莹澈,而又幽渺浑茫。其实,即便在《花间》情词里,也不乏阔大的句境,如温庭筠《菩萨蛮》其二:"江上柳如烟。雁飞残月天。"其九:"满宫明月梨花白。故人万里关山隔。"韦庄《菩萨蛮》其二:"春水碧于天。画船听雨眠。"薛昭蕴《浣溪沙》其六:"月高霜白水连天。"张泌《河传》其一:"渺莽云水。惆怅暮帆,去程迢递。夕阳芳草,千里万里。雁声无限起。"孙光宪《菩萨蛮》其四:"一只木兰船。波平远浸天。"李珣《菩萨蛮》:"残日照平芜。双双飞鹧鸪。"等等。上举大笔濡染、境界宏阔的篇句,放置在宋代苏辛为代表的豪放词中,似也略无逊色。那么,在宋人普遍"以《花间集》为长短句之宗"的接受视野里

（陈善《扪虱新话》），《花间》词的影响就不会仅只局限于婉约词人，词人们也不会只是摹习它的言情、香弱、小巧等特色。宋人对《花间》词阔大境界的传承，与他们对《花间》边塞词、怀古词、隐逸词、风土词的传承一起，都将是《花间集》在宋代的影响史与接受史的题中应有之义。宋代豪放词的词史源头，当亦不能自外于《花间》词中的大笔濡染之篇句。

以上从几个大的方面，对《花间》词艺、词风进行了辩证相对的讨论。其他如写实与寄托、联章与叙事、虚实与离合、母题与原型模式、拟作效体与互文性、人物描写与心理刻画、宫体余习与民歌风味、就美的效果写美、情词词境构建，以及体调特点、语言瑕疵等，散见于注释、简析之中，读者可自行参酌，此处不再详说。

杨景龙

二〇一六年九月

目　录

卷一

温庭筠 五十首

菩萨蛮(小山重叠金明灭) ……… 1

其二(水精帘里颇黎枕) ……… 5

其三(蕊黄无限当山额) ……… 7

其四(翠翘金缕双鸂鶒) ……… 9

其五(杏花含露团香雪) ……… 11

其六(玉楼明月长相忆) ……… 13

其七(凤凰相对盘金缕) ……… 15

其八(牡丹花谢莺声歇) ……… 17

其九(满宫明月梨花白) ……… 18

其十(宝函钿雀金鸂鶒) ……… 20

其十一(南园满地堆轻絮) … 22

其十二(夜来皓月才当午) … 24

其十三(雨晴夜合玲珑日) … 25

其十四(竹风轻动庭除冷) … 27

更漏子(柳丝长) ……………… 29

其二(星斗稀) ………………… 31

其三(金雀钗) ………………… 32

其四(相见稀) ………………… 33

其五(背江楼) ………………… 35

其六(玉炉香) ………………… 37

归国遥(香玉) ………………… 39

其二(双脸) …………………… 41

酒泉子(花映柳条) …………… 42

其二(日映纱窗) ……………… 43

其三(楚女不归) ……………… 45

其四(罗带惹香) ……………… 46

定西番(汉使昔年离别) ……… 47

其二(海燕欲飞调羽) ………… 49

花间集 | 1

其三（细雨晓莺春晚）……… 50
杨柳枝（宜春苑外最长条）…… 51
　其二（南内墙东御路傍）……… 52
　其三（苏小门前柳万条）……… 53
　其四（金缕毵毵碧瓦沟）……… 54
　其五（馆娃宫外邺城西）……… 55
　其六（两两黄鹂色似金）……… 56
　其七（御柳如丝映九重）……… 57
　其八（织锦机边莺语频）……… 59
南歌子（手里金鹦鹉）………… 60
　其二（似带如丝柳）…………… 61
　其三（髻堕低梳髻）…………… 62
　其四（脸上金霞细）…………… 63
　其五（扑蕊添黄子）…………… 64
　其六（转盼如波眼）…………… 65
　其七（懒拂鸳鸯枕）…………… 65
河渎神（河上望丛祠）………… 66
　其二（孤庙对寒潮）…………… 68
　其三（铜鼓赛神来）…………… 69
女冠子（含娇含笑）…………… 71
　其二（霞帔云发）……………… 72
玉蝴蝶（秋风凄切伤离）……… 74

卷二

温庭筠 十六首

清平乐（上阳春晚）…………… 76
　其二（洛阳愁绝）……………… 77
遐方怨（凭绣槛）……………… 79
　其二（花半拆）………………… 80
诉衷情（莺语）………………… 81
思帝乡（花花）………………… 83
梦江南（千万恨）……………… 84
　其二（梳洗罢）………………… 85
河传（江畔）…………………… 87
　其二（湖上）…………………… 88
　其三（同伴）…………………… 89
蕃女怨（万枝香雪开已遍）…… 91
　其二（碛南沙上惊雁起）……… 92
荷叶杯（一点露珠凝冷）……… 93
　其二（镜水夜来秋月）………… 94
　其三（楚女欲归南浦）………… 95

皇甫松 十二首

天仙子（晴野鹭鸶飞一只）…… 96
　其二（踯躅花开红照水）……… 98
浪涛沙（滩头细草接疏林）…… 99
　其二（蛮歌豆蔻北人愁）…… 100

杨柳枝(春入行宫映翠微) …… 101
　其二(烂熳春归水国时) …… 102
摘得新(酌一卮) …… 103
　其二(摘得新) …… 104
梦江南(兰烬落) …… 105
　其二(楼上寝) …… 106
采莲子(菡萏香连十顷陂) …… 107
　其二(船动湖光滟滟秋) …… 108

韦庄 二十二首

浣溪沙(清晓妆成寒食天) …… 110
　其二(欲上秋千四体慵) …… 112
　其三(惆怅梦余山月斜) …… 113
　其四(绿树藏莺莺正啼) …… 114
　其五(夜夜相思更漏残) …… 115
菩萨蛮(红楼别夜堪惆怅) …… 116
　其二(人人尽说江南好) …… 117
　其三(如今却忆江南乐) …… 121
　其四(劝君今夜须沉醉) …… 123
　其五(洛阳城里春光好) …… 124
归国遥(春欲暮) …… 126
　其二(金翡翠) …… 127
　其三(春欲晚) …… 129
应天长(绿槐阴里黄莺语) …… 130

　其二(别来半岁音书绝) …… 131
荷叶杯(绝代佳人难得) …… 132
　其二(记得那年花下) …… 134
清平乐(春愁南陌) …… 136
　其二(野花芳草) …… 137
　其三(何处游女) …… 138
　其四(莺啼残月) …… 140
望远行(欲别无言倚画屏) …… 141

卷三

韦庄 二十六首

谒金门(春漏促) …… 143
　其二(空相忆) …… 144
江城子(恩重娇多情易伤) …… 145
　其二(髻鬟狼籍黛眉长) …… 146
河传(何处) …… 148
　其二(春晚) …… 149
　其三(锦浦) …… 151
天仙子(怅望前回梦里期) …… 152
　其二(深夜归来长酩酊) …… 153
　其三(蟾彩霜华夜不分) …… 154
　其四(梦觉云屏依旧空) …… 155
　其五(金似衣裳玉似身) …… 156

喜迁莺(人汹汹) …… 157
　其二(街鼓动) …… 159
思帝乡(云髻坠) …… 161
　其二(春日游) …… 162
诉衷情(烛烬香残帘未卷) …… 163
　其二(碧沼红芳烟雨静) …… 164
上行杯(芳草灞陵春岸) …… 165
　其二(白马玉鞭金辔) …… 167
女冠子(四月十七) …… 168
　其二(昨夜夜半) …… 169
更漏子(钟鼓寒) …… 170
酒泉子(月落星沉) …… 171
木兰花(独上小楼春欲暮) …… 172
小重山(一闭昭阳春又春) …… 173

薛昭蕴 十九首

浣溪沙(红蓼渡头秋正雨) …… 176
　其二(钿匣菱花锦带垂) …… 177
　其三(粉上依稀有泪痕) …… 178
　其四(握手河桥柳似金) …… 179
　其五(帘下三间出寺墙) …… 180
　其六(江馆清秋揽客船) …… 181
　其七(倾国倾城恨有余) …… 182
　其八(越女淘金春水上) …… 184

喜迁莺(残蟾落) …… 185
　其二(金门晓) …… 186
　其三(清明节) …… 188
小重山(春到长门春草青) …… 189
　其二(秋到长门秋草黄) …… 190
离别难(宝马晓鞴雕鞍) …… 192
相见欢(罗襦绣袂香红) …… 193
醉公子(慢绾青丝发) …… 194
女冠子(求仙去也) …… 195
　其二(云罗雾縠) …… 196
谒金门(春满院) …… 198

牛峤 五首

柳枝(解冻风来末上青) …… 199
　其二(吴王宫里色偏深) …… 200
　其三(桥北桥南千万条) …… 201
　其四(狂雪随风扑马飞) …… 202
　其五(袅翠笼烟拂暖波) …… 203

卷四

牛峤 二十七首

女冠子(绿云高髻) …… 204
　其二(锦江烟水) …… 205
　其三(星冠霞帔) …… 206

其四（双飞双舞）……………… 208

梦江南（衔泥燕）……………… 209

　其二（红绣被）……………… 209

感恩多（两条红粉泪）………… 210

　其二（自从南浦别）………… 211

应天长（玉楼春望晴烟灭）…… 213

　其二（双眉澹薄藏心事）…… 214

更漏子（星渐稀）……………… 215

　其二（春夜阑）……………… 216

　其三（南浦情）……………… 217

望江怨（东风急）……………… 219

菩萨蛮（舞裙香暖金泥凤）…… 220

　其二（柳花飞处莺声急）…… 221

　其三（玉钗风动春幡急）…… 223

　其四（画屏重叠巫阳翠）…… 224

　其五（风帘燕舞莺啼柳）…… 226

　其六（绿云鬓上飞金雀）…… 227

　其七（玉楼冰簟鸳鸯锦）…… 228

酒泉子（记得去年）…………… 229

定西番（紫塞月明千里）……… 231

玉楼春（春入横塘摇浅浪）…… 232

西溪子（捍拨双盘金凤）……… 233

江城子（鵁鶄飞起郡城东）…… 234

　其二（极浦烟消水鸟飞）…… 235

张泌 二十三首

浣溪沙（钿毂香车过柳堤）…… 237

　其二（马上凝情忆旧游）…… 238

　其三（独立寒阶望月华）…… 240

　其四（依约残眉理旧黄）…… 241

　其五（翡翠屏开绣幄红）…… 242

　其六（枕障熏炉隔绣帏）…… 243

　其七（花月香寒悄夜尘）…… 244

　其八（偏戴花冠白玉簪）…… 245

　其九（晚逐香车入凤城）…… 246

　其十（小市东门欲雪天）…… 247

临江仙（烟收湘渚秋江静）…… 248

女冠子（露花烟草）…………… 250

河传（渺莽云水）……………… 251

　其二（红杏）………………… 252

酒泉子（春雨打窗）…………… 253

　其二（紫陌青门）…………… 254

生查子（相见稀）……………… 256

思越人（燕双飞）……………… 257

满宫花（花正芳）……………… 258

柳枝（腻粉琼妆透碧纱）……… 260

南歌子（柳色遮楼暗）………… 261

花间集 | 5

其二（岸柳拖烟绿）………… 262

其三（锦荇红鹨鹚）………… 263

卷五

张泌 四首

江城子（碧栏干外小中庭）…… 264

其二（浣花溪上见卿卿）…… 265

河渎神（古树噪寒鸦）………… 266

蝴蝶儿（蝴蝶儿）………… 267

毛文锡 三十一首

虞美人（鸳鸯对浴银塘暖）…… 269

其二（宝檀金缕鸳鸯枕）…… 270

酒泉子（绿树春深）………… 272

喜迁莺（芳春景）………… 273

赞成功（海棠未坼）………… 274

西溪子（昨日西溪游赏）…… 275

中兴乐（豆蔻花繁烟艳深）…… 276

更漏子（春夜阑）………… 278

接贤宾（香鞯镂襜五花骢）…… 279

赞浦子（锦帐添香睡）………… 281

甘州遍（春光好）………… 282

其二（秋风紧）………… 284

纱窗恨（新春燕子还来至）…… 286

其二（双双蝶翅涂铅粉）…… 287

柳含烟（隋堤柳）………… 288

其二（河桥柳）………… 290

其三（章台柳）………… 291

其四（御沟柳）………… 293

醉花间（休相问）………… 294

其二（深相忆）………… 295

浣溪沙（春水轻波浸绿苔）…… 296

其二（七夕年年信不违）…… 298

月宫春（水精宫里桂花开）…… 299

恋情深（滴滴铜壶寒漏咽）…… 301

其二（玉殿春浓花烂熳）…… 302

诉衷情（桃花流水漾纵横）…… 303

其二（鸳鸯交颈绣衣轻）…… 304

应天长（平江波暖鸳鸯语）…… 305

河满子（红粉楼前月照）…… 307

巫山一段云（雨霁巫山上）…… 308

临江仙（暮蝉声尽落斜阳）…… 309

牛希济 十一首

临江仙（峭碧参差十二峰）…… 311

其二（谢家仙观寄云岑）…… 313

其三（渭阙宫城秦树凋）…… 314

其四（江绕黄陵春庙闲）…… 316

其五（素洛春光潋滟平）…… 317

其六（柳带摇风汉水滨）…… 319

其七（洞庭波浪飐晴天）…… 320

酒泉子（枕转簟凉）………… 322

生查子（春山烟欲收）……… 323

中兴乐（池塘暖碧浸晴晖）… 324

谒金门（秋已暮）…………… 325

欧阳炯 四首

浣溪沙（落絮残莺半日天）… 327

其二（天碧罗衣拂地垂）…… 328

其三（相见休言有泪珠）…… 329

三字令（春欲尽）…………… 331

卷六

欧阳炯 十三首

南乡子（嫩草如烟）………… 333

其二（画舸停桡）…………… 334

其三（岸远沙平）…………… 335

其四（洞口谁家）…………… 336

其五（二八花钿）…………… 337

其六（路入南中）…………… 338

其七（袖敛鲛绡）…………… 340

其八（翡翠鹓鹭）…………… 341

献衷心（见好花颜色）……… 342

贺明朝（忆昔花间初识面）… 343

其二（忆昔花间相见后）…… 344

江城子（晚日金陵岸草平）… 346

凤楼春（凤髻绿云丛）……… 348

和凝 二十首

小重山（春入神京万木芳）… 350

其二（正是神京烂熳时）…… 352

临江仙（海棠香老春江晚）… 354

其二（披袍窄地红宫锦）…… 355

菩萨蛮（越梅半拆轻寒里）… 357

山花子（莺锦蝉縠馥麝脐）… 358

其二（银字笙寒调正长）…… 360

何满子（正是破瓜年几）…… 361

其二（写得鱼笺无限）……… 362

薄命女（天欲晓）…………… 363

望梅花（春草全无消息）…… 364

天仙子（柳色披衫金缕凤）… 366

其二（洞口春红飞蔌蔌）…… 367

春光好（纱窗暖）…………… 368

其二（蘋叶软）……………… 369

采桑子（蟪蛴领上诃梨子）… 370

柳枝（软碧摇烟似送人）…… 372

其二(瑟瑟罗裙金缕腰) …… 373
　　其三(鹊桥初就咽银河) …… 374
渔父(白芷汀寒立鹭鸶) ……… 375

顾敻 十八首

虞美人(晓莺啼破相思梦) …… 377
　　其二(触帘风送景阳钟) …… 378
　　其三(翠屏闲掩垂珠箔) …… 379
　　其四(碧梧桐映纱窗晚) …… 380
　　其五(深闺春色劳思想) …… 381
　　其六(少年艳质胜琼英) …… 383
河传(燕飏) ……………… 384
　　其二(曲槛) ………… 385
　　其三(棹举) ………… 386
甘州子(一炉龙麝锦帷傍) …… 388
　　其二(每逢清夜与良晨) …… 389
　　其三(曾如刘阮访仙踪) …… 390
　　其四(露桃花里小楼深) …… 391
　　其五(红炉深夜醉调笙) …… 392
玉楼春(月照玉楼春漏促) …… 393
　　其二(柳映玉楼春日晚) …… 394
　　其三(月皎露华窗影细) …… 395
　　其四(拂水双飞来去燕) …… 396

卷七

顾敻 三十七首

浣溪沙(春色迷人恨正赊) …… 398
　　其二(红藕香寒翠渚平) …… 399
　　其三(荷芰风轻帘幕香) …… 400
　　其四(惆怅经年别谢娘) …… 401
　　其五(庭菊飘黄玉露浓) …… 402
　　其六(云澹风高叶乱飞) …… 403
　　其七(雁响遥天玉漏清) …… 404
　　其八(露白蟾明又到秋) …… 405
酒泉子(杨柳舞风) ………… 406
　　其二(罗带缕金) ……… 407
　　其三(小槛日斜) ……… 408
　　其四(黛薄红深) ……… 409
　　其五(掩却菱花) ……… 410
　　其六(水碧风清) ……… 411
　　其七(黛怨红羞) ……… 412
杨柳枝(秋夜香闺思寂寥) …… 413
遐方怨(帘影细) …………… 414
献衷心(绣鸳鸯帐暖) ……… 416
应天长(瑟瑟罗裙金线缕) …… 417
诉衷情(香灭帘垂春漏永) …… 419
　　其二(永夜抛人何处去) …… 420

荷叶杯(春尽小庭花落)……… 421
 其二(歌发谁家筵上)……… 422
 其三(弱柳好花尽拆)……… 422
 其四(记得那时相见)……… 423
 其五(夜久歌声怨咽)……… 424
 其六(我忆君诗最苦)……… 425
 其七(金鸭香浓鸳被)……… 426
 其八(曲砌蝶飞烟暖)……… 426
 其九(一去又乖期信)……… 427
渔歌子(晓风清)……… 428
临江仙(碧染长空池似镜)……… 430
 其二(幽闺小槛春光晚)……… 431
 其三(月色穿帘风入竹)……… 432
醉公子(漠漠秋云澹)……… 433
 其二(岸柳垂金线)……… 434
更漏子(旧欢娱)……… 435

孙光宪 十三首

浣溪沙(蓼岸风多橘柚香)……… 436
 其二(桃杏风香帘幕闲)……… 438
 其三(花渐凋疏不耐风)……… 439
 其四(揽镜无言泪欲流)……… 440
 其五(半踏长裾宛约行)……… 440
 其六(兰沐初休曲槛前)……… 442

 其七(风递残香出绣帘)……… 442
 其八(轻打银筝坠燕泥)……… 444
 其九(乌帽斜敧倒佩鱼)……… 445
河传(太平天子)……… 446
 其二(柳拖金缕)……… 448
 其三(花落)……… 449
 其四(风飐)……… 450

卷八

孙光宪 四十八首

菩萨蛮(月华如水笼香砌)……… 452
 其二(花冠频鼓墙头翼)……… 453
 其三(小庭花落无人扫)……… 454
 其四(青岩碧洞经朝雨)……… 455
 其五(木绵花映丛祠小)……… 456
河渎神(汾水碧依依)……… 458
 其二(江上草芊芊)……… 460
虞美人(红窗寂寂无人语)……… 461
 其二(好风微揭帘旌起)……… 462
后庭花(景阳钟动宫莺啭)……… 463
 其二(石城依旧空江国)……… 464
生查子(寂寞掩朱门)……… 466
 其二(暖日策花骢)……… 466

其三（金井堕高梧）………… 468
临江仙（霜拍井梧干叶堕）… 469
　　其二（暮雨凄凄深院闭）… 470
酒泉子（空碛无边）………… 472
　　其二（曲槛小楼）………… 474
　　其三（敛态窗前）………… 475
清平乐（愁肠欲断）………… 476
　　其二（等闲无语）………… 477
更漏子（听寒更）…………… 478
　　其二（今夜期）…………… 479
女冠子（蕙风芝露）………… 480
　　其二（澹花瘦玉）………… 482
风流子（茅舍槿篱溪曲）…… 483
　　其二（楼倚长衢欲暮）…… 484
　　其三（金络玉衔嘶马）…… 485
定西番（鸡禄山前游骑）…… 486
　　其二（帝子枕前秋夜）…… 487
河满子（冠剑不随君去）…… 489
玉蝴蝶（春欲尽）…………… 490
八拍蛮（孔雀尾拖金线长）… 491
竹枝（门前春水白蘋花）…… 492
　　其二（乱绳千结绊人深）… 493
思帝乡（如何）……………… 494

上行杯（草草离亭鞍马）…… 495
　　其二（离棹逡巡欲动）…… 496
谒金门（留不得）…………… 497
思越人（古台平）…………… 499
　　其二（渚莲枯）…………… 500
杨柳枝（阊门风暖落花干）… 501
　　其二（有池有榭即蒙蒙）… 502
　　其三（根柢虽然傍浊河）… 503
　　其四（万株枯槁怨亡隋）… 504
望梅花（数枝开与短墙平）… 505
渔歌子（草芊芊）…………… 506
　　其二（泛流萤）…………… 507

魏承班 二首

菩萨蛮（罗裙薄薄秋波染）… 509
　　其二（罗衣隐约金泥画）… 511

卷九

魏承班 十三首

满宫花（雪霏霏）…………… 513
木兰花（小芙蓉）…………… 514
玉楼春（寂寂画堂梁上燕）… 516
　　其二（轻敛翠蛾呈皓齿）… 517
诉衷情（高歌宴罢月初盈）… 518

其二（春深花簇小楼台）…… 519
其三（银汉云晴玉漏长）…… 520
其四（金风轻透碧窗纱）…… 521
其五（春情满眼脸红绡）…… 522
生查子（烟雨晚晴天）…… 523
其二（寂寞画堂空）…… 524
黄钟乐（池塘烟暖草萋萋）…… 525
渔歌子（柳如眉）…… 526

鹿虔扆 六首
临江仙（金锁重门荒苑静）…… 528
其二（无赖晓莺惊梦断）…… 529
女冠子（凤楼琪树）…… 530
其二（步虚坛上）…… 531
思越人（翠屏欹）…… 533
虞美人（卷荷香澹浮烟渚）…… 534

阎选 八首
虞美人（粉融红腻莲房绽）…… 536
其二（楚腰蛴领团香玉）…… 537
临江仙（雨停荷芰逗浓香）…… 539
其二（十二高峰天外寒）…… 540
浣溪沙（寂寞流苏冷绣茵）…… 541
八拍蛮（云锁嫩黄烟柳细）…… 542
其二（愁锁黛眉烟易惨）…… 543

河传（秋雨）…… 544

尹鹗 六首
临江仙（一番荷芰生旧沼）…… 546
其二（深秋寒夜银河静）…… 547
满宫花（月沉沉）…… 548
杏园芳（严妆嫩脸花明）…… 549
醉公子（暮烟笼薜荔）…… 550
菩萨蛮（陇云暗合秋天白）…… 552

毛熙震 十六首
浣溪沙（春暮黄莺下砌前）…… 553
其二（花榭香红烟景迷）…… 554
其三（晚起红房醉欲销）…… 555
其四（一只横钗坠髻丛）…… 556
其五（云薄罗裙绶带长）…… 556
其六（碧玉冠轻袅燕钗）…… 557
其七（半醉凝情卧绣茵）…… 559
临江仙（南齐天子宠婵娟）…… 560
其二（幽闺欲曙闻莺啭）…… 561
更漏子（秋色清）…… 562
其二（烟月寒）…… 563
女冠子（碧桃红杏）…… 564
其二（修蛾慢脸）…… 565
清平乐（春光欲暮）…… 566

南歌子(远山愁黛碧) ……… 567
　其二(惹恨还添恨) ……… 568

卷十

毛熙震 十三首

河满子(寂寞芳菲暗度) ……… 570
　其二(无语残妆澹薄) ……… 571
小重山(梁燕双飞画阁前) ……… 572
定西番(苍翠浓阴满院) ……… 573
木兰花(掩朱扉) ……… 574
后庭花(莺啼燕语芳菲节) ……… 575
　其二(轻盈舞妓含芳艳) ……… 576
　其三(越罗小袖新香蒨) ……… 577
酒泉子(闲卧绣帏) ……… 578
　其二(钿匣舞鸾) ……… 579
菩萨蛮(梨花满院飘香雪) ……… 580
　其二(绣帘高轴临塘看) ……… 581
　其三(天含残碧融春色) ……… 582

李珣 三十七首

浣溪沙(入夏偏宜澹薄妆) ……… 583
　其二(晚出闲庭看海棠) ……… 584
　其三(访旧伤离欲断魂) ……… 585
　其四(红藕花香到槛频) ……… 586

渔歌子(楚山青) ……… 587
　其二(荻花秋) ……… 588
　其三(柳垂丝) ……… 589
　其四(九疑山) ……… 590
巫山一段云(有客经巫峡) ……… 592
　其二(古庙依青嶂) ……… 593
临江仙(帘卷池心小阁虚) ……… 594
　其二(莺报帘前暖日红) ……… 595
南乡子(烟漠漠) ……… 596
　其二(兰桡举) ……… 597
　其三(归路近) ……… 597
　其四(乘彩舫) ……… 598
　其五(倾绿蚁) ……… 599
　其六(云带雨) ……… 600
　其七(沙月静) ……… 601
　其八(渔市散) ……… 602
　其九(拢云髻) ……… 603
　其十(相见处) ……… 604
女冠子(星高月午) ……… 605
　其二(春山夜静) ……… 606
酒泉子(寂寞青楼) ……… 607
　其二(雨渍花零) ……… 608
　其三(秋雨联绵) ……… 609

其四(秋月婵娟) ………… 610

望远行(春日迟迟思寂寥) …… 611

其二(露滴幽庭落叶时) …… 612

菩萨蛮(回塘风起波纹细) …… 613

其二(等闲将度三春景) …… 614

其三(隔帘微雨双飞燕) …… 615

西溪子(金缕翠钿浮动) …… 616

虞美人(金笼鹦报天将曙) …… 617

河传(去去) …………… 618

其二(春暮) …………… 619

附录

《花间集》序 …………… 621

后记 …………………… 622

卷一

温庭筠 五十首

【小传】

温庭筠（八一二—八七〇），本名岐，字飞卿，太原祁（今山西祁县）人。相貌丑陋，人称"温钟馗"。少敏悟，工为辞章，诗与李商隐齐名，并称"温李"。初至京师，人士翕然推重。才思敏捷，每入试，八吟或八叉手成八韵，人称"温八吟"、"温八叉"。然放浪不羁，恃才傲物，好讥嘲权贵，取憎于时，尤为宰相令狐绹所不容，由是累年不第。宣宗大中十三年（八五九），为随县尉，后改方城尉，终国子助教。坎坷一生，流落而死。生平事迹见《旧唐书》卷一九〇、《新唐书》卷九一、《唐诗纪事》卷五四、《唐才子传》卷八、夏承焘《温飞卿系年》。温词原有《金荃集》，卷数篇目不详。今存温词，《花间集》录六十六首，《尊前集》录一首，稗海本《云溪友议》录二首，共六十九首。

菩萨蛮①

小山重叠金明灭②。鬓云欲度香腮雪③。懒起画蛾眉。弄妆梳洗迟④。　　照花前后镜。花面交相映⑤。新帖绣罗襦⑥。双双金鹧鸪⑦。

【注释】

①菩萨蛮：明杨慎改"蛮"为"鬘"，又作"菩萨鬘"。此调系缅甸古乐，唐玄宗时传入。或谓唐宣宗时倡优所作。据五代宋初孙光宪《北梦琐言》说：唐宣宗爱唱《菩萨蛮》词，相国令狐绹让温庭筠撰写《菩萨蛮》，以自己的名义进献给唐宣宗。

②小山句：综合古今诸家说法，有"小山屏"、"小山枕"、"小山眉"、"小山髻"四说，似均可通，而以"小山屏"较胜。小山：指绘饰小山图案的屏风。金明灭：指朝日映照屏风画面的明暗不定之闪光。细绎词的层次，首句先写遮护女子卧榻的屏风，而后及于榻上已醒未起的女子，是为第二句所写内容。

③鬓云：形容女性鬓发美如乌云。《乐府诗集》卷四六《读曲歌》："花钗芙蓉髻，双鬓如浮云。"度：度越。香腮雪：既香且白的脸腮。俞平伯《唐宋词选释》曰："'度'字含有飞动意。"浦江清《词的讲解》曰："'度'，过也，是一轻软的字面。非必鬓发鬖松，斜掩至颊，其借力处在'云'、'雪'两字。鬓既称'云'，又比腮于'雪'，于是两者之间若有关涉，而此'云'乃有出岫之动态，故曰'欲度'。"

④懒起二句：写女子起床后画眉、梳妆情形。蛾眉：蚕蛾触须细长弯曲，以喻女子眉毛。《诗经·卫风·硕人》："螓首蛾眉。巧笑倩兮，美目盼兮。"弄妆：妆饰，打扮。南朝梁何逊《咏舞》："逐唱回纤手，听曲转蛾眉。"唐施肩吾《夜宴曲》："碧窗弄妆梳洗晚，户外不知银汉转。"

⑤照花二句：写女子簪花、照镜。前后镜：俞平伯《唐宋词选释》曰："这里写'打反镜'，措词简明。"即用前后两面镜子对照，瞻前顾

后，审视髻鬟簪戴是否妥帖完美。花面句：写女子鬓发所簪之花与面颊在镜中交相映衬、比美。南朝梁萧纲《和林下妓应令诗》："泉将影相得，花与面相宜。"

⑥帖：同"贴"，贴金，将用金箔剪成或金线绣成的饰物图案贴在衣服上。或谓贴绢，黄进德《唐五代词选集》曰："贴，指堆绫、贴绢法，以彩色绫绢照图案需要剪好钉在衣料上。"或谓"穿紧身衣"，吴世昌《词林新话》卷二曰："'帖'通'贴'，或以'贴'与下文'金'字遥接，解为'贴金'，亦误。按'贴'，穿紧身衣也，与下文'金'字无涉。罗襦上本有金线绣成之金鹧鸪也。穿紧身衣用'贴'字描摹尽矣。"罗襦：丝罗短袄。《说文》："短衣曰襦，自膝以上。按襦若今袄之短者。"汉乐府《陌上桑》："缃绮为下裙，紫绮为上襦。"唐卢照邻《长安古意》："罗襦宝带为君解，燕歌赵舞为君开。"

⑦金鹧鸪：指罗襦上的金色鹧鸪图案。鹧鸪：鸟名，形似鹌鹑，俗谓其鸣声曰："行不得也哥哥。"浦江清《词的讲解》曰：鹧鸪是舞曲，伎人衣上画鹧鸪，"故知飞卿所写正是伎楼女子"。

【简析】

词写闺中独处的女子晨起梳妆过程，表现其伤春伤别情怀。藻采绮艳，抒情深曲。首句写闺房屏山曲折有致、日光初照明灭闪烁的景况。次句特写，屏边枕畔、春睡初醒的女子鬓发如云，香腮似雪，"欲度"见其欲遮未遮之状，如云乌发映衬如雪香腮，发愈青而腮愈白。"香腮雪"三字聚焦女子脸腮，先以"香"在前写其气息，再以"雪"缀后描其颜色，"香"、"雪"二字修饰中心词"腮"，可谓色香俱佳。"鬓云欲度香腮雪"七字，实有画笔难传之妙。文字所引发的想象、联想，其表现力是高过任何色彩画图的。"懒起"两句承前，转写女子起床、梳洗、画眉、弄妆的一系列动作，而用"懒"、"迟"二字点睛传神，见出她的怠倦情态。这两句以"懒"字领起，复以"迟"字收束，遣词造句，安排十分讲究。由"鬓云"句知其为青春女性，一夜睡眠之后，体力又得到恢复，人本该情绪饱满、精神振作的，可她为什么会无精打采地"懒起"呢？结合下文"双双金鹧鸪"一句暗示来看，她若是一位"少女"，则是睡眠触起了她"盛年处房室"的怀春之情；若是一位少妇，则是睡眠加重了她空房独守、伤离怨别之恨。"画蛾眉"即是梳妆打扮之意，"女为悦己者容"，早早起来，妆成又有谁人看呢？所以她醒了老半天还倚在床上懒得起来。但她终究还是下床了，磨磨蹭蹭地洗脸梳头，拖拖沓沓地描眉簪花，"迟"字表现的正是她梳妆时一派恍恍惚惚、委靡不振的样子。陈廷焯《白雨斋词话》评这两句说"无限伤心，溢于言表"，似觉言重。但那慵懒迟缓的起床梳洗的动作情态，确实传达出了词中女子一段隐约难言的心曲。下片承上继续描写女子梳妆，簪花照镜，人花相映，人耶花耶，人花莫辨，虽无情绪，然美艳已极。结二句写女子妆成着衣，"双双金鹧鸪"的衣饰图案，反衬出女子的空闺孤独，至此方暗点题旨。此词只写晨起梳妆过程，上片虽有"懒"、"迟"二字表情，但也只描情态，未言原因，仅于词末描写衣饰图案加以暗示。全词以描写代抒情，温词"深美闳约"、"酝酿最深"的特点，于此足见。至于张惠言《词选》评此词"此感士不遇也。……'照花'四句，《离骚》初服之意"，则是比兴说词，陈义甚高。这首词有否以女子之丽色比士子之长才，以女子丽色不偶比士子怀才不遇，疑似之间，全凭读者解会。

其 二

水精帘里颇黎枕。暖香惹梦鸳鸯锦①。江上柳如烟。雁飞残月天②。　藕丝秋色浅③。人胜参差剪④。双鬓隔香红⑤。玉钗头上风⑥。

【注释】

①水精二句：写女子居室之精美、雅洁、温馨。水精帘：即水晶帘，精美的帘子。唐李白《玉阶怨》："却下水晶帘，玲珑望秋月。"水精：即水晶，古称水玉，多无色透明，可为饰物，亦有因所含矿物质不同而呈黄、紫、灰、黑等色者。《山海经·南山经》："堂庭之山……多水玉。"《注》曰："水玉，今水精也。"颇黎：同"玻璃"、"玻瓈"，亦天然水晶之类，有各种颜色，非后世人工所造者，与水晶同名水玉。明李时珍《本草纲目》卷八《金》一《玻璃》："本作颇黎。颇黎，国名也。其莹如水，其坚如玉，故名水玉，与水精同名。"惹：撩逗，牵引。鸳鸯锦：指绣有鸳鸯图案的锦被，即鸳鸯被，省称鸳衾、鸳被。汉无名氏《古诗十九首》之十八："文采双鸳鸯，裁为合欢被。"

②江上二句：或谓写室外黎明之江景，或谓写室内女子之梦境。

③藕丝句：谓衣裳淡白如素秋之色。唐元稹《白衣裳二首》之二："藕丝衫子柳花裙，空着沉香慢火熏。"

④人胜句：谓剪成大小不等的彩胜以为首饰。人胜：彩胜，花胜，以人日为之，又像人形，故称。南朝梁宗懔《荆楚岁时记》："正月七日为人日，以七种菜为羹，剪彩为人，或镂金箔为人，以贴屏风，亦戴之头鬓。"参差：谓大小不一，姿态各异。唐李商隐《人日即事》："镂金

作胜传荆俗，剪彩为人起晋风。"

⑤双鬟句：花分戴于两鬟，故曰"隔"。香红：指花。唐顾况《春怀》："园莺啼已倦，树树陨香红。"或谓"香红"借指女子面颊，两鬟乌发愈衬出面颊的芳香红润。

⑥玉钗句：谓钗头花胜随人的动作而微颤。风：颤动。唐韩偓《安贫》："手风慵展八行书，眼暗休寻九局图。"温庭筠《咏春幡》："玉钗风不定，香步独裴徊。"

【简析】

　　词写女子闺梦。起二句描写水晶帘里玻璃枕上，暖香氤氲，逗引着鸳鸯锦被中的女子酣然入梦。接二句以江天月夜的清丽景色，烘染女子的梦境。下片转写女子的衣服和首饰，香弱可爱。尤其是"风"字，笔致轻灵，表现女子鬓上钗饰的轻微颤动，映衬梦醒之后女子心理的微妙波动，极为细腻传神。一字之设，点活了整个下片的人物服饰描写。此词理解的重点和难点，在于上片后二句与前二句之间的关系，以下结合全词，略作申说。词中所写女子居室和服饰的华美，意象稠密，词藻绮丽，色彩浓艳，很能代表温词风格。好在词人常以清疏的景语，点染其"蹙金结绣"的词作，使他的词不至于到"浓得化不开"的程度。他的代表作十四首《菩萨蛮》，在倾力摹绘女性居室、衣饰、容貌的绮艳词句中，往往调剂以清新明丽的自然景物描写，浓淡相济，疏密相间，收相反相成之效。即如"江上"两句，紧接"水精帘里颇黎枕。暖香惹梦鸳鸯锦"之后，章法安排的匠心正在于此。但对于"江上"二句与前二句在意脉上的联系，各家理解分歧很大。清人张惠言《词选》、陈廷焯《白雨斋词话》认为这两句是写"梦境"。近人浦江清《词的讲解》认为是写"楼外景物"。夏承焘《唐宋词欣赏》认为上片四句分写居者、行者两种人物两种环境。而俞平伯《读词偶得》又说:"千载之下,无论识与不识,解与不解,都知是好言语矣。"叶嘉莹《唐宋词十七讲》更进一步发挥俞说:"但赏其色泽、音节、意象之美,或者尚不无可取也。"二家则是凭审美直觉来以不解解之。细读上下文,"江上"二句当是以江天月夜的大背景来烘托居室香闺的小环境,除点明时间为春晓、地点为江畔外,江上的水雾,柳梢的轻烟,北归的飞雁,微明的残月等意象,共同组合成凄清朦胧的意境,更衬出闺阁的静谧、香梦的沉酣和梦中人心意的幽眇微茫。词人已把室内、室外两组精美清丽的画面出色地组接在一起,个中况味就全凭读者去意会了。温词表情的深隐,于此可见一斑。

其 三

蕊黄无限当山额①。宿妆隐笑纱窗隔②。相见牡丹时③。暂来还别离。　　翠钗金作股④。钗上蝶双舞⑤。心事竟谁知⑥。月明花满枝。

【注释】

①蕊黄句:谓眉额间涂饰的黄色已模糊一片了。此句写隔夜残妆,即下句"宿妆"。明田艺蘅《留青日札》卷二一:"额上涂黄,汉宫妆也。"清王士禛《五代诗话》卷四引《西神脞说》谓:"妇人匀面,惟施朱傅粉而已。至六朝乃兼尚黄。"古时女子化妆,常以黄色涂额,因似花蕊,故名蕊黄。此习至唐五代犹存。唐李商隐《无题二首》之一:"寿阳公主嫁时妆,八字宫眉捧额黄。"无限:额黄边缘模糊不清。山额:眉额。或谓额间高处。温庭筠《偶游》:"云鬟几迷芳草蝶,额黄无限夕阳山。"

②宿妆:隔夜的妆饰。唐岑参《醉戏窦子美人》:"朱唇一点桃花殷,

宿妆娇羞偏髻鬟。"

③牡丹时：暮春牡丹花开时节。华钟彦《花间集注》曰："言相见之迟，相别之速，与《离骚》中美人迟暮之意同。"

④翠钗：翡翠镶嵌之钗。南朝梁刘孝绰《淇上戏荡子妇》："翠钗挂已落，罗衣拂更香。"金作股：指以金铸成钗之两股。股：分支，钗分两股以夹发。唐白居易《长恨歌》："钗留一股合一扇，钗擘黄金合分钿。"

⑤蝶双舞：指钗头所饰双蝶颤动如飞舞之状。钗双股，蝶双舞，皆以作对成双暗示、反衬女子的孤独。

⑥心事句：华钟彦《花间集注》曰："温庭筠诗：'心许故人知此意，古来知者竟谁人？'意与此合。"

【简析】

词抒相思别情。起二句描写纱窗内女子宿妆，但见额黄一片模糊，烂漫狼藉，富有诱人想象的暗示作用。"隐笑"二字，更加微妙，昨夜欢会的快乐幸福之感，女子想要掩饰而又掩饰不住，都从她的笑容里隐约透出。接二句转为叙述，托出本事，暮春时候，女子与情人得以短暂相聚，起二句所写即是相聚之欢乐。但情人旋即别去，又惹起女子的相思心事。换头二句转写女子的蝶形钗饰，托物比兴，以钗头颤动的双蝶，比衬女子别后的孤单，引发她的别离之感。这样自然过渡到相思之情的抒发，闺中心事，无人告语，女子的孤寂情绪已是相当强烈，为了避免"单情则露"之弊，词作于结句宕开一笔，转写月夜花树之景，"以淡语收浓词"，点染映衬，意境幽艳，余味不尽，收到良好的言情效果。结句的"知"、"枝"二字，系自《越人歌》"山有木兮木有枝，心悦君兮君不知"脱化而出，谐音切意，情景妙合，艳词丽句之中，别饶一种生动活泼的民歌风味。

其 四

翠翘金缕双鸂鶒①。水纹细起春池碧②。池上海棠梨③。雨晴红满枝④。　绣衫遮笑靥⑤。烟草粘飞蝶⑥。青琐对芳菲⑦。玉关音信稀⑧。

【注释】

①翠翘句：华锺彦《花间集注》曰："此以鸂鶒之成双，兴闺人之独处也。"或谓此句写女子鸂鶒形翡翠金缕首饰。翠翘：翠鸟尾上的长羽。《楚辞·招魂》："砥室翠翘，挂曲琼些。"王逸注："翠，鸟名也；翘，羽也。"此指鸂鶒尾羽。金缕：金丝。唐白居易《秦中吟·议婚》："红楼富家女，金缕绣罗襦。"此指鸂鶒的毛色。鸂鶒（xī chì）：亦作鸂鶆，水鸟名。形大于鸳鸯，而多紫色，好并游，俗称紫鸳鸯。温庭筠《开成五年秋以抱疾郊野一百韵》："溟渚藏鸂鶒，幽屏卧鹧鸪。"

②水纹句：承上，因鸂鶒并游而春池纹起。

③海棠梨：又名海红等。明李时珍《本草纲目·果二·海红》："《饮膳正要》果类有海红，不知出处，此即海棠梨之实也。状如木瓜而小，二月开红花，实至八月乃熟。"宋郑樵《通志》："海棠子名海红，即《尔雅》赤棠也。"唐韩偓《见花》："血染蜀罗山踯躅，肉红宫锦海棠梨。"

④红满枝：繁花满枝，言花盛也。五代冯延巳《长相思》："红满枝，绿满枝，宿雨厌厌睡起迟。"

⑤笑靥（yè）：笑时颊上的酒窝。南朝梁萧统《拟古》："眼语笑靥近来情，心怀心想甚分明。"靥：靥辅，颊边微窝，俗称酒窝。或谓指女

子面部所饰之面靥。明胡震亨《唐音癸签·诂笺四》："（靥饰）自吴宫有獭髓补痕之事。唐韦固妻少时为盗刃所刺，以翠掩之，女妆遂有靥饰。"唐时妇女多贴花钿于面，谓之靥饰。

⑥烟草句：或谓实写春景，或谓女子绣衫之花纹图案。烟草：烟雾笼罩的草丛。亦泛指蔓草。唐刘沧《秋日旅途即事》："驱羸多自感，烟草远郊平。"

⑦青琐：亦作青锁。本为装饰皇宫门窗的青色连环花纹，后华贵的宅第、寺院等门窗亦用此种装饰。代指刻镂成格的窗户，南朝宋刘义庆《世说新语·惑溺》："韩寿美姿容，贾充辟以为掾。充每聚会，贾女于青琐中看，见寿，说之。"此指琐窗。芳菲：花草盛美。南朝陈顾野王《阳春歌》："春草正芳菲，重楼启曙扉。"此指大好春景。

⑧玉关：即玉门关，汉武帝置，因西域输入玉石时取道于此而得名。汉时为通往西域各地的门户。故址在今甘肃敦煌西北小方盘城。《汉书·西域传上·鄯善》："时汉军正任文将兵屯玉门关，为贰师后距，捕得生口，知状以闻。"唐骆宾王《在军中赠先还知己》："魂迷金阙路，望断玉门关。"此泛指边塞。

【简析】

　　此首写相思闺情。上片描写雨过天晴，园池之内春水细浪，一双华羽的紫鸳鸯游戏其间。池边上几树海棠，繁花满枝。换头二句紧承上意，描写绣衫女子池园游乐，"烟草粘飞蝶"一句，是对芳春艳景的进一步补足。结二句转写女子游园赏春之后，回到闺房凭窗而坐，感此大好春光，念起边关近来音信稀疏，展示女子的心理活动和情绪变化。此词结构上很有特色，全词共八句，前六句描写园池的烂漫春景和游春之乐，末二句掉转词意，结出闺中念远题旨，词情由乐转悲。这种结构方式，显然是对王昌龄《闺怨》一诗构思立意的借鉴，往好处说，即"其作风犹是盛唐佳句"（俞平伯《读词偶得》）；往负面说，则"为唐人诗歌中陈套"（浦江清《词的讲解》）。因是词体，不像绝句起承转合，过渡自然，前后比重的过于失衡，使人读之不免稍有突兀之感，于是有论者转换思路，将前六句解为"追叙昔日欢会时之情景"，而"后二句则以今日孤寂之情，与上六句作对比"（刘永济《唐五代两宋词简析》），以使前后的衔接显得较为自然紧密。不过作此解说，这首词的意脉结构就变成忆昔感今了。

其　五

杏花含露团香雪①。绿杨陌上多离别②。灯在月胧明③。觉来闻晓莺。　　玉钩褰翠幕④。妆浅旧眉薄⑤。春梦正关情⑥。镜中蝉鬓轻⑦。

【注释】

①杏花句：言清晨杏花含露盛开，枝头团簇如香雪。香雪：此指杏花，亦可喻指白菊、梅花、梨花、柳絮等白色的花。唐韩偓《和吴子华侍郎令狐昭化舍人叹白菊衰谢之绝次用本韵》："正怜香雪披千片，忽讶残霞覆一丛。"

②绿杨句：陌上种柳，正堪离人攀折，故云。唐白居易《离别难》："绿杨陌上送行人，马去车回一望尘。"

③胧明：微明。唐元稹《嘉陵驿》之一："仍对墙南满山树，野花撩乱月胧明。"

④玉钩：玉制挂钩。亦用为挂钩之美称。《楚辞·招魂》："挂曲琼

些。"汉王逸注:"曲琼,玉钩也……雕饰玉钩,以悬衣物也。"褰:撩起。翠幕:翠色的帷幕。晋潘岳《藉田赋》:"青坛蔚其岳立兮,翠幕黕以云布。"

⑤旧眉:宿妆所画之眉。五代冯延巳《采桑子》:"香印成灰,独背寒屏理旧眉。"薄:浅淡也。

⑥关情:牵动情怀。南朝梁萧纶《车中见美人》:"关情出眉眼,软媚着腰支。"

⑦蝉鬓:古代女子发式。两鬓薄如蝉翼,故称。晋崔豹《古今注·杂注》:"魏文帝宫人绝所宠者,有莫琼树、薛夜来、田尚衣、段巧笑,日夕在侧,琼树乃制蝉鬓。缥眇如蝉翼,故曰蝉鬓。"南朝梁萧绎《登颜园故阁》:"妆成理蝉鬓,笑罢敛蛾眉。"轻:轻盈缥缈。

【简析】

　　词写闺情。起二句描写杏花、杨柳的芳春景色,兴起伤别之意,总说当此大好季节,陌上却多别离感伤之事。或谓这两句是梦中所见情景,虽泛泛感慨,也不排除个人的经历体验包含在内。接二句写清晨梦醒,室内残灯犹燃,帘外斜月朦胧,晓莺声声啼鸣,听来聒耳烦心。这两句的省略部分,应是女子因别离而思念,因思念而入梦,然后才是清晨梦醒的所见所闻。意脉上从前两句的泛言,落实到这两句里女子自己身上。换头二句描写女子晨起卷帘、宿妆未描的动作情态,见其情绪的落寞。结二句写她对镜梳妆之时,心里还在回忆着梦中光景,"凄凉哀怨,真有欲言难言之苦"(陈廷焯《白雨斋词话》)。对比组词前几首,此首应属中平之作,词意和表现均乏格外醒豁之处。

其 六

玉楼明月长相忆①。柳丝袅娜春无力②。门外草萋萋。送君闻马嘶③。　　画罗金翡翠④。香烛销成泪⑤。花落子规啼⑥。绿窗残梦迷⑦。

【注释】

①玉楼句：乃是古典诗词中常用的"望月怀思"模式。《诗经·陈风·月出》："月出皎兮，佼人僚兮。舒窈纠兮，劳心悄兮。"三国魏曹植《七哀诗》："明月照高楼，流光正徘徊。上有愁思妇，悲叹有余哀。"唐张若虚《春江花月夜》："谁家今夜扁舟子，何处相思明月楼。"上引诸诗是其所本。玉楼：传说中天帝或仙人的居所。《十洲记·昆仑》："天墉城，面方千里，城上安金台五所，玉楼十二所。"唐诗言玉楼，或以指宫楼，或以指豪贵之家的华丽楼舍，或以指道观，或以指妓楼。此指思妇所居。长相忆：即长相思。唐杜甫《梦李白》："故人入我梦，明我长相忆。"

②柳丝句：以柳丝在拂拂春风中的袅娜无力之状，暗示思妇的慵懒无聊之态。袅娜：细长柔美貌。南朝梁萧纲《赠张缵》："洞庭枝袅娜，澧浦叶参差。"唐白居易《别柳枝》："两枝杨柳小楼中，袅娜多年伴醉翁。"春无力：言春风无力，即唐李商隐《无题》"东风无力百花残"之意，点出暮春之时令。温庭筠《郭处士击瓯歌》："莫沾香梦绿杨丝，千里春风正无力。"

③门外二句：写思妇月夜回忆当初送别之时的情景。萋萋：草木茂盛貌。《诗经·周南·葛覃》："葛之覃兮，施于中谷，维叶萋萋。"毛

《传》："萋萋，茂盛貌。"汉淮南小山《招隐士》："王孙游兮不归，春草生兮萋萋。"古人常以芳草萋萋兴起念远怀人情绪。浦江清《词的讲解》说："从'草萋萋'三字上可以联想到王孙，加以骄马之嘶，知此玉楼中人所送者为公子贵人也。"

④画罗句：或言蜡灯罗罩上画有翡翠图案，唐李商隐《无题》："蜡罩半笼金翡翠，麝熏微度绣芙蓉。"或言丝罗衣衫、帷幕上绣有翡翠花纹。均可通。翡翠：水鸟名。《逸周书·王会》："仓吾翡翠，翡翠者所以取羽。"《异物志》："翠鸟形如燕，赤而雄曰翡，青而雌曰翠。其羽可以饰帷帐。"

⑤香烛句：蜡脂燃成烛泪。以烛残写更深，见出思妇夜不成寐。泪字双关，既指残烛蜡滴，亦喻思妇泪滴。唐杜牧《赠别》："蜡烛有心还惜别，替人垂泪到天明。"香烛：掺有香料、制作精美的蜡烛。温庭筠《池塘七夕》："香烛有光妨宿燕，画屏无睡待牵牛。"

⑥花落句：回应上片"春无力"，写暮春光景。子规：杜鹃的别名，又名鹈鴃。传说为蜀帝杜宇魂魄所化。常夜鸣，声音凄切，故借以抒悲苦哀怨之情。唐李白《闻王昌龄左迁龙标遥有此寄》："杨花落尽子规啼，闻道龙标过五溪。"又，战国楚屈原《离骚》："恐鹈鴃之先鸣兮，使夫百草为之不芳。"花落鴃鸣，暗示青春将逝，美人迟暮。

⑦绿窗：即玉楼之绿纱窗，代指思妇居室。唐权德舆《杂言和常州李员外副使春日戏题十首》之八："绿窗销暗烛，兰径扫清尘。"

【简析】

词写离别相思。温词每把相思离情放置在月夜的背景下展开抒写，此词亦是如此。起句即写玉楼月夜怀人，其深层的意蕴结构，与自《诗经·陈风·月出》肇端的望月怀思的原型心理模式相契合。接以"柳丝袅娜春无力"一句衬笔,风华流美,暗示楼上女子在暮春天气里,体态的慵懒和情思的娇弱。"春"字见出温词字法之妙,"无力"者,柳丝、东风、离人也,下一"春"字,化实为虚,增强了语言的意蕴弹性与张力。三、四句承接"长相忆",写女子由相忆而入梦,梦中送君门外,目随行人远去,唯见路边芳草萋萋,隐闻远处马嘶频频。这里描写的送别场景,实际上是当初别离之时黯然销魂的一幕,唯是最难忘怀,故而在女子的相思梦境里清晰再现。换头二句室内罗帐垂彩、香烛燃泪的物象描写,浓艳而又凄黯,产生强烈的视觉刺激效果,以之烘托女子的梦境心情,喻示时间推移,长夜将尽。于是结二句接写女子清晓梦醒,绿窗之外,花落鸟啼,景象不堪视听;绿窗之内,残梦迷离,幻象犹在眼前。"迷"字状啼鹍惊梦之一刻,女子的心神恍惚之态,极为传神。而"绿窗"意象,以其辞色之鲜丽,映现出窗内之人的美妍。此词从室外的明月柳丝写到室内的罗帐香烛,从相忆到入梦再到梦醒,脉络清晰,层次井然,为抒情线索时有断脱的温词中一篇难得的气韵流贯之作。

其 七

凤凰相对盘金缕①。牡丹一夜经微雨②。明镜照新妆。鬓轻双脸长③。　画楼相望久。栏外垂丝柳。音信不归来④。社前双燕回⑤。

【注释】

①凤凰句:言衣衫上用金线盘绣着一双凤凰图案。衬出盛装女子之孤寂。盘:盘锦,用金线在丝织物上盘出图案。金缕:金线。

②牡丹句:或谓形容女子妆成如牡丹之经微雨;或谓写晨起所见庭

院中实景,象征新妆之女子容颜之明艳;或谓以牡丹经雨即败,喻女子的憔悴。

③鬟轻:鬟薄。双脸长:即曼脸。梁吴均《小垂手》:"蛾眉与曼脸,见此空愁人。"双脸:两颊,两腮。长:犹容长,面目姣好。五代韦庄《伤灼灼》:"桃脸曼长横绿水,玉肌香腻透红纱。"或谓双脸长指人消瘦。

④音信:音书。唐王维《送秘书晁监还日本国》:"别离方异域,音信若为通。"此指女子所思之人的音书。

⑤社前句:言春社前双燕已按时归来。言外责怨所思之人音讯杳然,迟迟不归。社:社日,古时祭祀土神的日子,分春社与秋社。唐宋以前,逢社日男女辍业休息。唐张籍《吴楚歌》:"今朝社日停针线,起向朱樱树下行。"宋陈元靓《岁时广记》:"《统天万年历》曰:立春后五戊为春社,立秋后五戊为秋社。"《文昌杂录》:"燕子以春社来,秋社去,谓之社燕。"

【简析】

　　此首为闺中怀人之词。上片描写女子晨妆之美。首句写其身着金线绣成双凤图案的华美衣裳,二句形容其娇艳的仪态像一朵经过夜来微雨洗濯的牡丹。明镜照出她美丽的新妆,她的鬟发和容颜显得那样曼丽姣好。女为悦己者容,如此精心地妆扮自己,当然是怀有深切的期待。果然,甫一妆毕,女子就登上画楼,凭眺远人,希望他能快些回到自己身边。她久久地倚栏等待,仍是不见归人,惟见楼前陌上丝丝绿柳,袅袅低垂。最后,她还是没有等来归人,只收到了远人的来信,信上却告以不归的消息,让她极度失望痛苦,她感叹远人还不如燕子守信多情,春社之前,燕子双双如期而反,堪嗟远人却愆期不归。细绎词意,女子与远人当有约定在先，至期女子精心装饰，倾情相迎，男子却没有如期归来。此词上片写女子满怀期望，兴高采烈，比衬出下片女子的失望痛苦，低沉哀怨，上下片之间，巨大的心理落差，使词情显得起伏跌宕。此词看似明白，理解起来歧义颇多，如对"凤凰"二句，"鬓轻"一句，看法多不统一，读者可参看注释，自决取舍。

其 八

牡丹花谢莺声歇。绿杨满院中庭月①。相忆梦难成②。背窗灯半明③。　　翠钿金压脸④。寂寞香闺掩。人远泪阑干⑤。燕飞春又残。

【注释】

①牡丹二句：写暮春景色，兴起伤春怀人之意。满院柳色，一庭月光，都是撩人离思的触媒。

②梦难成：唐无名氏《闺情》："千回万转梦难成，万遍千回梦里惊。"

③背窗句：言窗后的灯烛摇曳明灭。灯背或背灯，乃唐五代俗语，唐五代诗词中多有言及。或释为灯尽，或释为灯闭，按诸文本例句，均有未惬。浦江清《词的讲解》曰："灯烛之背，是唐时俗语。临睡时灯烛未息，移向屏帐之背，故曰背。"于义较胜。

④翠钿：用翠玉制成的首饰。南朝乐府《西洲曲》："树下即门前，门中露翠钿。"亦指翠靥，古代女子面饰。用绿色"花子"粘在眉心，或制成小圆形贴在嘴边酒窝地方。金压脸：指黄色金箔面靥，贴在面颊。

⑤泪阑干：泪流满面。唐戎昱《谪官辰州冬至日有怀》："北望南郊

消息断,江头唯有泪阑干。"

【简析】

词写相思怨情。起句描写牡丹花谢、莺声不起的暮春衰残之景,交待季节背景。接写绿杨满院,中庭月明,点出产生相思怨情的具体时间,仍是望月怀思的原型心理模式。在这月色溶溶的美好夜晚,女子相思情切,难以成眠。现实中不能相见,离人总是在梦中求得安慰,词中的女子却是梦也难成,真不知其情何以堪!闺中半明半暗的灯光,愈益烘衬出女子心境的黯淡幽渺。换头二句转写女子的妆容和香闺的寂寞。由于得不到任何安慰,连一个虚幻的相思梦都没有,所以女子的内心格外痛苦,想着远人,她止不住热泪横流。词中的怨情至此臻于高潮。词末便又宕开一笔,结以燕飞春残的景语,呼应起句,使快要漫溢的情感融入景物描写之中,谙尽"孤眠滋味"的女子情感虽然"凄凄恻恻"(陈廷焯《云韶集》),不堪已极,但"以景结情",最终的抒写仍然不失含蓄蕴藉。

其　九

满宫明月梨花白①。故人万里关山隔②。金雁一双飞③。泪痕沾绣衣。　　小园芳草绿④。家住越溪曲⑤。杨柳色依依。燕归君不归⑥。

【注释】

①满宫句:谓皎洁的月光洒落在满院雪白的梨花上。温庭筠《舞衣曲》:"不逐秦王卷象床,满楼明月梨花白。"宫:《说文》:"宫,室也。"《尔雅·释宫》:"宫谓之室,室谓之宫。"《释文》:"古者贵贱同称宫。秦汉以来,惟王者所居称宫焉。"此处宫字当用古意,指女子所居房舍。

②故人：本指老友旧交，亦指前妻、前夫或旧日情人。此当指所怀之情人。关山：关隘山岭，泛指遥远的边塞之地。南朝梁江淹《恨赋》："紫台稍远，关山无极。"

③金雁：有"筝柱"、"首饰"、"远人书信"、"高空飞雁"等解释。此处解"金雁"为远隔关山的"故人"信使，于义较胜。女子月夜怀人，雁过而信不至，不觉泪下沾湿绣衣。

④小园：女子所居之庭园。芳草绿：含有睹芳草而思远人之意。唐王维《送别》："芳草年年绿，王孙归不归。"

⑤越溪：传为西施浣纱之处，又名浣纱溪。即若耶溪，出今浙江绍兴若耶山，北流入运河。唐李白《送祝八之江东赋得浣纱石》："西施越溪女，明艳光云海。"女子言家住越溪，有以西施之美自况之意味。

⑥杨柳二句：言柳绿燕来，远人不归。君：指为万里关山所阻隔的"故人"。

【简析】

此首为怀人之词。一起描写庭院春夜景色，满院皎洁的月光与雪白的梨花融成一片，词笔素净出尘，极有韵味。联系下句，起句所写仍是望月怀思的原型心理模式。下一句即直写对于万里之外、关山阻隔的故人的思念。"金雁"二句，写女子月夜怀人之际，征雁横空飞过，却没有捎来故人的书信，让她感伤不已，泪湿绣衣。对于"金雁"二字，不必作过多联想，也不必作过深的解释，其实很简单，"金雁"就是传书的大雁，冠以"金"字，正是温词好用丽字的修辞习惯的反映。换头二句叙说女子家住越溪水湾，与西子同里，暗示女子容貌的妍美。当春天来临，她看见小园中芳草又绿，便情不自禁地怀想起远游不归的故人。结二句再以依依柳色强化相思别情，以燕归反衬故人不归，完成怀人的题旨表达。词作以主要篇幅描写明丽清新的自然景物,一变温词绮艳的主体风格,可知飞卿长才,亦擅疏朗之笔。至于此词的意蕴,如上分析,本甚明了,说者看见"宫"字,便云宫怨,看见"金雁",便说筝柱,看见"越溪",便谓西施,于是此"宫"又成"吴宫",如此曲意解说,求之过深,反使词意晦昧,歧义纷纭,实非相宜。

其 十

宝函钿雀金鸂鶒①。沉香阁上吴山碧②。杨柳又如丝。驿桥春雨时③。 画楼音信断④。芳草江南岸⑤。鸾镜与花枝⑥。此情谁得知⑦。

【注释】

①宝函句:并置女子的妆奁首饰,而省去动词、关联词。宝函:即钿函、钿匣,华美精致的首饰盒。或释为枕函,似不确切。钿雀:镂金的雀钗。金鸂鶒:言雀钗为鸂鶒形。鸂鶒名紫鸳鸯,取其偶对成双之习性,兴起独处伤别之怨情。

②沉香阁句:言女子晨起妆毕,于妆阁上眺望吴山春色。所谓登高怀远,为以下抒写离情伏笔铺垫。沉香阁:五代王仁裕《开元天宝遗事》卷下:"杨国忠又用沉香为阁,檀香为栏,以麝香、乳香筛土和为泥饰壁。每于春时,木芍药盛开之际,聚宾友于此阁上赏花焉。禁中沉香之阁,殆不侔此壮丽也。"此指女子香美的妆阁。沉香:即沉水香,香木名。吴山:此处非实指,泛言吴地、江南之山。或言"吴山"非实景,乃女子阁中屏风上所画,代指男子所往之地。

③杨柳二句:写女子望中之景。又:言别离已经年,又是一番春色。

驿桥：驿站边的桥。唐李益《逢归信偶寄》："乡关若有东流信，遣送扬州近驿桥。"

④画楼：即上片之沉香阁。音信断：言所怀之人音书断绝。唐李白《大堤曲》："不见眼中人，天长音信断。"

⑤芳草句：女子望中春色。暗含淮南小山《招隐士》"王孙游兮不归，春草生兮萋萋"句意。

⑥鸾镜：背面镂刻鸾鸟图案的妆镜。《太平御览》卷九一六引南朝宋范泰《鸾鸟诗》序："昔罽宾王结罝峻祁之山，获一鸾鸟，王甚爱之，欲其鸣而不致也。乃饰以金樊，飨以珍羞。对之逾戚，三年不鸣。夫人曰：'闻鸟见其类而后鸣，何不县镜以映之！'王从言。鸾睹影感契，慨焉悲鸣，哀响中霄，一奋而绝。"后因称妆镜为"鸾镜"。唐骆宾王《代女道士王灵妃赠道士李荣》："龙飙去去无消息，鸾镜朝朝减容色。"花枝：女子簪鬓之花。

⑦此情：指女子对镜簪花，顾影自怜，伤远人之不归，叹芳年之虚度的怨艾之情。谁得知：言无人知晓也。唐李白《江夏行》："如今正好同欢乐，君去容华谁得知。"

【简析】

词写春闺怀人。起句描写妆奁首饰之美，暗示女子晨妆，且以钿雀鸂鶒兴起离别相思之意。次句描写居处环境之美，吴山碧色，乃是女子妆罢阁上凭眺所见，远望怀人，目极山色。"杨柳又如丝。驿桥春雨时"，为温词隽句，其辞色意韵之妙，有不可方物者。这两句是收回视线，所见阁前近景，景物画面明丽清新，而又迷离缥缈。杨柳、驿桥，皆是别离的象征，一个"又"字，将现实倒入回忆，当日也是杨柳如丝、春雨霏微的天气，他们在驿桥边依依惜别。而今柳丝又绿，别已经年，其间多少相思牵念，都融入眼前春雨霏霏、杨柳丝丝的画面之中。上片虽无一语言及别情，但暗示比兴，烘托渲染，思妇别情实已氤氲一片。换头回到现实，叙写离别之后，音讯渺茫，江南春归，芳草又绿。别已堪伤，况又断绝音讯；春草萋萋，徒感离人不归。结二句回应开头，女子凭眺已罢，转回空闺，揽镜自照，人貌如花，满腹相思情意，无人知解，亦唯有自怜自伤而已。此词由晨妆起情，到登阁远眺，感今忆昔，然后再回到现实，承接转换，连贯自然；意象画面，除起句稍觉堆垛凝滞外，阁上吴山碧色，驿桥柳丝春雨，江南芳草绿岸，视界开阔，色调清新，是《菩萨蛮》组词中辞色较为疏朗的一首。

其十一

南园满地堆轻絮①。愁闻一霎清明雨②。雨后却斜阳③。杏花零落香。　　无言匀睡脸④。枕上屏山掩⑤。时节欲黄昏。无憀独倚门⑥。

【注释】

①南园：此泛指庭园。温庭筠《醉歌》："唯恐南园风雨作，碧芜狼藉棠梨花。"堆轻絮：坠地成堆的柳絮。

②一霎：一阵，谓时间极短。唐孟郊《春后雨》："昨夜一霎雨，天意苏群物。"五代冯延巳《蝶恋花》："红杏开时，一霎清明雨。"

③雨后句：言一霎雨过，天又转晴。却：却回，回转。唐杜甫《自京窜至凤翔喜达行在所》之一："西忆岐阳信，无人遂却回。"

④匀：匀面。因睡起面妆模糊，故用手搓脸使脂粉匀净。

⑤屏山：曲折如山之屏风。此指枕屏，放置枕前以为遮护。

⑥无憀：因精神无所寄托而觉空虚烦闷。唐李商隐《杨柳枝》："暂凭樽酒送无憀，莫损愁眉与细腰。"

【简析】

　　词抒闺情。上片写景，下片写人。起二句描写清明时节，南园落絮满地，一霎细雨洒然而至。接二句写一霎雨过，天又放晴，阳光从云隙里斜照过来，园中的杏花经雨之后，一片一片地从枝头簌簌飘落。这上片四句，纯是描写暮春景物，只"愁闻"二字，约略透出人的感情色彩。清明时节的一阵小雨，清爽宜人，却让人"愁闻"，盖因地上落絮，枝头杏花，皆已不堪承受风吹雨打，可知此愁乃为惜花伤春而起。换头从园内转入闺中，描写女子午睡醒来，因惜花伤春而心情落寞之态。这屏后枕上、无言匀脸的女子，就是上片里没有出场的"愁闻"雨声之人。结二句写黄昏来临，空闺中百无聊赖的女子，一个人斜倚在门边，孤独地守望着门外苍茫的暮色。此词上片的景物描写，衰飒而又明妍，"雨后"二句，闲淡芳鲜之气，画笔难摹。上片的暮春之景，对下片人物情感的衬托烘染，一片浑化无痕。凡此都是值得称赏之处，但不是理解词意的关键之处。此词的关键之处，在于"黄昏"的时段和"倚门"的动作。黄昏时分，独自倚门守望，当是有所期盼，对闺中独处的女子来说，唯一的解释就是盼归。黄昏盼归，是从《诗经·王风·君子于役》起始的一个诗歌母题，这首词可视为同一母题下无数重复写作中的一个文本例证。而黄昏这个时间意象，又是盼归者心理的一个临界点，"最难消遣是昏黄"，"断送一生憔悴，只消几个黄昏"，都是强调一天的等待又将落空的黄昏，对于盼归者情感心理的巨大折磨。此词的结句，亦当作如是观。

其十二

夜来皓月才当午①。重帘悄悄无人语②。深处麝烟长③。卧时留薄妆④。　当年还自惜⑤。往事那堪忆。花露月明残⑥。锦衾知晓寒⑦。

【注释】

①皓月才当午：月至午夜，正高悬中天。《隋书·律历志》："月兆日光，当午更耀。"宋高似孙《纬略·五夜》："所谓午夜者，为半夜时如日之午也。"唐刘禹锡《送惟良上人》："灯明香满室，月午霜凝地。"

②重帘：重重帘幕。

③深处：言帘幕深处，即女子闺房。麝烟：焚烧麝香之烟。

④卧时句：浦江清《词的讲解》曰："薄妆者与浓妆相对，谓浓妆既卸，犹少留梳裹，脂粉匀面。古代妇女浓妆高髻，梳裹不易，睡时少留薄妆，支枕以睡，使髻发不致散乱。"南朝梁沈约《丽人赋》："鸣瑶动翠，来脱薄装。"

⑤自惜：自怜。唐李白《赠易秀才》："蹉跎君自惜，窜逐我因谁。"

⑥花露句：言花沾露珠，明月将沉，已是黎明时分。唐赵嘏《寄梁佾兄弟》："荀家兄弟来还去，独倚阑干花露中。"

⑦锦衾：锦被。《诗经·唐风·葛生》："角枕粲兮，锦衾烂兮。"

【简析】

此首写闺中相思之情。以月亮升落的时间推移结构全词，抒写女子长夜难眠的孤寂情怀，仍是古典诗词望月怀思的原型心理模式的展开。起二句描写午夜时分，皎洁的月亮升上中天，闺房重帘之内一片寂静。

"才"字传写女子的心理感觉，暗示女子入夜未眠，艰难地挨度着撩人的月夜时光。"无人语"正写月夜静谧，实则侧写女子闺中独处。接二句描写重帘之内香烟缭绕不断，益发衬出境地之幽深静谧。而女子卧时薄妆尚留，则见出她于孤寂独处之中的矜持自怜情态。换头二句切入女子月夜追忆当年的心理活动，芳年虽知自爱，然而往事仍然不堪回首，一段蹉跎的青春岁月，又一次让女子自夕至晓，无法平静。结二句即描写帘外花浥朝露、残月西斜的晓景，而帘内独宿之人，正忍受着锦衾晓寒的难堪折磨。结句的"月明残"与起句的月当午前后呼应，在月升月落的时间过程中，完成了女子漫忆往事的心理活动过程，词作的结构缜密完整。

其十三

雨晴夜合玲珑日①。万枝香袅红丝拂②。闲梦忆金堂③。满庭萱草长④。　　绣帘垂箓簌⑤。眉黛远山绿⑥。春水渡溪桥⑦。凭栏魂欲销。

【注释】

①夜合：合欢的别名。《太平御览》卷九五八引晋周处《风土记》："夜合，叶晨舒而暮合。一名合昏。"玲珑：日光明彻貌。《文选·扬雄〈甘泉赋〉》："前殿崔巍兮，和氏玲珑。"李善注引晋灼曰："玲珑，明见貌也。"南朝宋鲍照《中兴歌》之四："白日照前窗，玲珑绮罗中。"或以"玲珑"属夜合。夜合玲珑日，乃谓夜合玲珑之时。

②香袅：香气缭绕。红丝拂：红丝披拂。夜合花蕊簇丝状，雨后晴日，格外红艳。

③闲梦句：言女子因离居寂寞而梦忆金堂，重温当日的欢乐生活。金堂：指华丽宏伟之厅堂。汉乐府《古歌》："入金门，上金堂。"此指女子当年居处。或谓"金堂"乃"郁金堂"之省写。唐沈佺期《古意》："卢家少妇郁金堂，海燕双栖玳瑁梁。"

④满庭句：言梦中看到金堂满院茂密的萱草。萱草：亦作谖草。植物名。俗称金针菜、黄花菜，多年生宿根草本，花橘黄色或橘红色。古人以为种植此草，可以使人忘忧，因称忘忧草。《诗经·卫风·伯兮》："焉得谖草，言树之背。"毛《传》："谖草令人忘忧。"三国魏嵇康《养生论》："合欢蠲忿，萱草忘忧。"

⑤㲪：同簏簌，流苏类的穗状垂饰物。唐李贺《春坊正字剑子歌》："挼丝团金悬簏簌，神光欲截蓝田玉。"

⑥眉黛句：言女子画远山眉。《西京杂记》卷二："文君姣好，眉色如望远山，脸际常若芙蓉。"

⑦春水句：女子凭栏所见之景。

【简析】

此首为闺怨之词。起二句描写雨后初晴，无数合欢花的红蕊与日光相映，显得格外明艳。接二句写女子因为独处寂寞而梦忆金堂，重温昔日的欢乐生活，她在梦中看到金堂满院长满令人忘忧的萱草，心中的忧愁也为之一扫而光。过片从梦境回到现实，描写绣帘㲪隐映处，女子眉如远山的姣好容貌。结二句写梦醒之后，女子凭栏眺望，追寻梦中光景，遥念远别之人，惆怅不已，几欲魂销。"春水渡溪桥"一句，当是女子凭栏所见之景，单独看这句词，堪称隽句，但这句景语和词意似乎没有什么必然关系。还有，夜合夏日开花，起二句描写夜合花盛，表明季节是在夏天，这里却说"春水"，上下片的季节相互矛盾。凡此，都是解读时应该注意的地方。

其十四

竹风轻动庭除冷①。珠帘月上玲珑影②。山枕隐秾妆③。绿檀金凤凰④。　　两蛾愁黛浅⑤。故国吴宫远⑥。春恨正关情。画楼残点声⑦。

【注释】

①竹风：拂竹之风。唐杜甫《远游》："竹风连野色，江沫拥春沙。"庭除：庭阶。唐刘兼《对镜》："风送竹声侵枕簟，月移花影过庭除。"

②珠帘句：化用唐李白《玉阶怨》"却下水晶帘，玲珑望秋月"辞意。玲珑影：或谓月影，或谓帘影。

③山枕：枕头。古代枕头多用木、瓷等制作，中凹，两端突起，其形如山，故名。隐：凭倚。靠着几案，伏在几案上。《孟子·公孙丑下》："有欲为王留行者，坐而言，不应，隐几而卧。"

④绿檀句：华锺彦《花间集注》曰："绿檀，枕之质也；金凤凰，枕之纹也。"均承"山枕"。或曰："金凤凰"承"秾妆"，指金凤钗。

⑤两蛾：双眉。蚕蛾触须细长而弯曲，以喻女子眉毛纤长秀丽，女子眉毛因称蛾眉。《诗经·卫风·硕人》："螓首蛾眉，巧笑倩兮。"愁黛：即愁眉。黛：青黑色颜料，用以画眉。故用为眉毛的代称。唐卢照邻《折杨柳》："露叶凝愁黛，风花乱舞衣。"

⑥故国：故乡。吴宫：泛指春秋时吴国宫殿，或谓吴王夫差为西施所修之馆娃宫，用以代指吴地。

⑦残点：宋程大昌《演繁露》：铜壶滴漏计时，一夜分为五更，一更

分为五点。残点谓漏点将尽，天将破晓。唐刘禹锡《冬日晨兴寄乐天》："庭树晓禽动，郡楼残点声。"

【简析】

　　此词解读颇有歧义。或谓闺中思乡，或谓宫女怨情，或谓词人托寓身世之感，关键在于对"故国吴宫远"一句的不同理解。此处取"闺中思乡"的说法略加诠释。起二句描写庭院竹风轻动、月上珠帘的清冷夜景，兴起望月思乡之意。接二句由庭院外景转入闺中，描写枕上女子的秾艳妆容。过片由女子的妆容聚焦她的一双愁眉，然后顺势点出致愁的原因，乃是思念远在吴地的故乡亲人。结二句写正当女子乡愁春恨难以排解之际，又传来了残漏更点之声。长夜将尽，天已拂晓，则女子通宵不眠，其乡愁春恨之深长，已不待言。

　　这十四首《菩萨蛮》，究竟"全是变化楚骚"，还是"自写少女情态"，古今论者视角不同，理路各异，做出的解释差别很大。清人张惠言所谓"感士不遇"，显然陈义过高，求之过深，固不足取。但是完全否定词中这些美丽、寂寞、忧伤的女性形象含有比兴之义，恐怕也不符合词人的创作心理实际。以女子之丽色，比士子之长才，乃是古典诗词的惯常思路。词人才华杰出，但一生不遇，沉沦下僚，心中蕴蓄的寂寞忧伤之感，在作词时有意无意地渗入笔下女性人物身上，深合创作主体的心理发生机制。所以，对词意的领悟，不必说得过死，高下深浅，蹈虚坐实，听凭各人解会即可。至于十四首之间的关系，究竟是前后映带的浑然一体，还是别具匠心的两两相对，抑或未必一时之作的各自独立，比较而言，前二说见出立论者的眼光和深度，后一说似更接近作品的实际。

更漏子

柳丝长,春雨细。花外漏声迢递①。惊塞雁,起城乌②。画屏金鹧鸪③。　香雾薄④。透帘幕。惆怅谢家池阁⑤。红烛背⑥,绣帘垂。梦长君不知。

【注释】

①漏声:铜壶滴漏之声。或谓据滴漏计时打更报点的声音。唐杜甫《奉和贾至舍人早朝大明宫》:"五夜漏声催晓箭,九重春色醉仙桃。"迢递:遥远貌。三国魏嵇康《琴赋》:"指苍梧之迢递,临回江之威夷。"

②惊塞雁二句:言花外远远传来的漏声,惊起了从北方飞来的大雁和城上栖息的乌鹊。唐马戴《赠前蔚州崔使君》:"战回脱剑绾铜鱼,塞雁迎风避隼旟。"唐储光羲《尚书省受誓诫贻太庙裴丞》:"沉沉云阁见,稍稍城乌起。"

③画屏句:转写室内,言卧听更漏的女子,看着屏上绘饰的金色鹧鸪出神。

④香雾:燃香飘起的烟气。唐许浑《观章中丞夜按歌舞》:"彩槛烛烟光吐日,画屏香雾暖如春。"

⑤谢家池阁:谢娘家的华美居所。谢娘:在南朝梁刘令娴《摘同心栀子赠谢娘因附此诗》题中已出现,当是某位谢姓歌女。明胡震亨《唐音癸签》载:唐太尉李德裕有爱妾谢秋娘,眷之甚隆,贮以华屋。德裕

后镇浙西，为悼念秋娘，用炀帝《望江南》撰《谢秋娘曲》。后因以谢娘指代爱妾或歌妓，以谢家指代青楼。或云：谢家池阁指东晋谢氏豪门家宅，用以指代豪华宅第。

⑥红烛背：即灯烛的背面。唐韩偓《闻雨》："罗帐四垂红烛背，玉钗敲着枕函声。"

【简析】

词写春闺怀人。起句"柳丝长"虽是衬笔，但置于篇首，用作起兴，实有贯通全词之功用。接写春雨霏霏之夜，花外传来迢递的滴漏声，惊起了栖宿的塞雁城乌，雁鸣嘹唳，乌啼咿呀，和着迢递漏声，传响在寂静的雨夜里，显得格外刺耳惊心。这是深夜不眠的女子，辗转反侧之际的敏感听觉，颠之倒之，声声入耳，更让她听得难以入眠。恍惚之间，她甚至感觉到枕畔屏上所绘的一双鹧鸪鸟，也欲作惊起飞鸣之状。足见种种夜声对不眠女子的痛苦折磨。过片上承前结，转写画屏绣帏之内的情景。夜深香残，在透入帘幕的稀薄烟雾里，无眠的女子看着屏绘的"双双金鹧鸪"图案，自伤孤寂，惆怅不已。几番挣扎、遣愁无计的她，最终无奈地背过红烛，垂下绣帘，希望借助睡眠能够做一个好梦，来消此难遣之烦恼。然而梦中相思光景，天涯远人亦未必能够感知。"梦长君不知"一结收束，点出题旨，仍不加说破；似含幽怨，但不失蕴藉；与"此事竟谁知"、"此情谁得知"，同一笔墨手腕。或谓此首乃"思君之词，托于弃妇，以自写哀怨"（陈廷焯《词则》），则是遵循男女君臣、比兴寄托的思路，从中抽绎出的微言大义。所得结论虽未必可取，但不失为一种文本解读的方法。

其 二

星斗稀，钟鼓歇。帘外晓莺残月①。兰露重②，柳风斜③。满庭堆落花④。　　虚阁上⑤，倚栏望。还似去年惆怅⑥。春欲暮，思无穷。旧欢如梦中⑦。

【注释】

①星斗三句：写破晓之景。钟鼓：古代击以报时之器。唐杜甫《院中晚晴怀西郭茅舍》："复有楼台衔暮景，不劳钟鼓报新晴。"歇：停止。晓莺：清晨的莺啼声。唐张建封《竞渡歌》："五月五日天晴明，杨花绕江啼晓莺。"

②兰露重：兰草上晨露浓重。唐曹唐《张硕重寄杜兰香》："碧落香销兰露秋，星河无梦夜悠悠。"

③柳风斜：晨风斜拂柳丝。唐元稹《遣春十首》之一："暗芳飘露气，轻寒生柳风。"

④满庭句：满庭落花，已是暮春。

⑤虚阁：高阁。或言空阁。唐雍陶《题大安池亭》："幽岛曲池相隐映，小桥虚阁半高低。"

⑥还似句：言凭栏所见风物，还像去年一样令人惆怅。暗示去年此时，已与所欢分别。

⑦旧欢：旧时的欢乐。唐皇甫冉《送钱塘陆少府赴制举》："公车待诏赴长安，客里新正阻旧欢。"

【简析】

词写暮春闺思。起二句从晓景切入，视听并用，从星斗渐稀的天空写到钟鼓声歇的城阙，展开一个广大的时空背景。习惯说《花间》词境狭小，也只能是相对而言。接一句由大背景收缩为小环境，写闺阁帘外的晓莺鸣啭与残月辉光，这就像是长镜头摇过后的近景镜头，这一句仍然是视觉、听觉同步展开。"兰露"三句，写帘外庭院的清晨景色，兰叶露重低垂，柳丝风里吹斜，落花满地堆积，一派春意阑珊的光景，与晓莺残月的凄清，一起烘衬出伤春伤别的寂寞情绪。在上片通过写景提供抒情背景、完成烘托渲染之后，下片集中表现人物活动。过片写女子晨起登阁眺望，情系远人，感受着和去年此时一样的惆怅。可知当初的别离，是远在去年之前的事了。"去年"是心理时间的倒流，表明这离别相思之愁，已是年复一年，无有了时。"春欲暮"回应上片"满庭堆落花"，透出良辰虚度之叹惋。"思无穷"概言千种相思风情，内涵丰富复杂。"旧欢如梦中"，是无穷情思的一个焦点，点出了女子相思心理的明确指向。"如梦"之感，是别离长久、欢情不再、记忆徒存的反映，言外含有无限感伤之意。

其　三

金雀钗①，红粉面②。花里暂时相见③。知我意，感君怜。此情须问天④。　香作穗⑤。蜡成泪⑥。还似两人心意⑦。山枕腻，锦衾寒。觉来更漏残。

【注释】

①金雀钗：钗头作雀形的金钗，又名金爵钗。三国魏曹植《美女篇》："头上金爵钗，腰佩翠琅玕。"

②红粉面：言面部涂饰胭脂铅粉。

③花里句：回忆花间欢会情景。

④知我意三句：言君知我意，我感君怜，两情相悦，心意相通，苍天可鉴。唐李端《王敬伯歌》："君初感妾叹，妾亦感君心。"

⑤香作穗：香烬结出穗状下垂物。唐韩偓《生查子》："时复见残灯，和烟坠金穗。"

⑥蜡成泪：蜡脂滴沥如泪。唐李贺《恼公》："蜡泪垂兰烬，秋芜扫绮栊。"

⑦还似句：言香烬、蜡泪似两人心意。或谓以香烬成灰、蜡燃成泪的热烈，喻指两心相同；或谓男子如香穗心意灰冷，女子如蜡烛熬煎流泪，喻指两心不同。

【简析】

词写恋情。上片表现青年男女相爱的热烈缠绵。起三句叙写美丽的女子与情人花间相会的场面。"暂时"可能是实写，更大的可能是欢乐苦短的爱情心理的反映。接三句抒发互相爱悦、两心相契的热烈缠绵之情。"此情须问天"句，极言彼此相爱之深，唯有苍天解知。换头三句，理解上有歧义，或谓承接前结，以香烬成灰、蜡燃成泪的热烈，喻指两心相同；或谓男子如香穗心意灰冷，女子如蜡烛熬煎流泪，喻指两心不同。结三句描写分别之后，女子孤枕寒衾、卧听残漏的凄凉情状。欢情易逝，乐尽哀来，令人悲悯。此词言情大胆热烈，坦率直露，在温词中洵为别调。

其　四

相见稀，相忆久。眉浅淡烟如柳①。垂翠幕②，结同心③。待郎熏绣衾④。　　城上月。白如雪。蝉鬓美人愁绝⑤。宫树暗⑥，鹊桥横⑦。玉签初报明⑧。

【注释】

①眉浅句：言女子画眉浅淡，如柳叶含轻烟。

②垂翠幕：放下翠色帘幕，见出时已入夜。

③结同心：女子用罗带绾成同心结。同心：指同心结，用锦带编成的连环回文样式的结子，用以象征坚贞的爱情。南朝梁萧衍《有所思》："腰中双绮带，梦为同心结。"

④熏绣衾：用香笼熏暖绣被。

⑤愁绝：极端忧愁。唐戴叔伦《三台令》："明月，明月，胡笳一声愁绝。"

⑥宫树：宫苑中的树木。唐王维《奉和圣制御春明楼临右相园亭赋乐贤诗应制》："小苑接侯家，飞甍暎宫树。"暗：因拂晓月落而觉树影沉暗。

⑦鹊桥横：言银河横斜，天将破晓。隋王眘《七夕》之一："天河横欲晓，凤驾俨应飞。"鹊桥：传说牛女七夕渡河相会，喜鹊在天河搭桥，称鹊桥。唐韩鄂《岁华纪丽·七夕》："七夕鹊桥已成，织女将渡。"原注引《风俗通》："织女七夕当渡河，使鹊为桥。"

⑧玉签：指漏箭，以竹木制成，上有刻度以计时。或谓指更签。《陈书·世祖纪》："每鸡人伺漏，传更签于殿中，乃敕送者必投签于阶石之上，令枪然有声，云：'吾虽眠，亦令惊觉也。'"南朝梁萧绎《秋兴赋》："听玉签之响殿，闻悬鱼之扣扉。"报明：报晓。

【简析】

词写通宵候人。起三句叙写女子与情人聚少离多，倍受相思之苦的折磨，眉色浅淡如烟中柳色，也无心思描画。接三句描写女子放下卧室帘帷，烘暖熏香绣被，绾结罗带同心，做好一切准备工作，热切地等待情郎的到来。过片三句转写一轮冷月高挂城头，洒下满地如雪的冷光，夜已深沉，所待之人仍然未至，让美丽的女子极度焦虑惆怅。末三句只写月落树影转暗、天上银河横斜的黎明前景色，不再描写彻夜等待落空的女子情态，把她无以言表的失望痛苦，留给读者的想象去补充完型，不了了之，亦是一收煞之法。此词不写宫怨，而篇中出现"宫树"意象，当是词人信笔之时的小小疏忽。

其 五

背江楼，临海月①。城上角声呜咽②。堤柳动，岛烟昏。两行征雁分③。　　京口路④。归帆渡⑤。正是芳菲欲度⑥。银烛尽，玉绳低⑦。一声村落鸡⑧。

【注释】

①背江楼二句：言行人背对江边楼阁，面向着月亮。海月：因月亮从东海升起，故称海月。唐张说《送王光庭》："楚云眇羁翼，海月倦行舟。"

②城上句：写早行人听着城头呜咽的角声。角声：古时军中吹角以报时报警。此指润州城戍军的号角声。角：号角。《宋书·乐志》："角长五尺，形如竹筒，本细末稍大，未详所起。今军中用之，或以竹木，或以皮为之，无定制。"唐杜甫《宿府》："永夜角声悲自语，中天月色好谁看。"

③堤柳三句：行人眼中所见。言江堤上的柳树在晨风中拂动，江中

洲岛上云雾沉沉,空中两行大雁呈人字形分飞。岛:指江中洲渚。征雁:指春秋两季南北迁徙之雁。南朝梁刘潜《从军行》:"木落雕弓燥,气秋征雁肥。"

④京口路:京口一带的道路。京口:唐润州,今江苏镇江。"京口"又作"西陵",李一泯《花间集校》云:"京口在今镇江,西陵属今湖北,承上'海月'、'岛烟'句,作'京口'是。"

⑤归帆:归船。唐陈子昂《白帝城怀古》:"古木生云际,归帆出雾中。"

⑥芳菲欲度:春光将尽。芳菲:花草盛美。南朝陈顾野王《阳春歌》:"春草正芳菲,重楼启曙扉。"此指代大好春光。度:过。

⑦玉绳低:为将晓之天象。南朝齐谢朓《暂使下都夜发新林至京邑赠西府同僚》诗:"金波丽鳷鹊,玉绳低建章。"玉绳:星名。《文选·张衡〈西京赋〉》:"上飞闼而仰眺,正睹瑶光与玉绳。"李善注引《春秋元命苞》曰:"玉衡北两星为玉绳。"

⑧村落:村庄。《三国志·魏志·郑浑传》:"入魏郡界,村落齐整如一。"唐张乔《归旧山》:"昔年山下结茅茨,村落重来野径移。"

【简析】

温词有时仿佛印象派绘画,只涂抹色彩,而不用线条连贯勾勒;又如影视的蒙太奇镜头,只并置画面,而不作任何解释说明。局部清晰,整体朦胧,词句之间往往出现不可解处,甚至整篇无解。即如此词,每一句的画面色彩均可见可感,但到底是写远行还是写归家,是写送别还是写行役,是写游子见闻还是写思妇望归,颇难论定。而不管作哪一种理解,都会出现前后不接、彼此龃龉的说不圆处。最明显的矛盾,就是上片的"两行征雁分"喻示分别,下片的"归帆渡"却写回归。文本里明明是"归帆",论者为了解通,却硬要把它说成"征帆远行"。这种情况,还真是有些像晦涩无解、莫名其妙的现代诗,都是论者把前言不搭后语的破碎句子、意象强为整合,然后给出一种似是而非、很难有说服力的解释。也难怪温庭筠词会在二十世纪三十年代,受到一群现代主义诗人的热情追捧。当然,这样讲并非是说此词一无是处,词的上片所写江楼、海月、岛烟、征雁等意象,所展示出的苍茫阔大的画面意境,在狭小香弱的温词乃至整个《花间》词中,显得弥足珍贵。结句"一声村落鸡",也让人联想起他的《商山早行》名句"鸡声茅店月,人迹板桥霜",从而加深对行旅之人道路辛苦之状的体会。甚至这首词整体上苍茫迷蒙、萧索荒寂的情调氛围,都能让读者鲜明强烈地加以感知。但词作前后无法用一条清晰的意脉线索加以贯穿,仍是横亘在人们面前的一道难以逾越的阅读障碍。

其 六

玉炉香①,红蜡泪。偏照画堂秋思②。眉翠薄,鬓云残。夜长衾枕寒③。　梧桐树,三更雨。不道离情正苦④。一叶叶,一声声。空阶滴到明⑤。

【注释】

①玉炉:香炉的美称。唐胡杲《七老会》:"霜鬓不嫌杯酒兴,白头仍爱玉炉熏。"

②偏照:特地照着。南朝陈阴铿《侯司空宅咏妓》:"翠柳将斜日,偏照晚妆鲜。"画堂:宫中饰有彩绘的殿堂,泛指华丽的堂舍。南朝梁萧纲《饯庐陵内史王修应令》:"回池泻飞栋,浓云垂画堂。"秋思:秋日

寂寞凄凉的思绪。唐沈佺期《古歌》："落叶流风向玉台，夜寒秋思洞房开。"此指画堂女子的秋夜离思。

③眉翠三句：言女子为离思所苦，黛眉翠减，云鬓散乱，辗转难眠，忍受着孤衾中的秋夜寒意。

④不道：不顾，不管。唐李白《长干行》："相迎不道远，直至长风沙。"

⑤空阶句：南朝梁何逊《临行与故游夜别》："夜雨滴空阶，晓灯暗离室。"

【简析】

《更漏子》即夜曲之意，此首内容切合题调，写空闺独守、彻夜不寐的女子的秋思。起三句以炉香、蜡泪托出画堂秋思，接三句描写为秋思所苦，眉薄鬓残、辗转无眠的思妇形象。此词妙在下片，借"秋雨梧桐"的典型情境，来抒写女子的离愁别苦。梧桐叶阔且厚，雨滴淋在上面发出的响声较大，兼之深秋季节，梧叶已枯，雨打其上，一片"嘭嘭嗒嗒"如击似叩之声，夜深人静的时候，听来就觉特别刺耳。为离情所苦的女子本就不易入睡，这夜半的梧桐雨声，更搅扰得她心烦意乱，辗转难眠。"不道"一句是无理有情之语，埋怨梧桐夜雨一点儿也不体谅人的苦衷，只管自个儿下个没完没了。写雨的无情，更衬出人的为情所累、不得解脱的无可奈何苦况。末三句通过女子的听觉，来写梧桐雨彻夜不停，暗示她彻夜不眠。这三句用笔既细又曲，"叶叶"、"声声"的叠字，更给人以单调重复、无穷无尽的感觉。思妇就是在这难以忍受的熬煎之中，挨过了漫漫长夜。谢章铤说这几句"语弥淡，情弥苦"（《赌棋山庄词话》），李冰若评之为"寻常情景，写来凄婉动人"（《栩庄漫记》）。陈廷焯《云韶集》认为"结三语开宋人先声"，更指出了这几句的语言、意境影响后世的词"史"意义。白居易《长恨歌》"秋雨梧桐叶落时"的诗句，经过此词的创造性继承发展，对宋人的创作诸如"一声声，一更更，不道愁人不喜听，空阶滴到明"（万俟咏《长相思》）、"梧桐更兼细雨，到黄昏，点点滴滴"（李清照《声声慢》）等，产生了明显的渗透。到元人白朴作《梧桐雨》杂剧，其第四折八支曲子共八十四句，全写梧桐夜雨，可谓淋漓尽致，登峰造极。

归国遥

香玉[1]。翠凤宝钗垂簶穄[2]。钿筐交胜金粟[3]。越罗春水渌[4]。　画堂照帘残烛。梦余更漏促[5]。谢娘无限心曲[6]。晓屏山断续[7]。

【注释】

[1]香玉：有香气的玉。唐苏鹗《杜阳杂编》卷上："肃宗赐辅国香玉辟邪，其玉之香闻数百步，虽鏁之金函石匮，终不能掩其气。"此指美玉头饰。或谓喻美女香润的面颊。温庭筠《晚归曲》："弯堤弱柳遥相瞩，雀扇团圆掩香玉。"上片全写服饰，似作前解较胜。

[2]簶穄：翠钗之穗饰。见本卷《菩萨蛮》"雨晴夜合玲珑日"注[5]。

[3]钿筐：镶嵌金、银、玉、贝等物的小簪。《淮南子·齐俗训》："簂不可以持屋。"《注》曰："簂，小簪也。"温庭筠《鸿胪寺四十韵》："艳带画银络，宝梳金钿筐。"交胜：交相为美。或解为彩胜。金粟：花蕊状

金质首饰。唐杨炯《老人星赋》:"晃如金粟,灿若银烛。"

④越罗句:女子之越罗衣衫,色如春水般碧嫩。越罗:越地所产的丝织品,以轻柔精致著称。唐刘禹锡《酬乐天衫酒见寄》:"酒法众传吴米好,舞衣偏尚越罗轻。"

⑤梦余:梦后。唐许浑《秦楼曲》:"秦女梦余仙路遥,月窗风箪夜迢迢。"

⑥谢娘:见本卷《更漏子》"柳丝长"注⑤。心曲:心绪,心事。《诗经·秦风·小戎》:"言念君子,温其如玉。在其板屋,乱我心曲。"郑玄笺:"心曲,心之委曲也。"唐孟郊《古怨别》:"心曲千万端,悲来却难说。"

⑦晓屏句:谓屏风曲折错落如山断续。

【简析】

词写闺情。上片以密丽的词笔,铺写玉簪、凤钗、翠翘、钿筐、彩胜、金粟、绿罗等女性华艳的首饰衣着,以之烘托女子的艳美,堆砌罗列,鏒金结绣,体现出典型的温词语言特点。过片转写女子梦醒后视觉和听觉印象,残烛照帘,漏声频催,夜色将尽,烘托暗淡衰飒的情绪氛围。结二句点出"谢娘无限心曲",但不加说明,转以"晓屏山断续"的景语映衬喻示,把女子难以言表的微妙"心曲",表现得既形象可感,又含蓄蕴藉,可谓神来之笔。此词专看上片,确有"堆积丽字"之弊,但"越罗春水渌"一句清新淡雅,对前面的秾丽绮艳已是某种程度的调剂。如与下片合观,则上片的浓艳与下片的暗淡适成对照,起到有力的衬托作用,在表现上并非纯粹是消极意义。还有"晓屏"一句对女子心事的传神形容,也值得称道。所以,批评此词"情境俱属下劣",似有一笔抹倒之嫌。这是评点派的通病,逮住一点好处,止不住大加称赞,任意发挥,往往不着边际;抓住一点问题,忍不住痛加贬斥,以偏概全,常常不及其余。这样的揄扬评骘,难免失之偏颇。严谨的态度,还是应该记取《文心雕龙·知音》里的"六观"批评方法,对文本进行全面观察和具体分析,则长短彰明较著,优劣无以隐遁,庶几能够得出切合实际的评价。

其 二

双脸。小凤战篦金飐艳①。舞衣无力风敛②。藕丝秋色染③。 锦帐绣帏斜掩。露珠清晓簟④。粉心黄蕊花靥⑤。黛眉山两点⑥。

【注释】

①小凤战篦:饰以金凤的篦梳,在发鬓上颤动。飐(zhǎn)艳:光艳闪烁。飐:风吹浪动也。《正字通》:凡风动与物受风摇动者,皆谓之飐。唐柳宗元《登柳州城楼寄漳汀封连四州刺史》:"惊风乱飐芙蓉水,密雨斜侵薜荔墙。"

②风敛:言舞罢风歇,荡起的舞衣垂敛下来。

③藕丝句:状舞衣颜色。参本卷《菩萨蛮》"水精帘里颇黎枕"注③。

④露珠句:言竹席上似有晨露沾湿,透出凉意。

⑤粉心黄蕊:言花靥的蕊黄底色上点出红心。花靥:妇女颊上用彩色涂点的妆饰。多以金、翠颜色制成星状或花状,故称"金靥"、"翠靥"、"星靥"、"花靥"。唐五代时俗称"花子"。

⑥黛眉山两点:《花间》词多曰"山两点",山眉其状如"点",似不可解。

【简析】

  词写艳妆仕女。上片描写女子的首饰衣着，富丽华美。"小凤"一句，摹写发鬟上篦梳的轻微颤动，金彩闪烁不定，笔法细腻入微。换头转写女子的闺帏陈设，然后细描女子枕上的面部宿妆，浓艳妩媚。此词宛如一幅工笔重彩仕女图，自首至尾"全写一美人颜色服饰之态，而情酝酿其中，却无一句写出"（唐圭璋《词学论丛》），人物情感隐匿在艳词丽藻之后，含蓄蕴藉，典型地体现出温词"深美闳约"的艺术特色。但是，与温词中其它同类作品一样，此词也并非一味浓艳深隐。温词每于极浓处染以淡笔，极丽处间以清辞，如此词上片的"藕丝秋色染"、下片的"露珠清晓簟"二句，就对整体的浓艳风格起到了有效的稀释作用；而"舞衣无力"、"绣帏斜掩"的客观描写之中，似也暗示出一缕低抑、落寞的情绪，在可以意会之间，给读者的审美联想大幅留白。凡此，都是温词表现上的独到之处，解读时应该细心加以体会，方能感悟飞卿词心之妙。

酒泉子

  花映柳条。闲向绿萍池上[①]。凭栏干，窥细浪。雨萧萧。　　近来音信两疏索[②]。洞房空寂寞[③]。掩银屏[④]，垂翠箔[⑤]。度春宵。

【注释】

  [①]绿萍池上：长满浮萍的池塘边。温庭筠《春日访李十四处士》："一局残棋千点雨，绿萍池上暮方还。"

②疏索：稀疏，稀少。唐司空图《寄考功王员外》："白鸟间疏索，青山日滞留。"

③洞房：幽深的内室。多指卧室、闺房。《楚辞·招魂》："姱容修态，絙洞房些。"汉司马相如《长门赋》："悬明月以自照兮，徂清夜于洞房。"

④银屏：镶银的屏风。温庭筠《湘东宴曲》："欲上香车俱脉脉，清歌响断银屏隔。"

⑤翠箔：绿色的帘幕。

【简析】

词写春闺怀人。上片叙写长日闲暇，女子转出闺房，来到花柳掩映的绿萍池边，凭栏眺望。池中的粼粼细浪和空中的潇潇春雨，烘衬出女子迷离的情绪和微茫的心意。换头交待近来双方音信稀疏，女子深感闺中寂寞。"空"字与上片的"闲"字呼应，上片所写池边凭栏，就是她排遣寂寞的一种表现。结三句描写女子掩屏垂帘，虚度春宵，流露出无限的萧疏寂寞之意。

其 二

日映纱窗。金鸭小屏山碧①。故乡春②，烟霭隔③。背兰釭④。　宿妆惆怅倚高阁⑤。千里云影薄。草初齐⑥，花又落。燕双双。

【注释】

①金鸭：一种镀金的鸭形铜香炉。唐戴叔伦《春怨》："金鸭香消欲断魂，梨花春雨掩重门。"山碧：指小屏风上所画青绿山水。

②故乡春：唐杜甫《赠别何邕》："五陵花满眼，传语故乡春。"

③烟霭：从上片写室内景看，应指燃香散发的烟气。唐长孙佐辅《幽思》："金炉烟霭微，银釭残影灭。"但从上下句看，则应指隔断故乡春色的迢遥途程上的烟云雾霭。

④背兰釭（gāng）：指灯盏放置在床帷的背面，既不影响睡眠，又可起到适度的照明作用。兰釭：亦作兰缸，燃兰膏的灯，代指精致的灯具。《楚辞·招魂》："兰膏明烛，华灯错些。"五臣注："以兰渍膏，取其香也。"

⑤宿妆句：言晨起未及梳妆，即倚阁凭栏远眺故乡。宿妆：犹旧妆，残妆。唐岑参《醉戏窦子美人》："朱唇一点桃花殷，宿妆娇羞偏髻鬟。"

⑥草初齐：唐唐彦谦《春雨》："新丰树已失，长信草初齐。"

【简析】

　　词写暮春乡思。上片描写闺中晨景。日光映入纱窗，照在金鸭香炉和碧色屏风上。已醒未起的女子，看着屏风上绘饰的青绿山水，眼前恍然幻化出记忆中的故乡春色。但由于金鸭香炉散出的烟缕缭绕满室，兰膏香灯的残焰又被帐帏掩遮，她感觉眼前的故乡春色看不真切，有些恍惚迷离。下片承上，描写女子起来未及梳妆，就登上阁楼远眺故乡，但见千里云影，一片模糊，故乡春色，依然渺不可及。结三句是女子收回远眺的视线，所看到的楼阁旁的近景，芳草萋萋、落花飞燕的暮春景色，唤起女子岁月流逝、身世飘零之感，使她的怀乡之情更加浓郁。全词从早晨醒来见屏山而起乡思，写到起床之后登楼阁而望故乡，脉络层次十分清楚，不存在"前后舛错"的"隐晦艰涩"问题，所写为一日晨起之事，而非"两天的情事"。至于词中女子流离他乡，是因为远嫁，还是因为战乱，抑或其他原因所致，则不得而知。

其 三

楚女不归①。楼枕小河春水。月孤明②,风又起。杏花稀。玉钗斜篸云鬓髻③。裙上金缕凤④。八行书⑤,千里梦。雁南飞。

【注释】

①楚女:家在楚地的南国女子。或曰此句用《高唐赋》巫山神女典故,言此女子乃系歌妓身份。不归:无法回归故乡。

②月孤明:即孤月明。唐姚鹄《送费炼师供奉赴上都》:"萝磴静攀云共过,雪坛当醮月孤明。"

③斜篸(zān):斜插。此词又见冯延巳《阳春集》,"篸"即作"插"。

④金缕凤:金线绣出的凤凰图案。

⑤八行书:书信。古代信笺多每页八行,因以代称书信。北齐邢邵《齐韦道逊晚春宴》:"谁能千里外,独寄八行书。"

【简析】

此首思乡之词。一起即用重笔点明"楚女不归"的现实境况,其间多少滞留思乡的痛苦,尽在不言之中。那阁楼前的小河春水,就像她的思乡之情,日夜流淌,悠悠不尽。又是杏花飘飞、孤月朗照的暮春之夜,不眠的楚女见落花而起春愁,望明月而怀故乡,内心经受着伤春伤别感情的痛苦折磨。换头二句,补写楚女的衣饰妆容之美,以鲜丽繁密之词彩,映衬楚女内心的孤寂,显出温词的凄艳特色。末三句以景结情,写月夜楚女乡情难遣、欲归无计之际,适有夜鸿飞过,便欲请托鸿雁捎书传梦,聊寄乡情。词作前后照应,"楚女"即南国女子,家乡当然是在南方,所以才生出托南飞的鸿雁传书捎梦的想法。或谓词写男子思念楚女,则"不归"就是指楚女留恋南国家乡,没有回到北方男子的身边。所以在暮春月夜,男子望月怀人,眼前幻化出楚女美丽的身影,这时适有迁徙的大雁飞过小楼,男子便想托鸿雁给滞留不归的楚女捎书传梦,寄托自己的深切思念之情。如此解读,似亦可通。但细读文本,词中还是有一处瑕疵,即"雁南飞"的结句,词作展开的季节背景是暮春,其时正值大雁北归,断无南飞之理。可能是词人信手写来,也可能是为了楚女捎书方便,于是就留下了一处小小的笔误。

其　四

罗带惹香①。犹系别时红豆②。泪痕新,金缕旧③。断离肠④。　　一双娇燕语雕梁。还是去年时节。绿阴浓,芳草歇。柳花狂⑤。

【注释】

①罗带:丝织的衣带。隋李德林《夏日》:"微风动罗带,薄汗染红妆。"惹香:沾染香气。唐岑参《寄左省杜拾遗》:"晓随天仗入,暮惹御香归。"

②犹系句:言罗带上还系着去年别时对方赠与的红豆。红豆:红豆树、海红豆及相思子等植物种子的统称。其色鲜红,常用以象征爱情或相思。唐王维《相思》:"红豆生南国,春来发几枝。愿君多采撷,此物最相思。"

③金缕旧:此言金缕衣已穿旧,以见别离之久。

④离肠:充满离愁的心肠。唐武元衡《南徐别业早春有怀》:"虚度

年华不相见,离肠怀土并关情。"

⑤绿阴三句:写暮春景色。芳草歇:芳草香气消竭。唐孟郊《独愁》:"常恐百鸟鸣,使我芳草歇。"柳花狂:形容柳絮漫天飞舞。唐白居易《裴常侍以题蔷薇架十八韵见示因广为三十韵以和之》:"怯教蕉叶战,妒得柳花狂。"

【简析】

词写别后相思之情。一起二句,即是表现相思之情的典型细节,罗带是赠别的信物,红豆是恋情的象征,罗带犹系红豆,表明此情永不忘怀。接以"泪痕新,金缕旧"两句对比性的描写,见出这别后的漫长时光里,女子日复一日的相思痛苦。换头二句,是女子眼前所见与心理记忆的叠印闪回,看到梁上呢喃的双燕,想起去年此时相聚的欢乐。倏忽又是一年春,去年的燕子又双双飞回梁上的故巢,去年的欢情而今难再,让女子倍感孤寂伤怀。末三句以暮春景物收束,光色深暗,画面迷离,映衬出女子意乱情迷的黯淡相思心境。

定西番

汉使昔年离别①。攀弱柳②,折寒梅③。上高台④。　千里玉关春雪⑤。雁来人不来。羌笛一声愁绝⑥。月徘徊⑦。

【注释】

①汉使:或谓指汉代通西域的张骞,事迹见东汉班固《汉书·张骞传》。或谓泛指唐朝出使西北边塞的使者,系词中女主人公之丈夫。或谓

借指征人或沦落边地之人。昔年离别：或指汉使辞家远使，或指汉使离开边地东归。

②攀弱柳：折柳赠别。《三辅黄图》卷六《桥》："霸桥在长安东，跨水作桥，汉人送客至此桥，折柳赠别。"

③折寒梅：折梅寄远，表达思念之情。《太平御览》卷九七〇引南朝宋盛弘之《荆州记》："陆凯与范晔友善，自江南寄梅花一枝诣长安与晔，并赠诗曰：'折梅逢驿使，寄与陇头人。江南无所有，聊赠一枝春。'"

④上高台：登高望远，寄托思乡之情。《乐府诗集》卷一六《临高台》，《乐府解题》曰："若齐谢朓'千里常思归'，但言临望伤情而已。"或谓此指女子登上高台，眺望远行的汉使。

⑤玉关：即玉门关。汉武帝置。因西域输入玉石时取道于此而得名。汉时为通往西域各地的门户。故址在今甘肃敦煌西北小方盘城。北周庾信《竹杖赋》："玉关寄书，章台留钏。"

⑥羌笛：古代的管乐器。长二尺四寸，三孔或四孔。因出于羌中，故名。唐王之涣《凉州词》之一："羌笛何须怨杨柳，春风不度玉门关。"

⑦月徘徊：月影移动。三国魏曹植《七哀诗》："明月照高楼，流光正徘徊。"

【简析】

此词就题发挥，可作二解：或谓写西北边地之人怀念张骞，或谓从女子角度抒征人思妇之情。作第一解，上片追叙张骞当年离开西域时的情景，边地之人用折柳、赠梅、高台凭眺等方式，表达依依惜别之情。下片以玉门关外千里春雪为背景，以月夜悲凉的羌笛声作烘托，抒写边地之人对张骞一去不归的强烈思念之情。作第二解，上片即是思妇追忆当年送别征人的情景,下片也变成了对思妇别后期盼雁书、愁听羌笛、望月怀人等惆怅情态的描叙。二解均可说通,但第一解于义较长,春雪雁来,应是北归的春雁,而非南飞的秋雁,所以还是解为西北边地之人盼望张骞随着春雁一起北归为是。词作选取的边塞题材,也改变了温词的绮艳风格,给读者带来别样的美感。

其 二

海燕欲飞调羽①。萱草绿,杏花红②。隔帘栊③。　　双鬓翠霞金缕④。一枝春艳浓⑤。楼上月明三五⑥。琐窗中⑦。

【注释】

①海燕:燕子的别称。古人认为燕子产于南方,须渡海而至,故名。唐沈佺期《古意》:"卢家少妇郁金堂,海燕双栖玳瑁梁。"调羽:调弄羽翼,准备飞翔。

②萱草二句:温庭筠《禁火日》:"舞衫萱草绿,春鬓杏花红。"

③帘栊:窗帘和窗櫺。也泛指门窗的帘子。南朝宋谢惠连《七月七日夜咏牛女》:"落日隐櫩楹,升月照帘栊。"

④翠霞:形容钗色。金缕:指钗穗。唐杨容华《新妆诗》:"凤钗金作缕,鸾镜玉为台。"

⑤一枝句:言鬓边插一枝浓艳的鲜花。亦喻女子妆成,艳如春花。

⑥三五:谓十五天。《礼记·礼运》:"是以三五而盈,三五而阙。"后指农历每月的十五日。《古诗十九首·孟冬寒气至》:"三五明月满,四五蟾兔缺。"

⑦琐窗:镂刻或绘有连环形花饰的窗棂。南朝宋鲍照《玩月城西门

廊中》:"蛾眉蔽珠栊,玉钩隔琐窗。"

【简析】

　　词赋春日美人。上片描写帘栊之外燕子调羽、草绿花红的大好春色。换头转写帘内之人的妍美妆容,如一枝盛开的鲜花。结二句写花好月圆之夜,美人把自己深掩于琐窗之内,幽闺独处。小词到此收束,一种"盛年处房室"的孤寂忧伤之意,留给读者解会,温词言情含蓄深隐的特点,于此可见一斑。

其　三

　　细雨晓莺春晚。人似玉,柳如眉①。正相思。　　罗幕翠帘初卷。镜中花一枝②。肠断塞门消息。雁来稀③。

【注释】

　　①柳如眉:即眉如柳,与上句成对句。唐白居易《长恨歌》:"芙蓉如面柳如眉,对此如何不泪垂。"

　　②镜中句:喻女子貌美如花。

　　③肠断二句:传书的鸿雁来得稀少,戍边的征人久无音讯,思妇为之肠断。塞门:边关。《文选》南朝宋颜延之《赭白马赋》:"简伟塞门,献状绛阙。"李善《注》:"塞,紫塞也。有关,故曰门。"

【简析】

　　词写思妇闺怨。起句先写天气季节,接写闺中女子醒来,在暮春细雨霏霏的早晨,听着晓莺的鸣啭,沉浸在对远人的思念之中。换头描写女子晨起卷帘,对镜梳妆,"镜中花一枝"的暗喻,与上片"人似玉,柳如眉"的明喻,都是形容女子的美丽。结二句交待上片"正相思"的原因,是边关征人音信稀疏,让女子牵挂不已,为之肠断。

杨柳枝

宜春苑外最长条①。闲袅春风伴舞腰②。正是玉人肠绝处③,一渠春水赤栏桥④。

【注释】

①宜春苑:苑囿名。秦时在宜春宫之东,汉称宜春下苑。即后所称曲江池者。故址在今陕西西安市东南。《艺文类聚》卷三引北周庾信《春赋》:"宜春苑中春已归,披香殿里作春衣。"最长条:指柳条。唐杜甫《绝句漫兴九首》之九:"谁谓朝来不作意,狂风挽断最长条。"

②闲袅句:言柳条在春风中袅娜飘动,堪与舞女的纤腰比美。唐白居易《杨柳枝》:"叶含浓露如啼眼,枝袅轻风似舞腰。"

③玉人:容貌美丽的人。《晋书·卫玠传》:卫玠"年五岁,风神秀异……总角乘羊车入市,见者皆以为玉人,观之者倾都"。南朝宋刘义庆《世说新语·容止》:裴楷"粗服乱头皆好,时人以为玉人"。后多用以称美丽的女子。唐元稹《莺莺传》:"隔墙花影动,疑是玉人来。"肠绝:犹肠断。唐段安节《乐府杂录·歌》:"永新乃撩鬓举袂,直奏曼声,至是广场寂寂,若无一人,喜者闻之气勇,愁者闻之肠绝。"

④一渠春水:唐白居易《板桥路》:"梁苑城西二十里,一渠春水柳千条。"赤栏桥:长安城郊桥名。唐杜佑《通典》:"隋开皇三年,筑京城,引香积渠水自赤栏经第五桥西北入城。"亦泛指红色栏杆的桥。唐顾

况《叶道士山房》:"水边垂柳赤阑桥,洞里仙人碧玉箫。"

【简析】

词咏本调,写宜春苑外柳树。前二句把柳树纤长的枝条在风中飘拂的样子,比拟为舞女纤细的腰肢、轻盈的舞姿,赋予柳树一抹女性化的香艳色彩。后二句再引入感伤的别离场景,赤栏桥下,柳丝低拂一渠春水;赤栏桥上,柳条折处玉人肠断。这样,就把柳树枝条的外形特点和情感内涵,都巧妙地写到了,词作显得风神旖旎,可谓深得题调之神韵。

其 二

南内墙东御路傍[①]。须知春色柳丝黄[②]。杏花未肯无情思[③],何事行人最断肠[④]。

【注释】

①南内:《旧唐书·玄宗纪》:"兴庆宫,在隆庆坊,本玄宗在藩时故宅。西南隅有花萼相辉勤政务本之楼。在东内之南,故名南内。"御路:即御道。《晋书·五行志中》:"太和末,童谣曰:'犁牛耕御路,白门种少麦。'"唐王泠然《汴河柳》:"穿地凿山开御路,鸣笳迷鼓泛清流。"

②须知句:言要想知道春色如何,须看嫩黄的柳丝颜色。

③未肯:未必之意。

④何事句:言杏花亦为有情有思之花木,行人为什么独对柳枝忧伤断肠呢?何事:为何,何故。晋左思《招隐》之一:"何事待啸歌?灌木自悲吟。"

【简析】

词咏本调,写御路边的柳树。前两句说此柳树长在南内墙东,地近皇宫，早沾阳光雨露，所以要想知道人间春色几分，只需看看这御路柳丝是否黄嫩即可。言外似有寓托之意。后二句以杏花与柳丝相比较，谓明艳的杏花未必不解离愁别绪，可是为什么远行之人却总是看到柳丝感觉销魂断肠呢？这一比一问，无理而妙，使小词别添一番撩人的风韵。

其　三

苏小门前柳万条①。毵毵金线拂平桥②。黄莺不语东风起，深闭朱门伴舞腰③。

【注释】

①苏小：即苏小小，南朝齐时钱塘名妓。《乐府诗集·杂歌谣辞三·苏小小歌序》："《乐府广题》曰：'苏小小，钱塘名倡也。盖南齐时人。'"门前柳万条：唐白居易《杭州春望》："涛声夜入伍员庙，柳色春藏苏小家。"唐杜牧《自宣城赴官上京》："谢公城畔溪惊梦，苏小门前柳拂头。"唐人咏苏小，言其家门多说及柳，未知仅出于点染词色，还是其门前多植柳故。

②毵毵（sān sān）：垂拂纷披貌。此言柳条垂拂纷披。唐孟浩然《高阳池送朱二》："澄波澹澹芙蓉发，绿岸毵毵杨柳垂。"金线：言柳丝纤长嫩黄如金线。唐韩偓《柳》："一笼金线拂弯桥，几被儿童损细腰。"平桥：没有弧度的桥。温庭筠《春洲曲》："门外平桥连柳堤，归来晚树黄莺啼。"

③朱门：红漆大门。指贵族豪富之家。唐杜甫《自京赴奉先县咏怀五百字》："朱门酒肉臭，路有冻死骨。"

【简析】

　　词咏本调,写苏小门前柳。前二句叙写苏小门前柳丝万条,纷披垂袅,低拂平桥,一派盎然春意。后二句写风中柳姿,仍以舞腰作比拟,当是近取譬,指苏小纤细轻软的舞腰。值得注意的是"黄莺不语"、"深闭朱门"二语,表现环境的清幽,给人以门庭寂寂的感觉,似有若无间,带出几许伤悼苏小旧事的惆怅意绪。

其　　四

　　金缕毵毵碧瓦沟①。六宫眉黛惹香愁②。晚来更带龙池雨③,半拂栏干半入楼。

【注释】

　　①金缕:指柳条,言其纤长黄嫩如金色丝线。唐戴叔伦《长亭柳》:"雨搓金缕细,烟袅翠丝柔。"瓦沟:瓦楞之间的泄水沟。南宋戴侗《六书故》:"仰瓦受覆瓦之流,所谓瓦沟也。"唐白居易《宿东亭晓兴》:"雪依瓦沟白,草绕墙根绿。"

　　②六宫:古代皇后的寝宫,正寝一,燕寝五,合为六宫。用以称后妃或其所居之地。唐白居易《长恨歌》:"回眸一笑百媚生,六宫粉黛无颜色。"眉黛:即粉黛,指六宫嫔妃宫女。

　　③龙池:池名。所名之池非一。其一在唐长安隆庆坊玄宗未即位时所居的旧邸旁,中宗曾泛舟其中。玄宗即位后于隆庆坊建兴庆宫,龙池被包容于内。在今陕西西安兴庆公园内。唐钱起《赠阙下裴舍人》:"长乐钟声花外尽,龙池柳色雨中深。"

【简析】

　　词咏本调,写宫中柳树。前二句言春日宫柳金丝披拂,与碧瓦相映生色,惹得六宫粉黛感物起情,生出青春虚度之愁绪。后二句转写傍晚时分,雨中新沐的柳条带着湿润的水气,拂栏入楼,更让宫女们情怀不堪。把傍晚的雨说成"龙池雨",一者关合宫中龙池,切近宫柳的题面;更重要的,是喻"龙池雨"为皇帝的恩泽,宫柳得沾而宫女无分,借以衬出她们的怨艾自伤之意。

其　五

　　馆娃宫外邺城西①。远映征帆近拂堤②。系得王孙归意切,不关芳草绿萋萋③。

【注释】

　　①馆娃宫:吴宫名。春秋时吴王夫差为西施所造,或云为吴王阖闾养越美人之处。在今江苏苏州西南灵岩山上,灵岩寺即其旧址。邺城:古地名。明张自烈《正字通》:"今相州邺城,齐桓公所筑。"秦置县。三国魏为邺都。晋避怀帝讳,改为临漳。后为前秦、后赵、东魏、北齐都城。隋复为邺县,宋废。故址在今河北临漳西,河南安阳北。华锺彦《花间集注》曰:"二地并多杨柳。"

　　②征帆:指远行的船。南朝梁何逊《赠诸旧游》:"无由下征帆,独与暮潮归。"

　　③系得二句:反用汉淮南小山《招隐士》"王孙游兮不归,春草生兮萋萋"句意,言柳丝牵系得王孙归心急切,与萋萋芳草无关。王孙:王的子孙。后泛指贵族子弟。《左传·哀公十六年》:"王孙若安靖楚国,匡

正王室,而后庇焉。启之愿也。"唐杜甫《哀王孙》:"腰下宝玦青珊瑚,可怜王孙泣路隅。"用为对人的尊称。《史记·淮阴侯列传》:"吾哀王孙而进食,岂望报乎?"司马贞《索隐》引刘德曰:"秦末多失国,言王孙、公子,尊之也。"亦代指隐士。汉淮南小山《招隐士》:"王孙游兮不归,春草生兮萋萋。"王夫之《通释》:"王孙,隐士也。秦汉以上,士皆王侯之裔,故称王孙。"此指游子。

【简析】

词咏本调,写吴宫、邺都柳树。馆娃宫与邺城,虽地分南北,相距遥远,但都以多柳闻名,且并以贮美见称。吴宫临太湖,邺都傍漳水,柳树宜植水边,水光可助柳色,故而每当春来,馆娃宫外,铜雀台畔,柳丝远映征帆,近拂堤岸,袅袅飘动,依依有情,牵系得远行之人归意浓挚。末句以"萋萋芳草"衬托柳色,言游子归心切至,非关草色,实为柳丝牵系之故。这是尊题的手法,因题目咏柳,故而推开芳草,以为反衬,目的不是翻案,而是为了突出咏柳这一主题。

其 六

两两黄鹂色似金①。袅枝啼露动芳音②。春来幸自长如线③,可惜牵缠荡子心④。

【注释】

①两两句:华锺彦《花间集注》曰:"以黄鹂衬出柳枝,与杜甫'两个黄鹂鸣翠柳'意同。"两两:成双成对之意。唐王勃《临高台》:"鸳鸯池上两两飞,凤凰楼下双双度。"黄鹂:黄莺。唐王维《积雨辋川庄作》:"漠漠水田飞白鹭,阴阴夏木啭黄鹂。"

②芳音：美妙的声音。唐张祜《筝》："芳音何更妙，清月共婵娟。"

③幸自：本自，原来。唐韩愈《戏题牡丹》："幸自同开俱隐约，何须相倚斗轻盈。"

④可惜：犹言可爱，赞赏之词。荡子：指辞家远出、羁旅忘返的男子。《文选·古诗〈青青河畔草〉》："荡子行不归，空床难独守。"李善注："《列子》曰：有人去乡土游于四方而不归者，世谓之为狂荡之人也。"唐杜甫《冬晚送长孙渐舍人归州》："参卿休坐幄，荡子不还乡。"

【简析】

词咏本调，写闺中怀人之情。初春柳色以嫩黄见赏，"柳色黄金嫩"、"嫩于黄金软于丝"，都是赞赏嫩柳金黄之色的名句，此首前二句也是写柳色黄嫩的，但不直接去写，采用间接手法，描写金羽的黄鹂双双对对，在带露的柳枝间婉转啼唱，以之暗写柳色，笔致十分灵动；同时，成双成对的黄鹂，又对思妇构成反衬，和柳色一起，兴起思妇的孤寂之感、怀人之情。这样自然过渡到后二句，写思妇庆幸春来柳条依旧长如丝线，它或许能够将游子飘荡忘返之心牵住，让他早日回到自己身边。因此，在思妇眼里，金黄的柳丝就显得特别可爱了。前二句明写黄鹂、暗写柳色、反衬思妇的灵动笔法，后二句借柳丝所表现的思妇微妙心理，都是此词艺术上的足多之处。

其 七

御柳如丝映九重①。凤凰窗映绣芙蓉②。景阳楼畔千条路③，一面新妆待晓风④。

【注释】

①御柳：宫禁中的柳树。唐沈佺期《和户部岑尚书参迹枢揆》："御柳垂仙掖，公槐覆礼闱。"九重：天子所居有门九重，代指皇宫。战国楚宋玉《九辩》："岂不郁陶而思君兮，君之门以九重。"《礼记·月令》郑注："天子九门者，路门也，应门也，雉门也，库门也，皋门也，城门也，近郊门也，远郊门也，关门也。"

②凤凰窗：当言宫中后妃所居之窗。绣芙蓉：绣有芙蓉图案的帘帐之属。

③景阳楼：南朝宫楼名，故址在今江苏南京。《南齐书》卷二〇《武穆裴皇后传》："上数游幸诸苑囿，载宫人从后车。宫内深隐，不闻端门鼓漏声，置钟于景阳楼上，应五鼓及三鼓，宫人闻钟声，早起妆饰。"千条：言柳枝茂密，万缕千条。

④一面句：华锺彦《花间集注》曰："承上言宫女一面晓妆，一面领略此柳风也。"

【简析】

词咏本调，写南齐宫苑柳树。首句总写宫中柳色，次句转写宫女居室装饰陈设的华美，将可人的柳色与美丽的宫女联系起来，为后二句铺垫。三、四句写景阳楼畔柳色繁茂，万缕千条，低拂御路，那一抹青翠之色，像是宫女晨妆初成，新美动人。景阳楼乃南齐武帝所置钟楼，宫女闻钟声起来晨妆，词中"一面新妆"，即暗含这个典故。词笔佳处，在于不知不觉之间，就把咏柳和写人、把新柳之美和新妆之美融为一体，浑然不分，柳耶人耶，人柳莫辨，深得点染映衬之妙。

其 八

织锦机边莺语频①。停梭垂泪忆征人②。塞门三月犹萧索③,纵有垂杨未觉春④。

【注释】

①织锦机:用苏蕙织锦回文典事。《晋书·列女传·窦滔妻苏氏传》:"窦滔妻苏氏,始平人也,名蕙,字若兰,善属文。滔,苻坚时为秦州刺史,被徙流沙,苏氏思之,织锦为回文旋图诗以赠滔。宛转循环以读之,词甚凄惋。"相传其锦纵横八寸,题诗二百余首,计八百余言,纵横反复,皆成章句。后遂以"织锦回文"借指妻子的书信诗简,亦用以赞扬妇女的绝妙才思。莺语频:黄莺不停地啼叫。

②停梭句:言女子因思念征人而无心织锦,伤感落泪。

③萧索:萧条冷落,凄凉。晋陶潜《自祭文》:"天寒夜长,风气萧索。"

④纵有句:言边塞三月天气犹寒,即使有垂杨也感觉不到太多春意。

【简析】

词咏本调,写边塞柳树,抒思妇怀远之情。前二句化用苏蕙织锦的典故,写家中思妇在黄莺娇啭声里,停梭垂泪,忆念远戍边关的征人。这里仍是明写黄莺,暗写柳色,所谓"柳浪闻莺",黄莺和柳树作为春天的标志性景物,总是紧密地联系在一起。后二句切题,言边塞三月天气犹寒,即使有几株垂柳泛绿,也感觉不到多少春天的气息。这两句翻用王之涣《凉州词》"羌笛何须怨杨柳,春风不度玉门关"诗意,转进一层,极写边塞苦寒,这正是思妇垂泪、格外牵挂的原因。

关于这一组《杨柳枝》，清人郑文焯发表过如下看法："宋人诗好处，便是唐词。然飞卿《杨柳枝》八首，终为宋诗中振绝之境，苏、黄不能到也。唐人以余力为词，而骨气奇高，文藻温丽。有宋一代学人，专志于此，驳骏入古，毕竟不能脱唐、五代之窠臼，其道亦难矣"（龙榆生《唐宋名家词选》引），读者可以作为总体参考。

南歌子

手里金鹦鹉，胸前绣凤凰①。偷眼暗形相②。不如从嫁与，作鸳鸯③。

【注释】

①手里二句：描写手携鹦鹉，身穿绣衣的少年公子形象。

②偷眼句：转写少女。偷眼：暗中窥视。唐杜甫《数陪李梓州泛江有女乐在诸舫戏为艳曲二首赠李》之一："竞将明媚色，偷眼艳阳天。"形相：察看，端详。唐王建《同于汝锡赏白牡丹》："价数千金贵，形相两眼疼。"

③不如二句：乃少女心愿。从嫁与：任从心愿嫁给他。唐顾况《梁广画花歌》："心相许，为白阿娘从嫁与。"作鸳鸯：喻结为夫妻。

【简析】

词写少女春情。从青年男子形象描写起笔，鹦鹉是他手中逗弄的宠物，凤凰是他衣饰所绣的图案，见出其人的豪华与潇洒。三句始写少女的动作情态，交待前二句里的男子形象，乃是从少女的眼中见出，曰偷曰暗,少女情不自禁打量男子时的羞涩、忐忑,摹写得生动传神,五字"开后人多少香奁佳话"(陈廷焯《云韶集》)。"不如从嫁与,作鸳鸯",是少女几番偷觑中意后,产生的一个大胆的心愿。一结比韦庄《思帝乡》"妾拟将身嫁与"几句,浓烈虽有不及,但也是温词中少见的直快尽头语,允称"单调中重笔"(谭献《复堂词话》)。小词五句中嵌入三个鸟名,用鹦鹉、凤凰引出鸳鸯,且以鹦鹉"真鸟"与凤凰"假鸟"对举,呼起鸳鸯这一寄托女子愿望的"抽象之鸟",颇多趣味。如果从人与自然异质同构的角度加以品读,则鸟性暗通人情,更能使人莞尔。

其 二

似带如丝柳①,团酥握雪花②。帘卷玉钩斜。九衢尘欲暮③,逐香车④。

【注释】

①似带句:言女子纤腰如柳。唐杜甫《绝句漫兴九首》之九:"隔户杨柳弱袅袅,恰似十五女儿腰。"

②团酥句:言女子玉颜如花。团酥:犹凝脂。多形容白梅。握雪:握中之雪团。亦言洁白。

③九衢(qú):纵横交叉的繁华街道。《楚辞·天问》:"靡萍九衢,枲华安居。"王逸注:"九交道曰衢。"唐韦应物《长安道》:"归来甲第拱皇居,朱门峨峨临九衢。"

④香车:用香木做的车。泛指华美的车或轿。唐卢照邻《行路难》:"春景春风花似雪,香车玉舆恒阗咽。"

【简析】

此词三解：一谓从男子角度，写对女子的追慕之情，前二句形容女子的美丽，后三句交待这是在黄昏大街上，男子从香车卷起的帘子内一瞥所见，于是，男子上演了一幕张泌《浣溪沙》里也写过的"晚逐香车"闹剧。一谓从女子角度，写美丽的女子黄昏盼归，她卷帘凭眺，看到九衢暮色中车马驰逐的热闹，愈发衬出她内心的孤寂。一谓词写闹市红尘中的香车女子，或是游春晚归，或是赶赴约会，推敲不定。小词简略的句子，句与句之间连接关系的省却，都加大了解读的弹性和难度。三五句二三十字的一首小令，当初作者信笔而书，片时写定，后人解读起来却颇费猜详，说诗谈词，难乎哉！

其 三

䰀堕低梳髻①，连娟细扫眉②。终日两相思。为君憔悴尽，百花时③。

【注释】

①䰀（wǒ）堕：同倭堕，发髻样式。发髻向额前俯偃。《乐府诗集·相和歌辞三·陌上桑》："头上倭堕髻，耳中明月珠。"晋崔豹《古今注·杂注》："堕马髻，今无复作者。倭堕髻，一云堕马之余形也。"唐段成式《髻鬟品》："长安城中有盘桓髻、惊鹄髻，又抛家髻及倭堕髻。"

②连娟：弯曲而纤细。《史记·司马相如列传》："长眉连娟，微睇绵藐。"司马贞《索隐》引郭璞曰："连娟，眉曲细也。"南朝梁柳恽《七夕穿针》："的皪愁睇光，连娟思眉聚。"扫眉：描画眉毛。唐王建《贻小尼师》："新剃青头发，生来未扫眉。"

③百花时：百花盛开的时候，指春天。唐苏颋《山鹧鸪词二首》之二："人坐青楼晚，莺语百花时。"

【简析】

　　词写相思闺情。前二句描写女子美丽淡雅的妆容，"低"、"细"二字，兼作女子心绪落寞之暗示。三句直抒女子终日相思之愁情，曰"两相思"，见出与对方两心相同。然而不能相守共度，而受此仳离之苦，则必有客观上的重大原因，或为双方所无法克服。这当然更加重了相思痛苦的折磨，以致女子憔悴不堪。结句"百花时"三字，既交代季节时令，更重要的是以百花盛开、姹紫嫣红的丽景，来反衬女子相思憔悴的哀情，是加倍手法的重拙之笔。

其　四

　　脸上金霞细，眉间翠钿深①。欹枕覆鸳衾②。隔帘莺百啭，感君心。

【注释】

　　①脸上二句：描写女子面妆。金霞：额黄。翠钿：眉间所饰翠色花钿。

　　②鸳衾：绣有鸳鸯的锦被。唐钱起《长信怨》："鸳衾久别难为梦，凤管遥闻更起愁。"又，指一种特制的阔被。元陶宗仪《南村辍耕录·鸳衾》："孟蜀主一锦被，其阔犹今之三幅帛，而一梭织成。被头作二穴，若云版样，盖以叩于项下，如盘领状，两侧余锦则拥覆于肩，此之谓鸳衾也。"

【简析】

词写相思闺情，题旨同前首。前两句以细腻的笔触，描写闺中女子娇艳的妆容。第三句转写她倚枕覆衾的慵卧情态，锦衾上的鸳鸯图案，对空闺独守的女子当然是刺激也是反衬。与闺中沉寂形成对比的，是帘外啼啭不歇的莺声，说明正是青春大好的季节。在这样的季节里，女子生出相思春情，就是自然而然的事。所以，词末用"感君心"三字，结出本意。

其 五

扑蕊添黄子①，呵花满翠鬟②。鸳枕映屏山③。月明三五夜，对芳颜④。

【注释】

①扑蕊：扑蕊黄粉。参本卷《菩萨蛮》"蕊黄无限当山额"注①。或谓取花蕊为饰。又云用花蕊扑粉。黄子：指额黄、花黄。唐李商隐《宫中曲》："赚得羊车来，低扇遮黄子。"

②呵花：簪花前吹展花朵。或云呵去花上露水。唐韩偓《密意》："呵花贴鬓黏寒发，凝酥光透猩猩血。"

③鸳枕：即鸳鸯枕，绣有鸳鸯图案的枕头。屏山：指枕屏。

④月明二句：谓芳颜独对圆月，月圆人未圆。或谓月圆之夜，又对芳颜。

【简析】

词写男女欢会。前二句描写女子精心妆扮，"扑蕊"、"呵花"的连续忙碌动作，显示出女子激动喜悦的心情。三句描写闺房环境，充满暗示和期待，屏风后面衾枕铺展，表明一切都已准备就绪。结二句直接描写欢会场面，满月的清辉映照着娇美的容颜，月圆人聚，十分温馨美满。或谓词写女子伤离，一结言芳颜独对圆月，取月圆人未圆之意。

其　六

转眄如波眼①，娉婷似柳腰②。花里暗相招③。忆君肠欲断，恨春宵。

【注释】

①转眄（miǎn）：转动目光。三国魏曹植《洛神赋》："转眄流精，光润玉颜。"唐李颀《别梁锽》："回头转眄似雕鹗，有志飞鸣人岂知。"

②娉婷：姿态美好貌。汉辛延年《羽林郎》："不意金吾子，娉婷过我庐。"南朝乐府《子夜四时歌·春歌》："娉婷扬袖舞，阿那曲身轻。"

③相招：相邀约。唐陆龟蒙《奉酬袭美病中见寄》："逢花逢月便相招，忽卧云航隔野桥。"

【简析】

词写相思闺怨。前二句描写女子明眸善睐的妩媚容颜，纤腰轻盈的娉婷身姿。三句切入女子的回忆，追叙昔日暗相邀约、花里欢会的情事。后二句写往事漫忆加重了女子的相思之情，她想得柔肠欲断，无以排遣，于是转恨春宵。一结"恨春宵"三字，语直情婉。

其　七

懒拂鸳鸯枕①，休缝翡翠裙②。罗帐罢炉熏③。近来心更切，为思君。

【注释】

①懒拂：懒得拂拭。

②休缝：停止缝纫。翡翠裙：绣有翡翠图案的裙子。唐戎昱《送零陵妓》："宝钿香娥翡翠裙，装成掩泣欲行云。"

③炉熏：古人以熏炉烘烤衣被，取其香暖。

【简析】

词写思妇怀人之情。前三句描写女子的慵懒萎靡，懒拂、休缝、罢熏，见其百无聊赖之状。这应是女子长期以来无情无绪的日常状态，由下句的"近来"二字可知。"近来"句更进一层，从动作描写转入心理刻画，言女子的心情近来越加急切不耐。然则这是为何呢？"为思君"三字给出了答案。小词篇幅虽短，但层层蓄势，笔法甚紧，末句揭破，点出题旨，显得饱满有力。

这组《南歌子》，"有《菩萨蛮》之绮艳，而无其堆砌"（李冰若《栩庄漫记》），短章小语，清丽真率，在温词中别饶风情。或谓组词前后一贯，写一对青年男女追慕、相思、欢合而再相思的过程，属联章体。其说可资参考。

河渎神

河上望丛祠①。庙前春雨来时。楚山无限鸟飞迟②。兰棹空伤别离③。　　何处杜鹃啼不歇。艳红开尽如血④。蝉鬓美人愁绝。百花芳草佳节。

【注释】

①丛祠：建在丛林中的神庙。《史记·陈涉世家》："又闲令吴广之次所旁丛祠中，夜篝火，狐鸣呼曰'大楚兴，陈胜王'。"司马贞《索隐》引《战国策》高诱注："丛祠，神祠也。丛，树也。"唐吴融《丛祠》："丛祠一炬照秦川，雨散云飞二十年。"

②楚山：专指荆山或商山。或泛指楚地之山。唐张说《对酒行巴陵作》："鸟哭楚山外，猿啼湘水阴。"

③兰桡：即兰舟。本船桨的美称，用为船的美称。唐张九龄《东湖临泛饯王司马》："兰桡无劳速，菱歌不厌长。"

④何处二句：言杜鹃鸟啼血不止，杜鹃花艳红如血。极写别离之愁苦。杜鹃：又名杜宇、子规。相传为古蜀王杜宇之魂所化。春末夏初，常昼夜啼鸣，其声哀切。南朝宋鲍照《拟行路难》之六："中有一鸟名杜鹃，言是古时蜀帝魂。其声哀苦鸣不息，羽毛憔悴似人髡。"

【简析】

词写女子伤别。以河边祠庙为别离地点，虽不甚切题，但也不完全离题。上片描写祠前河边的别离场景，以潇潇春雨渲染别时的迷蒙氛围，然后以连绵不尽的楚山为背景，凸显一只缓慢的飞鸟影子，作为即将踏上迢遥旅途而又依恋不舍的离人的喻象。因为背景格外巨大无边，所以鸟翅的速度似乎显得迟缓起来，这一句观察和表现均极为细微。"兰桡"句写人已乘船而去，别时多少感伤留恋，终归徒然。下片转写别后，杜鹃鸟声啼血和杜鹃花色如血，从听觉和视觉两个方面，强烈地刺激着女子的情感心理，把这位"蝉鬓美人"的离愁别恨推向顶点。然后宕开一笔，以景结情，再用季节景色的美好进行反衬，把女子的伤别之情表现得浓烈饱满而又蕴藉动人。此词展现的别离背景，从香闺绣帘转换为江边山前，也在一定程度上拓展了《花间》情词的艺术空间，给这类艳情词添加了一些新的美感质素。

其 二

孤庙对寒潮。西陵风雨萧萧①。谢娘惆怅倚兰桡②。泪流玉箸千条③。　暮天愁听思归乐④。早梅香满山郭⑤。回首两情萧索。离魂何处飘泊。

【注释】

①西陵：地名西陵者甚多，不可执一。此泛指男女分别之处。萧萧：《诗经·郑风·风雨》："风雨潇潇，鸡鸣胶胶。"毛《传》："潇潇，暴疾也。"

②谢娘：参本卷温庭筠《更漏子》"柳丝长"注⑤。此指伤别之女子。倚兰桡（ráo）：唐徐昌图《河传》："倚兰桡，眉黛蹙。"兰桡：兰木船桨，代指船。

③玉箸：喻眼泪。唐冯贽《记事珠》："鲛人之泪，圆者成明珠，长者成玉箸。"南朝梁萧纲《楚妃叹》："金簪髻下垂，玉箸衣前滴。"

④思归乐：乐曲名。或谓杜鹃的别名。俗谓杜鹃鸣声近似"不如归去"，故名。唐元稹《思归乐》："山中思归乐，尽作思归鸣。"

⑤山郭：山城。唐杜甫《秋兴》之三："千家山郭静朝晖，日日江楼坐翠微。"

【简析】

词写离别相思之情，仍以祠庙为背景展开抒写，与题调保持一种不即不离的关系。一起二句，描写峡江孤庙前寒潮滚滚、风雨潇潇的景色，

"苍茫中有神韵,音节凑合"(陈廷焯《云韶集》)。接二句摹画女子倚船惆怅、泪流满面的悲伤情态,切入别情。然则女子于风雨寒潮中泊船江边,踟蹰送别乎,抑或殷勤盼归乎?难以确定。换头转写黄昏里传来的思归乐曲声,让女子闻之生愁。而飘满山郭的早梅清香,也似乎在唤醒着又一个山花烂漫的季节,从而引起女子青春生命的微妙感应。结二句写女子在萧索的晚景中顾盼寻觅往日的感情记忆,心里更加牵挂不知漂泊何处的天涯游子。

其 三

铜鼓赛神来①。满庭幡盖徘徊②。水村江浦过风雷③。楚山如画烟开④。 离别橹声空萧索⑤。玉容惆怅妆薄⑥。青麦燕飞落落⑦。卷帘愁对珠阁⑧。

【注释】

①铜鼓:西南少数民族节日及宗教活动中所使用的乐器。唐杜佑《通典》:"铜鼓,铸铜为之,虚其一面,覆而击其上。"唐白居易《送客春游岭南二十韵》:"牙樯迎海舶,铜鼓赛江神。"赛神:谓设祭酬神。唐时赛神,建台观,设道场,具仪仗,箫鼓杂戏,迎神于河上。又谓之赛会。唐张籍《江村行》:"一年耕种长苦辛,田熟家家将赛神。"

②幡(fān)盖:迎神所用的幡幢华盖之类。唐岑参《登千福寺楚金禅师法华院多宝塔》:"焚香如云屯,幡盖珊珊垂。"徘徊:旗幡往复挥动飘展。

③过风雷:言迎神之车行过水边江村,声势喧阗如风雷滚滚。或谓实写赛神时天降雷雨。

④烟开：烟消雾散。唐虞世南《奉和幽山雨后应令》："雨歇连峰翠，烟开竟野通。"

⑤橹声：摇橹声。唐刘禹锡《步出武陵东亭临江寓望》："戍摇旗影动，津晚橹声促。"

⑥玉容：女子容貌之美称。晋陆机《拟〈西北有高楼〉》："玉容谁得顾，倾城在一弹。"

⑦青麦燕飞：应是农历三月光景。落落：形容多而连续不断的样子。唐赵牧《对酒》："手接六十花甲子，循环落落如弄珠。"此言燕子在麦田上空翩飞不停。

⑧珠阁：华丽的楼阁。晋孙绰《天台山赋》："珠阁玲珑于林间，玉堂阴映于高隅。"

【简析】

　　此首与题调关联最紧。上片以烟雾消散的如画楚山为地域背景，展开江村祠庙赛神盛况的场面描写，铜鼓咚咚敲响、满庭幡盖徘徊、车马驰骤风雷的喧阗闹嚷，正是自《楚辞·九歌》以来，文人多所言及的楚人"好淫祀"的南土风俗写照。这种宗教民俗活动场所，也是游乐的青年男女遇合生情的地方，这种情形不只是《楚辞·九歌》写及，早在《诗经·鄘风·桑中》里，桑林祭祀的宗教活动中，就回荡着男女自由恋爱的歌声。这首小词的内容亦是如此，所以下片撇开祠庙赛神的热闹，转写情人别离的冷清感伤。"离别"二句写赛神中燃起爱情之火的一对男女江边别离的情景，目送行舟渐去渐远，耳听橹声渐远渐小，女子心中无限惆怅。结二句写别后女子卷帘凭眺、愁坐空闺的情态，帘外村野麦田上翩飞的双燕，进一步反衬出女子的孤寂。此词上下片之间，冷热对比，反差巨大，有力地强化了词作的抒情效果。

女冠子

含娇含笑。宿翠残红窈窕①。鬓如蝉。寒玉簪秋水②,轻纱卷碧烟③。　雪胸鸾镜里,琪树凤楼前④。寄语青娥伴⑤,早求仙⑥。

【注释】

①宿翠残红:隔夜的眉翠和脂粉。言女冠尚留昨日残妆。

②寒玉:玉石。玉质清凉,故称。唐白居易《苦热中寄舒员外》:"藤床铺晚雪,角枕截寒玉。"秋水:形容玉簪有如秋水的清碧之色。南朝梁沈约《携手曲》:"斜簪映秋水,开镜比春妆。"

③轻纱句:言女冠着轻纱衣裙,行走拖曳,如绿烟飘卷。或云:轻纱指唐代流行的女子披帛。

④琪树:玉树。《文选》孙绰《游天台山赋》:"建木灭景于千寻,琪树璀璨而垂珠。"吕延济注:"琪树,玉树。"此喻亭亭玉立的女冠。凤楼:传说中萧史弄玉居住的楼阁。汉刘向《列仙传》卷上《萧史》:"萧史善吹箫,作凤鸣。秦穆公以女弄玉妻之,作凤楼,教弄玉吹箫,感凤来集,弄玉乘凤,萧史乘龙,夫妇同仙去。"南朝陈江总《箫史曲》:"来时兔月满,去后凤楼空。"亦泛指女子的居处,此指道观。

⑤寄语:传话,转告。南朝宋鲍照《代少年时至衰老行》:"寄语后生子,作乐当及春。"青娥伴:年轻的女伴。青娥:美丽的少女。唐王建

《白纻歌》之二："城头乌栖休击鼓,青娥弹瑟白纻舞。"

⑥求仙:学道,入道做女冠。

【简析】

词咏本调。起二句描写女冠晨起心情愉悦、宿妆娇美的情态,词语颇富张力,诱人产生"宿翠残妆尚窈窕,新妆又当如何"的审美想象(沈际飞《草堂诗余别集》)。接三句,喻写女冠鬓发、簪珥、披纱之美,一种难以言说的脱俗仙意隐约于字里行间。换头再写女冠镜里倩影、楼前丰姿,进一步形容女冠玉树临风般的超凡艳质。结二句以女冠寄语同伴、劝其学仙收束,表现出对修道生活的热爱之情。这类作品虽无甚深意,但反映了唐代女子多喜出家入道的社会心理风习,具有一定的认识价值;其纤丽的语词意象,美妙的女冠形象,也能够给人带来审美的愉悦享受。

其 二

霞帔云发①。钿镜仙容似雪②。画愁眉③。遮语回轻扇,含羞下绣帏。　玉楼相望久④,花洞恨来迟⑤。早晚乘鸾去⑥,莫相遗⑦。

【注释】

①霞帔:以云霞为衣。此指道服。《云笈七签》卷二五:"并头戴宝冠,身披霞帔,手执玉简。"唐刘禹锡《和令狐相公送赵常盈炼师与中贵人同拜岳及天台投龙毕却赴京师》:"银珰谒者引霓旌,霞帔仙官到赤城。"云发:鬓发丰茂如云。温庭筠《郭处士击瓯歌》:"云钗委坠垂云发,小响丁当逐回雪。"

②钿镜：金玉镶嵌之妆镜。唐李贺《恼公》："钿镜飞孤鹊，江图画水荭。"仙容似雪：形容女冠面容白皙。

③愁眉：一种细而曲折的眉妆。《后汉书》卷二三《五行志》一："桓帝元嘉中，京都妇女作愁眉、啼妆、堕马髻、折腰步、龋齿笑。所谓愁眉者，细而曲折。"唐白居易《代书一百韵寄微之》："风流夸堕髻，时势斗愁眉。"

④玉楼：传说中天帝或仙人的居所。《十洲记·昆仑》："天墉城，面方千里，城上安金台五所，玉楼十二所。"前蜀杜光庭《莫庭义青城本命醮词》："洞里之玉楼金阙，尘俗难窥。"此指女冠所居。

⑤花洞：道教称仙人或道士居处。唐柳公绰《赠毛仙翁》："桃源千里远，花洞四时春。"

⑥早晚：何日，几时。北齐颜之推《颜氏家训·风操》："尝有甲设燕席，请乙为宾，而旦于公庭见乙之子，问之曰：'尊侯早晚顾宅？'"乘鸾：喻成仙。《集仙录》："天使降时，鸾鹤千万，众仙毕集，位高者乘鸾，次乘麒麟，次乘龙，鸾鹤每翅各大丈余。"唐李群玉《玉真观》："高情帝女慕乘鸾，绀发初簪玉叶冠。"

⑦相遗：相忘，相弃。

【简析】

词咏本调。起二句描写女冠的服饰、容貌，而有逼人的仙气拂拂笔端。接三句，再写女冠细描愁眉、回扇遮语、含羞出帏的动作情态，显示出某种世俗的人情味，似与起二句不相衔接，所以华锺彦认为这三句非写女冠，而是写女冠入道前的女伴。换头二句，"言玉楼中之女伴，思念女冠，望其早归，而花洞中之女冠，怀想女伴，恨其迟来也"（华锺彦《花间集注》），是对写女冠与女伴双方，承接上首寄语早求仙之意。结二句，仍是从女伴的角度写，希望女冠修成神仙时，莫要忘记携带自己一同乘鸾飞升，表达其接受女冠规劝，向慕入道修仙之心愿。此词看似简单，实有多处难以讲通，如果解为只写女冠，结句"莫相遗"无法落实；但如采华锺彦说，上片前二句与后三句的衔接，亦觉有些突兀。究竟作何解释，尚需仔细推敲。

玉蝴蝶

秋风凄切伤离。行客未归时①。塞外草先衰②。江南雁到迟③。　　芙蓉凋嫩脸。杨柳堕新眉④。摇落使人悲⑤。断肠谁得知。

【注释】

①行客：旅客，出门在外之人。唐王维《送沈子福之江东》："杨柳渡头行客稀，罟师荡桨向临圻。"

②塞外：关塞之外，此指行客羁旅之地。汉李陵《答苏武书》："凉秋九月，塞外草衰。"

③江南：女子所居之地。雁到迟：寓有书信来迟之意。唐崔涂《江上怀翠微寺空上人》："暮雨潮生早，春寒雁到迟。"

④芙蓉二句：既写芙蓉杨柳在秋风中花谢叶落，也喻指恨别之女子花颜憔悴，无心妆扮。

⑤摇落：指深秋草木花叶凋零枯落。战国楚宋玉《九辩》："悲哉！秋之为气也，萧瑟兮草木摇落而变衰。"

【简析】

  词写悲秋怀远。起二句即点出悲秋伤别的题旨，季节与人情合写，互触互溶，相衬愈悲。接二句"塞外"与"江南"对举，一为征夫戍守之地，一为思妇盼归之处，相隔着遥远的空间距离，塞外苦寒草先衰，江南犹暖雁到迟，边庭书信久未至，闺中秋风苦相思。换头二句，自然与人一笔双描，芙蓉花在秋风中凋落，芙蓉花般的嫩脸也日益憔悴；新眉般的柳叶在秋风中飘堕，柳叶般的新眉黛色褪尽，也懒于再去描画。结二句直抒悲秋之意、怀人之情，完成主题的表现。

卷二

温庭筠 十六首

清平乐

上阳春晚①。宫女愁蛾浅②。新岁清平思同辇③。争奈长安路远④。　凤帐鸳被徒熏。寂寞花锁千门⑤。竞把黄金买赋,为妾将上明君⑥。

【注释】

①上阳:唐宫名,高宗时建于洛阳。玄宗时常谪宫人于此。唐白居易《上阳白发人》序云:"天宝五载已后,杨贵妃专宠,后宫人无复进幸矣,六宫有美色者,辄置别所,上阳是其一也。贞元中尚存焉。"唐王建《行宫词》:"上阳宫到蓬莱殿,行宫岩岩遥相见。"

②愁蛾浅:言蛾眉浅淡,无心描画也。

③清平:清静平治,太平。汉班固《两都赋》序:"臣窃见海内清平,朝廷无事。"唐白居易《赠梦得》:"一愿世清平,二愿身强健。"同辇:与天子同车。言受宠幸。辇:天子之车。唐杜甫《哀江头》:"昭阳殿里第一人,同辇随君侍君侧。"

④争奈:怎奈。唐崔涂《涧松》:"南园桃李虽堪美,争奈春残又寂寥。"长安路远:言长安路遥,已为皇帝疏远,同辇无望。

⑤花锁千门：言冷宫荒寂，众多宫门被花枝遮蔽。唐杜甫《哀江头》："江头宫殿锁千门，细柳新蒲为谁绿。"

⑥竞把二句：言宫女邀宠之急切。黄金买赋：汉司马相如《长门赋序》："孝武皇帝陈皇后，时得幸，颇妒。别在长门宫，愁闷悲思。闻蜀郡成都司马相如天下工为文，奉黄金百斤为相如文君取酒，因于解悲愁之辞。而相如为文以悟上，陈皇后复得亲幸。"唐李白《白头吟》："闻道阿娇失恩宠，千金买赋要君王。"将上：献上，呈上。

【简析】

词写宫怨。起二句叙写地点、时令、人物以及情感，点出上阳宫女春日怨思的题旨。三句具体落实怨思的内容，表明宫女希宠的心愿。四句言"长安路远"，流露出宫女的失望和无奈。换头二句描写宫女寂寞的幽闭环境和空虚的日常生活，服用的美好和花枝的繁盛，适足成为反衬。结二句化用陈皇后千金买赋的典故，寄托宫女最后的希望，"竞"字既显出宫女心情的急切，又表明买赋者非止一人，这就写出了封建制度造成的无数宫女的普遍命运悲剧，使作品具有了重大的社会意义。

其　二

洛阳愁绝①。杨柳花飘雪②。终日行人恣攀折③。桥下水流呜咽④。　　上马争劝离觞⑤。南浦莺声断肠⑥。愁杀平原年少⑦，回首挥泪千行⑧。

【注释】

①愁绝：极言忧愁。唐杜甫《自京赴奉先县咏怀五百字》："沉饮聊自遣，放歌颇愁绝。"

②飘雪：言柳絮如雪。南朝梁范云《别诗》："洛阳城东西，长作经时别。昔去雪如花，今来花似雪。"

③恣攀折：任意攀折。唐李益《途中寄李二》："杨柳含烟灞岸春，年年攀折为行人。"

④水流呜咽：《乐府诗集·陇头歌辞》："陇头流水，鸣声呜咽。"

⑤离筋：离杯，指饯别之酒。唐王昌龄《送十五舅》："夕浦离筋意何已，草根寒露悲鸣虫。"

⑥南浦：代指送别之地。战国楚屈原《九歌·河伯》："子交手兮东行，送美人兮南浦。"南朝梁江淹《别赋》："春草碧色，春水绿波。送君南浦，伤如之何。"唐白居易《南浦别》："南浦凄凄别，西风袅袅秋。"

⑦愁杀：忧愁之甚。汉乐府《古歌》："秋风萧萧愁杀人，出亦愁，入亦愁。"平原：战国赵邑名，在今山东平原。或云指平原侯曹植。曹植《名都篇》："名都多妖女，京洛出少年。"是其所本。

⑧挥泪千行：极言离别之悲伤。唐韩愈《湘中酬张十一功曹》："休垂绝徼千行泪，共泛清湘一叶舟。"

【简析】

　　此首写洛阳赋别。一起四字，出手即为重笔，"愁绝"将别情推向顶点。接以"杨柳花飘雪"一句景语，点出暮春的别离时间，兼作别情的烘托，又为下句伏笔，一石三鸟，其功大矣。三句承上，写行人终日临歧攀折柳条，正见出人间无数别离惨剧不断重复上演，以至于桥下的流水都为之含悲呜咽。四句看似"忽接"，实有内在的意脉与三句贯通，"如此着墨，有一片神光，自离自合"（陈廷焯《云韶集》）。换头正写别离场面，"上马争劝离觞"的情景，显示此番东都辞别，非是儿女之别，乃是丈夫之别，悲感之中自有豪气涌动。令人闻之断肠的"南浦莺声"，则为别离场面作气氛的烘染之用。结二句点出人物身份,"平原"乃燕赵之地,少年乃易感之时,"平原年少"无疑乃是慷慨悲歌之士,本有着异常饱满强烈的感情蕴蓄。所以,呼应起句的"愁绝",结句再用"愁杀"形容其别离悲感,用"挥泪千行"宣泄其满溢的感伤情绪。俞陛云认为:"结句尤佳。临歧忍泪,恐益其悲,更难为别。"颇能体贴常人之意,但是却忽略了词中人物的特殊性,"平原年少"之所以别时忍泪,更重要的恐怕还是其英雄性格在起作用。此词悲慨淋漓,在温词中洵为别调。飞卿为人,本有豪侠之气,其生平行事及所作咏史诗可证。此词正与其诗中咏史诸作相类,表现了词人性格中风骨凛然的一面。

遐方怨

凭绣槛①,解罗帏②。未得君书,断肠潇湘春雁飞③。不知征马几时归④。海棠花谢也⑤,雨霏霏⑥。

【注释】

①绣槛:雕饰华美之栏杆。唐鲍溶《宿水亭》:"雕楹彩槛压通波,鱼鳞碧幕衔曲玉。"

②罗帏:丝罗帐帏。汉乐府《伤歌行》:"微风吹闺闼,罗帷自飘扬。"

③未得二句:言雁来书未至,令人断肠。潇湘:湘江与潇水的并称。多借指今湖南地区。《文选·谢朓〈新亭渚别范零陵〉》:"洞庭张乐池,潇湘帝子游。"李善注引王逸曰:"娥皇女英随舜不返,死于湘水。"唐李白《远别离》:"古有皇英之二女,乃在洞庭之南,潇湘之浦。"

④征马：远行的马。北魏贾思勰《齐民要术·养牛马驴骡》："饲征马令硬实法：细剉刍……和谷豆秣之。"南朝梁江淹《别赋》："驱征马而不顾，见行尘之时起。"

⑤海棠花谢：言暮春时节。

⑥霏霏：雨雪盛貌。《诗经·小雅·采薇》："今我来思，雨雪霏霏。"《楚辞·王逸〈九思·怨上〉》："雷霆兮硠磕，电霰兮霏霏。"原注："霏霏，集貌。"

【简析】

此首思妇念远之作。前二句写思妇凭槛解帏的动作，带出寂寞之意。接二句点明思妇凭槛是为等待雁书，但潇湘春雁飞过，却没得到远人寄来的书信，思妇顿觉痛断肝肠。因为未得书信，所以思妇不知远人几时回来，而愈发思念牵挂。末二句以景结情，将年华虚度之悲和伤春恨别之意，都融入落花片片、细雨霏霏的眼前景中，无限怅惘，化为不尽余韵。对此词的理解，有两点需加辨析：一是有论者将"征马"解为"战马"，其实词里的"征马"，就是远行者所骑之马，非谓战马。二是词中的潇湘春雁乃是北飞之雁，思妇盼望雁书，说明远人是在南方潇湘，而不是在北方边塞。因此，解此词为女子思念远在边塞的丈夫，当属误读。

其 二

花半拆①，雨初晴。未卷珠帘②，梦残惆怅闻晓莺③。宿妆眉浅粉山横④。约鬟鸾镜里⑤，绣罗轻⑥。

【注释】

①半拆：半开也。

②未卷珠帘：言闺人尚未起床。

③梦残句：莺声惊梦，醒来惆怅不已。所写即唐金昌绪《春怨》诗意。

④宿妆句：宿妆淡褪，眉色轻浅，露出粉底。唐羊士谔《雨中寒食》："佳人宿妆薄，芳树彩绳闲。"粉山：粉色眉山。

⑤约鬟：梳拢头发，绾成环形发髻。

⑥绣罗轻：绣罗衣衫轻逸舒爽。绣罗：彩绣丝罗。唐李白《宫中行乐词》："山花插宝髻，石竹绣罗衣。"

【简析】

词写闺情。起二句描写夜雨初晴、花朵欲绽的晨景，清新明艳。接二句写女子将醒时候，好梦被帘外莺声惊破，引起惆怅之感。然后用残妆映衬内心的惆怅，而不加点明。结二句写女子揽镜梳妆、掠鬟更衣，动作轻盈，仪态娇美。全词对相思怀人之梦不甚着意，抒情调性显得愉悦轻松。

诉衷情

莺语①。花舞。春昼午②。雨霏微③。金带枕④。宫锦⑤。凤凰帷⑥。柳弱蝶交飞⑦。依依。辽阳音信稀⑧。梦中归。

【注释】

①莺语：莺啼。晋孙绰《兰亭》之二："莺语吟修竹，游鳞戏澜涛。"

②春昼午：春日的正午。

③霏微：雨雪细小貌。唐李端《巫山高》："回合云藏日，霏微雨带风。"

④金带枕：饰以金带的华美枕头。《文选》曹植《洛神赋》李善注："黄初中入朝，帝示植甄后玉镂金带枕。植见之，不觉泣。"唐陆龟蒙《自遣诗三十首》之三："座上不遗金带枕，陈王词赋为谁伤。"

⑤宫锦：宫中特制或仿造宫样所制的锦缎。唐李商隐《隋宫》："春风举国裁宫锦，半作障泥半作帆。"

⑥凤凰帷：用织有凤凰图案的宫锦裁制的帷幕。

⑦柳弱：即弱柳。柳条柔弱，故称。南朝陈张正见《赋得垂柳映斜溪》："千仞青溪险，三阳弱柳垂。"交飞：齐飞，并飞。唐卢纶《慈恩寺石磬歌》："群仙下云龙出水，鸾鹤交飞半空里。"

⑧辽阳句：戍守辽阳的征人音信稀疏。辽阳：汉置县名，属辽东郡。唐属辽州，为东北边防要地。在今辽宁辽阳西北。唐沈佺期《古意》："九月寒砧催木叶，十年征戍忆辽阳。白狼河北音书断，丹凤城南秋夜长。"唐宋之问《至端州驿见题壁》："云摇雨散各翻飞，海阔天长音信稀。"

【简析】

此首闺中怀人之词。起四句描写细雨霏微、莺啼花落的暮春景物，为女子的怀人之梦渲染氛围。接三句转写女子闺房的华美陈设，金带枕安放，宫锦被铺展，凤凰帏垂下，暗示女子日午昼眠，慵懒萎靡。然后再点染一笔室外景语，飞蝶双双，弱柳依依，似有情意。这样在用短句促韵的繁密意象充分烘染之后，结二句点出题旨，戍守辽阳的征人音信稀疏，让女子无限思念，昼眠之时，梦见征人归来。梦是现实缺憾的补偿，梦境虽然虚幻，但对于盼归无计的女子来说，也不失为一种情感的安慰。

思帝乡

花花①。满枝红似霞。罗袖画帘肠断②,卓香车③。回面共人闲语④,战篦金凤斜⑤。唯有阮郎春尽⑥,不归家。

【注释】

①花花:重言之,谓花朵繁盛。

②罗袖:罗衫之袖,代指词中女子。画帘:有画饰的帘子。唐杜牧《怀钟陵旧游》之三:"一声明月采莲女,四面朱楼卷画帘。"此指车帘。肠断:言女子掀帘看到满树繁华,感叹红颜薄命,为之肠断。

③卓:停立。香车:用香木做的车。泛指华美的车轿。唐卢照邻《行路难》:"春景春风花似雪,香车玉舆恒阗咽。"

④回面句:言回转头来与人闲话。回面:转过脸。《南史·武陵王昭晔传》:"上回面不答。"唐杜甫《悲陈陶》:"都人回面向北啼,日夜更望官军至。"

⑤战篦句:言女子转脸与人闲话时,发髻上的篦梳轻颤,凤钗微斜。

⑥阮郎:阮肇,代指女子之情郎。汉永平中,剡县人刘晨、阮肇入天台山采药迷路,遇二艳质仙子,邀入仙洞,留住半年。后求归至家,已过七世。见南朝宋刘义庆《幽明录》。后常以刘阮代指女子之情郎。

【简析】

此首春日怀人之词。一起迭用"花花",构句奇特,充分形容满枝繁花如红霞燃烧的烂漫春景,给人的视觉印象造成冲击效果。游春踏青的女子，停车揭帘，对此大好春色，不禁生出断肠的感觉。女子的这种感觉，符合审美心理规律，强烈深刻的美感，总会伴随着某种莫名的痛感，让人难以为怀。何况，女子此刻的"断肠"，还有一层暂且按下不表的特殊原因。为了掩饰自己的内心痛苦，也为了不扫游伴的兴致，女子主动回头，故作轻松地与人招呼闲话，只有髻鬟上插戴的金凤篦梳的轻微颤动，隐微透露出她内心的不平静。"战篦"一句，观察与描写极其细微，是典型的温词笔法。结二句点明原因，解释了为什么面对满树繁花会生出"断肠"之感。此词以乐景衬哀情的手法，细腻入微的用笔，都值得称道。

梦江南

千万恨，恨极在天涯①。山月不知心里事，水风空落眼前花②，摇曳碧云斜③。

【注释】

①千万二句：言千愁万恨，最恨的是所思之人远在天涯不归。唐刘禹锡《送春曲三首》之三："游人千万恨，落日上高台。"

②水风：水上之风。唐白居易《曲江》："细草岸西东，酒旗摇水风。"

③摇曳：晃荡，飘动。南朝宋鲍照《代棹歌行》："飔戾长风振，摇曳高帆举。"碧云：碧空之云。《文选》江淹《杂体诗·效惠休〈别怨〉》："日暮碧云合，佳人殊未来。"张铣注："碧云，青云也。"此处

"摇曳碧云斜"亦暗含"佳人殊未来"之意。

【简析】

　　此首闺怨之词。情语领起，极言思念天涯远人之恨，重拙直露，为温词所罕见。然后借物言怀，以婉转的景语，来救直露的情语。怨山月不解人意，一片皎洁的辉光洒落空闺，惹人烦恼；看水风飘落花瓣，顺流而去，而徒增年华逝水之叹。这两句还是人物合写，以我观物，结句"摇曳碧云斜"纯粹写景，暗示女子内心的情绪波动，将难以言喻的相思之情，托之于晚天飘曳不定的彩云，"低细深婉，情韵无穷"（陈廷焯《云韶集》）。此词洗尽浓艳藻采，后三句淡笔写意，水墨晕染，而风华情致，直追六朝，洵为温词之神品。或谓此词自叙漂泊之苦，则抒情主人公就变成天涯游子了。

其　二

　　梳洗罢，独倚望江楼。过尽千帆皆不是①，斜晖脉脉水悠悠②。肠断白蘋洲③。

【注释】

　　①过尽句：言均非女子所盼归人之船。南朝齐谢朓《之宣城出新林浦向板桥》："天际识归舟，云中辨江树。"此句反用其意。

　　②斜晖：亦作斜辉。傍晚西斜的阳光。南朝梁萧纲《序愁赋》："玩飞花之入户，看斜晖之度寮。"脉脉：凝视貌。《古诗十九首·迢迢牵牛星》："盈盈一水间，脉脉不得语。"悠悠：连绵不尽貌。唐严维《丹阳送韦参军》："日晚江南望江北，寒鸦飞尽水悠悠。"

　　③白蘋洲：长满白蘋的江边洲渚。湖州霅溪有白蘋洲。南朝梁柳恽

《江南曲》："汀洲采白蘋，日暮江南春。"洲即缘此得名。唐赵征明《思妇》："犹疑可望见，日日上高楼。唯见分手处，白蘋满芳洲。"此指思妇所在之地，或亦当初分别之处。

【简析】

　　词写思妇独倚江楼终日盼归情景。唐刘采春《望夫歌》云："莫作商人妇，金钗当卜钱。朝朝江上望，错认几人船。"唐赵征明《思妇》云："犹疑可望见，日日上高楼。唯见分手处，白蘋满芳洲。"温词即从上引二诗生发出来。词中的思妇早起梳洗一罢，就急忙来到白蘋洲，登上望江楼，满怀热切的希望，注视着水天相接处漂来的第一叶帆影。船慢慢地驶近了，又从楼前驶过了，她盼望的人不在船上。于是她眺望、凝睇下一艘船，第一百艘船，第一千艘船……她望眼欲穿地把它们一只只从天边外迎来，又遗憾失望地把它们一只只向天尽头送过。"期待是最漫长的绝望"，一天又过去了，最后还是不见归人船。"皆不是"三字，是思妇望绝的沉重感喟。"斜晖"句寓情于景，写思妇江楼所见暮色。黄昏的江边，没有人也没有船，唯余一片空旷的死寂。当最后一叶帆影从思妇的视线中消失的时候，她疲倦得连下楼的力气都没有了。孑立江楼的她，痴痴地看着西下夕阳，脉脉无语，东流江水，悠悠不尽。她那深情的思念，强烈的渴盼，极度的失望，无穷的憾恨，都融入这脉脉斜晖、悠悠流水之中，使得这一句"眼前景"富有象征性，含蓄隽永，耐人寻味。结句于写景后直抒思妇盼归望绝的痛苦心情，为抒情深隐的代言体温词所罕见，故论者以为"'过尽'二语，既极怅怅之情，'肠断白蘋洲'一语点实，便无余韵"，"真为画蛇添足，大可重改也"（李冰若《栩庄漫记》）。

河　传

江畔。相唤。晓妆鲜①。仙景个女采莲②。请君莫向那岸边。少年。好花新满舡③。　红袖摇曳逐风暖④。垂玉腕⑤。肠向柳丝断⑥。浦南归。浦北归。莫知。晚来人已稀。

【注释】

①江畔三句：言晓妆鲜艳的女子相互招呼去江边采莲。

②仙景：极言风景美好。个女：那个女子。

③请君三句：华锺彦《花间集注》曰："皆舟人之语。"

④红袖：女子之红色衣袖。此指采莲女之衣袖。唐杜牧《书情》："摘莲红袖湿，窥渌翠蛾频。"

⑤玉腕：洁白温润的手腕。亦借指手。唐王勃《采莲曲》："桂棹兰桡下长浦，罗裙玉腕摇轻橹。"

⑥肠向句：唐白居易《杨柳枝》："人言柳叶似愁眉，更有愁肠似柳丝。柳丝挽断肠牵断，彼此应无续得期。"

【简析】

词写采莲女。从汉乐府《江南》起，南国水乡女子的采莲劳动，就是和爱情相伴而生的，历代采莲类诗词，大多同时兼具劳歌和情歌的性质，此词亦不例外。起四句描写少女晓妆鲜艳、相呼采莲的动人画面。"请君"句是舟人规劝之词，提醒采莲女不要到对岸去。为什么呢？接二句通过舟人指点，采莲女看到对岸水边插满鲜花的船上，有一个风流少年。这样，采莲女的注意力就从劳动转向了爱情。换头描写少女红袖飘举、玉腕低垂的采莲动作，然而已是心不在焉，魂不守舍，她已被对岸的少年深深吸引，当浓密的柳丝遮住少年的身影，寻觅不见的她一时竟有断肠之感。末四句写采莲女的猜测，她不知道"那岸边"的少年晚归的方向，心里满是惆怅失落。"晚来人已稀"的莲塘暮色，更加重了她的惆怅失落情绪。此词晓起晚收，描写采莲女一天的劳动和爱情生活，频繁换景换韵、参差错落的体式特点，也助成了对人物形象、情感的生动表现，作品叙述描写的情节性，质朴自然的语言，带有清新的江南民歌气息。

其 二

湖上。闲望①。雨萧萧。烟浦花桥路遥②。谢娘翠娥愁不销③。终朝。梦魂迷晚潮。　荡子天涯归棹远④。春已晚。莺语空肠断。若耶溪⑤。溪水西。柳堤。不闻郎马嘶。

【注释】

①闲望：悠闲远眺。唐刘禹锡《览董评事思归之什因以诗赠》："欹枕醉眠成戏蝶，抱琴闲望送归鸿。"

②烟浦：云雾迷漫的水滨。唐李贺《钓鱼》："为看烟浦上，楚女泪沾裾。"

③翠娥：当作"翠蛾"，女子细而长曲的黛眉。唐武元衡《酬严司空荆南见寄》："白雪调高歌不得，美人南国翠蛾愁。"

④荡子：羁旅忘返的游子。《文选》古诗《青青河畔草》："荡子行不归，空床难独守。"唐杜甫《冬晚送长孙渐舍人归州》："参卿休坐幄，

荡子不还乡。"

⑤若耶溪：溪名。源出今浙江绍兴若耶山，北流入运河。传为西施浣纱之所。唐杜甫《奉先刘少府新画山水障歌》："若耶溪，云门寺，吾独胡为在泥滓？青鞋布袜从此始。"此指女子所居之地。

【简析】

词写思妇望归。一起点出"湖上"，乃望归之地。"望"字是一篇之主，以下即是"望"字的具体展开。接写潇潇雨雾中，烟浦花桥，迢遥无极，一片迷茫，这是女子望中所见。接写她愁眉不展，相望终日，恍如梦寐，魂魄仿佛已离开躯体，追逐着晚潮漂流向远方。换头交待她湖上整日相望，是为了等待游子的"天涯归棹"。但由于路途遥远，已到春晚之时，仍不见游子归来，使她在相思熬煎中虚度了整个春天，空闻莺声而痛断肝肠。末四句写思妇又来到若耶溪西边的柳堤上，这里可能是他们昔日的游乐之地，或者是他们的分别之处，但见堤柳如丝，低拂溪水，却听不到情郎的马嘶声。全词紧扣"望"字，逐层写来，脉络清晰。参差的句式和繁密的换韵，也助成了词作凄婉缠绵的情致。词中的"湖"当指鉴湖，又称南湖，若耶溪水即流入湖中，从词里的地名意象可以推知，此词当作于游浙东时，与他的《南湖》等诗是同期作品。

其　三

同伴。相唤。杏花稀。梦里每愁依违①。仙客一去燕已飞②。不归。泪痕空满衣。　　天际云鸟引睛远③。春已晚。烟霭渡南苑④。雪梅香。柳带长⑤。小娘⑥。转令人意伤⑦。

【注释】

①依违：迟疑不决。汉刘向《九叹·离世》："余思旧邦，心依违兮。"或谓指离合。《文选》三国魏曹植《七启》："飞声激尘，依违厉响。"刘良注："依违，乍合乍离也。"

②仙客：仙人。汉刘向《列仙传·女几》："女几蕴妙，仙客来臻。倾书开引，双飞绝尘。"此指女子情郎。

③引晴远："晴"与"情"字谐音双关，意为天边的云鸟把女子的情思引向远处。

④南苑：御苑名。因在皇宫之南，故名。历代所指不一。《宋书·明帝纪》："以南苑借张永，云'且给三百年，期讫更启'。"唐杜甫《哀江头》："忆昔霓旌下南苑，苑中万物生颜色。"此处泛指园林。

⑤柳带：柳条。因其细长如带，故称。唐吴融《春雨》："连云似织休迷雁，带柳如啼好赠人。"

⑥小娘：少女。唐李贺《洛姝真珠》："真珠小娘下青廊，洛苑香风飞绰绰。"

⑦转令：更使。唐阎济美《下第献座主张谓》："转令游艺士，更惜至公年。"

【简析】

此首少女怀人之词。起三句写少女与同伴相约赏花，但凋零的杏花已透出暮春的消息，兴起少女的伤别意绪。接写她梦中的愁绪与现实的痛苦，都是缘于情人远去不归。换头"天际云鸟引晴远"七字，写景高妙，抒情蕴藉，意境清远寥廓，堪称名句。接写春晚黄昏烟霭迷离之景，烘托少女的相思怀人之情。此首除换头妙句外，在同调三首中应是最弱。首先是起句"同伴。相唤"，与下面的抒情没有什么必然联系；还有"雪梅香"乃早春风物,与词中所写晚春时令显然相矛盾;凡此,都有凑句堆垛之嫌。不能因为词人是名家,读者就必须去不着边际地赞美"最是高境"云云,实事求是地评价文本的高下优劣,才是正确的解读态度。

蕃女怨

万枝香雪开已遍①。细雨双燕。钿蝉筝②,金雀扇③。画梁相见④。雁门消息不归来⑤。又飞回⑥。

【注释】

①香雪:白色的花。唐韩偓《和吴子华侍郎令狐昭化舍人叹白菊衰谢之绝次用本韵》:"正怜香雪披千片,忽讶残霞覆一丛。"或指杏花。

②钿蝉筝:以蝉形金珠薄片为饰的筝。温庭筠《弹筝人》:"钿蝉金雁今零落,一曲伊州泪万行。"

③金雀扇:绘有金雀之扇。温庭筠《晚归曲》:"弯堤弱柳遥相瞩,雀扇团圆掩香玉。"

④画梁:有彩绘装饰的屋梁。南朝陈阴铿《和樊晋侯伤妾》:"画梁朝日尽,芳树落花辞。"

⑤雁门消息:指远戍征人的音讯。雁门:雁门关之省称。在今山西雁门关西雁门山上。长城重要关口之一。唐于雁门山顶置关,明初移筑今址。向为山西南北要冲。唐李白《古风》之六:"昔别雁门关,今戍龙庭前。"

⑥又飞回:指双燕又飞回画梁巢中。

【简析】

此首思妇念远之词。起二句描写杏花春雨双燕之景,兴起女子良辰虚度的孤寂之感和伤别怀远的相思之情。接以二句人物服用器具描写,精致华美,却从下句所写画梁上双栖的燕子眼中见出,顿添一层冷清之感。"雁门"句言边关来信,征人尚且不能归家。"又飞回"是以燕归反衬征人不归。此词的好处,在于借助双燕来写相思怀人之情,比兴衬托,婉转有韵。但说其"令人叫绝",显系夸张。

其 二

碛南沙上惊雁起①。飞雪千里。玉连环②,金镞箭③。年年征战。画楼离恨锦屏空④。杏花红。

【注释】

①碛南:大漠之南。碛:沙漠。唐李白《行行且游猎篇》:"海边观者皆辟易,猛气英风振沙碛。"王琦注:"沙碛即沙漠也。"

②玉连环:套连在一起的玉环。《战国策·齐策六》:"秦始皇尝使使者,遗君王后玉连环,曰:'齐多知,而解此环不?'"鲍彪注:"两环相贯。"唐李商隐《赠歌妓》之一:"水精如意玉连环,下蔡城危莫破颜。"此处多解为征人饰物。或谓与"金镞箭"对举,当指刀环。

③金镞箭:饰以金箭头之箭。常用为信契。《周书·异域传》下《突厥》:"其征发兵马,科税杂畜,辄刻木为数,并一金镞箭,蜡封印之,以为信契。"镞:《尔雅·释器》疏:"镞,箭头也。"

④画楼:雕饰华丽的楼房。唐李峤《晚秋喜雨》:"聚霭笼仙阁,连霏绕画楼。"锦屏:锦绣的屏风。唐李益《长干行》:"鸳鸯绿浦上,翡

翠锦屏中。"指妇女居处,闺阁。

【简析】

　　此首写征人思妇之情。前五句描写边塞绝域的苦寒环境,戍边将士连年不歇的征战生活。后二句转写内地家中,红杏隐映的画楼上,锦屏独对的思妇满腹离恨。这首词在表现上有几点值得注意:一是前五句的边塞题材和悲壮风格,溢出了《花间》范式,尤其是起首二句,雄阔苍茫,"有力如虎"(陈廷焯《词则》)。飞卿自是雄才,当他不再一味沉溺于香艳的闺阁代言时,就有可能施展出大手笔,拓开词中新境。二是这类边塞题材在诗中早已寻常,摄取入词,方见新意,加以词句的长短错落,形成一种不同于诗体的急促跳荡的节奏,创生出新的美感。三是前五句与后两句的关系,可有三种理解,或谓边关征人思家,或谓家中思妇盼归,或谓边塞内地、征人思妇的画面人物的组接映衬,三解均可说通。

荷叶杯

　　一点露珠凝冷①。波影②。满池塘。绿茎红艳两相乱③。肠断。水风凉。

【注释】

　　①凝冷:犹冷森森。唐苏鹗《杜阳杂编》卷中:"遇西域有进美玉者二,一圆一方,径各五寸,光彩凝冷,可鉴毛发。"

　　②波影:连下文,应指水波中的荷影。

　　③绿茎红艳:指荷叶荷花。唐岑参《优钵罗花歌》:"其间有花人不

识,绿茎碧叶好颜色。"温庭筠《题崔公池亭旧游》:"皎镜方塘菡萏秋,此来重见采莲舟。红艳影多风袅袅,碧空云断水悠悠。"两相乱:言水光波影,绿茎红荷,参差交错。

【简析】

词写荷塘晓景,而景中有人。波影水光,冷露凉风,绿茎红荷,满塘错杂,清晓荷塘景色的描写,细腻入微。一个"乱"字,由物态及于人情,"冷"与"凉",原来是侵晨观荷之人的感受,而曰"肠断",当不仅仅因为荷塘晓景的清丽,应是别有怀抱所致。

其 二

镜水夜来秋月①。如雪②。采莲时。小娘红粉对寒浪③。惆怅。正相思。

【注释】

①镜水:指镜湖,在今浙江绍兴城南三里,又名鉴湖、长湖、南湖。唐贺知章《采莲曲》:"稽山罢雾郁嵯峨,镜水无风也自波。"

②如雪:镜水月华皎洁如霜雪。或指采莲越女白皙如雪。唐李白《越女词》:"镜湖水如月,耶溪女似雪。"

③小娘:此指采莲少女。红粉:红妆。

【简析】

词写月夜采莲女的情思。在镜水秋月与"采莲"之间,嵌入"如雪"二字,既形容镜水月华皎洁如雪,又形容越溪少女白皙如雪。在皎洁的月光下,采莲的少女对着冷澈空明的湖水,起了一丝莫名的惆怅,于是,她下意识地停下了采莲的劳作,陷入了沉思之中。词写镜湖月夜之景,纤尘不染,极其素净,映衬出采莲少女的形象和情思,也显得分外动人。此首与《河传》"湖上"一首,当都是词人游浙东时所作。

其 三

楚女欲归南浦。朝雨。湿愁红①。小船摇漾入花里②。波起。隔西风③。

【注释】

①愁红:谓经风雨摧残的花。亦以喻女子的愁容。唐李贺《黄头郎》:"南浦芙蓉影,愁红独自垂。"此指雨水沾湿的荷花。

②摇漾:荡漾。南朝梁萧纲《述羁赋》:"云嵯峨以出岫,江摇漾而生风。"唐权德舆《晚渡扬子江却寄江南亲故》:"返照满寒流,轻舟任摇漾。"

③西风:秋风。唐李白《忆秦娥》:"西风残照,汉家陵阙。"

【简析】

词写雨中送别。起句六字,叙写人物事件地点。接写朝雨洒湿了红艳的花色,以之点染别时的惆怅意绪。"小船"句描写送别已过,楚女乘船驶入荷花荡里,"摇漾"二字,已暗含风吹浪起一层意思。水波的荡漾,正是送别双方不平静的心情的象喻。"隔西风"作结,则有望中已远的冷落萧瑟之意。

这三首《荷叶杯》,所写内容均与莲荷有关,皆是就题敷衍之作。体调短小,节拍短促,韵位频换,是其形式上的特点。难能可贵的是,词人以轻倩灵妙的词笔,状物写人,绘景抒情,略加点染,神韵具足,与他同样写采莲的《河传》相比,竟是以少许胜多许了。

皇甫松 十二首

【小传】

皇甫松,生卒年不详。松一作嵩,字子奇,自号檀栾子,睦州新安(今浙江淳安)人。父湜,唐著名古文家,官至工部郎中。松为宰相牛僧孺表甥,工诗词,亦擅文,然久试进士不第,终生未仕。光化三年(九〇〇)十二月,韦庄奏请追赐温庭筠、皇甫松等人进士及第,故《花间集》称其为"皇甫先辈",盖唐人呼进士为先辈。事迹见《唐摭言》卷一〇、《唐诗纪事》卷五三。皇甫词,《花间集》存十二首,《尊前集》存十首,共二十二首。

天仙子

晴野鹭鸶飞一只[①]。水葓花发秋江碧[②]。刘郎此日别天仙[③],登绮席[④]。泪珠滴。十二晚峰高历历[⑤]。

【注释】

①晴野:晴日郊野。唐白居易《叙德书情四十韵上宣歙翟中丞》:"晴野霞飞绮,春郊柳宛丝。"鹭鸶:水鸟名,白羽高脚,长颈强喙,头

顶和背部羽毛如丝，故名。《诗经·周颂·振鹭》："振鹭于飞，于彼西雝。"

②水荭：亦作水葓，蓼科，水草名，花红色或白色。唐李贺《恼公》："钿镜飞孤鹊，江图画水葓。"

③刘郎句：南朝宋刘义庆《幽明录》：东汉永平年间，剡县人刘晨、阮肇入天台山采药迷路，遇二仙女，邀至家中，酒乐款待，留住半年。求归至家，子孙已过七代。后重入天台山访女，渺无踪迹。后世多以此典写艳遇艳情。此处或者以"刘郎"自指，"天仙"指情人。

④绮席：华贵之筵席，此指别筵。唐太宗《帝京篇》："玉酒泛云罍，兰肴陈绮席。"

⑤十二晚峰：指巫山十二峰，巫山在夔州巫山县东三十里，形如巫字，故名。唐李端《巫山高》："巫山十二峰，皆在碧虚中。"据宋祝穆《方舆胜览》载，十二峰名为：望霞、翠屏、朝云、松峦、集仙、聚鹤、净坛、上升、起云、飞凤、登龙、圣泉。峰名各家说法不一，可参《隐居通议》卷二九、《蜀中广记》卷二二、《读史方舆纪要》卷六六等书。历历：分明可数。唐崔颢《黄鹤楼》："晴川历历汉阳树，芳草萋萋鹦鹉洲。"

【简析】

词咏本调，就题发挥，写天台神女事。前二句描写秋江晴景，飞过晴野的一只鹭鸶，似有若无之间，兴起下面数句刘郎辞别桃源仙子的情事。"登绮席，珠泪滴"二句，写仙凡离别的场面，突出仙子的伤感情态。结句"十二晚峰高历历"，形容刘郎别后情景，系从钱起《湘灵鼓瑟》"曲终人不见，江上数峰青"化出，以景结情，颇富"远韵"（陈廷焯《云韶集》）。

其 二

踯躅花开红照水①。鹧鸪飞绕青山嘴②。行人经岁始归来③,千万里。错相倚④。懊恼天仙应有以⑤。

【注释】

①踯躅:杜鹃花别名。唐白居易《题元十八溪居诗》:"晚叶尚开红踯躅,秋房初结白芙蓉。"

②鹧鸪:鸟名,俗说其啼声曰"行不得也哥哥"。唐郑谷有《鹧鸪》诗,唐张籍《湘江曲》:"送人发,送人归。白蘋茫茫鹧鸪飞。"山嘴:犹山口。宋杨万里《登多稼亭晓望》:"城腰折处才三径,山嘴前头别一村。"

③行人:出行或出征之人。《诗经·齐风·载驱》:"汶水滔滔,行人儦儦。"此指刘晨、阮肇。经岁:犹经年。《三国志·魏志·毛玠传》:"公家无经岁之储,百姓无安固之志。"

④相倚:相靠,相托。唐罗隐《柳》:"灞岸春来送别频,相偎相倚不胜春。"

⑤懊恼:悔恨,烦恼。《乐府诗集》卷四六《懊侬歌》之十四:"懊恼奈何许,夜闻家中论,不得侬与汝。"天仙:此指天台神女。有以:有缘故。《诗经·邶风·旄丘》:"何其久也,必有以也。"

【简析】

此首仍就题敷衍,写天台仙女事。前二句写山间春景,杜鹃花发,红艳照水,写出山中春色的热烈,以之烘托仙子的春情。鹧鸪飞绕,则略含兴义。第三句切入情事,言刘阮经岁始归,这漫长的别后时光,遥远的空间距离,都成了思春怀人的仙子懊恼的缘由,以至于让仙子生出"错相倚"的怨悔心情。

浪涛沙

滩头细草接疏林①。浪恶罾船半欲沉②。宿鹭眠鸥飞旧浦③,去年沙嘴是江心④。

【注释】

①滩头:滩上。唐刘禹锡《送景玄师东归》:"滩头蹋屐挑沙菜,路上停舟读古碑。"疏林:稀疏的林木。唐王昌龄《途中作》:"坠叶吹未晓,疏林月微微。"

②罾船:渔船。罾:《广韵》:"罾,渔网也。"

③宿鹭眠鸥:栖宿休眠之鹭鸟、鸥鸟。唐郑谷《江际》:"万顷白波迷宿鹭,一林黄叶送残蝉。"唐许浑《郊园秋日寄洛中友人》:"日落远波惊宿雁,风吹轻浪起眠鸥。"浦:水滨。《诗经·大雅·常武》:"率彼淮浦,省此徐土。"

④沙嘴:突出水中之低平狭窄沙岸,形似鸟喙,故名。五代钱弘俶《过平望》:"沙嘴牛眠草,波心鸟触烟。"

【简析】

词咏本调。前二句写滩头细草疏林、浪里渔船浮沉的江景,为后二句铺垫蓄势。三句转写鸥鹭翻飞,寻觅旧时的栖处,然而却寻觅不到了。四句就势收煞,点出"去年沙嘴是江心"的今昔变化,喻示题旨。词借浪淘沙嘴的自然现象，形象地揭示出世事变迁、沧海桑田的哲理，警醒深刻，读后让人不免感慨系之。

其 二

蛮歌豆蔻北人愁①。蒲雨杉风野艇秋②。浪起鹭鹋眠不得③，寒沙细细入江流④。

【注释】

①蛮歌：南人之歌谣。唐杜甫《夜》之一："蛮歌犯星起，重觉在天边。"豆蔻：植物名，多年生常绿草本，生岭南，又名草果，可入药。花穗状，嫩叶卷之如芙蓉，色深红，渐开而淡。南人取其尚未大开者，谓之含胎花，以其形如妊身也。可参《政和证类本草》卷九。古人取以喻少女小而妍美。唐杜牧《赠别》之一："娉娉袅袅十三余，豆蔻梢头二月初。"

②蒲雨杉风：挟带草木气息的风雨。蒲雨：唐李中《书蔡隐士壁》："池暗菰蒲雨，径香野蕙风。"杉风：唐皎然《奉和袁使君》："傍檐竹雨清，拂案杉风秋。"野艇：野渡小船。唐张志和《渔父》："秋山入帘翠滴滴，野艇倚槛云依依。"

③鹭鹋：水禽名，即交睛。宋陆佃《埤雅·释鸟》："似鬼而脚高，有毛冠，长目似睛交，故云交睛。"汉司马相如《上林赋》："鹭鹋环目。"

④寒沙：秋冬寒水中之沙。南朝梁丘迟《旦发渔浦潭》："森森荒树齐，析析寒沙涨。"

【简析】

词咏本调，写北人旅愁。北人浪迹南方，耳听蛮歌豆蔻，触起思乡之情。栖宿扁舟野渡，冲冒杉风蒲雨，更增旅途愁怀。江上浪起，惊得鸂鶒不得眠宿，正是衬写旅人苦于风浪、不得安寝的情景。结句扣题，词笔和境界均极静细，与前面风雨波浪的动境构成对比，足耐咀味。

杨柳枝

春入行宫映翠微①。玄宗侍女舞烟丝②。如今柳向空城绿，玉笛何人更把吹③。

【注释】

①行宫：京城以外供帝王出行时居住的宫殿。翠微：淡青的山色，亦指青山。南朝梁何逊《仰赠从兄兴宁寘南》："远江飘素沫，高山郁翠微。"

②玄宗侍女：指玄宗时之梨园弟子。《明皇杂录逸文》："天宝中，命宫女子数百人为梨园弟子，皆居宜春北院。"可参《新唐书·礼乐志》十二。舞烟丝：舞姿婀娜，如烟柳柔丝。

③玉笛：玉质之笛。唐李白《春夜洛城闻笛》："谁家玉笛暗飞声，散入春风满洛城。"把吹：执笛吹奏。

【简析】

词就题发挥，咏玄宗行宫柳色。前二句描写当年春入行宫，烟柳如丝，梨园弟子腰肢袅娜，轻歌曼舞。"舞烟丝"三字，形容妙曼的舞姿恍如春风中飘拂的烟柳柔丝，极写舞姿之婀娜美妙。三句转折，时空回到现在，而今柳丝又绿，春天又来，但当年歌舞欢宴的行宫，昔人已去，一片空寂。第四句就势合拢，发出无人吹奏《折杨柳》笛曲的叹问，抒发物是人非的今昔沧桑之感。此词结构上的起承转合，一如七言绝句作法，确有"古诗遗意"（陈廷焯《白雨斋词话》）。

其　二

烂熳春归水国时①。吴王宫殿柳丝垂②。黄莺长叫空闺畔③，西子无因更得知④。

【注释】

①烂熳（màn）：即烂漫。水国：泛指南方水乡泽国。唐孟浩然《洛中送奚三还扬州》："水国无边际，舟行共使风。"

②吴王宫殿：吴王夫差的宫殿。本为阖闾所建，城周四十七里，有陆门八，水门八。在今江苏苏州。可参东汉赵晔《吴越春秋》。

③空闺：空寂的闺房。南朝宋鲍照《秋夜》："环情倦始复，空闺起晨妆。"

④西子：西施。东汉赵晔《吴越春秋》卷四："西施，越苎萝村女。越王勾践败于会稽，范蠡取西施献吴王夫差。吴亡，西施复归范蠡，从游五湖。"三国魏曹植《扇赋》："增吴氏之姣好，发西子之玉颜。"

【简析】

词就题发挥，咏吴宫柳色。前二句描写烂漫春色又回江南水国，一年一度，吴王宫苑里的柳树依旧柔丝垂袅，长条披拂。后二句言柳枝上的黄莺，在西子当年居住过的闺房外啼啭，可是西子却再也不可能听到这呖呖的莺声了。用吴王、西施故事点染柳色，使这首咏物词有了些许吊古伤今的感情色彩。

摘得新

酌一卮^①。须教玉笛吹^②。锦筵红蜡烛^③,莫来迟。繁红一夜经风雨^④,是空枝^⑤。

【注释】

①酌一卮(zhī):酌一卮酒。南朝梁萧绎《长歌行》:"当垆擅旨酒,一卮堪十千。"卮:酒器,容量四升。汉司马迁《史记·项羽本纪》:"项伯即入见沛公,沛公奉卮酒为寿。"

②须教:须使。唐王绩《过酒家》之五:"有客须教饮,无钱可别沽。"

③锦筵:精美的筵席。南朝宋鲍照《代陈思王京洛篇》:"坐视青苔满,卧对锦筵空。"

④繁红:繁花。唐齐己《蝴蝶》:"何处背繁红,迷芳到槛重。"

⑤空枝:落尽繁花的枝条。唐皎然《诗式》引杨凌句:"南园桃李花落尽,春风寂寞摇空枝。"

【简析】

此首劝酒之词。起二句言一杯美酒,佐以一支笛曲,即对酒当歌之意也。接二句写豪华夜宴,红烛高烧,劝行乐之人,切莫来迟。结二句设譬作喻,写春来繁花似锦,一夜风雨之后,徒留满树空枝,借此形象地提醒人们"为乐当及时",与杜秋娘《金缕曲》"有花堪折直须折,莫待无花空折枝"意思相同。在及时行乐的表象背后,是好景不长、良辰难再的锥心痛楚，小词把这层意思"说尽"、"说破"，读之觉其"语淡而沉痛欲绝"（况周颐《餐樱庑词话》）。

其 二

摘得新①。枝枝叶叶春。管弦兼美酒，最关人②。平生都得几十度③，展香茵④。

【注释】

①摘得新：唐教坊曲名，用为词调。唐宫廷旧制，赐百官樱桃尝新。唐王建《宫词一百首》之四十五："众里遥抛新摘子，在前收得便承恩。"调名或缘此而起。或曰：指摘得鲜花。词调以首句三字为名。《词律》卷一："首句三字'摘得新'，因以为名。"

②最关人：最关人情。唐李白《杨叛儿》："何许最关人，乌啼白门柳。"

③几十度：几十次。

④香茵：美艳的坐褥。唐段成式《酉阳杂俎·续集》："有从者具香茵，列坐月中。"

【简析】

此首旨同上首，但写法不同。上首把"摘得新者，自不落风雨之后"一层比兴之义，留到词末结出；此首则一起即点明"摘得新。枝枝叶叶春"的题旨，然后再写管弦美酒，最关人情，浮生短暂，难得几回。"敲醒世人蕉梦"，劝人摘取满枝新花，莫负良辰美景。这种及时行乐之意，是人的时间生命意识觉醒后的产物，其间包含着对生命的珍爱，和面对短暂的人生进行自救的努力，并非纯粹是消极颓废的负面价值。这类作品皆可归入中国诗歌中的时间生命主题范畴,其母题和原型性质的初始创作,当然是《诗经》里的《蟋蟀》、《蜉蝣》等诗。

梦江南

兰烬落①,屏上暗红蕉②。闲梦江南梅熟日③,夜船吹笛雨萧萧④。人语驿边桥⑤。

【注释】

①兰烬:蜡烛余烬,状似兰心,故称。唐李贺《恼公》:"蜡泪垂兰烬,秋芜扫绮栊。"

②红蕉:即美人蕉,形似芭蕉而矮小,花色红艳,多生长于温、热带。唐白居易《东亭闲望》:"绿桂为佳客,红蕉当美人。"此指屏风所绘红蕉花。或谓残夜昏灯映照屏风成深红色。

③梅熟日:指江南初夏梅子黄熟之时,俗谓"黄梅天",其时阴雨连绵,称"黄梅雨"。

④萧萧:同"潇潇",风雨声。《诗经·郑风·风雨》:"风雨潇潇,鸡鸣胶胶。"

⑤人语:人声。唐王维《鹿柴》:"空山不见人,但闻人语响。"或谓"语"作动词,对话。

【简析】

词写江南梅雨之夜的离别场景,寄托作者的思乡之情。前二句写室内夜景,后三句写梦境。夜深人静,灯烛已经烧残,画屏上的红蕉图,颜色也随之模糊暗淡,这正是睡眠入梦所需要的环境氛围。经过这两句铺垫之后,便转入后三句对梦境的正面描写:黄梅时节,绵绵小雨下个不停。入夜,小船停靠在驿桥边。等候旅客上船的当儿,舟子拎起横笛,信口吹几支婉转的小调。送行的人犹自恋恋不舍,在潇潇夜雨中依依话别。这里所写的别离场面,很可能就是作者当年告别江南家乡时的亲身经历,所以特别难忘,才在梦中重又记起。这几句写景如画,景中含情,小船、驿桥、笛声、人语,都笼罩在潇潇夜雨里,交织融化成迷蒙的意境,显得"情味深长"(王国维《人间词话》附录)。

从地域的角度看,唐宋婉约词属于"南方文学"。南国多水,降雨量充沛,江河湖泊遍布,不管是风景或人物,都浸润着柔柔的水性。在这样的地域环境中产生的词,自然吸收了充足的"水分",从而显得柔情似水了。唐宋婉约词人多写水景,借助水景来营构柔婉、清丽、隐约、微茫的词境,体现出鲜明的南方地域风格特色。唐五代词人就已自觉地借重于水,这一时期的名篇佳句,多与水结下不解之缘。皇甫松这首《梦江南》,其中的意象如"船"、"桥"和"雨",表征着"水"自不待言,即使是笛声、人语,也被水浸、雨洒得湿淋淋的,整个迷蒙的词境正是借助一派氤氲水气濡染而成。"水"之于词,其功大矣!

其 二

楼上寝,残月下帘旌①。梦见秣陵惆怅事②,桃花柳絮满江城③。双髻坐吹笙④。

【注释】

①帘旌:帘额,帘上所缀布帛。唐李商隐《正月崇让宅》:"蝙拂帘

旌终辗转，鼠翻窗网小惊猜。"

②秣陵：即金陵，秦改金陵为秣陵，约为今江苏南京。

③江城：江畔之城，唐李白《秋登宣城谢朓北楼》："江城如画里，山晚望晴空。"此指秣陵。

④双髻：少女发式，代指少女。阎选《谒金门》："双髻绾云颜似玉，素娥辉淡绿。"

【简析】

此首亦咏本调，作法同前首。起二句先写深夜景色，包含着自《诗经·陈风·月出》肇端的"望月怀思"的心理图式。思极成幻，入梦就成，情所不免。接下来即展示梦境：那是秣陵的暮春时节，桃花灼灼，柳絮纷纷，少女坐在花柳丛中，调笙试管，以助春日游兴。画面中虽然只出现了少女形象，但词人肯定是在场同游者，看江城烂漫春色，听少女美妙笙簧，倍觉悦目赏心，故而难以忘怀，终致月夜入梦。词作笔法灵妙，情景兼得，追忆旧欢，梦境如画，六朝烟水气里，氤氲着词人感慨往事成空的迷惘惆怅之意。

采莲子

菡萏香连十顷陂举棹①。小姑贪戏采莲迟年少②。晚来弄水船头湿举棹③，更脱红裙裹鸭儿年少。

【注释】

①菡萏：荷花的别称。《诗经·陈风·泽陂》："彼泽之陂，有蒲菡

菡。"郑玄《笺》:"未开曰菡萏,已开曰芙蕖。"唐李白《子夜四时歌》:"镜湖三百里,菡萏发荷花。"十顷陂:十顷陂塘。陂:水边堤岸,此指荷塘。唐皮日休《陈先辈故居》:"千株橘树唯沽酒,十顷莲塘不买鱼。"举棹:"举棹"及下文"年少",乃歌时相合之声。

②小姑:未嫁之女。南朝乐府《青溪小姑曲》:"开门白水,侧近桥梁。小姑所居,独处无郎。"

③弄水:戏水,玩水。唐白居易《和春深二十首》之十五:"弄水游童棹,湔裙小妇车。"

【简析】

词咏本调,摹写采莲少女娇憨之态。一望无边的荷塘里亭亭田田,清香弥漫,贪玩的少女陶醉于美好的景色之中,嬉戏流连,以致忘记了采莲的劳作。天已黄昏,少女兴犹不减,船头戏水把红裙都弄湿了,便索性脱下裙子,裹起鸭儿,继续逗弄起来。词中少女形象憨态可掬,活泼可爱,极为生动逼真,"体贴工致,不减觌面见之"(汤显祖评《花间集》)。

其 二

船动湖光滟滟秋举棹①。贪看年少信船流年少②。无端隔水抛莲子举棹③,遥被人知半日羞年少。

【注释】

①滟滟:水光明亮晃动貌。唐张若虚《春江花月夜》:"滟滟随波千万里,何处春江无月明。"

②年少:少年郎。唐白居易《琵琶行》:"五陵年少争缠头,一曲红绡不知数。"信船流:听任小船随水漂流。

③无端：无缘无故。晋陆机《君子行》："福钟恒有兆，祸集非无端。"

【简析】

  词咏本调，摹写采莲少女的娇羞之态。秋日荷塘，波光潋滟，采莲少女举桨划船的当儿，偶一抬头，被水边少年的风姿深深地吸引，不觉频频看觑，一时忘记划船，听任莲舟顺水飘荡起来。看到入迷，少女竟然下意识地隔水向着少年抛掷莲子，主动示爱。结果被人看见了，她才蓦然惊觉，羞涩不已。词作通过动作、表情、细节描写，展示情窦初开的少女爱情心理，生动传神。这两首《采莲子》，前首写少女娇憨，此首写少女娇羞，前首写其"贪戏"，此首写其"贪看"，皆是未经世俗戕害的人类天性之自然表现，浑金璞玉，无比美好。生逢唐代社会，又处江南民间，礼教的束缚本较宽松，所以才有词中少女那份令人着迷的天真烂漫，这是青春生命自由舒展的原始状态。缘此，这两首《采莲子》虽是文人词，但其清新质朴的风格，更像是采莲民歌。

韦庄 二十二首

【小传】

  韦庄（八三六—九一〇），字端己，长安杜陵（今陕西西安东南）人。韦应物四世孙。广明元年（八八〇），应举长安，值黄巢入破京师，庄目睹战乱，遂于中和三年（八八三）在洛阳作《秦妇吟》诗，时人因号曰"《秦妇吟》秀才"。后漫游江南诸地。昭宗景福二年（八九三），入京应试，次年登进士第，为校书郎。乾宁四年（八九七），李询辟为判官,奉使入蜀。光化三年(九〇〇),擢左补阙。十二月,奏请追赐李贺、温庭筠、皇甫松、陆龟蒙等进士及第。天复元年(九〇一),入蜀依王建,为掌书记。及朱全忠篡唐自立,乃劝王建称帝,定开国制度,为吏部侍郎兼平章事。蜀高祖武成三年(九一〇)八月,卒于成都,谥文靖。生平事迹见《蜀梼杌》卷上、《唐诗纪事》卷六八、《唐才子传》卷一〇、《十国春秋》卷四〇、夏承焘《韦端己年谱》。韦词《花间集》存四十八首,《尊前集》存五首,《类编草堂诗余》存一首,共五十四首。

浣溪沙

清晓妆成寒食天①。柳球斜袅间花钿②。卷帘直出画堂前③。 指点牡丹初绽朵④,日高犹自凭朱栏⑤。含颦不语恨春残⑥。

【注释】

①清晓:清晨,天刚亮。唐孟浩然《登鹿门山怀古》:"清晓因兴来,乘流越江岘。"寒食:节令名,在农历清明前一二日。参《太平御览》卷三〇《寒食》。唐韩翃《寒食》:"春城无处不飞花,寒食东风御柳斜。"

②柳球:弯柳枝为球形之头饰。或即柳圈,唐时清明有戴柳圈之俗。散曲曲牌有曰《柳圈辞》者。或谓指风中团成球形的柳絮。花钿:用金翠珠宝制成的花形首饰。南朝梁沈约《丽人赋》:"陆离羽佩,杂错花钿。"

③画堂:饰有彩绘的华丽堂舍。南朝梁萧纲《饯庐陵内史王修应令》:"回池泻飞栋,浓云垂画堂。"

④指点：指示，点出。唐李白《相逢行》："金鞭遥指点，玉勒近迟回。"

⑤朱栏：朱红色栏杆。唐李嘉佑《同皇甫冉登重元阁》："高阁朱栏不厌游，蒹葭白水绕长洲。"

⑥含颦：亦作含嚬。皱眉忧愁貌。南朝宋谢灵运《行田登海口盘屿山》："依稀采菱歌，仿佛含嚬容。"唐刘禹锡《忆江南》："丛兰裛露似沾巾。独坐亦含颦。"

【简析】

词写惜春情怀。起二句描写女子妆容，顺带"寒食天"的季节和"清晓"的时间。晨起精心妆扮，说明女子心情不错，这和《花间》词中经常出现的晨起懒梳妆形成对比。女子清晓妆成，是为了赏花，"卷帘直出"的动作描写，显示出女子的心意急切、兴致高昂。过片写她来到园中，欣赏初开的牡丹花朵，"指点"二字，动作语言兼写，表现她的爱赏喜悦之情。"日高"一句是她的情绪由高涨到低抑的转折点，这一句一方面显示她对牡丹的爱怜，从清晨到日高，凭栏观赏，移时不去；另一方面，她的情绪也在独凭朱栏的过程中，悄悄地发生着微妙的变化。在潜意识的层面，花的烂漫，唤醒了少女的生命意识，触起了深闺中人的青春苦闷；在意识的层面，她大概想到牡丹开过，一春花事即告消歇，所以生出惜春之意，而青春年华的虚度这一层意思，则在隐显之间。这就是她从兴高采烈到"含颦不语"的原因。与温词中艳妆、静态的伤春女子相比，韦庄注重对人物动作的连续描写，服饰描摹简洁，显得真切生动，清淡流畅。两相比较，韦词少了一份腻味，多了一份疏爽。

其 二

欲上秋千四体慵①。拟交人送又心忪②。画堂帘幕月明风。　此夜有情谁不极③,隔墙梨雪又玲珑④。玉容憔悴惹微红⑤。

【注释】

①秋千:我国传统游戏。隋杨广《古今艺术图》:"秋千本山戎之戏,齐桓公北伐,始传中国。""以彩绳悬木立架,士女坐立其上,推引之,谓之秋千。"五代王仁裕《开元天宝遗事》卷下:"天宝宫中,至寒食节,竞竖秋千,令宫嫔辈戏笑以为宴乐,帝呼为半仙之戏。"唐王建有《秋千词》。唐白居易《和春深二十首》之十六:"秋千细腰女,摇曳逐风斜。"四体慵:四肢困倦无力。

②送:推送秋千。韦庄《麟州寒食》:"好是隔帘花树动,女郎撩乱送秋千。"心忪:内心惊恐。唐李贺《恼公》:"犀株防胆怯,银液镇心忪。"

③不极:不尽。唐元季川《登云中》:"穷览颇有适,不极趣无幽。"

④梨雪:梨花如雪。南朝梁萧子显《燕歌行》:"洛阳梨花落如雪,河边细草细如茵。"玲珑:明澈貌,以之形容雪色。唐韩愈《喜雪献裴尚书》:"照曜临初日,玲珑滴晚澌。"此处形容梨花洁白晶明。

⑤玉容:姣好的容颜。晋陆机《拟西北有高楼》:"玉容谁得顾,倾城在一弹。"微红:浅淡的红晕。韦庄《舍香》:"微红几处花心吐,嫩绿谁家柳眼开。"

【简析】

词写春情。上片描写女子月夜欲上秋千感觉四肢无力、倩人推送又觉心里忐忑的娇慵情态。过片以问句表感叹，明月春风，梨雪玲珑，如此良夜，谁人能不兴起切切春情呢？然女子独处无侣，此情无可慰藉，句中实含有人我对比、孤零自伤之意。末句以憔悴容色描写，显示女子感伤、痛苦心情。

其　三

惆怅梦余山月斜①。孤灯照壁背窗纱。小楼高阁谢娘家②。　　暗想玉容何所似，一枝春雪冻梅花③。满身香雾簇朝霞④。

【注释】

①惆怅句：韦庄《含山店梦觉作》："灯前一觉江南梦，惆怅起来山月斜。"梦余：梦后。唐许浑《秦楼曲》："秦女梦余仙路遥，月窗风簟夜迢迢。"

②谢娘：见温庭筠《更漏子》"柳丝长"注⑤。

③一枝句：以雪中梅花比拟女子雅洁美丽。韦庄《春陌二首》之一："肠断东风各回首，一枝春雪冻梅花。"

④朝霞：形容女子容饰光彩照人。三国魏曹植《洛神赋》："远而望之，皎若太阳升朝霞。"

【简析】

词写相思之情。上片写男子梦醒后所见室内的清寂环境和惆怅心情，由此引发对于心仪女子的向往，"小楼"句是他心驰神追之地，亦即心仪女子的所居之处。下片再由"暗想"二字领起，呼应"惆怅梦余"，具体展示男子梦醒之后对女子萦想不已的心理活动。以问句呼起，以春雪中绽放的梅花作喻，以香雾缭绕、霞光辉映烘衬，描写男子想象之中女子雅洁、明丽的风姿神韵。对词中的女子形象，不作具体、静态的细致刻画，运用比拟形容其仿佛，留给读者更大的审美想象余地。

其 四

绿树藏莺莺正啼[①]。柳丝斜拂白铜堤[②]。弄珠江上草萋萋[③]。　　日暮饮归何处客，绣鞍骢马一声嘶[④]。满身兰麝醉如泥[⑤]。

【注释】

①绿树句：唐李白《晓晴》："鱼跃青池满，莺吟绿树低。"

②白铜堤：古代襄阳境内汉水堤名，又作白铜鞮。唐刘禹锡《故相国燕国公于司空挽歌》之二："汉水青山郭，襄阳白铜堤。"

③弄珠句：唐无名氏诗："弄珠江上草，无日不萋萋。"弄珠：戏珠也。东汉张衡《南都赋》："游女弄珠于汉皋之曲。"李善《注》引《韩诗外传》曰："郑交甫将南适楚，遵彼汉皋台下，乃遇二女，佩两珠，大如荆鸡之卵。"

④骢马：青白杂色马。《乐府诗集》卷二四《骢马》："骢马镂金鞍，柘弹落金丸。"

⑤兰麝：兰草与麝香。东晋干宝《晋纪》："石崇畜妓妾数十人，皆蕴兰麝而被罗縠。"唐张九龄《与弟游家园》："星霜屡尔别，兰麝为谁幽。"醉如泥：沉醉瘫软如泥。唐李白《赠内》："三百六十日，日日醉如泥。"

【简析】

词写客子乡愁。上片描写弄珠江畔、白铜堤上绿树藏莺、柳丝低拂、芳草萋萋的大好春光，兴起客子归意。"草萋萋"用《招隐士》半句，暗示"王孙游兮不归"。下片写日暮时分,客子痛饮大醉的情状,足见其乡愁深重,无以舒解。词中烂醉如泥的客子身上,有着长期漂泊异乡的词人的影子。

其　五

夜夜相思更漏残。伤心明月凭栏干。想君思我锦衾寒①。　咫尺画堂深似海②,忆来唯把旧书看③。几时携手入长安④。

【注释】

①想君句:设想对方因思念自己而寒夜不寐。锦衾寒:温庭筠《更漏子》:"山枕腻,锦衾寒。觉来更漏残。"

②咫尺句:谓相距虽近,却无法相见。唐李白《连理枝》:"咫尺宸居,君恩断绝,远似千里。"咫尺:喻距离很近。《左传·僖公九年》:"天威不违颜咫尺。"晋杜预《注》:"八寸曰咫。"

③旧书:往日的书信。

④携手入长安:《诗经·邶风·北风》:"惠而好我,携手同行。"唐李白《赠崔侍郎》:"长安复携手,再顾重千金。"

【简析】

词写相思之情。首句写夜夜相思,见出离别已非一日。次句写今夜凭栏,望月怀思,乃是截取"夜夜"中之一夜,加以具体表现。三句透过一层,以客代主,想象对方月夜空闺,枕冷衾寒,辗转难眠之际,正在思念自己。这一句写两心相同,推己及人,体贴入微。过片揭出相思之由,是因为咫尺天涯的阻隔,画堂就在眼前,然不得其门而入。于是只能对着旧日的来信,聊寄相思之情。结句所写当是信中旧约,表达了对未来美好生活的殷切期盼之意。或谓此词为回忆旧姬而作,"画堂"指前蜀王建宫廷,"携手入长安"一句,是将盼望与旧姬团圆之情和寓蜀思乡之情合写,此说可供解读时参考。

菩萨蛮

红楼别夜堪惆怅①。香灯半卷流苏帐②。残月出门时③。美人和泪辞④。　琵琶金翠羽⑤。弦上黄莺语⑥。劝我早归家。绿窗人似花⑦。

【注释】

①红楼:华美的楼房,此指富贵人家的闺楼。南朝陈江总《长相思》:"红楼千愁色,玉箸两行垂。"

②香灯:闺中之灯。南朝梁王枢《徐尚书座赋得可怜》:"暮还垂瑶帐,香灯照九华。"流苏帐:缀饰彩穗的帷帐。南朝梁王同《长安有狭斜行》:"珠扉玳瑁床,绮席流苏帐。"

③残月句:谓拂晓辞别而去。

④美人句:唐曹邺《姑苏台》:"美人和泪去,半夜阊门开。"和泪:含泪。五代李存勖《忆仙姿》:"长记别伊时,和泪出门相送。"

⑤琵琶:乐器名。亦作批把、枇杷,桐木制,曲首长颈,下椭圆,面平背圆,有四弦、六弦之别。原用木拨,至唐废拨用手,称搊琵琶。《释名·释乐器》:"琵琶本胡中马上所鼓,推手前曰琵,引手却曰琶,因以为名。"金翠羽:琵琶上之饰物。《齐书·褚渊传》:"渊善弹琵琶,世祖在东宫,赐渊金缕柄银琵琶。"或谓指镶金点翠为饰的捍拨。

⑥弦上句：形容琵琶声如黄莺啼啭。

⑦绿窗：绿色纱窗。唐顾况《瑶草春》："翠帐绿窗寒寂寂，锦茵罗荐夜凄凄。"唐李绅《莺莺歌》："绿窗娇女字莺莺，金雀鸦鬟年十七。"

【简析】

　　词赋别情。起二句从别夜切入，叙写离别的时地情景。红楼的夜晚，往常该是背灯下帷、相伴入眠的时候，此刻却烛光摇曳，帐帏半卷，这别前的气氛，让人抑制不住内心的惆怅。接二句写别时，清晓的残月光里，美人相送出门，洒泪道别。从美人的角度写别离的悲伤，一者符合女性脆弱的情感心理，使别情的抒发更显凄恻；二者避免了第一人称直说，使别情的抒发更觉婉转。下片描写美人辞别的方式：弹奏一曲琵琶，用莺啭般动听的弦声，诉说心中的惜别之情和劝归之意。"早归"是词旨所在，是别离双方的共同心愿，这本是一种质实的感情，尚未分别，即言归家，若从人物口中道出，未免显得过于直切，托诸音乐寄语，则别有一番情味。写美人"劝我早归"，正见出己之不舍，家中"绿窗人似花"，真堪"系我一生心"。一结五字，形神色香具足，而又出语自然，无丝毫刻画涂饰；只是用淡笔客观描写形容，而文字之外的一种深浓之情，让人直觉得心驰神迷。这是一首较为典型地体现韦庄清淡词风的佳构，论者指为词人晚年寓蜀追忆初别之作，男女别情之中，曲折传达自己使蜀本欲早归的眷念君国之意。

其　二

　　人人尽说江南好①。游人只合江南老②。春水碧于天。画船听雨眠③。　　垆边人似月④。皓腕凝双雪⑤。未老莫还乡。还乡须断肠⑥。

【注释】

①江南：泛指长江以南。唐开元二十一年分境内为十五道，江南地区为东、西二道，江南东道治苏州，江南西道治洪州。此指作者当年浪游的吴越湘楚诸地。

②只合：只应该。唐薛能《游嘉州后溪》："当时诸葛成何事，只合终身作卧龙。"

③画船：装饰华美的游船。南朝梁萧绎《玄圃牛渚矶碑》："画船向浦，锦缆牵矶。"五代花蕊夫人《宫词》："长似江南好风景，画船来去碧波中。"

④垆边句：谓酒家女美艳如月。汉司马迁《史记·司马相如列传》："买酒舍沽酒，乃令文君当垆。"此以卓文君喻酒家女子。垆：亦作炉、卢，酒店里安放酒瓮的土台。南朝宋范晔《后汉书·孔融传》注："炉，累土为之，以居酒瓮，四边隆起，一边高如锻炉，故名炉。"唐杜牧《黄州偶见作》："有个当垆明似月，马鞭斜揖笑回头。"

⑤皓腕：雪白的手腕。三国魏曹植《美女篇》："攘袖见素手，皓腕约金环。"凝双雪：双腕如雪凝成。《乐府诗集·清商曲辞六·双行缠》："朱丝系腕绳，真如白雪凝。"

⑥须：应，必定。唐杜甫《投简梓州幕府兼简章十郎官》："固知贫病人须弃，能使章郎迹也疏。"

【简析】

作为乡愁主题诗词中具有反题性质的作品，韦庄此首《菩萨蛮》变本加厉，直是"此间乐，不思蜀"了。

对此词的理解，宋曾季狸《艇斋诗话》、明汤显祖评《花间集》、清许昂霄《词综偶评》等只考其文字或赏其写景，常州词派张惠言始谈及此词作意题旨，他以比兴寄托说词，认为这首《菩萨蛮》是韦庄晚年蜀中之作，含有政治寓意，因为中原动乱，所以说"还乡须断肠"。此后，谭献《词辨》、陈廷焯《白雨斋词话》、顾宪融《词论》、吴梅《词学通论》、俞平伯《读词偶得》、唐圭璋《唐宋词简释》等在解释此词时，都程度不同地受到张惠言的影响。其实，据此词中"未老莫还乡"和组词第三首中"如今却忆江南乐。当时年少春衫薄"可知，韦庄年轻时候确实漫游过江南，这首词应是早年漫游江南时的作品，词写江南水国的美好风光和江南佳人的美丽容貌，主题是赞美江南。把这首词纳入中国诗歌史上的乡愁主题诗词的视野加以解读，更有特殊的美感价值和诗歌史意义。

　　南方本来就拥有得天独厚的优越自然地理环境，中唐以后经济重心的南移，使南方的社会生活尤其是城市生活高度繁华。晚唐五代时期，北方干戈不息，南方则相对安定承平，城市商业经济又有进一步发展。酒宴舞席，秦楼楚馆，幽期密约，纸醉金迷。美丽的自然环境加上魅人的城市生活内容，深深倾倒了那些家在北方的游人，悦目美景和赏心乐事使他们流连忘返，即使回到北方家乡仍然铭记在心，耿耿难忘。这种情形在中晚唐文人如白居易、温庭筠的作品中都有表现，到韦庄的词里则被推向极致。

　　词的起句即点明题旨："人人尽说江南好"，是写那一时代社会大众的心理，写社会大众对江南佳丽地的评价、公认和欣羡，众口一词，曾无例外。"游人只合江南老"，虽是泛说，其中正包含着词人的亲身体验，或者毋宁说就是青壮年时期数度浪游江南的词人的内心独白。这一句在结构意脉上又为词的结句"未老莫还乡"预作伏笔。接下来，对于"生长雍冀者实未曾梦见"过的南国佳处，词人从风景和人事两方面加以具体描述。上片"春水碧于天。画船听雨眠"两句，选取最有江南水乡特点的风景，写来富于诗情画意。"春水"句不仅形容了水色的嫩碧明净，而且写出了水面开阔、水天一色的动人意境。"画船"句写江南春雨绵绵的日子里，游人安适地躺在画着装饰图案的游船上，听着潇潇雨声入眠，情调潇洒悠闲。

南国吸引游人之处除了迷人的风景，自然还有魅人的人事，风景令人赏心悦目，人事更让人流连陶醉。词的下片即转写人事。诗酒风流的兴致和城市繁华的生活，都少不了酒家和女性，"垆边人似月。皓腕凝双雪"两句，写酒家女子的美丽。先用汉代司马相如开店"令文君当垆"的典故，暗示酒家女子像卓文君一样漂亮；又以月亮的皎洁比拟女子的美貌，化用了《诗经·陈风·月出》以月亮"喻妇人有美色之白皙"的诗意，和宋玉《神女赋》"皎若明月舒其光"的比喻形容。在"垆边人似月"总体印象描写之后，接以"皓腕凝双雪"一句特写，突出女子那双沽酒的巧手，洁白如霜雪凝成，其人的美丽也就可以通过这"借代"修辞而想见了。对于家在北方的游子韦庄来说，那"春水碧于天"的水乡美景，那"画船听雨眠"的南国情调，那"皓腕凝双雪"的当垆丽人，都曾带给他在北方家乡做梦也想不到的快乐，所以他被强烈吸引并沉溺其中，无力自拔，于是便有了在无数乡愁主题诗词中游子从来不曾有过的想法："未老莫还乡。还乡须断肠。"一般来说，农业文明滋育出的强固的"根"意识，使传统中国人安土重迁，离乡的游子满怀着地域乡愁和文化乡愁，父母之邦的一方桑梓热土之上，乡情、亲情、爱情和祖国情与游子血肉相连，让游子系心萦怀，梦绕魂牵，这是中国诗歌史上无数乡愁诗歌持续产生的情感温床。在几乎所有的乡愁主题诗歌里，游子都为不能及早还乡而倍受熬煎,痛苦不堪,韦庄在这里却感到除非已是暮年,心力衰竭,欲望淡薄,游兴消减,否则千万不能还乡。因为一旦回到北方家乡,会因"却忆江南乐"而痛断肝肠的。他觉得自己既然来到江南这人人向往的好地方,这一生只应该也只能够终老于斯了。词的结句回应上片"游人只合江南老",至此,江南风光人情的美好诱人,词人对江南的热爱赞美,均达到了无以复加的程度。把这首词放在诗歌史上的乡愁主题诗词中加以审视,就会发现它全新的情感意蕴和价值取向。在乡愁主题作品里,身处异乡的游子总是因为思念故乡而断肠;这首词中的游子则完全相反,他担心回到故乡,会因思念异乡而断肠。作为乡愁主题的反题,这首词颠覆了乡愁主题诗词的情感定势和抒情模式。

其 三

如今却忆江南乐①。当时年少春衫薄②。骑马倚斜桥。满楼红袖招③。 翠屏金屈曲④。醉入花丛宿⑤。此度见花枝⑥。白头誓不归。

【注释】

①却忆:回想。唐李白《对酒忆贺监》:"金龟换酒处,却忆泪沾襟。"

②春衫:春衣。北周庾信《咏屏风诗二十四首》之十七:"落花承舞席,春衫试酒杯。"

③红袖:代指美女。唐王建《夜看扬州市》:"夜市千灯照碧云,高楼红袖客纷纷。"

④翠屏：绿色屏风。或谓指饰有翡翠的屏风。南朝梁江淹《丽色赋》："紫帷鉿匣，翠屏环合。"金屈曲：指屏风上可以折叠的饰金环钮。屈曲：亦作屈膝、屈戌。晋陆翙《邺中记》："石季龙作金钿屈膝屏风。"元陶宗仪《辍耕录》"屈戌"条："今人家窗户设铰具，或铁或铜，名曰环钮……北方谓之屈戌，其称甚古。"明周祈《名义考·物部》："门环双曰金铺，单曰屈膝。"南朝梁萧纲《乌栖曲》："织成屏风金屈膝，朱唇玉面灯边出。"

⑤花丛：喻女子丽色。南朝梁萧纲《和湘东王名士悦倾城》："美人称绝世，丽色譬花丛。"隋薛道衡《喜宴赋》："妖姬淑媛，玉貌花丛。"此指娼家。

⑥花枝：代指宠姬。

【简析】

　　此首回忆早年纵游江南之乐。一起揭出题旨，以下全写回忆，即是"江南乐"的具体展开。"当时"与"如今"照应，见出是回忆之辞。"当时年少春衫薄"七字，写出人生中最美好的一段，时光正好，年华正好，风度正好，这今生难再的少年岁月和青春风采，当时只似寻常，而今让人倍觉怀恋。"骑马"二句写少年冶游的浪漫生活，是江南乐事留在记忆中的画面闪回，写来兴高采烈，风流自赏之意溢于言表。换头承前"红袖招"，写翠屏眠香，醉宿花丛。结二句是词人重见江南旧好，发出的枕前誓言，此番的"白头誓不归"，直似切齿赌咒，比之上首的"未老莫还乡"，语气更为决绝。这样一方面写足了江南乐地、乐事，缴足题面；另一方面，与前首的"未老莫还乡"一样，这里的"白头誓不归"，也是"语虽决绝，而意实伤痛"（唐圭璋《唐宋词简释》），正因中原板荡，有家难回，所以才有此永驻江南、不作归计之想，"决绝语正是凄楚语"(陈廷焯《云韶集》)。

其 四

劝君今夜须沉醉①。樽前莫话明朝事②。珍重主人心。酒深情亦深。　须愁春漏短③。莫诉金杯满④。遇酒且呵呵。人生能几何⑤。

【注释】

①沉醉：大醉。晋陈寿《三国志·蒋琬传》："琬众事不理，时又沉醉。"温庭筠《李羽处士寄新酝走笔戏酬》："高谈有伴还成薮，沉醉无期即是乡。"

②樽前句：只管畅饮，莫谈他事。韦庄《病中闻相府夜宴戏赠集贤卢学士》："樽前莫话诗三百，醉后宁辞酒十千。"莫话：莫谈。唐顾况《酬唐起居前后见寄二首》之一："莫话弹冠事，谁知结袜心。"

③春漏：春夜的更漏，代指大好时光。唐韦应物《听莺曲》："还栖碧树锁千门，春漏方残一声晓。"

④莫诉：勿辞，不要推拒。唐杨衡《将之荆州南与张伯刚马摠钟陵夜别》："莫诉杯来促，更筹屡已倡。"

⑤遇酒二句：三国魏曹操《短歌行》："对酒当歌，人生几何。"呵呵：笑声。

【简析】

此首劝酒之词，表及时行乐之意。一起二句总说，言人须是看得开，放得下，有酒且醉，得乐且乐。接二句动之以情，杯中酒深代表主人情深，主人的殷勤之意，应该珍重才是。过片再从春漏声促这层意思上说，换了一个劝酒的角度，良时易过，不饮何为。结句概言人生苦短，当此良宵，对此美酒，况兼主人情殷，更无不饮之理——这样说来，那就只能"遇酒且呵呵"，"将进酒，杯莫停"了。解读此词，应从其洒脱旷达的言辞背后，读出其落魄沉郁的痛苦心情。词中两用"须"、"莫"，见出其故作挣扎、强为欢笑之状。韦庄半生浪游江南，晚岁终老西蜀，一生落得有家难归，有国难投，心中多少乱世人生之深悲剧痛，借此番劝酒之辞，聊作宽解耳！论者指此词"与郭璞《仙游》、阮籍《咏怀》，将无同调"（汤显祖评《花间集》），可谓知言。

其 五

洛阳城里春光好。洛阳才子他乡老①。柳暗魏王堤②。此时心转迷③。　桃花春水渌④。水上鸳鸯浴⑤。凝恨对残晖⑥。忆君君不知⑦。

【注释】

①洛阳才子：西汉洛阳人贾谊，少负文名，故称。晋潘岳《西征赋》："终童山东之英妙，贾生洛阳之才子。"唐李白《陪族叔刑部侍郎李晔及中书舍人贾至游洞庭》："洛阳才子谪湘川，元礼同舟月下仙。"清王琦注曰："（洛阳才子，）谓贾谊也。贾至亦河南洛阳人，故以谊比之。"此系韦庄自指。

②魏王堤：洛阳名胜魏王池堤。唐白居易《魏王堤》："何处未春先有思，柳条无力魏王堤。"

③心转迷：因愁思心意转为迷惘。唐柳宗元《柳州二月榕树叶落偶题》："宦情羁思共凄凄，春半如秋意转迷。"

④桃花春水：《礼记·月令》："仲春之月，始雨水，桃始华。盖桃方华时，既有雨水，川谷冰泮，众流猥集，波澜盛涨，故谓之桃花水耳。"南朝陈江总《乌栖曲》："桃花春水木兰桡，金羁翠盖聚河桥。"

⑤鸳鸯浴：指鸳鸯戏水。唐徐光溥《题黄居寀秋山图》："良宵只恐鹧鸪啼，晴波但见鸳鸯浴。"

⑥凝恨：张相《诗词曲语辞汇释》卷五："凝恨，恨之不已，犹云积恨也。"唐李山甫《隋堤柳》："曾傍龙舟拂翠华，至今凝恨倚天涯。"残晖：夕阳余晖。唐杜牧《为人题赠二首》之二："避人匀迸泪，拖袖倚残晖。"

⑦忆君句：先秦歌谣《越人歌》："山有木兮木有枝，心悦君兮君不知。"唐白居易《山鹧鸪》："愁多人自老，断肠君不知。"

【简析】

此首或谓词人流寓异乡眷念故国之词，循此思路作出的诠释，如"江南好，洛阳未始不好，洛阳好而江南也未始不好，迷之谓也，不但心迷，眼亦迷矣"（俞平伯《读词偶得》）等，堪称体贴入微，宛转入妙。但细绎词意，总觉此种解释略有牵强之嫌。此首实写春日怀人之情，即洛阳女儿当洛阳春日，怀想浪迹他乡的洛阳才子。"柳暗"句直承"春光好"，通过水滨怀人的女子目光，描写魏王堤上深青的柳色，"心转迷"的"迷"字从"暗"字来，写思妇满眼深暗迷蒙的柳色，转觉此时眺望盼归，心情迷乱不定。换头再承"春光好"，描写魏王堤下桃花春水、鸳鸯对浴的骀荡春光，烘衬女子的孤寂之感。结二句写女子黄昏之时的情态心理，终日等待又将落空，故而凝恨；"忆君君不知"乃女子之独白，似直实纡，语重情深。此词里的"洛阳才子"身上，应有词人的影子，则词中的男女之情，或不无君国之思。所谓比兴寄托，妙在疑似有无之间，一旦过于坐实，即难免有龃龉不圆处。所以解读诗词，抽绎其微言大义时，需要格外小心，注意分寸把握的恰到好处。

这五首《菩萨蛮》，是韦词名作，辞直意婉，语淡情深，风神秀美，与温词风格形成鲜明对比。自张惠言《词选》首倡"留蜀思唐"之说，后来论者多依凭引申，对组词的意蕴有很大的丰富，但此说过实过泥之弊，亦属显而易见。诸家发挥张说的文字，采信与否，读者自可决断。

归国遥

春欲暮。满地落花红带雨。惆怅玉笼鹦鹉。单栖无伴侣①。　南望去程何许②。问花花不语③。早晚得同归去④。恨无双翠羽。

【注释】

①惆怅二句：为玉笼鹦鹉单栖无侣而惆怅，实乃自伤。单栖：独宿。南朝梁萧纲《乌夜啼》："羞言独眠枕下泪，托道单栖城上乌。"

②去程：去路。唐张祜《玉环琵琶》："宫楼一曲琵琶声，满眼云山是去程。"何许：何处，哪里。东晋陶潜《五柳先生传》："先生不知何许人也，亦不详其姓字。"

③问花句：因不知彼人去程何处而问花，亦无奈之意。唐严恽《落花》："尽日问花花不语，为谁零落为谁开。"

④早晚：何日，几时。北齐颜之推《颜氏家训·风操》："尝有甲设宴席，请乙为宾，而旦于公庭见乙之子，问之曰：'尊侯早晚顾宅？'"唐李白《长干行》："早晚下三峡，预将书报家。"

【简析】

  词写春闺怨思。起二句描写暮春风雨落花的衰残之景,接二句写单栖无伴的玉笼鹦鹉,正是女子孤寂独处的象喻。下片转写女子南望离人的去程,想要知道自己与离人相去道里几何。"问花"暗示身边无人相询,但花不解语,女子询问无果。"早晚"句,写女子与人"同归"的强烈愿望,这也是她询问"去程何许"的用意所在。结句恨无羽翼,又让愿望落空,女子的感情跌入更加悲凉的境地。细按词意,此女子当是离人在外所遇合,不便载与同归,故而使她生出此番怨思。或谓词写作者乡心,但上片的单栖鹦鹉之喻,下片的"问花"之举,女性化色彩很浓,与男子似有不宜。还有"去程"二字如何解释,"得同归去"是何意思,似乎都无法说通。

其 二

  金翡翠。为我南飞传我意①。罨画桥边春水②。几年花下醉③。　　别后只知相愧④。泪珠难远寄⑤。罗幕绣帏鸳被。旧欢如梦里⑥。

【注释】

  ①金翡翠二句:欲托翠鸟代为传情。金翡翠:即毛色黄绿相间的翠鸟。传我意:唐李白《望汉阳柳色寄王宰》:"春风传我意,草木别前知。"

  ②罨(yǎn)画:色彩鲜明的绘画。明杨慎《丹铅总录订讹》:"画家有罨画,杂彩色画也。"多以之形容自然风景或建筑图绘的艳丽多彩。唐白居易《草词毕遇芍药初开》:"凝香熏罨画,似泪着燕脂。"

③几年：多少年。唐司空图《寄王十四舍人》："几年汶上约同游，拟为莲峰别置楼。"花下醉：唐贯休《和韦相公话婺州陈事》："千场花下醉，一片梦中游。"

④相愧：华锺彦曰："在不能眷护一姬也。"

⑤泪珠句：唐郑綮《别郡后寄席中三兰》："千颗泪珠无寄处，一时弹与渡前风。"

⑥旧欢：昔日的欢乐。晋潘岳《哀永逝文》："昔同涂兮今异世，忆旧欢兮增新悲。"

【简析】

　　此首抒写思念江南旧欢之情。一起托鸟传意，见出自己虽身不能归，但归心急切。以下即是所传之意的内容，分三个层次：先言自己心中珍藏着花下同醉的昔日欢乐生活情景；次言自己赴阙应试，未能中举，无法接她来京团聚，心中十分愧疚；再言别后夜夜相思，旧日欢情，恍若梦中。凡此种种要向旧欢倾诉的内心隐秘情愫，都托之翠鸟表白出来，构思颇有意趣。陈廷焯指此词为"留蜀后思君之辞"，是循着比兴说词的思路给出的解释。

　　韦庄词中多次写到别后的"愧"意，这是一种十分难得的思想感情。它让人想起《史记·项羽本纪》所写项羽不肯过江东时，那番"独不愧于心乎"的剖白。的确，在古代等级社会里，英雄豪杰为成就功业，驱人征战，死伤无算，视普通人之生命如蝼蚁；在古代男权社会里，男子对女子任意而为，轻易抛掷，游乐不归，把不负责任当作风流潇洒。他们似乎认为这一切天经地义，从来都不曾扪心自问，感到过愧疚。所以，项羽对牺牲的八千江东子弟，韦庄对空闺独守的女子，所生出的这一份真切的"愧"意，乃是几千年历史上稀有的极具人性深度的情感，值得予以充分的重视与肯定。

其 三

春欲晚①。戏蝶游蜂花烂熳②。日落谢家池馆③。柳丝金缕断④。　睡觉绿鬟风乱⑤。画屏云雨散⑥。闲倚博山长叹⑦。泪流沾皓腕。

【注释】

①春欲晚：春光将尽。唐刘方平《春怨》："寂寞空庭春欲晚，梨花满地不开门。"

②戏蝶游蜂：唐岑参《山房春事二首》之一："风恬日暖荡春光，戏蝶游蜂乱入房。"烂熳：同烂漫、烂缦。色彩绚丽貌。唐徐夤《蜀葵》："烂熳红兼紫，飘香入绣扃。"

③谢家池馆：三说：一指东晋谢安的金陵池馆。二指刘宋谢灵运的永嘉池上楼馆。三指唐李德裕爱妾谢秋娘所居池馆。后因以代指贵族之家或青楼妓馆，此指词中女子所居。唐王焕《惆怅诗十二首》之三："谢家池馆花笼月，萧寺房廊竹飐风。"参卷一温庭筠《更漏子》"柳丝长"注⑤。

④柳丝句：谓折柳送别。金缕：指柳条。唐戴叔伦《长亭柳》："雨搓金缕细，烟袅翠丝柔。"

⑤绿鬟：女子浓美之发髻。唐白居易《闺妇》："斜凭绣床愁不动，红绡带缓绿鬟低。"

⑥云雨：战国楚宋玉《高唐赋序》："昔者先王尝游高唐，怠而昼寝，梦见一妇人，曰：'妾巫山之女也，为高唐之客。闻君游高唐，愿荐枕席。'王因幸之。去而辞曰：'妾在巫山之阳，高丘之阻，旦为朝云，暮

为行雨,朝朝暮暮,阳台之下。'"后世因以云雨喻指男女合欢。唐李白《清平调》:"一枝红艳露凝香,云雨巫山枉断肠。"

⑦博山:香炉名。因炉盖上造型似海上仙山博山而得名。或像华山,因秦昭王与天神博于是,故名。宋高承《事物纪原·舟车帷幄部》:"《黄帝内传》:'有博山炉,盖王母遗帝者。'盖其名起于此尔,汉晋以来盛用于此。"东晋葛洪《西京杂记》卷一:"长安巧工丁谖者……又作九层博山香炉,镂为奇禽怪兽,穷诸灵异,皆自然运动。"宋郭茂倩《乐府诗集》卷四九《杨叛儿》:"欢作沉水香,侬作博山炉。"

【简析】

词赋别愁。起二句以晚春时节百花烂漫、蜂蝶飞舞的热闹景物,烘衬离别之情。接二句叙写日落时候,谢家池馆前折柳送别的情事。下片转写女子别后相思成梦、梦中幽欢的情形。欢梦更刺激了她的相思之情,所以梦醒之后,女子叹息落泪,无限伤心。

应天长

绿槐阴里黄莺语①。深院无人春昼午②。画帘垂,金凤舞③。寂寞绣屏香一炷④。　碧天云,无定处⑤。空有梦魂来去。夜夜绿窗风雨。断肠君信否。

【注释】

①绿槐阴里:唐来鹄《闻蝉》:"绿槐阴里一声新,雾薄风轻力未

匀。"黄莺语：黄莺啼啭。唐刘沧《春晚旅次有怀》："残春花尽黄莺语，远客愁多白发生。"

②春昼午：春日的正午。温庭筠《诉衷情》："莺语。花舞。春昼午。"

③画帘二句：谓帘上画有金凤图案，风动帘飘，有如凤舞。

④香一炷：即一炷香。唐韩偓《秋村》："绝粒看经香一炷，心知无事即长生。"

⑤碧天二句：喻所怀之人如碧天流云行踪不定。无定处：唐权德舆《和河南罗主簿送校书兄归江南》："断云无定处，归雁不成行。"

【简析】

词写怀人之情。上片写日午深院，槐荫莺语，悄无人声；闺阁之内，绣帘低垂，画屏香袅；境界幽寂寥落，烘衬空闺女子的孤独寂寞之情。换头三句用碧天行云比喻男子行踪无定，让自己梦中无处追寻。结二句凄迷清丽，以夜夜绿窗、风雨断肠的相思愁苦，质诸对方，更觉哀婉动人。

其 二

别来半岁音书绝①。一寸离肠千万结②。难相见，易相别③。又是玉楼花似雪④。　　暗相思，无处说。惆怅夜来烟月⑤。想得此时情切⑥。泪沾红袖黦⑦。

【注释】

①音书绝：音信断绝。唐宋之问《渡汉江》："岭外音书绝，经冬复历春。"

②离肠千万结：形容离别相思极度痛苦。魏承班《谒金门》："雨细

花零莺语切,愁肠千万结。"

③难相见二句:即别易会难之意。三国魏曹丕《燕歌行》:"别日何易会日难,山川悠远路漫漫。"唐戴叔伦《织女词》:"难得相逢容易别,银河争似妾愁深。"

④花似雪:指梨花或杨花如雪。南朝梁范云《别诗二首》之一:"昔去雪如花,今来花似雪。"

⑤烟月:烟晕笼月。唐杜牧《旅宿》:"沧江好烟月,门系钓鱼船。"

⑥情切:感情真切、急切。唐宋鼎《赠张丞相》:"义申蓬阁际,情切庙堂初。"

⑦红袖黦(yuè):红袖上的泪渍。黦:潮湿物上的黄黑色斑纹。西晋周处《风土记》:"梅雨沾衣,服皆败黦。"

【简析】

词写相思闺怨。一起即直叙别来半岁、音书断绝的事由,接写女子离肠万结的极度相思痛苦。然后感慨会难别易,是切身体验,同时也是化用前人诗句。"又是"句,叹良辰虚度、岁华易逝。换头具体描写月夜相思无诉的惆怅之情,月亮的撩拨刺激作用,使得女子思情愈切,结句"泪沾红袖黦",是全词的情感高潮,女子泪黦红袖的情态,酸楚动人。"黦"字煞尾,为全词涂抹一层黯淡的情感色彩,"以末一字而生一首之色",富有表现力。

荷叶杯

绝代佳人难得。倾国①。花下见无期。一双愁黛远山眉②。不忍更思惟③。　　闲掩翠屏金凤④。残梦。罗幕画堂空⑤。碧天无路信难通⑥。惆怅旧房栊⑦。

【注释】

①绝代二句：谓绝代佳人有倾城倾国之貌。东汉班固《汉书·外戚传》记《李延年歌》曰："北方有佳人，绝世而独立。一顾倾人城，再顾倾人国。宁不知倾城与倾国，佳人难再得。"绝代：同绝世，冠绝当代，举世无双。南朝宋颜延之《请立浑天仪表》："肆观奇密，绝代异宝。"佳人：美貌女子。战国楚宋玉《登徒子好色赋》："天下之佳人，莫若楚国。楚国之佳人，莫若臣里。臣里之美者，莫若臣东家之子。"倾国：形容女子美色足以倾动全国。南朝梁何逊《南苑逢美人》："倾城今始见，倾国昔曾闻。"

②愁黛：愁眉。唐吴融《玉女庙》："愁黛不开山浅浅，离心长在草萋萋。"远山眉：古代妇女的一种眉妆样式。参卷一温庭筠《菩萨蛮》"雨晴夜合玲珑日"注⑥。

③思惟：思量，念想。东汉班固《汉书·张汤传》："使专精神，忧念天下，思惟得失。"

④翠屏金凤：绿屏风上绘有金凤图案。

⑤罗幕：丝罗帐幕。晋陆机《君子有所思行》："邃宇列绮窗，兰室接罗幕。"画堂：饰有彩绘的华丽堂舍。南朝梁萧纲《饯庐陵内史王修应令》："回池泻飞栋，浓云垂画堂。"

⑥碧天句：谓距离遥远，难通音信。碧天无路：唐徐氏《玄都观》："莫道穹天无路到，此山便是碧云梯。"

⑦房栊：泛指房屋。唐王维《桃源行》："月明松下房栊静，日出云

中鸡犬喧。"

【简析】

　　词写相思之情，从男子角度切入。一起二句，即把自己怀念的女子称为"倾国"之姿的"绝代佳人"，这是一种顶点写法，极言其人的无比美丽，极言自己的无限爱怜和无穷思念。"花下"当是旧日相见之所，而今佳人一去，相见无期，男子徘徊花下，思极成幻，佳人丽影如在眼前，让他更加难以为怀。下片转回室内，写男子梦中追寻，梦醒无凭，欲致书信问存，但苦于信使不通，只能对着旧日欢聚的画堂房栊，痛感物是人非，惆怅不已。据杨湜《古今词话》，此首乃因思念为王建夺去的爱姬而作，未可尽信。但从这首词里，还是可以寻找到相关的文本内证：如"绝代佳人"、"倾国"等语词，来自汉李延年的《李夫人歌》，非形容寻常女子所宜用。再有"碧天无路"的"天"，似亦有特别喻指。凡此，至少说明此词为王建夺姬而作一说，非是完全空穴来风。

其　二

　　记得那年花下。深夜。初识谢娘时①。水堂西面画帘垂②。携手暗相期③。　　惆怅晓莺残月④。相别。从此隔音尘⑤。如今俱是异乡人⑥。相见更无因⑦。

【注释】

　　①谢娘：此指所思宠姬。参卷一温庭筠《更漏子》"柳丝长"注⑤。

　　②水堂：临水的厅堂。《北齐书·河南王孝瑜传》："孝瑜遂于第作水堂、龙舟，植幡稍于舟上，数集诸弟宴射为乐。"唐刘希夷《北邙篇》："云起清盈骄画阁，水堂明迥弄仙舟。"

③相期：相约。唐李白《赠郭季鹰》："一击九千仞，相期凌紫氛。"

④晓莺残月：指拂晓分别时情景。温庭筠《更漏子》："星斗稀，钟鼓歇。帘外晓莺残月。"

⑤音尘：音信，行踪。南朝宋谢庄《月赋》："美人迈兮音尘阙，隔千里兮共明月。"

⑥如今句：韦庄《江上别李秀才》："莫向樽前惜沉醉，与君俱是异乡人。"

⑦相见句：唐孔氏《赠夫三首》之一："死生今有隔，相见永无因。"无因：无缘。

【简析】

词写相思之情，从男子角度切入，具有自叙传性质。"记得"二字领起，言之凿凿，以下回忆与谢娘初识、相约的往事，初会的时间、地点、情景，仍历历在目，清晰如昨，足见其铭心难忘。换头承接上片的深夜相见，转写清晓相别。可知词中所写，是一场萍水相逢的短暂情爱。一别之后，音尘断绝，各自流落异乡，从此再无相见之由。此词"情景逼真，自与寻常艳语不同"（汤显祖评《花间集》），其间有着词人的切身经历体验，想其情景，词中所写当是词人青壮年时代漂泊生涯中的一次邂逅。乱世人生，一切均无着落，包括最使人铭心难忘的爱情。"如今"二句，虽出语平淡，实写尽乱离之悲，真有使人"不堪多读"的艺术感染力（许昂霄《词综偶评》）。

清平乐

春愁南陌①。故国音书隔②。细雨霏霏梨花白。燕拂画帘金额③。　尽日相望王孙④。尘满衣上泪痕。谁向桥边吹笛,驻马西望销魂⑤。

【注释】

①南陌:南边的道路。泛指南边郊野。南朝梁沈约《鼓吹曲同诸公赋临高台》:"所思竟何在,洛阳南陌头。"

②故国:故乡,家乡。唐杜甫《上白帝城》:"取醉他乡客,相逢故国人。"音书:音讯,书信。唐宋之问《渡汉江》:"岭南音书绝,经冬复历春。"

③金额:饰金的帘额或匾额。五代和凝《题真符县》:"虽有黄金额,其如赤子贫。"

④王孙:王侯的子孙,后泛指贵族子弟,亦用为对人之尊称。汉淮南小山《招隐士》:"王孙游兮不归,春草生兮萋萋。"清王夫之《楚辞通释》曰:"王孙,隐士也。秦汉以上,士皆王侯之裔,故称王孙。"晋张华《杂诗》:"王孙游不归,修路邈以遐。"此处"王孙"实为思乡之游子。

⑤驻马:停马。唐王维《陇头吟》:"关西老将不胜愁,驻马听之泪双流。"销魂:魂魄离散,极言愁苦之深。南朝梁江淹《别赋》:"黯然

销魂者,唯别而已矣。"

【简析】

　　词写游子乡愁。起句四字,"春愁"笼罩全篇,为全词定下抒情基调,"南陌"是游子浪迹所至之地。次句"故国音书隔",交待生愁的原因和愁情的内容。"细雨"二句,以春日丽景烘衬天涯漂泊的游子愁情。"画帘金额"当系陌上游春者的车乘饰物,色彩盛丽,映入游子眼中,更增其落魄孑零之感。换头承上,写满怀乡愁的游子,整日怀归遥望故乡的情形。"尘满衣上泪痕"六字,描写游子满是尘土泪痕的衣着,显示其颠沛流离、困顿凄苦之状,沉哀已极。"谁向"句以笛声唤起,跌宕一笔,结以游子驻马西望故乡的销魂画面,悲辛酸楚溢于言表。词末二句,包含着乡愁主题诗词的"闻声思乡"模式,与李白《春夜洛城闻笛》的"此夜曲中闻折柳,何人不起故园情",手法相同。

其　二

　　野花芳草。寂寞关山道①。柳吐金丝莺语早②。惆怅香闺暗老③。　　罗带悔结同心④。独凭朱栏思深。梦觉半床斜月⑤,小窗风触鸣琴⑥。

【注释】

　　①关山道:关隘山川间之崎岖道路。唐顾况《弃妇词》:"流泉咽不燥,万里关山道。"

　　②金丝:嫩黄的柳丝。唐李绅《柳》:"千条垂柳拂金丝,日暖牵风叶学眉。"

　　③香闺:青年女子的内室。唐陶翰《柳陌听早莺》:"乍使香闺静,

偏伤远客情。"暗老：不知不觉间老去。唐白居易《上阳白发人》："上阳人，红颜暗老白发新。"

④结同心：用衣带编成连环回文样式的结子，以为爱情坚贞之象征，称"同心结"。南朝梁萧衍《有所思》："腰中双绮带，梦为同心结。"

⑤梦觉：梦醒。东晋干宝《搜神记》："忽如梦觉，犹在枕旁。"唐韩愈《龙宫滩》："梦觉灯生晕，宵残雨送凉。"

⑥鸣琴：琴。《韩非子·说林下》："文子曰：'吾尝好音，此人遗我鸣琴；吾好佩，此人遗我玉环。'"三国魏阮籍《咏怀八十二首》之一："夜中不能寐，起坐弹鸣琴。"亦指弹琴。唐高适《登子贱琴堂赋诗》："子贱昔为政，鸣琴登此台。"

【简析】

　　此首可作两解，关键在于起二句。若解其为思妇想象之词，则词的主人公是闺中女子，词写闺怨情感。"柳吐金丝"二句，以大好春色兴起女子惆怅之情，"早"与"老"反向呼应，写出女子年光虚度的迟暮之感。换头承上叹老，写女子独自凭栏之际，心中生出的悔意，良时空闺，亦人情之所不免。结二句写女子夜半梦醒见闻，斜月在窗，风触琴丝，"写来悲楚欲绝"（俞陛云《唐五代两宋词选释》）。风触动的不仅是琴丝，也是残夜怨思的女子的心弦。二句"以景结情，情以景幽"，余韵袅袅，含蓄不尽。若把起二句解为游子旅途所见所感，则词的抒情主人公是在外漂泊的男子，以下所写皆是其对家中思妇的细致体贴和深切怜惜，以客代主，透过一层，是游子旅途思家心理的曲折传达。

其　三

　　何处游女①。蜀国多云雨②。云解有情花解语③。窣地绣罗金缕④。　妆成不整金钿。含羞待月秋千⑤。住在绿槐阴里，门临春水桥边。

【注释】

①游女：出游之女子。《诗经·周南·汉广》："汉有游女，不可求思。"三国魏曹植《洛神赋》："从南湘之二妃，携汉滨之游女。"

②蜀国：泛指蜀地。唐刘得仁《送智玄首座归蜀中旧山》："蜀国烟霞开，灵山水月澄。"云雨：参本卷韦庄《归国遥》"春欲晚"注⑥。

③花解语：花朵会说话，喻指美女善解人意。同解语花。五代王仁裕《开元天宝遗事》："明皇秋八月，太液池有千叶白莲数枝盛开，帝与贵戚宴赏焉。左右皆叹美久之。帝指贵妃示于左右曰：'争如我解语花？'"唐李涉《遇湖州妓宋态宜二首》之一："陵阳夜会使君筵，解语花枝出眼前。"

④窣地：拂地。唐李隆基《初入秦川路逢寒食》："洛阳芳树映天津，灞岸垂杨窣地新。"

⑤待月：等候月出。唐钱起《秋夜梁七兵曹同宿二首》之一："摘菱频贳酒，待月未扃扉。"

【简析】

词写蜀女的美丽多情。"何处游女"四字问句呼起，"蜀国多云雨"一句落实交待，并敷染情思。"云解有情花解语"，形容游女情窦初开，美如解语之花。以下二句描写女子罗裙窣地、不饰钿靥的衣饰妆容，见其形象气质洒脱随意。"含羞待月秋千"转写其动作情态，揭示其内心深处的隐秘期待。结二句补叙女子的居处环境，"写景如画"，对女子的美丽多情起到进一步的点染烘托作用。

其　四

莺啼残月。绣阁香灯灭①。门外马嘶郎欲别。正是落花时节②。　妆成不画蛾眉。含愁独倚金扉③。去路香尘莫扫，扫即郎去归迟④。

【注释】

①香灯：参本卷韦庄《菩萨蛮》"红楼别夜堪惆怅"注②。

②落花时节：谓暮春也。唐杜甫《江南逢李龟年》："正是江南好风景，落花时节又逢君。"

③金扉：装饰华贵的门扉。汉王延寿《鲁灵光殿赋》："遂排金扉而北入，宵霭霭而晻暧。"

④去路二句：古代习俗，家人出门之日，忌扫门户，否者行人将无归期。唐李白《长干行》："门前旧行迹，一一生绿苔。苔深不可扫，落叶秋风早。"香尘：尘土之美称，多指女子步履而起者。唐沈佺期《洛阳道》："行乐归恒晚，香尘扑地遥。"

【简析】

词抒别离感伤。上片写别时。以"啼莺残月"的晓景描写领起早别，"绣阁"句明写熄灭灯烛出门相送，暗示一夜未眠。"门外"二句写别前情景，伤别与伤春之意打并一处，"情与时会，倍觉其惨"（汤显祖评《花间集》）。下片写别后。"妆成"二句，写女子倚门伫望远人的慵懒惆怅情态。"去路"二句，是女子"嘱咐使女之语，写当时风俗迷信，痴语愈见真情"（吴世昌《词林新话》）。

望远行

欲别无言倚画屏。含恨暗伤情①。谢家庭树锦鸡鸣②。残月落边城③。　　人欲别,马频嘶。绿槐千里长堤④。出门芳草路萋萋。云雨别来易东西⑤。不忍别君后,却入旧香闺⑥。

【注释】

①含恨:心中有恨。南朝梁萧纲《拟古》:"忆人不忍语,含恨暗吞声。"伤情:悲伤难过。唐元稹《寄乐天》:"闲夜思君坐到明,追寻往事倍伤情。"

②谢家庭树:谢娘家院里的树木。唐贯休《少监三首》之一:"荀氏门风龙变化,谢家庭树玉扶疏。"谢家:指谢娘家。锦鸡:《逸周书》郝懿行《义疏》:锦鸡"出蜀中,背文扬赤,膺文五彩,烂如舒锦"。此以之美称啼鸡。

③边城:临近边地的城市。《管子·度地》:"当冬三月,天地闭藏,暑雨止,大寒起,万物实然,利以填塞空郄,缮边城,涂郭术。"唐杜甫《送高三十五书记十五韵》:"边城有余力,早寄从军诗。"

④绿槐句:栽种槐树的汴河长堤。唐王建《汴路即事》:"千里河烟直,青槐夹岸长。"

⑤东西:用如动词,分别,各奔东西。

⑥旧香闺:词中女子的居所。韦庄《赠姬人》:"请看京与洛,谁在

旧香闺。"

【简析】

　　词抒别情。起二句写女子倚屏无语、含恨伤情的动作情态，从"欲别"之时切入，正是莱辛《拉奥孔》所谓虽不到顶点但接近顶点的"最富包孕的时刻"，因而也最有表现力。接二句写鸡鸣庭树、月落边城的黎明景色，交待别时、别地，渲染凄清的别离氛围。换头描写别离场面，征马频嘶，为别离增添慌乱不安的感觉。接写千里长堤、绿槐芳草之景，暗示征程漫漫，别情绵绵。"云雨"句直写男女欢情已毕，别时何易，这是女子的叹怨心理，出语质重。结二句写别后，女子不忍独回闺房，见出其眷恋旧欢、怯于空闺独守之意。可能是体调限制的原因，此词稍嫌堆垛，"欲别"一语两见，微觉辞费，缺乏韦词的清疏爽朗之感。

卷三

韦庄 二十六首

谒金门

春漏促①。金烬暗挑残烛②。一夜帘前风撼竹。梦魂相断续。　有个娇饶如玉③。夜夜绣屏孤宿。闲抱琵琶寻旧曲④。远山眉黛绿。

【注释】

①春漏：春夜之滴漏。唐郑谷《送水部张郎中彦回宰洛阳》："春漏怀丹阙，凉船泛碧伊。"促：谓漏声急促。唐李商隐《促漏》："促漏遥钟动静闻，报章重迭杳难分。"

②金烬：灯烛的灰烬。唐刘禹锡《扬州春夜》："寂寂独看金烬落，纷纷只见玉山颓。"

③娇饶：同娇娆，柔美妩媚貌，代指美女。唐李商隐《碧瓦》："他时未知意，重迭赠娇饶。"

④旧曲：古曲，相对"新声"而言。南朝陈徐陵《折杨柳》："江陵有旧曲，洛下作新声。"

【简析】

词写闺情。全词仿佛几组镜头的不断切换，在镜头切换的过程中，完成对思妇怨情的表现。先是急促的滴漏声作为画外音响起，配以思妇默默挑去残烛余烬的画面，显示其夜深未眠；画外音又加入帘外风竹的窸窣声，配以思妇时梦时醒辗转枕上的画面，显示其空闺独宿、备受折磨的烦乱不宁心绪。换头两句，推出思妇面部特写镜头，是对上片两组画面的说明，其人娇娆如玉，却是夜夜孤宿，让人倍觉凄楚可怜。结二句画外音转成琵琶曲，配以思妇弹奏的画面，"寻旧曲"三字包含的因孤寂无聊而回忆旧欢的复杂心理，应是借由旧日相对弹奏和当前一人独奏的镜头画面闪回来传写。最后，镜头聚焦于思妇宛若远山的黛眉，显示她的深情远思，余韵悠然不尽。

其 二

空相忆。无计得传消息①。天上常娥人不识②。寄书何处觅③。　新睡觉来无力。不忍把伊书迹④。满院落花春寂寂⑤。断肠芳草碧。

【注释】

①无计：无法。唐杜荀鹤《山中寡妇》："任是深山更深处，也应无计避征徭。"

②常娥：同嫦娥，原作姮娥，因避汉文帝刘恒讳改。月神名，初见于《山海经·大荒西经》，作"常羲"，谓为帝俊之妻。《淮南子·冥览训》作"姮娥"，谓为后羿之妻，"羿请不死之药于西王母，姮娥窃之奔月宫"。唐李商隐《嫦娥》："嫦娥应悔偷灵药，碧海青天夜夜心。"

③寄书：传递书信。北周庾信《竹杖赋》："亲友离绝，妻孥流转；玉关寄书，章台留钏。"

④把伊书迹：拿起她的书信看。伊：她，指所思念的女子。

⑤春寂寂：唐杜甫《涪城县香积寺官阁》："小院回廊春寂寂，浴凫飞鹭晚悠悠。"

【简析】

词或悼念亡姬之作。伊人已去，故以"空相忆"三字领起，"空"字蕴有任是百计千方，终究无可如何之意。二句是对起句的申说和落实。"天上"二句借神话传说，寄托天人永隔之感，"寄书何处觅"是"无计得传消息"的反复，在只有四句的上片里，竟有意思完全相同的两句词出现，见出词人对亡姬的无限思念眷恋。下片转写睡起无聊，却不忍把看伊人留下的书札，词人深怕睹物思人，触起更加深长无尽的感伤。结以落花、芳草之凄艳景物，托寓悼惜之情，哀感顽艳，犹足移人。

江城子

恩重娇多情易伤①。漏更长②，解鸳鸯③。朱唇未动④，先觉口脂香⑤。缓揭绣衾抽皓腕，移凤枕，枕潘郎⑥。

【注释】

①恩重：恩情深重。唐曹邺《碧寻宴上有怀知己》："金管曲长人尽醉，玉簪恩重独生愁。"娇多：即多娇。唐祖咏《古意二首》之一："拭泪下金殿，娇多不顾身。"

②漏更长：即更漏长。唐戴叔伦《早春曲》："博山吹云龙脑香，铜壶滴愁更漏长。"

③解鸳鸯：解开鸳鸯带。鸳鸯带，即鸳鸯钿带，绣有鸳鸯图案并嵌以金银、介壳的衣带。唐徐彦伯《拟古》之三："赠君鸳鸯带，因以鹔鹴裘。"

④朱唇：红唇，形容美貌。战国楚宋玉《神女赋》："眉联娟以蛾扬兮，朱唇的其若丹。"

⑤口脂：唇膏。唐白居易《江南喜逢萧九彻因话长安旧游戏赠五十韵》："暗娇妆靥笑，私语口脂香。"

⑥潘郎：《晋书·潘岳传》：潘岳，字安仁，中牟人。"岳美姿仪，辞藻绝丽，尤善为哀诔之文。少时尝挟弹出洛阳道，妇人遇之者，皆连手萦绕，投之以果，遂满载以归。"岳举秀才为郎，后世常以潘郎代指妇女喜爱的男子。唐乔知之《倡女行》："昨宵绮帐迎韩寿，今朝罗袖引潘郎。"

【简析】

词写男女欢情。起句近乎议论，实乃"非于情中极有阅历者不能道"之语（李冰若《花间集评注》引况周颐语）。接下几句，即具体描写因"恩重娇多"而生出的莫名感伤，在这种心理的支配下，一对男女盘桓至夜深之时，罗带方解。女子似欲诉说什么，但终未开口，只有淡淡的口脂芳香送过。"朱唇"两句中的人物心理和感觉，极为细腻微妙。"缓揭"三句仍是静默之中的人物动作描写，轻抽皓腕，移开凤枕，枕藉潘郎，表现出非比寻常的体贴温柔。这种莫名的感伤情绪，实是存在于人类潜意识中的乐往哀来的无常感的折光反映。

其 二

鬓鬟狼籍黛眉长①。出兰房②，别檀郎③。角声呜咽，星斗渐微茫④。露冷月残人未起，留不住⑤，泪千行⑥。

【注释】

①狼籍：亦作狼藉，散乱貌。汉司马迁《史记·滑稽列传》："日暮酒阑，合尊促坐，男女同席，履舄交错，杯盘狼藉。"清翟灏《通俗编》引苏鹗《演义》曰："狼藉草而卧，去则灭乱。故凡物之纵横散乱者，谓之狼藉。"

②兰房：闺房。战国楚宋玉《讽赋》："女欲置臣，堂上太高，堂下太卑，乃更于兰房之室。"

③檀郎：唐李贺《牡丹种曲》："檀郎谢女眠何处，楼台月明燕夜语。"钱谦益注曰："潘安小字檀奴，故妇呼所欢为檀郎。"清褚人获《坚瓠集》："诗词中多用檀郎字，檀喻其香也。"

④微茫：隐约模糊。唐李白《梦游天姥吟留别》："海客谈瀛洲，烟涛微茫信难求。"

⑤留不住：唐高适《别张少府》："归客留不住，朝云纵复横。"

⑥泪千行：南朝梁范云《送别》："未尽樽前酒，妾泪已千行。"

【简析】

此首赋别，与上一首内容上前后衔接，解释了上一首"情伤"的原因，是因为欢爱难久，好景不长。一夕缱绻，良宵苦短，方枕潘郎未厌，已闻角声呜咽。女子髻鬟狼藉，残妆出门，送别情人。星斗微茫、露冷月残的暗淡萧瑟晨景，烘染出浓郁的离别氛围。"人未起"是说他人未起，言别时天色尚早，一片静谧，愈衬出女子洒泪千行依然留人不住的悲伤孤寂，黯然销魂。因其并非言"檀郎"未起，所以不劳改"未起"为"未去"。

河 传

何处。烟雨①。隋堤春暮②。柳色葱茏③。画桡金缕④,翠旗高飐香风⑤。水光融。　青娥殿脚春妆媚⑥。轻云里。绰约司花妓⑦。江都宫阙⑧,清淮月映迷楼⑨。古今愁。

【注释】

①烟雨:蒙蒙细雨。唐杜牧《江南春》:"南朝四百八十寺,多少楼台烟雨中。"

②隋堤:隋炀帝时沿通济渠、邗沟河岸修筑的御道,道旁植杨柳,后人谓之隋堤。唐韩琮《杨柳枝》:"梁苑隋堤事已空,万条犹舞旧东风。"

③葱茏:形容草木青翠茂盛。唐柳宗元《酬贾鹏山人郡内新栽松寓兴见赠二首》之一:"积雪表明秀,寒花助葱茏。"

④画桡:犹画船。桡:船桨,指代船。唐戴叔伦《留别道州李使君圻》:"泷路下丹徼,邮童挥画桡。"

⑤飐(zhǎn):《正字通》:"凡风动物,与物受风摇曳者,皆谓之飐。"唐白居易《采莲曲》:"菱叶萦波荷飐风,荷花深处小舟通。"香风:《开河记》:"时舳舻相继,连接千里,自大梁至淮口,联绵不绝。锦帆过处,香闻千里。"唐杨师道《赋终南山用风字韵应诏》:"登临日将晚,兰桂起香风。"

⑥青娥殿脚：指为炀帝巡幸江都挽舟之美女。《开河记》："龙舟既成，泛江沿淮而下。至大梁，又别加修饰，砌以七宝金玉之类。于吴越间取民间女年十五六岁者五百人，谓之殿脚女。至于龙舟御艇，即每船用彩缆十条，每条用殿脚女十人，嫩羊十口，令殿脚女与羊相间而行，牵之。"

⑦绰约：柔婉美好貌。《庄子·逍遥游》："肌肤若冰雪，绰约若处子。"唐武平一《妾薄命》："绰约多逸态，轻盈不自持。"司花妓：即司花女。宫中女官名号。唐虞世南《应诏嘲司花女》："缘憨却得君王惜，长把花枝傍辇行。"

⑧江都宫阙：指炀帝江都行宫。江都：故址在今江苏扬州。

⑨迷楼：隋炀帝所建楼阁名，故址在今江苏扬州西北郊，可参《迷楼记》。唐包何《同诸公寻李芳直不遇》："人来多不见，莫是上迷楼。"

【简析】

此首吊古。全词以"何处，烟雨"的凄迷之景领起，以下描写柳色葱茏的大运河上，隋炀帝龙舟游幸江都的盛况。"青娥"三句，突出强调炀帝的荒淫好色。"江都"二句转写现实的冷清，对炀帝的淫奢行径再加落实和补充。"古今愁"三字勾连历史与现实，"化实为空，以盛映衰"，抒发吊古伤今之意和兴亡盛衰之感，与起句的烟雨凄迷之景相呼应。词作感慨苍凉，陈廷焯认为韦庄"《浣花集》中，此词最有骨"（陈廷焯《云韶集》）。

其　二

春晚。风暖。锦城花满①。狂杀游人②。玉鞭金勒③，寻胜驰骤轻尘④。惜良晨。　　翠娥争劝临邛酒⑤。纤纤手。拂面垂丝柳。

归时烟里，钟鼓正是黄昏⑥。暗销魂。

【注释】

①锦城：城名，"锦官城"之省称。故址在今四川成都南。成都旧有大城、少城。少城古为掌织锦官员之官署，因称"锦官城"。后用作成都的别称。北周庾信《奉和赵王途中五韵诗》："锦城遥可望，回鞍念此时。"唐李白《蜀道难》："锦城虽云乐，不如早还家。"唐杜甫《春夜喜雨》："晓看红湿处，花重锦官城。"

②狂杀：狂极。刘禹锡《杨柳枝》："御沟春水相辉映，狂杀长安年少儿。"此指锦城春色使游人极度兴奋。

③玉鞭金勒：代指豪华的车马。勒：马络头。唐李端《赠郭驸马》："金距斗鸡过上苑，玉鞭骑马出长楸。"唐李建勋《春雪》："不知金勒谁家子，只待晴明赏帝台。"

④寻胜：游赏名胜。唐李隆基《为赵法师别造精院过院赋诗》："坐朝繁听览，寻胜在清幽。"驰骤：策马疾驰。《韩非子·外储说右下》："造父御四马，驰骤周旋，而恣欲于马。"

⑤翠娥：指美女。唐李白《忆旧游寄谯郡元参军》："翠娥婵娟初月晖，美人更唱舞罗衣。"临邛酒：代指美酒，用《史记·司马相如列传》卓文君临邛当垆卖酒典故。临邛：古县名，秦置，治所在今四川邛崃。其地以产盐、铁著名。秦蜀卓氏、程郑被迁至此，以铁冶致富。

⑥钟鼓：钟和鼓。古代击以报时之器。唐杜甫《院中晚晴怀西郭茅舍》："复有楼台衔暮景，不劳钟鼓报新晴。"

【简析】

词写锦城春游盛况。起三句写晚春风暖、花开满城之景，渲染热烈繁闹的气氛。接写爱惜良辰的游人，车马驰骤寻访美景的狂兴。上片绘出的是锦城游乐风俗长卷，换头则是全景中的一幅小景：市肆前柳色青青，旗亭内翠娥劝酒，美酒佳人，及时行乐，正是"惜良辰"的具体表现。结三句写天色将暮，游罢归来，欢闹顿成岑寂的销魂况味，"尤极融景入情之妙"（《花间集评注》引况周颐语）。

其　三

锦浦①。春女②。绣衣金缕。雾薄云轻③。花深柳暗④，时节正是清明。雨初晴。　　玉鞭魂断烟霞路⑤。莺莺语⑥。一望巫山雨⑦。香尘隐映，遥见翠槛红楼⑧。黛眉愁。

【注释】

①锦浦：锦江岸边。唐薛涛《送扶炼师》："锦浦归舟巫峡云，绿波迢递雨纷纷。"

②春女：怀春的女子。春，指男女情欲。《淮南子·缪称训》："春女思，秋士悲，而知物化矣。"唐刘希夷《春女行》："春女颜如玉，怨歌阳春曲。"

③雾薄云轻：形容衣着如云雾般轻逸缥缈。

④花深：花枝繁茂。唐高骈《送春》："水浅鱼争跃，花深鸟竞啼。"柳暗：柳树叶茂荫浓。唐王维《早朝》："柳暗百花明，春深五凤城。"

⑤烟霞：烟雾云霞。南朝齐谢朓《拟宋玉〈风赋〉》："烟霞润色，荃荑结芳。"代指山水胜景。南朝梁萧统《锦带书十二月启·夹钟二月》："敬想足下，优游泉石，放旷烟霞。"

⑥莺莺语：莺啼。唐杜牧《为人题赠二首》之二："绿树莺莺语，平

江燕燕飞。"

⑦巫山雨：用宋玉《高唐赋》巫山云雨典故。参卷二韦庄《归国遥》"春欲晚"注⑥。

⑧翠槛：绿色栏杆。红楼：红色楼阁，泛指华美的楼房。唐段成式《酉阳杂俎续集·寺塔记上》："长乐坊安国寺红楼，睿宗在藩时舞榭。"代指富贵人家女子的住房。唐白居易《秦中吟》："红楼富家女，金缕绣罗襦。"

【简析】

词写游女春情。上片先写锦江岸边游春女子的衣饰之美，再写清明时节花明柳暗、雨后新晴的锦江春色，与人物构成映衬和烘托。下片转写女子被浓郁的春色唤起的情欲，而曰"魂断"，见出其欲望强烈之程度。惟细绎下片词意，尚觉有不甚明了处，是解读时需要加以注意的。

天仙子

怅望前回梦里期①。看花不语苦寻思。露桃宫里小腰肢②。眉眼细③，鬓云垂④。唯有多情宋玉知⑤。

【注释】

①怅望：怅然想望。唐杜甫《咏怀古迹五首》之一："怅望千秋一洒泪，萧条异代不同时。"梦里期：谓梦里相会。

②露桃：《乐府诗集·相和歌辞三·鸡鸣》："桃生露井上，李树生桃旁。"后因称桃为"露桃"。

③眉眼细：眉眼娟秀。唐白居易《龙华寺主家小尼》："头青眉眼细，十四女沙弥。"

④鬟云垂：茂密的头发披垂。唐韩偓《席上有赠》："鬟垂香颈云遮藕，粉着兰胸雪压梅。"

⑤唯有句：宋玉作有《高唐赋》、《神女赋》、《登徒子好色赋》，描摹女子美色，极尽形容之能事，故曰"多情宋玉"。意为此女之美亦唯有宋玉能赏知。

【简析】

词写相思之情。起句抒写女子回忆前回梦里相会的怅惘心情，次句描写她看花不语，苦苦寻思着梦中的光景。正因为现实中不能相见，所以才托之于梦，如今和梦也无，只能回忆梦境聊作慰藉了。其处境和心情的不堪，于此可见。"露桃"句回应"看花"，"小腰肢"连同下二句"眉眼细，鬟云垂"，描写女子的体态和容貌之美。结句用"多情宋玉"，进一步衬托女子之美色，揭示女子渴望有情之人赏知的心理。

其 二

深夜归来长酩酊①。扶入流苏犹未醒②。醺醺酒气麝兰和③。惊睡觉④，笑呵呵。长道人生能几何⑤。

【注释】

①酩酊：大醉貌。汉焦延寿《易林》："醉客酩酊，披发而行。"唐李白《襄阳曲》："山公醉酒时，酩酊高阳下。"

②流苏：即流苏帐。参卷二韦庄《菩萨蛮》"红楼别夜堪惆怅"注②。

③醺醺：酣醉貌。唐元稹《六年春遣怀八首》之五："伴客销愁长日饮，偶然乘兴便醺醺。"麝兰：麝香与兰草，以之形容酒气。

④睡觉：睡醒。唐李中《酒醒》："睡觉花阴芳草软，不知明月出墙东。"

⑤长道：长声叹道。

【简析】

词写夜饮醉归。"长酩酊"说明深夜大醉归来，非止一次。"扶人"句写其沉醉之态，"醺醺"句再从一身酒气对其醉态加以形容。"惊睡觉，笑呵呵"二句转写其人醒来，酒则未醒，"长道人生能几何"的笑语仍带有醉意，因而愈觉其旷达，亦愈见其颓废。晚唐五代乱世人生的无常感，使文人们普遍追求及时行乐，痛饮大醉；但蒿目时艰，又使他们心中常觉苦闷，于是借酒浇愁。此词中的夜饮醉归者，就是集享乐与遣愁一身，他的身上正有着词人的影子。

其 三

蟾彩霜华夜不分①。天外鸿声枕上闻②。绣衾香冷懒重熏③。人寂寂④，叶纷纷⑤。才睡依前梦见君⑥。

【注释】

①蟾彩：月光。传说月中有蟾蜍，乃姮娥变化而成，后遂用"蟾蜍"为月亮的代称。五代孙光宪《浣溪沙》："自入春来月夜稀，今宵蟾彩倍凝辉。"霜华：霜。唐李世民《秋暮言志》："朝光浮野烧，霜华净碧空。"

②天外鸿声：天外传来的雁声。天外：极言其高远。唐李颀《送李

大贬南阳》:"鸿声断续暮天远,柳影萧疏秋日寒。"

③香冷:熏香的绣被已冷。

④人寂寂:唐皇甫冉《杂言迎神词》:"气凄凄,人寂寂。"

⑤叶纷纷:唐刘长卿《夏口送长宁杨明府归荆南因寄幕府诸公》:"向烟帆杳杳,临水叶纷纷。"

⑥依前:依旧。唐元稹《辛夷花》:"明日不推缘国忌,依前不得花前醉。"

【简析】

词写秋闺怀人。一起即从梦醒切入,写女子所见所闻,窗外月光霜华一片冷白,天外嘹唳雁声传来枕上,在这凄凉寂寞的夜半时分,女子感觉绣衾香冷,但也懒得再燃熏笼了。"蟾彩"句观察和描写细腻入微,"天外"句隐含着对远人音信的期待。"人寂寂,叶纷纷"对句叠字,渲染秋夜空闺的冷寂氛围。结句"醒而复睡,依旧梦之",见其"长毋相忘"之意。(俞陛云《唐五代两宋词选释》)

其　四

梦觉云屏依旧空①。杜鹃声咽隔帘栊②。玉郎薄幸去无踪③,一日日,恨重重,泪界莲腮两线红④。

【注释】

①梦觉句:此句直承前首,谓梦中与君相见,梦觉则空。云屏:画有云形图案或饰以云母的屏风。唐刘长卿《昭阳曲》:"芙蓉帐小云屏暗,杨柳风多水殿凉。"此指女子卧室。

②杜鹃声咽:晋常璩《华阳国志·蜀志》:战国时蜀王杜宇号望帝,

为蜀除水患有功,后禅位退隐西山,化为杜鹃。唐杜甫《杜鹃行》:"声音咽咽如有谓,号啼略与婴儿同。"

③玉郎:古时女子对丈夫或情人的爱称。唐晁采《雨中忆夫》:"何事玉郎久离别,忘忧总对岂忘忧。"薄幸:薄情,负心。唐杜牧《遣怀》:"十年一觉扬州梦,赢得青楼薄幸名。"

④泪界:泪水在脸上流出的痕迹。界:分划。晋孙绰《游天台山赋》:"赤城霞起而建标,瀑布飞流以界道。"莲腮:姣好如莲花的脸腮。

【简析】

词写闺怨。起句言梦里团聚,醒来梦境消失,闺中依旧一片空寂。曰"依旧",则此种经验已非一次矣,见出女子被相思别情反复折磨的苦况。次句写梦醒之后,女子听到隔帘传入的凄咽杜鹃声。杜鹃声苦,正以烘衬女子苦于相思的心情。"一日日,恨重重",流水对句辅以叠字,显示在时间推移过程中,女子层层叠叠、越聚越多的离愁别恨。结句是相思怨情的高潮,描写女子泪下如线、界破残妆的凄美容颜,表现其悲苦的内心情感。此词"运密入疏,寓浓于淡"(况周颐《餐樱庑词话》),纯用白描,不事粉饰,收到良好的言情效果。

其 五

金似衣裳玉似身①。眼如秋水鬓如云②。霞裙月帔一群群③。来洞口④,望烟分⑤。刘阮不归春日曛⑥。

【注释】

①金似句:即衣裳似金身似玉。

②眼如秋水:喻眼波明澈。唐李贺《唐儿歌》:"骨重神寒天庙器,

一双瞳仁剪秋水。"鬓如云：女子鬓发盛美如云。《乐府诗集·横吹曲辞五·木兰诗》："当窗理云鬓，对镜贴花黄。"

③霞裙月帔：云霞为裙，月华为帔，形容仙子华丽的服饰。唐孟郊《同李益崔放送王炼师还楼观兼为群公先营山居》："霞冠遗彩翠，月帔上空虚。"唐曹唐《小游仙诗》之二十七："西汉夫人下太虚，九霞裙幅五云舆。"

④洞：此指天台桃源仙洞。

⑤烟分：烟开，烟雾消散。

⑥刘阮：参卷二温庭筠《思帝乡》"花花"注⑥。曛：落日余晖。南朝宋谢灵运《晚出西射堂》："晓霜枫叶丹，夕曛岚气阴。"

【简析】

词咏本调。前二句仿照李白《清平调》"云想衣裳花想容"的修辞手法，连用四个美妙的比喻，浓墨重彩地刻画仙女的衣饰妆容，"皆提空写人，潇洒出尘之态，与飞卿所写矜贵雍容之态，各不相同"（唐圭璋《词学论丛》）。接写一群美丽的仙女来到桃源洞口，眺望云烟消散之处，期盼刘晨、阮肇归来。她们一直守望到日暮时分，仍不见情郎的踪影。"曛"字下得极好，不仅写出了夕阳余晖的迷蒙光色，更衬出了仙女望归的幽眇意绪，论者以为即使"宋祁'红杏枝头春意闹'之'闹'字"，亦"不能过也"（丁寿田等《唐五代四大名家词》）。

喜迁莺

人汹汹，鼓冬冬①。襟袖五更风②。大罗天上月朦胧③。骑马上虚空④。　　香满衣,云满路。鸾凤绕身飞舞⑤。霓旌绛节一群群⑥。引见玉华君⑦。

【注释】

①人汹汹二句:谓人声喧哗,鼓乐齐鸣。形容应举得中的热闹场面。汹汹:喧扰貌。唐杜甫《承闻河北诸节度入朝欢喜口号绝句十二首》之一:"汹汹人寰犹不定,时时斗战欲何须。"鼓冬冬:指京城五更解禁街鼓声。唐元稹《酬乐天书怀见寄》:"荆州白日晚,城上鼓冬冬。"

②五更风:五更时候的风。五更乃早朝之时。唐李咸用《赠来进士鹏》:"月明千峤雪,滩急五更风。"

③大罗天:道家所谓最高之天。唐段成式《酉阳杂俎》卷二《玉格》:"道列三界诸天,数与释氏同,但名别耳。三界外曰四人境……四人天外曰三清……三清上曰大罗。"唐王维《送王尊师归蜀中拜扫》:"大罗天上神仙客,濯锦江头花柳春。"此处喻指朝廷。月朦胧:月色微明。唐窦巩《秋夕》:"护霜云映月朦胧,乌鹊争飞井上桐。"

④骑马句:谓骑马进宫。虚空:天空,空中。唐韩愈《寄卢仝》:"近来自说寻坦途,犹上虚空跨骒䮷。"此处亦喻指朝廷。

⑤鸾凤句:指穿着龙凤图案的朝衣。

⑥霓旌绛节:仪仗也。唐李益《登天坛夜见海》:"霞梯赤城遥可分,霓旌绛节倚彤云。"霓旌:仙人的云霞旗帜,亦指帝王仪仗。唐杜甫《哀江头》:"忆昔霓旌下南苑,苑中万物生颜色。"绛节:古代使者持作凭证的红色符节。南朝梁萧纲《让骠骑扬州刺史表》:"故以弹压六戎,冠冕九牧,岂止司隶绛节,金吾缇骑。"亦指神仙仪仗。唐杜甫《玉台观》之一:"中天积翠玉台遥,上帝高居绛节朝。"

⑦引见：旧指皇帝接见臣下或宾客时由相关大臣引导入见。唐杜甫《丹青引赠曹将军霸》："开元之中常引见，承恩数上南熏殿。"玉华君：本指天帝，此指皇帝。

【简析】

此首就题发挥，咏登科事。起三句写五更发榜之时，人声鼎沸、鼓声喧天的热闹情形。接下由实入虚，用道教神仙语，把高中者骑马入朝比作骑马上天，把新进士朝见皇帝比作朝见天帝。虚实不分的笔法，生动地传写出登第者飘飘欲仙的美妙感觉。

其　二

街鼓动①，禁城开②。天上探人回③。凤衔金榜出云来④。平地一声雷⑤。　莺已迁，龙已化⑥。一夜满城车马。家家楼上簇神仙⑦。争看鹤冲天⑧。

【注释】

①街鼓：城坊警夜之鼓，宵禁开始和终止时击鼓通报。唐张说《离会曲》："街鼓喧喧日将夕，去棹归轩两相迫。"

②禁城：皇城，京城。唐李适《中和节赐百官燕集因示所怀》："仲月风景暖，禁城花柳新。"

③天上句：谓应考举人入朝看榜归来。唐徐夤《发榜日》："喧喧车马欲朝天，人探东堂榜已悬。"

④凤衔句：谓下诏公布新科进士名单。凤衔：凤凰衔书，本谓帝王受命的瑞应，后亦指帝王使者持送诏书。汉焦延寿《易林》："凤凰衔书，赐我玄珪，封为晋侯。"金榜：科举时代殿试揭晓的榜单。唐刘禹锡《送

裴处士应制举》:"彤庭翠松迎晓日,凤衔金榜云间出。"

⑤平地句:此处比喻新科高中的特大喜讯。

⑥莺已迁,龙已化:谓金榜高中,将改变身份,飞黄腾达。唐韦绚《刘宾客嘉话录》:"今谓进士登第为迁莺者久矣,盖自《毛诗·伐木篇》,诗云:'伐木丁丁,鸟鸣嘤嘤。出自幽谷,迁于乔木。'"唐李商隐《喜舍弟羲叟及第上礼部魏公》:"朝满迁莺侣,门多吐凤才。"南朝宋范晔《后汉书·李膺传》:"膺独持风裁,以声名自高。士有为其容接者,名为登龙门。"《注》曰:"辛氏《三秦记》曰:河津一名龙门,水险不通,鱼鳖之属莫能上,江海大鱼薄集龙门下数千,不得上,上则为龙也。"唐翁洮《春日题航头桥》:"莫怪马卿题姓字,终朝云雨化龙津。"

⑦神仙:此指从新进士中择婿的富贵人家女儿。

⑧鹤冲天:喻科举登第。韦庄《癸丑下第献新先辈》:"千炬火中莺出谷,一声钟后鹤冲天。"

【简析】

词旨同前首。起三句仍从五更发榜的热闹入手,街鼓声中,禁城门开,簇拥守候的举子们探榜回来,因已高中,而有登天之感。"凤衔"句写礼部南院张挂新进士榜单,"平地一声雷"形容中第者一举成名,声震都下。过片比拟中试的举子如莺出谷,如鱼化龙,身价自是不同往日。"一夜"句写发榜前夜,京城里车马奔驰的情景。结二句描写家家户户搭结彩楼,女眷们于楼上争睹新进士风采,映衬出新进士们志得意满的情态。据夏谱,韦庄于昭宗乾宁元年甲寅(八九四)第进士,时年五十九岁。这二首《喜迁莺》或即作于本年春榜放时。

思帝乡

云髻坠①。凤钗垂②。髻坠钗垂无力,枕函欹③。翡翠屏深月落④,漏依依⑤。说尽人间天上,两心知⑥。

【注释】

①云髻:高耸的发髻。南朝齐谢朓《杂咏》:"徘徊云髻影,灼烁绮疏金。"

②凤钗:五代马缟《中华古今注》卷中:"始皇又金银作凤头,以玳瑁为脚,号曰凤钗。"北周庾信《看妓》:"胯风蝉鬓乱,映日凤钗光。"

③枕函:中可藏物之枕。唐张祜《病宫人》:"惆怅近来消瘦尽,泪珠时傍枕函流。"

④翡翠屏:嵌以翠玉之屏风。

⑤漏依依:漏刻迟缓。

⑥说尽二句:情人枕前盟誓。唐白居易《长恨歌》:"临别殷勤重寄词,词中有誓两心知。在天愿作比翼鸟,在地愿为连理枝。"

【简析】

词写闺情。对句领起,描摹女子的发式首饰。三句双承复沓,突出强调女子"髻坠钗垂"的慵懒萎靡情态。"枕函"以下三句,写女子欹枕无眠,看着月亮慢慢落到翡翠屏风的后面,听着迟缓无尽的滴漏声,回想着满腹的心事。结二句写女子的心理活动,她想起当初的盟誓,两人都应该铭记在心,因此男子不会辜负自己的一腔痴情。这其实是相思无计的女子一种虚幻的自我安慰,其情可悯。

其 二

春日游。杏花吹满头。陌上谁家年少①,足风流②。妾拟将身嫁与③,一生休④。纵被无情弃,不能羞。

【注释】

①陌上:田野小路上。南朝梁江淹《别赋》:"闺中风暖,陌上草熏。"

②足:很,充分。风流:举止风度潇洒飘逸。唐牟融《送友人》:"衣冠重文物,诗酒足风流。"

③妾:古时女子自称。东汉无名氏《古诗为焦仲卿妻作》:"妾有绣腰襦,葳蕤自生光。"

④一生休:了此一生。休:罢,了。或谓休有喜悦、欢乐之义。《诗经·小雅·菁菁者莪》:"既见君子,我心则休。"

【简析】

词写怀春少女对爱情的大胆表白。晚唐五代时期,由于社会动荡,正统儒家观念受到冲击,社会思想出现普遍解放的趋势,社会心理中的爱情意识大为抬头,加上受战乱影响较小的南方城市经济的高度繁荣,为爱情意识的滋长提供了气候适宜的温床,爱情意识遂弥漫为那一时代的共同思潮。文学作品向来是时代情绪最敏感的传达者,所以晚唐五代文坛从传奇小说,到诗歌,到词,联袂上演了一台爱情大合唱,其中唱得最为出色的,当然要数登上文坛不久的"后起之秀"——长短句曲子词了。词是爱情意识寻找到的最佳载体,《花间集》中的大部分作品,就是表现男欢女爱、花情柳思的。韦庄的这首《思帝乡》，可说是唐五代词"爱情奏鸣曲"中的一个最响亮的音符。词中的少女被春天的蓬勃生机所感染，全部的生命热情如岩浆喷薄、洪水破闸一样不可遏止地爆发了。那在杏花陌上踏青游春的不相识的风流少年，以其不可抗拒的异性魅力，强烈地召唤着她。她准备以身相许，奉献自己，她渴望着去无拘无束地尽情爱上一次，为此付出一生的代价也觉值得；即使将来被无情抛弃，也在所不惜。词中少女的爱情出自本能而无利害考虑，这种不计得失、不顾后果的爱情，才真正是从青春生命最深处突围而出的最纯粹的爱情。不管对这种一见倾心、不顾一切的爱情作何评价，你都不能不被这简直是"九死不悔"的异常率真、热烈的爱情所震撼。这首词的风格也因此和南朝小乐府、晚唐香奁诗、花间体词的柔婉缠绵不类，而更接近于汉乐府《上邪》、北朝乐府《地驱乐歌》、唐五代民间词的爽直奔放。

诉衷情

烛烬香残帘未卷①，梦初惊②。花欲谢。深夜。月胧明③。何处按歌声④。轻轻。舞衣尘暗生。负春情⑤。

【注释】

①烛烬香残：烛与香均已燃尽，借写夜深。《北史·吕思礼传》："昼理政事，夜即读书。令苍头执烛，烛烬夜有数升。"唐李建勋《独夜作》："佳人一去无消息，梦觉香残愁复入。"

②梦初惊：唐李咸用《闻泉》："渐渐梦初惊，幽窗枕簟清。"

③月胧明：月光微明。唐白居易《人定》："人定月胧明，香消枕簟清。"

④按歌声：按拍奏乐而歌。唐白居易《宫词》："泪湿罗巾梦不成，夜深前殿按歌声。"

⑤春情：春日光景意兴。南朝梁萧子范《春望古意》："春情寄柳色，鸟语出梅中。"或指男女之情，南朝齐王融《咏琵琶》："丝中传意绪，花里寄春情。"

【简析】

　　词写舞女怨情。前五句写深夜惊梦，见出女子的心绪不宁，难以安眠。香烛的残烬，欲谢的花朵，朦胧的月色，予人以孤凄衰残之感，烘托夜深不寐的女子的愁情。这时，不知何处隐约传来的歌声，更增添了她的愁寂烦闷，让人生出"几家欢乐几家愁"的感叹。"舞衣"透露女子的身份，"尘暗生"说明久已不复歌舞，则此舞女当是因年长色衰而门庭冷落。"负春情"三字，既是自叹辜负大好春光，也是责怨昔日欢好的负情变心，情感内涵相当沉重。

其　二

　　碧沼红芳烟雨静①，倚兰桡②。垂玉佩。交带③。袅纤腰。鸳梦隔星桥④。迢迢。越罗香暗销⑤。坠花翘⑥。

【注释】

　　①碧沼：碧绿的池塘。唐武三思《奉和宴小山池赋得溪字应制》："年光开碧沼，云色敛青溪。"红芳：红花。唐刘希夷《晚春》："庭阴幕青霭，帘影散红芳。"此指荷花。

②兰桡：木兰船桨，代指船。唐刘长卿《上巳日越中与鲍侍郎泛舟耶溪》："兰桡缦转傍汀沙，应接云峰到若耶。"

③交带：束结衣带。唐白居易《和微之诗二十三首·和送刘道士游天台》："佩服交带簶，讽吟蕊珠文。"

④鸳梦：男女欢爱之梦。唐曹唐《李夫人》："白玉帐寒鸳梦绝，紫阳宫远雁书稀。"星桥：天河上的鹊桥。唐李商隐《七夕》："鸾扇斜分凤幄开，星桥横过鹊飞回。"

⑤越罗：越地出产的罗绮。此指用越罗裁缝的衣饰。唐年融《禁烟作》："尊酒临风酬令节，越罗衣薄觉春寒。"

⑥花翘：古代妇女的一种首饰。明杨慎《词品》卷二《花翘》："韦庄《诉衷情》词云：'鸳梦隔星桥。迢迢。越罗香暗销。坠花翘。'按此词在成都作也。蜀之妓女，至今有花翘之饰，名曰'翘花儿'云。"

【简析】

　　词写相思之情。环境不是绣帏香闺，而是雨后碧水红荷的池沼。荡舟的女子玉佩交带，腰肢细袅，芳姿绰约。"鸳梦"二句，转写女子与情人的距离，迢遥如隔天河上的鹊桥，可知相见时难，离情正苦。结二句描写女子罗衣香散，花翘斜坠，暗示其心绪的低抑。此首词采浓艳，与温词为近。

上行杯

　　芳草灞陵春岸①。柳烟深，满楼弦管②。一曲离声肠寸断。　　今日送君千万③。红缕玉盘金镂盏④。须劝。珍重意，莫辞满⑤。

【注释】

①灞陵：本作霸陵。汉文帝陵墓名，因灞水得名，在今陕西西安东。灞水上有桥，桥边多植柳，《三辅黄图·桥》："霸桥在长安城东。跨水作桥。汉人送客至此桥，折柳赠别。"此俗至唐尤盛。唐李白《忆秦娥》："年年柳色，灞陵伤别。"

②弦管：弦乐器与管乐器，亦称丝竹，代指音乐。汉赵晔《吴越春秋·勾践伐吴外传》："功可像于图画，德可刻于金石，声可托于弦管，名可留于竹帛。"

③千万：千万里，谓将远行。薛昭蕴《别离难》："那堪春景媚，送君千万里。"

④红缕玉盘：指玉盘所盛之鲙。唐陈羽《宴杨驸马山池》："鲙下玉盘红缕细，酒开金瓮绿醅浓。"金镂盏：镂花的金杯。

⑤莫辞满：不要推辞满杯美酒。唐元稹《三泉驿》："劝君满盏君莫辞，别后无人共君醉。"

【简析】

此首写灞陵送别。起二句叙写别地别时，灞桥是自古送别之地，折柳是千年送别习俗，芳草又兴起远游不归的意绪，这两句虽然只有区区九个字，却集中了三个与别离有关的原型意象，因而酿出了浓郁的别离氛围。接二句写"满楼管弦"的饯别宴席，一曲离歌，教人柔肠寸断。换头承上，描写别筵的丰盛和劝酒的深情，送君万里行，莫辞一杯满，"殷勤悃款，令人情醉"（陈廷焯《词则》），与唐王维《送元二使安西》具有同样的情感内涵和艺术效果。

其 二

白马玉鞭金辔①。少年郎,离别容易。迢递去程千万里②。　惆怅异乡云水。满酌一杯劝和泪③。须愧。珍重意,莫辞醉④。

【注释】

①玉鞭金辔:形容马鞭辔头之精美。唐王建《田侍郎归镇》:"万里双旌汾水上,玉鞭遥指白云庄。"唐唐彦谦《咏马二首》之一:"骑过玉楼金辔响,一声嘶断落花风。"

②迢递:遥远貌。三国魏嵇康《琴赋》:"指苍梧之迢递,临回江之威夷。"

③劝和泪:和泪劝酒。

④莫辞醉:唐高适《淇上送韦司仓往滑台》:"饮酒莫辞醉,醉多适不愁。"

【简析】

此首饯别之词。起句从"白马玉鞭金辔"的行装描写切入,推出"轻别离"的少年郎形象,这应是女子送别时的心理感觉。"迢递"句言虽少年轻别,但女子却为他的遥远旅途担忧着。换头承上,继续表现女子的担忧牵挂心理,她为少年远走异乡、云水相隔而惆怅不已,所以满酌一杯,含泪相劝,表达自己的殷殷情意。结三句是劝酒之辞,希望少年旅途珍重,莫辞一醉,别前且乐片时,别后勿相忘也。

女冠子

四月十七。正是去年今日。别君时。忍泪伴低面[①],含羞半敛眉[②]。　不知魂已断,空有梦相随。除却天边月,没人知。

【注释】

①忍泪:忍住眼泪。唐杜甫《送郭中丞》:"渐衰那此别,忍泪独含情。"低面:低头。唐白居易《西凉伎》:"有一征夫年七十,见弄凉州低面泣。"

②敛眉:皱眉。北周庾信《伤往》之一:"见月长垂泪,花开定敛眉。"

【简析】

此首忆旧,回忆去年今日分别的感伤情景。一起二句,明记时间,言之凿凿,足见铭心难忘。相别一年之后,于今年此日恰又想起去年此日,可知这别后的相思,无日无之,从未间断。"别君时"三字,关联上下,补足前文所写"去年今日"发生的情事,开启下文"忍泪伴低面,含羞半敛眉"的别时情态描写。因眼泪难忍,又怕远行者伤感,所以假作低头以为掩饰;心中有许多情话要说,但又觉说不出口,所以含羞敛眉。这十个字历历如绘,将女子别前一刻的温柔体贴、矛盾痛苦的心理情态,传神写出。下片转写别后相思,因完全沉浸在离别情绪里,所以不觉之间已然魂断。此身不能伴君远行,只有梦里相随了,但梦境终究空幻无凭。结二句无理而妙,月本无知,而竟言天边月知,是反衬自己的内心痛苦无人解知。再有,月亮见证了去年今日的那场拂晓分别,月亮也见证了自己别后的夜夜相思，故而托月亮为知己，聊为慰藉也。此词纯用白描，"淡语无限深情"，是最能体现韦词风格的作品之一。或解此词是男子的回忆，带有词人的自叙传性质，亦可说通。

其　二

昨夜夜半。枕上分明梦见。语多时。依旧桃花面①，频低柳叶眉②。　半羞还半喜，欲去又依依。觉来知是梦③，不胜悲。

【注释】

①桃花面：古时女子一种梳妆样式。唐宇文士及《妆台记》："隋文帝宫中梳九真髻红妆，谓之'桃花面'。"元李材《解醒语》："御史中丞祝公，有张京兆之风，尝为妻合脂与粉，调以涂之，号'桃花面'。"泛指美人容貌。

②柳叶眉：古代女子一种柳叶状眉式。隋陈子良《新城安乐宫》："柳叶来眉上，桃花落脸红。"

③觉来：醒来。唐李白《春日醉起言志》："觉来眄庭前，一鸟花间鸣。"

【简析】

此首与前首内容衔接，属联章之作。前首既言"梦相随"，此首就梦境展开描写。前首从女子的角度忆别，此首从男子的角度记梦。起句写入梦，结句写梦醒，中间部分全是梦境的具体描写，上下片一气连贯，浑然不分。"昨夜"应该是"四月十七"之夜吧，但也可以是一年中的任何一夜，别来夜夜相思，即可夜夜入梦。"语多时"，写梦中相逢，说不尽的相思情愫。"依旧"二字，言女子桃腮柳眉，姣好与过去一模一样,而"频低"、"半羞"的情态,正与上片所写相同,看来这是女子常有的娇羞动作表情,给男子留下过深刻的印象。"半羞还半喜"是欢情激动,"欲去又依依"是缠绵伤感。从相逢话旧到欲去不舍,梦境描写具体完整,正是"分明"的表现。结二句写正自不舍之际,豁然梦醒,梦中欢情,一时俱失,让人不胜悲伤惆怅。此首结句不如前首含蓄,但"将梦境点明",使词情显得"凝重而沉痛"(唐圭璋《唐宋词简释》),这正是韦词结句的惯用手法,与温词结句多蕴藉深隐不同。

更漏子

钟鼓寒,楼阁暝。月照古桐金井①。深院闭,小庭空。落花香露红②。 烟柳重③,春雾薄。灯背水窗高阁④。闲倚户,暗沾衣⑤。待郎郎不归。

【注释】

①金井:井栏雕饰精美的水井。南朝梁费昶《行路难》之一:"唯闻哑哑城上乌,玉栏金井牵辘轳。"

②香露:花上的露水。晋王嘉《拾遗记·炎帝神农》:"陆地丹蕖,骈生如盖,香露滴沥,下流成池。"温庭筠《芙蓉》:"浓艳香露里,美人清镜中。"

③烟柳:烟雾笼罩的柳树。唐张仲素《春游曲》之一:"烟柳飞轻絮,风榆落小钱。"

④灯背:唐白居易《青毡帐二十韵》:"铁檠移灯背,银囊带火悬。"水窗:临水之窗。唐白居易《舟夜赠内》:"莫凭水窗南北望,月明月暗总愁人。"

⑤沾衣:泪水湿衣。唐李商隐《落花》:"芳心向春尽,所得是沾衣。"

【简析】

此首春闺怀人。全词三句一转,以主要篇幅描写春夜景色,钟鼓声寒,楼阁昏暝,月照井桐,深院门闭,小庭空寂,落红浥露,柳烟浓重,夜雾朦胧,渲染出女子居所清寒冷落的环境氛围。结三句推出女子倚门守望、伤心落泪的形象,显得格外"楚楚可怜"(陈廷焯《云韶集》)。

酒泉子

月落星沉①。楼上美人春睡。绿云倾②,金枕腻③。画屏深。　子规啼破相思梦④。曙色东方才动。柳烟轻,花露重。思难任⑤。

【注释】

①星沉:星落。唐李商隐《碧城》:"星沉海底当窗见,雨过河源隔座看。"

②绿云:喻美人发髻。唐李白《邯郸南亭观妓》:"清筝何缭绕,度曲绿云垂。"

③金枕:华美的枕头。

④啼破：叫醒。唐徐夤《愁》："黄叶落催砧杵日，子规啼破梦魂时。"相思梦：唐贾岛《送人适越》："若有相思梦，殷勤载八行。"

⑤思难任：离思不堪承受。唐李中《送黄秀才》："雨余飞絮乱，相别思难任。"

【简析】

词写美人相思春情。上片从"月落星沉"的拂晓入手，描写楼上女子酣美的睡态。换头写子规鸟凄苦的啼声，惊醒了女子的相思梦，则知女子春夜独宿，缘相思而入梦，上片所写画屏深处绿云覆枕的酣美睡态，正是美梦方酣的表现。啼鹃惊梦，让女子格外烦恼，"思难任"三字，写出的就是女子梦破之后遣愁无计的缭乱心绪。

木兰花

独上小楼春欲暮。愁望玉关芳草路①。消息断，不逢人，却敛细眉归绣户②。　坐看落花空叹息③。罗袂湿斑红泪滴④。千山万水不曾行，魂梦欲教何处觅。

【注释】

①玉关：指远人居处。参卷一温庭筠《菩萨蛮》"翠翘金缕双鸂鶒"注⑧。芳草路：唐牟融《陈使君山庄》："流水断桥芳草路，淡烟疏雨落花天。"

②绣户：雕绘华美的门户。多指妇女居室。南朝宋鲍照《拟行路难》

之三:"璇闺玉墀上椒阁,文窗绣户垂罗幕。"

③坐:介词,因,由于。唐杜牧《山行》:"停车坐爱枫林晚,霜叶红于二月花。"

④罗袂:罗袖。三国魏曹植《洛神赋》:"抚罗袂以掩涕兮,泪流襟之浪浪。"红泪:晋王嘉《拾遗记》:"文帝所爱美人,姓薛名灵芸,常山人也……灵芸闻别父母,歔欷累日,泪下沾衣。至升车就路之时,以玉唾壶承泪,壶则红色。既发常山,及至京师,壶中泪凝如血。"后因以"红泪"称女子眼泪。唐白居易《离别难》:"不觉别时红泪尽,归来无泪可沾巾。"

【简析】

词写暮春怀人。起写暮春时节,思妇独上小楼,眺望通往玉关的道路。"玉关"这一地名意象,表明思妇所怀乃是戍守边关的征人。路边的萋萋芳草,更撩起思妇怀人的愁绪。关外音信断绝,也不见有人从那里回来,思妇想要打探征人消息的愿望落空,她只好失望地下楼转回房里。过片回应"春暮",转写思妇叹惜落花,感伤青春虚度,泪湿罗袂,心情酸楚。结二句"千山万水不曾行,魂梦欲教何处觅",化用南朝梁沈约《别范安成》诗句"梦中不识路,何以慰相思",句子更加动荡,声情更为哀苦,读之令人"荡气回肠"(李冰若《栩庄漫记》)。

小重山

一闭昭阳春又春①。夜寒宫漏永②,梦君恩。卧思陈事暗消魂③。罗衣湿,红袂有啼痕④。　　歌吹隔重阍⑤。绕庭芳草绿,倚长门⑥。万般惆怅向谁论？凝情立⑦，宫殿欲黄昏。

【注释】

①昭阳：汉宫殿名，后泛指后妃所住的宫殿。汉班固《西都赋》："昭阳特盛，隆乎孝成。"唐王昌龄《长信怨》："玉颜不及寒鸦色，犹带昭阳日影来。"此指前蜀后宫。

②宫漏永：宫中滴漏声长。唐李商隐《龙池》："夜半宴归宫漏永，薛王沉醉寿王醒。"

③陈事：往事，旧事。唐李涉《寄河阳从事杨潜》："洛邑秦城少年别，两都陈事空闻说。"

④红袂：红袖，女子之衣袖。唐薛涛《采莲舟》："兔走乌驰人语静，满溪红袂棹歌初。"

⑤歌吹：歌唱吹奏声。唐李白《玩月金陵城西孙楚酒楼达曙》："朝沽金陵酒，歌吹孙楚楼。"重闱：重重宫门。《梁书·皇后传·高祖丁贵嫔》："遗备物乎营寝，掩重闱于室皇。"

⑥长门：汉宫名。汉司马相如《长门赋》序："孝武皇帝陈皇后时得幸，颇妒，别在长门宫，愁闷悲思。闻蜀郡成都司马相如天下工为文，奉黄金百斤，为相如、文君取酒，因于解悲愁之辞。而相如为文以悟主上，陈皇后复得亲幸。"后以"长门"借指失宠后妃居处。南朝齐谢朓《和王主簿季哲怨情诗》："披庭聘绝国，长门失欢宴。"

⑦凝情：情意专注。唐李康成《玉华仙子歌》："转态凝情五云里，娇颜千岁芙蓉花。"近人张相《诗词曲语辞汇释》卷五："又曰凝情者。孙光宪《浣溪沙》词：'揽镜无言泪欲流，凝情半日不梳头。'凝情，一往而深之情，犹云痴情也。"

【简析】

词写宫怨。起句总写一入深宫、年复一年的幽闭日子。接写夜梦君恩,表达强烈的内心渴望。再写梦醒之后,回想当日宠幸,对比眼前孤零,感伤不已,泪湿罗衣。过片在今昔对比之后,转写他人宫中作乐,与自己冷宫黄昏、凝情孑立的孤独失意,再做人我对比,进一步反衬自己冷宫幽闭的无尽哀伤。绕阶芳草与宫殿黄昏的景物描写,也对宫女怨情的抒发,起到了很好的烘托作用。杨湜《古今词话》谓此首与《空相忆》一首,皆为王建强夺爱姬而作,可供解读时参考。

薛昭蕴 十九首

【小传】

薛昭蕴,年里不详。《花间集》称为"薛侍郎"。新旧唐书有《薛昭纬传》,称其乾宁中为礼部侍郎,《北梦琐言》卷四又谓昭纬爱唱《浣溪沙》词。王国维《跋覆宋本〈花间集〉》据之疑薛昭蕴即薛昭纬。其说云:"今此集载昭蕴词十九首,其八首为《浣溪沙》;又称为薛侍郎,恐与昭纬为一人。纬、蕴二字俱从系,必有一误也。"俞平伯《唐宋词选释》疑其非是,谓:"史载昭纬卒于唐末,而《花间集》列昭蕴于韦庄、牛峤间,当为前蜀时人。"陈尚君《花间词人事辑》承王说以为"当即薛昭纬",并"另举数据,以成其说",然终无确证。薛词今存十九首,均见《花间集》。

浣溪沙

红蓼渡头秋正雨①。印沙鸥迹自成行。整鬟飘袖野风香②。　不语含嚬深浦里③，几回愁煞棹船郎④。燕归帆尽水茫茫。

【注释】

①红蓼：即水蓼，一年生草本植物，生浅水中。全草入药，味辛辣。也称辣蓼。唐杜牧《歙州卢中丞见惠名酝》："犹念悲秋更分赐，夹溪红蓼映风蒲。"渡头：犹渡口。南朝梁萧纲《乌栖曲》之一："采莲渡头拟黄河，郎今欲渡畏风波。"

②野风：野外之风。唐上官仪《入朝洛堤步月》："鹊飞山月曙，蝉噪野风秋。"

③含嚬：亦作含颦。谓皱眉。形容哀愁。唐刘禹锡《忆江南》："丛兰裛露似沾巾。独坐亦含颦。"

④棹船郎：即艄公。唐李益《效古促促曲为河上思妇作》："嫁与棹船郎，空床将影宿。"

【简析】

词写水边候人。起二句描写水乡秋景，红蓼渡头秋雨霏霏，水边沙上鸥迹成行，烘托出清丽而又凄寂的氛围。三、四句描写人物，女子站在水边，野风吹动她的鬟发和衣袖，飘散出淡淡的香气。她理一理被风吹乱的发鬟，默默不语，眉黛含愁，向着水上极目眺望。五句插入"棹船郎"也被她终日凝瞩的愁苦之态深深感染，是衬托手法。结句写她所望不至，一天等待落空，用眼前所见燕归帆尽、烟水茫茫的渡头暮色收束全词，情思绵邈，富有画意。

其　二

钿匣菱花锦带垂①。静临兰槛卸头时②。约鬟低珥算归期③。　　茂苑草青湘渚阔④，梦余空有漏依依。二年终日损芳菲⑤。

【注释】

①钿匣：用金银珠贝等镶嵌的小箱子。如镜匣、砚匣、书画匣等。唐齐己《谢人惠端溪砚》："保重更求装钿匣，闲将濡染寄知音。"此指女子妆匣。菱花：古代铜镜名。镜多为六角形，背面刻有菱花者，名菱花镜。亦泛指镜。唐李白《代美人愁镜》之二："狂风吹却妾心断，玉箸并堕菱花前。"锦带：锦制的带子。南朝宋鲍照《代结客少年场行》："骢马金络头，锦带佩吴钩。"此指系镜匣之丝带。

②卸头：卸妆，除去首饰。唐韩偓《闺情》："轻风滴砾动帘钩，宿酒犹酣懒卸头。"

③约鬟低珥：低拢发鬟于珥珰。

④茂苑：长洲茂苑，在吴县太湖北。晋左思《吴都赋》："带朝夕之浚池，佩长洲之茂苑。"湘渚：湘水之渚。南朝梁江淹《郊居赋》："降紫皇于天阙，延二妃于湘渚。"

⑤芳菲：花草盛美。南朝陈顾野王《阳春歌》："春草正芳菲，重楼启曙扉。"此代指青春年华。

【简析】

词写春闺怀人。上片写女子临睡卸妆之时，暗自计算远人归期的情形。过片承上,写女子入睡后的梦境,茂苑草青,湘渚水阔,当是女子梦中天涯追寻远人时所见。或者,女子身在茂苑,心飞湘渚,这两个地名意象,一为居者之处,一为行者所在。接写夜梦醒来,梦中光景一时俱无,只有连续不断的滴漏声在空闱里传响,更增加了女子闺中怀人的寂寞感觉。结句交待别时之久,女子两年如一日,终日相思,芳容憔悴。深挚之情,令人感动。

其 三

粉上依稀有泪痕①。郡庭花落欲黄昏②。远情深恨与谁论。 记得去年寒食日③,延秋门外卓金轮④。日斜人散暗销魂。

【注释】

①依稀:亦作依希、依俙。隐约,不清晰。南朝宋谢灵运《行田登海口盘屿山》:"依稀采菱歌,仿佛含嚬容。"

②郡庭:郡署之庭。唐张九龄《九月九日登龙山》:"郡庭常窘束,凉野求昭旷。"

③寒食:参卷二韦庄《浣溪沙》"清晓妆成寒食天"注①。

④延秋门:唐代长安禁苑西门。唐杜甫《哀王孙》:"长安城头头白乌,夜飞延秋门上呼。"卓金轮:停车。卓,停留。金轮,代指金饰之车舆。南朝梁萧纲《答湘东王书》:"鸣银鼓于宝坊,转金轮于香地。"

【简析】

词写伤春怀人。起句是女子面部泪痕依稀的特写镜头,二句是落花庭院斜阳黄昏的背景画面。青春将逝,美人迟暮,引出三句所写女子心中的远情深恨。因此情此恨无人与诉,故而女子伤心流泪。过片"记得"

二字领起，转入往事的回忆，交待本事。去年寒食，在延秋门外游春踏青，邂逅相遇，一见钟情。黄昏分别之时，已觉黯然销魂。别来倏忽经年，而今又值暮春，女子触景伤情，沉浸在对往事的回忆之中。想其情形，去年别时，彼此当有预约，盖因男子负情，让女子期待落空，以致悲情无诉。这是一场草率的爱情游戏结出的苦果，它让人再次记起白居易"寄言痴小人家女，慎莫将身轻许人"的忠告。

其　四

握手河桥柳似金①。蜂须轻惹百花心②。蕙风兰思寄清琴③。　意满便同春水满，情深还似酒杯深。楚烟湘月两沉沉④。

【注释】

①握手：执手道别。唐李白《下途归石门旧居》："吴山高，越水清，握手无言伤别情。"河桥：本指黄河上之桥梁。此泛指桥梁。北周庾信《李陵苏武别赞》："河桥两岸，临路凄然。"柳似金：状早春柳色。唐白居易《杨柳枝》："一树春风千万枝，嫩于金色软于丝。"

②蜂须：《埤雅·释虫》："蜂蝶丑，皆以须嗅。须，盖其鼻也。"唐杜甫《徐步》："芹泥随燕嘴，花蕊上蜂须。"花心：花蕊。唐殷文圭《题吴中陆龟蒙山斋》："花心露洗猩猩血，水面风披瑟瑟罗。"

③蕙风：指和暖的春风。晋左思《魏都赋》："珍树猗猗，奇卉萋萋，蕙风如熏，甘露如醴。"兰思：美好的情思。清琴：音调清雅的琴声。三国魏曹丕《善哉行》之四："有客从南来，为我弹清琴。"

④楚烟湘月：形容远人去处的光景。沉沉：形容音信杳无。唐杜牧《月》："三十六宫秋夜深，昭阳歌断信沉沉。"

【简析】

此首赋别。起句"握手"写事件,"河桥"写地点,"柳似金"写季节景色,嫩于金色的袅娜柳丝,是依依别情的象喻和载体。"蜂须"句造语极为巧丽,句中含有兴义。"蕙风"句借弹琴形容其人的韵度风怀,虚实之间,宛转人妙。过片二句,即目即事,设喻作譬,形容送别双方溢满心怀的深厚情谊,笔墨饱满,酣畅淋漓。结句设想别后情景,楚烟湘月,人在天涯,音信杳渺。以动荡之笔,写意中之景,含不尽之意。词中所写,"蜂须轻惹"二句,女性香艳色彩较浓,似是情人送别;但过片二句,大笔濡染,应是丈夫临歧慷慨之态。究竟孰是,难以论定。

其　五

帘下三间出寺墙①。满街垂柳绿阴长。嫩红轻翠间浓妆。　瞥地见时犹可可②,却来闲处暗思量③。如今情事隔仙乡④。

【注释】

①寺:寺观,僧人所居称寺,道士所居称观。此或指道庵。或引《汉书》,解寺墙为院墙,恐不妥。

②瞥地句:近人张相《诗词曲语辞汇释》卷一:"薛昭蕴《浣溪沙》词:'瞥地见时犹可可……',此言当初见面时不在意也。"瞥地:瞥然过目。可可:不经意貌。

③却来:归来。唐李白《东鲁见狄博通》:"谓言挂席度沧海,却来应是无长风。"思量:考虑,忖度。唐杜荀鹤《秋日寄吟友》:"闲坐细思量,惟吟不可忘。"

④隔仙乡:犹言距离遥远如仙凡相隔。韦庄《怨王孙》:"何处深锁

兰房，隔仙乡。"

【简析】

华锺彦曰"此词盖写女冠"，然推究词意，似是写男子对女冠的思慕。上片写小小道庵位居闹市之中，珠翠满街，有女如云。过片写于熙攘人流里，男子在道庵前那不经意的一瞥，女冠脱俗的姿容，让他的眼睛为之一亮，然道路行色，匆匆而过，当时亦不甚放在心上。"却来"句写事过之后，男子常常想起那一瞥之间留下的印象，让他心中思量不已。然路途间阻，人世暌违，觉那道庵中人，亦如仙凡悬隔，渺不可及了。词写微妙情感心理，细腻生动，结合汤显祖评语读这首词，更能获得情感命运得失方面的某种启示。

其 六

江馆清秋揽客船①。故人相送夜开筵。麝烟兰焰簇花钿②。　　正是断魂迷楚雨③，不堪离恨咽湘弦④。月高霜白水连天。

【注释】

①江馆：江边客舍。唐王昌龄《送谭八之桂林》："客心仍在楚，江馆复临湘。"清秋：明净爽朗的秋天。唐杜甫《宿府》："清秋幕府井梧寒，独宿江城蜡炬残。"揽：当作"缆"，系船之绳缆。

②麝烟：焚麝之烟，泛指焚香飘散之烟气。唐皮日休《醉中先起李毂戏赠走笔奉酬》："麝烟苒苒生银兔，蜡泪涟涟滴绣闱。"兰焰：兰灯之焰，泛指灯烛之焰。唐刘禹锡《浙西李大夫述梦四十韵并浙东元相公酬和斐然继声》："兰焰凝芳泽，芝泥莹玉膏。"簇花钿：形容盛装女子簇聚。唐白居易《奉酬淮南牛相公思黯见寄二十四韵》："长斋俨香火，密

宴簇花钿。"

③楚雨：楚地之雨。唐杜甫《雨》之四："楚雨石苔滋，京华消息迟。"唐杜牧《齐安郡中偶题》之一："秋声无不搅离心，梦泽蒹葭楚雨深。"此句或用《高唐赋》典事。唐李商隐《有感》："一自高唐赋成后，楚天云雨尽堪疑。"

④不堪句：用湘灵鼓瑟事以喻离愁。唐韩愈《送灵师》："四座咸寂默，杳如奏湘弦。"

【简析】

此首赋别。上片叙写饯别夜宴，清秋时节，江边馆驿里，故人殷勤相送，兰烛高烧，麝烟缭绕，红袖簇聚，歌舞相乐。场面的盛大，益发衬出一别之后嘉会难再的感伤。过片即由前结的别筵热闹，转写别时黯然销魂的感受，嵌入"楚雨"、"湘弦"两个典故意象，暗写行人远去之地和其人擅长琴艺，兼作气氛烘托。结以月高霜白、水天相接的凄清夜景，含有"怊怅不尽之意"（李冰若《栩庄漫记》）。

其 七

倾国倾城恨有余①。几多红泪泣姑苏②。倚风凝睇雪肌肤③。　　吴主山河空落日④，越王宫殿半平芜⑤。藕花菱蔓满重湖⑥。

【注释】

①倾国倾城：形容女子绝色。此指西施。唐刘希夷《公子行》："倾国倾城汉武帝，为云为雨楚襄王。"可参卷二韦庄《荷叶杯》"绝代佳人难得"注①。

②几多：多少。唐牛僧孺《乐天梦得有岁夜诗，聊以奉和》："莫愁

花笑老,花自几多时。"姑苏:即今江苏苏州,因其地有"姑苏山"、"姑苏台"而得名。见《太平寰宇记》卷九一、《吴越春秋》卷二。唐李白《乌栖曲》:"姑苏台上乌栖时,吴王宫里醉西施。"

③倚风:临风。唐李贺《恼公》:"发重疑盘雾,腰轻乍倚风。"凝睇:注视。唐刘祎之《九成宫秋初应诏》:"怡神紫气外,凝睇白云端。"雪肌肤:形容肌肤洁白如雪。

④吴主:指吴王夫差。

⑤越王:指灭吴而霸的越王勾践。平芜:草木丛生的平旷原野。南朝梁江淹《去故乡赋》:"穷阴匝海,平芜带天。"唐李山甫《刘员外寄移菊》:"秋来缘树复缘墙,怕共平芜一例荒。"

⑥重湖:湖泊相连。洞庭湖与青草湖相连,称重湖。唐杜甫《宿青草湖》,题下注曰:"重湖,南青草,北洞庭。"西湖分里湖外湖,亦称重湖。此指太湖,太湖亦五湖相连。唐赵嘏《岁暮江轩寄卢端公》:"路以重湖阻,心将小谢期。"

【简析】

此首吊古。上片以"倾国倾城"四字领起,集中叙写西施由越入吴的不幸遭遇,红颜薄命,遗恨无穷。然后由西施牵挽起吴越争霸的历史,转入下片,词情也由对于美丽女性不幸命运的怜惜同情,变而为面对历史兴亡的沉痛感慨。吴主败者,家国自是沦为落日下的一片废墟;越王胜者,宫殿亦没入满地荒烟蔓草。胜者败者,都被时间抹去;山河宫殿,皆成重湖菱藕。景外含有多少沧桑之叹!此种咏史怀古的厚重笔法,为《花间》词中罕见的异数。

其 八

越女淘金春水上。步摇云鬓佩鸣珰①。渚风江草又清香②。　　不为远山凝翠黛③,只应含恨向斜阳。碧桃花榭忆刘郎④。

【注释】

①步摇:古代妇女附在簪钗上的一种首饰。东汉刘熙《释名·释首饰》:"步摇上有垂珠,步则摇动也。"晋傅玄《艳歌》:"头安金步摇,耳系明月珰。"佩鸣珰:玉佩叮当声。鸣珰:亦指金玉首饰。唐裴思谦《及第后宿平康里》:"银缸斜背解鸣珰,小语偷声贺玉郎。"

②渚风:洲渚之风。唐张南史《富阳南楼望浙江风起》:"南楼渚风起,树杪见沧波。"

③远山凝翠黛:远山如凝翠之眉黛。唐李绅《入淮至盱眙》:"山凝翠黛孤峰迥,淮起银花五两高。"

④碧桃句:用刘晨、阮肇入天台遇仙事,参卷二温庭筠《思帝乡》"花花"注⑥。唐王涣《惆怅诗》:"晨肇重来路已迷,碧桃花谢武陵溪。"

【简析】

词写越女情思。起句直叙,点出越女淘金者的身份,具有地域风土特色。次句描写越女首饰妆容,见出其人的美丽。三句转写春风吹拂,飘送着淡淡的青草芳香,对人物风神进行侧面烘托渲染。过片二句描写夕阳落照之中,越女含恨凝眉眺望远山的情态,显示其心中有所郁结。末句交待原因,点出"怀人"的意思,完成题旨的表达。

喜迁莺

残蟾落①，晓钟鸣。羽化觉身轻②。乍无春睡有余酲③。杏苑雪初晴④。　　紫陌长⑤，襟袖冷。不是人间风景。回看尘土似前生。休羡谷中莺⑥。

【注释】

①残蟾：残月。

②羽化：修道成仙。唐张乔《试月中桂》："何当因羽化，细得问玄功。"此处喻科考得中。

③余酲：残醉。《诗经·小雅·节南山》："忧心如酲，谁秉国成。"毛《传》："病酒曰酲。"唐皮日休《春日留题鲁望郊居二首》之二："冷卧空斋内，余酲夕未消。"

④杏苑：即杏园。园名。故址在今陕西西安市郊大雁塔南。唐代新科进士赐宴之地。唐贾岛《下第》："下第只空囊，如何住帝乡。杏园啼百舌，谁醉在花傍？"唐李淖《秦中岁时记》："进士杏园初宴，谓之探花宴。"五代王定保《唐摭言·慈恩寺题名游赏赋咏杂记》："神龙已来，杏园宴后，皆于慈恩寺塔下题名。同年中推一善书者纪之。"

⑤紫陌：指京师郊野的道路。汉王粲《羽猎赋》："济漳浦而横阵，倚紫陌而并征。"唐李隆基《游兴庆宫作》："代邸青门右，离宫紫陌陲。"

⑥谷中莺：谓莺未出谷，喻隐居者。《诗经·小雅·伐木》："出自幽谷，迁于乔木。"唐罗隐《送友人归夷门》："至竟男儿分应定，不须惆怅谷中莺。"

【简析】

词写科考中第的得意之情。起二句写礼部南院五更发榜，士子榜上有名，顿觉脱凡升仙般的轻松快乐。接写中第者兴奋得睡意全消，带着醺醺的醉意赶赴杏园，参加那里举办的新进士探花筵。过片写他在料峭春寒中赶赴筵席，驰骋在京城大道上，恍惚置身云霄。结二句今昔对比，回看中第前的隐居生活，感觉直如尘土一般微不足道。"休羡谷中莺"一句，表现了唐五代时期士子们热衷科名的普遍价值观念。

其　二

金门晓①，玉京春②。骏马骤轻尘。桦烟深处白衫新③。认得化龙身④。　九陌喧⑤，千户启。满袖桂香风细⑥。杏园欢宴曲江滨⑦。自此占芳辰⑧。

【注释】

①金门：即金马门。《三辅黄图》："金马门，宦者署。武帝时，得大宛马，以铜铸像，立于署门，因以为名。东方朔、主父偃、严安、徐乐，皆待诏金马门，即此。"唐王维《送綦毋潜落第还乡》："既至金门远，孰云吾道非。"

②玉京：道家称天帝所居之处。晋葛洪《枕中书》引《真记》："元都玉京，七宝山，周回九万里，在大罗之上。"借指京城。南朝齐孔稚珪《褚先生百玉碑》："凤吹金阙，箫歌玉京。"

③桦烟深处：指朝廷。唐白居易《早朝》："月堤槐露气，风烛桦烟香。"桦烟：桦烛之烟。明李时珍《本草纲目》卷三五："桦木……以皮卷蜡，可作烛点。"唐沈佺期《和常州崔使君寒食夜》："无劳秉桦烛，晴月在南端。"白衫：唐时士子便服。此句写朝中新增着白衫的登第秀才。

④化龙：喻登第。参卷三韦庄《喜迁莺》"街鼓动"注⑥。

⑤九陌：泛指京城大道。《三辅黄图》卷二："长安有八街九陌。"唐郭利贞《上元》："九陌连灯影，千门度月华。"

⑥满袖桂香：古谓登科为蟾宫折桂，故云新科举子"满袖桂香"。宋叶梦得《避暑录话》："世以登科为折桂。此谓郄诜对策，自谓桂林一枝也。自唐以来用之。温庭筠诗：'犹得故人新折桂。'其后以月宫有桂，故又谓之月桂。而月中又言有蟾，故又以登科为登蟾宫。"

⑦杏园句：写新进士宴游盛况。唐刘沧《及第后宴曲江》："及第新春选胜游，杏园初宴曲江头。"曲江：唐康骈《剧谈录》："曲江池，本秦世隑洲，开元中疏凿为胜境。其南有紫云楼、芙蓉苑，其西有杏园、慈恩寺。花卉环列，烟水明媚，都人游赏，盛于中和、上巳二节。"

⑧芳辰：良辰。唐李世民《帝京篇十首》之五："芳辰追逸趣，禁苑信多奇。"

【简析】

词旨同前首。上片描写拂晓春榜初放，桦烛影晃，香烟缭绕，中第者白衫簇新，神采焕发，此时光景，已是身登龙门，今非昔比矣！过片二句响应起二句，时间由拂晓转到白天，地点从皇城金门移至九陌通衢，千门万户，描写蟾宫折桂的新进士们跨马游街、万人空巷的盛大场面。结二句描写他们杏园欢宴、曲江游赏之时，占尽良辰美景的得意洋洋之感。

其 三

清明节,雨晴天。得意正当年①。马骄泥软锦连乾②。香袖半笼鞭。　花色融③,人竞赏。尽是绣鞍朱鞅④。日斜无计更留连⑤。归路草和烟。

【注释】

①得意:指及第。唐孟郊《登科后》:"春风得意马蹄疾,一日看尽长安花。"唐赵氏《闻夫杜羔登第》:"良人得意正年少,今夜醉眠何处楼。"

②锦连乾:锦制马饰,连乾即连钱,障泥上有连钱花纹。唐顾况《露青竹杖歌》:"金鞍玉勒锦连乾,骑入桃花杨柳烟。"

③花色融:花色艳丽,融为一片。

④绣鞍朱鞅:华丽的车马饰物,代指王孙公子。朱鞅:朱色马颈革。

⑤留连:不忍离去。南朝梁萧绎《长歌行》:"人生行乐尔,何处不流连。"

【简析】

词旨同第一首。在前面写过看榜游街、杏园探花、曲江宴乐之后,此首再写新进士们的清明欢游。芳时晴天,得意当年,良辰美景,赏心乐事,这些备受命运眷宠的新进士们,当然不会放过这个美好的日子。他们相互邀约骑马踏青,"马骄"二句,于风度翩翩中见出他们的自足之感和得意之态。过片三句描写京郊绣轮朱鞅、花海人潮的清明游春盛况,进一步烘托渲染新进士们的中第喜悦之情。结二句写他们日暮时分,尚未兴尽,带着不舍的心情,踏上草烟迷离、暮色苍茫的归路。"归路草和烟"五字一结,清丽可喜,脱出功名得意俗套,给人以"腐气俱消"的清爽之感。

小重山

春到长门春草青①。玉阶华露滴②,月胧明。东风吹断紫箫声③。宫漏促、帘外晓啼莺。　　愁极梦难成。红妆流宿泪,不胜情。手挼裙带绕阶行④。思君切、罗幌暗尘生⑤。

【注释】

①长门:用汉武帝陈皇后失宠买赋事。参卷二温庭筠《清平乐》"上阳春晚"注⑥。

②玉阶:台阶之美称,以指皇宫台阶。唐岑参《和贾至舍人早朝大明宫》:"金锁晓钟开万户,玉阶仙仗拥千官。"华露:唐韦应物《月夜》:"皓月流春城,华露积芳草。"

③紫箫:即紫玉箫,紫竹所制。唐杜牧《杜秋娘》:"金阶露新重,闲捻紫箫吹。"

④手挼(ruó):手揉。五代冯延巳《谒金门》:"闲引鸳鸯芳径里,手挼红杏蕊。"

⑤罗幌:丝罗帷幔。南朝宋鲍照《代陈思王京洛篇》:"珠帘无隔露,罗幌不胜风。"

【简析】

　　词写宫怨。起句描写春到长门，点出冷宫幽闭的题旨，青青芳草则唤起宫女的生命意识。接着视听并用，描写冷宫夜景晓色，烘托宫女深重的愁怨，见出其自夕到晓，彻夜未眠。换头承上，宫女思君不至，欲托诸梦境，然一夜不眠，和梦也无，让她情有不堪，更加伤心。手挼裙带绕阶徘徊的动作描写，表现她急切焦渴的思念期盼心理。一结"罗幌暗尘生"五字，暗示君王久已不至，宫女身心慵懒、情绪黯淡，予人以凄凉酸楚之感。李冰若对此词的评点，值得我们注意，他提出了一个重要的问题，即面对同一文学母题下积案盈箧、连篇累牍的类型化写作，我们应该采取什么样的阅读态度和评价标准，受母题原型的规定性和自身才力的限制，类型化写作创生新意较难，但在语言、修辞、章法等技术层面，还是存在工拙之分的。所以在阅读时，不必期待这类作品立意上突破窠臼，只赏其藻采、笔法、韵致可也。至于是否托寓宫怨，抒怀才不遇之感，则难论定。

其　二

　　秋到长门秋草黄。画梁双燕去，出宫墙。玉箫无复理霓裳①。金蝉坠②、鸾镜掩休妆。　　忆昔在昭阳③。舞衣红绶带，绣鸳鸯。至今犹惹御炉香。魂梦断、愁听漏更长。

【注释】

　　①玉箫：玉制之箫或箫的美称。南朝梁陶弘景《真诰》卷三："玉箫和我神，金醴释我忧。"霓裳：即《霓裳羽衣曲》，唐代著名法曲，为开元中河西节度使杨敬忠所献。据《新唐书·玄宗纪》：初名"《婆罗门

曲》，传至西凉，明皇润饰其词，而易以美名"。传说中亦有为唐玄宗登三乡驿望女儿山及与罗公远、叶法善游月宫闻仙乐归而所作等说，虽荒诞不可信，但每被诗人搜奇入句。唐刘禹锡《三乡驿楼伏睹玄宗女儿山》："三乡陌上望仙山，归作霓裳羽衣曲。"

②金蝉：古代妇女所用金色蝉形的贴面饰物。唐李贺《屏风曲》："团回六曲抱膏兰，将鬟镜上掷金蝉。"

③昭阳：昭阳殿。参卷二韦庄《小重山》"一闭昭阳春又春"注①。

【简析】

此首写秋宫怨，季节上承接前首，春秋代序，时光流转，宫女幽闭被弃的悲剧命运没有改变，她对君王的思念期待也没有改变。上片前三句描写冷宫草黄、画梁燕去的凄凉秋景，"玉箫"三句表现宫女在这凄凉的季节里，旧曲倦理、掩镜罢妆的慵懒失意情态。过片三句回忆昔日昭阳殿中承恩的荣宠和欢乐，与今日长门冷宫的孤寂凄苦构成鲜明对比。但宫女仍然怨而不怒，衣带"犹惹御炉香"，见其不忘君恩的忠悃之心。这对宫女来说，未尝不是一种虚幻的安慰。结句写梦醒之后，宫女听着迢递的漏声，再难入眠，情绪又跌入冷宫幽闭的痛苦凄凉之中。此类词作，认识意义大于审美价值，它启示读者思考宫女的不幸遭遇，认识到这是制度造成的个人命运悲剧。而作者在词中表现出来的同情心，也值得加以肯定。

离别难

宝马晓鞴雕鞍①。罗帏乍别情难②。那堪春景媚,送君千万里。半妆珠翠落③,露华寒。红蜡烛。青丝曲④。偏能钩引泪阑干⑤。　　良夜促。香尘绿。魂欲迷。檀眉半敛愁低⑥。未别心先咽⑦,欲语情难说。出芳草,路东西。摇袖立,春风急。樱花杨柳雨凄凄⑧。

【注释】

①宝马句:谓早晨鞴马远行。鞴:鞴马,给马加上鞍辔。唐王昌龄《塞上曲》:"遥见胡地猎,鞴马宿严霜。"

②罗帏:丝罗帐帏。唐李白《春思》:"春风不相识,何事入罗帏?"乍别:忽别。唐卢纶《送史兵曹判官赴楼烦》:"渥洼龙种散云时,千里繁花乍别离。"

③半妆:即半面妆。唐李延寿《南史·梁元帝徐妃传》:"因帝眇一目,每知帝将至,必仅饰半面以俟,帝见则大怒而出。"此指乍别妆饰草草。

④青丝曲:离别时所奏乐曲。唐岑参《使君席夜送严河南赴长水》:"娇歌急管杂青丝,银珠金杯映翠眉。"

⑤偏能钩引:最能引起。泪阑干:泪流纵横貌。唐张继《重经巴丘》:"今日片帆城下去,秋风回首泪阑干。"

⑥檀眉:女子眉旁之晕色。明陈继儒《枕谭》:"画家七十二色有檀

色,浅赭所合,妇女眉旁晕色似之。"

⑦咽:声音因阻塞而低沉,此指心头堵塞。

⑧樱花:樱桃花。唐李商隐《无题》:"何处哀筝随急管,樱花永巷垂杨岸。"

【简析】

词赋别离。上片铺叙清晓乍别、难舍难分的场面;过片倒入之笔,补写别夜痛苦悲伤的情形;"出芳草"以下,再折回别时,将这场悲伤的离别,定格于女子风中招手的挥别画面,再以"樱花杨柳雨凄凄"一句景语烘染,感伤不尽,凄艳无极,为篇中最隽之句。此词在《花间集》中篇幅最长,以展衍错杂之笔,写黯然销魂之情,因是从女子角度表现,所以短促的句子节奏,正吻合其细碎烦乱的心理,"咽心之别愈惨,难说之情转迫",内容和形式是互相适应的。这种放笔铺写的词法,影响下及宋柳永等人的慢词创作。但此词表现上的问题也是存在的,可能是因为体调的原因,句子稍觉堆垛滞重,一种意思,费得如许语句,因而缺乏疏朗隽永的韵致。

相见欢

罗襦绣袂香红①。画堂中。细草平沙蕃马②,小屏风。　卷罗幕。凭妆阁③。思无穷。暮雨轻烟魂断④,隔帘栊。

【注释】

①罗襦绣袂:绣花衣袖的丝罗短袄。唐白居易《秦中吟·议婚》:

"红楼富家女,金缕绣罗襦。"唐释贯休《善哉行》:"绣袂捧琴兮登君子堂,如彼萱草兮使我忧忘。"

②细草句:小屏风上之绘饰。唐杜牧《边上晚秋》:"黑山南面更无州,马放平沙夜不收。"

③妆阁:指妇女的居室。唐王维《班婕妤》之三:"怪来妆阁闭,朝下不相迎。"唐白居易《西朱阁》:"妆阁伎楼何寂静,柳似舞腰池似镜。"

④暮雨轻烟:指妆阁外之景色。

【简析】

词写闺情。一起女子特写,凸显她的华美衣饰,暗示其人之美艳。然后推出"画堂中"的居处环境镜头,再摇向室内陈设的屏风,对准屏风上"细草平沙蕃马"的画面,兴起女子念远怀人情思。下片转写女子卷帘凭阁,眺远寄情,帘外暮雨轻烟,一片凄迷,让女子无限感伤。词中只说"思无穷"、"魂断",而不点明原因,言情较为含蓄。

醉公子

慢绾青丝发①。光研吴绫袜②。床上小熏笼③。韶州新退红④。　　叵耐无端处⑤。捻得从头污。恼得眼慵开⑥。问人闲事来。

【注释】

①慢绾:随意缠束。

②光研:即研光,以石磨丝织物使其有光。唐韩偓《无题》:"锦囊

霞彩烂,罗袜矸光匀。"吴绫:吴地所产丝织品。唐韩偓《意绪》:"脸粉难匀蜀酒浓,口脂易印吴绫薄。"

③熏笼:有笼覆盖的熏炉,用以熏香或烘烤衣物。唐孟浩然《寒夜》:"夜久灯花落,熏笼香气微。"

④韶州:今广东韶关。其地产红色颜料韶石,谓之韶红。温庭筠《寒食节日寄楚望》:"愁碧竟平皋,韶红换幽圃。"退红:指粉红色。唐王建《题所赁宅牡丹花》:"粉光深紫腻,肉色退红娇。"

⑤叵耐:亦作叵奈。不可容忍,可恶。《敦煌曲子词·鹊踏枝》:"叵耐灵鹊多漫语,送喜何曾有凭据。"无端:无因由,无缘无故。《楚辞·九辩》:"寒氿侵而无端兮,泊莽莽而无垠。"

⑥慵开:懒开。唐王维《书事》:"轻阴阁小雨,深院昼慵开。"

【简析】

华锺彦曰"此词就题发挥",意其写醉公子情态。然按诸词中所写,似为女子。起二句写其人秀美的发式服饰,接二句写精美的床上用具,女性化色彩明显。下片写其无端烦恼、向人嗔怪的醉酒之态。词中人物若果是公子,也是类似《红楼梦》中裙钗堆里吃胭脂的宝玉一类公子。

女冠子

求仙去也。翠钿金篦尽舍①。入岩峦②。雾卷黄罗帔③,云雕白玉冠④。　野烟溪洞冷,林月石桥寒。静夜松风下,礼天坛⑤。

【注释】

①翠钿：用翠玉制成的首饰。南朝乐府《西洲曲》："树下即门前，门中露翠钿。"金篦：古代妇女的一种金质首饰。亦可用以梳发。金篦，也作金鎞。唐寒山《诗》之三十五："罗袖盛梅子，金鎞挑笋芽。"

②岩峦：高峻的山峦。南朝梁徐悱《古意酬到长史溉登琅邪城》："表里穷形胜，襟带尽岩峦。"

③黄罗帔：女冠所着黄色丝罗披肩。

④白玉冠：女冠所戴者。五代花蕊夫人《宫词》："焚修每遇三元节，天子亲簪白玉冠。"

⑤礼天坛：登坛拜天，为道士修行仪式。唐刘禹锡《奉送家兄归王屋山隐居二首》之一："阳洛天坛上，依稀似玉京。"

【简析】

词咏本调。起二句写女子洗却红妆，入道学仙，意甚决绝，表现出不同流俗的人生道路选择。接写她入山易服，一身飘逸不俗的道家装束，格外神气清明。换头描写野逸清冷的道观环境，觉有出尘仙气缥缈其间。结以静夜松风、登坛礼天的修道画面。此词表现纯粹的宗教生活内容，不染艳情成分，显得难能可贵。

其　二

云罗雾縠①。新授明威法箓②，降真函③。鬓绾青丝发，冠抽碧玉簪。　　往来云过五，去住岛经三④。正遇刘郎使⑤，启瑶缄⑥。

【注释】

①云罗雾縠（hú）：丝罗织品，写女道士的衣着。縠，有皱纹的纱。

云雾二字状其轻逸飘渺。唐长孙无忌《新曲二首》之一："玉佩金钿随步远，云罗雾縠逐风轻。"

②明威：指上天圣明威严的旨意。《尚书·多士》："我有周佑命，将天明威，致王罚，敕殷命终于帝。"或曰：同"明畏"，彰善惩恶也。《尚书·皋陶谟》："天明畏，自我民明畏。"法箓：道教语，用以"驱鬼压邪"的丹书、符咒。

③真函：此指盛放法箓的封套。

④往来二句：写女冠之行踪。云过五：即过五云。北宋张君房《云笈七签》："元洲有绝空之宫，在五云之中。"唐周匡物《及第谣》："骅骝一百三十蹄，踏破蓬莱五云地。"岛经三：即经三岛。三岛指海上三神山。《史记·秦始皇本纪》："齐人徐市等上书，言海中有三神山，名曰蓬莱、方丈、瀛洲，仙人居之。"唐李商隐《牡丹》："鸾凤戏三岛，神仙居十洲。"

⑤刘郎：指入天台采药遇仙女之刘晨。参卷二温庭筠《思帝乡》"花花"注⑥。

⑥启瑶缄：拆阅信使所投书缄。唐白居易《送萧炼师步虚词十首卷后以二绝继之》："花纸瑶缄松墨字，把将天上共谁开？"

【简析】

词咏本调。内容似是前一首的延伸。前首入山初学，此首学仙有成。上片描写女冠清秀飘逸的服饰，但身上佩戴新授的丹书符箓，说明她的道行已非同一般。换头写她驾乘五色祥云、往来蓬莱三岛的日常行踪，俨然已入仙籍。结二句反跌，出乎意料，她身在仙乡竟然尘缘未断，还与"刘郎"书信传情，保持联系。这样，此词就又回归了《花间》同题写作将宗教题材艳情化的俗套，让论者"恨有俗句"（汤显祖评《花间集》),为之惋惜。

谒金门

春满院。叠损罗衣金线①。睡觉水精帘未卷②。檐前双语燕。　　斜掩金铺一扇③。满地落花千片。早是相思肠欲断。忍交频梦见④。

【注释】

①叠损：反复折叠而损坏。

②睡觉：睡醒。唐白居易《长恨歌》："云鬓半偏新睡觉，花冠不整下堂来。"

③金铺：金饰铺首。《文选·司马相如〈长门赋〉》吕延济注："金铺，扉上有金花，花中作钮镮以贯锁。"南朝齐沈约《会圃临春风》："曲房开兮金铺响，金铺响兮妾思惊。"后用为门户之美称。唐包佶《朝拜元陵》："宫前石马对中峰，云里金铺闭几重。"

④频：频频。唐孟浩然《经七里滩》："为多山水乐，频作泛舟行。"

【简析】

词写闺怨。起句写女子睡醒所见恼人的满园春色，为全词的描写和抒情提供一个季节背景。次句写女子心绪慵懒，和衣而卧，辗转之际，以致罗衣皱损。接写女子睡起，仍然无精打采，懒得卷帘，燕子被阻于室外，在檐前不停呢喃。这是一个非常真实的生活细节。檐前双燕，在意脉上具有反衬女子孤单的作用。下片转写女子起身，半开房门，放入燕子。她看到门外满地落花，意识到节序又是悼惜残春时候。这一春的相思，早已让人肠断；怎忍再教频频梦见，经受一番番梦中聚散的折磨，让人更加不堪。以"早是相思肠欲断。忍教频梦见"的情语收束全词，重拙之笔，折进一层，抒情更有力度。

牛峤 五首

【小传】

牛峤，生卒年不详，字松卿，一字延峰。其先安定鹑觚（今甘肃灵台）人，后徙狄道（今甘肃临洮）。唐宰相牛僧孺之孙。乾符五年（八七八），登进士第。历官拾遗、补阙、尚书郎。大顺二年（八九一），王建镇蜀后，辟为判官。及前蜀开国，拜给事中，卒。事迹见《唐诗纪事》卷七一、《唐才子传》卷九、《十国春秋》卷四四本传。牛峤词今存三十二首，均见《花间集》。

柳 枝

解冻风来末上青①。解垂罗袖拜卿卿②。无端袅娜临官路③，舞送行人过一生。

【注释】

①解冻风：东风。《礼记·月令》："孟春之月，东风解冻。"末上青：指杨柳梢头萌发青芽。

②解垂句：谓柳枝摇曳若女子敛袖相拜。卿卿：男女间爱称。南朝宋刘义庆《世说新语·惑溺》："王安丰妇，常卿安丰。安丰曰：'妇人卿婿，于礼为不敬，后勿复尔。'妇曰：'亲卿爱卿，是以卿卿；我不卿卿，谁当卿卿？'遂恒听之。"唐苏颋《春晚紫微省直寄内》："别离不惯无穷忆，莫误卿卿学太常。"

③官路：官修之路。唐张继《清明日自西午桥至瓜岩村有怀》："鸟啼官路静，花发毁垣空。"

【简析】

词咏本调。起写东风解冻，寒去春来，柳梢嫩芽，一抹青色。二句拟人，形容柳丝依依垂裊，如女子罗袖低垂，拜见心爱之人。三、四句写柳树生长在大路边，迎风飘舞，送过无数行人，度过自己的一生。此词咏柳喻人，那官路旁任人折取的柳树，喻指的是被动生存、无力主宰自我命运的弱者，比如任人取乐的歌儿舞女辈，当然也不排除词人自身的人生体验。虽"托体之卑而无骨"，但事出无奈，情有可悯，产生"使人悲惋"的艺术效果。

其 二

吴王宫里色偏深①。一簇纤条万缕金。不愤钱塘苏小小②，引郎松下结同心③。

【注释】

①吴王句：谓吴宫柳多而色浓。吴王宫：参卷二皇甫松《杨柳枝》"烂熳春归水国时"注②。

②不愤：犹言未料到。苏小小：参卷一温庭筠《杨柳枝》"苏小门前柳万条"注①。

③引郎句：用古诗《苏小小歌》"何处结同心，西陵松柏下"二句诗意。

【简析】

词咏吴宫柳色。前二句正面喻写，未见其妙。咏柳之作，往往离不开柳色深浅的话题，嫩黄如金之习语，陈言熟套，往往而是，此首亦如之。妙在三句作转，引出钱塘苏小小松下定情的话题，为题咏对象提供了一个参照系。柳态袅娜，柳性柔曼，宜于女性爱情；松柏伟岸挺拔，与女性爱情不谐。可是没料到苏小小却舍柳取松，结同心于西陵松柏之下，令人费解，实属不宜。这种写法，即"唐人所谓'尊题格'"，为一时咏柳需要，而贬抑松柏，别无奥妙，解读时不必求之过深，以免落于穿凿。

其 三

桥北桥南千万条。恨伊张绪不相饶①。金羁白马临风望②，认得杨家静婉腰③。

【注释】

①张绪：南朝齐吴郡人，齐武帝时官至国子祭酒。《南史·张绪传》："刘悛之为益州，献蜀柳数株，枝条甚长，状若丝缕。时旧宫芳林苑始

成，武帝以植于太昌灵和殿前，常赏玩咨嗟，曰：'此杨柳风流可爱，似张绪当年时。'"不相饶：不相让。唐杜甫《立秋后题》："日月不相饶，节序昨夜改。"

②金羁白马：形容少年装束。三国魏曹植《白马篇》："白马饰金羁，连翩西北驰。借问谁家子，幽并游侠儿。"金羁：金饰的马络头。

③杨家静婉：即羊家净婉。《南史·羊侃传》："舞人张净婉腰围一尺六寸，时人咸推能掌上舞。"

【简析】

词咏本调。起句描写桥边柳树繁茂之状，二句用典，以风流可爱的张绪与之争美映衬。后二句转写少年公子风中相望，感觉袅娜的柳枝就如少女的窈窕腰肢，仍是比拟衬托的写法。胡应麟认为此首"有唐乐府遗韵"，当是从其清新质朴的风格着眼的。

其 四

狂雪随风扑马飞①。惹烟无力被春欺。莫交移入灵和殿②，宫女三千又妒伊③。

【注释】

①狂雪：形容漫天柳絮如大雪纷飞。唐韩愈《晚春》："杨花榆荚无才思，惟解漫天作雪飞。"牛峤《江城子》："渡口杨花，狂雪任风吹。"

②莫交：即莫教，莫使。灵和殿：齐武帝灵和殿前多植柳，见前首。

③伊：此指杨柳。

【简析】

词咏本调。前二句写柳絮随风飘飞，柳丝含烟无力，那种身不由己的柔弱，仿佛被春天任意欺侮的样子。这两句形容柳树的楚楚可怜之状。后二句作转，提醒莫教柳树移植到皇家内苑去，免得再遭受宫女们的嫉妒。一转以三千宫女为衬，写足柳树之袅娜可爱，而含义不止于此，结合前两句通看，其中似有身世寓意。恃强凌弱，人世常有；嫉妒争宠，宫中常见。借柳喻写，寄托在有无之间。

其　五

袅翠笼烟拂暖波。舞裙新染曲尘罗①。章华台畔隋堤上②，傍得春风尔许多③。

【注释】

①舞裙：此指飘舞之柳丝。曲（qū）尘罗：淡黄色丝罗。此句言柳丝飘舞如淡黄色罗裙。曲尘：酒曲上所生菌，因色淡黄如尘，故名。亦用以指淡黄色。此处借指柳树、柳条。嫩柳叶色鹅黄，故称。

②章华台：台名，春秋时楚灵王所造，故址在今湖北监利县。《左传·昭公七年》："楚子成章华之台，愿与诸侯落之。"隋堤：参卷三韦庄《河传》"何处"注②。

③尔许：犹言如许、如此。唐杜荀鹤《醉书僧壁》："九华山色真堪爱，留得高僧尔许年。"

【简析】

词咏本调。起句描写柳丝拂水笼烟的美态，二句形容柳叶嫩如新罗的颜色。三、四句赞美生长在章华台畔、隋堤之上的柳树，风姿妩媚，占尽春光。地名典故的阑入，虽是词人信手拈来，但也可引发读者的历史联想，丰富作品的情感内涵。

卷四

牛峤 二十七首

女冠子

绿云高髻①。点翠匀红时世②。月如眉③。浅笑含双靥④,低声唱小词。　　眼看唯恐化⑤,魂荡欲相随。玉趾回娇步⑥,约佳期。

【注释】

①绿云高髻:状女冠之发髻。绿云:喻女子乌黑茂密的秀发。唐杜牧《阿房宫赋》:"绿云扰扰,梳晓鬟也。"

②点翠:指以黛色画眉。唐李峤《东飞伯劳歌》:"罗裙玉佩当轩出,点翠施红竞春日。"匀红:指以胭脂匀脸。唐末五代裴谐《观修处士画桃花图歌》:"勾芒若见应羞杀,晕绿匀红渐分别。"时世:时世妆,入时的妆式。唐白居易《时世妆》:"时世妆,时世妆,出自城中传四方。"

③月如眉:眉如新月。唐岑参《夜过盘豆隔河望永乐寄闺中效齐梁体》:"月如眉已画,云似鬓新梳。"

④浅笑:微笑。南朝梁萧绎《采莲赋》:"恐沾裳而浅笑,畏倾船而敛裾。"双靥:两颊之酒窝。温庭筠《牡丹》之一:"欲绽似含双靥笑,正繁疑有一声歌。"

⑤唯恐化:唯恐羽化仙去。

⑥玉趾:足之美称。《左传·僖公二十六年》:"寡君闻君亲举玉趾,将辱于敝邑。"南朝梁沈约《少年新婚为之咏》:"裾开见玉趾,衫薄映凝肤。"

【简析】

词写男女期约。上片写女子美艳入时的妆饰,婉媚姣好的容貌,从男子角度见出,情人眼里,更觉其美。低唱小词,似是歌女身份。换头二句,将女子之美与男子对女子的极度怜爱、痴迷,形容几尽,"较胡天胡帝更进一层",历来备受称赏。结句写临别之时,女子主动回步,再约佳期,略无顾忌。对爱情追求的大胆,可能与她的特殊身份有关。

其 二

锦江烟水①。卓女烧春浓美②。小檀霞③。绣带芙蓉帐④,金钗芍药花。　额黄侵腻发⑤,臂钏透红纱⑥。柳暗莺啼处,认郎家。

【注释】

①锦江:岷江支流。《华阳国志·蜀志》:"锦江,织锦濯其中则鲜明,濯他江则不好。"唐杜甫《登楼》:"锦江春色来天地,玉垒浮云变古今。"烟水:烟雾迷蒙的水面。唐刘长卿《饯别王十一南游》:"望君烟水阔,挥手泪沾巾。"

②卓女:卓文君,曾与司马相如当垆卖酒。此代指酒家女子。唐元稹《西凉伎》:"楼下当垆称卓女,楼头伴客名莫愁。"烧春:酒名。明杨慎《全蜀艺文志》:"烧酒名'烧春',其法始于文君。"

③小檀霞:明杨慎《词品》卷二:"'卓女烧春浓美。小檀霞',则言酒色似檀色。"或谓喻少女颊色。

④芙蓉帐：帐名。唐李白《对酒》："玳瑁筵中怀里醉，芙蓉帐底奈君何。"宋赵抃《成都古今记》："孟后主于成都城上遍种芙蓉。每至秋，四十里如锦绣，高下相照，因名锦城。以花染缯为帐，名芙蓉帐。"

⑤额黄：涂黄于额上，六朝以来妇女的面饰。梁萧纲《丽人行》："同安鬟里拨，异作额间黄。"

⑥臂钏：臂环。《说文解字》："钏，臂环也。古之跳脱。"唐元稹《估客乐》："鍮石打臂钏，糯米吹项璎。"

【简析】

词写少女春情。起二句，叙写地点、环境、人物身份，可谓景美、酒美、人美。"锦江"、"卓女"、"烧春"等意象，予人以热烈的感觉，为全词烘托出适宜的氛围。以下五句，以秾艳的词采，描摹酒家少女的妆容之美，花团锦簇，仿佛六朝丽句。结二句点出女子寻郎赴约的题旨，见出酒家少女的性格，亦如"烧春"一般"浓美"。《花间》词中，似这等热情奔放、大胆泼辣的女性形象，较为少见，缘此，这首词也不染《花间》女性爱情普遍带有的感伤色彩。

其　三

星冠霞帔①。住在蕊珠宫里②。佩丁当。明翠摇蝉翼③，纤珪理宿妆④。　醮坛春草绿⑤，药院杏花香⑥。青鸟传心事⑦，寄刘郎⑧。

【注释】

①星冠霞帔：写女冠之服饰。星冠：道士冠。唐戴叔伦《汉宫人入道》："萧萧白发出宫门，羽服星冠道意存。"霞帔：道士服饰。唐刘禹锡

《和令狐相公送赵常盈炼师与中贵人同拜岳及天台投龙毕却赴京》:"银珰谒者引蜺旌,霞帔仙官到赤城。"

②蕊珠宫:道经称上清有蕊珠宫,为神仙居所。唐李白《访道安陵遇盖寰为余造真箓临别留赠》:"学道北海仙,传书蕊珠宫。"泛指道教宫观,此指女冠居所。

③明翠:鲜亮的珠翠首饰。蝉翼:参卷一温庭筠《菩萨蛮》"杏花含露团香雪"注⑦。

④纤珪:同纤琼,喻女子纤白如玉之手。宿妆:犹旧妆、残妆。唐岑参《醉戏窦子美人》:"朱唇一点桃花殷,宿妆娇羞偏髻鬟。"

⑤醮坛:道士祭神作法的坛场。唐陆龟蒙《和南阳润卿将归雷平》:"真仙若降如相问,曾步星罡绕醮坛。"

⑥药院:栽种花药之园圃。唐常建《宿王昌龄隐居》:"茅亭宿花影,药院滋苔纹。"

⑦青鸟:传说中西王母的随侍信使,见《艺文类聚》卷九一引旧题汉班固《汉武故事》。后遂以"青鸟"为信使的代称。隋薛道衡《豫章行》:"愿作王母三青鸟,飞来飞去传消息。"

⑧刘郎:刘晨,代指女冠所思之人。

【简析】

词咏本调。上片描写蕊珠宫中女冠的妆饰,华美而又清雅,既不乏女性的美丽,又不失道士的风范。换头二句,转写道观春景,醮坛边碧绿的春草,药院里芬芳的杏花,焕发出一派蓬勃的生机,任是方外清净之地,也阻挡不住烂漫的春色。这就兴起了词末两句所写,在季节的感应下,女冠春情萌动,托青鸟传心事,寄情书与刘郎,表现出清规戒律束缚不了的人性渴望。就此而论,词作中所写女冠的行为,还是具有一定的思想意义的,并非一味放任"风流"。

其　四

双飞双舞。春昼后园莺语。卷罗帏。锦字书封了①,银河雁过迟②。　鸳鸯排宝帐,豆蔻绣连枝③。不语匀珠泪,落花时。

【注释】

①锦字书:指前秦苏蕙寄给丈夫的织锦回文诗,后多用以指妻子给丈夫的书信。唐李白《久别离》:"况有锦字书,开缄使人嗟。"封了:指把书信缄结好。唐白居易《山中与元九书因题书后》:"忆昔封书与君夜,金銮殿后欲明天。"

②雁过迟:喻送信的人迟来。《汉书·苏武传》:"教使者谓单于,言天子射上林中,得雁,足有系帛书。"后因以雁为信使。

③鸳鸯二句:形容帐幕上所绣之花纹图案。宝帐:华美的帐子。南朝宋鲍照《代陈思王京洛篇》:"宝帐三千万,为尔一朝容。"连枝:连枝花,并蒂花。南朝梁刘孝威《鄀县遇见人织率尔寄妇诗》:"镂玉同心藕,杂宝连枝花。"古诗词中常以豆蔻比少女,而以连理并蒂喻男女相守相伴。

【简析】

词写春闺怀人。起二句写"后园"春景,是女子卷帏所见,一起连用两个双字,突出强调,有触目惊心之效果。"双飞双舞"的黄莺,反衬女子的孤单,兴起她的怀人之情,所以有了封书相寄的举动,但相隔遥远,苦无信使,难以送达。换头二句,再以帐帏上的鸳鸯鸟、连理枝图案,强化女子的闺中空寂之感。结以满地落花的残春之景,烘托女子无语饮泣的悲伤，抒情深挚感人。

梦江南

衔泥燕，飞到画堂前。占得杏梁安稳处①，体轻唯有主人怜。堪羡好因缘②。

【注释】

①杏梁：文杏木所制的屋梁，言其屋宇的华美高贵。汉司马相如《长门赋》："刻木兰以为榱兮，饰文杏以为梁。"南朝齐谢朓《杂咏三首·烛》："杏梁宾未散，桂宫明欲沉。"

②堪羡：可羡。唐张祜《宿武牢关》："堪羡寒溪自无事，潺潺一夜宿关来。"好因缘：唐元稹《见人咏韩舍人新律诗因有戏赠》："延之苦拘检，摩诘好因缘。"因缘：机会，缘分。《史记·田叔列传》："（任安）少孤贫困，为人将车之长安，留，求事为小吏，未有因缘也。"

【简析】

此首咏燕。描写燕子衔泥筑巢，安家于画堂杏梁之上，体态轻盈，更得到主人的顾惜爱怜。燕子的遇合令人羡慕，言外有自伤命运不济之意。

其 二

红绣被，两两间鸳鸯①。不是鸟中偏爱尔，为缘交颈睡南塘②。

全胜薄情郎③。

【注释】

①红绣被二句：写红绣被上成双成对的鸳鸯图案。

②缘：因。交颈：颈与颈相互依摩。多为雌雄动物之间的一种亲昵表示。《庄子·马蹄》："夫马陆居则食草饮水，喜则交颈相靡，怒则分背相踶。"比喻夫妻恩爱，男女亲昵。唐欧阳询等《艺文类聚》引后汉张纮《环材枕赋》："有若孤雌之无味，或效鸳鸯之交颈。"唐王氏妇《与李章武赠答诗》："鸳鸯绮，知结几千丝。别后寻交颈，应伤未别时。"

③薄情郎：唐苏拯《寄远》："若能侵鬓色，先染薄情郎。"

【简析】

词咏鸳鸯。起二句描写绣被上两两成双的鸳鸯图案，当是独宿女子即目所见。三句转折提起，四句说明原因，"不是"、"为缘"上下呼应，言己并非出于偏爱，而是因为鸳鸯挚鸟，南塘交颈，不离不弃，让人感动。末句就势一结，人鸟对比，指出鸳鸯鸟"全胜薄情郎"，表达难抑的责怨之意。此首与上首，结构上均是由物态及于人情，"咏物而不滞于物，词家当法此"（沈雄《古今词话·词评》）。

感恩多

两条红粉泪①，多少香闺意②。强攀桃李枝③，敛愁眉。　　陌上莺啼蝶舞，柳花飞。柳花飞。愿得郎心，忆家还早归。

【注释】

①红粉泪：年轻女子之眼泪。红粉：妇女化妆用的胭脂和粉，借指年轻女子、美女。唐贺朝《孤兴》："红粉青镜中，娟娟可怜嚬。"

②香闺意：女子相思之意。香闺：指年轻女子的内室。唐陶翰《柳陌听早莺》："乍使香闺静，偏伤远客情。"

③强攀句：强打精神攀折花枝。唐武元衡《酬韦胄曹》："桃李美人攀折尽，何如松柏四时寒。"

【简析】

词写春闺怀人。起二句情语，从女子的悲伤情态和愁怨心理切入，形象可感而又委婉不尽。接写女子强打精神、攀折花枝的动作，是为了借此消遣心中的悲伤。换头转写莺啼蝶舞、柳絮飘飞的暮春景物，兴起女子的伤春之情与迟暮之意。当此春日无多之时，她的心中只有一个强烈的祈愿：愿郎回心，早日归家。此词出语自然，略无矫饰，"不必着力，只任意写来，自臻妙境"（陈廷焯《云韶集》）。

其 二

自从南浦别①，愁见丁香结②。近来情转深，忆鸳衾。　几度将书托烟雁③，泪盈襟。泪盈襟。礼月求天④，愿君知我心。

【注释】

①南浦：南面的水边，后常指称送别之地。参卷二温庭筠《清平乐》"洛阳愁绝"注⑥。

②丁香结：丁香的花蕾，状如结。以喻愁绪之郁结难解。唐李商隐《代赠》："芭蕉不展丁香结，同向春风各自愁。"

③烟雁：飞雁。《荀子·富国》："然后飞鸟凫雁若烟海。"《注》曰："远望如烟之覆海，皆言多。"唐白居易《自江陵之徐州路上寄兄弟》："烟雁翻寒渚，霜乌聚古城。"

④礼月求天：拜月求天，祈祷护佑。礼月：犹拜月。上古天子行拜月之礼，《周礼》注："天子冬礼月与四渎于北郊，则为坛于国北。"唐吕岩《七言》写道士拜月："认得灵竿真的路，何劳礼月步星坛。"唐代拜月风俗流行于宫廷贵族和民间，女子常拜月祈愿。唐李端《拜新月》："开帘见新月，即便下阶拜。"唐吉中孚妻《拜新月》："东家阿母亦拜月，一拜一悲声断绝。昔年拜月逞容仪，如今拜月双泪垂。回看众女拜新月，却忆红闺年少时。"

【简析】

　　词写离别相思。起二句叙写自从分别之后，女子愁心郁结的情形。"南浦"和"丁香结"，是表现别离和愁心的带有原型性质的经典意象。接写女子近来愈加强烈的思念之情，"忆鸳衾"三字，情感指向性非常明确，长日的旷怨，女子的基本需求无法得到满足。过片写她一次次含着热泪，给男子捎书传信，诉说相思之情、盼归之意。但显然，每一次的结果都是失望，都得不到男子负责任的响应。无可奈何之下，她只能拜月礼天，祈求神明佑护，让男子明白自己是怎样热爱和思念着他。词中所写，形象地展示了传统男权社会里，女子作为第二性的弱势生存状态，她们只能仰赖于男权强势的垂爱或怜悯，舍此别无他法，于是，等待她们的便常常是被冷落遗弃的不幸遭遇。这是制度和文化造成的女性命运悲剧，对此，我们应该保有清醒的认识，给予足够的同情。读这类词，仅只啧啧于辞藻的纤绵美艳，女子的姣好深情，显然是远远不够的。

应天长

玉楼春望晴烟灭①。舞衫斜卷金条脱②。黄鹂娇啭声初歇。杏花飘尽龙山雪③。　凤钗低赴节④。筵上王孙愁绝。鸳鸯对衔罗结⑤。两情深夜月。

【注释】

①晴烟：日光下的烟霭。唐宗楚客《奉和幸上阳宫侍宴应制》："水光摇落日，树色带晴烟。"

②金条脱：金质臂钏。条脱：呈螺旋形，上下两头左右可活动，以便紧松。一副两个。唐曹唐《萼绿华将归九疑留别许真人》："蓝丝重勒金条脱，留与人间许侍中。"

③龙山雪：泛指山野的雪。此处喻杏花。南朝宋鲍照《学刘公幹体》："胡风吹朔雪，千里度龙山。"龙山：即河北喜峰口外卢龙山，古时北地著名关塞。

④赴节：应和着节拍。晋陆机《文赋》："舞者赴节以投袂，歌者应弦而遣声。"

⑤鸳鸯句：罗衣带结为鸳鸯对衔样式，喻两情之深。

【简析】

词写舞女情事。上片以融融春光为背景，刻画舞女的动人形象。"舞衫"句写其娇恣之态，切合人物特定身份。"黄鹂"二句，明写莺声的娇啭和杏花的飘飞,实则暗喻女子歌声和舞姿的美妙,舞女的青春活力与烂漫春色融为一体,一笔双写,极为动人。所以就有了过片两句描写的情形出现:宴席之前,当她随着节拍唱歌起舞,即刻倾倒了宴席上的王孙公子。这是"就美的效果来写美"。写到这等份上,结二句也就顺理成章了,这是情节发展的必然结果,但是不是情感发展的必然结果,那只有求证于当事双方了。在听歌观舞的欢场,这等情事是一时兴起,逢场作戏,还是两心相知,真情实意,殊难说定。所以,解读这类词作,似不必一定要上升到爱情的高度。

其　二

双眉澹薄藏心事。清夜背灯娇又醉①。玉钗横②,山枕腻③。宝帐鸳鸯春睡美。　　别经时④,无限意。虚道相思憔悴⑤。莫信彩笺书里⑥,赚人肠断字⑦。

【注释】

①背灯:避开灯光。唐元稹《合衣寝》:"良夕背灯坐,方成合衣寝。"

②玉钗横:玉钗横斜,头饰不整。

③山枕:枕头。古代枕头多用木、瓷等制作,中凹,两端突起,其形如山,故名。

④经时:多时。东汉无名氏《古诗十九首》之九:"此物何足贡,但感别经时。"

⑤虚道:空说。唐沈佺期《度安海入龙编》:"虚道崩城泪,明心不应天。"

⑥彩笺:小幅彩色纸张,常供题咏或书信之用。南朝陈徐陵《玉台新咏》卷七注引《南史·陈后主纪》:"令八妇人襞彩笺制五言诗。大抵

六朝皆用此笺也。"南朝梁萧纲《春宵》："彩笺徒自叠，无信往云中。"

⑦赚人：诓骗人。

【简析】

　　词写闺怨。上片回忆昔日欢会情景，两情缱绻，旖旎缠绵。过片二句先写女子别后的无限思量，再写经时不归的男子，只是在信中虚与委蛇，诉说自己如何相思憔悴，赚取女子的感情。"虚道"、"莫信"、"赚人"蝉联而下，说明女子已不再一味耽溺，她失望伤心，抑制不住对说谎男子的憎恶。在诸多闺怨词中，女子都是在渴盼男子的来信，她们根本不可能去想象男子信中所言是否真实，因为她们是连信都收不到的。这首词中的女子，心理层次较为复杂，她不是一味相思愁怨，也不满足于男子的来信，而是想得更多一些，触及情感态度的层面。这里面当然仍有怨艾娇痴的因素，但情感的觉醒正是从此开始。当然，在传统社会里，即便女子觑破了男人的把戏，她的情感也注定仍然没有出路。

更漏子

　　星渐稀，漏频转①。何处轮台声怨②。香合掩，杏花红。月明杨柳风③。　　挑锦字④，记情事。唯愿两心相似。收泪语，背灯眠。玉钗横枕边。

【注释】

　　①星渐稀二句：写破晓光景。漏频转：盛水之铜壶里的水不停流入

接水之壶，漏箭不停移动。古时以铜壶滴漏计时，漏转指漏箭移动。唐罗隐《长安秋夜》："灯欹短焰烧离鬓，漏转寒更滴旅肠。"

②轮台声怨：久戍轮台之征人所唱怨歌。轮台：古县名。唐贞观中置，属北庭都护府。治所当在今新疆维吾尔自治区乌鲁木齐市米东区境。贞元中地入吐蕃。唐岑参《白雪歌送武判官归京》："轮台东门送君去，去时雪满天山路。"

③杨柳风：唐刘长卿《昭阳曲》："芙蓉帐小云屏暗，杨柳风多水殿凉。"

④挑锦字：织锦字书。唐杜甫《江月》："谁家挑锦字，烛灭翠眉颦。"仇兆鳌《杜诗详注》："挑锦字，挑锦线以刺字，欲寄征夫也。"参卷一温庭筠《杨柳枝》"织锦机边莺语频"注①。

【简析】

词写相思苦情。起句从星稀夜残切入，接写女子听觉，滴漏声里，不知何处又传来了凄怨的轮台乐曲声。愁听漏声、乐声，见出女子此时尚未入眠。轮台边乐，暗写女子的身份是征人之妻。接三句描写天放亮前的室外景色，红杏绿柳，月光春风，明媚娇艳。这三句以丽景烘衬哀情，秀韵独绝。过片交待残夜未眠的女子，是在作书寄情，表达"但愿君心似我心"的祈愿。结三句写黎明前，女子终于含泪写完书信，她背灯而卧，头上玉钗不除，掉落在枕头旁边。这草草的睡姿，将她孤苦无依的心理形象地展示出来。词作语言清丽，感情真切，朴实动人。

其　二

春夜阑①，更漏促。金烬暗挑残烛②。惊梦断，锦屏深。两乡明月心③。　　闺草碧④，望归客。还是不知消息。辜负我，悔怜君⑤。告天天不闻。

【注释】

①夜阑：夜残，夜将尽时。汉蔡琰《胡笳十八拍》："山高地阔兮见汝无期，更深夜阑兮梦汝来斯。"

②金烬：指灯烛的灰烬。唐李商隐《无题》："曾是寂寥金烬暗，断无消息石榴红。"

③两乡：两处，两地。唐贾至《闲居秋怀寄阳翟陆赞府封丘高少府》："离披不相见，浩荡隔两乡。"

④闺草：闺房院落中的草。南朝梁江淹《杂体诗·效张华〈离情〉》："庭树发红彩，闺草含碧滋。"

⑤辜负二句：即君辜负我，我悔怜君。

【简析】

词写春夜怨思。上片写女子夜阑梦断，深深的锦屏里，她侧身把烧残的灯烛拨亮，痴痴地听着一声声急促的更漏，望着窗外的明月，思念身在他乡的行客。过片继续展开女子的相思心理：闺中春草又绿，行客仍未归来，女子日夜盼望，却是音讯全无。想想自己的一腔深情，相比对方的薄情负义，女子不禁生出深深的怨悔之意。一结"告天天不闻"五字，将女子春夜怨思推向高潮，女子哀哀无告的酸楚可怜之态，表露无遗。

其　三

南浦情①，红粉泪②。争奈两人深意③。低翠黛④，卷征衣⑤。马嘶霜叶飞。　　招手别，寸肠结。还是去年时节。书托雁⑥，梦归家。觉来江月斜。

【注释】

①南浦：南面的水边。后常用称送别之地。参卷二温庭筠《清平乐》"洛阳愁绝"注⑥。

②红粉泪：沾染面部脂粉的眼泪，代指女子眼泪。唐李元纮《绿墀怨》："绿苔行迹少，红粉泪痕多。"参卷四牛峤《感恩多》"两条红粉泪"注①。

③争奈：怎奈，无奈。唐顾况《从军行》之一："风寒欲砭肌，争奈裘袄轻。"

④低翠黛：低眉，低头。唐白居易《虎丘寺路宴留别诸妓》："渐销醉色朱颜浅，欲语离情翠黛低。"

⑤卷征衣：裹紧衣服。征衣：旅人之衣。唐岑参《南楼送卫凭》："应须乘月去，且为解征衣。"

⑥书托雁：托雁寄信。《汉书·苏武传》："昭帝即位。数年，匈奴与汉和亲。汉求武等，匈奴诡言武死。后汉使复至匈奴，常惠请其守者与俱，得夜见汉使，具自陈道。教使者谓单于，言天子射上林中，得雁，足有系帛书，言武等在某泽中。使者大喜，如惠语以让单于。单于视左右而惊，谢汉使曰：'武等实在。'"后以雁代指传书信使。唐权德舆《寄李衡州》："主人千骑东方远，唯望衡阳雁足书。"

【简析】

词写离别相思之情。可作两解，或从游子角度，或从思妇角度，关键在于如何看待结三句，是游子托雁寄书，梦中归家，还是思妇托雁寄书，梦见游子归家。此成为分歧的焦点。词的前九句，皆是对"去年时节"的南浦离别之回忆,是兼顾别离双方的"两人深意"来落笔的,没有明显的性别角度,这也是造成后三句歧见的一个原因。离别场面的描写,细致生动,"低翠黛,卷征衣",是女子别前表达关爱的一个传神细节;"招手别,寸肠结",是镌入记忆的挥别一刻;尤其是"马嘶霜叶飞"一句景语,烘染别情,苍凉酸澌,"足抵一幅秋闺晓别图",画面感极强。结句亦佳,梦醒之后,江上月斜,景中多少凄凉之意、惆怅之感,尽在不言中。细绎词意,别时场面描写在兼顾双方的同时,总是先写女方,"红粉泪","低翠黛",应是从男方眼中看见。结句"觉来江月斜",也似游子旅夜梦觉后,所见江上月夜景色。所以,若两解必取其一,还是从游子角度加以理解较好。

望江怨

东风急。惜别花时手频执[1]。罗帏愁独入[2]。马嘶残雨春芜湿[3]。倚门立。寄语薄情郎[4],粉香和泪泣。

【注释】

[1]花时:花开时节,常指春日。唐杜甫《遣遇》:"自喜遂生理,花时甘缊袍。"

[2]罗帏:罗帐。唐卢照邻《长安古意》:"双燕双飞绕画梁,罗帏翠被郁金香。"

[3]残雨:将止之雨。南朝梁江淹《赤虹赋》:"残雨萧索,光烟艳烂。"春芜:浓碧的春草。唐刘长卿《登迁仁楼酬子婿李穆》:"春芜生

楚国，古树过隋朝。"亦香草名。见旧题汉郭宪《洞冥记》卷一。

④寄语：传话，转告。南朝宋鲍照《代少年时至衰老行》："寄语后生子，作乐当及春。"

【简析】

　　词写别离感伤。"东风急"三字，起笔陡健，制造一种紧张惊警的效果，振起别情。接二句互为因果，因愁独处而不忍分手，执手愈频愈害怕独处，辘轳回转，把女子别时的依依之情传写出来，不论是动作、心理还是造语，均显劲气和力度。女子尚未转回，残雨尚未停歇，马嘶一声，郎即急去，可见其蓄势已久，去意已决，暗中实有强大的离心力在起作用。然郎虽薄情抛却而去，女子兀自挚情不舍，泪湿粉面，含悲寄语，再次祝愿平安，提醒保重。这结二句，出语亦颇质重，直呼"薄情郎"，怨责对方急切，爱意实难割舍；"粉香和泪泣"，自己的悲伤亦尽情宣泄，略无顾忌。此词短句为主的急促语言节奏，与直言质语不尚含蓄的抒情手法相结合，予人以"劲气暗转，愈转愈深"的感觉，极富艺术冲击力，和那等"情语艳语，大都靡曼为工"的路数显然不同。词作的"此等佳处"，词话家的评点模糊玄虚，落实下来，细绎一番，也就是如上一段分析。

菩萨蛮

　　舞裙香暖金泥凤①。画梁语燕惊残梦②。门外柳花飞。玉郎犹未归③。　　愁匀红粉泪。眉剪春山翠。何处是辽阳④。锦屏春昼长⑤。

【注释】

①金泥凤：金屑涂饰凤形。为舞裙图案。金泥：即泥金，用金箔和胶水制成的金色颜料。用于书画、涂饰笺纸，或调和在油漆里涂饰器物。唐孟浩然《宴张记室宅》："玉指调筝柱，金泥饰舞罗。"

②语燕：呢喃的燕子。唐杜甫《堂成》："暂止飞乌将数子，频来语燕定新巢。"

③玉郎：女子对丈夫或情人的爱称。敦煌曲子词《鱼歌子》："雅奴卜，玉郎至，扶不（下）骅骝沉醉。"

④辽阳：今辽宁辽阳一带地方，泛指边塞地区。唐沈佺期《古意》："九月寒砧催木叶，十年征戍忆辽阳。"

⑤春昼长：因伤春怀远倍觉日长。温庭筠《湖阴词》："吴波不动楚山晚，花压阑干春昼长。"

【简析】

词写春闺怀人。起句写思妇衣饰盛丽，衬托其人之美艳。二句写燕语惊梦，已切入孤独之感与相思之情。三句写梦醒后所见，门外柳花飘飞，已是春归之时，跌出四句郎犹未归的思念和感叹。换头二句，承上梦醒之后，写思妇晨起强打精神，含愁梳妆，但身在妆台闺房，心系远方玉郎。于是便生出对玉郎戍守之地辽阳的萦想，一念难以释怀，相思无有已时，思妇倍觉春昼漫长，时光难捱。全词脉络明晰，层次井然，声情顿挫，臻于妙境。

其　二

柳花飞处莺声急。晴街春色香车立。金凤小帘开①。脸波和恨来②。　　今宵求梦想。难到青楼上③。赢得一场愁。鸳衾谁并头④。

【注释】

①金凤小帘：绣有金凤的香车帘子。小帘：唐陆龟蒙《新秋杂题六首·眠》："一簟临窗薤叶秋，小帘风荡半离钩。"

②脸波：即眼波。唐白居易《天津桥》："眉目晚生神女浦，脸波春傍窈娘堤。"

③青楼：青漆涂饰的豪华精致的楼房。三国魏曹植《美女篇》："借问女安居？乃在城南端。青楼临大路，高门结重关。"亦指妓院。南朝梁刘邈《万山见采桑人》："倡妾不胜愁，结束下青楼。"

④并头：头挨着头。比喻男女好合。唐骆宾王《艳情代郭氏答卢照邻》："沉沉落日向山低，檐前归燕并头栖。"

【简析】

词写相思怀人之情。或解为写男子偶遇生情，上片写柳絮飘飞、莺声娇啭的暮春街头，一辆装饰华美的车子停在那里，车帘开处，露出女子含愁的美丽面容。这是男子邂逅所见，从男子的视角写出。下片写男子一见倾心，但无缘得上女子所居的"青楼"，于是希望今夜能做一个好梦，与心爱的女子梦中相见。这样翻来覆去地想着，男子感觉十分惆怅，他甚至想到，这个夜晚会有谁人与女子鸳衾相伴？结句表达的意思确实有些庸俗，但在某些特定时候产生这样的想法，似乎也是人情所不免。若解为写女子相思怀人，则上片是作者的视角，描写女子的动人形象，"脸波和恨来"一句，栩栩如生，传神欲活。下片写女子对情郎的强烈思念之情，"青楼"乃是情郎所居的豪华宅第。"鸳衾谁并头"，是女子自叹闺中孤独，无人与共。两相比较，似以解为男子偶遇生情，于义较长。

其 三

玉钗风动春幡急①。交枝红杏笼烟泣②。楼上望卿卿③。窗寒新雨晴④。　熏炉蒙翠被⑤。绣帐鸳鸯睡。何处最相知。羡他初画眉⑥。

【注释】

①春幡（fān）：立春日所立之彩旗。《岁时风土记》："立春之日，士大夫之家，剪彩为小幡，谓之春幡。或悬于家人之头，或缀于花枝之下。"南朝陈徐陵《杂曲》："立春历日自当新，正月春幡底须故。"

②交枝：枝条交错。南朝梁刘孝威《望雨》："交枝含晚润，杂叶带新光。"

③卿卿：参卷三牛峤《柳枝》"解冻风来末上青"注②。

④新雨：刚下过雨。亦指刚下之雨。南朝陈江总《侍宴玄武观》："诘晓三春暮，新雨百花朝。"唐韩愈《山石》："升堂坐阶新雨足，芭蕉叶大支子肥。"

⑤熏炉：用于熏香、取暖的炉子。南朝宋谢惠连《雪赋》："燎熏炉兮炳明烛。"

⑥画眉：以黛描饰眉毛。《汉书·张敞传》："敞无威仪……又为妇画眉，长安中传张京兆眉怃。有司以奏敞。上问之，对曰：'臣闻闺房之内，夫妇之私，有过于画眉者。'"后以"画眉"喻夫妻感情融洽。唐朱庆余《近试上张水部》："妆罢低声问夫婿，画眉深浅入时无？"

【简析】

词写闺情春思。一起女子特写镜头，极为细致传神，二句用交枝红杏对女子加以映衬，由三句可知，起句所写女子钗动幡颤，是因为她在楼上临风凭眺心爱的人，楼高招风、被风吹动所致。笼烟的一树交枝红杏，也是她望中所见。"急"、"泣"二字，虽写物态，暗示的是女子的情感心理状态。换头描写女子眺望不果之后，慵懒思睡的无精打采之状，"绣帐鸳鸯"图案，是对女子孤栖的反衬。结二句是她难以入眠之际，回忆往事、初欢难忘的心理活动。此词起结四句精彩，尤其是结句，不着痕迹的用典，不费力气地写出一种具有普遍性的情感心理，都值得称道。

其 四

画屏重叠巫阳翠①。楚神尚有行云意②。朝暮几般心③。向他情谩深④。 风流今古隔。虚作瞿塘客⑤。山月照山花。梦回灯影斜⑥。

【注释】

①巫阳：巫山之阳。唐白居易《送萧处士游黔南》："江从巴峡初成字，猿过巫阳始断肠。"此处用楚王梦神女事。战国楚宋玉《高唐赋序》：神女"去而辞曰：'妾在巫山之阳，高丘之阻，旦为朝云，暮为行雨，朝朝暮暮，阳台之下。'"唐高蟾《楚思》："风流化为雨，日暮下巫阳。"

②楚神句：谓楚神尚有合欢之意。此句承上亦用高唐神女典事。

③几般：几种。唐韩偓《懒起》："百舌唤朝眠，春心动几般。"

④谩：徒然。

⑤瞿塘客：往来瞿塘峡上之贾客。唐李益《江南曲》："嫁得瞿唐贾，

朝朝误妾期。"瞿塘：峡名，亦作瞿唐，为长江三峡之首，也称夔峡。西起今重庆奉节白帝城，东至今巫山大溪。两岸悬崖壁立，江流湍急，山势险峻，号称西蜀门户。峡口有夔门和滟滪堆。唐杜甫《秋兴》之六："瞿唐峡口曲江头，万里风烟接素秋。"

⑥梦回：梦醒。南唐李璟《摊破浣溪沙》："细雨梦回鸡塞远，小楼吹彻玉笙寒。"灯影：灯焰光影。唐杜甫《大云寺赞公房四首》之三："灯影照无睡，心清闻妙香。"

【简析】

　　词用巫山云雨典故，写瞿塘贾客的艳思。起二句写贾客船过巫峡，看到巫山峰峦重叠，一派翠色，山间云雾飘渺，仿佛神女余情未尽，尚有云雨之意。于是贾客春心萌动，怀想不已，对巫山神女一往情深，想入非非。但人神异路，交接殊难，故生徒然之叹。换头二句，描写贾客梦醒后的心理活动：楚襄王梦见巫山神女之事，毕竟和现在相隔得太久远了，自己今番船过巫峡，虽朝思暮想，殷切期盼能够做一场襄王梦，但却没有梦见神女，可惜虚做这一番瞿塘客呀！论者批评的"文人无赖，至驰思杳冥"，"太涉淫秽"（贺裳《皱水轩词筌》），即指词中这两句对贾客艳思的描写。结二句写贾客梦醒之后所见月夜江景，不类闺中情形。或解此首写思妇或商妇，涉及文本中两处理解歧义：一是"画屏"一语，是指闺房画屏，还是指巫山十二峰中的"翠屏峰"，不同的解释直接关系对以下整个词情的理解。二是"瞿塘客"，恐怕不能曲意解释为"嫁得瞿塘贾"的商人妇，因为这完全是两个不同的概念。究竟如何解读此词，看来只能俟诸高明了。

其　五

风帘燕舞莺啼柳①。妆台约鬓低纤手②。钗重髻盘珊③。一枝红牡丹。　　门前行乐客。白马嘶春色。故故坠金鞭④。回头应眼穿⑤。

【注释】

①风帘：指遮蔽门窗的帘子。南朝齐谢朓《和王主簿季哲怨情》："花丛随机数蝶，风帘入双燕。"燕舞：燕飞。唐姚合《苦雨》："早秋仍燕舞，深夜更鼍鸣。"

②约鬓：绾约鬓发。

③钗重：南朝梁王训《应令咏舞》："袖轻风易入，钗重步难前。"髻盘珊：发髻盘绕。晋崔豹《古今注》："长安妇人好为盘桓髻，到于今其法不绝。"

④故故：屡屡，常常。唐杜甫《月》之三："时时开暗室，故故满青天。"仇兆鳌注："故故，犹云屡屡。"坠金鞭：马鞭坠地。用唐传奇《李娃传》典故。荥阳公子初遇李娃，故意坠鞭，延宕时间，以为顾盼机缘。

⑤眼穿：望眼欲穿。唐元稹《酬卢秘书》："北人肠断送，西日眼穿颓"。

【简析】

词写少年企恋心理，富有情节性。上片先写室内少女。起二句描写帘外明丽春色和帘内梳妆丽人，"风帘"二字，连接室内室外，为下片展开相关情节张本。接二句刻画少女美丽的妆容，重钗盘髻，插戴鲜花，"一枝红牡丹"是写实，也是对少女美貌的比喻和映衬。下片转写门前

"行乐"的白马少年,"风帘"揭起处,他看到了室内鲜花般美丽的少女,一下子就被少女的明艳吸引住了。他为了多在门前停留一刻,使自己有机会再多看上几眼,于是几番故意掉落自己的马鞭,捡拾之际,顾盼帘内,而有望眼欲穿之感。词中所写情境,类似唐传奇《李娃传》开头描写荥阳公子初遇李娃的场面,或者词作就是从《李娃传》中借取的素材。所以论者有"《绣襦记》开场好词"之评(沈际飞《草堂诗余续集》),明人戏曲《绣襦记》,即是对《李娃传》的改编。

其 六

绿云鬓上飞金雀①。愁眉敛翠春烟薄②。香阁掩芙蓉③。画屏山几重。　窗寒天欲曙。犹结同心苣④。啼粉污罗衣⑤。问郎何日归。

【注释】

①绿云句:谓发鬓上戴有金雀钗。金雀:金雀钗。唐白居易《长恨歌》:"花钿委地无人收,翠翘金雀玉搔头。"

②敛翠:皱眉。春烟薄:谓女子眉色淡如春烟。

③芙蓉:代指闺中人。或谓使用南朝乐府手法,谐音双关"夫容"。

④同心苣:指织有同心苣图案的同心结。南朝梁沈约《少年新婚为之咏》:"锦履并花纹,绣带同心苣。"

⑤啼粉:沾有粉脂的眼泪。唐元稹《会真诗三十韵》:"啼粉流清镜,残灯绕暗虫。"

【简析】

词写闺怨。起二句描写女子的妆容和愁态,接二句描写闺房环境,屏山几重，尺幅万里，暗寓相隔迢遥之意。"芙蓉"二字，似亦用南朝乐府手法，吴格修辞，谐音双关。换头二句，由天色、衣着描写，见其为相思所苦，彻夜未眠。衣带犹结同心苣，明其思君情切，无时或忘也。结二句描写女子泪湿罗衣的悲伤情态和渴盼郎归的痛苦心理，生动形象，足堪悲悯。论者以为此词用男女君臣写法，"乃感士之不遇，兼怀君国"（俞陛云《唐五代两宋词选释》），可资参酌。

其 七

玉楼冰簟鸳鸯锦[①]。粉融香汗流山枕[②]。帘外辘轳声[③]。敛眉含笑惊。　柳阴烟漠漠。低鬓蝉钗落。须作一生拚[④]。尽君今日欢。

【注释】

①冰簟：凉席。唐李商隐《可叹》："冰簟且眠金镂枕，琼筵不醉玉交杯。"

②粉融香汗：脂粉与汗水相融。

③辘轳：利用轮轴原理制成的井上汲水的起重装置。北魏贾思勰《齐民要术·种葵》："井别作桔槔、辘轳。"原注："井深用辘轳，井浅用桔槔。"唐王维《早朝》："城乌睥睨晓，宫井辘轳声。"

④拚：舍弃，不顾惜。

【简析】

词写男女欢情。起二句单刀直入，正面描写床笫欢爱场面，此等笔法，即《花间》词中亦所仅见。接二句写其正当欢畅之时，帘外隐隐传来的辘轳声，引起她的复杂反应。过片先用室外柳烟漠漠的晓景烘染一笔,再转入室内枕边,鬓乱钗落呼应上片的"汗流山枕",均状写狎昵狂荡之态。结二句乃"决绝尽头"情语,与李煜"奴为出来难,教君恣意怜"意近。相见时难,良宵苦短,别离在即,诸种因素一时俱集,女子感情激荡如溃堤洪水,不可遏止地爆发了。为尽今日之欢,即使拚却一生,她也在所不惜。这一结"虽只十字,可抵千言万语"(刘永济《唐五代两宋词简析》)。对这首词,在看到它"艳冶极矣"、"艳语无以复加"的同时,更应该感受它所表现出的摄人心魄的人性和感情的力量,这也许更值得读词者关注。仿照汤显祖《牡丹亭·题词》的语气,可以说"如词中女子者,真可谓有情之人矣",那样一种情感力度,简直就不是红粉女子的柔肠痴心,而竟是须眉丈夫的侠肝烈胆。此词不止言情大胆放恣,其描写语言的表现力亦复惊人,"敛眉含笑惊"一句,把女子闻声厌烦、复又不顾、再诧夜短的沉酣惋惜情态,摹写曲尽,"五字之中,表达三种态度,写生之妙,非画笔所能相比"(刘永济《唐五代两宋词简析》)。

酒泉子

记得去年,烟暖杏园花正发①,雪飘香②。江草绿③,柳丝长。　钿车纤手卷帘望④。眉学春山样⑤。凤钗低袅翠鬟上。落梅妆⑥。

【注释】

①杏园:参卷三薛昭蕴《喜迁莺》"残蟾落"注④。

②雪：指杏花。唐韩偓《寒食夜》："恻恻轻寒剪剪风，杏花飘雪小桃红。"

③江：此指曲江，与杏园相邻。

④钿车：用金宝嵌饰的车子。唐白居易《浔阳春·春来》："金谷蹋花香骑入，曲江碾草钿车行。"

⑤眉学春山样：眉式仿照春山的样子。学：仿照。唐李商隐《九日》："不学汉臣栽苜蓿，空教楚客咏江蓠。"唐赵鸾鸾《柳眉》："妩媚不烦螺子黛，春山画出自精神。"

⑥落梅妆：即梅花妆、寿阳妆。古时女子妆式，描梅花状于额上为饰。相传始于南朝宋寿阳公主，见《太平御览》卷九七〇引《宋书》。唐李白《上清宝鼎诗》："龙子善变化，化作梅花妆。"

【简析】

此首忆旧，写男子追恋之情。"记得"二字领起，以下均是往事的回忆。上片描写去年烟暖时节，杏园花香，曲江草绿，柳丝低拂，盎然的春意唤起心中的生命激情。下片仍承"记得"，追忆去年杏园游春时的邂逅情景，"钿车"句通过"纤手卷帘望"的动作情态，表现出车中女子的青春向往。眉如远山、翠鬟钗袅、落梅妆式的女子姣好容颜，从车帘中露出，恰被怀着莫名期待的男子看到，给他留下了美好的第一印象。因是偶遇，匆匆而过，失之交臂，茫茫人海，无处寻觅，所以更让男子铭心，经年不忘，足见眷恋之深。

定西番

紫塞月明千里①,金甲冷②,戍楼寒③。梦长安。　　乡思望中天阔,漏残星亦残④。画角数声呜咽⑤,雪漫漫。

【注释】

①紫塞:北方边塞。晋崔豹《古今注·都邑》:"秦筑长城,土色皆紫,汉塞亦然,故称紫塞焉。"南朝宋鲍照《芜城赋》:"南驰苍梧涨海,北走紫塞雁门。"

②金甲:金饰的铠甲,或谓即铁制铠甲。汉蔡琰《悲愤诗》:"卓众来东下,金甲耀日光。"

③戍楼:边防驻军的瞭望楼。南朝梁萧绎《登堤望水》:"旅泊依村树,江槎拥戍楼。"

④漏残句:写破晓时分,更漏将尽,晨星寥落。唐戎昱《桂州腊夜》:"晓角分残漏,孤灯落碎花。"唐赵嘏《早秋》:"残星数点雁横塞,长笛一声人倚楼。"

⑤画角:古管乐器。传自西羌。形如竹筒,本细末大,以竹木或皮革等制成,因表面有彩绘,故称。发声哀厉高亢,古时军中多用以警昏晓,振士气,肃军容。帝王出巡,亦用以报警戒严。南朝梁萧纲《折杨柳》:"城高短箫发,林空画角悲。"唐陈子昂《和陆明府赠将军重出塞》:"晚风吹画角,春色耀飞旌。"

【简析】

　　词写征人乡愁。上片使用望月思乡的原型模式,描写边关月夜的荒寒之景,抒发征人苦寒思乡之情。紫塞逶迤,月明千里,金甲光冷,戍楼风寒,境界阔大,情调苍凉。过片"乡思"承上"梦长安",月夜滴漏声,惊醒了戍卒的思乡梦,他们在边城戍楼上翘首遥望,不见故乡,但见朔天空阔,残星数点,寒夜将尽。塞垣晓色里,随着几声呜咽的画角,天上又开始飘起纷纷扬扬的雪花,模糊了戍卒望乡的视线。词的下片使用了远望当归的原型模式。此词化用盛唐边塞诗的语汇意象,追摹盛唐边塞诗悲壮苍凉的宏大意境,仿佛"盛唐诸公《塞下曲》"(卓人月《古今词统》),是《花间集》中难得一闻的大声镗鞳的"盛唐遗音"(沈雄《古今词话》引陆游语)。

玉楼春

　　春入横塘摇浅浪①。花落小园空惆怅。此情谁信为狂夫②,恨翠愁红流枕上③。　　小玉窗前嗔燕语④。红泪滴穿金线缕。雁归不见报郎归,织成锦字封过与⑤。

【注释】

　　①横塘:古堤名。三国吴大帝时于建业(今江苏南京)城南淮水(今秦淮河)南岸修筑。亦为百姓聚居之地。唐崔颢《长干曲》之一:"君家住何处?妾住在横塘。"亦指在今江苏苏州西南之古堤,也可泛指

水塘。温庭筠《池塘七夕》："万家砧杵三篙水，一夕横塘似旧游。"

②狂夫：古代妇人自称其夫的谦辞。汉刘向《列女传·楚野辩女》："大夫曰：'盍从我于郑乎？'对曰：'既有狂夫昭氏在内矣。'遂去。"唐李白《捣衣篇》："玉手开缄长叹息，狂夫犹戍交河北。"

③恨翠愁红：指代泪水。

④小玉：霍小玉，唐蒋防《霍小玉传》女主人公。此处泛指思妇。

⑤锦字：锦字书，用苏蕙织锦回文典。封过与：把书信封好寄与他。过与：给与。《云谣集·抛球乐》："当初姊姊分明道，莫把真心过与他。"

【简析】

词写春闺怀人。起二句描写暮春景色，似有若无之间，隐约着丝缕深长的兴义，富有韵致，堪称"隽句"。接写暮春时节，女子格外情牵狂夫，悲伤愁怨，泪流枕上。过片是两个传神的细节：呢喃燕语让孤寂的思妇不堪听闻，故而嗔之；日夕以泪洗面，以至于衣上金缕都被泪水滴穿。"嗔"、"穿"二字，允为"隽字"。结二句，言归雁未报归信，女子更加思念，修书诉说衷情，托雁寄与狂夫。女子的一腔痴情，在寄书的举动中，得到了有力的表现。

西溪子

捍拨双盘金凤①。蝉鬓玉钗摇动。画堂前，人不语。弦解语②。弹到昭君怨处③。翠娥愁。不抬头。

【注释】

①捍拨：弹奏琵琶用的拨子。因其质地坚实，故称。唐元稹《琵琶歌》："泪垂捍拨朱弦湿，冰泉呜咽流莺涩。"

②解语：会说话。唐司空图《杏花》："解笑亦应兼解语，只应慵语倩莺声。"

③昭君怨：琴曲名。相传为汉王昭君嫁于匈奴后所作。《乐府诗集·琴曲歌辞三·昭君怨》郭茂倩引《乐府解题》："昭君恨帝始不见遇，乃作怨思之歌。"唐杜甫《咏怀古迹五首》之三："千载琵琶作胡语，分明怨恨曲中论。"

【简析】

词写琵琶女的幽怨之情。起二句非止分别描写捍拨之美和琵琶女之美，而是一组连续特写镜头：随着指尖精美的拨子在弦上扫过，琵琶女蝉鬓上的玉钗颤动不已，足见其演奏的投入状态，给人以深刻的印象。《花间》词中，多有此种开头方法，便于引起注意，制造先声夺人的效果。接三句镜头推开，摇出琵琶女在画堂前不语弹弦的全景画面。结三句镜头再度拉近，演奏进入高潮，琵琶女蹙眉低头，完全沉浸在《昭君怨》的旋律之中。此词妙在将乐曲包含的情感与演奏者的情感打并一处，以昭君的幽怨表写琵琶女的幽怨，互相映衬烘托，完成题旨的表达。

江城子

鵁鶄飞起郡城东①。碧江空②，半滩风。越王宫殿、蘋叶藕花中③。帘卷水楼渔浪起④，千片雪⑤，雨蒙蒙。

【注释】

①鸂鶒：即池鹭。唐李群玉《池塘晚景》："风荷珠露倾，惊起睡鸂鶒。"郡城：郡治所在地。唐李德裕《登崖州城作》："青山似欲留人住，百匝千遭绕郡城。"

②碧江：江水澄碧。唐郑谷《失鹭鸶》："野格由来倦小池，惊飞却下碧江涯。"

③越王句：参卷三薛昭蕴《浣溪沙》"倾国倾城恨有余"注⑤。

④水楼：水边或水上的楼台。唐孟浩然《与杭州薛司户登樟亭楼作》："水楼一登眺，半出青林高。"渔浪：波浪，鳞纹细浪。

⑤千片雪：言浪花如雪。五代李煜《渔父》："浪花有意千重雪，桃李无言一队春。"

【简析】

此首吊古之作。词作以主要篇幅描写江城风物，前三句写郡城之东，碧江空阔，滩风吹拂，鸂鶒翩飞于空江岸渚之上。后三句写水楼帘卷，眼前浪花涌起，如无数雪片纷飞，雨雾蒙蒙。观景者的立足点，应是在郡城东楼上，城楼临水，故曰水楼。这里形势高旷，视野开阔，江城景物，尽收眼底。词中的写景描写，渲染出一种空茫之感。在江城空阔苍茫的画面里，只轻染一笔"蘋叶藕花"，一片荒芜的越王宫殿，显得"风流悲壮"，吊古题旨的表达，几乎不落迹象地得以完成。

其　二

极浦烟消水鸟飞①。离筵分首时②，送金卮③。渡口杨花，狂雪任风吹④。日暮空江波浪急，芳草岸，雨如丝。

【注释】

①极浦：极远的水边。战国楚屈原《九歌·湘君》："望涔阳兮极浦，横大江兮扬灵。"

②离筵：饯别之筵席。唐杜甫《奉送苏州李二十五长史文之任》："客间头最白，惆怅此离筵。"分首：离别。南朝梁沈约《襄阳白铜鞮》："分首桃林岸，送别岘山头。"

③金卮：金制酒器，亦为酒器之美称。南朝齐陆厥《京兆歌》："寿陵之街走狐兔，金卮玉碗会销铄。"

④狂雪：喻杨花纷飞之状。参卷三牛峤《柳枝》"狂雪随风扑马飞"注①。

【简析】

此首江边送别之作。起句写极浦烟消、水鸟翩飞的眼前景，兴起别离之情。接二句写饯别宴席，已到分别时刻，劝君更尽一杯，突出"送金卮"的劝酒动作，胜过千言万语，正面赋别，就此打住。以下五句，描写黄昏渡口波浪汹涌，杨花飘雪，细雨如丝，全是景语，渲染凄迷、苍茫的别离氛围，无限别情，尽在景中。

张泌 二十三首

【小传】

张泌，生卒、字里无考。《花间集》列于牛峤、毛文锡之间，称为

"张舍人"。南唐时别有张泌(一作"佖")者,初官句容尉,后主征为监察御史,官内史舍人,后随后主归宋,入史馆,迁郎中,及见后主之卒。前人多以为即《花间》词作者。近人胡适疑之,谓"此说殊多谬误。《花间集》结集于九四〇年,其时南唐建国不及四年。后主嗣位在九六一年,相距二十余年,而《花间集》里已称张舍人泌了";并谓"《花间集》称人官爵,皆是结集时的官爵,故和凝只称'学士',而不称'相'"(《词选》)。俞平伯亦谓南唐时之张泌,"及见李煜之死,则已在九七八年之后,距《花间集》成书迟约四十年。且《花间》不收南唐词,自非一人也"(《唐宋词选释》)。陈尚君《花间词人事辑》疑与唐末词人张曙为同一人;而方建新《花间词人张泌与南唐张佖、张泌事迹作品考辨》认为此张泌与《才调集》所收之诗人张泌为同一人,主要活动于晚唐和前蜀时期。张泌词,《花间集》录二十七首,《尊前集》录一首,共存二十八首。

浣溪沙

钿毂香车过柳堤①。桦烟分处马频嘶②。为他沉醉不成泥。　花满驿亭香露细③,杜鹃声断玉蟾低④。含情无语倚楼西。

【注释】

①钿毂(gǔ):饰金之车轮。毂:车轮中心有洞可以插轴的部分,借指车轮或车。

②桦烟:桦烛之烟。唐白居易《早朝》:"月堤槐露气,风烛桦烟

香。"参卷三薛昭蕴《喜迁莺》"金门晓"注③。马频嘶:唐李贺《送秦光禄北征》:"榆稀山易见,甲重马频嘶。"

③驿亭:驿站所设的供行旅止息的处所。古时驿传有亭,故称。唐杜甫《秦州杂诗》之九:"今日明人眼,临池好驿亭。"

④玉蟾:即玉蟾蜍,月亮的别名。唐褚载《月诗》逸句:"星斗离披烟霭收,玉蟾蜍耀海东头。"唐李白《初月》:"玉蟾离海上,白露湿花时。"

【简析】

词赋别离。这是一场早别,烛火照路,女子乘坐"钿毂香车",穿过长条依依的柳堤,前来水驿送别。桦烟分处,征马频嘶,行人已去。"悲莫悲兮生别离",女子顿觉黯然销魂,她甚至后悔自己昨宵饯别,为何不喝得烂醉如泥呢?那样也就浑然不知这分别一刻的巨大痛苦了。过片二句描写露裛花香、月落鹃啼的驿亭晓景,是送别之后女子徘徊不忍去时所见。结句特写女子含情无语、倚楼眺望的神态,表现其依依难舍的伤别心绪,余情不尽。

其 二

马上凝情忆旧游①。照花淹竹小溪流。钿筝罗幕玉搔头②。早是出门长带月③,可堪分袂又经秋④。晚风斜日不胜愁。

【注释】

①凝情:情意专注。唐李康成《玉华仙子歌》:"转态凝情五云里,娇颜千岁芙蓉花。"

②钿筝：面板饰金之筝。唐卢纶《宴席赋得姚美人拍筝歌》："出帘仍有钿筝随，见罢翻令恨识迟。"玉搔头：即玉簪。古代女子的一种首饰。《西京杂记》卷二："武帝过李夫人，就取玉簪搔头。自此后宫人搔头皆用玉，玉价倍贵焉。"唐白居易《长恨歌》："花钿委地无人收，翠翘金雀玉搔头。"

③早是：已是。唐王勃《秋江送别》之一："早是他乡值早秋，江亭明月带江流。"带月：谓披戴月光。晋陶潜《归园田居》之三："晨兴理荒秽，带月荷锄归。"唐刘长卿《送张十八归桐庐》："归人乘野艇，带月过江村。"

④可堪：哪堪。唐吴融《途中见杏花》："长得看来犹有恨，可堪逢处更难留。"分袂：分首，离别。唐李山甫《别杨秀才》："如何又分袂，难话别离情。"经秋：唐杜牧《寄浙东韩乂评事》："一笑五云溪上舟，跳丸日月十经秋。"

【简析】

词抒旅怀。旅途孤寂，鞍马劳顿，旅人特别容易怀念昔日安居时光。一起所写，就是此种心理的表现。"忆旧游"三字，领起以下二句昔日安居生活内容的描写：小溪清流，映花浸竹，是清幽的旧游之地；罗幕之中，玉簪鬓云，钿筝理曲，是往昔相与之居处，所恋之人事。"钿筝罗幕玉搔头"七字，高密度地并置三个名词性意象，其间承载着多少往日欢情的记忆，意象密度是心理密度的表现。过片从回忆折回眼前，是忆旧之后生发出的现实感慨："出门长带月"写行役辛苦，"分袂又经秋"叹别离长久，"早是"、"可堪"，流水对句起到转折加强的作用。结句写晚风斜日的旅途的苍茫暮色，烘染行人无尽的旅愁，"愁因薄暮起"，行人眼中的斜阳黄昏之景，是一个积淀着无数旅人愁绪的典型时空背景，极富表现力。

其 三

独立寒阶望月华①。露浓香泛小庭花②。绣屏愁背一灯斜③。　云雨自从分散后④，人间无路到仙家⑤。但凭魂梦访天涯。

【注释】

①寒阶：寒凉的台阶。温庭筠《月中宿云居寺上方》："虚合披衣坐，寒阶踏叶行。"月华：月光。南朝梁江淹《杂体诗》："清阴往来远，月华散前墀。"

②香泛：香气弥漫飘散。唐李峤《菊》："荣舒洛媛浦，香泛野人杯。"

③背：避开。

④云雨：用战国楚宋玉《高唐赋》楚王梦巫山神女事。参卷二韦庄《归国遥》"春欲晚"注⑥。

⑤人间无路：唐曹唐《仙子洞中有怀刘阮》："洞里有天春寂寂，人间无路月茫茫。"仙家：仙人所住之处。唐牟融《天台》："洞里无尘通客境，人间有路入仙家。"此处代指女子居所。此句用刘阮入天台遇仙事。

【简析】

词抒别愁。上片描写清幽的夜景。起句包含"望月怀思"的原型模式，接写秋露浓重、花香飘散的庭院夜色，情致幽艳。然后转写室内，绣屏那边，一灯斜照，光感暗淡凄凉。下片表现人物的心理活动，抒发相思别情。一别之后，仿佛天人悬隔，彼此无缘重见，于是只能在梦里远追天涯,寻访离人。此词情思幽艳,意境绵邈,自有佳致。但抒情主人公性别不明,影响到对词意的深入理解。求证于文本,总体感觉似是表现女子别后相思,但"人间无路到仙家"一句,又像是从男子的角度写出。究竟孰是,颇难论定。传统的评点派擅长抓住一二丽字佳句,引申发挥,于此等关系全局之处,多不细究。现代的赏析派,又往往各执一端,根据自己的理解和需要,或云写男子,或云写女子,洋洋洒洒说将开去,全不理会彼此的龃龉。嗟乎,说诗谈词而能自圆,难矣哉!

其　四

依约残眉理旧黄[①]。翠鬟抛掷一簪长。暖风晴日罢朝妆[②]。　　闲折海棠看又撚,玉纤无力惹余香[③]。此情谁会倚斜阳[④]。

【注释】

①依约:隐约。唐翁承赞《晓望》:"独上秦台最高处,旧山依约在东南。"旧黄:残存的额黄。

②朝妆:晨妆。唐王涯《宫词》:"银瓶泻水欲朝妆,烛焰红高粉壁光。"

③玉纤:纤细如玉的手指。多指美人的手。唐韩偓《咏柳》:"玉纤折得遥相赠,便是观音手里时。"

④谁会:谁人解会。唐薛能《彭门解嘲二首》之一:"频上水楼谁会我,泗滨浮磬是同声。"

【简析】

词写春情。上片写女子罢妆。暖风晴日的早晨,女子却残妆懒画,翠鬟不整,一派萎靡不振的样子,这是为什么呢?下片再写她折花轻捻、玉指无力的闲散和慵倦情态。结句定格于独倚斜阳的画面，女子感叹此情无人解会，神情落寞。然则此情所谓者何，亦不加说破。词作描写烘托，点到为止，言情深微隐约。词的表现重心，非止"春困情态"，于此不可不察。

其　五

翡翠屏开绣幄红①。谢娥无力晓妆慵②。锦帷鸳被宿香浓③。　微雨小庭春寂寞，燕飞莺语隔帘栊。杏花凝恨倚东风④。

【注释】

①绣幄：彩绣之帐幕。

②谢娥：即谢娘。谢家美女。亦泛指大户人家的美女。唐韩琮《题商山店》："商山驿路几经过，未到仙娥见谢娥。"参卷一温庭筠《更漏子》"柳丝长"注⑤。

③锦帷：锦制帷帐。唐李商隐《牡丹》："锦帏初卷卫夫人，绣被犹堆越鄂君。"宿香：旧香。唐皮日休《闻鲁望游颜家园林病中有寄》："细挑泉眼寻新脉，轻把花枝嗅宿香。"

④凝恨：愁恨凝聚。唐李山甫《隋堤柳》："曾傍龙舟拂翠华，至今凝恨倚天涯。"

【简析】

词写春日寂寞情思。上片描写翠屏绣幄、锦帏鸳被、香气馥郁的居室环境，突出女子晨起无力、晓妆慵懒的萎靡情态。藻采浓艳绮丽，大似温词笔法。下片转写室外，小庭春雨霏微，隔帘燕飞莺语，一树杏花凝立东风，似含幽怨。这都是女子眼中所见，染上了她的主观感情色彩，映衬着她的寂寞心境。下片景语细腻含蓄，清淡疏朗，对上片的秾丽是一种有效调剂，使全词的美感风格达成统一。

其 六

枕障熏炉隔绣帏①。二年终日两相思。杏花明月始应知②。　天上人间何处去③，旧欢新梦觉来时。黄昏微雨画帘垂。

【注释】

①枕障：枕屏。唐李白《巫山枕障》："巫山枕障画高丘，白帝城边树色秋。"

②始应知：方应知。

③天上人间：喻距离遥远。唐杨巨源《张郎中段员外初直翰林报寄长句》："秋空如练瑞云明，天上人间莫问程。"

【简析】

词写相思之苦。起句描写居室陈设，兴物是人非之感，引出下句的别后相思之情。"二年"言别离之久，"终日"见耽情之深，"两相思"言彼此同心相契。这二年如一日的两地相思之苦，帘外杏花，窗前明月，都是见证。过片二句，诉尽相思之悲，天上人间无处寻觅踪迹，旧欢新愁齐聚梦醒之时，这等笔力，真能将古今痴情人一网打尽。结以黄昏微雨、画帘低垂的景语，再作烘染，哀感无限。此词"凄婉之调，下开小晏。全词布置之佳，正如冯正中之《蝶恋花》愈婉愈深，愈淡愈哀，盖不惜以金针度尽世人者也"（李冰若《栩庄漫记》）。或谓此首悼亡之作，可备一说。

其 七

花月香寒悄夜尘①。绮筵幽会暗伤神②。婵娟依约画屏人③。　人不见时还暂语,令才抛后爱微颦④。越罗巴锦不胜春⑤。

【注释】

①悄夜尘:静夜尘。

②绮筵:华美丰盛的筵席。唐陈子昂《春夜别友人》之一:"银烛吐青烟,金樽对绮筵。"幽会:指相爱男女的私会。唐元稹《莺莺传》:"幽会未终,惊魂已断。"伤神:伤心。南朝梁江淹《别赋》:"造分手而衔涕,感寂寞而伤神。"

③婵娟:姿态美好貌。唐李商隐《霜月》:"青女素娥俱耐冷,月中霜里斗婵娟。"

④令:酒令。

⑤越罗巴锦:越地之罗,巴地之锦,均为丝绸名品。巴锦即蜀锦。唐刘禹锡《酬乐天衫酒见寄》:"酒法众传吴米好,舞衣偏尚越罗轻。"唐杜牧《中丞业深韬略志在功名再奉长句一篇兼有咨劝》:"樯似邓林江拍天,越香巴锦万千千。"

【简析】

词写歌女相思悲怨。上片描写花香月寒的静夜里,美丽的女子回忆绮筵幽会的情景,暗自伤神。下片通过她在人前人后的语言、动作、表情,写其相思愁怨之态,生动传神。结句以丽服衬哀情,见其不胜依依之感。此词理解上亦存歧义:如上片第二句,是为幽会难再而伤神,还是为不能达成幽会而伤神,难以说定。还有抒情主人公,也可解为男子,写他静夜思念绮筵上幽会过的如画之歌女，下片是他回忆中女子的种种情态，历历如在目前，见其眷恋之深。一结就自己的印象，总赞女子的美丽，响应上片的"画屏人"。这样解读，亦可说通。

其　八

偏戴花冠白玉簪①。睡容新起意沉吟②。翠钿金缕镇眉心③。　小槛日斜风悄悄④，隔帘零落杏花阴。断香轻碧琐愁深⑤。

【注释】

①花冠：女子所戴的装饰美丽的帽子。唐白居易《长恨歌》："云鬓半偏新睡觉，花冠不整下堂来。"白玉簪：唐杜甫《楼上》："天地空搔首，频抽白玉簪。"

②沉吟：间断地低声自语，迟疑不决。东汉曹操《短歌行》："但为君故，沉吟至今。"

③镇眉心：压于眉上发际。唐白居易《春词》："低花树映小妆楼，春入眉心两点愁。"

④小槛：小栏杆。唐李中《书夏秀才幽居壁》："最怜小槛疏篁晚，幽鸟双双何处来。"悄悄：寂静貌。唐元稹《莺莺传》："更深人悄悄，晨会雨蒙蒙。"

⑤断香：一阵阵的香气。唐王勃《春园作》："狭水牵长镜，高花送断香。"轻碧：浅绿。指杏花零落，嫩叶初发。

【简析】

词写春愁闺怨。上片描写女子午睡初起的娇慵意态和妍丽妆容，"意沉吟"三字，见其情有所触、心有所动。下片写她傍晚时分小槛凭栏，于夕阳斜照中,隔帘看见枝头杏花零落、嫩叶浅碧之景,心中氤氲着无限的愁情。"日斜"是一天将尽之象,花落是一春将尽之象,此境也此情,空闺独守、岁华虚度的女子,惜春怨别,感伤迟暮,愁情加重,自在情理之中。此词抒情婉转低回,用字工力精深,"镇"、"锁"二字,表情形象又富于力度,"开后人无限法门"(李调元《雨村词话》)。

其 九

晚逐香车入凤城①。东风斜揭绣帘轻。慢回娇眼笑盈盈②。 消息未通何计是③,便须佯醉且随行④。依稀闻道太狂生⑤。

【注释】

①凤城:京城的美称。唐沈佺期《奉和立春游苑迎春》:"歌吹衔恩归路晚,栖乌半下凤城来。"

②慢:随意。娇眼:娇媚的眉眼。唐梁锽《观王美人海图障子》:"仍怜转娇眼,别恨一横波。"

③消息:音信消息。唐白居易《闻妇》:"辽阳春尽无消息,夜合花前日又西。"此指对车上美人之心意。何计是:怎么办。唐韩翃《送高别驾归汴州》:"久客未知何计是,参差去借汶阳田。"

④便须:便应。佯醉:装作醉酒。唐崔瑾《赠营妓》:"只有今宵同此宴,翠娥佯醉欲先归。"

⑤依稀句:谓仿佛听见车中美人嗔骂语。太狂生:过于狂放。生,语助词。

【简析】

词写少年狂兴。"晚逐香车入凤城"一句总领,叙明时间、地点和事件、人物,"香车"乃女子所乘坐,"逐"者自然是男子了。傍晚时分,京郊大道上,一辆华美的车子赶着入城,一骑翩翩紧追在后。此词一起即很有戏。接写天公仿佛作美,东风善解人意,吹起香车绣帘一角,使男子得以一睹真容。一瞥之间,他看到帘中女子慢回娇眼,笑意盈盈,仿佛有情。这不啻是一种鼓励和暗示,让本有些忐忑的他,更加兴奋起来。然而彼此音问未通,男子十分焦灼,一时无计,便假装醉酒,继续急追不舍,这时他仿佛听见车中传出女子的笑骂声。"太狂生"三字,如果换成《西厢》人物语言,大概就是"天底下竟有这等傻角"一句了。鲁迅杂文里曾谈到这首词,称男子的跟踪为"钉梢",他分析"钉梢"过程说:"首先第一步,是追随不舍。……第二步便是'扳谈',即使骂,也就大有希望。因为一骂便可有言语往来,所以也就是'扳谈'的开头。"讲得十分风趣,有助于对词意的理解。鲁迅并把这首词翻译成一首幽默的白话诗,可以一并参看。此词"艳而不淫",情节性强,如一出轻喜剧,"活画出一个狂少年举动来"。

其 十

小市东门欲雪天[1]。众中依约见神仙[2]。蕊黄香画帖金蝉[3]。　饮散黄昏人草草[4],醉容无语立门前。马嘶尘烘一街烟[5]。

【注释】

①小市:小市镇,小城市。唐王建《江馆》:"客亭临小市,灯火夜妆明。"欲雪天:唐刘得仁《寄雍陶先辈》:"尽落经霜叶,频阴欲雪天。"

②神仙:指娇美之女子。唐张祜《纵游淮南》:"十里长街市井连,月明桥上看神仙。"

③蕊黄句：写女子装饰。蕊黄：额黄，参卷一温庭筠《菩萨蛮》"蕊黄无限当山额"注①。香画：以掺有香料的蕊黄点画额头。帖：佩戴。

④饮散：酒阑人散。唐白居易《饮后夜醒》："黄昏饮散归来卧，夜半人扶强起行。"草草：仓促匆忙貌。《诗经·小雅·巷伯》："骄人好好，劳人草草。"朱熹注："草草，扰也。"唐杜甫《潼关吏》："士卒何草草，筑城潼关道。"

⑤尘烘：尘土飞扬。

【简析】

此首为黄昏闹市即景。小城东门一带，日暮欲雪天气，宴席结束后，饮客匆匆散去，但见车马行人，满街尘烟，熙熙攘攘。在这烘乱一团之中，依约看到一位艳妆女子，如天仙一般美丽，站在门前。她面带醉容，默默无语，神情显得十分落寞。揆以情理，这大约是一位歌宴女子，日暮饮散，留人不住，目送心仪之人匆匆离开，心中涌起难言的酸楚之意。此首闹中取静，故而虽云"依约"，但那位"醉容无语"的女子，还是给读者留下了很深的印象。

临江仙

烟收湘渚秋江静①，蕉花露泣愁红②。五云双鹤去无踪③。几回魂断，凝望向长空。　　翠竹暗留珠泪怨④，闲调宝瑟波中⑤。花鬟月鬓绿云重。古祠深殿⑥，香冷雨和风。

【注释】

①湘渚：湘水岸边。唐杜牧《宣城赠萧兵曹》："桂楫谪湘渚，三年波上春。"

②蕉：美人蕉。唐李贺《追赋画江潭苑四首》之二："宝袜菊衣单，蕉花密露寒。"

③五云句：谓帝舜驾崩，乘鹤仙去。五云：五色祥云。唐王维《大同殿柱产玉芝龙池上有庆云神光照殿百官共睹圣恩便赐宴乐敢书即事》："岂知玉殿生三秀，讵有铜池出五云。"双鹤：仙人乘骑。《列子》："垂风招之，连双鹤于青云之际。"唐崔日用《奉和送金城公主适西蕃》："六龙今出饯，双鹤愿为歌。"

④翠竹句：晋张华《博物志》卷八："尧之二女，舜之二妃，曰湘夫人，帝崩，二妃啼，以涕挥竹，竹尽斑。"唐杜甫《奉先刘少府新画山水障歌》："不见湘妃鼓瑟时，至今斑竹临江活。"

⑤闲调句：用湘灵鼓瑟典事。调：调瑟，弹奏琴瑟。晋傅咸《陈选举上书》："且胶柱不可以调瑟，况乎官人而可以限乎！"唐刘禹锡《调瑟词》："调瑟在张弦，弦平音自足。"

⑥古祠深殿：指湘妃祠庙。

【简析】

词咏本调，赋湘妃故事。一起切题，描写湘渚烟收江静的晓景，为铺写湘妃情事提供典型环境。"蕉花"句以写景渲染悲伤气氛，为全词定下抒情基调。"五云"三句，写帝舜南巡驾崩，乘鹤仙去，杳无踪迹，二妃一路追寻，几回魂断，望空生悲，无限伤心。过片承上用典，写二妃伤逝，潸然泪下，翠竹留斑，为排遣天人永隔的相思哀愁，她们在湘江碧波上弹奏起凄凉的瑟弦。"花鬟"句描写祠庙中的湘妃塑像，结二句描写祠庙古旧,风雨萧瑟,香断人稀,花鬟月鬓的美丽妃子,只能居此一派凄凉的环境之中,令人黯然神伤。全词写实与想象交错,写景与抒情交融,既"极缥缈之思",又"不即不离",不胶着也不游离题咏本位。词中无轻薄之语、浮艳之思、亵渎之笔,与《花间集》中那等历史联想和人世艳情夹缠不清的词作,趣味迥异,诚为咏"水仙之雅调"。

女冠子

露花烟草。寂寞五云三岛①。正春深。貌减潜销玉②,香残尚惹襟③。 竹疏虚槛静,松密醮坛阴④。何事刘郎去⑤,信沉沉⑥。

【注释】

①五云三岛:指女冠去住行踪。参卷三薛昭蕴《女冠子》"云罗雾縠"注④。

②貌减句:谓女冠如玉,体貌暗自消瘦。唐戎昱《秋日感怀》:"荷衣半浸缘乡泪,玉貌潜销是客愁。"

③惹襟:沾染襟袖。

④醮坛:道士礼神拜天之坛。

⑤何事句:用刘阮入天台遇仙事。

⑥信沉沉:杳无音信。唐杜牧《月》:"三十六宫秋夜深,昭阳歌断信沉沉。"

【简析】

词咏本调，写女冠春思。一起二句，描写道观环境如同神仙居处，但女冠却仍感觉寂寞。春深时节，她衣香懒熏，日渐消瘦，玉容憔悴，见出其内心剧烈的痛苦熬煎。过片描写道观周围松竹清幽的环境，回应上片"寂寞"。出世修道、居此清境的女冠，并未祛除凡心尘念，真令人感叹"世间情为何物"！结二句直写何事刘郎一去，音信断绝，然她思念不已，苦闷不堪。此词与《花间集》中同类作品一样，为了伶工演唱需要，循的还是宗教题材艳情化的思路和写法。

河 传

渺莽云水①。惆怅暮帆②，去程迢递③。夕阳芳草，千里万里。雁声无限起。　　梦魂悄断烟波里。心如醉，相见何处是。锦屏香冷无睡④。被头多少泪。

【注释】

①渺莽：同渺茫。烟波辽阔无际貌。南朝宋鲍照《望水》："河伯自矜大，海若沉渺莽。"

②惆怅暮帆：唐高适《涟上别王秀才》："暮帆使人感，去鸟兼离忧。"

③去程：去路。唐张祜《玉环琵琶》："宫楼一曲琵琶声，满眼云山是去程。"迢递：遥远貌。三国魏嵇康《琴赋》："指苍梧之迢递，临回

江之咸夷。"

④无睡：不眠。唐李建勋《宿山房》："就枕浑无睡，披衣却出行。"

【简析】

词赋别情。上片写黄昏江边送别。起句"飒然而来"（李若冰《栩庄漫记》），总览全景，放眼一望，云水无涯，境界阔大苍茫，笼罩全篇。接以"暮帆"、"去程"二语，切入送别题面，念此一去，旅途迢遥，前程未卜，归期难料，故生"惆怅"之意。"夕阳"三句，将景深推向无边，是送者伫立江边，目送帆影远去时的所见所闻，画面中蕴含着无限绵邈之思，"苍凉悲咽，惊心动魄"。下片写女子送别归家，梦入烟波，追寻行人。醒来回味梦中恍惚光景，心情如痴似醉。强烈的思念之情泛溢心中，让她再也无法入睡。"被头多少泪"五字一结，以不了了之之法，写无限思量之情，质实之语，形象真切，胜过虚言多多。

其 二

红杏。交枝相映。密密蒙蒙①。一庭浓艳倚东风②。香融。透帘栊。　　斜阳似共春光语。蝶争舞。更引流莺妒③。魂销千片玉樽前④。神仙。瑶池醉暮天⑤。

【注释】

①蒙蒙：浓盛貌。唐张籍《惜花》："蒙蒙庭树花，坠地无颜色。"

②浓艳：花色艳丽。唐杨凭《海榴》："若许三英随五马，便将浓艳斗繁红。"

③流莺：即莺。流，谓其鸣声婉转。南朝梁沈约《八咏诗·会圃临东风》："舞春雪，杂流莺。"

④玉樽：亦作玉尊，玉制的酒器，泛指精美贵重的酒杯。三国魏曹植《仙人篇》："玉樽盈桂酒，河伯献神鱼。"

⑤瑶池句：谓日暮时分，沉醉于瑶池仙境。瑶池：古代传说中昆仑山上的池名，西王母所居。《史记·大宛列传》："昆仑其高二千五百余里，日月所相避隐为光明也。其上有醴泉、瑶池。"《穆天子传》卷三："乙丑，天子觞西王母于瑶池之上。"南朝宋鲍照《舞鹤赋》："朝戏于芝田，夕饮乎瑶池。"

【简析】

词抒惜春之情。上片浓墨重彩，描绘东风庭院、红杏花开、浓艳繁茂之景，真可谓满园春色。换头三句，再用斜阳、莺蝶点缀大好春光，斜阳解语，蝶舞莺妒，无知之物，似也依依有情，充分展示出春天这个欣欣向荣的季节，对万类生命的普遍感召和唤醒。末三句集中写人，万物有情，而况人乎？曾几何时，当千万朵在东风中绽放，而今又千万片在东风里凋零的杏花飘落樽前，人们把酒赏花的喜悦，也转成惜春怜花的感伤。于是，在暮天黄昏的满院飞花之中，人们借酒消愁，以期遁入醉乡，暂时忘却人世的烦恼，体验那幻觉中神仙也似的快乐。一结点题，而有及时行乐之意。

酒泉子

春雨打窗。惊梦觉来天气晓①。画堂深，红焰小②。背兰釭③。　　酒香喷鼻懒开缸④。惆怅更无人共醉。旧巢中，新燕子。语双双。

【注释】

①觉来：醒来。唐雍陶《喜梦归》："觉来莫道还无益，未得归时且当归。"

②红焰：灯焰。唐张祜《赠内人》："斜拔玉钗灯影畔，剔开红焰救飞蛾。"

③兰釭：亦作兰缸，燃兰膏的灯，亦用以指精致的灯具。南朝齐王融《咏幔》："但愿置尊酒，兰釭当夜明。"唐施肩吾《夜宴词》："兰釭如昼晓不眠，玉堂夜起沉香烟。"

④喷鼻：香气扑鼻。唐刘禹锡《西山兰若试茶歌》："悠扬喷鼻宿酲散，清峭彻骨烦襟开。"缸：酒坛。唐李商隐《水斋》："更阅前题已披卷，仍斟昨夜未开缸。"

【简析】

词写春闺怀人。以春雨打窗、惊觉晓梦领起，"梦"当然蕴含了丰富的暗示，它撩起的不外是女子思春怀人的情绪。下片人物对比，巢中燕语双双，闺中人影子零，她本想借酒消愁，又惆怅无人共醉，所以连扑鼻酒香也诱不起她品尝的念头。小词"抚景怀人，如怨如慕"，韵致不减"《摽梅》诸什"。

其 二

紫陌青门①，三十六宫春色②。御沟辇路暗相通③。杏园风④。　咸阳沽酒宝钗空⑤。笑指未央归去⑥，插花走马落残红⑦。月明中。

【注释】

①紫陌:指京师郊野的道路。汉王粲《羽猎赋》:"济漳浦而横阵,倚紫陌而并征。"青门:汉长安城东南门。本名霸城门,因其门色青,故俗呼为"青门"或"青城门"。后用以泛指京城东门。唐岑参《青门歌送东台张判官》:"东出青门路不穷,驿楼官树灞陵东。"

②三十六宫:谓帝京宫殿之多。汉班固《西都赋》:"离宫别馆,三十六所。"唐徐凝《汉宫曲》:"掌中舞罢箫声绝,三十六宫秋夜长。"

③御沟:流经宫苑的河道。南朝齐谢朓《入朝曲》:"飞甍夹驰道,垂杨荫御沟。"辇路:天子车驾所经的道路。《文选·班固〈西都赋〉》:"辇路经营,修除飞阁。"李善注:"辇路,辇道也。"唐李昂《宫中题》:"辇路生春草,上林花发时。"

④杏园:园名,位于长安城东南,为唐代新科进士游宴之处。唐周弘亮《曲江亭望慈恩寺杏园花发》:"古寺迟春景,新花发杏园。"

⑤咸阳:秦都,位于长安西北。沽酒:卖酒。唐白居易《杭州春望》:"红袖织绫夸柿蒂,青旗沽酒趁梨花。"宝钗空:宝钗玉器尽数换酒痛饮。或曰:宝钗酒楼为之卖空。宝钗楼,唐宋时咸阳酒楼名。

⑥未央:宫殿名。故址在今陕西西安西北长安故城内西南隅。汉高帝七年建,常为朝见之处。新莽末毁。东汉末董卓复葺未央殿。唐未央宫在禁苑中,至唐末毁。唐李白《宫中行乐词》:"今朝风日好,宜入未央游。"

⑦插花:戴花。南朝梁袁昂《古今书评》:"卫恒书如插花美女,舞笑镜台。"唐杜牧《杏园》:"莫怪杏园憔悴去,满城多少插花人。"走马:骑马疾走,驰逐。《诗经·大雅·绵》:"古公亶父,来朝走马。"唐杜甫《去秋行》:"去秋涪江木落时,臂枪走马谁家儿?"残红:凋残的

花,落花。唐王建《宫词》:"树头树底觅残红,一片西飞一片东。"

【简析】

此首风调可感,而题旨不明。上片起二句总写京城春色,视野宏大。接二句写宫中御沟辇路纵横交错,四通八达,杏园春风吹拂,繁花满树。下片转写咸阳游乐,拨钗沽酒,其人兴致之高涨可见。接写插花走马,笑指帝京,戴月归去,其人风度之潇洒可想。然则其人官人乎,平人乎?羽林乎,士夫乎?或者是杏园宴罢仍未尽兴,再转咸阳纵游痛饮之新进士乎?未知孰是。

生查子

相见稀,喜相见。相见还相远①。檀画荔枝红②,金蔓蜻蜓软③。 鱼雁疏④,芳信断⑤。花落庭阴晚。可惜玉肌肤⑥,消瘦成慵懒。

【注释】

①相远:相异,差距大。《论语·阳货》:"性相近也,习相远也。"此指远别。唐方干《途中寄刘沆》:"登车误相远,谈笑亦何因。"

②檀画句:明杨慎《词品》卷二:"画家七十二色,有檀色,浅赭所合,所谓'檀画荔枝红'也。而妇女晕眉色似之。"此指面妆之色。荔枝红:唐白居易《荔枝图序》:"荔枝生巴峡间,树形团团如帷盖,叶如桂冬青,华如橘春荣,实如丹夏熟。"

③金蜓句：金制蜻蜓状首饰。金蔓：金丝。

④鱼雁：《乐府诗集·相和歌辞十三·饮马长城窟行之一》："呼儿烹鲤鱼，中有尺素书。"《汉书·苏武传》："教使者谓单于，言天子射上林中，得雁，足有系帛书。"后因以"鱼雁"代称书信。唐骆宾王《忆蜀地佳人》："东西吴蜀关山远，鱼来雁去两难闻。"

⑤芳信：书信的美称。唐白居易《祇役骆口驿喜萧侍御书至》："忽惊芳信至，复与新诗并。"

⑥玉肌肤：肌肤莹泽如玉。

【简析】

词写相思闺情。起三句以平浅的语言，回环复沓的句法，诉说聚散离合、悲喜苦乐之种种情感体验，因相见时难，更觉相逢之喜，然旋即又告别离，这相逢的喜悦也就被冲淡了许多。此等话语，非深于别离者不能道出。接二句描写女子鲜艳的衣饰，衬出其人之美丽。过片转写一别之后，音讯不通，看看芳时已过，青春将老，女子在相思之情的折磨下，肌肤消瘦，神情慵懒。全词"信笔而往，无一浮蔓"，情感抒发真切缠绵。

思越人

燕双飞，莺百啭，越波堤下长桥①。斗钿花筐金匣恰②，舞衣罗薄纤腰。　　东风澹荡慵无力③，黛眉愁聚春碧。满地落花无消息。月明肠断空忆。

【注释】

①越波堤：或即"月波堤"，后唐同光二年朱守殷筑于洛阳。此泛指河堤。

②斗钿、花筐：均为女子首饰。金匝：熨斗。恰：熨展贴平。唐徐夤《剪刀》："金匝掠平花翡翠，绿窗裁破锦鸳鸯。"

③澹荡：犹骀荡，谓使人和畅，多形容春天的风物。南朝宋鲍照《代白纻曲》之二："春风澹荡侠思多，天色净渌气妍和。"

【简析】

词写相思愁怨。起三句描写越波堤下长桥春色，接二句以燕飞莺啭的大好春色为背景，推出妆饰华美、身姿绰约的女子形象。"舞衣"二字，点出她的身份。舞蹈主要是一种肢体语言艺术，故而对女子形象的描写，落实在对"纤腰"的突出强调上。在上片季节风景、人物形象的描写之后，下片转写女子的内心痛苦，表现她的情感世界。因春尽时候仍无离人音信，她对着澹荡东风、满地落花、一庭明月，黛眉愁聚，相思断肠。此词表现上有两点值得注意：一是上下片之间丽景哀情的反衬，哀情更见其哀；二是下片言情不离景物的烘染，无直露之弊，收相成之效。

满宫花

花正芳，楼似绮①。寂寞上阳宫里②。钿笼金琐睡鸳鸯③，帘冷露华珠翠。　　娇艳轻盈香雪腻④。细雨黄莺双起。东风惆怅欲清明⑤，公子桥边沉醉。

【注释】

①楼似绮：即绮楼，华美的楼阁。唐韦应物《拟古》之四："绮楼何氤氲，朝日正杲杲。"

②上阳宫：参卷二温庭筠《清平乐》"上阳春晚"注①。

③钿笼金琐：装饰华美的笼锁。钿笼：指帘笼，与金锁相对应。睡鸳鸯：唐杜甫《绝句》："泥融飞燕子，沙暖睡鸳鸯。"

④香雪腻：指女子肌肤芬芳白皙润泽。

⑤欲清明：将近清明。韦庄《丙辰年鄜州遇寒食城外醉吟五首》之五："雨丝烟柳欲清明，金屋人闲暖凤笙。"

【简析】

词写宫怨。起三句以绮楼繁花的丽景，反衬幽闭宫中的寂寞。接写钿笼金锁珠翠的奢华，掩不住帘冷露浓的凄凉。过片转写宫女的美艳，以清明时节细雨双飞的黄莺，映衬宫女的孤单。结二句点出宫女惆怅寂寞的原因，是思念"桥边沉醉"的"公子"。想那放浪不拘的"公子"，当是她入宫前的旧相识吧，此时醉卧桥边，是否因为思念入宫的她，而酗酒致醉呢？很显然，此词与一般的宫怨之作有很大的不同。在宫怨类作品的常规写作中，车辇不来是致怨的主因，望幸是宫女的基本心理指向。但此词中的宫女显然不是这样，她思念的对象不是辇毂金銮，而是大内之外桥边沉醉的"公子"。早期的词，不是一种十分严肃的文体，词人写作时自由随意性较大，即如《花间集》中的江神类、女冠类作品，时有唐突亵渎之处，但写者读者、歌者听者都司空见惯，不以为怪。对于此首宫怨词，亦当如是视之。

柳　枝

腻粉琼妆透碧纱①。雪休夸②。金凤搔头坠鬓斜③。发交加④。　倚着云屏新睡觉⑤。思梦笑。红腮隐出枕函花⑥。有些些⑦。

【注释】

①腻粉：细腻润滑之妆粉。唐元稹《春六十韵》："腻粉梨园白，胭脂桃径红。"琼妆：女子妆成面如琼玉。

②雪休夸：言雪色不如女子琼装之洁白。

③金凤搔头：凤簪。搔头：簪的别称。三国魏繁钦《定情诗》："何以结相于？金薄画搔头。"

④交加：相加，加于其上。此言女子鬓发叠集。

⑤新睡觉：刚睡醒。唐王建《村居即事》："斜月照房新睡觉，西峰半夜鹤来声。"

⑥隐出：隐约现出。唐王季文《九华山谣》："丹崖压下庐霍势，白日隐出牛牛星。"枕函：枕套。唐张祜《病宫人》："惆怅近来消瘦尽，泪珠时傍枕函流。"

⑦些些：少许，一点儿。唐元稹《答友封见赠》："扶床小女君先识，应为些些似外翁。"

【简析】

词赋女子睡态。起二句描写女子胜过白雪的肤色，透出碧纱橱外；接二句写她秀发散乱枕上，凤钗斜坠鬓边。上片四句，其实只说女子肤白发美，但此简单意思置于睡眠状态下形象展示，还是产生出撩人心魂的美感效果。过片写她睡醒倚屏，回味梦境，不觉露出娇羞的笑意。那无法言表的梦中情味，都隐现在她的一笑之间。词笔在敏锐捕捉了女子的一抹笑意之后，再写她腮边些微枕花印痕，可谓体贴入微。"些些"一叠，形容传神，声口入妙。此词浮薄香艳，但未涉秽亵，情调尚属健康。例之六朝宫体，与萧纲《咏内人昼眠》相类；例之《花间》词，和温庭筠《菩萨蛮》"小山重叠金明灭"仿佛。《花间》词写女子睡梦者极多，几乎形成一个套式，那就是入睡惊梦、梦醒相思，女子在回味梦中光景时，不是愁损黛眉，就是泪湿粉面，像此首中"思梦笑"者，亦所仅见。几乎所有《花间》词中的女子忆梦都是"咀苦"，只有她的忆梦是在"回甘"。此词中的女子，应是尚处在"不谙离恨苦"的天真烂漫年纪，所以才会露出这无数泪眼愁眉中难得一见的笑脸。

南歌子

柳色遮楼暗，桐花落砌香①。画堂开处远风凉。高卷水精帘额②，衬斜阳。

【注释】

①桐花：桐树的花。唐李德裕《画桐花凤扇赋序》："成都夹岷江，矶岸多植紫桐，每至春暮，有灵禽五色，小于玄鸟，来集桐花，以饮朝露。"唐白居易《桐花》："春令有常候，清明桐始发。何此巴峡中，桐花开十月？"砌：台阶。

②帘额：帘子的上端。唐李贺《宫娃歌》："寒入罘罳殿影昏，彩鸾帘额着霜痕。"

【简析】

词写暮春初夏风光。柳色转深，桐花飘落，正是春去夏来时候。小楼掩映在柳烟深处，台阶之上落花飘香，的确小有韵致。画堂门开，帘额高卷，远风送来丝丝凉意，夕阳斜照，在画堂里洒下一缕暖亮的辉光。此词单纯写景，不触及人的活动与情感，意境明丽幽静。语言一洗《花间》浓艳，如"初日芙蓉"，清新自然。

其 二

岸柳拖烟绿①，庭花照日红②。数声蜀魄入帘栊③。惊断碧窗残梦，画屏空。

【注释】

①岸柳句：言岸柳倒垂，似绿烟摇曳。

②庭花：庭院之花朵。唐卢储《官舍迎内子有庭花开》："芍药斩新栽，当庭数朵开。"

③蜀魄：即杜鹃、子规。唐李咸用《题王处士山居》："蜀魄叫回芳草色，鹭鸶飞破夕阳烟。"

【简析】

词写啼鹃惊梦。起二句写岸柳庭花，绿绦曳烟，红艳照日，春意正浓。接写几声杜鹃鸟的啼鸣，传入帘栊之内，惊醒了绿窗睡眠女子的残梦。一结三字，写女子梦醒后的空虚寂寞之感。此词先写"明丽之韶光"，后接"残梦屏空"，则"花明柳暗，皆成春色恼人"，是以丽景衬哀情的写法。

其 三

锦荐红鸂鶒[①],罗衣绣凤凰。绮疏飘雪北风狂[②]。帘幕尽垂无事,郁金香[③]。

【注释】

①锦荐句:言锦荐上绣红色鸂鶒图案。锦荐:以锦缘饰的席褥。亦泛指华美的垫席。南朝梁徐悱《赠内》:"网虫生锦荐,游尘掩玉床。"

②绮疏:指雕刻成空心花纹的窗户。《后汉书·梁冀传》:"窗牖皆有绮疏青琐,图以云气仙灵。"李贤注:"绮疏谓镂为绮文。"

③郁金香:多年生草本植物,春季开花,有黄、白、红等色,花色艳丽。又名紫述香、麝香草,可制香料,酿酒。唐卢照邻《长安古意》:"双燕双飞绕画梁,罗纬翠被郁金香。"

【简析】

词写闺中寂寞。起二句描写锦褥罗衣上的图案,鸂鶒、凤凰都是成双之鸟,以之反衬女子的孤单。接写绮窗外风吹雪飘的寒冷天气。结二句写闺中帘幕尽垂,遮风保暖,寒日无事,焚香饮酒。词的主要篇幅都放在衣饰服用和天气的描写上,只"无事"二字,微逗人情,词旨的表达极为含蓄蕴藉。或解"飘雪"为"飘絮",言词写春怨,但这样解释与"北风"不谐,说法恐难成立。

卷五

张泌 四首

江城子

碧栏干外小中庭①。雨初晴。晓莺声。飞絮落花,时节近清明。睡起卷帘无一事②,匀面了③,没心情④。

【注释】

①中庭:庭院,庭院之中。南朝宋鲍照《梅花落》:"中庭杂树多,偏为梅咨嗟。"

②无一事:唐韦应物《赠萧河南》:"对琴无一事,新兴复何如。"此言女子无所事事。

③匀面:擦匀脸上脂粉。

④没心情:没兴致,情绪低落。

【简析】

词写女子春情。前五句描写清明时节的暮春景色,流丽的词句中,寓有伤春之意。后三句写女子睡起后的动作和心理。"无一事"见其百无聊赖,于是就找点事干,化化妆吧,但化过妆后,更觉无情无绪,这是为什么呢,词到此打住,不加说破,给读者留下想象和回味的余地。此词以浅俗之言,发清新之思,"与李易安不复差别"。《古今词话》载有此首和下一首《江城子》的本事，可资解读时参酌。

其　二

浣花溪上见卿卿①。脸波明②。黛眉轻。绿云高绾，金簇小蜻蜓③。好是问他来得么④，和笑道，莫多情。

【注释】

①浣花溪：一名濯锦江，又名百花潭。在今四川成都西郊，为锦江支流。溪畔有杜甫故居浣花草堂。唐杜甫《将赴成都草堂途中有作先寄严郑公五首》之三："竹寒沙碧浣花溪，橘刺藤梢咫尺迷。"仇兆鳌注引《梁益记》："溪水出湔江，居人多造彩笺，故号浣花溪。"卿卿：参卷三牛峤《柳枝》"解冻风来末上青"注②。

②脸波：眼波。唐白居易《天津桥》："眉月晚生神女浦，脸波春傍窈娘堤。"

③金簇句：金缕结成蜻蜓状首饰。

④好是：恰是，正是。唐白居易《吴中好风景》之二："况当丰熟岁，好是欢游处。"

【简析】

词写乍见生情，采男子的角度。起句写在浣花溪上遇见心爱的女子，"脸波明"以下四句，是男子看到的女子美丽形象。末三句写分别之时，男子欲结后约，试探性地询问下次可还再来，女子含笑打趣道莫要自作多情。这似拒不拒的回答，加上含笑的表情，"妙在若会意、若不会意之间"，让人"更觉多情"。全词以对话作结，这种写法"词中甚不多见"，属于艺术上的新创。

河渎神

古树噪寒鸦①。满庭枫叶芦花②。昼灯当午隔轻纱③。画阁珠帘影斜。　门外往来祈赛客④,翩翩帆落天涯⑤。回首隔江烟火,渡头三两人家⑥。

【注释】

①寒鸦:寒天的乌鸦,受寒的乌鸦。隋杨广《失题》:"寒鸦飞数点,流水绕孤村。"

②枫叶芦花:深秋景物。唐许浑《京口闲居寄京洛友人》:"吴门烟月昔同游,枫叶芦花并客舟。"

③昼灯:神庙中所燃之长明灯。唐雍裕之《赠苦行僧》:"古殿长鸣磬,低头礼昼灯。"当午:正午,中午。唐李绅《悯农》之二:"锄禾日当午,汗滴禾下土。"轻纱:灯罩。

④祈赛客:祭神的香客。祈赛:即祈报祀典。《礼记·郊特牲》:"祭有祈焉,有报焉。"赛:报也。《史记·封禅书》:"冬赛祷祠。"唐司马贞索引:"赛,谓报神福也。"唐无名氏《敦煌廿咏》之十四《半壁树咏》:"森森神树下,祈赛不应赊。"

⑤翩翩:轻快飘动貌。汉蔡琰《悲愤诗》:"翩翩吹我衣,肃肃入我耳。"

⑥渡头:犹渡口,过河的地方。南朝梁萧纲《乌栖曲》之一:"采莲

渡头拟黄河，郎今欲渡畏风波。"

【简析】

词咏本调，描写河畔神祠景色，抒发客子旅愁。起二句神祠秋景中，满含萧瑟之感。接写"昼灯当午"，映出珠帘斜影，的确是不可移易的神祠光景。过片写神祠门前，香客往来；江上帆影，驶向天涯。结二句最为出色，"可作画景"（李冰若《栩庄漫记》），那隔江星点灯火、渡头三两人家的景语里，包含的是客子黄昏旅途的惆怅惘然之感。此词自首至尾，都有一个观察者，就是始终没有直接出场的客子，他或者是到神祠游览，或者是借宿，词中所写，都是他眼中所见。

蝴蝶儿

蝴蝶儿。晚春时。阿娇初着淡黄衣①。倚窗学画伊②。　还似花间见，双双对对飞。无端和泪拭燕脂③。惹教双翅垂④。

【注释】

①阿娇：指汉武帝陈皇后，其母为武帝姑馆陶长公主。《汉武故事》："胶东王（刘彻）数岁，公主抱置膝上问曰：'儿欲得妇否？'长主指左右长御百余人，皆云不用，指其女：'阿娇好否？'笑对曰：'好，若得阿娇作妇，当作金屋贮之。'长主大悦。"此代指词中女子。

②画伊：画蝶。伊，指蝴蝶。

③拭燕脂：揩擦画蝶之颜料。燕脂：又作胭脂。化妆颜料。五代马缟《中华古今注》："盖起自纣，以红蓝花汁凝作燕脂。以燕国所生，故

曰燕脂。涂之作桃花妆。"此指女子画蝶之颜料。

④惹教句：言女子泪坠画幅，蝶翅为之沾湿下垂。惹教：致使。

【简析】

词咏本调。但所写不是花丛中的真蝴蝶，而是少女学画之蝴蝶，"画上的蝴蝶却处处当作真蝴蝶去写，又关合作画美人的情感"（俞平伯《唐宋词选释》），真幻莫辨，人物一体，借题咏蝴蝶暗写少女春情，含思宛转，蕴藉隽妙。天真烂漫的少女临窗学画蝴蝶，本是一团高兴，但画着画着，那双双对对飞绕花间的蝴蝶，触起了她莫名的怀春情绪，于是一团高兴变成一腔烦恼，她竟自感伤落泪，沾湿了画幅上的蝶翅。"无端"二字，写出少女心理之微妙变化，是全词意脉结构上的得力处。

毛文锡 三十一首

【小传】

毛文锡，生卒年不详，字平珪，高阳（今属河北）人，唐太仆卿毛龟范之子。年十四，登进士第。唐亡，仕前蜀，任中书舍人、翰林学士，与贯休时有诗歌唱和。迁翰林学士承旨。永平四年（九一四），迁礼部尚书，判枢密院事。通正元年（九一六），兼文思殿大学士，官至司徒。天汉元年（九一七），贬茂州司马。或云前蜀亡后，随王衍入洛而卒。一说未几复事孟氏，与欧阳炯等五人以小词为后蜀主孟昶所赏，人称"五鬼"。事迹主要见《十国春秋》卷四一本传。毛文锡词，《花间集》录三十一首，《尊前集》录一首，共存三十二首。

虞美人

鸳鸯对浴银塘暖①。水面蒲梢短②。垂杨低拂曲尘波③。蛟丝结网露珠多④。滴圆荷。　　遥思桃叶吴江碧⑤。便是天河隔⑥。锦鳞红鬣影沉沉⑦。相思空有梦相寻。意难任⑧。

【注释】

①鸳鸯对浴：一对鸳鸯在水中梳洗羽毛。唐杜牧《齐安郡后池绝句》："尽日无人看微雨，鸳鸯相对浴红衣。"银塘：清澈明净的池塘。南朝梁萧纲《和武帝宴诗二首》之一："银塘泻清渭，铜沟引直漪。"

②蒲梢：蒲草的叶尖。唐罗隐《题袁溪张逸人所居》："蒲梢猎猎燕差差，数里溪光日落时。"

③曲尘波：淡黄色水波。曲尘：酒曲上所生菌，因色淡黄如尘，故名。亦用以指淡黄色。唐白居易《春江闲步赠张山人》："晴沙金屑色，春水曲尘波。"

④蛟丝：此指蛛丝。唐曹唐《小游仙诗》之九十六："蛟丝玉线难裁割，须借玉妃金剪刀。"

⑤桃叶：晋王献之爱妾名。宋张敦颐《六朝事迹·桃叶渡》："桃叶者，王献之爱妾名也；其妹曰桃根。"常借指爱妾或所恋的女子。唐皇甫松《江上送别》："隔筵桃叶泣，吹管杏花飘。"吴江：吴淞江的别称。

⑥天河：即银河。《诗经·大雅·云汉》："倬彼云汉。"汉郑玄

《笺》："云汉，谓天河也。"北周庾信《镜赋》："天河渐没，日轮将起。"

⑦锦鳞句：言不见传书之鱼。锦鳞红鬣：彩鳞红鳍，鱼之美称，此代指信使。

⑧难任：犹难当。三国魏曹植《杂诗》之一："方舟安可极，离思故难任。"余冠英注："难任，难当。"

【简析】

词写相思之情。上片描写春日芳景，蒲芽出水，垂柳低拂，蛟丝结网，露滴圆荷，用笔细致真切。"鸳鸯对浴"是这幅春日图画的中心，它呼起人物的相思之情，并反衬相思者的孤独寂寞。下片写思念之苦。情人远隔吴江，迢遥如隔天河，不仅无缘晤面，音讯亦难相通。于是满腹相思之情，只有托之于虚幻无凭的梦境，让人惆怅不堪。此词抒情主人公性别不明，由"遥思桃叶"一句推测，其为男子思念去妾而发乎？亦未可知。

其　二

宝檀金缕鸳鸯枕①。绶带盘宫锦②。夕阳低映小窗明。南园绿树语莺莺。梦难成。　玉炉香暖频添炷③。满地飘轻絮。珠帘不卷度沉烟④。庭前闲立画秋千⑤。艳阳天⑥。

【注释】

①宝檀句：言枕之精美。宝檀：作枕之檀香木。以其珍贵，故称。唐鉴空《示柳理》："牛虎相交与角牙，宝檀终不灭其华。"

②绶带：古代用以系官印等物的丝带。唐玄宗《千秋节赐群臣镜》："更衔长绶带，留意感人深。"此指衣带。宫锦：宫中特制或仿造宫样所

制的锦缎。唐岑参《胡歌》:"黑姓蕃王貂鼠裘,葡萄宫锦醉缠头。"此泛指精美之锦缎。

③添炷:添加香炷。唐刘禹锡《同乐天和微之深春二十首》之六:"炉添龙脑炷,绶结虎头花。"

④度沉烟:飘过沉香之烟气。沉烟:沉香烟。唐王琚《美女篇》:"玉台龙镜洞彻光,金炉沉烟酷烈芳。"

⑤画秋千:指索架上有绘饰的秋千。韦庄《长安清明》:"紫陌乱嘶红叱拨,绿杨高映画秋千。"

⑥艳阳天:阳光明媚的春天。唐杜甫《数陪李梓州泛江有女乐在诸舫戏为艳曲》之一:"竞将明媚色,偷眼艳阳天。"

【简析】

词写闺情。起二句描写枕带,暗示其人睡眠。接写绿树莺语扰梦,言下颇有懊恼之意。"夕阳低映小窗明"一句,是女子醒后所见,乃词中佳语。过片写闺中香炷频添,院落满地飘絮,而以"珠帘"联结室内外。室外艳阳天气,秋千闲立,却不见女子出来戏耍。篇中只"梦难成"三字微逗情思,其余全为景语,通过描写暗示,如"香炷频添"见其无聊,"秋千闲立"见其无绪,表情深隐含蓄。通篇藻采富丽,亦有佳句,然情致稍乏。

酒泉子

绿树春深,燕语莺啼声断续。蕙风飘荡入芳丛①。惹残红②。　柳丝无力袅烟空。金盏不辞须满酌③。海棠花下思朦胧。醉香风④。

【注释】

①蕙风:指和暖的春风。晋左思《魏都赋》:"珍树猗猗,奇卉萋萋,蕙风如熏,甘露如醴。"芳丛:丛生的繁花。南朝梁鲍泉《咏蔷薇诗》:"佳丽新妆罢,含笑折芳丛。"

②残红:凋残的花,落花。唐王建《宫词》之九十:"树头树底觅残红,一片西飞一片东。"

③金盏:酒杯的美称。唐杜甫《江畔独步寻花七绝句》之四:"谁人载酒开金盏,唤取佳人舞绣筵。"

④香风:带有香气的风。唐杨师道《赋终南山用风字韵应诏》:"登临日将晚,兰桂起香风。"

【简析】

词写春日醉酒。上片描写绿树春深、燕语莺啼、蕙风飘荡、残红零落的暮春景物,兴起良辰易逝、好景难常之感,为下片醉酒铺垫。过片再写柳丝无力,强化上片景物描写透出的衰飒感觉。接写痛饮美酒,醉入花丛,结出及时行乐之意。

喜迁莺

芳春景，暖晴烟①。乔木见莺迁②。传枝隈叶语关关③。飞过绮丛间④。　锦翼鲜⑤，金毳软⑥。百啭千娇相唤。碧纱窗晓怕闻声，惊破鸳鸯暖。

【注释】

①暖：日光昏暗。晴烟：日光照射时空气中似烟若雾的光影。唐戴叔伦《崇德道中》："暖日菜心稠，晴烟麦穗抽。"

②莺迁：《诗经·小雅·伐木》："伐木丁丁，鸟鸣嘤嘤。出自幽谷，迁于乔木。"嘤嘤为鸟鸣声。自唐以来，常以嘤鸣出谷之鸟为黄莺，故以"莺迁"指登第，或为升擢、迁居的颂词。唐卢照邻《五悲·悲今日》："各自云腾羽化，谷变莺迁，鸣香车于阙下，曳珠履于君前。"此处写实无寓意。

③传枝隈叶：言黄莺从树枝间飞过，依偎树叶栖息。关关：鸟类雌雄相和的鸣声。后亦泛指鸟鸣声。《诗经·周南·关雎》："关关雎鸠，在河之洲。"毛《传》："关关，和声也。"南朝宋鲍照《代悲哉行》："翩翩翔禽罗，关关鸣鸟列。"

④绮丛：繁花似锦的树丛。唐裴铏《封陟》："难窥舞蝶于芳草，每妒流莺于绮丛。"

⑤锦翼：锦色的翅翼。唐郑谷《鹧鸪》："暖戏烟芜锦翼齐，品流应

得近山鸡。"

⑥金毳（cuì）：黄莺的金色羽毛。毳：鸟兽的细毛。《周礼·天官·掌皮》："共其毳毛为毡，以待邦事。"郑玄注："毳毛，毛细缛者。"

【简析】

　　词咏本调，就题敷衍。起二句描写芳春烟景，第三句点题，接二句具写乔木莺迁之状。过片三句，细描黄莺羽毛之美和啼声之娇。"碧纱窗晓怕闻声"一句，由咏物转为写人，百啭千娇的莺声，惊破了碧纱窗内、鸳鸯被中的好梦，故而让人"怕闻"。结二句化用金昌绪《春怨》诗意，一首题咏本调之作，终又落入《花间》艳情的窠臼。

赞成功

　　海棠未坼①，万点深红。香包缄结一重重②。似含羞态，邀勒春风③。蜂来蝶去，任绕芳丛④。　　昨夜微雨，飘洒庭中。忽闻声滴井边桐。美人惊起，坐听晨钟。快教折取，戴玉珑璁⑤。

【注释】

　　①坼：绽裂。唐郑史《永州送侄归宜春》："到家黄菊坼，亦莫怪归迟。"

　　②香包句：言花萼层层包裹。香包：即香苞、花苞。唐元稹《山枇杷》："压枝凝艳已全开，映叶香苞才半裂。"缄结：缄合聚结。

　　③邀勒：强迫，逼勒。唐李山甫《牡丹》："邀勒春风不早开，众芳飘后上楼台。"

④芳丛：丛生的繁花。唐刘宪《奉和春日幸望春宫应制》："莺藏嫩叶歌相唤，蝶碍芳丛舞不前。"

⑤珑璁：金玉声。唐白居易《夜归》："半醉闲行湖岸东，马鞭敲镫辔珑璁。"此指首饰。温庭筠《屈柘词》："绣衫金騕褭，花髻玉珑璁。"

【简析】

词咏海棠。上片描写形容海棠含苞待放，用"海棠未坼"的说明句领起，一路而下，虽辞藻浓艳，然语意直白。下片转写夜雨滴落桐叶之声，惊醒美人，她催促丫鬟，赶紧折来海棠，以为晨妆插戴之用。一片惜花爱美之心，一种"有花堪折直须折"的意思，写来竟这样语直气急，缺乏婉转韵致。此词下片系从韩偓《懒起》"昨夜三更雨"几句化出，两相比较，则毛词的质直率露更是显而易见。因此，这首词被论者目为"庸陋"之作的代表（沈雄《古今词话》引叶梦得语）。或谓词写少女与情人欢会，不知所云者何。

西溪子

昨日西溪游赏①。芳树奇花千样。琐春光②。金樽满。听弦管③。娇妓舞衫香暖④。不觉到斜晖⑤。马驮归。

【注释】

①西溪：泛指游赏之地。唐李商隐《西溪》："怅望西溪水，潺湲奈尔何。"

②琐：留住之意。

③弦管：乐器，此指弦管乐曲。北周庾信《乌夜啼》："虽言入弦管，终是曲中啼。"

④娇妓：娇媚的歌妓。香暖：唐戴叔伦《独不见》："身轻逐舞袖，香暖传歌扇。"

⑤斜晖：傍晚西斜的阳光。南朝梁萧纲《序愁赋》："玩飞花之入户，看斜晖之度寮。"

【简析】

词写冶游之乐。起句仍是明说直叙，二句形容花树繁多，却似泛语套话。接写饮酒、听乐、观妓的冶游内容，乃当时士大夫生活之常态。结二句写耽溺宴乐，不觉已到黄昏，烂醉如泥之人驮在马背上归家。此词虽写出了浓厚的游兴，但词意终觉浅直。"马驮归"的"驮"字，用得生新，是词中唯一的亮点。

中兴乐

豆蔻花繁烟艳深①。丁香软结同心②。翠鬟女。相与③。共淘金④。　　红蕉叶里猩猩语⑤。鸳鸯浦⑥。镜中鸾舞⑦。丝雨⑧。隔荔枝阴⑨。

【注释】

①烟艳深：烟霭花光相和，愈觉花丛繁茂幽深。唐齐己《题南平后园牡丹》："暖披烟艳照西园，翠幄朱栏护列仙。"

②丁香句：言丁香花蕾如同心结。

③相与：共同，一道。晋陶潜《移居》之一："奇文共欣赏，疑义相与析。"

④淘金：用水选法去沙取金。《魏书·食货志》："又汉中旧有金户千余家，常于汉水沙淘金，年终总输。"唐刘禹锡《浪淘沙》："日照澄洲江雾开，淘金女伴满江隈。"

⑤猩猩语：古人以为猩猩能言。《礼记·曲礼上》："猩猩能言，不离禽兽。"亦作狌狌。《山海经·南山经》："有兽焉，其状如禺而白耳，伏行人走，其名曰狌狌。"唐张籍《贾客乐》："秋江初月猩猩语，孤帆夜发满湘渚。"

⑥鸳鸯浦：鸳鸯栖息的水滨。唐李益《长干行》："鸳鸯绿浦上，翡翠锦屏中。"

⑦镜中鸾舞：此句或为暗喻写法，即溪水如镜，淘金之翠鬟女活泼嬉戏，其影映入水中，如鸾凤起舞。参卷一温庭筠《菩萨蛮》"宝函钿雀金鸂鶒"注⑥。

⑧丝雨：细雨如丝。唐韩偓《元夜即席》："元宵清景亚元正，丝雨霏霏向晚倾。"

⑨荔枝阴：荔枝树荫。唐卢纶《送从舅成都县丞广归蜀》："晚程椒瘴热，野饭荔枝阴。"

【简析】

词写南土风光。从两个方面入笔：一是自然环境的描写，豆蔻、丁香、红蕉、猩猩、荔枝等动植物意象，为"炎方"水土上所生长，显示出鲜明的地域特色。二是特定地域环境里的特殊民俗，词中所写少女们结伴淘金的劳动场面，为中土所无。荔枝树下避雨的场景，在北方内地也不可能看到。但词中如"烟艳深"、"软结同心"、"鸳鸯浦"、"镜中鸾舞"等语词，其藻采已染有《花间》艳情风味，冲淡了全词的南粤风土气息。或谓词借南国风景写男女爱情，说可参考。

更漏子

春夜阑①，春恨切②。花外子规啼月③。人不见，梦难凭。红纱一点灯④。　　偏怨别。是芳节⑤。庭下丁香千结⑥。宵雾散⑦，晓霞辉⑧。梁间双燕飞。

【注释】

①春夜阑：春夜将尽。唐李商隐《偶成转韵七十二句赠四同舍》："我时憔悴在书阁，卧枕芸香春夜阑。"

②切：深切。

③子规啼月：子规鸟在月夜啼鸣。用以渲染愁怨情绪。唐李白《蜀道难》："又闻子规啼夜月，愁空山。"唐薛涛《赠杨蕴中》："月明窗外子规啼，忍使孤魂愁夜永。"

④一点灯：犹一盏灯。唐李昌符《秋夜作》："芙蓉叶上三更雨，蟋蟀声中一点灯。"

⑤芳节：阳春时节，亦泛指佳节良时。南朝宋刘铄《代收泪就长路》："徘徊去芳节，依迟从远军。"

⑥丁香千结：指千万丁香花蕾，以喻女子郁结之愁心。

⑦宵雾：夜雾。西晋成公绥《隶书体》："仰而望之，郁若宵雾朝升，游烟连云；俯而察之，漂若清风厉水，漪澜成文。"

⑧晓霞：朝霞。唐许浑《酬河中杜侍御重寄》："春雪预呈霜简白，晓霞先染绣衣红。"

【简析】

此首写闺情怨思。从夜阑切入，正是"怒如调饥"之时，故其"春恨"格外急切，而以"花外子规啼月"一句景语烘染之。现实中人既不见，虚空里梦更无凭，女子已无任何慰藉，寂寂空帏，凄凄暗室，唯余红纱罩里残灯一点，映照出深闺中黎明前的寂寞黯淡，女子梦醒痴望出神之际，殊觉触目惊心。那一片寂黯中殷红如血的一点，对女子的情感心理，是刺激也是唤醒，让她瞠目呆望，几欲失声一哭。过片强调芳时伤别，让人不堪，再以"庭下丁香千结"一句景语设喻。结以雾散日出，与起句"夜阑"呼应，"梁间双燕飞"再衬一笔，蕴蓄不尽之意，读者自可意会。毛文锡词多伤质直，"如此首之婉而多怨，绝不概见，应为其压卷之作"（李冰若《栩庄漫记》）。

接贤宾

香鞯镂襜五花骢①。值春景初融②。流珠喷沫蹀躞③，汗血流红④。　少年公子能乘驭，金镳玉辔珑璁⑤。为惜珊瑚鞭不下⑥，骄生百步千踪⑦。信穿花，从拂柳⑧，向九陌追风⑨。

【注释】

①香鞯（jiān）镂幨（chān）：精美的鞍鞯。五花骢（cōng）：毛色斑驳之马，或谓即五花马，唐人喜将骏马鬃毛修剪成瓣以为饰，分成五瓣者，称"五花马"，亦称"五花"。或谓五花马指马之毛色作五花纹者，见唐李白《将进酒》王琦注。唐韩翃《送王光辅归青州兼寄储侍御》："远忆故人沧海别，当年好跃五花骢。"

②值：当。

③流珠喷沫：马喷吐唾沫。《庄子·秋水》："子不见夫唾者乎？喷则大者如珠，小者如雾。"蹀躞：亦作蹀蹀，马行貌。唐柳宗元《同刘二十八院长述旧言怀感时书事》："蹀躞骎先驾，笼铜鼓报衙。"

④汗血流红：言马汗如血。《史记·大宛列传》："大宛在匈奴西南，在汉正西，去汉可万里。其俗土著，耕田，田稻麦。有蒲陶酒。多善马，马汗血，其先天马子也。"唐杜甫《洗兵马》："京师皆骑汗血马，回纥喂肉蒲萄宫。"

⑤金镳（biāo）：饰金之马勒。三国魏嵇康《与山巨源绝交书》："虽饰以金镳，飨以嘉肴，逾思长林而志在丰草也。"唐李百药《少年行》："少年飞辇盖，上路勒金镳。"玉辔：饰玉之马缰。唐陈陶《巫山高》："飘飖丝散巴子天，苔裳玉辔红霞幡。"珑璁：金玉声。唐白居易《夜归》："半醉闲行湖岸东，马鞭敲镫辔珑璁。"

⑥珊瑚鞭：嵌饰珊瑚的华美马鞭。南朝梁萧纲《紫骝马》："宛转青丝鞚，照耀珊瑚鞭。"不下：鞭不打下来。

⑦骄生：生出骄纵之态。张说《舞马千秋万岁乐府词》："连骞势出鱼龙变，蹀躞骄生鸟兽行。"百步千踪：状马信步纵跃之态。

⑧信穿花二句：言听任骢马在花柳间驰行。唐雍陶《公子行》："金

鞭留当谁家酒,拂柳穿花信马归。"

⑨九陌:汉长安城中的九条大道。《三辅黄图·长安八街九陌》:"《三辅旧事》云:长安城中八街九陌。"泛指都城大道和繁华闹市。唐骆宾王《帝京篇》:"三条九陌丽城隅,万户千门平旦开。"追风:言马速之快。唐薛涛《马离厩》:"雪耳红毛浅碧蹄,追风曾到日东西。"

【简析】

词咏宝马,侧写公子纵游。从马的鞍饰、毛色、汗血、镳辔、神气、步态、速度等方面,着意刻画,再以少年公子、珊瑚马鞭、阳春花柳、帝都九陌加以衬托,既完成了形容宝马神骏的题旨,也间接表现了纵游公子的狂荡习性。全词微觉堆垛,然说其"缺少生气",恐亦未必,只是意义不大。

赞浦子

锦帐添香睡,金炉换夕熏。懒结芙蓉带①,慵拖翡翠裙。　　正是桃夭柳媚②,那堪暮雨朝云③。宋玉高唐意④,裁琼欲赠君⑤。

【注释】

①芙蓉带:绣有芙蓉花的衣带。南朝梁萧绎《乌栖曲》:"交龙成锦斗凤纹,芙蓉为带石榴裙。"唐李商隐《独居有怀》:"数急芙蓉带,频抽翡翠簪。"

②桃夭柳媚:形容女子年轻貌美。《诗经·周南·桃夭》:"桃之夭夭,灼灼其华。"汉毛亨《传》:"夭夭,其少壮也。灼灼,华之盛也。"

③暮雨朝云：参卷二韦庄《归国遥》"春欲晚"注⑥。

④宋玉句：即云雨之意。

⑤裁琼句：言欲寄以书信也。琼：琼瑶。《诗经·卫风·木瓜》："投我以木桃，报之以琼瑶。"比喻别人酬答的礼物、诗文、书信等。南朝梁江淹《谢法曹惠连赠别》："烟景若离远，末响寄琼瑶。"《文选》李善注："琼瑶，谓玉音也。报之琼瑶，谓书也。"唐刘禹锡《酬太原令狐相公见寄》："书信天外来，琼瑶满匣中。"

【简析】

词写春闺怨思。上片从闺中陈设写到衣饰服用，工笔重彩，刻画女子绮艳慵懒的情态，暗示其孤独寂寞的内心情感。过片二句，托出良辰美景无人共度一层意思。"那堪"者，不堪其无也，这两个字须细绎，不可粗粗看过。结二句用典，表深切的相思之意。此词藻采"繁丽颇似飞卿"，但意蕴的深隐方面则有所不及。

甘州遍

春光好，公子爱闲游。足风流。金鞍白马，雕弓宝剑，红缨锦襜出长楸①。　　花蔽膝②，玉衔头③。寻芳逐胜欢宴，丝竹不曾休。美人唱，揭调是甘州④。醉红楼。尧年舜日⑤，乐圣永无忧⑥。

【注释】

①红缨：红色马缰。锦襜：锦制鞍垫。长楸（qiū）：高大的楸树，

古代常种于道旁。《文选·曹植〈名都篇〉》："斗鸡东郊道，走马长楸间。"李周翰注："古人种楸于道，故曰'长楸'。"唐李商隐《访人不遇留别馆》："卿卿不惜琐窗春，去作长楸走马身。"此指种有楸树之大道。

②蔽膝：围于衣服前面的大巾，用以蔽护膝盖。《汉书·王莽传上》："母病，公卿列侯遣夫人问疾，莽妻迎之，衣不曳地，布蔽膝。"温庭筠《过华清宫二十二韵》："斗鸡花蔽膝，骑马玉搔头。"

③玉衔头：饰玉的马嚼口。唐秦韬玉《紫骝马》："臕大宜悬银压骻，力浑欺着玉衔头。"

④揭调：高亢的调子。唐高骈《赠歌者》之二："公子邀欢月满楼，佳人揭调唱伊州。"甘州：唐教坊曲名。《新唐书·礼乐志》十二："天宝乐曲，皆以边地名，若《凉州》、《伊州》、《甘州》之类。"唐薛逢《醉中闻甘州》："老听笙歌亦解意，醉中因遣合甘州。"

⑤尧年舜日：喻太平盛世。南朝梁沈约《四时白纻歌》："佩服瑶草驻容色，舜日尧年欢无极。"唐李峤《鼓》："舜日谐鼖响，尧年韵土声。"

⑥乐圣：《三国志·魏志·徐邈传》："时科禁酒，而邈私饮至于沉醉。校事赵达问以曹事，邈曰：'中圣人。'达白之太祖，太祖甚怒。度辽将军鲜于辅进曰：'平日醉客谓酒清者为圣人，浊者为贤人，邈性修慎，偶醉言耳。'竟坐得免刑。"后因以"乐圣"谓嗜酒。唐杜甫《饮中八仙歌》："左相日兴费万钱，饮如长鲸吸百川，衔杯乐圣称避贤。"

【简析】

词写公子游冶，旨归于颂圣，当是"以词章供奉内廷"的创作目的所致。起句仍是直说，这是毛词入手的习惯写法，而欲不伤质直，亦难矣。接下描写公子的乘骑、服用，一味铺排，极尽奢华。然后形容公子寻芳逐胜、听乐醉酒的欢场耽溺情状。最后把前面大肆渲染的公子冶游热闹，说成是太平盛世景象，达成了颂圣的创作意图。此词"丽藻沿于六朝"，自不待言，所谓"一种霸气，已开宋元间九宫三调门户"，是说写法上不加收敛的恣意漫衍铺张，已为宋元慢词俗曲的长言铺叙手法开出先例。

其 二

秋风紧，平碛雁行低[①]。阵云齐[②]。萧萧飒飒，边声四起[③]，愁闻戍角与征鼙[④]。　青冢北[⑤]，黑山西[⑥]。沙飞聚散无定，往往路人迷。铁衣冷[⑦]，战马血沾蹄。破蕃奚[⑧]。凤凰诏下[⑨]，步步蹑丹梯[⑩]。

【注释】

①平碛：平旷的沙漠。唐李洞《感知上刑部郑侍郎》："平碛容雕上，仙山许狄窥。"雁行：飞雁的行列。南朝梁萧纲《杂句从军行》："逦迤观鹅翼，参差睹雁行。"

②阵云：浓重厚积形似战阵的云，古人以为战争之兆。《史记·天官书》："阵云如立垣。"唐高适《燕歌行》："杀气三时作阵云，寒声一夜传刁斗。"

③边声：指边境上羌管、胡笳、画角、马鸣等声音。汉李陵《答苏武书》："胡笳互动，牧马悲鸣，吟啸成群，边声四起。"东汉蔡琰《胡笳十八拍》："日暮风悲兮边声四起，不知愁心兮说向谁是。"

④戍角：戍边者的号角。唐崔涂《陇上逢江南故人》："三声戍角边城暮，万里乡心塞草春。"征鼙：战鼓。唐杜荀鹤《乱后归山》："乱世

归山谷,征辔喜不闻。"

⑤青冢:指汉王昭君墓。在今内蒙古自治区呼和浩特市南。传说当地多白草而此冢独青,故名。唐杜甫《咏怀古迹》之三:"一去紫台连朔漠,独留青冢向黄昏。"仇兆鳌注:"《归州图经》:边地多白草,昭君冢独青。"

⑥黑山:亦名杀虎山,在今内蒙古自治区境内。唐柳中庸《征人怨》:"三春白雪归青冢,万里黄河绕黑山。"

⑦铁衣:铠甲,用铁片制成的战衣。古乐府《木兰诗》:"朔气传金柝,寒光照铁衣。"

⑧蕃奚:唐时奚族所建之国。《旧唐书》卷一九九《北狄传·奚》:"奚国,盖匈奴之别种也,所居亦鲜卑故地,即东胡之界也,在京师东北四千余里。东接契丹,西至突厥,南拒白狼河,北至霫国。……胜兵三万余人,分为五部……风俗并于突厥,每随逐水草,以蓄牧为业,迁徙无常。……其人善射猎,好与契丹战争。"

⑨凤皇诏:即凤凰诏,天子之诏也。天子诏书必自中书省发,中书省即禁苑中凤凰池所在地也,故云凤凰诏。唐李白《东武吟》:"恭承凤凰诏,欻起云萝中。"

⑩蹑丹梯:登上殿前之台阶。丹梯:即丹墀,红色的台阶,亦喻仕进之路。唐许浑《送上元王明府赴任》:"官满定知归未得,九重霄汉有丹梯。"

【简析】

词写边塞征战。上片总写边地景色,视觉、听觉双管齐下,秋风凛冽,平碛无边,雁行低掠,黑云成阵,戍角悲鸣,征辔雷动,一派肃杀悲凉之气。下片具体描写青冢之北、黑山以西的严酷环境和惨烈战事,表现戍边将士浴血奋战、不怕牺牲的英雄精神。结以破敌立功，朝廷封赏，洋溢的喜气与边塞的肃杀悲凉，形成鲜明的对比。这词尾的一抹亮色，是征人的理想，也是"供奉内廷"的需要。这里有几点需要说明：一是词中处理的边塞题材，形成的苍茫意境和悲壮风格，是对《花间》词境的突破，实属难能可贵；二是这类词影响下及宋词的边塞、战争题材写作，在词史上具有开创性意义；三是《花间》词人生活在偏安一隅、花围锦阵的西蜀小朝廷治下，本无边塞生活阅历和体验，这类写作皆是对前代边塞题材作品的意象、语汇、意境、风格的袭取，带有程度不同的仿写拟作性质；四是《花间》词人审美心理和价值取向的多面性，他们在某些时候也会产生对壮美境界和壮烈人生的需求，于是边塞词写作就成为他们这种需求的有效满足方式；最后一点，说出可能稍显刻薄，那就是本无雄图远略、经营心力的偏安小朝廷，以及供职在这小朝廷里的士大夫文人，也需要一种哪怕虚幻的宏大功业，来安慰自己，提振精神，如此说来，《花间集》中的这类边塞写作，就带有某种"意淫"的性质。

纱窗恨

新春燕子还来至。一双飞。垒巢泥湿时时坠①。涴人衣②。　　后园里、看百花发，香风拂、绣户金扉③。月照纱窗，恨依依④。

【注释】

①垒巢：衔泥筑巢。唐薛涛《离巢燕》："衔泥秽污珊瑚枕，不得梁

间更垒巢。"

②浣人衣：污人衣裳。唐韩愈《合江亭》："愿书岩上石，勿使泥尘浣。"

③绣户金扉：华美之门窗，闺人所居。唐毕耀《古意》："璇闺绣户斜光入，千金女儿倚门立。"唐李白《咏邻女东窗海石榴》："无由共攀折，引领望金扉。"

④恨依依：愁恨深长。韦庄《东阳赠别》："无限别情言不得，回看溪柳恨依依。"

【简析】

词写闺怨。上片描写新春燕子双双归来、衔泥筑巢的情景，暗示离人未归、闺中孤单的意思。"浣人衣"三字，将燕与人联系起来。下片转写人的活动，女子后院看花，聊作排遣，拂拂香风撩起了她的怀春意绪。结二句写她月夜怀思，展示她的心理波动，兼作点题，收束全词。此首敷衍成篇，确有"意浅词支"之弊。

其 二

双双蝶翅涂铅粉①。哂花心②。绮窗绣户飞来稳。画堂阴。　二三月、爱随飘絮，伴落花、来拂衣襟。更剪轻罗片，傅黄金③。

【注释】

①铅粉：也称铅白。古代妇女用来搽脸。五代马缟《中华古今注·粉》："自三代以铅为粉，秦穆公女弄玉有容德，感仙人箫史，为烧水银作粉与涂，亦名飞云丹。"《乐府诗集·横吹曲辞五·木兰诗二》："易却

纨绮裳,洗却铅粉妆。"

②唼花心:采花蕊。唼:吮吸。唐雍陶《状春》:"含春笑日花心艳,带雨牵风柳态妖。"唐张祜《题程氏书斋》:"雨燕衔泥近,风鱼唼网迟。"

③更剪二句:谓蝶翅轻如罗片,色如黄金。罗片:丝绸碎片。傅:附着。此指蝶色如傅金粉。

【简析】

此首咏蝶。描写春日蝴蝶采花、飞舞的种种情态,以铅粉、罗片、黄金加以形容,以绮窗、绣户、画堂,飘絮、落花、衣襟作为衬托,笔致较为细腻生动。对这类花间樽前、信手点染的小词,不必以缺乏深刻感情、重大意义责之,只赏其丽字佳句可也。即如此词摹写蝴蝶,"'唼'字尖,'稳'字妥",就是其可圈可点之处。小语致巧,伎俩止此,此外夫复何求。

柳含烟

隋堤柳①,汴河旁。夹岸绿阴千里②,龙舟凤舸木兰香③。锦帆张④。　因梦江南春景好⑤。一路流苏羽葆⑥。笙歌未尽起横流⑦。锁春愁⑧。

【注释】

①隋堤:隋炀帝时沿通济渠、邗沟河岸修筑的御道,道旁植杨柳,

后人谓之隋堤。唐韩琮《杨柳枝》："梁苑隋堤事已空，万条犹舞旧东风。"

②夹岸句：炀帝开通济渠，自西苑引谷水、洛水入黄，自板渚引黄入汴水，经泗水入淮河。渠广四十步，夹岸植杨柳。唐人多有咏隋堤柳的同题之作。唐白居易《隋堤柳》："隋堤柳，岁久年深尽衰朽。风飘飘兮雨萧萧，三株两株汴河口。老枝病叶愁杀人，曾经大业年中春。大业年中炀天子，种柳成行夹流水。西自黄河东至淮，绿阴一千三百里。"

③龙舟句：指炀帝游幸江都事，谓炀帝之舟船乃用木兰香木制成。唐颜师古《隋遗录》："炀帝将幸江都……至汴，帝御龙舟，萧妃乘凤舸，锦帆彩缆，穷极侈靡。"

④锦帆：锦制之华美船帆。《开河记》："炀帝御龙舟幸江都，舳舻相继，锦帆过处，香闻十里。"

⑤因梦句：言炀帝因梦江南春景好而南游。唐颜师古《隋遗录》："大业十二年，炀帝将幸江都，命越王侗留守东都。宫女半不随驾，争泣留帝。言辽东小国，不足以烦大驾，愿择将征之。攀车留捂，指血染鞅。帝意不回，因戏以帛题二十字赐守宫女，云：'我梦江都好，征辽亦偶然。但存颜色在，离别只今年。'"

⑥流苏羽葆：即皇帝仪仗中之车盖。《隋书·礼仪志》五："又有象辇，左右金凤，白鹿仙人，羽葆流苏，金铃玉佩，初驾二象，后以六驼代之。"

⑦笙歌句：言炀帝纵乐未毕而天下大乱。唐许浑《送沈单作尉江都》："炀帝都城春水边，笙歌夜上木兰船。"横流：水流不由其道。《孟子·滕文公》："洪水横流，泛滥于天下。"以喻天下大乱。

⑧锁春愁：谓隋堤柳亦因隋亡而含愁。

【简析】

　　词咏本调，写隋堤柳，抒盛衰兴亡感慨。起三句切题，描写汴河隋堤、柳荫千里的芳春烟景。接写炀帝汴河游幸，一路龙舟锦帆、流苏羽葆的空前盛况。所谓"太平天子，等闲游戏"，如此耽乐纵欲，必然招致"误国"的严重后果。笙歌未尽，横流已起，就是隋朝盛世遽然衰亡的形象写照。"锁春愁"三字一结，回应起句，明说柳色，实则喻写词人面对千古兴亡的惆怅之感。词作具有一定的讽刺戒鉴意义，抒情格调亦较深沉。

其　二

　　河桥柳[①]，占芳春。映水含烟拂路，几回攀折赠行人。暗伤神[②]。　　乐府吹为横笛曲[③]。能使离肠断续[④]。不如移植在金门。近天恩[⑤]。

【注释】

　　①河桥柳：长在河桥旁之柳树，唐诗中"河桥柳"之河桥，似多指折柳送别之灞河桥。唐宋之问《度大庾岭》其二："来日河桥柳，春条几寸生？"唐刘长卿《送姨子弟往南郊》："客路向楚云，河桥对衰柳。"

　　②几回二句：一次次折柳送别，使人黯然神伤。几回：多少回。唐刘禹锡："人世几回伤往事，山形依旧枕寒流。"

　　③横笛曲：乐府横吹曲中的《折杨柳》曲，辞多伤别之作。《折杨柳歌辞》："上马不捉鞭，反折杨柳枝。蹀座吹长笛，愁杀行客儿。"

　　④能使句：形容曲辞凄凉忧伤。离肠：充满离愁的心肠。唐武元衡《南徐别业早春有怀》："虚度年华不相见，离肠怀土并关情。"

⑤不如二句：用唐宣宗取永丰坊柳枝植禁中事。孟棨《本事诗·事感》："白尚书姬人樊素，善歌，妓人小蛮，善舞。尝为诗曰：'樱桃樊素口，杨柳小蛮腰。'年既高迈，而小蛮方丰艳，因为杨柳之词以托意，曰：'一树春风万万枝，嫩于金色软于丝。永丰坊里东南角，尽日无人属阿谁？'及宣宗朝，国乐唱是词，上问谁词，永丰在何处，左右具以对之。遂因东使，命取永丰柳两枝，植于禁中。白感上知其名，且好尚风雅，又为诗一章，其末句云：'定知此后天文里，柳宿光中添两枝。'"金门：金马门，代指皇宫。天恩：指帝王的恩惠。《后汉书·班超传》："幸得以微功，特蒙重赏，爵列通侯，位二千石，天恩殊绝。"

【简析】

词咏本调，写河桥柳，抒离别之情，托身世之感。上片描写灞桥春柳，映水含烟，依依有情，人间无数次的攀折赠别，让它暗自神伤，痛苦不堪。过片承上，写离别时吹奏的《折杨柳》曲，其悲伤哀怨能够摧断离人肝肠。"能使离肠断续"写音乐效果，下字构句，可称神奇。结二句言河桥柳不堪别离攀折之苦，希望移植到大内御沟，得近天恩。言外含有自伤不遇的身世感慨。

其 三

章台柳①，近垂旒②。低拂往来冠盖③，朦胧春色满皇州④。瑞烟浮⑤。　　直与路边江畔别。免被离人攀折。最怜京兆画蛾眉。叶纤时⑥。

【注释】

①章台柳：长安章台街所植之柳。唐韩翃《章台柳》："章台柳，章

台柳,昔日青青今在否?纵使长条似旧垂,亦应攀折他人手。"章台:汉长安街名。《汉书·张敞传》:"敞无威仪,时罢朝会,过走马章台街,使御吏驱,自以便面拊马。"

②垂旒:古代帝王贵族冠冕前后的装饰,以丝绳系玉串而成。汉班固《白虎通·绋冕》:"垂旒者,示不视邪。"南朝梁沈约《皇雅》:"执瑁朝群后,垂旒御百神。"此以之代指帝王。唐杜甫《秋日荆南述怀三十韵》:"垂旒资穆穆,祝网但恢恢。"

③冠盖:官员的冠服和车乘。冠:礼帽。盖:车盖。《史记·魏公子列传》:"平原君使者冠盖相属于魏。"南朝梁沈约《少年新婚为之咏》:"自顾虽悴薄,冠盖曜城隅。"

④皇州:帝都,京城。南朝宋鲍照《侍宴覆舟山》之二:"繁霜飞玉闼,爱景丽皇州。"

⑤瑞烟:祥瑞的烟气。唐杜审言《蓬莱三殿侍宴奉敕咏终南山应制》:"半岭通佳气,中峰绕瑞烟。"

⑥最怜二句:言嫩柳纤叶细如蛾眉。用汉张敞画眉事。参卷四牛峤《菩萨蛮》"玉钗风动春幡急"注⑥。

【简析】

词咏本调,写章台柳。上片描写其生长环境,因处于帝都通衢,故而长条"低拂往来冠盖",瑞烟笼碧,长势良好。换头再写章台柳因其地利,免受离人攀折之苦。结二句用张敞画眉的典故,不仅眉柳双喻入妙,更因张敞官京兆尹,章台为汉代长安街名,在其治下,用此典故,甚为恰切。至于词作是否如论者所言,系借咏章台柳喻写京城歌女舞伎,寄寓同情,则可各凭解会。

其　四

御沟柳①，占春多。半出宫墙婀娜②。有时倒影蘸轻罗③。曲尘波④。　昨日金銮巡上苑⑤。风亚舞腰纤软⑥。栽培得地近皇宫⑦。瑞烟浓。

【注释】

①御沟柳：植于御沟旁的禁苑柳树。唐人多有咏御沟柳诗，进士试诗亦有以御沟柳为题者，唐德宗贞元八年（七九二）卢赞主考，即以《御沟新柳》为题，中试者二十三人，崔群、欧阳詹、韩愈等皆负才名，号"龙虎榜"。唐李观《御沟新柳》："御沟回广陌，芳柳对行人。"

②婀娜：轻盈柔美貌。三国魏曹植《洛神赋》："含辞未吐，气若幽兰。华容婀娜，令我忘餐。"

③轻罗：喻御沟水。

④曲尘波：参卷五毛文锡《虞美人》"鸳鸯对浴银塘暖"注③。

⑤金銮：皇宫正殿金銮殿，或饰有金鸾的皇帝车驾，皆指代皇帝。上苑：皇家的园林。南朝梁鲍泉《落日看还诗》："妖姬竞早春，上苑逐名辰。"

⑥风亚：被风吹低。亚，低压。舞腰：以喻柳枝袅娜。唐赵嘏《东亭柳》："不知别后谁攀折，犹自风流胜舞腰。"

⑦得地：得到适宜生长的土壤。《艺文类聚》卷八八引南朝梁沈约《高松赋》："郁彼高松，栖根得地。"

【简析】

词咏本调，写御沟柳。这是比章台柳更占地利的柳树，栽培得地，沐浴皇恩，既无汴河柳的兴亡之愁，又无河桥柳的攀折之苦，也无章台柳的风尘之色，占尽春时，叨陪荣宠。御沟柳的意象上，隐约寄托着"供奉内廷"的词人的仕进希宠愿望。

醉花间

休相问。怕相问。相问还添恨。春水满塘生，鸂鶒还相趁①。　昨夜雨霏霏，临明寒一阵②。偏忆戍楼人③，久绝边庭信④。

【注释】

①相趁：跟随，相伴。唐白居易《劝酒》："天地迢迢自长久，白兔赤乌相趁走。"

②昨夜二句：唐韩偓《懒起》："昨夜三更雨，临明一阵寒。"

③偏忆：特忆，独忆。唐萧颖士《早春过七岭寄题硖石裴丞厅壁》："出硖寄趣少，晚行偏忆君。"戍楼人：戍守边庭的征人。唐张乔《书边事》："调角断清秋，征人倚戍楼。"

④边庭：边塞。唐杜甫《兵车行》："边庭流血成海水，武皇开边意未已。"

【简析】

词写思妇念远。一起三句情语陡健，回环颠倒，重叠复沓，跌转出思妇恼恨交加的复杂心理状态，"此种起笔，合下章自成章法"（陈廷焯《云韶集》）。接二句景语，描写鸂鶒在满塘春水中追逐嬉戏，反衬思妇春日孤寂。换头二句，写夜雨晓寒，肤觉感受，体贴入微，暗示思妇一夜不眠,听雨到晓,则其颠之倒之、辗转反侧的相思苦况,自不待言。结二句写因晓寒袭人,思妇情不自禁地又念起征人远戍,忧寒到君边,虽说"休相问",然而心里如何能不牵挂!可是忧念牵挂,都属枉然,因为边庭征人久已音信断绝。结句回应开头,原来"休相问"的原因,是相问总无回应,故有此决绝之语。此首佳作,下片"情景不奇,写出正复不易。语淡而真,亦轻清,亦沉着"(况周颐《餐樱庑词话》)。

其 二

深相忆。莫相忆。相忆情难极①。银汉是红墙,一带遥相隔②。金盘珠露滴③。两岸榆花白④。风摇玉佩清⑤,今夕为何夕⑥。

【注释】

①情难极:言思念之情无穷尽也。唐李康成《江南行》:"日色低,情难极,水中凫鹥双比翼。"

②银汉二句:化用唐李商隐《代应》"本来银汉是红墙,隔得卢家白玉堂"诗意。以银汉阻断牛女,喻指人间有情人不得团聚。银汉:银河。一带:言银河如一衣带水。

③金盘句:用汉武帝作仙人承露盘事。汉武帝迷信神仙,于建章宫筑神明台,立铜仙人舒掌捧铜盘承接甘露,冀饮以延年。后三国魏明帝亦于芳林园置承露盘。唐于邺《白樱桃》:"只应汉武金盘上,泻得珊珊白露珠。"

④两岸句:言已入秋令,当是七夕相会之期。榆花:唐曹唐《织女怀牵牛》:"欲将心向仙郎说,借问榆花早晚秋。"

⑤风摇句:言风摇玉佩发出清脆的响声。

⑥今夕句:今夜究竟是哪夜。多用作男女情爱的感叹之词。《诗经·唐风·绸缪》:"今夕何夕,见此良人。"

【简析】

词写相思之苦。起三句笔法与前首同,表现深受相思之苦折磨,欲罢不能、莫可奈何的复杂心理。接二句"创意奇耸",一道红墙近在咫尺,却无情地隔开了相爱双方,犹如隔开牛女的迢迢银汉。换头承接一带银汉,就天上展开美丽的想象,金盘露滴如珠,两岸榆花泛白,是想象中的天上秋景。仿佛牛女七夕终得一会,恍然之间,风中玉佩声清,其人也已来到眼前,让人心中顿生今夕何夕之叹。一首相思情词,想象飞越,凿空乱道,构建出如此奇幻缥缈的境界,《花间集》中实堪叹为观止。

浣溪沙

春水轻波浸绿苔。枇杷洲上紫檀开①。晴日眠沙㶉鶒稳,暖相偎。　　罗袜生尘游女过②,有人逢着弄珠回③。兰麝飘香初解佩,忘归来④。

【注释】

①枇杷洲:或即琵琶洲。琵琶洲有多处,此处或指饶州余干之琵琶洲。宋吴曾《能改斋漫录》卷九:"饶州水口有洲,其形如琵琶,谓之琵琶洲。"唐施肩吾《宿干越亭》:"琵琶洲上行人绝,干越亭中客思多。"紫檀:常绿乔木,木材坚实,紫红色,可做贵重家具、乐器或美术品。

②罗袜生尘：本指洛神宓妃从水面走过，荡起细碎的水花，如在路面荡起细微的尘埃。后多形容女子步履轻盈。三国魏曹植《洛神赋》："凌波微步，罗袜生尘。"唐李白《感兴八首》其二："香尘动罗袜，绿水不沾衣。"游女：出游的女子。《诗经·周南·汉广》："南有乔木，不可休思。汉有游女，不可求思。"或以指汉水女神。汉张衡《南都赋》："耕父扬光于清泠之渊，游女弄珠于汉皋之曲。"

③弄珠：戏珠。用郑交甫汉皋遇二女事。《韩诗外传》："郑交甫将南适楚，遵彼汉皋台下，乃遇二女，佩两珠，大如荆鸡之卵。"

④兰麝二句：言初识游女情景。解佩：汉刘向《列仙传》卷上《江妃二女》："江妃二女者，不知何所人也。出游于江汉之湄，逢郑交甫。见而悦之，不知其神人也。谓其仆曰：'我欲下请其佩。'仆曰：'此间之人，皆习于辞，不得，恐罹悔焉。'交甫不听，遂下与之言曰：'二女劳矣。'二女曰：'客子有劳，妾何劳之有？'交甫曰：'橘是柚也，我盛之以笥，令附汉水，将流而下。我遵其旁，采其芝而茹之。以知吾为不逊也。愿请子之佩。'二女曰：'橘是柚也，我盛之以莒，令附汉水，将流而下。我遵其旁，采其芝而茹之。'遂手解佩与交甫。交甫悦，受而怀之，中当心。趋去数十步，视佩，空怀无佩。顾二女，忽然不见。"唐李中《所思》："解佩当时在洛滨，悠悠疑是梦中身。"

【简析】

词写春日水边的爱情遇合。上片描写春日芳景：碧水轻波，洲渚沙岸，鸂鶒暖眠，交颈相偎，兴起下片的男女爱情。下片表现游春的青年男女，水边邂逅，一见钟情，互赠信物，流连忘归，洋溢着醉人的青春浪漫气息。此词所写的水边爱情，是一个古老的诗歌母题，《诗经》里的经典爱情描写，如《周南·关雎》、《周南·汉广》、《郑风·溱洧》、《秦风·蒹葭》等,表现的都是发生在水边的爱情故事。词中写到的洛神宓妃、汉皋游女两个典故,亦是在水边(洛水边、汉水边)留下了动人的爱情神话传说。此词也许是在无意识中,重复了水边爱情这一古老的诗歌母题,从而获致了某种内涵上神秘的深度和超轶性。

其 二

七夕年年信不违①。银河清浅白云微②。蟾光鹊影伯劳飞③。 每恨蟪蛄怜婺女④,几回娇妒下鸳机⑤。今宵嘉会两依依⑥。

【注释】

①七夕:《齐谐记》:"天河之东有织女,天帝之子也;年年织杼劳役,织成云锦天衣。天帝怜其独处,许嫁河西牵牛郎。嫁后遂废织。天帝怒,责令归河东,使一年一度相会。"《荆楚岁时记》:"七月七日,牵牛织女会天河。是夕,人家妇女结彩缕,穿七孔针。或以金银瑜石为针,陈瓜果于庭中以乞巧,有喜子网于瓜上,则以为符应。"信不违:不违信期。

②银河清浅:天河里的水又清又浅。《古诗十九首》:"河汉清且浅,相去复几许。"

③蟾光:月光。唐李贺《感讽五首》其五:"岑中月归来,蟾光挂空秀。"鹊影:飞鹊之影。唐韩鄂《岁华纪丽》卷三《七夕》:"七夕鹊桥已成,织女将渡。"原注引汉应劭《风俗通》:"织女七夕当渡河,使鹊为桥。"伯劳:鸟名。又名䴗或鵙,善鸣。《诗经·豳风·七月》:"七月鸣䴗。"毛《传》:"䴗,伯劳也。"《玉台新咏·古词〈东飞伯劳歌〉》:"东飞伯劳西飞燕,黄姑织女时相见。"后借指离别的亲友。唐贾岛《送路》:"别我就蓬蒿,日斜飞伯劳。"

④每恨句：言蟪蛄怜织女独处而悲鸣。蟪蛄：蝉的一种，夏末朝暮鸣声不息。《庄子·逍遥游》："朝菌不知晦朔，蟪蛄不知春秋，此小年也。"婺女：星宿名，即女宿。又名须女、务女。二十八宿之一，玄武七宿之第三宿，有星四颗。《史记·天官书》："婺女，其北织女。"此以之指代织女。

⑤鸳机：即鸳鸯机，织机的美称。唐上官仪《八咏应制》之二："且学鸟声调凤管，方移花影入鸳机。"

⑥嘉会：欢乐的聚会。多指美好的宴集。汉李陵《与苏武诗》："嘉会难再遇，三载为千秋。"此指牛女七夕之会。

【简析】

词咏七夕牛女相会。上片描写七夕银河水浅云淡、蟾光鹊影的景色，过片表现织女平日因聚少离多而生的思怨娇妒之情，结句回应起句，落实"信不违"，切入"今宵嘉会"，展示牛女一夕相逢、柔情似水的依依不舍之状。此词句句用典，稍觉陈熟浮泛，然斥为"意浅辞庸，味如嚼蜡"，亦属言重。即如"银河清浅"二句，虽用典故，实同白描，词笔还是相当生动灵泛的。

月宫春

水精宫里桂花开①。神仙探几回。红芳金蕊绣重台。低倾玛瑙杯②。　玉兔银蟾争守护③，姮娥姹女戏相偎④。遥听钧天九奏⑤，玉皇亲看来⑥。

【注释】

①水精宫:指月宫。唐杨汉公《明月楼》:"溪上玉楼楼上月,清光合作水晶宫。"桂花:唐段成式《酉阳杂俎》卷一《天咫》:"旧言月中有桂,有蟾蜍,故异书言月桂高五百丈,下有一人常斫之,树创随合。人姓吴名刚,西河人,学仙有过,谪令伐树。"唐褚朝阳《登圣善寺阁(一题作登少室山)》:"天花映窗近,月桂拂檐香。"

②玛瑙杯:用玛瑙制作的酒杯。唐李商隐《小园独酌》:"半展龙须席,轻斟玛瑙杯。"

③玉兔句:言月中有玉兔、蟾蜍争相守护。玉兔:晋傅咸《拟〈天问〉》:"月中何有?玉兔捣药。"银蟾:《淮南子·精神训》:"日中有踆乌,而月中有蟾蜍。"唐白居易《中秋月》:"照他几许人肠断,玉兔银蟾远不知。"

④姮娥:嫦娥。姹女:少女,美女。《后汉书·五行志一》:"河间姹女工数钱,以钱为室金为堂。"道家炼丹,称水银为姹女。唐刘禹锡《送卢处士》:"药炉烧姹女,酒瓮贮贤人。"

⑤钧天九奏:天上之仙乐。《史记·赵世家》:"简子寤,语大夫曰:'我之帝所甚乐,与百神游于钧天,广乐九奏万舞,不类三代之乐,其声动人心。'"

⑥玉皇:道教称天帝曰玉皇大帝,即昊天金阙至尊玉皇大帝,居玉清境三元宫,是总管天上、人间一切祸福的尊神。简称玉帝、玉皇。唐李白《赠别舍人台卿之江南》:"入洞过天地,登真朝玉皇。"

【简析】

词咏调名。依托与月亮相关的神话传说,展开充分的联想想象,描写美妙的月宫神仙世界。水晶宫殿,桂花香里,群仙开宴,玉杯频倾,玉兔银蟾争相守护，姮娥姹女戏相依偎，钧天奏乐声中，玉皇亲临巡视，场面写得盛大欢乐，煞有介事，表现出浓郁的浪漫精神。

恋情深

滴滴铜壶寒漏咽①。醉红楼月②。宴余香殿会鸳衾③。荡春心④。　真珠帘下晓光侵⑤。莺语隔琼林⑥。宝帐欲开慵起⑦，恋情深。

【注释】

①铜壶寒漏：以铜壶滴漏计时。唐卢延让《冬夜宴柳驸马陟宅得更字》："金鼎烹炮过百味，铜壶刻漏转三更。"

②红楼：红色的楼。泛指华美的楼房，为富贵之家女性所居。唐李商隐《春雨》："红楼隔雨相望冷，珠箔飘灯独自归。"

③香殿：本指香室、佛殿。唐严武《题巴州光佛寺楠木》："香殿萧条转密阴，花龛滴沥垂清露。"汉代未央宫和唐代兴庆宫中皆有披香殿。此指贵家居所。

④荡春心：汉枚乘《七发》："陶阳气，荡春心。"唐皎然《长门怨》："春风日日闭长门，摇荡春心似梦魂。"

⑤真珠帘：用珍珠穿成的帘子。唐元稹《月暗》："真珠帘断蝙蝠飞，燕子巢空萤火入。"晓光：清晨的日光。南朝梁萧纲《侍游新亭应令》："晓光浮野映，朝烟承日回。"侵：照射。

⑥琼林：花树之美称。

⑦宝帐：华美的帐子。南朝宋鲍照《代陈思王京洛篇》："宝帐三千万，为尔一朝容。"

【简析】

词咏本调。从夜晚切入，描写红楼醉酒、鸳衾幽会、晓光透帘、宝帐慵起的男女欢合全过程。格调艳俗，乏善可陈，"以调名结句"，算是此词的一个特点。

其 二

玉殿春浓花烂熳。簇神仙伴①。罗裙窣地缕黄金②。奏清音③。　酒阑歌罢两沉沉④，一笑动君心⑤。永愿作鸳鸯伴，恋情深。

【注释】

①簇神仙伴：簇聚美丽的女伴。

②窣地：拂地。唐李隆基《初入秦川路逢寒食诗》："洛川芳树映天津，灞岸垂杨窣地新。"

③清音：清越的声音。《淮南子·兵略训》："夫景不为曲物直，响不为清音浊。"晋左思《招隐诗二首》之一："非必丝与竹，山水有清音。"此指清妙的乐音。

④酒阑句：言席散夜深。酒阑：谓酒筵将尽。《史记·高祖本纪》："酒阑，吕公因目固留高祖。"裴骃《集解》引文颖曰："阑言希也。谓饮酒者半罢半在，谓之阑。"唐杜甫《魏将军歌》："吾为子起歌都护，酒阑插剑肝胆露。"

⑤动君心：唐李白《白纻辞三首》之二："动君心，冀君赏，愿作天

池双鸳鸯。"

【简析】

　　词咏本调，写男女恋情，较前首为优。上片描写春花烂漫时日，一群神仙般的美丽女子，身着盛装，乐奏清音，歌酒开宴。过片写酒阑歌罢，夜已深沉，女子妩媚一笑，撩动君心。末二句表达永结同心的深挚愿望。这类词，都以频频出入歌栏酒肆的词人的生活体验作底子，一般说来，均有其真切生动处，指其"缘题敷衍"是对的，斥其"味若尘羹"则未必。比如"酒阑歌罢两沉沉，一笑动君心"二句，还是写得有境界、有美感的。此词表现上除了以结句作调名外，还有论者指出的"词之第二句中间二字，意必连属"的句法，也是技术层面上的一个特点。

诉衷情

　　桃花流水漾纵横①。春昼彩霞明。刘郎去，阮郎行②。惆怅恨难平。　　愁坐对云屏。算归程③。何时携手洞边迎④。诉衷情。

【注释】

　　①桃花流水：用刘阮天台桃源遇仙事。唐王维《桃源行》："春来遍是桃花水，不辨仙源何处寻。"漾纵横：春水荡漾，纵横乱流。

　　②刘郎二句：参卷二温庭筠《思帝乡》"花花"注⑥。

　　③归程：返回的路程。唐岑参《临洮泛舟》："醉眼乡梦罢，东望美归程。"

④洞边：指刘阮遇仙之桃源洞。在今浙江天台北。事见南朝宋刘义庆《幽冥录》。后因以指男女幽会的仙境。唐韩偓《六言》之三："桃源洞口来否？绛节霓旌久留。"

【简析】

　　词咏调名，赋天台神女事。上片叙别离之悲，丽景哀情，倍觉感伤。下片抒相思之愁，坐对云屏屈指计算归期的细节，几近痴迷，富有表现力。结二句表达渴望重会、倾诉衷情的心愿。此词语言流畅省净，抒情真挚深切，中平之作，虽无新意，亦无瑕疵。

其 二

　　鸳鸯交颈绣衣轻①。碧沼藕花馨②。偎藻荇③，映兰汀④。和雨浴浮萍。　　思妇对心惊。想边庭⑤。何时解佩掩云屏⑥。诉衷情。

【注释】

①绣衣：喻鸳鸯之华羽。

②碧沼：碧绿的池塘。唐武三思《奉和宴小山池赋得溪字应制》："年光开碧沼，云色敛青溪。"沼：池塘。《韵会》："圆曰池，曲曰沼。"馨：散布得很远的香味。《尚书·酒诰》："黍稷非馨，明德惟馨。"

③藻荇：水草。《诗经·召南·采蘋》："于以采藻，于彼行潦。"《诗经·周南·关雎》："参差荇菜，左右流之。"

④兰汀：长有兰草的水中小洲。温庭筠《寒食节寄楚望二首》之二："金狭近兰汀，铜龙接花坞。"

⑤边庭：亦作边廷，犹边地。《后汉书·铫期王霸祭遵传赞》："祭遵好礼，临戎雅歌。彤抗辽左，边廷怀和。"隋卢思道《从军行》："边庭

节物与华异,冬霰秋霜春不歇。"

⑥解佩:解下身上的饰物。唐李白《感兴八首》其二:"解佩欲西去,含情讵相违。"

【简析】

词写闺中念远。上片细致描绘鸳鸯交颈戏水的动人情景,兴起思妇怀人之情,为下片预作铺垫衬托。起句以下全作景语,清新明丽,笔笔可爱,"和雨浴浮萍"五字,"语纤入画"。下片转写思妇看到戏水鸳鸯,蓦然心惊,想起了远在边庭的征夫,一种强烈的团聚愿望在她心中涌动起来。"边庭"一语的出现,某种程度上改变了词中情感的性质,"无定河边,空闺梦里,不止寻常闺怨"(汤显祖评《花间集》),确属有见之论。

应天长

平江波暖鸳鸯语①。两两钓船归极浦②。芦洲一夜风和雨③。飞起浅沙翘雪鹭④。　　渔灯明远渚⑤。兰棹今宵何处。罗袂从风轻举⑥。愁杀采莲女⑦。

【注释】

①平江:风平浪静的江面。唐杜牧《江上雨寄崔碻》:"春半平江雨,圆文破蜀罗。"

②极浦:遥远的水滨。《楚辞·九歌·湘君》:"望涔阳兮极浦,横大

江兮扬灵。"王逸注："极，远也；浦，水涯也。"南朝梁江淹《杂体诗·效谢惠连〈赠别〉》："停舻望极浦，弭棹阻风雪。"

③芦洲：长有芦苇的洲渚。唐韦应物《夕次盱眙县》："人归山郭暗，雁下芦洲白。"

④翘雪鹭：长颈翘举之白鹭。

⑤渔灯：渔船上的灯火。唐皮日休《钓侣》之二："烟浪溅篷寒不睡，更将枯蚌点渔灯。"远渚：远处的洲渚。唐刘沧《江行书事》："远渚蒹葭覆绿苔，姑苏南望思裴徊。"

⑥从风：随风。汉张衡《南都赋》："芙蓉含华，从风发荣。"三国魏何晏《景福殿赋》："参旗九旒，从风飘扬。"

⑦愁杀：亦作愁煞。谓使人极为忧愁。杀：表示程度深。《古诗十九首·去者日以疏》："白杨多悲风，萧萧愁杀人。"

【简析】

词写采莲女子别情。但上下片在时间上似有龃龉，上片既说"芦洲一夜风和雨"，分明应是"昨宵"，但下片又说"兰棹今宵何处"；上片所写"一夜风和雨"过后，应是白天，过片"渔灯明远渚"，分明又是夜景。上下片的时间关系，衔接不起来。如果说上片写昨夜，下片写今夜，中间隔着一个白天作甚？且昨夜和今夜之间，又有什么关系？这些都是问题。避开这一说不圆处，此词尚有可取。比如换头两句"渔灯明远渚。兰棹今宵何处"，写暮色苍茫中，采莲女对远行者的担忧牵挂，是心理时间的超前和心理空间的位移，这两句虽造语"简质而情景具足"，是不可多得的佳句，宋柳永《雨霖铃》名句"今宵酒醒何处，杨柳岸，晓风残月"，于此当有借取。

河满子

红粉楼前月照①,碧纱窗外莺啼②。梦断辽阳音信③。那堪独守空闺。恨对百花时节④,王孙绿草萋萋⑤。

【注释】

①红粉楼:女子之妆楼。唐李白《捣衣篇》:"君边云拥青丝骑,妾处苔生红粉楼。"

②碧纱句:唐白居易《伤春词》:"深浅檐花千万枝,碧纱窗外啭黄鹂。"

③辽阳:代指征人戍守之地。参卷二温庭筠《诉衷情》"莺语"注⑧。

④百花时节:唐徐凝《读远书》:"百花时节教人懒,云髻朝来不欲梳。"

⑤王孙:贵族子弟。《楚辞·淮南小山〈招隐士〉》:"王孙游兮不归,春草生兮萋萋。"王夫之《通释》:"王孙,隐士也。秦汉以上,士皆王侯之裔,故称王孙。"唐杜甫《哀王孙》:"腰下宝玦青珊瑚,可怜王孙泣路隅。"用为对人的尊称。《史记·淮阴侯列传》:"吾哀王孙而进食,岂望报乎?"司马贞《索隐》引刘德曰:"秦末多失国,言王孙、公子,尊之也。"《文选·左思〈蜀都赋〉》:"有西蜀公子者,言于东吴王孙。"李善注引张华《博物志》:"王孙、公子,皆相推敬之辞。"绿草萋萋:言春日绿草茂盛,以之兴起怀人思归之念。

【简析】

词写思妇怨情。对句领起,描写黎明前的室外景色。接二句转写闺中思妇,"梦断"承前"莺啼",碧纱窗外的早莺声,惊醒了思妇的好梦,她感到独守空闺,寂寞不堪。地名意象"辽阳",点出思妇所怀为边塞征人。结二句写芳时无人与度,王孙游兮不归,思妇对景伤情。

巫山一段云

雨霁巫山上①,云轻映碧天。远风吹散又相连。十二晚峰前②。 暗湿啼猿树③,高笼过客船。朝朝暮暮楚江边。几度降神仙④。

【注释】

①雨霁:雨停。霁:雨雪停止,天放晴。战国楚宋玉《高唐赋》:"风止雨霁,云无处所。"唐王勃《滕王阁序》:"虹销雨霁,彩彻云衢。"

②十二晚峰:即巫山十二峰。参卷二皇甫松《天仙子》"晴野鹭鸶飞一只"注⑤。

③啼猿树:唐卢照邻《巫山高》:"莫辨啼猿树,徒看神女云。"啼猿:北魏郦道元《水经注·江水》:"江水又东,径巫峡,杜宇所凿以通江水也。……其间首尾百六十里,谓之巫峡,盖因山为名也。……每至晴初霜旦,林寒涧肃,常有高猿长啸,属引凄异,空谷传响,哀转久绝。故渔者歌曰:'巴东三峡巫峡长,猿鸣三声泪沾裳!'"

④朝朝两句:用宋玉《高唐赋》典事。唐薛涛《谒巫山庙》:"朝朝夜夜阳台下,为雨为云楚国亡。"

【简析】

　　词咏本调。一起赋云,却先从雨入手,得离合之妙。巫山云雨,本自不分,二句即由雨及云,归于正题。三句引入"风",描写巫山十二峰晚云聚散无定的动态,"甚有烟云缥缈之致,可称佳句"(李冰若《栩庄漫记》)。过片再以"啼猿树"、"过客船"衬写各种云态,收到"氤氲蓊渤,满于纸上"的表现效果(贺裳《皱水轩词筌》)。结以巫山神女传说,遐思无限。此词句句切题,虽变换不同角度,但都能不失本位,极尽形容之能事,被论者推为"画云第一手","《高唐》、《神女》之流亚"。

临江仙

　　暮蝉声尽落斜阳①。银蟾影挂潇湘。黄陵庙侧水茫茫②。楚山红树,烟雨隔高唐③。　　岸泊渔灯风飐碎④,白蘋远散浓香⑤。灵娥鼓瑟韵清商⑥。朱弦凄切⑦,云散碧天长。

【注释】

　　①暮蝉:黄昏之蝉声。唐王维《辋川闲居赠裴秀才迪》:"倚杖柴门外,临风听暮蝉。"

　　②黄陵庙:传说为舜二妃娥皇、女英之庙,亦称二妃庙,在今湖南湘阴北。《水经注》:"湘水又北,经黄陵亭西,又合黄陵水口。其水上承太湖,湖水西流,径二妃庙南,世谓之黄陵庙。"《方舆胜览》:"庙在潭

州湘阴县北九十里。"唐李群玉《黄陵庙》："黄陵庙前莎草春，黄陵女儿蒨裙新。"

③楚山二句：用楚襄王梦神女事。红树：可指春天花树，也可指秋天霜树。韦庄《衢州江上别李秀才》："千山红树万山云，把酒相看日又曛。"隔：阻隔，不遇。

④岸泊句：言风动江岸点点渔灯，明灭闪烁。

⑤白蘋：水中浮草。南朝宋鲍照《送别王宣城》："既逢青春献，复值白蘋生。"

⑥灵娥鼓瑟：即湘灵鼓瑟。战国楚屈原《远游》："使湘灵鼓瑟兮，令海若舞冯夷。"清商：五音之一，其调凄清悲凉，故称。《韩非子·十过》："公曰：'清商固最悲乎？'师旷曰：'不如清徵。'"三国魏曹丕《燕歌行》："援琴鸣弦发清商，短歌微吟不能长。"

⑦朱弦凄切：灵娥怨深，故瑟调凄凉悲切。朱弦：用熟丝制作的琴弦。唐白居易《夜宴惜别》："筝怨朱弦从此断，烛啼红泪为谁流。"

【简析】

词咏本调。上片描写黄陵庙侧烟水茫茫的月夜景色，"烟雨隔高唐"一句，透出追慕不遇、欢情难谐之意。过片二句，写江上渔灯明灭，白蘋散香，笔触细腻。"白蘋"是《楚辞·九歌·湘夫人》中出现过的意象。接用《楚辞·远游》句典，写湘灵鼓瑟，一曲清商，朱弦凄切，似诉心中无限哀怨。再以"云散碧天长"一句烘衬，如画幅之留白，神韵悠远。在"哀感顽艳"的五代词中，这首题咏湘水女神之作，带有明显的骚雅之意，拔出流俗，"泠然有疏越之音，与谪仙之'白云明月吊湘娥'同其逸兴"（俞陛云《唐五代两宋词选释》）。

牛希济 十一首

【小传】

牛希济（八七二—?），狄道（今甘肃临洮）人，牛峤之兄子。遭遇世乱，流寓入蜀，依季父峤。通正（九一六）间，仕前蜀为起居郎，累官翰林学士、御史中丞。前蜀亡，随后主入洛。天成（九二六—九三〇）初，后唐明宗命作《蜀主降唐》诗，但言数尽，不谤君亲，为明宗所称赏，拜雍州节度副使。其后仕历无考。事迹见《鉴戒录》卷七、《太平广记》卷一五八、《十国春秋》卷四四本传。牛希济词，《花间集》录十一首，另从《词林万选》辑出一首，共存十二首。

临江仙

峭碧参差十二峰[①]。冷烟寒树重重。瑶姬宫殿是仙踪[②]。金炉珠帐，香霭昼偏浓[③]。　　一自楚王惊梦断，人间无路相逢[④]。至今云雨带愁容[⑤]。月斜江上，征棹动晨钟[⑥]。

【注释】

①峭碧句：唐孟郊《巫山曲》："巴江上峡重复重，阳台碧峭十二峰。"

②瑶姬：即巫山神女，有天帝之女、西王母之女、夏帝之女诸说。唐李白《感兴》："瑶姬天帝女，精彩化朝云。"仙踪：仙人之踪迹。唐刘禹锡《元和甲午岁》："雷雨江湖起卧龙，武陵樵客蹑仙踪。"

③香霭：焚烧香料的烟气。唐袁不约《长安夜游》："歌声缓过青楼月，香霭潜来紫陌风。"

④一自二句：谓自楚王梦醒之后，世上再无与神女相逢之人。梦：指楚王与巫山神女幽会之梦。战国楚宋玉《高唐赋序》云：昔怀王游高唐，"怠而昼寝，梦见一妇人曰：'妾，巫山之女也，为高唐之客。闻君游高唐，愿荐枕席。'王因幸之"。

⑤云雨：战国楚宋玉《高唐赋序》：妇人临行辞怀王曰："妾在巫山之阳，高丘之阻，旦为朝云，暮为行雨，朝朝暮暮，阳台之下。"后因以喻男女幽会。

⑥征棹：远行的船只，犹言征帆。北周庾信《应令》："浦喧征棹发，亭空送客还。"

【简析】

词咏本调，写巫山神女事。上片描写秋日巫山神女庙景色，渲染浓重的寒意和朦胧的氛围，为下片抒发怀仙吊古之情铺垫。过片三句，慨叹自从楚王梦断阳台之后，人神再无重逢交接的机缘，所以云态雨意，惆怅至今。结二句写晨钟催动征棹，凭吊者满怀凄楚，在残月辉光中辞别巫山，又要开始一天新的旅程。此词有两点值得注意：一是表现上的"以景结情，情以景幽"，秾艳的云雨情事，"俱化空灵"（李冰若《栩庄漫记》）。二是比兴手法，虚幻的传说浮想之中，含有吊古之意，寄寓亡国之感，"得咏史体裁"（沈雄《古今词话》引仇远语）。

其 二

谢家仙观寄云岑①。岩萝拂地成阴②。洞房不闭白云深③。当时丹灶④,一粒化黄金⑤。　石壁霞衣犹半挂⑥,松风长似鸣琴⑦。时闻唳鹤起前林⑧。十洲高会⑨,何处许相寻。

【注释】

①谢家仙观:指谢女修仙的道观。在今广东中山南海中,地名谢女峡、仙女澳。观:道教的庙宇。寄:坐落。云岑:云山。晋陶潜《归鸟》:"远之八表,近憩云岑。"

②岩萝:生于岩壁之藤萝。唐张蠙《逢道者》:"野叶细苞深洞药,岩萝闲束古仙书。"

③洞房:本指深邃的内室。《楚辞·招魂》:"姱容修态,絚洞房些。"《注》:"洞,深也。"此指修道场所。

④丹灶:道士炼丹之炉灶。南朝梁江淹《别赋》:"守丹灶而不顾,炼金鼎而方坚。"

⑤一粒句:谓丹已炼成。汉司马迁《史记·封禅书》:"李少君言上曰:祠灶则致物,致物而丹砂可化为黄金。黄金成,以为饮食器,则益寿。益寿而海中蓬莱仙者乃可见。"唐李白《飞龙引》:"丹砂成黄金,骑龙飞上太清家。"

⑥霞衣:云霞绕遮石壁如衣蔽体,故云。唐李显《石淙》:"霞衣霞锦千般状,云峰云岫百重生。"

⑦松风句:形容松风似琴声清幽。唐吴筠《酬刘侍御过草堂》:"灵液充甘饮,松风代鸣琴。"

⑧唳鹤：鹤鸣声。唐柳宗元《奉和杨尚书郴州追和故李中书夏日登北楼十韵之作依本诗韵次用》："游鳞出陷浦，唳鹤绕仙岑。"

⑨十洲：道教谓八方大海中十处神仙居所。汉东方朔《海内十洲记》："汉武帝既闻西王母说八方巨海之中，有祖洲、瀛洲、玄洲、炎洲、长洲、元洲、流洲、生洲、凤麟洲、聚窟洲。有此十洲，乃人迹所稀绝处。"唐陈陶《怀仙吟》："十洲隔八海，浩渺不可期。"高会：盛大的聚会。唐吴筠《游仙》："天人何济济，高会碧堂中。"

【简析】

词咏本调，写谢女仙迹。上片描写谢家仙观的清幽景色，"当时"二句虚处实写，若有其事，笔致灵动。下片继续描写仙观景色，霞衣、松风、鸣琴、唳鹤等意象，形容神仙境界的清净出尘。"犹"、"似"二字，虚实兼得，将古与今、传说与现实融化一片，空灵飘渺，不落板滞。结二句写谢真人往赴十洲仙人聚会，仙观中已经无处寻觅她的踪迹，表现出对仙境的热切向往之情。

其 三

渭阙宫城秦树凋①。玉楼独上无憀②。含情不语自吹箫③。调清和恨，天路逐凤飘④。　　何事乘龙人忽降⑤，似知深意相招。三清携手路非遥⑥。世间屏障⑦，彩笔画娇饶⑧。

【注释】

①渭阙宫城：秦代宫城近渭水，故称。秦树：秦地之树木。唐周贺《送李亿东归》："黄山远隔秦树，紫禁斜通渭城。"

②玉楼：仙人所居楼阁。汉东方朔《海内十洲记·昆仑》："其一角

有积金为天墉城,面方千里,城上安金台五所,玉楼十二所。"亦喻指华美的楼台。唐李白《宫中行乐词》:"玉楼巢翡翠,金殿锁鸳鸯。"

③吹箫:指弄玉吹箫。

④天路:天上的道路。三国魏曹植《杂诗》:"高高上无极,天路安可穷。"此指弄玉升仙之路。

⑤何事:何故。晋左思《招隐诗二首》之一:"何事待啸歌,灌木自悲吟。"乘龙:指萧史乘龙升天。《太平广记》卷四引《神仙传拾遗》:萧史善吹箫,能作鸾凤之响,秦穆公以女弄玉妻之。萧史"遂教弄玉作凤鸣,居十数年,吹箫似凤声,凤凰来止其屋。公作凤凰台,夫妇止其上,不饮不食,不下数年。一旦,弄玉乘凤,萧史乘龙,升天而去"。

⑥三清:道家谓天人两界之外,别有玉清、太清、上清,合称三清,乃神仙所居仙境。唐刘禹锡《游桃源一百韵》:"如严三清居,不使恣搜索。"

⑦屏障:亦作屏鄣,即屏风。《晋书·阮籍传》:"籍乘驴到郡,坏府舍屏鄣,使内外相望,法令清简。"唐杜甫《韦讽录事宅观曹将军画马图歌》:"贵戚权门得笔迹,始觉屏障生光辉。"

⑧娇饶:同娇娆,柔美妩媚貌。唐韩偓《意绪》:"娇娆意态不胜羞,愿倚郎肩永相着。"用为美人代指。唐李商隐《碧瓦》:"他时未知意,重迭赠娇饶。"此指弄玉。

【简析】

此首敷演萧史、弄玉仙事。上片想象弄玉宫楼之上独自吹箫的情景,下片描写萧史、弄玉双双成仙飞升而去。萧史、弄玉既成美眷,又成神仙,无比美满,令人企羡。结二句就是通过人们在屏风上图绘弄玉美丽形象的描写,表达对美好的爱情、神仙生活的赞美之意。七首中此作较平泛，但如"何事"、"忽降"、"似知"等语词的搭配使用，亦不呆板。

其 四

江绕黄陵春庙闲①。娇莺独语关关②。满庭重叠绿苔斑。阴云无事，四散自归山③。　箫鼓声稀香烬冷④，月娥敛尽弯环⑤。风流皆道胜人间。须知狂客⑥，判死为红颜⑦。

【注释】

①黄陵春庙：即黄陵庙。北魏郦道元《水经注·湘水》："湘水又北，径黄陵亭西，又合于黄陵水口，其水上承大湖，湖水西流，径二妃庙南，世谓之黄陵庙也。"

②娇莺：黄莺娇美的啼声。唐宋之问《春日芙蓉园侍宴应制》："飞花随舞蝶，艳曲伴娇莺。"关关：鸟鸣声。《诗经·周南·关雎》："关关雎鸠，在河之洲。"

③归山：归隐山林。唐白居易《晚秋有怀郑中旧隐》："寥落归山梦，殷勤采蕨歌。"此指云雾散入山林。

④箫鼓：箫与鼓。汉刘彻《秋风辞》："横中流兮扬素波，箫鼓鸣兮发棹歌。"亦指箫鼓声。南朝宋鲍照《出自蓟北门行》："箫鼓流汉思，旌甲被胡霜。"

⑤月娥：月中仙女名。唐李商隐《燕台》之四《冬》："浪乘画舸忆蟾蜍，月娥未必婵娟子。"弯环：弯曲如环。唐李贺《河南府试十二月乐词·十月》："金凤刺衣着体寒，长眉对月斗弯环。"此以月娥之眉喻月牙之状。

⑥狂客：狂纵不羁之人。唐李白《醉后答丁十八以诗讥予槌碎黄鹤

楼》:"一州笑我为狂客,少年往往来相讥。"

⑦判死句:唐鱼玄机《光威裒姊妹三人》:"暂持清句魂犹断,若睹红颜死亦甘。"判死:犹拼死。汉赵晔《吴越春秋·勾践伐吴外传》:"一士判死兮而当百夫。"唐元稹《采珠行》:"海波无底珠沉海,采珠之人判死采。"红颜:女子艳丽的容貌。东汉班固《汉书·外戚传·孝武李夫人传》:"既激感而心逐兮,包红颜而弗明。"亦代指美丽女子。唐白居易《后宫词》:"红颜未老恩先断,斜倚熏笼坐到明。"

【简析】

词咏本调,写湘妃之事。上片描写湘妃庙前春日景色,而见神祠闲寂之意。过片二句转写祠庙夜景,初月已落,祭祀人散,箫鼓声稀,香烬灰冷,予人凄凉之感。"风流"句总赞湘妃的美丽和湘妃神话的动人。结二句作痴狂情语,"可谓说得出,妙在语拙而情深。然以咏二妃庙,又颇觉其不伦"(李冰若《栩庄漫记》)。之所以出现这种情况,大约是因《花间》小词乃应歌之具,虽神圣庄严,亦须艳情点染,如此方合歌酒欢场所需。于是就有了这与整首词情不谐、迹近亵渎的词句。

其 五

素洛春光潋滟平①。千重媚脸初生②。凌波罗袜势轻轻③。烟笼日照,珠翠半分明④。　　风引宝衣疑欲舞⑤,鸾回凤翥堪惊⑥。也知心许恐无成⑦。陈王辞赋⑧,千载有声名。

【注释】

①素洛:清澈的洛水。《尚书·禹贡》:"伊洛瀍涧,即入于河。"洛水源出今陕西洛南西北,东入河南,经卢氏、洛宁、宜阳、洛阳,至偃

师纳伊河，称伊洛河，到巩义洛口入黄河。素：指水色。洛：原作"雒"，三国魏黄初年间改为"洛"。潘岳《西征赋》："南有玄灞素浐。"李善《注》："玄、素，水色也；灞、浐，二水名也。"潋滟：水波荡漾貌。晋木华《海赋》："浟湙潋滟，浮天无岸。"《注》："浟湙，流行之貌；潋滟，相连之貌。"

②千重：层层叠叠，形容洛水潋滟波光。媚脸：妩媚之容貌，代指洛神宓妃。《史记·司马相如列传》："若夫青琴、宓妃之徒。"《索隐》："如淳曰：'宓妃，伏羲女，溺死洛水，遂为洛水之神。'"

③凌波句：形容洛神步履轻盈。三国魏曹植《洛神赋》："凌波微步，罗袜生尘。"

④珠翠句：谓首饰因光线变化而闪烁明灭。珠翠：珍珠和翡翠，指女性华贵的饰物。汉傅毅《舞赋》："珠翠的砾而照耀兮，华袿飞髾而杂纤罗。"

⑤风引句：形容洛神之仙姿。宝衣：绫纨之衣。南朝梁陆倕《石阙铭》："焚其绮席，弃彼宝衣。"唐杜甫《即事》："秋思抛云髻，腰支胜宝衣。"

⑥鸾回凤翥：形容宓妃仙姿如鸾凤回翔飞舞。唐韩愈《石鼓歌》："鸾翔凤翥众仙下，珊瑚碧树交枝柯。"

⑦也知句：谓洛神与曹植虽两心相许，但终难成合欢之好。曹植《洛神赋》李善《注》：植求甄氏未得，昼夜思念，废寝忘食。操将甄氏嫁丕，后为郭后谮死，遗玉镂金带枕。植黄初中入朝，丕示以枕，植见之而泣，乃以枕赉植。"植还，度轘辕，少许时，将息洛水上，思甄后，忽见女来，自云：我本托心君王，其心不遂。此枕是我在家时从嫁，前与五官中郎将，今与君王。遂用荐枕席。"

⑧陈王句:指陈思王曹植所作《洛神赋》。曹植曾封为陈王,薨谥曰思,故称陈思王。曹植《洛神赋序》:"黄初三年,余朝京师,还济洛川。古人有言,斯水之神,名曰宓妃,感宋玉对楚王说神女之事,遂作斯赋。"

【简析】

此首题咏洛神。上片以洛水春光为背景,描写洛神"凌波微步,罗袜生尘"的媚姿娇态,"烟笼日照"四字烘染。"半分明"的"半"字分寸感好,虽有日照,但又有烟笼,故而不甚分明;再者神仙缥缈,亦不许太过分明。换头两句,形容风吹仙袂,势如鸾凤翔舞,此即曹植《洛神赋》"翩若惊鸿,婉若游龙"数句所写内容。"也知"一句,点出洛神与曹植的悲剧爱情故事。结以《洛神赋》千载传诵,余味悠然不尽。

其　六

柳带摇风汉水滨①。平芜两岸争匀②。鸳鸯对浴浪痕新。弄珠游女③,微笑自含春。　　轻步暗移蝉鬓动④,罗裙风惹轻尘⑤。水精宫殿岂无因⑥。空劳纤手,解佩赠情人⑦。

【注释】

①柳带:柳枝细长,垂拂如带,故称。唐李山甫《寒食二首》之一:"柳带东风一向斜,春阴澹澹蔽人家。"汉水:又称汉江,为长江最大支流。源出今陕西宁强北嶓冢山,初名漾水,东南经勉县为沔水,东至褒城合褒水,始为汉水。东南流经陕西南部、湖北北中部,合众多支流,至汉口入长江。

②平芜:草木丛生的原野。南朝梁江淹《去故乡赋》:"穷阴匝海,

平芜带天。"

③弄珠游女：指汉皋游女遇郑交甫事。汉皋，山名，在今湖北襄阳。晋郭璞《江赋》："感交甫之丧佩。"李善《注》引《韩诗内传》："郑交甫遵彼汉皋台下，遇二女，与言曰：'愿请子之佩。'二女与交甫，交甫受而怀之，超然而去。十步循探之，即亡矣，回顾二女，亦即亡矣。"

④轻步句：形容游女风姿。蝉鬓：古时女子发式。晋崔豹《古今注》："魏文帝宫人绝所爱者，有莫琼树、薛夜来、田尚衣、段巧笑四人，日夕在侧。琼树乃制蝉鬓，缥眇如蝉，故曰蝉鬓。"南朝梁萧绎《登颜园故阁》："妆成理蝉鬓，笑罢敛蛾眉。"

⑤罗裙：宋郭茂倩《乐府诗集》卷四五《上声歌八首》之六："行步动微尘，罗裙随风起。"

⑥水精宫殿：游女所居之处。唐韩偓《洞庭玩月》："更忆瑶台逢此夜，水晶宫殿挹琼浆。"

⑦情人：指郑交甫。

【简析】

词咏本调，写汉皋神女。从汉水春色切入，用"鸳鸯对浴"呼起。以下描写汉皋神女弄珠微笑、轻步暗移、蝉鬓颤动、罗裙惹风的美妙情态。结以解佩相赠，惆怅伤离，余情不尽。词借神话故事，表现世间青年男女邂逅生情，风流浪漫，婉美动人。

其　七

洞庭波浪飐晴天①。君山一点凝烟②。此中真境属神仙。玉楼珠殿，相映月轮边③。　　万里平湖秋色冷④，星辰垂影参然⑤。橘林霜重更红鲜。罗浮山下，有路暗相连⑥。

【注释】

①洞庭：洞庭湖，在今湖南北部，长江南岸。湘、资、沅、澧四水汇流于此，湖面广阔，横无涯际。在岳阳城陵矶入长江。战国楚屈原《楚辞·九歌·湘夫人》："袅袅兮秋风，洞庭波兮木叶下。"飐：摇动。汉刘歆《遂初赋》："回风育其飘忽兮，回飐飐之泠泠。"

②君山：在洞庭湖中，又名湘山，为湖中诸山最著者。唐李白《陪族叔晔及中书贾舍人至游洞庭》之五："淡扫明湖开玉镜，丹青画出是君山。"

③此中三句：想象洞庭君山的神仙世界。晋王嘉《拾遗记》卷一〇谓洞庭山浮于水上，其下有金堂数百间，帝女居之。天清霞耀，花芳柳暗，丹楼琼玉，宫观异常。真境：道教场地，亦指仙境。唐王昌龄《武陵开元观黄炼师院》："暂因问俗到真境，便欲投诚依道源。"月轮：圆月，亦泛指月亮。北周庾信《象戏赋》："月轮新满，日晕重圆。"

④平湖：南朝陈阴铿《度青草湖》："洞庭春溜满，平湖锦帆张。"

⑤参然：参差不齐貌。

⑥罗浮二句：《艺文类聚》卷七引南朝宋谢灵运《罗浮山赋序》谓：洞庭与罗浮山有地下通道相连。"有路相连"即指此。罗浮山：在今广东惠州博罗，为风景秀丽的粤中名山。相传东晋葛洪曾在此炼得仙术，山上有洞，列道教第七洞天。南朝陈徐陵《奉和山池诗》："罗浮无定所，郁岛屡迁移。"或谓，此用唐柳宗元《龙城录》记隋赵师雄迁罗浮遇梅花仙事。

【简析】

此首题咏湘君，而结以罗浮仙事，仍属就题敷衍。这首词的意义和价值，不在于题咏神仙故事是否切题入妙，而在于其出色的景物描写。起二句境界阔大，秋日洞庭涌浪连空、水天相接的浩瀚气势，尽收笔底。从构图的角度看，这两句散点与透视、平面与立体，配置极佳。过片二句洞庭月夜景色的描绘，更有神韵，万里平湖，水月辉映，星斗垂影，冷光相射，意境清旷莹澈，而又幽渺浑茫。这等出色的景语，在思不出袵席闺帏的《花间》词中，极为罕见。至于"橘林霜重更红鲜"一句，虽明丽可喜，究属小景点缀了。

酒泉子

枕转簟凉①。清晓远钟残梦②。月光斜，帘影动。旧炉香。　梦中说尽相思事。纤手匀双泪。去年书③，今日意。断离肠④。

【注释】

①枕转簟凉：谓枕移席冷，梦醒无眠。簟凉：唐许浑《送李定言南游》："簟凉清露夜，琴响碧天秋。"

②清晓：天刚亮。唐孟浩然《登鹿门山怀古》："清晓因兴来，乘流越江岘。"

③书：书信。唐许浑《再游姑苏玉芝观》："月过碧窗今夜酒，雨昏红壁去年书。"

④离肠：充满离愁之心肠。唐武元衡《南徐别业早春有怀》："虚度年华不相见，离肠怀土并关情。"

【简析】

　　词写离情。清晓钟声惊梦，女子枕席转侧之际，感觉簟凉如水。睡眼惺忪里，残月斜照，帘影微动，夜香也快要燃尽了。上片所写，即女子清晓梦醒所见光景。换头承接"残梦"，回味昨宵梦中情形：魂梦得与君同，女子悲喜莫名，感泣下泪，喁喁私语，诉说着别后万般思念，千种风情。结三句写女子感于梦中相会，展读远人去年的来信，愈加凄楚悲酸，而觉柔肠寸断。小词语言素净，意脉明晰，"罗罗清疏"，真切动人。

生查子

　　春山烟欲收①，天澹稀星小②。残月脸边明，别泪临清晓。　　语已多，情未了。回首犹重道③。记得绿罗裙，处处怜芳草④。

【注释】

　　①烟欲收：谓晨雾将要消散。

　　②天澹：天色浅淡。唐杜牧《题宣州开元寺水阁》："六朝文物草连空，天澹云闲古今同。"

　　③重道：再次说。

　　④记得二句：因裙色与草色同，故作此别语，用移情手法，表爱屋及乌之意。南朝陈江总妻《赋庭草》："雨过草芊芊，连云锁南陌。门前君试看，是妾罗裙色。"

【简析】

　　此首赋别。唐宋诗词描写别离，或于清晨，或在黄昏，此词所写为清晨情人辞别。上片写别时景，下片抒别时情，而能景中含情，情寓景中。春山烟收，天淡星小，残月照脸，泪光晶莹，描景极为真切，凄凄别情亦于焉见出。清寒的晓色里，泪眼相向、分手在即的一对情人，絮絮别语已说了无数，还觉难以尽诉胸中之情。依依难舍地挥别之后，行人向前走了一段路，路边芳草映入眼帘，他的心不禁为之一动：这碧绿的草色，与情人的罗裙颜色多么相似！于是心头热流涌起，冲动难抑，回过头来向情人再剖心迹："记得绿罗裙，处处怜芳草。"这二句极负盛名，运用借代、移情、联想等多种手法，而又极为质朴自然。"罗裙"代指情人，因爱穿绿罗裙的人，而爱绿草，这和《诗经·邶风·静女》"自牧归荑，洵美且异。非女之为美，美人之贻"同样都是移情于物。行遍天涯，芳草处处，见芳草而思罗裙，又联想入妙。把爱推向每一株绿草，在每一片草叶中都能看到情人的倩影，足见他心中泛溢着多少温馨的爱意，他爱得是多么执着、深沉！难怪李冰若《栩庄漫记》称说这两句"词旨悱恻温厚，而造句近乎自然，岂飞卿辈所可企及"了。

中兴乐

池塘暖碧浸晴晖①。蒙蒙柳絮轻飞②。红蕊凋来③，醉梦还稀。　春云空有雁归。珠帘垂。东风寂寞，恨郎抛掷④，泪湿罗衣。

【注释】

①晴晖：晴日阳光。温庭筠《牡丹二首》之一："轻阴隔翠帏，宿雨泣晴晖。"

②蒙蒙：云雨密布貌。此喻柳絮密如细雨。

③红蕊：红花。唐张籍《岸花》："可怜岸边树，红蕊发青条。"

④抛掷：丢弃，弃置。唐颜师古《隋遗录》："帝饮之甚欢，因请丽华舞《玉树后庭花》。丽华目后主，辞以抛掷岁久，自井中出来，腰肢依拒，无复往时姿态。"

【简析】

词写春闺怨思。起写晴日池塘之景，构句颇佳。接写红花凋残、白絮飘飞的暮春景色，隐含伤春之意。"醉梦还稀"四字，托出伤离之情，已是让人不堪。过片写雁归人未归，甚且书亦未寄。女子"恨郎抛掷，泪湿罗衣"，终于控制不住自己积蓄已久、悲伤已极的情感，在此一总爆发，词情臻于高潮。

谒金门

秋已暮。重叠关山歧路①。嘶马摇鞭何处去②。晓禽霜满树③。　梦断禁城钟鼓④。泪滴枕檀无数⑤。一点凝红和薄雾⑥。翠娥愁不语⑦。

【注释】

①重叠句：谓重重关隘岔道。关山：关隘山岭。《乐府诗集·横吹曲辞五·木兰诗》："万里赴戎机，关山度若飞。"歧路：大路分出之小路，岔路。三国魏曹植《美女篇》："美女妖且闲，采桑歧路间。"

②嘶马句：思妇悬想之词，谓不知征人摇鞭催马行到何处。

③晓禽：北魏郦道元《水经注·湿余水》："晓禽暮兽，寒鸣相和。"唐刘禹锡《冬日晨兴寄乐天》："庭树晓禽动，郡楼残点声。"

④禁城：宫城。南朝宋颜延之《拜陵庙作》："凤御严清制，朝驾守禁城。"

⑤枕檀：檀枕，以檀香置枕内，故称。南朝陈徐陵《中妇织流黄》："带衫行幛口，觅钏枕檀边。"

⑥凝红：指红泪。唐李贺《梁台古愁》："芙蓉凝红得秋色，兰脸别春啼脉脉。"

⑦翠娥：美女，此指思妇。唐李白《忆旧游寄谯郡元参军》："翠娥婵娟初月辉，美人更唱舞罗衣。"

【简析】

词作两解：一解上片写外有征夫，下片写内有思妇，内外对照映衬；一解上片系思妇梦中悬想，下片写思妇梦后孤凄，是透过一层写法。二解均可说通，而以第一种较胜。上片写出征夫暮秋行旅、道路辛苦之状：关山歧路，霜禽满树，嘶马摇鞭，欲向何处，一种前途茫茫之感油然而生，征夫思亲念归，已是情所不免。单从写景的角度看，"嘶马"二句，亦"好一幅秋林晓行图"（李冰若《栩庄漫记》）。下片镜头切换，从旅途转回闺帏，思妇清夜梦断、辗转不寐、泪湿枕檀的相思凄苦之状，也写得颇为感人。上片、下片，征夫思妇，旅途闺中，清晓夤夜，前后对照，内外映衬，彼此补充，将"一种相思，两处闲愁"表现得相当完满。这种结构艺术，影响下及宋欧阳修的《踏莎行》"候馆梅残"一词。

欧阳炯 四首

【小传】

欧阳炯（八九六—九七一），益州华阳（今四川成都）人。少事前蜀王衍为中书舍人。前蜀亡，随王衍至洛阳。补秦州从事。孟知祥镇蜀，炯复回成都。知祥称帝，复为中书舍人。后主孟昶广政三年（九四〇），官武德军节度判官，为赵崇祚所编《花间集》作序。十二年，拜翰林学士。次年，知贡举，判太常寺。后迁礼部侍郎，领陵州刺史，转吏部侍郎，加承旨。二十四年，拜门下侍郎兼户部尚书、平章事，监修国史。后蜀亡，炯随昶至汴京，仕宋为左散骑常侍，充翰林学士。开宝四年（九七一）卒，年七十六。事迹见《宋史》卷四七九、《十国春秋》卷五六本传。欧阳炯词，《花间集》录十七首，《尊前集》录三十一首，内一首为和凝词，实存四十七首。

浣溪沙

落絮残莺半日天①。玉柔花醉只思眠②。惹窗映竹满炉烟。　　独掩画屏愁不语，斜欹瑶枕髻鬟偏③。此时心在阿谁边④。

【注释】

①残莺：指晚春的黄莺鸣声。唐李颀《送人尉闽中》："阊门折垂柳，御苑听残莺。"半日天：日午，一日之半。

②玉柔花醉：状女子娇柔无力之态。

③瑶枕：玉制的枕头。亦用为石枕、瓷枕的美称。唐王翰《古蛾眉怨》："灯前含笑更罗衣，帐里承恩荐瑶枕。"

④阿谁边：谁边。阿谁：疑问代词，犹言谁、何人。《乐府诗集·横吹曲辞五·紫骝马歌辞》："十五从军征，八十始得归。道逢乡里人：'家中有阿谁？'"

【简析】

词写春愁闺怨。上片三句分写季节时间、人物情态、居室环境。"落絮残莺"交待暮春天气，为人物出场提供一个感伤、慵懒的季节背景。果不其然，已是日午时分，女子仍睡思迷离，足见其情绪萎靡之甚。"惹窗映竹"的满炉麝烟，烘染出一种迷蒙幽寂的气氛，正与娇媚柔美的女子心思相适应。下片写女子的愁态和愁情。"独掩画屏"、"斜敧瑶枕"写其愁态，回应上片"只思眠"，"画屏"、"瑶枕"乃内室、床上之物品。末句是女子的内心独白，出以问句，含蓄不尽。至此方点出女子思睡、怠倦的原因，不仅是因为伤春，更是因为伤别怀人。"玉柔花醉"不仅是修辞层面的"用字艳丽"，更是词人对女性柔媚慵倦之美细腻体贴的表现，所谓"惯领略'柔'、'醉'二字者"，所以才有此传神写照之描写形容。

其 二

天碧罗衣拂地垂①。美人初着更相宜。宛风如舞透香肌②。　　独坐含颦吹凤竹③，园中缓步折花枝。有情无力泥人时④。

【注释】

①天碧罗衣：浅碧色罗衣。天碧，即天水碧。《宋史》卷四七八《世家》一《南唐李氏》："煜之妓妾尝染碧，经夕未收，会露下，其色愈鲜明，煜爱之。自是宫中竞收露水，染碧以衣之，谓之'天水碧'。"唐罗虬《比红儿诗》："天碧轻纱只六铢，宛如含露透肌肤。"

②宛风：柔微之风。

③独坐含颦：唐刘禹锡《忆江南》："弱柳从风疑举袂，丛兰裛露似沾巾。独坐亦含颦。"凤竹：笙箫类乐器。

④泥人：犹言缠磨人也。唐元稹《遣悲怀》其一："顾我无衣搜荩箧，泥他沽酒拔金钗。"唐韩偓《无题》："羞涩伴牵伴，娇饶欲泥人。"

【简析】

词咏美人。上片写其衣饰的色泽、形制、质地，强调其穿着得体，衬托出女子的身姿与风韵。"宛风如舞"四字，是添彩之笔，"宛风"不失时机地吹过，让罗衣长裾，也让女子和整个画面一下子活起来。"透香肌"的细节，写实之中有着《花间》词人的关注与兴趣，透出的正是典型的《花间》香艳习气。下片描写女子的动作、行为、情态。独坐含颦吹奏笙箫，缓步园中折取花枝，有情无力娇媚泥人，见出女子的日常生活内容，和她的技艺趣味的雅美与风韵的妩媚。"有情无力"句写女子娇媚慵懒情态，传神之笔，足可撩人心魂。

其　三

相见休言有泪珠。酒阑重得叙欢娱。凤屏鸳枕宿金铺①。　　兰麝细香闻喘息，绮罗纤缕见肌肤。此时还恨薄情无②。

【注释】

①金铺：金饰铺首。唐沈佺期《侍宴》："妆楼翠幌教春住，舞阁金铺借日悬。"参卷三薛昭蕴《谒金门》"春满院"注③。此处指代闺房。

②无：否，表疑问。唐朱庆余《近试上张水部》："妆罢低眉问夫婿，画眉深浅入时无。"

【简析】

词写床笫之欢，从男子的角度切入，为《花间》艳情中尤艳者。上片写别后重会。首句写女子感泣，男子劝慰。次句写酒阑之后，重叙欢娱，以下就此展开。三句写闺房欢场，"凤屏鸳枕"，明写器用之具，实寓颠鸾倒凤、鸳鸯成双之意。下片具写云雨之欢。"兰麝"句写听觉，"绮罗"句写视觉，真可谓有"声"有"色"，其间景况，已无须也无法言说矣。但当此之际，男子却偏有话要说，结句系男子诘问女子之词，目的是要借此证明自己非薄情负心之人。然其狎昵轻狂之状，真乃不可告人者。结句在结构上响应起句，坐实久别重会。欧阳炯是《〈花间集〉序》的作者，此词典型地体现了序中"南朝之宫体"、"北里之倡风"的词学主张，被况周颐评为"自有艳词以来，殆莫艳于此矣"（《蕙风词话》卷二）。影响下及宋代柳永、黄庭坚及清代孙元湘等人的艳情俗词。然此词虽"叙情淋漓尽态，而着语尚有分寸"（李冰若《栩庄漫记》），比之柳七、黄九此类词作的"粗俗不堪"，终有文野之分。处理此等题材，非十分胆量和笔力，自是难以措手，故而获致"重、拙、大"之褒赏。站在道学和道德立场上看，此词的是"淫词"。若换以平常心看待，其实也不过俗话说的"久别胜新婚"罢了，并无甚奇处。红尘俗世，欲海众生,似正未免于此。

三字令

春欲尽,日迟迟①。牡丹时。罗幌卷②,翠帘垂。彩笺书,红粉泪,两心知。　　人不在,燕空归。负佳期③。香烬落,枕函欹。月分明,花澹薄,惹相思④。

【注释】

①日迟迟:《诗经·豳风·七月》:"春日迟迟,采蘩祁祁。"朱熹《传》曰:"迟迟,日长而暄也。"形容春日天长和暖。后以"迟日"指春日。唐皇甫冉《送钱唐骆少府赴制举》:"迟日未能销野雪,晴花偏自犯江寒。"

②罗幌:丝罗帷幔。南朝宋鲍照《代陈思王京洛篇》:"珠帘无隔露,罗幌不胜风。"

③人不在三句:言燕归人未归,有负佳期也。

④月分明三句:言女子夜深不寐,见花月撩起无限情思。

【简析】

词写闺中相思之情。上片写白天,从室外及于室内。起句点明暮春天气,为全词定下感伤基调。"罗幌"二句,描写居室环境,而有寂寞气氛。春尽人未还,迟迟长日,空闺如何挨度?女子再次展读来书,感而下泪。"两心知",即"一种相思,两处闲愁"之意,足见两心相同,两情深厚。然言外亦有一春相思况味无从诉说,只有当事双方如鱼饮水,冷暖自知之意。下片写入夜,由室内及于室外。"燕归"点出时已黄昏,反衬人未归。"断送一生憔悴,能消几个黄昏",女子一天的等待又要落空,故生出"负佳期"之轻叹微怨。"佳期"当是男子来信中约定之归期,回应上片"彩笺书"一句。"香烬落",见出夜已深沉;"枕函欹"说明人仍未眠。结三句写窗外月色皎洁,花光淡薄,女子望月怀人,在一天的等待落空之后,再禁受着漫漫长夜的相思熬煎。此词伤春怨别,表现上颇有特点,"逐句三字转而不窘"(汤显祖评《花间集》),"一句一意,如以线贯珠,粒粒分明,仍一丝萦曳",足备一体,堪供后世"赋此调者取则"(俞陛云《唐五代两宋词选释》)。

家藏文库

花间集 下

〔后蜀〕赵崇祚 编　　杨景龙 注析

中州古籍出版社
·郑州·

卷六

欧阳炯 十三首

南乡子

嫩草如烟。石榴花发海南天①。日暮江亭春影渌②。鸳鸯浴。水远山长看不足③。

【注释】

①石榴：又名丹若、涂林。因产自西域安国，故称安石榴。晋张华《博物志》卷六："张骞使西域还，得大蒜、安石榴、胡桃、蒲桃。"唐刘禹锡《百花行》："唯有安石榴，当轩慰寂寞。"唐万楚《五日观妓》："眉黛夺将萱草色，红裙妒杀石榴花。"海南天：泛指南方地区。唐张籍《奉和陕州十四翁中丞寄雷州二十二翁司户之作》："联飞独不前，迥落海南天。"

②春影：春日景物的影子。唐鲍溶《东邻女》："双飞鹧鸪春影斜，美人盘金衣上花。"

③水远山长：山水逶迤不尽。唐李远《黄陵庙词》："轻舟小楫唱歌去，水远山长愁杀人。"

【简析】

《花间》词取材以艳情为主，歌舞宴乐之事，男欢女爱之情，无疑是其表现上的重心所在。但艳情之外，亦有咏史、吊古、边塞、隐逸、宗教、风土等内容，且间有佳作。即如欧阳炯，一方面在《〈花间集〉序》中张扬"宫体"、"倡风"，写作艳词；同时又有《南乡子》组词，咏写南粤风土民俗。这说明《花间》词人的美感趣味和《花间》词作的取材范围还是相当宽泛的，并不仅仅局限于艳情一隅。此词列组词之首，有总领性质，"海南天"应是点《南乡子》题面。《南乡子》也许就是南土民歌，运用此题一如运用乐府旧题，作品内容总须缘题切题方好。头二句写季节、景物和地域，清新明丽。"日暮"二句写近景，江亭黄昏，绿波春影，鸳鸯对浴，风物鲜丽可爱。"春影渌"三字佳，既见出江水澄澈，又收虚实相映之效果，那清澈的江水中映出的嫩草榴花、江天晚霞等春日影像，当比实景更为幻美动人。若用"春水渌"，则稍嫌质实呆相。结句纵笔摹写远景，放眼一望，山长水远，更是豁人眼眸，让人赏之不足，句中含有无限赞叹之意。

其　二

画舸停桡①。槿花篱外竹横桥②。水上游人沙上女。回顾③。笑指芭蕉林里住。

【注释】

①画舸：画船。南朝梁萧绎《赴荆州泊三江口》："莲舟夹羽鹢，画舸覆缇油。"桡：船桨。

②槿花：木槿花。木槿亦作木堇，落叶灌木或小乔木，夏秋开花，花钟形，单生，有白、红、紫等色，朝开暮落。栽培供观赏兼作绿篱。南朝梁沈约《宿东园》："槿篱疏复密，荆扉新且故。"

③回顾：回头，回头看。汉蔡邕《翠鸟》："回顾生碧色，动摇扬缥青。"《三国志·吴书·陆凯传》："径还赴都，道由武昌，曾不回顾。"

【简析】

　　此首写游人与土著少女的偶遇，表现南土人物风情，朴野艳丽，明媚如画。画舸、槿篱、竹桥，是一幅南土村野小景。"画舸"上的"游人"为繁盛的槿花和横斜的竹桥这动人的村景所吸引，情不自禁地停船观赏起来。岸边沙滩上，适有土著少女，大约是在浣衣拾贝吧，而与游人有了一番嬉笑问答。"沙上女"的"回顾"，应是先被"水上游人"的蓦然闯入和搭讪惊走，然后又忍不住回头再看一眼"游人"——这与日夕相对的乡里男子似乎有些不同的异乡男子。"笑指芭蕉林里住"，当是回答"游人"的问询，也是土著少女的自我介绍兼作邀请，当真当假，只在疑似之间。词中少女形象天真质朴，语言友善热情，娇羞中有几分大胆好奇，率真中隐约着含蓄黠慧。与《花间》艳词中见惯了的"绮怨"的香闺女子，的确判然有别。

其　三

　　岸远沙平。日斜归路晚霞明①。孔雀自怜金翠尾。临水②。认得行人惊不起。

【注释】

　　①归路：归途，返回的道路。唐李康成《采莲曲》："青荷莲子杂衣香，云起风生归路长。"

　　②孔雀二句：言孔雀临水照羽自怜。金翠尾：孔雀金黄翠绿的尾羽。汉刘向《说苑·杂言》："夫君子爱口，孔雀爱羽，虎豹爱爪，此皆所以

治身法也。"唐武元衡《四川使宅有韦令公时孔雀存焉》："动摇金翠尾,飞舞碧梧阴。"

【简析】

在"采丽竞繁"的《花间》词林,欧阳炯和李珣的《南乡子》,以朴素清新的笔调描写南粤风光,是两组有着特殊认识和审美价值的作品。组词中的地名意象如越南、南中、越王台、采香洞等,动植物意象如孔雀、大象、猩猩、珍珠、桄榔、椰子等,在古典诗词意象系列里很少出现,富有鲜明的南粤地域特色,洋溢着浓郁的异域情调,读之新人耳目。此词咏孔雀,写来极为生动传神。傍晚的沙岸上,开屏的孔雀在临水照影,反射着斑斓的晚霞,孔雀的尾羽更显得金碧辉煌,映入水中煞是好看。孔雀"自我欣赏"入了迷,直至有人从旁边走过,方使它吃了一惊,但随即认出是天天从这里经过的"老熟人",便又若无其事地继续照起来。词写孔雀"顾影自怜"的细节,生动地表现了孔雀这种禽鸟的个性神态,颇富情趣。同时也写出了南粤土人和野生动物相安一处、友好睦邻的原始亲和关系,民风之良善淳朴,不难从中想见。李珣的《南乡子》之十四、孙光宪的《八拍蛮》也写到孔雀,似都不及此首写得成功。

其 四

洞口谁家[①]。木兰船系木兰花[②]。红袖女郎相引去[③]。游南浦。笑倚春风相对语。

【注释】

①洞口:山洞入口。南方土著所居称洞。唐元结《无为洞口作》:"无为洞口春水满,无为洞傍春云白。"

②木兰船：木兰树所造之船。南朝梁刘孝威《采莲曲》："金桨木兰船，戏采江南莲。"亦称木兰舟。唐罗隐《秋晓寄友人》："更见南来钓翁说，醉吟还上木兰舟。"后常用为船的美称，并非实指木兰木所制。木兰花：唐李商隐《木兰花》："几度木兰舟上望，不知元是此花身。"此指木兰花树。

③相引：相招，相约。唐岑参《春半与群公同游元处士别业》："胜概忽相引，春华今正浓。"

【简析】

词写南粤少女水边游春嬉闹场景。首二句一问一答，避免平铺直叙，用的是外来者的视角，必如此，一切方才显得新奇。这满眼好奇的外来游人，即是词人自己。洞口人家，木兰小船，木兰花树，都是岭南风土。南粤多生木兰树，土人以之制船，山多洞穴，土著所居邻洞，张籍《蛮州》云"瘴水蛮中入洞流，人家多住竹棚头"，可与此词所写洞口人家互参。这是南粤土人的典型生活环境。后三句人物出场，描写红袖少女招群结伴，水边嬉笑游乐的情景。女子穿红戴绿，呼朋引类，无忧无虑，尽情嬉戏，场面人物气氛，十分热闹动人。词中所写，或即上巳水边洗濯修禊、祛除不祥的节日活动场面。

其 五

二八花钿①。胸前如雪脸如莲②。耳坠金镮穿瑟瑟③。霞衣窄④。笑倚江头招远客。

【注释】

①二八花钿：指少女。二八：十六岁。谓正当青春年少，多言女子。

南朝陈徐陵《杂曲》："二八年时不忧度，旁边得宠谁相妒。"花钿：用金翠珠宝制成的花形首饰。南朝梁沈约《丽人赋》："陆离羽佩，杂错花钿。"

②胸前如雪：言胸前肤色如雪。唐韩偓《余作探使以缭绫手帛子寄贺因而有诗》："帝台春尽还东去，却系裙腰伴雪胸。"脸如莲：脸颊如莲花。唐王昌龄《采莲曲》："荷叶罗裙一色裁，芙蓉向脸两边开。"唐李隆基《好时光》："宝髻偏宜宫样，莲脸嫩，体红香。"

③耳坠句：言戴金玉耳饰。瑟瑟：碧色宝石。明李时珍《本草纲目》卷八《金石》二《宝石》："采石，即宝石也。碧者，唐人谓之瑟瑟。红者，宋人谓之靺鞨。今通呼为宝石。"唐杜甫《石笋行》："雨多往往得瑟瑟，此事恍惚难明论。"

④霞衣：喻轻柔艳丽的衣服。唐李峤《舞》："霞衣席上转，花袖雪前明。"

【简析】

词写土著少女江头迎客的情景。女子正当芳龄，雪胸莲脸，见其天生丽质。而又喜爱装饰，耳穿金环，环坠宝石，衣色如霞，鲜艳明丽，正是土著少女的服饰打扮。其"笑倚江头招远客"的大方热情形象，当令远方游客耳目一新，留下历久难忘的印象。

其　六

路入南中①。桄榔叶暗蓼花红②。两岸人家微雨后。收红豆③。树底纤纤抬素手④。

【注释】

①南中：本指川南、云贵或岭南，泛指南方、南部地区。南朝齐谢

朓《酬王晋安》："南中荣橘柚，宁知鸿雁飞。"

②桄榔：亦作桄桹。俗称砂糖椰子、糖树。常绿乔木，羽状复叶，小叶狭而长，肉穗花序的汁可制糖，茎中的髓可制淀粉，叶柄基部的棕毛可编绳或制刷子。唐张九龄《送广州周判官》："里树桄榔出，时禽翡翠来。"蓼花：红蓼花。唐罗隐《姑苏城南湖陪曹使君游》："水蓼花红稻穗黄，使君兰棹泛回塘。"

③红豆：红豆树、海红豆及相思子等植物种子的统称。其色鲜红，诗词中常用以象征爱情或相思。唐王维《相思》："红豆生南国，春来发几枝。愿君多采撷，此物最相思。"

④树底：树下。唐韩偓《残花》："树底草齐千片净，墙头风急数枝空。"纤纤抬素手：汉无名氏《古诗十九首》之五："纤纤擢素手，札札弄机杼。"

【简析】

词写南粤土人收取红豆的劳动场景。先从"南中"风光入手，岸上桄榔叶暗，水边蓼花红艳，自然环境的地域特色鲜明。继写岸边人家雨后从事的日常劳动，"红豆生南国"，这种收取红豆的劳动内容，也是富有南国地域特色的。南国多雨，雨洗红豆色泽愈加红艳，与摘取红豆的"纤纤素手"相映相衬，红豆更显红润，而素手更觉白皙，画面色彩颇为动人。"至极清丽"，当即指此而言。所谓"入宋不可复得"，原因当是宋人欢场情词，已无此自然本色、乡土真淳。此中所写收取红豆的劳动，无疑是南国化的，并且是女性化的，因而也是诗意化的。因是收取红豆，"劝君多采撷，此物最相思"，这劳动场景也自然地诱人生出许多浮想与遐思，况有"树底纤纤抬素手"的特写影像，早已定格词中，漾漾于眼前，挥之而不去矣。

其 七

袖敛鲛绡①。采香深洞笑相邀②。藤杖枝头芦酒滴③。铺葵席④。豆蔻花间趖晚日⑤。

【注释】

①鲛绡：亦作鲛鮹。传说中鲛人所织之绡。亦借指薄绢、轻纱。东晋干宝《搜神记》卷一二："南海之外，有鲛人，水居如鱼，不废织绩。其眼泣则能出珠。"温庭筠《张静婉采莲曲》："掌中无力舞衣轻，剪断鲛鮹破春碧。"

②采香：采集香料。古时南方出香料，人多采香为业，有采香户及香市。可参《太平广记》、《太平御览》、《香乘》诸书相关记载。

③芦酒：宋庄绰《鸡肋编》卷中："又羌人造嗖酒，以荻管吸于瓶中。老杜《送从弟亚赴河西判官》诗云：'黄羊饫不膻，芦酒多还醉。'盖谓此也。"

④葵席：葵草所织之席。

⑤趖（suō）：走，移动。汉许慎《说文》："趖：走意。"清段玉裁《注》："今京师人谓日跌为趖。"此指豆蔻花间日影西斜。

【简析】

词写采香女子邀人饮酒。劳动中的偶然相逢，便热情相邀，且一见如故，略无避忌，席地豆蔻花间，饮至红日西斜，南方土著民风的热情良善，性格的开通大方，于此可见，让人读之不免生出叹羡之意。鲛绡衣袖，深洞采香，藤杖芦酒，豆蔻花丛，均是南粤乡土气息浓郁的意象。或谓此词"写南方老人之乐"，似恐非是，因"鲛绡"衣衫多为女子服用,着于老年男性的"他们"身上,似有不宜。

其 八

翡翠鹅鹨。白蘋香里小沙汀①。岛上阴阴秋雨色。芦花扑。数只鱼船何处宿。

【注释】

①沙汀:水边或水中的沙地。南朝梁江淹《灵丘竹赋》:"郁春华于石岸,靡夏彩于沙汀。"唐杨凌《梅里旅夕》:"枫浦蝉随岸,沙汀鸥转流。"

【简析】

词写南国水乡洲岛雨前景色。前两句描写蘋花散香的沙汀上,感知风雨将至的鹅鹨,耐心地栖止守候着水中的鱼儿。水边的沙汀连着洲岛,岛上云色阴阴,风中芦花飞扑,弥漫着某种不安的雨前气息。"数只鱼船何处宿"一句,是整幅画面和词人关注的中心,惯见风雨的渔人在雨前也略显仓皇,一时之间尚不定泊船何处宿夜避雨。猜想的语气中似有某种牵挂和担忧,见出词人的仁者之心与多情性格,并非如论者所说的,仅只关注于南国风物,陶醉于南土风情。词意缘此而显得蕴藉深厚。

欧阳炯这组"皆纪岭海风土,语义与《竹枝》为近"的《南乡子》,题材内容的特点已见各首的"简析",无须再说;写法上的特点,诚如汤显祖所云:"短词之难,难于起得不自然,结得不悠远。诸词起句无一重复,而结语皆有余思,允称名作。"

献衷心

见好花颜色,争笑东风①。双脸上,晚妆同②。闭小楼深阁,春景重重。三五夜③,偏有恨,月明中。　　情未已,信曾通。满衣犹自染檀红④。恨不如双燕,飞舞帘栊。春欲暮,残絮尽,柳条空。

【注释】

①见好二句:言百花在春风中绽放争艳。

②双脸二句:言女子妆脸与花色同艳。晚妆:与早妆相对,指女子晚间妆扮。南朝陈阴铿《侯司空宅咏妓诗》:"翠柳将斜日,俱照晚妆鲜。"

③三五夜:农历十五日夜晚,望日月圆之夜。南朝梁沈约《昭君辞》:"唯有三五夜,明月暂经过。"唐钱起《寄郢州郎士元使君》:"望舒三五夜,思尽谢玄晖。"

④满衣句:言衣衫染成檀红色。或谓衣染粉泪。

【简析】

词写春怨。起句"超忽而来,毫端神妙,不可思议"(《花间集评注》引郑文焯语),是说一起未写怨女,先写春花,而又是女子眼中烂漫的春花,且女子感觉花色与自己的容色同其姣好,人花双写,花人莫辨,故令人感觉词笔有"不可思议"之"神妙"。然芳春无人与共,好花无人赏惜,从而引发"小楼深阁"中幽居女子良时虚度、青春空耗之感叹。这是导致女子于"三五夜"、"月明中"却"偏有恨"的原因。好天良夜,所恨者何?无非为"月圆人未圆"而添愁惹恨。李冰若评曰"忽加入'偏有恨'三字,奇绝",兼及章法安排和意思表达两个方面。收此"奇绝"之效果,关键在于情景分离,以"花好月圆"之乐景写"人未圆"之哀情,倍增其哀。下片就"恨"字展开,揭示女子内心复杂痛苦之感情世界。情不能已,款曲已通,然终不得相见,让女子伤心难抑,泪湿衣衫。"恨不如"二句就眼前景,写女子自叹人不如燕,不能比翼双飞。化用李白《双燕离》诗句"双燕复双燕,双飞令人羡"之意。末三句"以景结情",抒女子红颜易老之感,情意悠悠不尽。

贺明朝

忆昔花间初识面。红袖半遮,妆脸轻转。石榴裙带①,故将纤纤,玉指偷撚②。双凤金线③。　碧梧桐锁深深院。谁料得两情,何日教缱绻④。羡春来双燕⑤。飞到玉楼,朝暮相见。

【注释】

①石榴裙带:南朝梁萧绎《乌栖曲》:"交龙成锦斗凤纹,芙蓉为带石榴裙。"唐武则天《如意娘》:"不信比来长下泪,开箱验取石榴裙。"

②偷撚:暗中揉搓。

③双凤金线:金线所绣之双凤。

④缱绻:纠缠萦绕,固结不解。《诗经·大雅·民劳》:"无纵诡随,以谨缱绻。"高亨注:"缱绻,固结不解之意。"引申为不离散。《左传·

昭公二十五年》:"缱绻从公,无通外内。"杜预注:"缱绻,不离散也。"晋潘岳《为贾谧作赠陆机》:"昔余与子,缱绻东朝。"亦以形容感情缠绵深厚。唐白居易《寄元九》:"岂是贪衣食,感君心缱绻。"又特指男女恋情。唐元稹《莺莺传》:"留连时有恨,缱绻意难终。"

⑤羡春来双燕:羡慕春天的燕子成双成对。唐李白《双燕离》:"双燕复双燕,双飞令人羡。"

【简析】

词写男子思念情人。起句切入回忆,上片写与女子初见情景。"花间"是适合产生恋情的典型环境。"红袖"二句写女子的娇羞之态,以衣袖半遮、别过脸去相掩饰。"石榴裙带"数句,捕捉一个传神的细节,如特写镜头般聚焦于女子的纤手:但见她用玉指偷捻着裙带,露出金线刺绣的双凤图案,以为暗示。即此可知,这是一个一见钟情式的初遇,女子芳心已许,只是碍于羞涩,不便表达,却又怕男子不解,故而以手捻裙带暗传情意。女子春心已动而又娇羞扭捏的情态,给男子留下了难忘的第一印象。下片回到现实,写别后强烈的思念之情和急切的求合心理。虽一见钟情、两心相许,但为梧桐深院所阻隔,男子深感重见无期,缱绻难谐。结三句就眼前所见双燕可以自由飞到"玉楼"之景,表男子企恋心态。"玉楼"承上梧桐深院,乃女子所居之处。此词的语气和写法,有类韦庄《荷叶杯》"记得那年花下"一首。下片"间阻—思慕"的抒情模式,则远承自《诗经》的《汉广》、《蒹葭》诸诗。

其 二

忆昔花间相见后。只凭纤手,暗抛红豆①。人前不解,巧传心事,别来依旧。辜负春昼。　　碧罗衣上蹙金绣②。睹对对鸳鸯,空裛泪痕透③。想韶颜非久④。终是为伊，只恁偷瘦⑤。

【注释】

①暗抛红豆：暗中抛掷红豆以寄相思。

②蹙金绣：蹙金结绣。蹙：刺蹙，刺绣成皱纹形状。唐孙棨《北里志·王团儿》："东邻起样裙腰阔，刺蹙黄金线几条。"

③裛（yì）：沾湿。唐宋之问《早发始兴江口至虚氏村作》："桂香多露裛，石响细泉回。"

④韶颜：美好的容貌。南朝宋鲍照《发后渚诗》："华志分驰年，韶颜惨惊节。"

⑤恁：如此，这样。偷瘦：暗中消瘦。

【简析】

欧阳炯的《贺明朝》二首，内容上前后承接，属联章体，前一首采男子的角度，此首转换为女子的角度。上片亦从"花间相见"的回忆切入，女子深悔自己在男子面前不解"巧传心事"，以致男子弄不明白自己的心迹，款曲难通。落得自己别后"只凭纤手，暗抛红豆"，寄托相思之情，辜负了大好春光。其实，从上一首所写来看，女子还是很善于"巧传心事"的，男子也敏感地注意到了"玉指偷撚。双凤金线"的"手语"暗示。此首写女子后悔当初不懂"巧传心事"，当是因于不能重聚的现实、苦于烦恼不已的相思，而生出的自怨自艾心理。下片写女子耽于思念，伤心泪湿，容颜消瘦。目睹罗衣上金线绣出的双鸳鸯，让女子更添孤零之感。但女子想纵使"韶颜非久"，青春短暂，也决不放弃这份爱情相思，哪怕"为伊消得人憔悴"，哪怕男子并不知晓，自己只是暗中"偷瘦"。可知心到深处，情到浓时，女子已是耽溺其中，不能自拔。这两首《贺明朝》，抒情缠绵，着色浓艳，与他的《南乡子》组词的清新自然，自非一种风格。所以被李冰若《栩庄漫记》评为"《南歌子》外另一种，极为浓丽，兼有俳调风味"，并指出"《贺明朝》诸词，后启柳屯田，上承温飞卿。艳而近于靡矣"。

江城子

晚日金陵岸草平①。落霞明②。水无情。六代繁华③，暗逐逝波声④。空有姑苏台上月⑤，如西子镜，照江城⑥。

【注释】

①金陵：古邑名。今江苏南京的别称。战国楚威王七年（前333年）灭越后在今南京清凉山（石城山）设金陵邑。南朝齐谢朓《隋王鼓吹曲十首·入朝曲》："江南佳丽地，金陵帝王州。"

②落霞：晚霞。南朝梁萧纲《登城》："落霞乍续断，晚浪时回复。"唐王勃《滕王阁序》："落霞与孤鹜齐飞，秋水共长天一色。"

③六代：指东吴、东晋、宋、齐、梁、陈六个定都金陵的朝代。唐魏万《金陵酬李翰林谪仙子》："金陵百万户，六代帝王都。"

④逝波：指一去不返的流水。唐贾岛《送玄岩上人归西蜀》："去腊催今夏，流光等逝波。"

⑤姑苏台：亦作姑胥台，台名，在姑苏山上，相传为吴王夫差所筑。

⑥江城：指金陵。

【简析】

此首怀古，咏六朝旧事，抒今昔兴亡盛衰的悲凉之感。起句点出时地，金陵乃六朝繁华之地，晚日乃一天将尽之时，于日落时分登临凭眺，感于现实中不断上演着的朝代倏兴倏灭之悲剧，缅想历史上六代豪华皆被逝水淘尽的沧桑往事，即使晚霞明丽，染红江天，亦徒增凄艳之感而已。滚滚长江东逝水，流走了多少岁月，流走了多少豪杰，流走了几家几姓的社稷江山。"空有"三句，时间上承接"晚日"，词人沉湎于六朝兴亡旧事，临江吊古，徘徊不能去，一轮皓月又上江天，照着六代繁华已然逝去的空阔江城，平添无限凄凉。月亮是永恒的象征，与人世的短暂构成映衬对比。金陵吊古而言"姑苏台上月，如西子镜"，是词人展开的历史相似联想的反映，春秋时姑苏城吴国的兴亡，与眼前金陵城六朝的兴亡，有着深刻的相似性。姑苏台上那一轮如西子妆镜般照临过吴国兴亡的明月，今夕又照临金陵城上，正所谓前车之鉴，后事之师啊！此词感情极沉郁，表现上却能蕴藉空灵，用晚日、岸草、落霞、逝水、明月，略加点染衬托，而不落得过实，说得过重，既臻于怀古之佳境，又无碍小词之体段，允称合作。"横空牵入"的"如西子镜"一句，不仅展衍了时空的深广度，增加了怀古的信息量，且在词法上也值得称道，前说金陵而忽阑入姑苏西子，是为离开本位，结以月照江城，终又回归本位。短小的体段里能有离合变化，笔致显得灵动，所以入"妙"（李冰若《栩庄漫记》）。

凤楼春

凤髻绿云丛①。深掩房栊②。锦书通③。梦中相见觉来慵。匀面泪,脸珠融④。因想玉郎何处去⑤,对淑景谁同⑥。　　小楼中。春思无穷。倚栏颙望⑦,暗牵愁绪,柳花飞起东风。斜日照帘,罗幌香冷粉屏空⑧。海棠零落,莺语残红。

【注释】

①凤髻:古代的一种发型。唐宇文氏《妆台记》:"周文王于髻上加珠翠翘花,傅之铅粉,其髻高,名曰凤髻。"唐杜牧《为人题赠二首》:"和簪抛凤髻,将泪入鸳衾。"

②房栊:窗棂。南朝宋谢惠连《七月七日夜咏牛女》:"落日隐檐楹,升月照房栊。"

③锦书:参卷一温庭筠《杨柳枝》"织锦机边莺语频"注①。

④匀面二句:言女子匀面时泪珠融化了脂粉。唐白居易《绣妇叹》:"针头不解愁眉结,线缕难穿泪脸珠。"

⑤玉郎:对男子的美称。唐元稹《送王十一郎游剡中》:"想得玉郎乘画舸,几回明月坠云间。"用为女子对丈夫或情人的爱称。敦煌曲子词《鱼歌子》:"雅奴卜,玉郎至,扶不(下)骅骝沉醉。"

⑥淑景:美景。南朝宋鲍照《代悲哉行》:"羁人感淑景,缘感欲回辙。"谁同:与谁同。唐李中《下蔡春偶作》:"旅馆飘飘类断蓬,悠悠

心绪有谁同。"

⑦颙望：凝望，抬头呆望。唐李赤《望夫山》："颙望临碧空，怨情感离别。"

⑧粉屏：唐张祜《观杭州柘枝妓》："看着遍头香袖褶，粉屏香帕又重隈。"

【简析】

词抒闺情。上片写思妇梦醒后的伤感、牵念。因通"锦书"而愈添相思，致有"梦中相见"。片时春梦，空花一现，了无凭据，使思妇醒来慵倦感伤不已。"因想玉郎"二句，既是体贴关爱，也是猜测担忧，情感内涵相当复杂。下片写思妇倚栏颙望，聊作排遣。但眼前所见柳絮飘飞、斜日落照、残花零落之景，无不提示着晚春迟暮的消息，令思妇更觉空闺的冷落寂寞，更增伤春伤别、怀人念远的痛苦。全词情调感伤，语词香艳，是体现《花间》词风的较为典型的作品。

和凝 二十首

【小传】

和凝（八九八—九五五），字成绩，郓州须昌（今山东东平西南州城镇西北）人。幼聪敏，少好学，年十七举明经，年十九登进士第。历仕五代梁、唐、晋、汉、周五朝。始为梁宣义军节度使贺瓌从事。后唐明宗天成三年（九二八）拜殿中侍御史，累迁翰林学士。后晋天福二年（九三七），为礼部侍郎，拜端明殿学士。五年，升任宰相。后汉天福十二年,除太子太保,封鲁国公。后周广顺元年(九五一),为太子太傅。显德二年(九五五)七月卒。年五十八。事迹见《北梦琐言》卷六、《旧五代史》卷一二七、《新五代史》卷五五本传。和凝词,《花间集》录二十首,《尊前集》录七首,《词谱》录一首,共存二十八首。

小重山

春入神京万木芳①。禁林莺语滑②,蝶飞狂。晓花擎露妒啼妆③。红日永④,风和百花香。　　烟锁柳丝长。御沟澄碧水,转池塘。时时微雨洗风光⑤。天衢远⑥,到处引笙簧⑦。

【注释】

①神京:帝都。南朝宋谢庄《宋世祖庙歌·孝武皇帝歌》:"辟我皇维,缔我宋宇。刷定四海,肇构神京。"唐张大安《奉和别越王》:"丽日开芳甸,佳气积神京。"

②禁林:皇家园林。汉班固《西都赋》:"命荆州使起鸟,诏梁野而驱兽,毛群内阗,飞羽上覆,接翼侧足,集禁林而屯聚。"南朝梁何逊《九日侍宴乐游苑》:"禁林终宴晚,华池物色曛。"莺语滑:莺声流利。唐白居易《琵琶引》:"间关莺语花底滑,幽咽泉流冰下难。"

③擎露:指上擎的花朵上之露珠。唐司空图《偶题三首》之二:"欲待秋塘擎露看,自怜生意已无多。"啼妆:东汉时,妇女以粉薄拭目下,有似啼痕,故名。《后汉书·五行志》一:"啼妆者,薄拭目下若啼处

……始自大将军梁冀家所为，京都歙然，诸夏皆放效。"南朝梁何逊《咏照镜》："荡子行未归，啼妆坐沾臆。"

④日永：日长。唐韦应物《立夏日忆京师诸弟》："改序念芳辰，烦襟倦日永。"

⑤风光：风景，景色。唐张渭《湖上对酒行》："风光若此人不醉，参差辜负东园花。"

⑥天衢：指京都的大路。五代王定保《唐摭言·无官受黜》：贾岛"尝跨驴张盖，横截天衢，时秋风正厉，黄叶可扫。岛忽吟曰：'落叶满长安。'"借指京都。《文选·张衡〈西京赋〉》："岂伊不虞思于天衢，岂伊不怀归于枌榆。"刘良注："天衢，洛阳也。"

⑦笙簧：管乐器。《诗经·小雅·鹿鸣》："我有嘉宾，鼓瑟吹笙。吹笙鼓簧，承筐是将。"或谓笙中之簧片。《礼记·明堂位》："垂之和钟，叔之离磬，女娲之笙簧。"郑玄注："笙簧，笙中之簧也。女娲作笙簧。"

【简析】

词咏京城春景，以"禁林"、"御沟"即皇城一带为中心。起句总说整个京城万木争荣之景，接写"禁林"即皇家园林莺啭蝶飞、晓花含露的明媚春色，"晓花"句拟人。春天昼长，故曰"红日永"。旭光笼红，春日迟迟，东风送暖，百花飘香，一派旖旎的帝都风光。下片转写"御沟"春色，突出岸上烟柳丝长、沟池流水澄碧的富有特征性景物。又有好雨知时，洗去红尘，柳色花光更见青葱鲜艳。上片以"红日"晕染出春色的热烈，下片以"微雨"洗涤出春光的清新。结句总赞京城天街一派笙歌的升平景象。全词"藻丽有富贵气"（《花间集评注》引杨慎语），是"和凝当石晋全盛之时，身居相位"，所作之"承平《雅》、《颂》声也"（俞陛云《唐五代两宋词选释》）。

其 二

正是神京烂熳时①。群仙初折得，郄诜枝②。乌犀白纻最相宜③。精神出，御陌袖鞭垂④。　　柳色展愁眉。管弦分响亮，探花期⑤。光阴占断曲江池⑥。新榜上，名姓彻丹墀⑦。

【注释】

①烂熳：同烂漫，色泽绚丽。南朝梁沈约《奉华阳王外兵诗》："烂熳蜃云舒，嶔崟山海出。"此指春日花木繁茂。唐陈子昂《庆云章》："南风既熏，丛芳烂漫，郁郁纷纷。"

②群仙二句：喻指众举子折桂登科。郄诜枝：即桂枝。《晋书·郄诜传》："郄诜对（武帝）曰：臣举贤良策为天下第一，犹桂林之一枝，昆山之片玉。"后以折桂喻科举及第。唐李商隐《谢宗卿启》："托阮籍之竹林，攀郄诜之桂树。"

③乌犀：犀牛的一种。皮可为甲，角可为器具、饰物。此指以乌犀角为饰之腰带。《新唐书》卷二四《志》一四《车服》："腰带……一品、二品銙以金，六品以上以犀，九品以上以银，庶人以铁。"唐白居易《元微之除浙东观察使喜赠长句》："稽山镜水欢游地，犀带金章荣贵身。"白纻：白色的苎麻，白纻所织的夏布。唐张籍《白纻歌》："皎皎白纻白且鲜，将作春衣称少年。"此指与品色衣相对的白衣，士人未得功名时所穿衣服。

④御陌：京城中的大道。唐徐彦伯《奉和幸新丰温泉宫应制》："御陌开函次，离宫夹树行。"

⑤探花期：唐人习俗，新进士于杏园宴集探花。唐孙棨《北里志》：

"以同年俊少者为两街探花使。"宋赵彦卫《云麓漫钞》卷七引《秦中岁时记》:"期寄谢恩了……次即杏园初宴,谓之探花宴。便差定先辈二人少俊者,为两街探花使。若他人折得花卉,先开牡丹、芍药来者,即各有罚。"《蔡宽夫诗话》:"唐故事,进士朝集,尝择榜中最少年者为探花郎。"唐翁承赞《擢探花使二首》其二:"探花时节日偏长,恬淡春风称意忙。"

⑥曲江池:参卷三薛昭蕴《喜迁莺》"金门晓"注⑦。

⑦新榜二句:言新榜进士名姓为朝廷所知。唐曹松《览春榜喜孙鄂成名》:"门外报春榜,喜君天子知。"新榜:唐代新进士于二三月在礼部南院张榜,王定保《唐摭言》:"进士旧例于都省考试,南院发榜,张榜墙乃南院东墙也。"彻:达。丹墀:指宫殿的赤色台阶或赤色地面,代指朝廷。唐李嘉佑《送王端赴朝》:"君承明主意,日日上丹墀。"

【简析】

词写金榜题名之乐。上片以京城的烂漫春光为背景,描写春榜初放之时,蟾宫折桂的新进士们,衣冠济楚,精神抖擞,在万人纵观之前跨马游街的得意情状。"精神出,御陌袖鞭垂"二句,亦即唐孟郊《登科后》所写"春风得意马蹄疾,一日看尽长安花"之意。下片描写新榜进士曲江欢宴、杏园探花的庆祝活动,洋溢着喜庆热闹的气息。因为得意,新进士们眼中的柳叶也舒展开平日紧锁的愁眉,耳中的乐声听来也分外响亮欢快。这是以我观物的移情手法。上片用"郄诜枝"典故暗示中第,结句直言金榜题名,前后呼应,交代原因,强化欢乐气氛。和凝本人十九岁中进士,少年高中,为官后又曾亲知贡举,所选皆一时之秀,号称得人。此词所写,当有词人的亲身经历包含其中。

临江仙

海棠香老春江晚①,小楼雾縠涳濛②。翠鬟初出绣帘中。麝烟鸾佩惹蘋风③。　碾玉钗摇鸂鶒战④,雪肌云鬓将融。含情遥指碧波东。越王台殿蓼花红⑤。

【注释】

①香老:花谢。唐皮日休《石榴歌》:"蝉噪秋枝槐叶黄,石榴香老愁寒霜。"

②雾縠:薄雾般的轻纱。《文选·宋玉〈神女赋〉》:"动雾縠以徐步兮,拂墀声之珊珊。"李善《注》:"縠,今之轻纱,薄如雾也。"此言雾薄如縠。唐裴虔余《早春残雪》:"阴林披雾縠,小沼破冰盘。"涳濛:亦作空濛。微雨迷茫貌。南朝齐谢朓《观朝雨诗》:"空濛如薄雾,散漫似轻埃。"

③麝烟:焚烧麝香的烟气。唐皮日休《醉中先起李縠戏赠走笔奉酬》:"麝烟苒苒生银兔,蜡泪涟涟滴绣闱。"鸾佩:鸾形佩饰。唐李贺《梦天》:"玉轮轧露湿团光,鸾佩相逢桂香陌。"

④碾玉句:言鸂鶒钗在鬟鬓晃动。碾玉:打磨雕琢玉器。唐李贺《春怀引》:"蟾蜍碾玉挂明弓,捍拨装金打仙凤。"

⑤越王台殿:参卷三薛昭蕴《浣溪沙》"倾国倾城恨有余"注⑤。

【简析】

词咏女子。起二句写季节、时间、环境:海棠花谢,春江向晚,水边小楼，薄雾溟蒙，似有几分神秘气氛。然后翠帘揭处，麝烟飘散，环佩叮当声中，女子出场。下片前二句继续描写女子的形象，写其华丽的头饰、雪白的肌肤和丰美的鬓发。结二句忽然撇开前面质实的描写，宕开一笔，转写女子属意悠远，含情遥指，烟水那边，是红蓼丛中的越王台殿遗址。女子是思古，是念远，是候人，无法确指，"结句设想，出人意表"，留下了含蓄不尽的回味余地，全词因这两句而显得意境开阔，富有神韵。《花间集》中的《临江仙》多言仙事，缘饰调名。此词中女子，与一般的思妇有明显不同，身份似在仙凡之间。明卓人月《古今词统》卷七评谓"是采珠拾羽一辈人"，意指词中女子与汉皋、洛滨女子身份相类。

其 二

披袍窣地红宫锦①，莺语时转轻音。碧罗冠子稳犀簪②。凤凰双飐步摇金③。　　肌骨细匀红玉软④，脸波微送春心。娇羞不肯入鸳衾⑤。兰膏光里两情深⑥。

【注释】

①窣地：拂地。宫锦：宫中特制或仿造宫样所制的锦缎。唐岑参《胡歌》："黑姓蕃王貂鼠裘，葡萄宫锦醉缠头。"

②冠子：妇人之冠，相传为秦始皇所制，可参五代马缟《中华古今注·冠子朵子扇子》。唐王涯《宫词》："白人宜着紫衣裳，冠子梳头双眼长。"犀簪：用犀角制的发簪，相传妇人用之，尘不着发。唐吴融《和韩致光侍郎无题三首十四韵》之一："珠佩元消暑，犀簪自辟尘。"

③步摇：附在簪钗上的一种金玉首饰。《释名·释首饰》："步摇上有

垂珠，步则摇动也。"唐白居易《长恨歌》："云鬓花颜金步摇，芙蓉帐暖度春宵。"

④肌骨细匀：唐杜甫《丽人行》："态浓意远淑且真，肌理细腻骨肉匀。"红玉：红色宝玉。古常以比喻美人肤色。《西京杂记》卷一："赵后体轻腰弱，善行步进退，女弟昭仪，不能及也。但昭仪弱骨丰肌，尤工笑语。二人并色如红玉。"唐施肩吾《夜宴曲》："被郎嗔罚琉璃盏，酒入四肢红玉软。"

⑤娇羞句：唐施肩吾《少女词》："娇羞不肯点新黄，踏过金钿出绣床。"

⑥兰膏：用泽兰子炼制的油脂，用以燃灯。《楚辞·招魂》："兰膏明烛，华容备些。"唐刘长卿《杂咏上礼部李侍郎·寒釭》："恋君秋夜永，无使兰膏薄。"

【简析】

词写男女恋情。上片铺写女子的盛妆，兼及女子娇美的声音和婉转的步态，有类"蹙金结绣"之温词。下片前二句进一步形容其肢体柔美，仪态妩媚，风韵撩人。都属《花间》词中惯见的俗人俗事、俗情俗笔。结二句承"脸波微送春心"之后，于俗中见不俗，关键时刻，不曾手滑，分寸得体。按照莱辛《拉奥孔》的美学理论，这叫"接近顶点，不到顶点"的写法，留有余地，既免除了词笔可能沾染的秽亵，又利于读者去想象和回味。其实，"娇羞不肯入鸳衾"的"醉人"韵度、"可思"情态倒在其次，真正值得称道的是"兰膏光里两情深"一句，由实入虚，动中取静，仿佛燥热时拂过的一丝凉风，兰膏光影里，达成了由"欲"到"情"的过滤和升华，使一首描写男女合欢的"奇艳绝伦"之形而下情词，不仅"能状难状之情景"，更获致了男女相悦之事不可或缺的某种情感和精神的向度。而这一点，往往正是胶着于女子容貌、服饰工细描画的温词所欠缺的，李冰若《栩庄漫记》认为"飞卿所不逮"者，当在于此。

菩萨蛮

越梅半拆轻寒里①。冰清淡薄笼蓝水②。暖觉杏梢红。游丝狂惹风③。　闲阶莎径碧④。远梦犹堪惜。离恨又迎春。相思难重陈⑤。

【注释】

①越梅：泛指南国的梅花。半拆：花苞初开。张泌《春晚谣》："雨微微，烟霏霏，小庭半拆红蔷薇。"

②冰清淡薄：应上句"轻寒"，言水面结层薄冰。蓝水：也称蓝溪，即灞水。源出今陕西商洛商州区西北秦岭，西北流入蓝田，入灞水。唐杜甫《九日蓝田崔氏庄》："蓝水远从千涧落，玉山高并两峰寒。"

③游丝：指春日空气中飘浮的虫丝。南朝梁沈约《三月三日率尔成篇》："游丝映空转，高杨拂地垂。"

④莎径：长有莎草的小径。唐李中《寄刘钧秀才》："野鸟穿莎径，江云过竹篱。"

⑤重陈：再陈说，重复叙述。晋刘琨《扶风歌》："弃置勿重陈，重陈令心伤。"

【简析】

　　词写闺中春思。起句从早春切入，梅花半拆，薄冰笼水，轻寒犹在，都是早春季候。"半拆"的梅花，是逗起闺妇思情的因由。接写暖风吹开杏花，飘荡游丝，暗示闺妇春思兴发，心旌摇漾。这里有一个由春寒到春暖的时间季节的变化过程，季节唤醒了生命，在这个过程中，闺妇的思情愈酿愈浓。所以便有了下片的"远梦"。梦中相会，恍然醒来，踟躇于荒寂庭院的莎径上，回味梦中的一切，皆归空无，故觉"堪惜"。"又"字透出别离已是经年，那层叠堆积的相思离恨，已非言语所能诉说于万一。故以"难重陈"作结，不言言之，不了了之。此词表情含蓄，不涉艳语，显示了和凝词风清淡的一面，故有"清言玉屑"之评（《花间集评注》引况周颐语）。

山花子

　　莺锦蝉縠馥麝脐①。轻裾花草晓烟迷②。鸂鶒颤金红掌坠③，翠云低④。　　星靥笑偎霞脸畔⑤，蹙金开襜衬银泥⑥。春思半和芳草嫩，绿萋萋⑦。

【注释】

　　①莺锦：色如莺羽之锦缎。和凝《宫词》："莺锦蝉罗撒麝脐，狻猊轻喷瑞烟迷。"蝉縠：薄如蝉翼之轻纱。麝脐：麝香，因生于麝脐，故名。唐唐彦谦《春雨》："灯檠昏鱼目，熏炉咽麝脐。"

②裾：衣襟。《汉书·张敞传》："置酒，小偷悉来贺，且饮醉，偷长以赭污其衣裾。"唐杜甫《草堂》："旧犬喜我归，低徊入衣裾。"

③鸂鶒句：言鸂鶒形饰物下垂状。鸂鶒：一名紫鸳鸯。明李时珍《本草纲目》：鸳鸯"有文采，红头翠鬣，黑翅黑尾，红掌"。红掌：言鸂鶒形饰物之掌。

④翠云：同绿云、绿鬟、翠鬟、云鬟，指女子丰美之发鬟。唐李群玉《送萧十二校书赴郢州婚姻》："玉佩定催红粉色，锦衾应惹翠云香。"

⑤星靥：明媚的酒窝。或以指面饰。宋高承《事物纪原》三《妆靥》："远世妇人妆喜作粉靥，如月形，如钱样，又或以朱若燕脂点者，唐人亦尚之。"唐许敬宗《七夕赋咏成篇》："情催巧笑开星靥，不惜呈露解云衣。"霞脸：红润的面容。

⑥襜：遮于衣前至膝的围巾。《尔雅·释器》："衣蔽前谓之襜。"郭璞注："今蔽膝也。"银泥：一种用银粉调成的颜料，用以涂饰衣物和面部。唐王建《宫词》之八十："归到院中重洗面，金盆水里泼银泥。"此指银泥涂饰的衣裙。唐李贺《月漉漉篇》："挽菱隔歌袖，绿刺胃银泥。"

⑦春思二句：言女子春思浓如繁茂之绿草。

【简析】

词写女子春思。上片细致刻画女子的衣服、首饰、鬟发，下片写她的面饰和娇容，之后再写她的华丽衣裙。仅只数十字的篇幅里，缀满了诸如莺锦、蝉縠、麝脐、轻裾、花草、晓烟、鸂鶒、颤金、红掌、翠云、星靥、笑偎、霞脸、蹙金、银泥等华词丽藻，十分盛大地妆扮出一位标准的《花间》美人，如展开一卷新鲜绘出的工笔重彩仕女图，耀眼夺目，光彩照人，富有温词般的图画装饰效果。只在结句用一比喻，轻轻点出女子嫩如芳草之春思。此等词作在《花间集》中已成套式，无甚新意，只赏其艳词丽句可也。

其 二

银字笙寒调正长①。水纹簟冷画屏凉②。玉腕重因金扼臂③,澹梳妆。 几度试香纤手暖,一回尝酒绛唇光④。伴弄红丝蝇拂子⑤,打檀郎⑥。

【注释】

①银字:以银粉书写之文字。南朝梁萧纲《蒙华林园戒诗》:"昔日书银字,久自恶宗英。"笙笛类管乐器上用银作字,以表示音调的高低。借指管乐器。唐白居易《南园试小乐》:"高调管色吹银字,慢拽歌词唱渭城。"

②水纹簟:水波状花纹的席子。唐李益《写情》:"水纹珍簟思悠悠,千里佳期一夕休。"

③本句各本《花间集》均缺一字,《词谱》补作"因"字。金扼臂:金手镯。唐无名氏《薛昭传》:"今有金扼臂,君可持往近县易衣服。"

④绛唇:朱唇,红唇。南朝梁江淹《咏美人春游》:"白云凝琼貌,问珠点绛唇。"

⑤蝇拂子:即蝇拂。又称拂尘。唐李冗《独异志·刘裕不忘贫贱》:"宋刘裕贫贱时,尝盖布被,用牛尾作蝇拂子。及登极,亦不弃之。"

⑥檀郎:参卷三韦庄《江城子》"髻鬟狼藉黛眉长"注③。

【简析】

词写闺房之乐。上片写凉夜调笙的淡妆女子。因少了许多金玉锦绣的服饰描画,给人以淡雅之感。但女子仍不免露出了玉腕金镯,可知并不俭素，仍见富贵气象，所以才是《花间》词中女性。下片写女子的动作情态。因觉笙寒、簟冷、屏凉，所以几回伸出纤手在香炉上取暖，再喝点酒吧，暖暖身子，可是酒量又不大，略微尝些，红唇沾湿更觉红鲜了。这都是从男子眼中看来。结句写女子拿起红丝蝇拂佯打檀郎的闺中嬉闹情形，女子的娇憨之状，闺房的调笑之乐，跃然纸上，十分生动。此词"状物描情，每多意态"，让读者生出"直如身履其地，眼见其人"之感（沈雄《古今词话·词品》）。

何满子

正是破瓜年几①，含情惯得人饶②。桃李精神鹦鹉舌③，可堪虚度良宵。却爱蓝罗裙子，羡他长束纤腰④。

【注释】

①破瓜：旧以女子十六岁为"破瓜"。"瓜"字拆开为两个八字，即二八之年，故称。晋孙绰《情人碧玉歌》之二："碧玉破瓜时，郎为情颠倒。"

②得人饶：得人宽容。

③桃李句：言少女姿容美艳，口齿伶俐。

④却爱二句：借美束腰之罗裙，传爱慕之意。晋陶潜《闲情赋》："愿在裳而为带，束窈窕之纤身。"

【简析】

词写男子对少女的爱慕之情。在古人的概念里，十六岁是女子一生中最好的年纪，况其含情脉脉，自是人见人爱。"桃李精神"写其姿容的美妍，"鹦鹉舌"写其口齿的伶俐。男子觉得这样出众的少女，应该早得佳偶，华年无人共度，实在可惜。结句写男子求之不得，转而去羡慕少女身着的蓝罗裙子可以紧束纤腰，与之亲近。表现出男子强烈的企恋心态。这一涉想新巧的结句，系从张衡《定情诗》、陶潜《闲情赋》中变来。

其　二

写得鱼笺无限①，其如花锁春辉②。目断巫山云雨③，空教残梦依依。却爱熏香小鸭，羡他长在屏帏④。

【注释】

①鱼笺：鱼子笺的简称，产于蜀地。唐羊士谔《寄江陵韩少尹》："蜀国鱼笺数行字，忆君秋梦过南塘。"代称书信。或谓即鱼书，尺素。

②其如：怎奈，无奈。唐刘长卿《硖石遇雨宴前主簿从兄子英宅》："虽欲少留此，其如归限催。"

③目断：犹望断。唐丘为《登润州城》："乡山何处是，目断广陵西。"

④却爱二句：以美帏中香炉常伴佳人，表己向慕之意。小鸭：鸭形香炉。

【简析】

华锺彦《花间集注》卷六曰："此词意同前阕，当是联章。"良是。此首中，男子的爱慕之情愈发热烈。他不断地写信倾诉，但无奈少女深闺闭锁，难以传达。单相思的熬煎无以舒解，使他想入非非，竟然做起巫山云雨之梦来。虽然春梦无凭，还是让他依依不舍。于是他又想：若能化身为小巧的鸭形香炉，便能在闺帏中常伴伊人。耽于相思的男子，彻底放倒了男权社会里男人的尊严，并不以此自我折辱为羞耻，这反映了晚唐五代乱世，冲决了伦理道德堤防，爱情意识汹涌澎湃的心理思潮。这两首词的结句诉说的痴绝心愿，与崔怀宝《忆江南》的"平生愿，愿作乐中筝。得近玉人纤手子，砑罗裙上放娇声。便死也为荣"一词所写相同，这是一个时代的心愿。这两首《何满子》结句的巧思，也典型地体现了和凝词能"以小语致巧"的语言机智。

薄命女

天欲晓。宫漏穿花声缭绕①。窗里星光少。冷雾寒侵帐额②，残月光沉树杪③。梦断锦帏空悄悄。强起愁眉小④。

【注释】

①宫漏句：言漏声在花丛间回荡萦绕。和凝《宫词》："圣主临轩待晓时，穿花宫漏正迟迟。"

②帐额：床帐前幅的上端所悬之横幅，上有绘画或刺绣，用为床帐的装饰。俗称帐檐。唐卢照邻《长安古意》："生憎帐额绣孤鸾，好取门帘贴双燕。"

③树杪：树梢。唐王维《送梓州李使君》："山中一夜雨，树杪百重泉。"

④愁眉小：女子以长眉为美，此言女子之眉因愁蹙结而显短小。

【简析】

　　词写宫怨。宫怨、闺怨类诗词，一般多从黄昏切入，写长夜难捱之情状。此词从拂晓切入，显得别致。有否《汝坟》"惄如调饥"之意，不得而知。因是拂晓，人尚未起，所以先写连绵的晨漏声在花间回响的听觉。然后才是视觉，醒来后透窗望去，但见天上星光已稀，残月将沉，清晨的雾气带着寒意，缘窗入室，浸透帐帏。"寒"字则写肤觉。这后宫的拂晓，给人以凄清冷寂之感。"梦断"回应"宫漏"，大约是穿花绕室的漏声，扰了宫女的春梦，梦回人醒，她感觉这独宿的锦帏，格外的空寂冷落。于是"强起"，二字三意，一是天亮当起，二是帏空不愿再恋床笫，三是强打精神。"愁眉小"三字，用李贺字法，是点题之笔，曲终奏雅，"始表明闺怨"（俞陛云《唐五代两宋词选释》）。三字因在结末，格外醒眼，富有表现力，所谓"末只一句，尽却怨意"（沈际飞《草堂诗余正集》卷一），"颇尽宫中幽怨之意"（《草堂诗余》评语），这种良好的表情效果，是和点题三字所处的位置，和全词的结构安排分不开的。词虽短制，但层次井然，<u>丝丝</u>不乱，细绎可悟为文之法。按：俞氏所云"闺怨"，当为"宫怨"。

望梅花

　　春草全无消息。腊雪犹余踪迹①。越岭寒枝香自拆②。冷艳奇芳堪惜③。何事寿阳无处觅④。吹入谁家横笛⑤。

【注释】

①腊雪：冬至后立春前下的雪。唐刘禹锡《送陆侍御归淮南使府》："泰山呈腊雪，隋柳布新年。"明李时珍《本草纲目·水一·腊雪》："冬至后第三戌为腊，腊前三雪，大宜菜麦，又杀虫蝗。腊雪密封阴处，数十年亦不坏。"

②越岭：五岭之一。又名越城岭。梅花以大庾岭最盛，此泛言之。唐许浑《和宾客相国咏雪》："尽日隋堤絮，经冬越岭梅。"寒枝：唐皇甫冉《刘方平西斋对雪》："委树寒枝弱，萦空去雁迟。"

③冷艳奇芳：唐丘为《左掖梨花》："冷艳全欺雪，余香乍入衣。"唐白居易《山石榴》："奇芳绝艳别者谁，通州迁客元拾遗。"

④何事句：用寿阳公主梅花妆典事。参卷四牛峤《酒泉子》"记得去年"注⑥。

⑤横笛：指笛曲《梅花落》。《乐府诗集·横吹曲辞四·梅花落》郭茂倩题解："《梅花落》，本笛中曲也。按唐大角曲，亦有《大单于》、《小单于》、《大梅花》、《小梅花》等曲，今其声犹有存者。"南朝陈江总《梅花落》："长安少年多轻薄，两两常唱《梅花落》。"

【简析】

词咏调名。起二句描写梅花开放的季节，其时草色未绿，腊雪犹存，正是寒意料峭的早春时节。梅称"早梅"，这两句描写切合"早梅"报春的特点。接下来用典，四句中嵌入三个有关梅花的典故。"越岭"即大庾岭，岭上多植梅花，故称梅岭，诗人多有题咏；"寿阳"指南朝宋武帝女寿阳公主，因梅花落于额上，作梅花妆；"横笛"指乐府横吹曲中笛曲《梅花落》及唐大角曲《大梅花》、《小梅花》；都是有关梅花的典事。此词就题敷衍，无甚新意，但梅花品清，题咏梅花的此词因之"近于清言玉屑"，而不同于触目皆是的《花间》香艳之作。再者，"冷艳奇芳堪惜"的赞美，"寿阳无处觅"的叹惋，都有情感色彩的点染，而非一味铺排堆垛典故。结句"吹入谁家横笛"的含蓄一问，更让词句显得"浅语却隽"。或云此词写及寿阳公主，是怀古词，说法似欠妥当，"寿阳"是作为与梅花有关的典故意象出现的，而非全词的表现中心，词的中心意象是"梅花"而非"寿阳"，所以此处是用典手法，此词的性质是题咏而非怀古。

天仙子

柳色披衫金缕凤①。纤手轻捻红豆弄。翠娥双敛正含情，桃花洞②。瑶台梦③。一片春愁谁与共。

【注释】

①柳色：言披衫柳绿色。金缕凤：金线刺绣的凤凰图案。

②桃花洞：刘阮天台遇仙之桃源洞。参卷五毛文锡《诉衷情》"桃花流水漾纵横"注④。

③瑶台：指传说中的神仙居处。晋王嘉《拾遗记·昆仑山》："傍有瑶台十二，各广千步，皆五色玉为台基。"唐李白《清平调》："若非群玉山头见，会向瑶台月下逢。"

【简析】

《天仙子》二首，可解为就题敷演，咏天台山仙女。也可解为用天台仙女比附世间女子。首句写其衣饰，次句写其动作，纤手捻弄红豆，透露了她的隐秘心思。红豆可寄相思，三句写其"翠蛾双敛"的忧愁，当为相思而起，"正含情"者，正含相思之情也。"桃花洞"正切天台仙事，"瑶台梦"即洞中仙梦，此二句从仙女角度，写与刘阮遇合情事。然刘阮一去不归，让其相思不已。"一片春愁"，言相思之愁，"谁与共"，无人与共也，乃仙女自伤孤零之词。

其　二

洞口春红飞蔌蔌①。仙子含愁眉黛绿。阮郎何事不归来②，懒烧金，慵篆玉③。流水桃花空断续。

【注释】

①洞口：指桃源洞口。春红：春花，以花色借代修辞。唐吴融《送杜鹃花》："春红始谢又秋红，息国亡来入楚宫。"此指仙源桃花。蔌蔌：花落貌。唐元稹《连昌宫词》："又有墙头千叶桃，风动落花红蔌蔌。"

②何事：为何，何故。晋左思《招隐诗》之一："何事待啸歌，灌木自悲吟。"

③懒烧金二句：言仙子思凡慵懒，无心修炼。烧金：指道士炼丹砂为黄金。唐李贺《马诗》之二十三："武帝爱神仙，烧金得紫烟。"篆玉：指篆书抄写的道家符箓。华锺彦《花间集注》曰："金：金炉也。焚香于炉，谓之烧金。篆玉与烧金意同，盖烧香作篆文也。"说亦可通。

【简析】

此首与前首联章，继续就仙女的"春愁"生发。春深花落，流水飞红，阮郎别后不归，一春韶光虚度，加重了仙女的相思愁情。"何事"的猜度，当更增其思念的痛苦。"懒烧金，慵篆玉"二句，写其无精打采的慵懒之状，亦"自伯之东，首如飞蓬。岂无膏沐，谁适为容"之意也。结句责怨"流水桃花"，然亦无可如何之词。刘阮当初是沿着溪水寻到桃源仙洞的，如今桃花溪涧依旧流水悠悠，却再也不见刘阮沿着溪水归来，"空断续"者，此之谓也。所欢不来，春愁难遣，相思无凭，良辰虚设，言外含有无限凄凉怅惘。

春光好

纱窗暖，画屏闲。䰀云鬟①。睡起四肢无力，半春间。　玉指剪裁罗胜②，金盘点缀酥山③。窥宋深心无限事④，小眉弯。

【注释】

①䰀：下垂貌。唐岑参《暮春虢州东亭送李司马归扶风别庐》："柳䰀莺娇花复殷，红亭绿酒送君还。"

②罗胜：饰物，用丝罗剪制。唐王建《长安早春》："暖催衣上缝罗胜，晴报窗中点彩球。"

③金盘句：言金盘中衬缀酥酪。

④窥宋深心：指女子暗恋的心事。战国楚宋玉《登徒子好色赋》："天下之佳人，莫若楚国，楚国之丽者，莫若臣里，臣里之美者，莫若臣东家之子。东家之子，增之一分则太长，减之一分则太短；着粉则太白，施朱则太赤。眉如翠羽，肌如白雪，腰如束素，齿如含贝。嫣然一笑，惑阳城，迷下蔡。然此女登墙窥臣三年，至今未许也。"后因以"窥宋"指女子对意中人的爱慕。唐吴融《即席十韵》："住处方窥宋，平生未嫁

卢。"

【简析】

　　词写少女春思。起三句写其闺中睡眠之态，接二句写其睡起慵倦之状。古典诗词每每写及女子因春睡而惹春思，此处亦然。下片写女子剪裁罗胜，装点酥山，是其日常生活内容。但女红劳作并没有分散和转移她的注意力，她那弯弯的眉间，流露出对所恋男子深心专注的无限思量之情。此词平平之作，结句点出题旨，也是《花间》小词惯技。

其　二

　　蘋叶软①，杏花明。画船轻。双浴鸳鸯出渌汀②。棹歌声。　　春水无风无浪，春天半雨半晴。红粉相随南浦晚③，几含情。

【注释】

　　①蘋叶：浮萍之嫩叶。

　　②渌汀：水中小洲。渌：水清貌。

　　③红粉：本指妇女化妆用的胭脂和铅粉。《古诗十九首·青青河畔草》："娥娥红粉妆，纤纤出素手。"借指美女。唐杜审言《赠苏绾书记》："红粉楼中应计日，燕支山下莫经年。"

【简析】

　　古典诗词凝练简约，句有定字，受字数限制，往往省略句子成分，带来理解的歧义。一些诗词文本，字句看似明白，讲解起来，却未必能够轻易把前后串联贯通，阐释惬当。传统的评点派多从佳句好字入手，作局部精到的鉴赏，并加以引申发挥，至于文本整体如何，却常常在所不顾。现代的串讲分析，比之古代评点要详尽得多，但对文本不易说清的紧要之处，也会采取避难就易的态度，有意无意地忽略过去，结果是其言喋喋，却不得要领。即如此词，通篇并无僻字奥句，但表现重心究竟是江南春光之好，风景之美，还是人物的活动？偷懒的说法当然是：美好的江南春景，是人物活动的环境和背景。叶嫩花明，波平浪静，画船轻漾，鸳鸯对浴，棹歌咿呀，时雨时晴，岂非风景如画，画中有人，人在画中。至于影响词意理解的关键性句子"红粉相随南浦晚，几含情"究竟作何解释，却又纷纭不定。"红粉相随"，是说女子相随结伴游春，还是说身边有女子相随游春，两解似乎均可，但句子的主语其实是不一样的，都是缘于句子成分的省略。但如上两种解释，无疑都有意无意地忽略了"南浦"这个有特定含义的通用意象，还有"几含情"，到底含的什么情？于是又出现恋人南浦送别的说法，这种说法照顾到"南浦"意象的意蕴规定性，也坐实了"几含情"含的是惜别之情。但是问题并没有彻底解决，文本里分明是"红粉相随"而非"红粉相送"，糊涂地或假装糊涂地把"相随"视同"相送"，而立南浦送别一说，显然是不够严谨和妥当的。意者"相随"乃"相送"的传写之误，但又缺乏版本证据支持，难以成说。一首轻浅的《花间》小词，细究起来竟有如许夹缠不清的纠结之处，可见说诗谈词，的确非易事。

采桑子

蜻蜓领上诃梨子①，绣带双垂。椒户闲时②。竞学樗蒲赌荔枝③。　丛头鞋子红编细④，裙窣金丝。无事颦眉。春思翻教阿母疑⑤。

【注释】

①蝤蛴领：喻女子丰润白皙的颈项。《诗经·卫风·硕人》："领如蝤蛴，齿如瓠犀。"毛《传》："领，颈也。蝤蛴，蝎虫也。"蝎虫，天牛的幼虫，色白身长。故以比美女之颈。诃梨子：妇女之云肩。清王筠《〈说文解字〉句读·巾部》："此即今之云肩，六朝谓之诃梨子者。"亦省称"诃梨"。

②椒户：犹椒房，即椒房殿。汉皇后所居的宫殿。《汉书·车千秋传》："江充先治甘泉宫人，转至未央椒房。"颜师古注："椒房，殿名，皇后所居也。"殿内以花椒子和泥涂壁，取温暖、芬芳、多子之义。《三辅黄图·未央宫》："椒房殿在未央宫，以椒和泥涂，取其温而芬芳也。"亦泛指富贵人家的闺房。

③樗蒲：亦作樗蒱。古代一种博戏，后世亦以指赌博。唐岑参《送费子归武昌》："知君开馆常爱客，樗蒱百金每一掷。"

④丛头：鞋头作花丛状。红编：系鞋的红丝绳。

⑤春思：春日的情思。唐曹唐《小游仙诗》之五十九："西妃少女多春思，斜倚彤云尽日吟。"翻教：反使。阿母：母亲。《孔雀东南飞》："府吏得闻之，堂上启阿母。"

【简析】

词咏春情初动之少女。起二句写她的上身衣饰，突出云肩绣带，以见其风韵。虽没有正面描写少女长相，但"蝤蛴领"三字，用典故意象侧写了其人的美艳。接二句写少女闺中闲暇，竟"赌荔枝"为戏，既见其娇憨可爱，也暗示其无聊空虚，为下片颦眉思春伏笔张本。下片再写她的裙裾鞋履，美艳华丽。结二句"翻空出奇"，让全词顿然改观，是意脉结构上的得力处。这两句用笔极其细腻微妙,少女的心思才一"颦眉"流露,就已被阿母及时觉察,引起猜疑,可见阿母的高度关注和敏感。宋李清照《浣溪沙》"眼波才动被人猜",当从此句变来。封建家庭的家长,防范青年男女如防家"贼",阿母审阅世故,防闲心细,观人眼毒,岂能轻易瞒过!生活在旧式家庭里的青年男女,遭受着日常性的情感压抑和精神痛苦,不仅没有欢乐的自由,连忧愁的自由也被监视和剥夺。读之让人生叹。或谓结二句写少女懵懂,情窦未开,的确是"无事颦眉",并未怀春,反被阿母误以为怀春,末句是"翻教阿母疑春思"的倒装。这样理解也可以成立,那就成一出家庭小喜剧了。

柳 枝

软碧摇烟似送人。映花时把翠娥颦①。青青自是风流主②,慢飐金丝待洛神③。

【注释】

①翠娥:即翠蛾。此以女子翠眉比拟柳叶。

②青青:指翠绿的柳色。风流主:集风流于一身。

③慢飐句:回应首句,言柳丝在风中飘拂,非是送人,是待洛神也。华锺彦《花间集注》:"此言魏王堤上之柳。"洛神:宓妃。此用曹植《洛神赋》典事。

【简析】

词咏本调,用拟人修辞。首句写柳枝烟里丝丝弄碧,似在依依惜别。

句中暗含折柳送别典事。次句把柳叶喻作翠眉，为咏柳之作中的常见比拟。首句以烟晕染，次句以花映衬，俱为咏柳增色添韵。三句总赞青青柳色，婀娜柳枝，集风流于一身，此句图貌写神，可为柳树之定评。结句再写嫩黄的柳丝在风里飘曳，似在等待凌波微步的洛神前来，回应首句，言非是送人，乃是待人。用洛神典事，所咏当为魏王堤上之柳。

其 二

瑟瑟罗裙金缕腰①。黛眉偎破未重描。醉来咬损新花子②，拽住仙郎尽放娇③。

【注释】

①瑟瑟：碧绿色。唐白居易《暮江吟》："一道残阳铺水中，半江瑟瑟半江红。"

②花子：古时妇女贴、画在面颊上的装饰。五代马缟《中华古今注·花子》："秦始皇好神仙，常令宫人梳仙髻，帖五色花子，画为云凤虎飞升。……至后周又诏宫人帖五色云母花子，作碎妆以侍宴。如供奉者，帖胜花子作桃花妆。"

③仙郎：唐人对尚书省各部郎中、员外郎的惯称。唐綦毋潜《题沈东美员外山池》："仙郎偏好道，凿沼象瀛洲。"借称俊美的青年男子，多用于男女情事。放娇：撒娇。唐李商隐《碧城》之二："紫凤放娇衔楚佩，赤鳞狂舞拨湘弦。"

【简析】

词咏女子醉酒娇态。首句写其衣饰，突出裙腰，暗示体态。次句写其耳鬓厮磨，黛眉偎破，不暇重描，见其亲昵之沉酣。三、四句写其醉酒后的动作行为，娇泼之状可掬。词中女子，与李煜《一斛珠》所写"烂嚼红茸，笑向檀郎唾"相似，而更加大胆放恣。即此亦可见出《花间》风调与南唐之不同。或谓"偎破"、"咬损"系写男子醉酒行径，说亦可通。

其　三

鹊桥初就咽银河①。今夜仙郎自姓和②。不是昔年攀桂树③，岂能月里索姮娥。

【注释】

①初就：初成。唐寇坦《同皇甫兵曹天官寺浴室新成招友人赏会》："温室欢初就，兰交托胜因。"咽：悲咽。

②自姓和：和凝自谓。

③不是：表否定判断。唐张鷟《朝野佥载》卷五："是汝书，即注是，以字押；不是，即注非，亦以字押。"攀桂树：即蟾宫折桂，谓登科。

【简析】

此首自道冶游之乐。唐代进士及第纵游，《北里志》等书均有记载，此或其时之作。然谓"昔年折桂"，又像是作于名宦显达之后。首句用牛女鹊桥相会典事，既写其一夕欢合来之不易，又写其欢合之乐如登仙界，如逢仙侣。一个"咽"字，明写银河水声，实写得成欢会的悲喜莫名之情状。据《唐摭言》、《登科记》等书，知唐五代科举录取名额很少，成进士极为不易，士子登科前受尽百般折辱，苦楚非止一端。而一旦中第，顿如拨云见日，苦海无边，终得舍筏登岸。因今昔苦乐，霄壤相悬，其欢乐和得意往往表现得格外强烈。纵马天衢，宴饮曲江，探花杏园，题名雁塔，真有飘飘凌云之感。此词二句以下所写，即是这种格外良好的感觉在特定场合、特定情境的诱发下的抑制不住的流露。今夕鹊桥赴会的，不是牛郎而是和郎，自比仙郎，自道名姓，略无避忌，可以想见"曲子相公"当年得意洋洋到何种程度。后二句实话实说，是极乐中存留的最后一点理性意识。对于古代士子来说，"书中自有颜如玉"，良非虚言。

渔　父

白芷汀寒立鹭鸶①。蘋风轻剪浪花时②。烟幂幂③，日迟迟。香引芙蓉惹钓丝④。

【注释】

①白芷：香草名。夏季开伞形白花，古以其叶为香料。《楚辞·招魂》："绿蘋齐叶兮，白芷生。"唐陆龟蒙《药名诗》："白芷寒犹采，青箱醉尚用。"

②蘋风：掠过蘋草之微风。唐玄宗《同玉真公主过大哥山池》："桂月先秋冷，蘋风向晚清。"

③幂幂：浓密貌。唐韩愈《叉鱼招张功曹》："盖江烟幂幂，拂棹影寥寥。"

④钓丝：钓鱼线。唐杜甫《重过何氏》之三："翡翠鸣衣桁，蜻蜓立钓丝。"

【简析】

　　词咏本调，描写渔父生活，是对张志和《渔父词》的仿作。两相比较，此词在意蕴上略乏张词遗落尘世、遁迹江湖的人格内涵；在语言风格上，也与张词清新质朴的民歌风味不同，而显得雕琢纤巧。张词表现了渔父回归自然、乐得天和的执着自得情怀，展示了自然美景和放情自然的人物融合为一的潇洒气韵；和词的描写则更细腻纤柔，甚至在末句又不自觉地染上某种香艳色彩。因此，和词风调更带有《花间》本色，而非"渔父"本色。陈廷焯《云韶集》卷一评云："较子同作自远不逮，而遣词琢句，精秀绝伦，亦佳构也。"可谓持平之论。

顾敻 十八首

【小传】

　　顾敻，年里不详。前蜀王建时为宫廷小臣，通正元年（九一六），有大秃鹙鸟翔于摩诃池上，敻作诗刺之，祸几不测。久之，擢茂州刺史。已而复仕后蜀孟知祥，累官至太尉。事迹见《鉴戒录》卷六、《十国春秋》卷五六本传。顾敻词今存五十五首，均见《花间集》。

虞美人

晓莺啼破相思梦。帘卷金泥凤①。宿妆犹在酒初醒。翠翘慵整倚云屏。转娉婷②。　香檀细画侵桃脸③。罗袂轻轻敛。佳期堪恨再难寻。绿芜满院柳成阴④。负春心。

【注释】

①金泥凤：金屑涂饰的凤凰图案。金泥：用以饰物的金屑。唐孟浩然《宴张记室宅》："玉指调筝柱，金泥饰舞罗。"

②转娉婷：更变得娇美可爱。转：转而。娉婷，形容女子姿态娇美。唐乔知之《绿珠篇》："石家金谷重新声，明珠十斛买娉婷。"

③香檀句：言精心妆饰仪容。香檀：化妆品，用以描画口唇等。《敦煌曲子词·破阵子二》："雪落庭梅愁地，香檀柱注歌唇。"桃脸：即桃花脸。形容女子面容艳如桃花。唐韩偓《复偶见三绝》之二："桃花脸薄难藏泪，柳叶眉长易觉愁。"

④绿芜：丛生的绿草。唐李端《茂陵山行陪韦金部》："雨径绿芜合，霜园红叶多。"

【简析】

词写闺情。一起写晓莺惊梦，化用金昌绪《春怨》诗意。接写女子晨起卷帘、倚屏无语的情态，见出情绪的低沉。"酒初醒"，说明女子昨夜曾借酒遣愁，而后入梦。清晨梦破酒醒，虚幻的安慰和麻醉一时俱失，该是何等难以为怀。女子任由残妆在脸,无心梳洗,反而更显出别一番娇美来。下片写她终于还是精心梳妆打扮自己,这里有心理变化的过程,也表现了她的爱美天性。时已暮春,绿芜满院,翠柳成荫,而"佳期难寻",辜负了自己一片"春心",女子心中溢满了深深的痛苦和惆怅。

其 二

触帘风送景阳钟[①]。鸳被绣花重。晓帏初卷冷烟浓。翠匀粉黛好仪容[②]。思娇慵[③]。 起来无语理朝妆[④]。宝匣镜凝光[⑤]。绿荷相倚满池塘。露清枕簟藕花香。恨悠扬[⑥]。

【注释】

①景阳钟:《南齐书》卷二〇《皇后传·武穆裴皇后传》:南朝齐武帝以"内宫深隐,不闻端门鼓漏声,置钟于景阳楼上。宫人闻钟声,早起装饰"。后人称之为"景阳钟"。唐李贺《画江潭苑》之四:"今朝画眉早,不待景阳钟。"

②粉黛:傅面的白粉和画眉的黛墨,均为化妆用品。《北史·周纪下·宣帝》:"又令天下车皆浑成为轮,禁天下妇人皆不得施粉黛,唯宫人得乘有辐车,加粉黛焉。"仪容:仪表,容貌。《东观汉记·明帝纪》:"臣望颜色仪容,类似先帝。"

③娇慵:柔弱倦怠貌。唐李贺《美人梳头歌》:"春风烂熳恼娇慵,十八鬟多无气力。"

④朝妆:即晨妆。唐韩愈《东都遇春》:"川原晓服鲜,桃李晨妆靓。"唐王涯《宫词》之二十三:"银瓶泻水欲朝妆,烛焰红高粉壁光。"

⑤宝匣:此指镜匣。凝光:唐舒元舆《履春冰》:"投迹清冰上,凝

光动早春。"

⑥悠扬：起伏不定，飘忽。唐王勃《春思赋》："思万里之佳期，忆三秦之远道，淡荡春色，悠扬怀抱。"

【简析】

词写闺怨。仍从清晨写起，前首莺声惊梦，此首改写钟声随风入帘。接写早晨的寒意，女子妆容的姣好，和心意的娇慵。下片写其默默地整妆照镜。由绿荷满池、藕花散香、露湿枕簟的描写，可知时令已入初秋。"恨悠扬"三字作结，回应前结"思娇慵"，春往秋来，岁华虚度，空有"好仪容"而无人悦赏，女子焉能不"恨"。此首一如前首，词语明秀，富有情致，而抒情则较前首含蓄。或谓起句用"景阳钟"典故，是一首宫怨词。

其 三

翠屏闲掩垂珠箔①。丝雨笼池阁。露粘红藕咽清香。谢娘娇极不成狂②。罢朝妆。　　小金鸂鶒沉烟细③。腻枕堆云髻。浅眉微敛注檀轻。旧欢时有梦魂惊。悔多情。

【注释】

①珠箔：珠帘。《汉武故事》："武帝起神室，以白珠织为箔。"唐李白《陌上赠美人》："美人一笑褰珠箔，遥指红楼是妾家。"

②谢娘：唐宰相李德裕家谢秋娘为名歌妓。后因以谢娘泛指歌妓。唐李贺《恼公》："春迟王子态，莺啭谢娘慵。"娇极不成狂：娇纵到极点，不成是发狂了吧？不成：难道，表诘问。

③小金鸂鶒：金香炉。沉烟：沉香之烟。唐崔珏《和人听歌》："声

和细管珠才转,曲度沉烟雪更香。"

【简析】

词写女子为情所累的烦恼怨悔。上片写罢妆。一起用细腻的笔触,描写静谧的居室、院落环境,渲染冷寂迷茫的氛围,为人物出场作准备。接写娇痴的"谢娘"——为相思之情所困的女子,竟然连晨妆都不画了——她难道是发狂了不成?古时对女子讲究妇德、妇容,晨起梳妆关乎妇容,乃是女子一日的第一件大事,词中女子竟然"罢朝妆",可见其情绪败坏到什么程度。下片写愁卧。无心梳妆的女子,萎靡得打不起一点精神,于是又回到闺房,焚香静卧,结想成梦。"旧欢"又一次来到梦中,但像往常一样,好梦留不住,再次蓦然惊醒。于是她开始后悔自己的多情,招致无尽的烦恼。这悔意,是女子理性意识开始觉醒的标志。

其 四

碧梧桐映纱窗晚。花谢莺声懒。小屏屈曲掩青山[①]。翠帏香粉玉炉寒。两蛾攒[②]。 颠狂年少轻离别[③]。辜负春时节。画罗红袂有啼痕[④]。魂销无语倚闺门。欲黄昏。

【注释】

①屈曲:小屏上用以折叠之环钮。参卷二韦庄《菩萨蛮》"如今却忆江南乐"注④。或谓指屏扇弯曲、曲折。

②两蛾攒:两眉蹙聚。攒:聚,此指蹙眉。

③颠狂:放浪不受约束。唐姚合《寄王度》:"憔悴王居士,颠狂不称时。"

④画罗:有画饰的丝织品。温庭筠《湘宫人歌》:"生绿画罗屏,金

壶贮春水。"

【简析】

词写黄昏闺怨。与前几首写晨景不同，此首起句即写梧桐影里，纱窗向晚。"花谢"句点出暮春的季节。日晚加春晚，迟暮之感显得格外沉重。然后写屏山翠帏里玉炉香冷，女子蛾眉攒聚的情景。下片直写导致女子愁眉不展的原因：少年轻薄，抛人而去，留下女子独守空闺，辜负了一春大好时光。责怨之情溢于言表。结句与温庭筠《菩萨蛮》所写"时节欲黄昏。无憀独倚门"仿佛，而更为感伤愁苦。黄昏里的闺怨，是由《诗经·王风》里的《君子于役》一诗肇端的一个古老的诗歌母题，历代闺怨诗词多取黄昏的时间，作为抒情的背景，借以收到良好的言情效果。此词亦然。

其　五

深闺春色劳思想①。恨共春芜长②。黄鹂娇啭呢芳妍。杏枝如画倚轻烟。琐窗前。　　凭栏愁立双娥细③。柳影斜摇砌④。玉郎还是不还家。教人魂梦逐杨花。绕天涯。

【注释】

①深闺：指女子居住的内室。唐孟郊《巫山高》："至今晴明天，云结深闺门。"劳思想：勤思念。劳，勤也。或谓：劳，忧愁，使动用法。

②恨共句：言春恨与春草共生同长。

③双娥：即双蛾，双眉。唐皇甫冉《婕妤春怨》："借问承恩者，双蛾几许长。"

④摇砌：在台阶上摇晃。唐张鼎《僧舍小池》："冷光摇砌锡，疏影

露枝猿。"

【简析】

　　词写春闺怀人之情。诚如李冰若所言，"顾夐《虞美人》六首中，此词较为流丽"（《栩庄漫记》）。词一起即饶佳致，春色与春思相伴，春恨与春草共生，季节与人，物色与人情，绾合一处，打成一片，到此地步，奚分景语抑或情语？"恨共春芜长"，与李煜《清平乐》"离恨恰如春草，更行更远还生"笔意相同，构句更觉简约隽永。相比之下，宋秦观《八六子》"恨如春草，萋萋划尽还生"二句，系从此句脱出，而觉吃力许多。接三句写"琐窗前"杏枝如画、黄莺娇啭的芳春烟景，以之反衬女子的春思、春恨，是"以乐景写哀情"的手法。上片点出春恨，以景物烘染衬托，较为含蓄。下片直写对"玉郎"的思念。"凭栏愁立"是为了眺望远人，也是为了排遣愁闷。"柳影"句映衬女子风姿仪态，轻染一笔，恰到好处，堪称隽句。"玉郎"句"故意用两'还'字"（卓人月《古今词统》卷八），通过字面的重复，显责怨的切至和心情的郁结。于是有了"梦逐杨花。绕天涯"以追寻"玉郎"的结句，以其涉想之新奇，令后人反复仿效。

　　关于以上五首《虞美人》之间的关系，吴世昌《词林新话》认为："顾夐《虞美人》六首，其中第一至第五，分记春闺一日之事"，是"连续叙事之组词"。然按之第二首所写晓烟冷浓、绿荷满池、清露藕花之景，恐非春日所有，似是初秋季节。说这五首《虞美人》内容上大致相同，都是写相思闺怨，是可以的；但要说是"分记春闺一日之事"的"组词"，恐亦未必。

其 六

少年艳质胜琼英①。早晚别三清②。莲冠稳篸钿篦横③。飘飘罗袖碧云轻。画难成④。　　迟迟少转腰身袅。翠靥眉心小⑤。醮坛风急杏枝香。此时恨不驾鸾凰。访刘郎⑥。

【注释】

①艳质:艳美之资质。南朝陈后主《玉树后庭花》:"丽宇芳林对高阁,新妆艳质本倾城。"琼英:似玉的美石。《诗经·齐风·着》:"尚之以琼英乎而。"毛《传》:"琼英,美石似玉者。"

②三清:神仙居所。参卷五牛希济《临江仙》"渭阙宫城秦树凋"注⑥。

③莲冠句:言女道士头上之冠饰。莲冠:即青莲冠,道士所戴莲形冠。唐白居易《和殷协律琴思》:"秋水莲冠春草裙,依稀风调似文君。"钿篦:饰以金珠之细梳。篦,亦作鎞。唐皮日休《鸳鸯二首》之二:"钿鎞雕镂费深功,舞妓衣边绣莫穷。"

④画难成:言女冠之美丹青难写。

⑤翠靥:女子的面饰。用绿色"花子"粘在眉心,或制成小圆形贴在嘴边酒窝地方。

⑥刘郎:刘晨,代指情人。参卷二温庭筠《思帝乡》"花花"注⑥。

【简析】

词写女冠凡心。上片写女冠年少,艳如琼英,风姿绰约,图画难描。这样的美艳少艾,岂能禁受得了"仙界"的清规戒律,不知何时,她就会离开道观,去寻找尘世中的生命快乐。下片再写女冠的美艳,而用

"醮坛风急杏枝香"一句景语,撩动女冠之春心。繁花难敌风急,如不及时折取,几番吹拂,将恐零落殆尽。所以女冠恨不实时驾起鸾凤,飞越关山,去追寻她的情人。此词有几点值得注意:一是仙凡对比,仙不如凡的价值取向;二是写女冠怀春,将宗教题材艳情化;三是词借写女冠的凡心,表现了《花间》词人欲海沉溺的红尘恋恋之念。

河 传

燕扬①。晴景②。小窗屏暖,鸳鸯交颈③。菱花掩却翠鬟欹,慵整。海棠帘外影。　绣帏香断金鸂鶒④。无消息。心事空相忆。倚东风。春正浓。愁红⑤。泪痕衣上重。

【注释】

①燕扬:燕飞。唐韦应物《长安遇冯着》:"冥冥花正开,扬扬燕新乳。"

②晴景:晴日。唐张九龄《高斋闲望言怀》:"高斋复晴景,延眺属清秋。"

③鸳鸯交颈:言屏上绘饰。

④金鸂鶒:指鸂鶒形铜香炉。

⑤愁红:谓经风雨摧残的花。亦以喻女子的愁容。唐李贺《黄头郎》:"南浦芙蓉影,愁红独自垂。"温庭筠《惜春词》:"秦女含嚬向烟月,愁红带露空迢迢。"

【简析】

词写春闺怨思。上片写屏外燕扬晴空、帘映海棠红影的春日丽景，反衬女子菱花掩却、翠鬟不整的慵懒。"鸳鸯交颈"乃屏风所绘画图，在女子眼里，是一种强烈的暗示和诱惑。下片抒相思愁情。"香断"句再写其慵懒，与上片的掩镜呼应。因得不到所思的音信，相思都成空，所以女子无心焚香。"鸂鶒"一名紫鸳鸯，此指鸂鶒形香炉，作为词中意象，所起作用与上片的"鸳鸯"相同，是暗示和诱惑的重复强化。结三句亦景亦情，"情景双得"，构句颇佳。"愁红"回应上片"海棠"，隐喻相思愁怨的女子。"衣上重"的"重"字，以泪痕的斑驳重叠，写女子的无限伤情。

其 二

曲槛①。春晚。碧流纹细②，绿杨丝软。露花鲜，杏枝繁。莺啭。野芜平似剪。　　直是人间到天上③。堪游赏。醉眼疑屏障④。对池塘。惜韶光⑤。断肠。为花须尽狂⑥。

【注释】

①曲槛：曲折的栏杆。唐许浑《送段觉归杜曲闲居》："红叶高斋雨，青萝曲槛烟。"

②碧流纹细：言水流清澈平缓。温庭筠《昆明池水战词》："汪汪积水光连空，重迭细纹晴漾红。"

③直是：正是。唐李贞白《咏矅粟子》："鼓捶并瀑箭，直是有来由。"

④醉眼句：言醉眼蒙眬，疑眼前美景为屏风图画。屏障：亦作屏鄣，

屏风。《晋书·阮籍传》:"籍乘驴到郡,坏府舍屏鄣,使内外相望,法令清简。"

⑤韶光:美好的时光,多指春光。南朝梁萧纲《与慧琰法师书》:"五翳消空,韶光表节。"唐王勃《梓州郪县兜率寺浮图碑》:"每至韶光照野,爽霭晴遥。"

⑥尽狂:尽情放纵。

【简析】

此首写赏春狂兴,虽不甚出色,但总算跳出了写来写去总是思妇闺怨的熟套。上片写大好春景,尽力描摹,为下片抒情铺垫。短句子,快节奏,一句一景,一句一转,如蒙太奇镜头,并置画面,构成一幅曲槛春晚凭眺的动人长卷。换头总赞一句:这春日的人间,简直就是天上仙境!再用"醉眼"里的恍惚错觉,喻春色美如画屏。在写足春光的美好之后,转写韶光易逝的忧虑,抒惜春之情。"断肠"二字,极写对春天的热爱和珍惜,同时也是对春天之美好的最有力的赞美。从审美心理学的角度说,对美的最深刻的感知,总是伴随着某种莫名的痛感,"断肠"就是这种审美感知的表现。"为花须尽狂"的结句,把赏春狂兴推向高潮。人生短暂,青春易逝,及时行乐,纵情游赏,方才不负春光、不虚此生啊!《花间》情热,此其一例。但热昏的癫狂中,似又掺杂着乱世人生朝不虑夕的深切悲凉。

其 三

棹举。舟去。波光渺渺①,不知何处。岸花汀草共依依②。雨微。鹧鸪相逐飞。 天涯离恨江声咽③。啼猿切。此意向谁说。倚兰桡④。独无憀⑤。魂销。小炉香欲焦⑥。

【注释】

①渺渺:悠远貌。《管子·内业》:"折折乎如在于侧,忽忽乎如将不得,渺渺乎如穷无极。"尹知章注:"渺渺,微远貌。"唐顾况《早春思归有唱竹枝歌者坐中下泪》:"渺渺春生楚水波,楚人齐唱竹枝歌。"

②岸花汀草:水边的花草。南朝梁何逊《赠诸旧游》:"岸花临水发,江燕绕樯飞。"温庭筠《江岸即事》:"别恨转难尽,行行汀草新。"

③江声:江水声。唐杜甫《禹庙》:"云气嘘青壁,江声走白沙。"

④舣兰桡:泊船靠岸。桡:桨棹,此指船。唐陶翰《乘潮至渔浦作》:"舣棹乘早潮,潮来如风雨。"

⑤无憀:即无聊。参卷一温庭筠《菩萨蛮》"南园满地堆轻絮"注⑥。

⑥焦:烬,烧尽。

【简析】

词抒旅人的天涯离恨。上片写景。行舟水上,但见一片渺渺波光,茫茫烟水,旅人竟不知身在何处,写景中透出的是天涯孤旅的茫无归宿之感。依依的岸花汀草,微雨中双飞的鹧鸪,均已染上了旅人孤寂的情感色彩。下片直写天涯离恨。旅人听江声如在呜咽,闻猿啼分外凄切,心中满溢的孤独凄凉无人诉说。他独自泊船靠岸,感受着销魂的乡愁滋味。结句用"炉香成灰",喻指旅人孤寂的灰心,展示天涯旅人痛苦的情感和灰暗的心境。顾夐三首《河传》,此首评价最好。起四句"一步紧一步,冲口而出,绝不费力",显得"自然清远"(陈廷焯《词则·别调集》)。上半首,"不愧'简劲'二字"(李冰若《栩庄漫记》)。《河传》一调的用笔,"如短兵再接,音节如促柱幺弦,须在急拍中以词心一缕萦之"(俞陛云《唐五代两宋词选释》)。此词萦系急拍短句的一缕词心，就是渗透在上片写景中、表露在下片抒情中的"天涯离恨"。或谓此词写女子离恨，女子家居，与上片茫茫烟水行舟的写景，与下片的旅途听闻猿声，均不切合，如此解释，恐难说圆。

甘州子

一炉龙麝锦帷傍①。屏掩映，烛荧煌②。禁楼刁斗喜初长③。罗荐绣鸳鸯。山枕上，私语口脂香。

【注释】

①龙麝：龙涎香与麝香的并称。亦泛指香料。唐司空图《牡丹》："得地牡丹盛，晓添龙麝香。"龙涎香：明李时珍《本草纲目》云："是春间群龙所吐涎沫浮出。"实乃抹香鲸分泌物。类似结石，从鲸体内排出，漂浮海面或冲上海岸。为黄、灰乃至黑色的蜡状物质，香气持久，是极名贵的香料。或谓指龙脑香。麝香：参卷六和凝《山花子》"莺锦蝉縠馥麝脐"注①。

②荧煌：光明，辉煌。唐李白《明堂赋》："崇牙树羽，荧煌葳蕤。"

③禁楼：宫苑中的楼台。唐姚合《和卢给事酬裴员外》："夕郎夜直吟仙掖，天乐和声下禁楼。"刁斗：古代行军用具。斗形有柄，铜质。白天用作炊具，晚上击以巡更。《史记·李将军列传》："及出击胡，而广行无部伍行陈，就善水草屯，舍止，人人自便，不击刁斗以自卫。"裴骃《集解》引孟康曰："以铜作鐎器，受一斗，昼炊饭食，夜击持行，名曰

刁斗。"一说铃形。司马贞《索隐》引荀悦云："刁斗，小铃，如宫中传夜铃也。"南朝梁虞羲《咏霍将军北伐》："羽书时断绝，刁斗昼夜惊。"喜初长：初更刁斗声，喜夜长也。

【简析】

词写男女欢会。起三句写闺阁环境，锦帏静垂，画屏掩映，龙麝香熏，烛光明亮。这是必要的铺垫和准备，具有一种仪式般的效果。"禁楼"二句是欢会的开始，均不取正面描写，而用侧笔暗示衬托。前句写闻刁斗声引起的心理反应，初更刁斗，说明夜正长，故喜。男女欢会期盼夜长，是典型情境中的共同心理，诗词中多有写及，最著者应属南朝乐府《读曲歌》："打杀长鸣鸡，弹去乌臼鸟。但得连暝不复曙，一年都一晓。"此处的禁楼刁斗声除提示时间，也增添了闺阁中的安谧气氛。后一句写床褥上的鸳鸯图案，以为暗示。结二句则应是高潮后的尾声，私语喁喁，口脂留香，其温馨亲昵之状可想。此等内容，而能用笔洁净不涉亵秽，值得称道。这种写法的确与后来处理此类题材的柳永慢词不同，而与周邦彦为近。因《花间》词时代在前，故有"周美成词从此出"之评（钟本《花间集》评语）。

其 二

每逢清夜与良晨①。多怅望②，足伤神③。云迷水隔意中人④。寂寞绣罗茵⑤。山枕上，几点泪痕新。

【注释】

①清夜：清静的夜晚。汉司马相如《长门赋》："悬明月以自照兮，徂清夜于洞房。"

②怅望：惆怅地张望或想望。南朝齐谢朓《新亭渚别范零陵》："停骖我怅望，辍棹子夷犹。"

③伤神：伤心。南朝梁江淹《别赋》："造分手而衔涕，咸寂寞而伤神。"

④意中人：眷恋属意的人。晋陶潜《示周续之祖企谢景夷三郎》："药石有时闲，念我意中人。"

⑤绣罗茵：绣罗坐褥。

【简析】

此首写别后思念，与前首内容上相衔接，可视为联章。起句从时间切入，良辰美景而无赏心乐事，女子倍觉孤寂，因而格外思念。极目怅望，云雾弥漫，烟水茫茫，不见"意中人"的踪影，令她黯然神伤。空闺独宿，罗茵寂寞，与前首"罗荐绣鸳鸯"形成鲜明对比。结二句亦是取与前首对比的写法，皆写"枕上"，而独处欢会，悲喜不同。

其 三

曾如刘阮访仙踪①。深洞客②，此时逢。绮筵散后绣衾同。款曲见韶容③。山枕上，长是怯晨钟。

【注释】

①刘阮：刘晨、阮肇。参卷二温庭筠《思帝乡》"花花"注⑥。

②深洞客：指刘阮，即词中男子自指。或谓指洞中仙女，即男子的情人。

③款曲：诚挚殷勤的心意。汉秦嘉《留郡赠妇》："念当远别离，思念叙款曲。"韶容：美好的风光。唐独孤授《花发上林》："上苑韶容早，

芳菲正吐花。"此指美丽的容貌。

【简析】

　　此首回忆旧时欢会。一起三句,盖因极度畅美,而有刘阮入天台山桃源仙洞之喻,借神话传说,写尘世男女之乐。接二句用笔较靡,"绮筵"后缀"绣衾",正是"酒色"的形象写照,但止于款曲的心意、美丽的容貌,而不至露骨,尚属有所节制。结二句写枕上怯闻晨钟的心理,正是"春宵苦短之意"(李冰若《栩庄漫记》),与第一首所写"禁楼刁斗喜初长"之心理相同,只是所取时段有别,一为拂晓,一为入夜,故而"怯"、"喜"各异。

其　　四

　　露桃花里小楼深①。持玉盏②,听瑶琴③。醉归青琐入鸳衾④。月色照衣襟。山枕上,翠钿镇眉心。

【注释】

　　①露桃:语本《乐府诗集·相和歌辞三·鸡鸣》:"桃生露井上,李树生桃旁。"后因用"露桃"称桃树、桃花。唐顾况《瑶草春》:"露桃秾李自成蹊,流水终天不向西。"

　　②玉盏:玉饰的酒杯。《礼记·明堂位》:"爵用玉盏乃雕。"孔颖达疏:"盏,夏后氏之爵名也。以玉饰之,故曰玉盏。"唐元稹《饮致用神曲酒三十韵》:"雕镌荆玉盏,烘透内丘瓶。"

　　③瑶琴:用玉装饰的琴。南朝宋鲍照《拟古》之七:"明镜尘匣中,瑶琴生网罗。"

　　④青琐:刻镂成格的窗户。南朝宋刘义庆《世说新语·惑溺》:"韩

寿美姿容，贾充辟以为掾。充每聚会，贾女于青琐中看，见寿，说之。"此指闺房。

【简析】

此首可作两解。或谓仍写宴乐之后入眠情形，则"持玉盏，听瑶琴"者，女子弹琴，男子持杯而听也。曲传心事，知音解赏，两情相悦，故而月夜醉归，同入鸳衾。结二句，以男子之目写女子"翠钿镇眉心"的容饰。或谓词写女子相思之苦，桃花月色，春宵良夜，无人相伴，女子独守空闺，弹琴饮酒，以为排解。结二句，写女子蹙眉含愁之情态。两相比较，前解于义较长。

其 五

红炉深夜醉调笙①。敲拍处，玉纤轻②。小屏古画岸低平③。烟月满闲庭④。山枕上，灯背脸波横⑤。

【注释】

①红炉：烧得很旺的火炉。唐杜甫《湖城东遇孟云卿复归刘颢宅宿宴饮散因为醉歌》："照室红炉促曙光，萦窗素月垂文练。"调笙：吹笙。唐刘禹锡《早夏郡中书事》："高帘覆朱阁，忽尔闻调笙。"

②玉纤：纤细如玉的手指。多以指美人之手。唐韩偓《咏柳》："玉纤折得遥相赠，便似观音手里时。"

③小屏句：言小屏风上之旧画。

④闲庭：空寂的庭院。唐李九龄《旅舍卧病》："病来旅馆谁相问，牢落闲庭一树蝉。"

⑤灯背：灯影。唐李廷璧《愁诗》："更有相思不相见，酒醒灯背月

如钩。"

【简析】

  此首写相聚之乐。"红炉深夜"写季节环境时间,宴饮已久,人有醉意,自在情理之中。炉火烘暖,酒添兴致,虽有醉意而略无睡意,于是相对调笙。玉指敲拍,稍见放恣,正是醉态。"小屏"句写室内,以见装饰之古雅;"烟月"句写室外,烘染相得之氛围。结句"小语致巧",与第一首的"私语口脂香",皆称"隽句"。这五首《甘州子》,皆写男女欢会、别离之情,而以"鸳衾"、"山枕"等闺房床笫之物,以为前后贯穿。虽免"繁缛"之弊,清浅疏淡,然"不能深秀",且有"才俭凑韵之句"(李冰若《栩庄漫记》),词艺未臻上乘。

玉楼春

  月照玉楼春漏促。飒飒风摇庭砌竹①。梦惊鸳被觉来时,何处管弦声断续。 惆怅少年游冶去②,枕上两蛾攒细绿。晓莺帘外语花枝③,背帐犹残红蜡烛④。

【注释】

  ①庭砌:庭前台阶。唐李咸用《庭竹》:"嫩绿与老碧,森然庭砌中。"

  ②游冶:出游寻乐。唐白居易《衰病》:"老辞游冶寻花伴,病别荒狂旧酒徒。"

③语花枝：在花树枝头啼鸣。

④背帐：帐帏的对面。

【简析】

　　词写闺怨。上片写月夜惊梦，楼阁内急促的滴漏声，庭阶上飒飒的风竹声，惊醒了鸳被思妇的春梦。夜深梦回，断续的管弦乐声，不知从何处随风飘来，愈增思妇之烦恼。下片起句承接前结，管弦作乐之处，正是少年游冶之地。惊梦的思妇念及此，倍感惆怅，辗转枕上，眉头紧蹙，再难成眠。结二句分写楼外和楼内之景：楼外天已破晓，繁花枝头，莺语间关；楼内闺房帷帐的背面，蜡烛也已烧残。词从"月照玉楼"的夜景写起，以枝头晓莺的晨景收束，抒发思妇由夜到晓、愁思难眠的怨情。词咏本调，曲情与词情一致，当是早期写作之证明。

其　二

　　柳映玉楼春日晚。雨细风轻烟草软。画堂鹦鹉语雕笼①，金粉小屏犹半掩。　　香灭绣帏人寂寂，倚槛无言愁思远。恨郎何处纵疏狂②，长使含啼眉不展③。

【注释】

　　①雕笼：指雕饰精致的鸟笼。汉祢衡《鹦鹉赋》："闭以雕笼，剪其翅羽。"唐杜甫《八哀诗·故著作郎贬台州司户荥阳郑公虔》："孔翠望赤霄，愁思雕笼养。"

　　②疏狂：豪放，不受拘束。唐白居易《代书诗寄微之》："疏狂属年少，闲散为官卑。"

　　③含啼：犹含悲。南朝梁萧大圜《竹花赋》："拊紫笋以含啼，顾贞

筠而命醑。"

【简析】

　　词写闺怨。上片写景，为人物出场提供季节背景和活动环境。起二句写外景，柳映玉楼，春日向晚，雨细风轻，嫩草含烟，物象柔美而凄迷。接二句写华美的居室里，鹦鹉学语，粉屏半掩，透出一种静谧低抑的气氛。下片承前，写屏后绣帏香灭，悄无声息，调性更趋低迷沉寂。然后思妇出场，凭栏无言，含愁远望。"恨郎"句点出原因，"何处"接上句"远"字，"纵疏狂"写男子行踪不定、放荡不羁之态，使得思妇长是泪眼愁眉，郁郁寡欢。此词同前首，起句含"玉楼春"三字，亦缘题铺写之属。

其　　三

　　月皎露华窗影细①。风送菊香粘绣袂②。博山炉冷水沉微③，惆怅金闺终日闭④。　　懒展罗衾垂玉箸⑤，羞对菱花簪宝髻。良宵好事枉教休⑥，无计那他狂耍婿⑦。

【注释】

　　①露华：露水。《赵飞燕外传》："婕妤浴豆蔻汤，傅露华百英粉。"唐李白《清平调词》之一："云想衣裳花想容，春风拂槛露华浓。"

　　②粘：熏染。

　　③博山炉：香炉。参卷二韦庄《归国遥》"春欲晚"注⑦。水沉：沉香，可参明周嘉胄《香乘》卷一《香品·沉水香》。微：少。

　　④金闺：闺阁的美称。唐王昌龄《从军行》之一："更吹羌笛关山月，无那金闺万里愁。"

⑤罗衾：丝罗被褥。玉箸：喻指泪水。南朝梁萧纲《楚妃叹》："金簪鬓下垂，玉箸衣前滴。"

⑥好事：指男女欢会。枉教休：白白被耽误。

⑦无计那他：无计奈何他。张相《诗词曲语辞汇释》："凡云无计那，即无计奈也。"狂耍婿：狂荡游乐的夫婿。

【简析】

　　词写闺怨。与前二首起句皆有"玉楼春"三字，写春归怨思不同，此首季节转换为秋天，写秋闺怨思。上片写月皎露华、风送菊香的美好秋夜，女子炉香不熏、闺门长闭，见其情绪之低沉。下片继续写其懒展罗衾、羞对菱花、慵簪宝髻、泪水涟涟的倦怠、伤感情态。结二句抒发夫婿狂耍不归、致使良宵虚度的懊丧、怨恼之情。加男子以"狂耍婿"之恶谥，足见其怨责之情切，但仍然"无计那他"，也就是拿"狂耍婿"没有办法。这就是男权社会里女子真实的生存境遇。春往秋来，季节代序，女子面临的处境没有任何改变：男人纵游不归，只能独守空房，在相思愁怨的熬煎中，虚度年华。这一类词，其认识价值甚或高于审美价值，封建时代男人享有的特权，和女性的地位低下，她们日常所遭受的情感压抑和精神摧残，都可从中具体见出。

其　　四

　　拂水双飞来去燕。曲槛小屏山六扇①。春愁凝思结眉心，绿绮懒调红锦荐②。　　话别情多声欲颤③，玉箸痕留红粉面。镇长独立到黄昏④，却怕良宵频梦见。

【注释】

①山：屏山。六扇：六扇屏风。六扇，又称六曲，唐代常用的折叠屏风，唐诗多有吟咏，温庭筠《经旧游》："屏倚故窗山六扇，柳垂寒砌露千条。"唐李商隐《屏风》："六曲连环接翠帷，高楼半夜酒醒时。"

②绿绮：古琴名。传说汉司马相如作《玉如意赋》，梁王悦之，赐以绿绮琴。后即用以指琴。晋傅玄《琴赋序》："齐桓公有鸣琴曰号钟，楚庄王有鸣琴曰绕梁，中世司马相如有绿绮，蔡邕有焦尾，皆名器也。"后用为琴的代称。晋张载《拟四愁诗》："佳人遗我绿绮琴，何以赠之双南金。"

③声欲颤：言惜别时语声颤抖也。

④镇长：经常，长久。张相《诗词曲语辞汇释》卷二："唐韩愈《杏花》诗：'浮花浪蕊镇长有，才开还落瘴雾中。'此与长字义同而联用为重言。"可参明胡震亨《唐音癸签》卷二四。唐李贺《嘲少年》："莫道韶华镇长在，发白面皱专相待。"

【简析】

词写思妇春愁。上片以双燕起兴，来去自由的燕子拂水双飞，反衬曲槛小屏中思妇独处的孤寂。"春愁"句写其愁态，"绿绮"句写其慵懒。下片转入回忆，别时情景缠绵凄伤。"镇长"句写别后，思妇经常一个人久久伫立，凭眺期待，直到黄昏时分。"却怕"句写思妇的反常心理，情人别后都希望梦中相见，此词中的思妇反而害怕梦中相见，的确与众不同。李冰若《栩庄漫记》指出："别愁无俚，赖梦见以慰相思，而反云'却怕良宵频梦见'，是更进一层写法。"所谓"更进一层"，是说这句词写出了思妇更深层次的心理，别后相思入梦，在她当已非止一次，梦境欺人，片时醒来，皆成虚空，令人更加难以为怀。所以，思妇才会害怕梦中相见。这里有思妇切身的痛苦经验，和更深一层次的失落感。

卷七

顾敻 三十七首

浣溪沙

春色迷人恨正赊①。可堪荡子不还家②。细风轻露着梨花。　帘外有情双燕扬③，槛前无力绿杨斜。小屏狂梦极天涯④。

【注释】

①恨正赊：恨正长。赊：长，远。唐方干《送人宰永泰》："北人虽泛南流水，称意南行莫恨赊。"唐李商隐《喜雪》："粉署闱全隔，霜台路正赊。"

②可堪：哪堪。唐秦韬玉《长安书怀》："长有归心悬马首，可堪无寐枕蛩声。"荡子：远游忘返的男子。东汉无名氏《青青河畔草》："荡子行不归，空床难独守。"

③扬：飞扬。唐韦应物《长安遇冯着》："冥冥花正开，扬扬燕新乳。"

④狂梦：荒诞的春梦。

【简析】

词写春闺相思怨情。起句七字，一方面是客观的"春色迷人"，一方面是主观的"恨正赊"，以相互矛盾形成一种反向的抒情张力。次句直抒

"恨赊"的原因,是"荡子"不归,令闺中人不堪寂寞。三句以景语烘染,是对起句"春色迷人"四字的落实。下片触目兴感,双飞的燕子刺激思妇的孤独感,风中依依的杨柳,也在唤起并加重思妇的相思别情。思极成幻,结想成梦,末句即写思妇梦中远去天涯,追寻"荡子"。这一句与《虞美人》所写"教人梦魂逐杨花,绕天涯"意思相同,而节奏更紧,下字更重,所以有"振起全阕"的作用。

其 二

红藕香寒翠渚平①。月笼虚阁夜蛩清②。塞鸿惊梦两牵情③。　宝帐玉炉残麝冷,罗衣金缕暗尘生。小窗孤烛泪纵横。

【注释】

①翠渚:苍翠的洲渚。南朝陈江总《秋日侍宴娄苑湖应诏诗》:"翠渚还銮辂,瑶池命羽觞。"

②虚阁:高入虚空的阁楼。唐许浑《卧病寄诸公》:"高城榆柳荫,虚阁芰荷香。"此指女子空闺。蛩:蟋蟀。《尔雅·释虫》载:"蟋蟀,蛩。"郭璞注:"今促织也。"

③塞鸿:塞外的鸿雁。塞鸿秋季南来,春季北去,故古人常以之作比,表示对远离家乡的亲友的怀念。南朝宋鲍照《代陈思王京洛篇》:"春吹回白日,霜歌落塞鸿。"相传汉苏武被拘于匈奴,曾借鸿雁传书,后又有唐王仙客苍头塞鸿传情的故事,因常以"塞鸿"指代信使。宋张元干《兰陵王》:"羞衾凤空展,塞鸿难托,谁问潜宽旧带眼。念人似天远。"

【简析】

词写闺妇秋怨。"红藕"句写季节,寓迟暮之感。"月笼"句写秋夜的凄清冷寂，"虚阁"二字，暗写空闺独守。"塞鸿"句写雁声惊梦，思妇更加牵挂远方的游子。下片写梦醒之后，玉炉香冷，更添空闺寒意。"罗衣"句通过"金缕暗生尘"的细节，补写思妇别后无心妆饰的情形。结句写思妇对着小窗孤烛，潸然泪下，感伤不已。全词下字造语、写景抒情，显得"婉雅芊丽，不背于古"（陈廷焯《词则·闲情集》卷一）。

其 三

荷芰风轻帘幕香①。绣衣鸂鶒泳回塘②。小屏闲掩旧潇湘③。　恨入空帏鸾影独④，泪凝双脸渚莲光⑤。薄情年少悔思量⑥。

【注释】

①荷芰：荷与菱。战国楚屈原《离骚》："制芰荷以为衣兮，集芙蓉以为裳。"唐郑愔《采莲曲》："绿潭采荷芰，清江日稍曛。"

②绣衣鸂鶒：鸂鶒毛羽如绣衣。唐刘兼《莲塘霁望》："万迭水纹罗乍展，一双鸂鶒绣初成。"

③潇湘：此指屏风上的绘饰。宋沈括《梦溪笔谈》卷一七《书画》："度支员外郎（宋）迪工画，尤善为平远山水。其得意者有平沙落雁、远浦归帆、山市晴岚、江天暮雪、洞庭秋月、潇湘夜雨、山寺晚钟、渔村夕照，谓之潇湘八景。好事者传之。"

④鸾影：喻女子身影。唐顾况《晋公魏国夫人柳氏挽歌》："鱼轩海上遥，鸾影月中销。"

⑤双脸：两颊。南朝陈徐伯阳《日出东南隅行》："五马停珂遣借问，双脸含娇特好羞。"渚莲光：言女子带泪之脸颊如莲花上之露光。

⑥薄情句：言想起薄情之人，让人悔不当初。

【简析】

　　词写秋闺怨悔之情。起二句写室外景物。"荷芰"句点出季节,香风轻透"帘幕",将季节物色与女子闺帏牵合一处。"绣衣"句写荷塘中成双戏水的"鸂鶒",反衬思妇的孤独。"小屏"句写室内,"闲掩"见其空虚无聊,"旧潇湘"明写屏风上所画潇湘风景,已显陈旧,实寓思妇别后无心装饰,室内布置一仍别前,以便处处时时唤起往昔生活的记忆。下片转写思妇孤独的身影,脸上的泪痕,"鸾影"、"渚莲"的比喻,见出思妇的风姿仪容之美。结句直抒自己对"薄情年少"用情过深的悔意。所以卓人月《古今词统》卷四评云:"'悔偷灵药'、'悔教夫婿',不如此'悔'深。"

<h3 style="text-align:center">其　四</h3>

　　惆怅经年别谢娘①。月窗花院好风光②。此时相望最情伤。　　青鸟不来传锦字③,瑶姬何处琐兰房④。忍教魂梦两茫茫⑤。

【注释】

　　①经年:经过一年或若干年。唐王绩《看酿酒》:"从来作春酒,未省不经年。"谢娘:此指所恋之女子。

　　②月窗花院:美好的庭院房舍。月窗:明杨慎《艺林伐山》卷九《星牖月窗》:"凡山洞岩穴,有窍通明,小者曰星牖,大者曰月窗。"此用为窗户之美称。唐许浑《秦楼曲》:"秦女梦余仙路遥,月窗风簟夜迢迢。"唐张碧《美人梳头》:"玉堂花院小枝红,绿窗一片春光晓。"

　　③青鸟:参卷四牛峤《女冠子》"星冠霞帔"注⑦。锦字:锦字书信。参卷一温庭筠《杨柳枝》"织锦机边莺语频"注①。

④瑶姬：神女，借指所恋。参卷五牛希济《临江仙》"峭碧参差十二峰"注②。兰房：犹香闺。南朝梁刘孝绰《淇上戏荡子妇示行事》："日暗人声静，微步出兰房。"

⑤忍教：怎忍教，岂可教。唐李山甫《菊》："篱下霜前偶得存，忍教迟晚避兰荪。"

【简析】

词写男子对女子的思念。起句直抒与"谢娘"相别"经年"的惆怅之情，"月窗"句写花好月圆的春宵美景，"此时"即指"一刻值千金"的春宵，"相望最情伤"者，有良辰美景而无赏心乐事，故尔如此。下片起句用"青鸟"、"锦字"的典故，写分别之后，女子音书断绝，所以男子不知道她人在何处，"琐兰房"三字，说明女子是不自由的，这可能就是别后无缘相见、不通音问的原因。于是两处相思，都只能托之于茫茫梦境，以为现实缺憾的补偿。此词一改思妇的角度，转写男子的思念深情，较有新意。可知男权社会里的男子，并非都是纵游不归的"荡子"、"狂耍婿"，亦有如此词中用情专且深者。

其 五

庭菊飘黄玉露浓①。冷莎偎砌隐鸣蛩②。何期良夜得相逢③。　背帐风摇红蜡滴，惹香暖梦绣衾重。觉来枕上怯晨钟④。

【注释】

①庭菊飘黄：言菊花开放。玉露：秋露。南朝齐谢朓《泛水曲》："玉露沾翠叶，金风鸣素枝。"

②冷莎句：言庭阶旁萧瑟的莎草下，隐藏着鸣叫的蟋蟀。唐李中

《安福县秋吟寄陈锐秘书》:"卧听寒蛩莎砌月,行冲落叶水村风。"

③何期:犹言岂料,表示没有想到。南朝梁陶弘景《周氏冥通记》卷二:"幸借缘会,得在山宅,何期真圣,曲垂启降。"良夜得相逢:此言梦境。

④觉来句:晨钟惊梦,故言怯。

【简析】

词写秋夜梦境。"庭菊"二句,写秋夜庭院景色,黄菊、白露、莎草、鸣蛩,都是典型的深秋风物意象。这二句为梦境的展开提供背景。"何期"一句,写女子熬过漫长的相思,不期今夕得以相逢、遂了心愿的喜出望外之感。下片前二句承上"相逢",描写闺帏之内烛影摇红、暖香惹梦的旖旎境况。结句写女子梦醒后"怯闻晨钟"的心理,见出她对秋夜美梦的留恋之情。此词构思较佳,"何期"一句,写来若有其事,给读者造成错觉和悬念,以为今夜真得相逢。及至读到下片"梦"和"觉来",方知上片所写"相逢"是在梦中。以曲折之笔写恍惚之事,故觉"极婉转"(李冰若《栩庄漫记》)。

其 六

云澹风高叶乱飞①。小庭寒雨绿苔微②。深闺人静掩屏帏。　粉黛暗愁金带枕③,鸳鸯空绕画罗衣④。那堪辜负不思归⑤。

【注释】

①风高:风大。唐杜甫《湖中送敬十使君适广陵》:"秋晚岳增翠,风高湖涌波。"

②小庭:小院。唐令狐楚《赴东都别牡丹》:"十年不见小庭花,紫

荂临开又别家。"微：稀少。

③粉黛：指美女。唐白居易《长恨歌》："回眸一笑百媚生，六宫粉黛无颜色。"此指闺人。金带枕：参卷二温庭筠《诉衷情》"莺语"注④。

④鸳鸯：此指罗衣上之鸳鸯图案。

⑤辜负不思归：言荡子辜负情意，不思归家。

【简析】

词写秋闺怨思。上片写季节天气环境。起句写云淡风高、黄叶乱飞的深秋时节，次句写寒雨淅沥、洒湿青苔的小庭秋景，三句写秋雨天里，屏帏静掩的深闺居处环境。画面透出凄冷、幽寂的气氛。下片抒思妇愁怨之情。"金带枕"勾起了思妇昔日耳鬓厮磨的回忆，"画罗衣"上的"鸳鸯"图案，对别离中的思妇也造成视觉的刺激。往昔美好爱情的见证和象征之物，而今都能添愁惹恨。结句直抒思妇的怨责之情。或谓词写"春深"景象，当是失察所致。

其 七

雁响遥天玉漏清①。小纱窗外月胧明。翠帏金鸭炷香平②。　何处不归音信断，良宵空使梦魂惊。簟凉枕冷不胜情③。

【注释】

①雁响：雁鸣。唐司空曙《夜闻回雁》："雁响天边过，高高望不分。"玉漏：计时漏壶的美称。唐苏味道《正月十五夜》："金吾不禁夜，玉漏莫相催。"

②炷香平：华锺彦《花间集注》曰："炷香，犹焚香也。窃按古之

香,多用香料贮于炉中,使之平铺,燃之,使烟自其口出。"

③不胜情:离情难以禁受。唐王昌龄《长信秋词五首》之五:"白露堂中细草迹,红罗帐里不胜情。"

【简析】

词写秋闺怨思。上片写景。起句从听觉切入,写秋夜的雁声和漏声。次句转写视觉,小纱窗外,月光朦胧。第三句写闺阁环境,"金鸭炷香",突出其芬芳雅洁。下片抒情。"何处"句写荡子不仅行踪无定,而且音信断绝,致使女子格外思念牵挂。"梦魂惊"承起句的雁声、漏声,写出女子内心的疑虑不安。结句写梦醒之后,秋夜孤衾的女子,感觉簟凉枕冷,不胜愁怨。

其　八

露白蟾明又到秋①。佳期幽会两悠悠。梦牵情役几时休②。　记得狎人微敛黛③,无言斜倚小书楼。暗思前事不胜愁。

【注释】

①蟾明:月明。

②梦牵情役:为梦所牵系,情所役使。梦牵:唐齐己《酬元员外见寄八韵》:"旧隐梦牵仍,归心只似蒸。"

③狎(nì)人:即泥人。参卷五欧阳炯《浣溪沙》"天碧罗衣拂地垂"注④。

【简析】

此首秋日怀人,转换角度,写男子对女子的思念。春女善怀,秋士易感,"露白蟾明"的物色,容易引动男子心中的感怀。"佳期幽会"两无着落的境况，使男子"梦牵情役"，不知何日是了时，还要继续承受漫长的期盼的痛苦熬煎。或曰上片"追忆昔日两情相悦的缠绵"，非是。上片实写男子现实感怀。下片转入回忆，写女子黛眉微敛、无言倚楼的"覙人"之态，最是韵致缠绵，楚楚动人。"记得"二字郑重强调，见出记忆的深刻鲜明，难以磨灭。结句直抒旧事萦心、难以忘怀的惆怅之情。

酒泉子

杨柳舞风①。轻惹春烟残雨。杏花愁，莺正语。画楼东。　　锦屏寂寞思无穷。还是不知消息。镜尘生②，珠泪滴。损仪容③。

【注释】

①舞风：在风中飘舞。唐崔橹《和友人题僧院蔷薇花三首》之一："争那寂寥埋草暗，不胜惆怅舞风斜。"

②镜尘生：言妆镜闲置而蒙尘。隋薛道衡《豫章行》："照骨金环谁用许，见胆明镜自生尘。"

③损仪容：言相思致使容颜瘦损。

【简析】

词写春怨。上片描写杨柳、东风、烟雨、杏花、莺语等春日丽景，唤起并烘染思妇愁怨之情。"画楼东"三字，为下片人物出场提供环境，"画楼"即下片所写思妇居所。下片抒情。"锦屏"承接"画楼"，乃思妇闺帏之内的摆设。"还是"句交待闺中寂寞、春思无穷的原因。"镜尘生"写思妇无心梳妆，"珠泪滴"写思妇愁怨感伤，"损仪容"写思妇因相思而容颜憔悴。

其 二

罗带缕金①。兰麝烟凝魂断②。画屏欹,云鬓乱。恨难任。 几回垂泪滴鸳衾。薄情何处去③。月临窗,花满树。信沉沉④。

【注释】

①罗带缕金:以金丝为饰之罗带。缕金:金丝,金缕。多指以金丝为饰。宋陶穀《清异录·北苑妆》:"江南晚季,建阳进茶油花子,大小形制各别,极可爱,宫嫔缕金于面,皆以淡妆,以此花饼施于额上,时号'北苑妆'。"

②烟凝:即凝烟,烟雾浓密。南朝宋刘铄《歌诗》:"凝烟泛城阙,凄风入轩房。"此指兰麝香烟。

③薄情:指薄情人。唐崔道融《长门怨》:"错把黄金买词赋,相如自是薄情人。"

④信沉沉:参卷四张泌《女冠子》"露花烟草"注⑥。

【简析】

词写春怨,结构与前首不同。前首上片写景,下片抒情,遵循双调词上下片的分工。此首相反,上片先从思妇形象切入,起句"罗带缕金",是一个特写镜头,推出年轻女子之华饰,印象鲜明强烈。"兰麝烟凝"四字,暗示一种沉寂的气氛。"画屏欹"写思妇的无聊慵懒动作,"云鬓乱"写思妇无心妆扮的仪容,即"自伯之东,首如飞蓬"之意。"魂断"、"恨难任"揭示思妇的情感状态,用字下语极重,见其不堪之情状。过片写思妇难以承受情感的折磨,几回伤心落泪。"薄情"句点出原因，语含责怨。"月临窗，花满树"二句写芳春花月之景，交待时间和季节，以乐景衬哀情。结以"信沉沉"，与"何处去"呼应，则荡子不仅行踪无定，且音信全无，词中思妇实际上已被遗忘、遗弃，所以才会有"恨难任"、"魂断"的极度痛苦之感。

其 三

小槛日斜。风度绿窗人悄悄①。翠帏闲掩舞双鸾②。旧香寒③。　　别来情绪转难扻④。韶颜看却老⑤。依稀粉上有啼痕。暗销魂。

【注释】

①风度：风吹过。唐田娥《寄远》："泪流红粉薄，风度罗衣轻。"

②舞双鸾：言帐帏上的舞鸾图案。

③旧香：即宿香。温庭筠《三洲歌》："门前有路轻离别，惟恐归来旧香灭。"

④难扻：难以舍弃。唐李茂复《自叹》："落日西山近一竿，世间恩爱极难扻。"

⑤看却老：看又老。唐杜荀鹤《途中春》："一生看却老，五字未逢知。"

【简析】

词写春闺愁思。起二句写日暮之景，渲染寂静的气氛。"小槛"、"绿窗"的居处环境意象，女性化色彩明显。由"小槛"而"绿窗"而"翠帏"，层次井然，"闲掩"响应"人悄悄"，笔法细致。"双鸾"是帏幕上的图案，对思妇是某种暗示和反衬。"旧香"已灭而不新燃，正见其情绪的低落。换头直写"别来情绪"难以忘却，把人折磨得韶颜渐老。这里的人老与起句的"日斜"呼应。结以粉面啼痕的销魂之状,把人物的内心痛苦形象地呈示出来,可见可感。

其 四

黛薄红深①。约掠绿鬟云腻②。小鸳鸯,金翡翠③。称人心④。　锦鳞无处传幽意⑤。海燕兰堂春又去⑥。来年书⑦,千点泪。恨难任。

【注释】

①黛:眉黛。红:胭脂。

②约掠:梳拢。

③小鸳鸯二句:小鸳鸯、金翡翠,皆钗钿首饰也。

④称人心:因鸳鸯、翡翠皆成双对,故觉称心。晋陶潜《时运》:"人亦有言,称心易足。"

⑤锦鳞:传书之鱼。唐杜牧《春思》:"绵羽啼来久,锦鳞书未传。"幽意:幽深的思绪。南朝梁江淹《灯夜和殷长史》:"客子依永夜,寂寞幽意长。"

⑥兰堂:芳洁的厅堂,用为厅堂之美称。《汉书·礼乐志》:"神之出,排玉房,周流杂,拔兰堂。"唐许浑《卧病寄诸公》:"飞盖集兰堂,清歌递柏觞。"

⑦来年书:去年的书信。唐罗邺《途中寄友人》:"相见或因中夜梦,寄来多是来年书。"

【简析】

词写闺怨。上片写女子的美好仪容装饰。起二句写女子浅描的黛眉、涂脂的脸颊和润泽的发鬟，表明晨起梳妆的女子容颜之美。接三句由"云鬟"写及首饰，鸳鸯、翡翠指首饰的形状，"称人心"有二层意思：一者饰物精美，二者皆成双对，所以女子感觉称心满意。但也由此首饰的形制，兴起女子的孤寂之感和怀人之情。下片即抒女子怨情。她的心意无处传寄，说明男子游踪不定，久无消息。"海燕"句写春又归去，见出女子伤春复伤别，又在相思、等待中虚度了一春大好时光。于是她又一次翻出男子去年的来信展读，以为慰藉，但触起的是无限伤心，"千点泪。恨难任"，词意悲苦。

其　五

掩却菱花，收拾翠钿休上面①。金虫玉燕琐香奁②。恨厌厌③。　云鬟半坠懒重簪④。泪侵山枕湿，银灯背帐梦方酣。雁飞南。

【注释】

①掩却二句：言掩镜收钿，无心妆扮。休上面：不画面妆，不戴首饰。

②金虫玉燕：皆首饰。金虫：妇女首饰，以黄金制成虫形，故称。南朝梁吴均《和萧洗马子显古意》之一："莲花衔青雀，宝粟钿金虫。"一说昆虫名，虫可用为首饰。宋宋祁《益部方物略记》："金虫，出利州山中，蜂体绿色，光若金星，里人取以佐妇钗镮之饰云。"玉燕：即玉燕钗。《洞冥记》卷二："神女留玉钗以赠帝，帝以赐赵婕妤。至昭帝元凤中，宫人犹见此钗。黄琳欲之。明日示之，既发匣，有白燕飞升天。后宫人学作此钗，因名玉燕钗，言吉祥也。"唐李白《白头吟》："头上玉燕钗，是妾嫁时物。"香奁：盛放香粉、镜子等物的匣子。南朝陈徐陵

《〈玉台新咏〉序》:"猗欤彤管,丽矣香奁。"

③厌厌:精神萎靡貌,亦用以形容病态。同恹恹。唐刘兼《春昼醉眠》:"处处落花春寂寂,时时中酒病恹恹。"

④重篸:重新插戴。唐张谓《送韦侍御赴上都》:"更谒麒麟殿,重篸獬豸冠。"

【简析】

词写闺怨。与前首上片写思妇精心装扮不同,此词一起即写女子"掩却菱花"、"收拾翠钿",无心装饰的慵懒萎靡之态。她索性把"金虫玉燕"等首饰一股脑儿锁入妆奁,心里充满了愁怨之情。过片承上,通过描写她的发鬟不整,继续表现其慵懒萎靡的"厌厌"之状。"泪侵"以致"枕湿",既见其伤心之甚,又说明她懒卧不起。"银灯"句写女子入梦,可知女子从朝到暮,在"厌厌"的心情中又挨度了一天。"梦"字微逗其"恨厌厌"的原因,但并未说破,让读者去意会。此词表情含蓄,较有特色。

其　六

水碧风清,入槛细香红藕腻①。谢娘敛翠恨无涯。小屏斜。　堪憎荡子不还家。谩留罗带结②,帐深枕腻炷沉烟。负当年。

【注释】

①细香:微细的香气。唐李山甫《曲江二首》之二:"蜂怜杏蕊细香落,莺坠柳条浓翠低。"

②谩:同漫,空也。或谓:诡诈也。《汉书·灌夫传》注:"师古曰:'谩,犹诡也。诈为好言也。'"罗带结:即同心结也。古时男女以结罗带

表同心之意。

【简析】

词写闺怨。起二句写水碧风清、红藕香细的初秋景色,风送藕香"入槛",将槛外景与槛内人联结起来。接写槛内屏中的女子,"敛翠"的面部表情,是一个诉愁传恨的细节特写。"无涯"见其愁恨之多。过片直抒对"不还家"的"荡子"的憎恨之情,解释上片"敛翠恨无涯"的原因。"罗带结"是昔日爱情的见证,因荡子不归,故觉虚有此物。焚香懒卧的女子,深感男子辜负了当年的深情。此词抒情较直露。

其 七

黛怨红羞①。掩映画堂春欲暮②。残花微雨隔青楼③。思悠悠④。　芳菲时节看将度⑤。寂寞无人还独语。画罗襦,香粉污。不胜愁。

【注释】

①黛怨红羞:眉黛含怨,面颊羞红。

②掩映:谓或遮或露,时隐时现。唐白居易《夜泛阳坞入明月湾即事寄崔湖州》:"掩映橘林千点火,泓澄潭水一盆油。"

③青楼:豪华精致的楼房。三国魏曹植《美女篇》:"青楼临大路,高门结重关。"

④思悠悠:思念深长。《诗经·郑风·子衿》:"青青子佩,悠悠我思。"唐白居易《长相思》:"思悠悠,恨悠悠。恨到归时方始休。"

⑤芳菲时节:指春天。看将度:眼看即将过去。

【简析】

词写春怨。一起先写女子眉含愁怨、脸晕羞红的情态,接写居处环境与暮春季节。"残花微雨"的暮春之景,触发女子惜春怀人的幽渺之思。过片写女子的惜春心理,实乃自惜良时虚度。无人自语是传神的细节,足见其寂寞不堪的自解、挣扎之状。结三句通过描写罗襦之上的泪渍粉污,进一步抒发其不胜愁怨之情。顾敻七首《酒泉子》,皆写闺中女子怨思,合而观之,确有"意少词多"之感。

杨柳枝

秋夜香闺思寂寥①。漏迢迢②。鸳帏罗幌麝烟销③。烛光摇。　　正忆玉郎游荡去。无寻处。更闻帘外雨萧萧④。滴芭蕉。

【注释】

①寂寥:寂寞,冷落。汉枚乘《柳赋》:"玲瑯啾唧,萧条寂寥。"南朝宋谢灵运《君子有所思行》:"寂寥曲肱子,瓢饮疗朝饥。"

②迢迢:言漏声悠长。唐韩偓《有忆》:"昼漏迢迢夜漏迟,倾城消息杳无期。"

③销:燃尽。

④萧萧:雨声。唐鱼玄机《赋得江边柳》:"萧萧风雨夜,惊梦复添愁。"

【简析】

词写秋夜闺思。上片一起点明题旨,然后以动衬静,用迢递不尽的漏声和摇曳晃动的烛影,来烘染秋闺寂寥氛围。下片交待寂寥的原因,是游荡的"玉郎"无处寻觅。"正忆"写女子思念"玉郎"的沉浸投入,"更闻"则是对"正忆"的惊觉和唤醒。结句的雨滴芭蕉声回应起句的迢迢漏声,更加衬托出秋闺的寂寥凄冷之感。此词艺术上有两点值得称道:一是词的句式,均为上"七"下"三"结构,对人物心理情感有一种特殊的击打般的节奏效果;二是以动衬静,以有声写无声,尤其是雨打芭蕉的结句,与温庭筠《更漏子》的"梧桐树,三更雨。不道离情正苦。一叶叶,一声声。空阶滴到明"所写,意味相似,抒情效果良好。

遐方怨

帘影细,簟纹平。象纱笼玉指①,缕金罗扇轻②。嫩红双脸似花明。两条眉黛远山横。　　凤箫歇③,镜尘生。辽塞音书绝④,梦魂长暗惊。玉郎经岁负娉婷⑤。教人争不恨无情。

【注释】

①象纱:一种薄纱。五代和凝《宫词》:"兰殿春融自艳笙,玉颜风透象纱明。"玉指:女子手指的美称。唐徐安贞《闻邻家理筝》:"曲成虚忆青蛾敛,调急遥怜玉指寒。"

②罗扇:古纨扇之一种。《杖扇新录》载:以素罗为之,形如满月,亦有腰圆、六角诸式,以绒线绣人物、花果,精细如画。唐刘禹锡《浙西李大夫述梦四十韵并浙东元相公酬和斐然继声》:"宛转倾罗扇,回旋

堕玉搔。"

③凤箫：排箫，管乐器名。汉应劭《风俗通》："舜作箫，其形参差，以象凤翼。十管，长二尺。"《广雅》："箫，大者二十四管，小者十六管。"唐沈佺期《凤箫曲》："昔时嬴女厌世纷，学吹凤箫乘彩云。"此指箫声。

④辽塞：犹辽阳，代指边塞征戍之地。参卷二温庭筠《诉衷情》"莺语"注⑧。

⑤娉婷：姿态美好貌。汉辛延年《羽林郎》："不意金吾子，娉婷过我庐。"代指美人、佳人。唐乔知之《绿珠篇》："石家金谷重新声，明珠十斛买娉婷。"

【简析】

词写闺怨。因无景物描写，词中季节不明，但从"双脸似花明"的比喻，或可推知所写为春闺怨思。上片由服用描写及于人物，刻画女子脸如娇花、眉如远山的容貌之美。下片写她的怨思。先写其无心娱乐和妆梳。"辽塞音书绝"一句是词中关键所在，交待女子怨思的原因。"辽塞"二字，也透露了"玉郎"的身份是戍边的征人，和一般的游踪无定者不同。这样，"梦魂长暗惊"一句所写，就不是一般的惊梦，而是对身处战地的"玉郎"更多的牵挂和担忧。结二句写男子离家经年，女子感叹他辜负了自己美好的年华和容貌，使自己韶颜空老，心里因而抑制不住地生出对"玉郎"的责怨之情。但如上分析，因"玉郎"是戍边征人，没有归家的自由，所以他的"无情"，并非主观的原因，而女子只是站在性别的立场加以责备，似乎不甚深明大义。当然，《花间》艳词偶用"辽塞"，也许仅是随手拈来指代遥远的地方，并不表明"玉郎"有何特殊身份。作为读者，似乎不必如此认真。

献衷心

绣鸳鸯帐暖,画孔雀屏欹①。人悄悄,月明时。想昔年欢笑,恨今日分离。银釭背②,铜漏永③,阻佳期。　　小炉烟细,虚阁帘垂④。几多心事⑤,暗地思惟⑥。被娇娥牵役⑦,魂梦如痴。金闺里,山枕上,始应知。

【注释】

①绣鸳鸯二句:描写女子闺中陈设。鸳鸯帐:绣有鸳纹的帐帏。唐杜牧《送人》:"鸳鸯帐里暖芙蓉,低泣关山几万重。"孔雀屏:绘有孔雀的屏风。唐杜甫《李监宅二首》其一:"屏开金孔雀,褥隐绣芙蓉。"欹:倾斜。

②银釭:亦作银缸,银白色的灯盏、烛台。南朝梁萧绎《草名》:"金钱买含笑,银釭影梳头。"

③铜漏永:言铜漏壶中的沙水没完没了地滴落。

④虚阁:唐李中《思九江故居三首》之二:"虚阁静眠听远浪,扁舟闲上泛残阳。"此犹言空闺。

⑤几多:几许。唐王维《叹白发》:"一生几许伤心事,不向空门何处销。"

⑥思惟:思量。《汉书·张汤传》:"使专精神,忧念天下,思惟得失。"

⑦娇娥:美貌女子。敦煌曲子词《凤归云》:"幸因今日,得睹娇娥。

眉如初月,目引横波。"牵役:谓心情被牵动而不能自主。近人张相《诗词曲语辞汇释》卷二:"役,犹牵也。……盖役与牵本同义也。"唐张九龄《使还都湘东作》:"牵役而无悔,坐愁只自怡。"

【简析】

顾夐词多写相思闺怨,词意颇多重复,此作转换角度,"从男方立言,是一特点"(华锺彦《花间集注》)。但从上片看,似是描写女子月夜忆昔感今、难以成眠的离别相思之情。"鸳鸯帐"、"孔雀屏"、"银釭"、"铜漏"等居室服用意象,女性色彩明显。下片"被娇娥牵役"句,说明因"几多心事,暗地思惟"而"魂梦如痴"者,是陷入情网的男子。但"小炉"、"虚阁"二句所写,又似闺帏之内。结三句,应是双写男女深夜思念对方的情感和心理。如此解析全词,显然又非全从男子角度表现。至于词艺,李调元《雨村词话》卷一指出起二句乃"词中折腰句法",中间应逗开,上下句实为一句。汤显祖评《花间集》卷三则认为此词"颇无佳句,但开曲藻滥觞耳。昔人谓诗情不似曲情多,其流之弊,唐人已先作俑",可供鉴赏评骘时参考。

应天长

瑟瑟罗裙金线缕①。轻透鹅黄香画裤②。垂交带③,盘鹦鹉④。袅袅翠翘移玉步⑤。　　背人匀檀注。慢转横波偷觑⑥。敛黛春情暗许⑦。倚屏慵不语⑧。

【注释】

①瑟瑟：指碧绿色。韦庄《乞彩笺歌》："留得溪头瑟瑟波，泼成纸上猩猩色。"或谓指罗裙金线的窸窣声。

②画裤：彩裤。唐王建《宫词》："金吾除夜进傩名，画裤朱衣四队行。"

③交带：交结的衣带。

④盘鹦鹉：衣带上所绣的鹦鹉花纹。

⑤翠翘：状似翠鸟尾上长羽的钗饰。唐韦应物《长安道》："丽人绮阁情飘飘，头上鸳钗双翠翘。"玉步：女子的行步。南朝梁费昶《华光省中夜闻城外捣衣》："金波正容与，玉步依砧杵。"

⑥偷觑：偷看。唐王建《宫词》："上得青花龙尾道，侧身偷觑正南山。"

⑦春情：男女恋情。唐张琰《春词》："春情不可耐，愁杀闺中妇。"

⑧慵不语：韦庄《秦妇吟》："斜开鸾镜懒梳头，闲凭雕栏慵不语。"

【简析】

词写女子春情。上片描写女子华丽的妆饰和袅娜的仪态。下片抓住女子的几个细节，摹态传神，颇为生动。她偷匀檀注，暗送秋波，微蹙的眉黛透露隐秘的心事，倚屏不语更觉娇慵可爱。词中所写应是春情萌动的少女，爱美、羞涩、含蓄，正与她的年龄阶段相符合。从表现的角度看，此词亦是眉眼传情的"目成"模式。

诉衷情

香灭帘垂春漏永,整鸳衾。罗带重。双凤。缕黄金①。窗外月光临。沉沉②。断肠无处寻。负春心③。

【注释】

①罗带三句:言罗带上有金线绣出的双凤图案。

②沉沉:夜深寂静。南朝宋鲍照《代夜坐吟》:"冬夜沉沉夜坐吟,含声未发已知心。"唐罗隐《秋夜寄进士顾荣》:"秋河耿耿夜沉沉,往事三更尽到心。"

③春心:男女之间的相思爱慕情怀。南朝梁萧绎《春别应令》之一:"花朝月夜动春心,谁忍相思不相见?"

【简析】

词写春夜闺思。起二句描写春夜漏声中,女子熄灭香烛,垂下帘幕,铺展床褥,准备就寝。"罗带"三句,描写她的缕金双凤图饰的衣带,因是金线刺绣,故觉其"重",下一"重"字,亦透出女子之娇弱可怜。这三句承上,写她宽衣解带就寝的过程。"鸳衾"和双凤罗带意象,对女子仍是起到暗示、刺激和反衬作用。"窗外"二句写月光照临,夜色沉沉,为抒情拓展空间背景。结二句直抒春闺怨思,点明题旨。

其 二

永夜抛人何处去①,绝来音②。香合掩。眉敛。月将沉。争忍不相寻。怨孤衾③。换我心、为你心。始知相忆深。

【注释】

①永夜：长夜。南朝宋谢灵运《拟魏太子邺中集诗八首》之四《徐幹》:"行觞奏悲歌,永夜继白日。"

②来音：来信。唐贾岛《寄友人》:"同人半年别,一别寂来音。"

③孤衾：一床被子。常喻独宿。南朝梁柳恽《捣衣》:"孤衾引思绪,独枕怆忧端。"

【简析】

词写闺怨,乃顾敻名作。一起直写漫漫长夜,女子责怨男子抛人而去,游踪不定,音信全无。这男子显见又是一个顾词中常见的负心之人。但香阁中愁眉不展、孤寂无依的女子,还是忍不住对这负心之人深切思念。所以,茅暎《词的》卷一指出"到底是单相思"。"月将沉"呼应起句"永夜",表明女子长夜难眠,彻夜相思。结三句脍炙人口,感情强烈,语言质朴,全用白描,直探人心。此三句"乃人人意中语,却能说出,所以可贵"(刘永济《唐五代两宋词简析》),被誉为"透骨情语",而风调略近民间俗曲,"为柳七一派滥觞"(王士禛《花草蒙拾》)。不仅宋人如李之仪《卜算子》"只愿君心似我心,定不负相思意",徐山民《阮郎归》"妾心移得在君心,方知人恨深",皆是仿语,"元人小曲"更"往往脱胎于此"(陈廷焯《云韶集》)。足见名篇佳句影响之深远。在此需要强调的是,这三句虽是直言质语,但仍复有曲折含蓄,不止如一些论者所乐道的仅是爱之深切强烈的表现，这其中也包含着女子难遏的怨艾之意，正因为负心男子太无心肝，不知体谅珍惜，所以才需"换心始知"。这种直中有曲的笔法，正是《花间》小词艺术上的"高处"，读者于此不可不察。

荷叶杯

春尽小庭花落。寂寞。凭槛敛双眉。忍教成病忆佳期①。知摩知②，知摩知。

【注释】

①佳期：《楚辞·九歌·湘夫人》："登白薠兮骋望，与佳期兮夕张。"王逸注："佳谓湘夫人也……与夫人期歆飨之也。"后用以指男女约会的日期。南朝梁武帝《七夕》："妙会非绮节，佳期乃良年。"

②知摩知：知不知道。摩：同么。

【简析】

词写女子怀人。起句描写环境和季节，小院春尽，众芳摇落，兴起女子伤春怀人的寂寞之感。"凭槛敛双眉"一句，描写女子的动作和表情，总不外排遣和愁怨。后三句刻画女子的心理，"忍教"二字含有谴责之意，女子因"忆佳期"而"成病"，足见用情深痴，而对方却不加体恤。"忆佳期"三字可作两解：一解为回忆昔日之欢会，一解为念想重聚之约定，于义皆可。结尾叠句反复，加强语气，有助于表达女子之急切心情。

其 二

歌发谁家筵上。寥亮①。别恨正悠悠。兰釭背帐月当楼。愁摩愁。愁摩愁。

【注释】

①寥亮：清越响亮。后多作"嘹亮"。晋向秀《思旧赋序》："邻人有吹笛者，发声寥亮。"

【简析】

词写女子别恨。起句所写不知谁家宴席上响起的嘹亮歌声，当是正被悠悠别恨折磨着的女子耳中所闻，几家欢乐几家愁，人家的热闹正衬出自家的孤寂。"兰釭背帐"四字，写室内灯烛置于床帐后面，说明女子已经就寝；"月当楼"三字转写室外，当是室内灯烛遮光，女子已寝未眠时隔窗所见。皎洁的月色和嘹亮的歌声，都是撩动女子愁恨之物。此境也此情，其愁也难耐，故有结尾"愁摩愁。愁摩愁"的反复重叠。或谓词写别筵离恨，恐不确，"谁家"二字是听闻猜测语气，如是当事人，当不如此措语。

其 三

弱柳好花尽拆①。晴陌②。陌上少年郎。满身兰麝扑人香。狂摩狂③。狂摩狂。

【注释】

①弱柳：柳条柔弱，故称弱柳。南朝陈张正见《赋得垂柳映斜溪》：

"千仞青溪险,三阳弱柳垂。"坼:同坼。《诗经·大雅·生民》:"不坼不副,无菑无害。"宋朱熹《诗集传》:"坼,副,皆裂也。"此谓花柳芽苞绽开。

②晴陌:晴日的郊野道路。唐孙鲂《柳》:"影繁晴陌上,烟重古城隅。"

③狂:轻狂放纵,倜傥洒脱。

【简析】

词写游春少年狂态,所采视角为春情初萌的少女,透过少女的眼光,来观察游春少年的形状。起句描写芳春艳景,含有兴意,季节与人情正有着深刻的对应。"晴陌"是少女猝遇少年的地方,他们当然都是来到晴日的郊野游春赏景的,有着同样的年纪,同样的情怀,同样既朦胧又明确的期待。"陌上少年郎"一句特写定格,蓦然间已占据少女的全部视线,引起了少女的特别关注。所以才有"满身兰麝扑人香"的嗅觉感知,郁烈的香气更刺激少女莫名的好奇心理。少女眼中,那熏香少年的举止,竟然是如此的狂纵不羁。揣想其时情形,少年当也已注意到少女的存在,只不过佯作不睬罢了,映入少女眼帘的种种狂态,未始不是少年故意或下意识的表演,目的当然是为了引起少女更强烈的关注。此词所写,与韦庄《思帝乡》"春日游"前半近似。词中的"狂",与韦词的"足风流"同义,都是形容"陌上少年"的倜傥举止,而非如有的论者所说的写少女春情激荡。

其　四

记得那时相见。胆颤①。鬓乱四肢柔。泥人无语不抬头②。羞摩羞。羞摩羞。

【注释】

①胆颤：言因紧张激动而战栗。

②泥人：参卷五欧阳炯《浣溪沙》"天碧罗衣拂地垂"注④。

【简析】

词写回忆中的幽会情景。用"记得"二字领起，见其印象殊深。"胆颤"写出幽会之际兴奋紧张的复杂感受。"鬓乱"二句刻画女子初欢情态，风情万种的魅惑里，尽显少女柔情似水的单纯娇羞。若是过来人，当无此种撩人风韵。结二句复沓，突出少女欢愉羞态。词笔细腻传神，汤显祖评《花间集》卷三称道其"好形容"，李冰若《栩庄漫记》评曰："'柔'字入木三分。"至于词的表现角度，可以理解为男子的回忆，也可以理解为少女对初会的咀味。

其　五

夜久歌声怨咽①。残月。菊冷露微微②。看看湿透缕金衣③。归摩归。归摩归。

【注释】

①怨咽：哀怨呜咽。唐白居易《听竹枝赠李侍御》："巴童巫女竹枝歌，懊恼何人怨咽多。"

②微微：犹蒙蒙。三国魏曹植《诰咎文》："遂乃沉阴块圠，甘泽微微，雨我公田，爰暨于私。"晋陶潜《和胡西曹》："重云蔽白日，闲雨纷微微。"

③看看：估量时间之词。渐渐、眼看着、转瞬间之意。唐刘禹锡

《酬杨侍郎凭见寄》:"看看瓜时欲到,故侯也好归来。"

【简析】

词写女子月夜怀人。起句从听觉切入,深夜的幽怨歌声,是思妇耳闻,也为全词抒情定调。"残月"的景物描写,回应"夜久"。冷露湿透金缕衣,说明女子彻夜不眠,徘徊庭院。结句重叠,是女子不堪冷露沾衣的自我提醒,但是否归寝,难以确定。归寝难以入睡,不归夜气湿冷,女子的两难,正是她备受离情折磨苦况的写照。或谓词写男女通宵幽会不舍的情景,亦可自圆,不过那就是另一番光景和感受了。

其 六

我忆君诗最苦。知否。字字尽关心①。红笺写寄表情深②。吟摩吟。吟摩吟。

【注释】

①关心:关怀,挂念。唐王维《酬张少府》:"晚年惟好静,万事不关心。"

②红笺:红色笺纸。多用以题写诗词或作名片等。唐白居易《江楼夜吟元九律诗成三十韵》:"斜行题粉壁,短卷写红笺。"

【简析】

词写女子赋诗寄情。起句第一人称,直写女子思念离人的诗句情调最是苦涩,"知否"问句提起,强调诗情最苦的原因是字字关心,皆从肺腑流出,非无关疼痒的等闲言语可比。女子将"忆君"之诗写入红笺,寄予对方,表达自己的思念深情。结句疑问,表面担心对方轻忽,实是疑虑对方移情,心理内涵相当曲折复杂。与《花间》词中常见的以脂粉泪痕、慵懒罢妆、夜深不眠等方式表达相思之情的众多女子相比,这是一位富有才情的个性化的女子。此词也因为女子赋诗寄情的不俗方式,而显得有些特色。

其　七

金鸭香浓鸳被。枕腻。小髻簇花钿①。腰如细柳脸如莲。怜摩怜。怜摩怜。

【注释】

①小髻:小巧的发髻。唐罗虬《比红儿》:"轻梳小髻号慵来,巧中君心不用媒。"

【简析】

此词两解,或谓女子自怜娇美,或谓表写男女欢会情景,笔触细腻,情调香艳。前四句仿佛闺房内的一组连缀镜头:金鸭形的熏炉里香烟袅袅,床上鸳被铺展,床头枕函滑腻,小巧的发髻上饰有花钿的女子娇卧绣褥,体态容颜无限娇美。"腰如"一句,其实就是李商隐诗和周邦彦词里都写到过的"玉体横陈"。词中展示的这般光景,如是女子自怜,则其娇憨之状可想;如是男女欢会,则其香艳程度已是不可言说矣。

其　八

曲砌蝶飞烟暖①。春半②。花发柳垂条。花如双脸柳如腰。娇摩娇。娇摩娇。

【注释】

①曲砌：曲折的台阶。唐李世民《赋得临池竹》："贞条障曲砌，翠叶贯寒霜。"

②春半：谓春季已过半。唐张若虚《春江花月夜》："昨夜闲潭梦落花，可怜春半不还家。"或谓仲春二月。唐柳宗元《柳州二月》："宦情羁思共凄凄，春半如秋意转迷。"

【简析】

词赋女子娇态。前二句写仲春之时，院落里晴烟暖照，台阶旁蝴蝶飞舞。"蝶飞"暗写花开。"花发柳垂条"继续描写仲春院落景物，为下句喻写人物铺垫。"花如双脸柳如腰"与前首"腰如细柳脸如莲"的比喻形容相同。结句一叠，可解作自为问答之辞，也可解作男子的赞叹之辞。

其 九

一去又乖期信①。春尽。满院长莓苔②。手捻裙带独徘徊。来摩来。来摩来。

【注释】

①乖：违背。期信：约定的时间。唐骆宾王《代女道士王灵妃赠道士李荣》："只言柱下留期信，好欲将心学松薜。"

②莓苔：青苔。晋孙绰《游天台山赋》："践莓苔之滑石，搏壁立之翠屏。"

【简析】

词写女子怀人。前二句叙写男子一去又误归期，春天已然虚度。所写季节与第一首的"春尽"相呼应。接以满院霉苔的荒凉物景描写,喻示女子期盼落空的荒凉心境。"手捻裙带独徘徊"一句所写,与"手授裙带绕阶行"相同。"手捻裙带"是一个传神的细节动作,不仅"尽得"女子"娇痴"之态(汤显祖评《花间集》),而且见出女子"企怀之深"(俞陛云《唐五代两宋词选释》)。结以"来摩来"叠句追问,表现女子急切盼归之殷情。这一组九首《荷叶杯》,可视作联章体,亦可视为各自独立成篇。组词浓艳之中时见白描笔法,饶有民歌风味,李冰若《栩庄漫记》评云:"顾敻以艳词擅长,有浓有淡,均极形容之妙。其淋漓真率处,前无古人。如《荷叶杯》九首,已为后代曲中《一半儿》张本。"组词结以叠句,仿佛女子"自问自答光景"(玄本眉批),可谓曲尽情态之妙。这种体式,也引起了明清词人一再模仿的兴趣(张德瀛《词征》卷一)。

渔歌子

晓风清,幽沼绿①。倚栏凝望珍禽浴②。画帘垂,翠屏曲。满袖荷香馥郁③。　好揩怀④,堪寓目⑤。身闲心静平生足。酒杯深,光影促⑥。名利无心较逐⑦。

【注释】

①幽沼:深幽的池塘。唐贾岛《即事》:"城静高崖树,漏多幽沼冰。"

②凝望：注目远望。南朝梁江淹《步桐台》："寂听积空意，凝望信长怀。"珍禽：珍奇的鸟类。《尚书·旅獒》："珍禽奇兽，不育于国。"唐李白《赋得鹤送史司马赴崔相公幕》："珍禽在罗网，微命若游丝。"

③馥郁：香气浓烈。唐徐光溥《题黄居寀秋山图》："曲沼芙蓉香馥郁，长汀芦荻花蘩蘩。"

④摅（shū）怀：抒发情怀。唐李世民《秋日翠微宫》："摅怀俗尘外，高眺白云中。"

⑤寓目：犹过目、观看。《左传·僖公二十八年》："子玉使斗勃请战，曰：'请与君之士戏，君冯轼而观之，得臣与寓目焉。'"南朝梁何逊《渡连圻》之二："寓目皆乡思，何时见狭斜。"

⑥光影促：时光匆促。光影：即光景。日光，光辉。代指光阴、时光。《列子·周穆王》："光影所照，王目眩不能得视。"唐寒山《诗》之二百零三："光影腾辉照心地，无有一法当现前。"

⑦较逐：计较，追求。或曰即角逐，较通角。《战国策·赵策》三："且王之先帝，驾犀首而骖马服，以与秦角逐。"唐于濆《秦原览古》："耕者戮力地，龙虎曾角逐。"

【简析】

　　此首咏怀之作，虽不十分出色，但在满纸艳情闺怨的顾夐词中，已是空谷足音。词系"就题发挥，与张志和《渔歌子》语调近似"（华锺彦《花间集注》卷七），而失其天然浑朴，高情逸致。上片写景，营构出幽静清雅的居处环境，与《渔歌子》多写自然水景不同，顾词所写显系庭院人工小景，池沼、栏杆、珍禽、画帘、翠屏等意象，散发出较浓的《花间》气味。下片抒情，身闲心静、知足常乐、无心名利数语，虽脱出《花间》艳词的窠臼，却近似老生常谈的套话，了无新意。倒是"酒杯深，光影促"的"汲汲顾景"（李冰若《栩庄漫记》）之中，流露出些许真实感人的生命情调。

临江仙

碧染长空池似镜。倚楼闲望凝情。满衣红藕细香清。象床珍簟①，山障掩②，玉琴横③。　　暗想昔时欢笑事，如今赢得愁生。博山炉暖澹烟轻④。蝉吟人静，残日傍，小窗明。

【注释】

①象床：象牙为饰之床。《战国策·齐策三》："孟尝君出行国，至楚，献象床。"鲍彪注："象齿为床。"南朝宋鲍照《代白纻舞歌辞》之二："象床瑶席镇犀渠，雕屋匼匝组帷舒。"

②山障：屏风。因画有山形图案，故名。唐皮日休《奉和鲁望秋日遣怀次韵》："取岭为山障，将泉作水帘。"

③玉琴：玉饰的琴。亦为琴的美称。南朝齐王融《咏幔》："每聚金炉气，时驻玉琴声。"

④博山炉：参卷二韦庄《归国遥》"春欲晚"注⑦。

【简析】

此词忆昔感今。上片以描写为主，将情感轻轻点出。先写倚楼闲望所见，池水明澈如镜，染绿了映入水中的长天倒影。"碧染长空"一句，取景阔大，下笔清新，在顾词中少见。"凝情"二字，为下片抒情伏笔。

"满衣红藕细香清",回应起句写及的池沼,因在池边楼上凭眺既久,所以沾惹满衣荷香。"象床"三句写室内摆设,见出词中人凭眺之后,已回到室内。下片以抒情为主,辅以景语烘染。"暗想"二句,忆昔感今,以昔日之欢乐,映衬目前之悲愁,与宋人姜夔《鹧鸪天》词句"少年情事老来悲"意近。这两句抒情之后,先以香炉淡烟晕染室内,再以室外之景语收束全词。残日小窗、蝉吟人静的萧瑟岑寂之境中,含有词中人惆怅掩抑的风怀。

其　二

幽闺小槛春光晚,柳浓花澹莺稀。旧欢思想尚依依①。翠颦红敛②,终日损芳菲③。　　何事狂夫音信断,不如梁燕犹归。画堂深处麝烟微。屏虚枕冷,风细雨霏霏。

【注释】

①思想:思念。

②翠颦:皱眉。温庭筠《湘东宴曲》:"湘东夜宴金貂人,楚女含情娇翠嚬。"红敛:言因愁思收起了脸上的笑意。

③芳菲:这里喻指芳颜。

【简析】

词写春闺怨思,语气较直露,不似前首空灵疏淡。起句点出环境季节,接以残春之景的描写,将伤春一层意思带出。"旧欢"三句切题,抒写忆旧伤别之情。下片责怨"狂夫"一去音书断绝,还不如梁间燕子留恋旧巢,犹知归来。末三句描写室内与室外景物,以景结情,与前首手法相同。李冰若《栩庄漫记》评此词"设色蒨丽"是对的,"意亦微婉"

则不确,词中思想旧欢、诘问狂夫,语气相当直露,似当不得"微婉"之评。

其 三

月色穿帘风入竹,倚屏双黛愁时。砌花含露两三枝①。如啼恨脸②,魂断损容仪。　　香烬暗销金鸭冷,可堪辜负前期③。绣襦不整鬓鬖鬖。几多惆怅,情绪在天涯。

【注释】

①砌花:植于阶畔之花。唐储光羲《新丰主人》:"满酌香含北砌花,盈尊色泛南轩竹。"含露:带着露水。隋杨广《四时白纻歌·东宫春》:"含露桃花开未飞,临风杨柳自依依。"

②如啼恨脸:言含露的花朵如女子哭泣的脸。恨脸:含愁带恨的脸。

③前期:事前或过去的约定,预定。《庄子·徐无鬼》:"射者非前期而中,谓之善射,天下皆羿也。"唐白居易《梦仙》:"前期过已久,鸾鹤无来声。"

【简析】

词写春闺怨思。上片描写月夜闺帏思妇倚屏的愁态,而以含露的花朵,比喻女子带泪的愁容。下片描写女子由于不堪承受对方"辜负前期"的情感折磨,以致无心燃香取暖、整理仪容的慵懒之状。结句直抒女子思念天涯远人的惆怅情绪。此首与前一首,表情均嫌直露,不及第一首蕴蓄有味。

醉公子

漠漠秋云澹。红藕香侵槛。枕倚小山屏①。金铺向晚扃②。　　睡起横波慢。独望情何限③。衰柳数声蝉④。魂销似去年。

【注释】

①山屏：绘有山景的枕屏。

②金铺：门饰，这里指门。向晚：傍晚。唐李颀《送魏万之京》："关城曙色催寒近，御苑砧声向晚多。"扃：从外面关门的闩、钩等。《礼记·曲礼上》："将入户，视必下。入户奉扃，视瞻毋回。户开亦开，户阖亦阖。"此指关门。

③何限：多少，几何。韦庄《和人春暮书事寄崔秀才》："不知芳草情何限？只怪游人思易伤。"

④衰柳：秋日凋零的柳树。唐王维《孟城坳》："新家孟城口，古木余衰柳。"

【简析】

词写秋闺寂寞情怀。起二句写秋高云淡、红藕散香的景物，点出季节和环境。这两句所写是闺阁外景。"侵"字联系内外。接二句描写枕倚屏山、向晚掩门的闺阁内景，透出寂寞慵懒之意。下片写女子睡起独望情景，点出"独"字，情溢词外。然而"单情则露"，于是用凭眺闻见的"衰柳数声蝉"一句衰飒幽眇的景语敷染，收余韵不尽之效。"魂销似去年"说明此番领受的秋闺孤寂的销魂况味，亦不止一年一季。此词结句缘情布景,传神写意,"语淡而味永,韵远而神伤"(李冰若《栩庄漫记》),历来受人称道。

其 二

岸柳垂金线①。雨晴莺百啭。家住绿杨边。往来多少年。　马嘶芳草远。高楼帘半卷。敛袖翠蛾攒。相逢尔许难②。

【注释】

①金线:喻初生柳条。唐施肩吾《禁中新柳》:"万条金线带春烟,深染青丝不直钱。"

②尔许:犹言如许、如此。唐胡曾《咏史诗·柯亭》:"中郎在世无甄别,争得名垂尔许年。"

【简析】

词赋春情。起二句描绘芳春艳景,兴起女子之春思。"家住"二句,叙说自己居家之所在,接触之人物。过往少年招惹女子情思这层意思,已含于句中,是为"风流"。下片前二句承上赋别,少年抛人容易去,女子卷帘目送,但见芳草去路,嘶马渐远。结二句写别后女子攒眉含愁的情态,和别易会难的感慨,是为"酸楚"。此词语俊韵远,丽而有则,"极古拙,极高淡。非五代不能有此词境"(《花间集评注》引郑文焯语)。

更漏子

旧欢娱,新怅望。拥鼻含颦楼上①。浓柳翠,晚霞微。江鸥接翼飞②。　　帘半卷。屏斜掩。远岫参差迷眼③。歌满耳,酒盈樽。前非不要论④。

【注释】

①拥鼻:掩鼻。唐杜牧《折菊》:"雨中衣半湿,拥鼻自知心。"

②接翼:翅膀挨着翅膀。多形容亲近。汉枚乘《学梁王菟园赋》:"翱翔群熙,交颈接翼。"

③远岫:远处的峰峦。南朝齐谢朓《郡内高斋闲坐答吕法曹》:"窗中列远岫,庭际俯乔林。"参差:言远山高低错落。

④前非:以前的过失。唐崔湜《襄阳早秋寄岑侍郎》:"时来矜早达,事往觉前非。"

【简析】

词写女子忆昔感今,寓有词人颓废自放之意。起三句,写旧日欢愉都成现时怅惘,这是过来人的生活经验和情感体验,非亲历者难以说出。结三句是楼上含颦怅望的女子眼中所见江天晚景。"江鸥接翼飞"五字写景历历如画,比翼翱翔的鸥鸟反衬出女子独处无侣的孤寂。下片前三句承接上片的楼上怅望,再写望中所见黄昏时分的天外远山,光色一派暗淡迷茫。结三句大约是有感于怀旧无益,怅望无用,所以转回室内眼前,寄情歌酒，忘却恩怨，聊尽今夕之欢。一结于颓废之中不乏豁达透彻，折射出五代衰乱之世的人生价值取向和时代心理，李冰若《栩庄漫记》对此词"颓废自放"性质的分析，即是着眼于此。

孙光宪 十三首

【小传】

孙光宪（约八九五—九六八），字孟文，号葆光子，陵州贵平（今四川仁寿东北）人。家世业农。少好学，广交蜀中文士。曾为陵州判官。后唐天成元年（九二六），避地江陵，梁震荐于荆南武信王高季兴，为掌书记。历仕从诲、保融、继冲三世，累官荆南节度副使、检校秘书少监、试御史中丞。宋乾德元年（九六三）二月，宋军假道荆南，孙光宪劝高继冲尽献荆南三州之地。入宋后，授黄州刺史。在郡有治声。乾德六年（九六八），宰相荐光宪为学士，未召，卒。事迹详见《新五代史》卷六九《南平世家》、《宋史》卷四八三、《十国春秋》卷一〇二本传。孙光宪词，《花间集》存六十一首，《尊前集》存二十三首，共计八十四首。

浣溪沙

蓼岸风多橘柚香①。江边一望楚天长。片帆烟际闪孤光②。　　目送征鸿飞杳杳③，思随流水去茫茫。兰红波碧忆潇湘④。

【注释】

①蓼（liǎo）岸：生长水蓼的江岸。唐李中《渔父》："移舟过蓼岸，待月正丝纶。"橘柚香：《韩非子·外储说》："树橘柚者，食之则甘，嗅之则香。"唐王昌龄《送魏二》："醉别江楼橘柚香，江风引雨入舟凉。"

②片帆：一叶帆影，代指孤舟。唐李颀《李兵曹壁画山水各赋得桂水帆》："片帆在桂水，落日天涯时。"孤光：远处映射的光。《文选》沈约《咏湖中雁》："群浮动轻浪，单泛逐孤光。"张铣注："孤，犹远也。"或谓犹孤影。唐杜甫《橘柏渡》："孤光隐顾盼，游子怅寂寥。"仇兆鳌注："孤光，孤影也。"

③征鸿：即征雁，远飞的鸿雁。南朝梁江淹《赤亭渚》："远心何所类，云边有征鸿。"杳杳：幽远貌。唐柳宗元《早梅》："欲为万里赠，杳杳山水隔。"

④兰红：即红兰，兰草的一种。南朝梁江淹《别赋》："见红兰之受露，望青楸之罹霜。"

【简析】

此词为江边送别之作。起句描写蓼花摇风、橘柚飘香的江边秋景，含送别之地和送别之时两层意思。接写江边一望楚天辽阔的整体印象，视野开阔，境界宏大，为《花间》词中所罕见。"片帆烟际闪孤光"一句，由上句的全景描写变为聚焦目光尽处之一点，观察细致，描摹精确，片帆孤光，烟际明灭，表现别后凝眸目送的依依之情，极富悠远之神韵，与李白"孤帆远影"所写情景相似。"片帆"七字，"语何奇造"（钟本《花间集》评语），允称孙词第一佳句，有"压遍古今词人"之誉（陈廷焯《云韶集》)。上片景中含情,下片转写情中之景。"目送"句承接"江边一望",仰视天际,飞入杳冥的征鸿,含有比兴之义。"思随"句承接"片帆烟际",远眺流水,茫茫无尽的江水,正是深长别情之象征。这两句"情中景",进一步扩大了词作的情感空间,将牵挂关注、依依不舍的别情拓展至无限。结句响应起句,敷彩设色,具体落实送别地点乃是"兰红波碧"的潇湘江畔,一个"忆"字,将眼前的送别镌入记忆,化实景为虚白,使词中别情显得更为悠悠不尽。

其 二

桃杏风香帘幕闲。谢家门户约花关①。画梁幽语燕初还②。绣阁数行题了壁,晓屏一枕酒醒山③。却疑身是梦魂间。

【注释】

①谢家门户:东晋王谢家族的宅院,代指贵族之家宅。或谓指谢娘家。约花关:张相《诗词曲语辞汇释》卷五:"言拦着花而关也。汪莘《好事近》词《春晓》:'诗人门户约花开,蜂蝶误飞了。'约花义同上。按:均犹云门户沿着花边。"

②幽语:低声呢喃。唐李山甫《燕》:"乱飞春得意,幽语夜闻声。"

③山:山枕。

【简析】

词写艳遇。上片写"谢家"居处环境,桃杏盛开,帘幕闲垂,门户掩映,画梁燕语,一派旖旎香软。这当是男子眼中所见。下片写其所为:绣阁即兴题诗,醉酒沉睡到晓。结句写其心理感觉,晓屏酒醒,尚疑身在梦中。则其人在谢家绣阁之内的种种沉酣之状,可以想见。

其 三

花渐凋疏不耐风①。画帘垂地晚堂空。堕阶紫藓舞愁红②。 腻粉半粘金靥子③,残香犹暖绣熏笼④。蕙心无处与人同⑤。

【注释】

①凋疏:零落稀疏。唐胡传美《武康碧落观》:"欲脱儒衣陪羽客,伤心齿发已凋疏。"不耐风:言不堪经受风吹。

②堕阶紫藓:言落花飘坠萦绕在台阶的苔藓上。愁红:谓经风雨摧残的花。唐李贺《黄头郎》:"南浦芙蓉影,愁红独自垂。"

③腻粉:脂粉。金靥子:黄色的面靥。参卷一温庭筠《归国遥》"双脸"注⑤。

④残香:快要燃尽之香。唐李贺《谢秀才有妾》:"灰暖残香炷,发冷青虫簪。"

⑤蕙心:芳洁之心。南朝宋鲍照《芜城赋》:"东都妙姬,南国丽人,蕙心纨质,玉貌绛唇。"

【简析】

词抒伤春之情。上片描写画堂春晚凋残狼藉之景:落花片片,随风飘舞,坠落在台阶边的苔藓上。"堕阶紫藓舞愁红"一句,"字字锤炼"(俞陛云《唐五代两宋词选释》),流露出浓重的伤春之意。下片写伤春之人。画帘内熏笼残香犹暖,孤寂独处的女子面饰不整,感伤迟暮,心头别有一番难言的滋味,无处诉说,不被理解。"蕙心"句乃深情自持之语,"甘孤秀之自馨,溯流风而独写,其寄慨深矣"(俞陛云《唐五代两宋词选释》),隐约之间透出作者的人格操守,弹拨出某种弦外之音。

其　四

揽镜无言泪欲流①。凝情半日懒梳头。一庭疏雨湿春愁。　杨柳只知伤怨别，杏花应信损娇羞。泪沾魂断轸离忧②。

【注释】

①揽镜：持镜，对镜。《晋书·王衍传》："然心不能平，在车中揽镜自照，谓导曰：'尔看吾目光乃在牛背上矣。'"唐苏颋《和杜主簿春日有所思》："揽镜尘网滋，当窗苔藓碧。"

②轸（zhěn）：伤痛。战国楚屈原《九章·哀郢》："出国门而轸怀兮，甲之鼂吾以行。"王逸《注》："轸，痛也。"

【简析】

词抒女子春愁别恨。起二句描写女子揽镜无言、出神半日、流泪罢妆的感伤慵懒情态。"一庭疏雨湿春愁"句，补写季节天气，说明女子感伤慵懒的原因，是"春愁"所惹起。此句运用通感手法，融情入景，含思绵渺，向称"创语之秀句"（汤显祖评《花间集》），与冯延巳《南乡子》"细雨湿流光"齐名。下片抒伤别之情，而托之于杨柳、杏花。"杨柳"意象从《诗经·小雅·采薇》末章起，就与别离之情联系在一起，故有"只知伤怨别"之感觉。艳丽的杏花，则见证了女子消损憔悴的容颜。结句直抒离恨，语意沉痛。

其　五

半踏长裾宛约行①。晚帘疏处见分明。此时堪恨昧平生②。　早是销魂残烛影③，更愁闻着品弦声④。杳无消息若为情⑤。

【注释】

①半踏：小步，半步。宛约：形容步态柔美。

②昧平生：一向不相识。昧：不了解。平生：平素，往常。唐白居易《春暖》："不论亲与故，自亦昧平生。"

③早是：已是。唐王勃《秋江送别》之一："早是他乡值早秋，江亭明月带江流。"

④品弦：即品竹调弦，泛指演奏乐曲。

⑤若为情：张相《诗词曲语辞汇释》卷一："为情为一读。若为情，犹云何以为情或难以为情也。"唐刘禹锡《遥和韩睦州元相公二君子》："其奈无成空老去，每临明镜若为情。"

【简析】

词写对心仪女子的思慕之情。上片写一见倾心。起句描写女子的衣着和步态之美，次句交待这是傍晚时分，男子透过稀疏的帘隙窥见，因所见"分明"，故顿生惊艳之感。三句写男子恨不早识的遗憾懊恼心理。下片写男子的单相思。乍见之后，男子徘徊不忍去，夜色渐深，男子看着帘内依稀的烛光人影，已觉销魂。这时，又从帘内传出女子弹奏的美妙乐声，让他更为惆怅。上片的衣着步态是"色"，这里的弹奏丝弦是"艺"，色艺双佳，更让男子无法割舍。结句感叹一帘之外，相隔杳然，消息难通，让人情何以堪！此词与一般的《花间》艳情之作不同，并未着力于女子华丽娇美的衣饰容颜描写，而是倾力表现男子的爱慕心理，确如李冰若《栩庄漫记》所评："相少情多，缠绵乃尔。"

其 六

兰沐初休曲槛前①。暖风迟日洗头天。湿云新敛未梳蝉②。　翠袂半将遮粉臆③,宝钗长欲坠香肩。此时模样不禁怜④。

【注释】

①兰沐:以兰汤洗头。汉许慎《说文解字》:"沐,濯发也。"战国楚屈原《九歌·云中君》:"浴兰汤兮沐芳,华采衣兮若英。"唐皇甫冉《宿洞灵观》:"明日开金箓,焚香更沐兰。"

②湿云:喻新沐之发。新敛:刚拢在一起。未梳蝉:尚未梳成蝉鬓。

③粉臆:雪胸。唐时女子着装微露胸脯,故云半遮。唐崔道融《拟乐府子夜四时歌四首》之四:"银缸照残梦,零泪沾粉臆。"

④不禁怜:让人怜不自禁。

【简析】

辞赋美人新沐。上片叙写暖风迟日的晴好天气里,院落曲槛之前,女子兰汤沐发初了,鬟云犹湿,随意挽拢,尚未梳成髻鬟。下片承上"未梳蝉",描写女子沐后妆前翠袂半遮粉臆、宝钗欲坠香肩的天然风姿,那种将遮未遮、欲坠未坠的韵度,造成一种特殊的视觉效果,无限撩人。结句的"不禁怜",已是情感心理发展的必然结果。此词摹写女子新沐娇态,细腻传神,读之"真觉俨然如在目前,疑于化工之笔"(贺裳《皱水轩词筌》)。

其 七

风递残香出绣帘①。团窠金凤舞襜襜②。落花微雨恨相兼。　何处去来狂太甚,空推宿酒睡无厌③。争教人不别猜嫌④。

【注释】

①风递:风送。唐李中《宫词二首》之二:"风递笙歌门已掩,翠华何处夜厌厌。"

②团窠金凤:绣帘上的凤凰图案。团窠:团窠锦,以其上有圆窠状花纹,故名。唐元稹《早春登龙山静胜寺时非休浣司空特许是行因赠幕中诸公》:"山茗粉含鹰觜嫩,海榴红绽锦窠匀。"襜襜:摇动貌。《文选》汉司马相如《长门赋》:"飘风回而起闺兮,举帷幄之襜襜。"

③宿酒:犹宿醉。唐白居易《早春即事》:"眼重朝眠足,头轻宿酒醒。"

④别猜嫌:往别处猜疑。猜嫌:猜忌嫌怨。晋袁宏《后汉纪·桓帝纪下》:"乐羊,战国陪臣,犹赖见信之主以全其功,况唐虞之朝而有猜嫌之事哉!"唐司空曙《送郑明府贬岭南》:"猜嫌成谪宦,正直不防身。"

【简析】

词写女子的猜嫌心理。上片写环境和天气。起二句描写华美的绣帘,见出是女子居处的闺阁。"舞襜襜"回应"风",针脚细密。风雨落花的残春之景中,衬出女子伤春惜花的不堪心情,客观景物与主观情感融合为一,故云"相兼"。下片写她对男子的责怨:夜晚游踪无定,猖狂太甚,天亮归家又推说醉酒,倒头大睡,全无亲近之意。结句写女子面对这般境况,不免想到"别"处,心里产生猜疑。至于"别"的内容,并未说破,留给读者意会,使词情直中有婉,更耐品味。

其 八

轻打银筝坠燕泥①。断丝高罥画楼西②。花冠闲上午墙啼③。粉箨半开新竹径④,红苞尽落旧桃蹊⑤。不堪终日闭深闺。

【注释】

①轻打:轻调,轻弹。银筝:用银装饰的筝或用银字表示音调高低的筝。唐戴叔伦《白苎词》:"回鸾转凤意自娇,银筝锦瑟声相调。"坠燕泥:此云坠燕泥,与动梁尘意同。汉刘向《别录》:"鲁人虞公,发声清越,歌动梁尘。"燕泥:燕子筑巢所衔的泥,燕巢上的泥。隋薛道衡《昔昔盐》:"暗牖悬蛛网,空梁落燕泥。"

②断丝:指空气中飘浮之游丝。高罥(juàn):高挂。唐杜甫《茅屋为秋风所破歌》:"高者挂罥长林梢,下者飘转沉塘坳。"

③花冠:指鸡冠。亦用作雄鸡的代称。南朝陈徐陵《斗鸡》:"花冠已冲力,芥爪复惊媒。"

④粉箨(tuò):竹笋的外壳。唐李商隐《自喜》:"绿筠遗粉箨,红药绽香苞。"竹径:竹林中的小路。唐常建《题破山寺后禅院》:"竹径通幽处,禅房花木深。"

⑤红苞:红花。唐李商隐《和张秀才落花有感》:"晴暖感余芳,红苞杂绛房。"桃蹊:桃树下的小径。唐刘长卿《送张七判官还京觐省》:"庭闻新柏署,门馆旧桃蹊。"

【简析】

词写闺怨。起句写室内,女子轻拨筝弦,似在排遣,显然又心不在焉。二、三句写室外,画楼挂罥游丝,墙头鸡声啼午。当是一个晴好的春日，弦索声、鸡啼声，衬出庭院闺阁的寂静。下片以工整的对句，描写竹径新笋解箨、桃蹊落红满地的暮春景物，伤春叹老之意自在其中。正是这种良时已过的紧迫感，使女子难再矜持，发出了"不堪终日闭深闺"的嗟怨心声。

其　九

乌帽斜欹倒佩鱼①。静街偷步访仙居②。隔墙应认打门初③。　　将见客时微掩敛④，得人怜处且生疏⑤。低头羞问壁边书⑥。

【注释】

①乌帽：即乌纱帽，古代贵者常服。隋唐后多为庶民、隐者之帽。《宋书·明帝纪》："于时，事起仓卒，上失履，跣至西堂，犹着乌帽。"唐杜甫《相从行赠严二别驾时方经崔旰之乱》："乌帽拂尘青螺粟，紫衣将炙绯衣走。"佩鱼：唐朝五品以上官员所佩带的鱼袋。其制：三品以上饰以金，五品以上饰以银。明陈继儒《枕谭》："佩鱼始于唐永徽二年，以鲤为李也。"

②偷步：犹言悄步，为避人也。仙居：仙人住所。亦借称清静绝俗的所在。唐白居易《答微之夸越州州宅》："贺上人回得报书，大夸州宅似仙居。"此指歌妓居处。

③认：识得。打门：敲门，叩门。唐卢仝《走笔谢孟谏议寄新茶》："日高丈五睡正浓，军将打门惊周公。"

④掩敛：遮掩躲闪。唐吴融《杏花》："粉薄红轻掩敛羞，花中占断得风流。"

⑤生疏：疏远，不亲近。唐杜荀鹤《喜从弟雪中远至有作》："便均

情爱同诸弟,莫更生疏似外人。"

⑥壁边书:墙上的字。

【简析】

词写冶游。男子乌帽佩鱼,表明是官员身份。歪戴乌纱,倒佩鱼袋,正是放荡不羁的浪游形状。但毕竟不是光彩事,所以他静街偷步,避人眼目。刚一敲门,女子即认出声音,可知男子是"仙居"常客。上片所写,仅具认识价值。下片摹写女子"掩敛"、"生疏"、"羞问"的娇憨之态,细腻入微,确如陈廷焯《云韶集》卷一所评:"迤逦写来,描写女儿心性、情态,无不逼真",显示出特殊的审美价值。

河 传

太平天子①。等闲游戏②。疏河千里③。柳如丝,偎倚渌波春水,长淮风不起④。 如花殿脚三千女⑤。争云雨⑥。何处留人住⑦。锦帆风。烟际红。烧空⑧。魂迷大业中⑨。

【注释】

①太平天子:温庭筠《郭处士击瓯歌》:"太平天子驻云车,龙炉勃郁双蟠拏。"此指隋炀帝。

②等闲:寻常。唐钱起《归雁》:"潇湘何事等闲回,水碧沙明两岸苔。"

③疏河千里:《开河记》:"大业十二年,开邗沟成,长两千余里。"

疏河：开通运河。

④长淮：指淮河。唐王维《送方城韦明府》："高鸟长淮水，平芜故郢城。"

⑤如花句：指为炀帝牵羊挽舟的美女。参卷三韦庄《河传》"何处"注⑥。

⑥争云雨：争宠。

⑦何处句：言炀帝淫游无度，不知哪里能把他留住。

⑧锦帆三句：言风鼓锦帆，映红烟际，如火烧空。温庭筠《题城南杜邠公林亭》："卓氏垆前金线柳，隋家堤畔锦帆风。"

⑨大业：隋炀帝年号（六〇五—六一八）。唐白居易《隋堤柳》："大业年中炀天子，种柳成行夹流水。"

【简析】

词咏本调，系怀古之作，叙写隋炀帝开河南游、逸豫亡国的历史，以为现实的借鉴。起三句即写出隋炀帝玩忽天下的行径，语含讥刺，"疏河千里"这样劳民伤财的国家大事，对炀帝来说就如同寻常的游戏，其昏庸骄恣到何种程度已可想见。接三句，写直通长淮的大运河柳绿水碧的春色。过片集中描写为炀帝挽船的殿脚女，三千如花女子"争云雨"，见出炀帝之荒淫无度。至"锦帆风。烟际红"二句，炀帝开河南游的繁华和欢愉臻于极致，然后笔锋陡转，以"烧空。魂迷大业中"二语，扫空前面所有热烈喧闹的铺排，抒发沉痛的兴亡之感。全词"妙在'烧空'二字一转，使上文花团锦簇，顿形消灭"，这种结构艺术，"盖出自太白'越王勾践破吴归'一诗"。（李冰若《栩庄漫记》）

其　二

柳拖金缕①。着烟笼雾。蒙蒙落絮②。凤凰舟上楚女。妙舞。雷喧波上鼓③。　龙争虎战分中土④。人无主⑤。桃叶江南渡⑥。襞花笺⑦。艳思牵⑧。成篇。宫娥相与传。

【注释】

①拖：拖拽，下垂。金缕：金丝，喻指柳条。唐戴叔伦《长亭柳》："雨搓金缕细，烟袅翠丝柔。"

②蒙蒙：纷杂貌。汉枚乘《学梁王菟园赋》："羽盖繇起，被以红沫，蒙蒙若雨委雪。"唐贾岛《送神邈法师》："柳絮落蒙蒙，西州道路中。"

③凤凰三句：言彩舟之上歌舞蹁跹，鼓乐喧阗。楚女：此当指殿脚女。雷喧：雷鸣。唐李群玉《登蒲涧寺后二巖三首》之三："龙渡潮声里，雷喧雨气中。"

④龙争虎战：喻群雄争斗。分中土：逐鹿中原之意。中土：指中原地区。《后汉书·循吏传·任延》："时天下新定，道路未通，避乱江南者皆未还中土。"唐孙逖《淮阴夜宿二首》之二："宿莽非中土，鲈鱼岂我乡。"

⑤人无主：隋末群雄纷争，天下无人主宰。唐杨炯《奉和上元酺宴应诏》："赤县空无主，苍生欲问天。"

⑥桃叶江南渡：即桃叶渡，在今江苏南京秦淮河畔。相传因晋王献之在此送其爱妾桃叶而得名。《六朝事实》："桃叶渡，《图经》云：在县南一里秦淮河口。桃叶者，晋王献之爱妾名也。其妹曰桃根。献之诗曰：'桃叶复桃叶，渡江不用楫。但渡无所苦，我自迎接汝。'尝临此渡歌

之。"

⑦襞花笺：折叠精美的笺纸。

⑧艳思：富艳的情思。《艺文类聚》卷一六引南朝梁萧子范《求撰昭明太子集表》："若乃缘情体物，繁弦缛锦，纵横艳思，笼盖辞林。"

【简析】

此首仍就题敷衍，写炀帝南巡游幸之事。运河的标志性景物，就是千里河堤上遍植的垂柳，所以此词起句，先从柳树入笔，借柳色写春色。"凤凰舟"三句，描写水上鼓乐喧天、宫女妙舞的热闹场面。这里的"楚女"，即前篇的"如花殿脚三千女"。过片写炀帝的荒淫导致中原鼎沸、天下大乱的严重后果，炀帝身死国亡，社稷无主。"桃叶"句牵入晋人轶事，当是词人信手点缀。"襞花笺"四句，写炀帝巡幸的风流艳事，被写入花笺，在宫女中流传。一首怀古词，结以艳情，正见《花间》本色。

其 三

花落。烟薄。谢家池阁。寂寞春深。翠娥轻敛意沉吟①。沾襟②。无人知此心。　玉炉香断霜灰冷③。帘铺影。梁燕归红杏。晚来天。空悄然④。孤眠。枕檀云髻偏。

【注释】

①沉吟：深思吟味。三国魏曹操《短歌行》："但为君故，沉吟至今。"

②沾襟：浸湿衣襟，多指伤心落泪。《庄子·应帝王》："列子入，泣涕沾襟以告壶子。"

③霜灰：言香灰惨白如霜。

④悄然：忧伤貌。隋王通《中说·魏相》："子悄然作色曰：'神之听之，介尔景福。'"唐白居易《长恨歌》："夕殿萤飞思悄然，孤灯挑尽未成眠。"

【简析】

词写闺怨。起三句交待季节环境，暮春花落，触起女子深深的寂寞感。那是一段无人理解、无人与诉的隐约心曲，使她情有不堪，蹙眉沉吟，泪下沾襟。换头转写闺阁环境，炉香燃断，香灰霜冷，气氛凄凉，见出人的慵懒萎靡。这时天已向晚，夕阳把帘影投在地上，燕子双双飞回杏梁上的窠巢。燕子意象仍是反衬。结以女子孤眠挨度这空寂悄然的黄昏，使词情的抒发更加低沉。

其　四

风飐①。波敛。团荷闪闪。珠倾露点。木兰舟上②，何处吴娃越艳③。藕花红照脸。　　大堤狂杀襄阳客④。烟波隔。渺渺湖光白。身已归。心不归。斜晖。远汀鸂鶒飞。

【注释】

①飐：《说文》：风吹浪动也。汉刘歆《遂初赋》："猋风育其飘忽兮，回飐飐其泠泠。"

②木兰舟：参卷六欧阳炯《南乡子》"洞口谁家"注②。

③吴娃越艳：泛指江南美女。唐王勃《采莲赋》："吴娃越艳，郑婉秦妍。"唐李白《经乱离后天恩流夜郎忆旧游书怀赠江夏韦太守良宰》："吴娃与越艳，窈窕夸铅红。"

④大堤：即南朝乐府西曲《大堤曲》，为《襄阳乐》之一。《乐府诗

集》卷四八:"《古今乐录》曰:'《襄阳乐》者,宋随王诞之所作也。诞始为襄阳郡,元嘉二十六年仍为雍州刺史,夜闻诸女歌谣,因而作之,所以歌和中有"襄阳来夜乐"之语也。'旧舞十六人,梁八人。又有《大堤曲》,亦出于此。"刘诞《襄阳乐》之一:"朝发襄阳城,暮至大堤宿。大堤诸女儿,花艳惊郎目。"

【简析】

词借游客之目传写南国少女之美。起四句描写带露风荷,词清句秀。水乡荷荡,正是游客与少女相遇之处。接三句描写荷花荡里、木兰舟上的南国少女,她们大约是一群嬉戏采莲的女孩子吧,姣好的脸颊与红荷相映,愈加衬出了她们的美丽。上片是游客眼中所见,下片则通过游客的心理反应,继续表现"吴娃越艳"之美。游客被采莲女子之美深深吸引,情感激荡不能自已,他唱起《大堤曲》表达心中由衷的赞美。当女孩子们的木兰舟渐渐远去,他仍然隔着渺渺烟波,瞻望不已,然已不见她们的踪影,唯余夕阳余晖映着无边的水光,栖宿的鸂鶒,也在苍茫的暮色里飞向远处的沙汀。下片写景如画,景中含情,余韵悠然。特别是"身已归。心不归"二句,不但是"情至语不嫌其直率",更重要的是这二句写出了一种极强烈的吸引力和企慕心理,词人并未直接写女子之美,而是通过游客心理反应写出一种强烈的美的效果,从而完成了对女子之美的最有力的表现。此词可视为莱辛《拉奥孔》中"就美的效果来写美"理论的一个东方古典诗词例证。

卷八

孙光宪 四十八首

菩萨蛮

月华如水笼香砌①。金环碎撼门初闭②。寒影堕高檐③。钩垂一面帘④。　碧烟轻袅袅。红颤灯花笑⑤。即此是高唐。掩屏秋梦长⑥。

【注释】

①月华：月光，月色。南朝梁江淹《杂体诗·效王微〈养疾〉》："清阴往来远，月华散前墀。"香砌：香阶，台阶之美称。一说指庭院中用砖石砌成的花池，可以养花种竹。又称庭砌。

②金环：门或屏风上金属环钮。唐李颀《崔五六图屏风各赋一物得乌孙佩刀》："主人屏风写奇状，铁鞘金环俨相向。"碎撼：轻摇。

③寒影：带有寒意的影子。唐孟浩然《秋宵月下有怀》："庭槐寒影疏，邻杵夜声急。"此句言高高的屋檐在月光里投下影子。

④一面：一幅。

⑤红颤：言灯花爆闪。灯花笑：即灯花爆，拟人。灯花：灯心余烬结成的花状物，俗以灯花为吉兆。北周庾信《对烛赋》："刺取灯花持桂烛，还却灯檠下烛盘。"唐杜甫《独酌成诗》："灯花何太喜？酒绿正相

亲。"

⑥即此二句：用宋玉《高唐赋》楚王梦神女典事，参卷二韦庄《归国遥》"春欲晚"注⑥。

【简析】

词写幽会欢情，采男子的视角。上片叙写月华如水的夜晚，男子前来赴会，门环细碎的晃动，屋檐投下的暗影，银钩静垂的绣帘，都引起他敏锐的心理感应。下片描写欢会，用氛围烘托和典故代指。换头二句是男子进入闺房所见，香炉里飘起的袅袅碧烟，使室内的气氛变得朦胧起来，红色的灯焰在轻烟里闪动着，像是这个夜晚露出的一抹温暖迷醉的笑意。在这宜人的环境氛围中，幽会进入高潮，男子感觉今夕画屏幽梦，就是楚王的高唐梦。结二句是全词的紧要处，言情到这般田地，如取正面描写，势必有涉亵秽，词笔妙在不取正面，而是用典故意象进行暗示，用悠悠的梦境加以虚化处理，使得词情雅美，不落艳情俗套，给人以含蓄的回味余地。

其 二

花冠频鼓墙头翼①。东方澹白连窗色。门外早莺声。背楼残月明。　　薄寒笼醉态②。依旧铅华在③。握手送人归。半拖金缕衣。

【注释】

①花冠句：言雄鸡在墙头上频频展翅，啼鸣报晓。花冠：雄鸡。唐汪遵《鸡鸣曲》："金距花冠傍舍栖，清晨相叫一声齐。"

②薄寒：微寒。《楚辞·九辩》："憭栗增欷兮，薄寒之中人。"唐杜甫《重简王明府》："甲子西南异，冬来只薄寒。"

③铅华：化妆之铅粉。三国魏曹植《洛神赋》："芳泽无加，铅华弗御。"

【简析】

此首承上，写欢会之后清晨相别，仍采男子视角。上片描写黎明景色：鸡声报晓，东窗泛白，门外早莺已啼，背楼残月犹明，一夕幽欢，又到别时。下片描写女子送别情态：拂晓的微寒里，她还留有几分宿酒的醉意，起身之后未及晨妆，即与男子匆匆握别。那残妆的铅华和半拖着的金缕衣，似都在诉说着女子的依依别情。综观全词，上片写景和下片写人，均臻"历历如绘"（李冰若《栩庄漫记》）之境界。

其 三

小庭花落无人扫。疏香满地东风老①。春晚信沉沉②。天涯何处寻。　　晓堂屏六扇③。眉共湘山远④。争奈别离心。近来尤不禁⑤。

【注释】

①疏香：清淡的芳香。此指落花。东风老：指暮春。唐罗隐《送人赴职任襄中》："海棠花谢东风老，应念京都共苦辛。"

②信沉沉：参卷四张泌《女冠子》"露花烟草"注⑥。

③屏六扇：参卷六顾敻《玉楼春》"拂水双飞来去燕"注①。

④眉共句：言女子画远山眉，如同屏风上所绘湘山远景。湘山：山名，即君山，在今湖南岳阳西南洞庭湖中。或谓指湖南湘潭北之黄陵山。

⑤尤不禁：尤其难耐。

【简析】

词写别后相思。起二句描写小院落红满地的残春景色，烘染伤春伤别之情。接二句写天涯远人一春鱼雁无消息，让女子思念牵挂不已。下片转写室内，绘有湘山烟景的六扇屏风，曾经为他们围拢出一个怎样温馨的小小世界啊，而今她只能空闺独守。春已迟暮，人仍未归，且音书断绝，这一春的离愁别恨层层堆积，此时的她感到难以承受。结二句"争奈别离心。近来尤不禁"，写的就是女子暮春时节的特殊情感体验和心理感受。孙光宪词多有隽句，此首篇幅虽短，但如起二句写景，即颇有风致，尤其是"眉共湘山远"一句，信手点染，已觉"妙甚"（钟本《花间集》评语）。

其 四

青岩碧洞经朝雨。隔花相唤南溪去①。一只木兰船。波平远浸天。　扣舷惊翡翠②。嫩玉抬香臂③。红日欲沉西。烟中遥解觿④。

【注释】

①南溪：成都西郊锦江支流浣花溪。唐杜甫《汉川王大录事宅作》："南溪老病客，相见下肩舆。"仇兆鳌注："南溪，即浣花溪。"又，今河南登封少室山南麓亦有南溪，为颍水上源之一。此处或泛言南边的溪流。

②扣舷：敲击船舷以为櫂歌节拍。唐杜甫《秋日夔府咏怀奉寄郑监李宾客一百韵》："东郡时题壁，南湖日扣舷。"翡翠：水鸟名。嘴长而直，善啄鱼虾，羽毛有蓝、绿、赤、棕等色，可做装饰品。《楚辞·招魂》："翡翠珠被，烂齐光些。"王逸注："雄曰翡，雌曰翠。"洪兴祖补

注:"翡,赤羽雀;翠,青羽雀。《异物志》云:翠鸟形如燕,赤而雄曰翡,青而雌曰翠。"晋左思《吴都赋》:"山鸡归飞而来栖,翡翠列巢以重行。"

③嫩玉句:言女子之臂娇嫩如玉。

④解觿(xī):谓解佩相赠。觿,象骨制成的解绳结的角锥,亦用为饰物。佩觿,表示已成年,具有才干。《诗经·卫风·芄兰》:"芄兰之支,童子佩觿。"

【简析】

词写南土风情。一起"青岩碧洞"四字,即显示出鲜明的地域特色,"隔花相唤"的落落大方,更非中土礼教社会寻常所能见到。约会的男女乘坐一只木兰船,漂浮在倒映着天光云影的无边水面上,这该是何等的欢快自在啊!"波平远浸天"五字,描写水天一色,森森无涯之景,境界阔大,笔力非凡,与《花间》词多写庭院池沼小景,完全不是一种路数。过片从无边烟水上拉近镜头距离,聚焦木兰船上的女子,她抬起嫩玉般的手臂"扣舷"而歌,惊飞了栖止船头守望鱼儿的翡翠鸟。特写画面,极为生动鲜活。结二句又将画面推向远处,迷离的黄昏烟霭里,欢游一天临近分别时刻的情人,解佩相赠,互表深情。如果是影视作品,这一结二句应是一组远景慢镜头,朦胧飘渺的画面,赋予这质朴的人间情爱以一种难以言说的超越美感。

其 五

木绵花映丛祠小①。越禽声里春光晓②。铜鼓与蛮歌③。南人祈赛多④。　　客帆风正急。茜袖偎樯立⑤。极浦几回头⑥。烟波无限愁。

【注释】

①木绵：即木棉。落叶乔木。先叶开花，大而红。又名攀枝花、英雄树。《太平御览》卷九六〇引晋郭义恭《广志》："木绵树赤华，为房甚繁，偪则相比，为绵甚软，出交州永昌。"唐章碣《送谢进士还闽》："却拥木绵吟丽句，便攀龙眼醉香醪。"丛祠：建在丛林中的神庙。《史记·陈涉世家》："又闲令吴广之次所旁丛祠中，夜篝火，狐鸣呼曰'大楚兴，陈胜王'。"司马贞《索隐》引《战国策》高诱注："丛祠，神祠也。丛，树也。"

②越禽：即越鸟，南方的禽鸟。唐顾况《送大理张卿》："越禽唯有南枝分，目送孤鸿飞向西。"

③铜鼓：古代西南少数民族节日、祭祀活动中所使用的乐器。俗称"诸葛鼓"。唐李贺《黄家洞》："黑幡三点铜鼓鸣，高作猿啼摇箭箙。"蛮歌：南方部族民歌。唐杜甫《夜二首》其一："蛮歌犯星起，空觉在天边。"

④南人：南方人。《论语·子路》："南人有言曰：'人而无恒，不可以作巫医。'"何晏集解引孔安国曰："南人，南国之人。"唐刘禹锡《竹枝》之一："南人上来歌一曲，北人莫上动乡情。"祈赛：参卷五张泌《河渎神》"古树噪寒鸦"注④。

⑤茜袖：绛红衣袖。代指红衫女子。唐杜牧《商山麻涧》："秀眉老父对樽酒，茜袖女儿簪野花。"樯：桅杆。

⑥极浦：遥远的水滨。《楚辞·九歌·湘君》："望涔阳兮极浦，横大江兮扬灵。"王逸注："极，远也；浦，水涯也。"南朝梁江淹《杂体诗·效谢惠连〈赠别〉》："停舻望极浦，弭棹阻风雪。"

【简析】

词写南土风情,采游人视角。上片描写隐映在木棉花丛中的神祠里正在热闹进行的祭祀活动。木棉、丛祠、越禽、铜鼓、蛮歌,都是南粤风土的标志性意象,它们无疑都给泊船观看的游人,带来无限新奇之感。下片写游人看罢南人祈赛,登船就道之际,忽见邻船上一红衣女子倚樯而立,女子的情态韵致,一瞬间竟让游人生出爱慕之意。此时一帆风快,客船迅速驶向远处,但这惊鸿一瞥,竟让他禁不住频频回顾,然烟波极浦,斯人已远,游客唯有徒唤奈何而已。读这类词,可以从中领略地域风俗、人情人性之美好。

河渎神

汾水碧依依①。黄云落叶初飞②。翠华一去不言归③。庙门空掩斜晖。　四壁阴森排古画④。依旧琼轮羽驾⑤。小殿沉沉清夜。银灯飘落香炮⑥。

【注释】

①汾水:在今山西省中部,为黄河第二大支流。《水经注·汾水》:"汾水出太原汾阳县北管涔山。"《山海经》:"管涔之山,其上无草木,而下多玉。汾水出焉,西流注于河。"

②黄云:秋冬的云气。唐孟郊《感怀》:"登高望寒原,黄云郁峥嵘。"

③翠华：天子仪仗中以翠羽为饰的旗帜或车盖。南朝梁沈约《九日侍宴乐游苑》："虹旌迢递，翠华葳蕤。"用为御车或帝王的代称。唐陈鸿《长恨歌传》："潼关不守，翠华南幸。"一去不言归：汉武帝曾祭汾水，作《秋风辞》。此或指武帝楼船仪仗一去不归。

④四壁句：言汾水祠庙四壁的绘饰，因年代久远，故觉色泽晦暗阴森。

⑤琼轮羽驾：指壁画上的神祇所乘车驾。琼轮：玉轮。《云笈七签》卷三〇："我入八景，回驾琼轮，仰升九天，白日飞仙。"唐章碣《对月》："琼轮正辗丹霄去，银箭休催皓露凝。"羽驾：传说以鸾鹤为驭的坐车。亦借指神仙。南朝梁沈约《游金华山》："若蒙羽驾迎，得奉金书召。"

⑥香炧（xiè）：灯烛余烬。唐李白《清平乐》之二："玉帐鸳鸯喷兰麝，时落银灯香炧。"唐李商隐《闻歌》："此声肠断非今日，香炧灯光奈尔何！"

【简析】

词咏本调，"直书祠庙中事"（汤显祖评《花间集》）。上片描写秋日黄昏汾水祠庙的冷落荒寂。翠华指帝王仪仗，汉武帝曾祭汾水，作《秋风辞》，此或指武帝巡幸的车驾旗帜。也可以把翠华解为河神的羽仪。下片描写祠庙里的壁画，因是古画色泽暗淡，又值黄昏光线不明，所以给人以阴森的感觉。"琼轮羽驾"指壁画上的帝王车驾或神仙车驾。揣想壁画的内容，或是画汉武帝当年巡幸汾水的故事，或是画汾河水神的故事。结二句写祠庙灯烛烧残，夜色沉沉，进一步渲染古祠深殿的森然之感。

其 二

江上草芊芊①。春晚湘妃庙前②。一方卵色楚南天③。数行征雁联翩④。　独倚朱栏情不极⑤。魂断终朝相忆。两桨不知消息⑥。远汀时起潆鹈⑦。

【注释】

①芊芊：草木茂盛貌。《列子·力命》："美哉国乎，郁郁芊芊。"唐张聿《余瑞麦》："仁风吹靡靡，甘雨长芊芊。"

②湘妃庙：即黄陵庙。唐杜甫《湘夫人祠》："肃肃湘妃庙，空墙碧水春。"参卷五毛文锡《临江仙》"暮蝉声尽落斜阳"注②。

③卵色：喻指天色。各家解释不一：或谓鱼肚白色，或谓蛋青色，或谓蛋黄色。

④征雁：迁徙的雁，多指秋天南飞的雁。南朝梁刘潜《从军行》："木落雕弓燥，气秋征雁肥。"联翩：鸟飞貌。唐皇甫冉《送处州裴使君赴京》："唯有联翩翼，翻随南雁翔。"

⑤不极：无穷，无限。南朝梁江淹《杂体诗序》："蓝朱成彩，杂错之变无穷；宫角为音，靡曼之态不极。"

⑥两桨：双桨。《乐府诗集·杂曲歌辞十二·西洲曲》："西洲在何处，两桨桥头渡。"此代指乘舟远去之人。

⑦远汀：远处的汀洲。唐顾非熊《题永福寺临淮亭》："砧杵鸣孤戍，乌鸢下远汀。"

【简析】

此首仍就题发挥，写湘妃祠庙和湘妃候人。上片描写湘妃庙前春晚景色，江岸芳草芊芊，碧天数行征雁。下片人物出场，仿佛《楚辞·九歌》中的《湘君》、《湘夫人》所写情形。候人的湘妃倚栏怅望，情思无穷，极目终日，不见帆影。惟见远处的汀洲上，双双的紫鸳鸯嬉戏追逐，时起时落。"两桨不知消息。远汀时起鸂鶒"二句，以景结情，语淡意足，含思无穷，颇受称道。或谓下片写人间女子在湘妃庙前相思怀人，说亦可通。

虞美人

红窗寂寂无人语①。暗澹梨花雨②。绣罗纹地粉新描③。博山香炷旋抽条④。暗魂销。　　天涯一去无消息。终日长相忆。教人相忆几时休。不堪㐮触别离愁⑤。泪还流。

【注释】

①红窗：红色窗户，多代指女性闺阁。唐徐夤《霜》："红窗透出鸳衾冷，白草飞时雁塞寒。"

②梨花雨：梨花开放时节的雨水。

③绣罗句：言丝罗帐帏或衣衫上，有新近绣出的粉色花纹。

④博山：香炉。参卷二韦庄《归国遥》"春欲晚"注⑦。抽条：言香穗也。参卷一温庭筠《更漏子》"金雀钗"注⑤。

⑤㐮（chén）触：感触。唐李商隐《戏题枢言草阁三十二韵》："君时卧㐮触，劝客白玉杯。"

【简析】

词抒相思之情。起二句写红窗外梨花带雨，红窗内悄无人声，气氛暗淡寂寞。接写窗内闺中，绣罗帐上的图案刚用彩粉描就，博山炉里的炷香已然结出香穗。这空寂的闺帏，越是华美芬芳，越是让独守的女子感觉难过。下片写女子终日相思的苦况。因男子"天涯一去无消息"，致使女子陷入无休无止的忆念牵挂情绪的折磨之中，她不知道男子何日归来，所以她也不知道这恼人的相思何日是了。结以女子不堪离愁的熬煎，再次流下痛苦的泪水。词情哀婉感伤。

其 二

好风微揭帘旌起。金翼鸾相倚①。翠檐愁听乳禽声②。此时春态暗关情③。独难平。　　画堂流水空相翳④。一穗香遥曳⑤。教人无处寄相思。落花芳草过前期。没人知。

【注释】

①金翼鸾：帘上所绣的金翅鸾凤。

②翠檐：翠色的屋檐。五代韦縠《宫词》："迎春燕子尾纤纤，拂柳穿花掠翠檐。"乳禽：雏鸟。

③春态：春日的景象。唐杜牧《丹水》："恨声随梦去，春态逐云来。"

④翳：遮蔽。

⑤一穗句：言香穗随风摇曳。

【简析】

词写春怨。上片触景生情，先写绣帘上的双鸾图案，再写屋檐间的乳禽叫声，所见所闻，无不触动女子的怀春之情，让她心潮起伏，难以平静。这里所写的季节与人情之间，有着深刻的内在感应。下片刻画女子的心理活动，由于不知道男子行踪，她连一封书信都无处可寄，看看又是花落春去，已过了事先约定的归期，她还得在无尽的思念中苦苦地等待下去。又有谁人知道她所禁受的这一切苦楚呢？"交人无处寄相思"一句，当是晏殊《蝶恋花》名句"欲寄彩笺兼尺素，山长水阔知何处"所本。词中亦有不可解处，如"画堂流水空相翳"一句，读之再三，仍不知所云者何。

后庭花

　　景阳钟动宫莺啭①。露凉金殿。轻飙吹起琼花旋②。玉叶如剪③。　　晚来高阁上，珠帘卷。见坠香千片④。修蛾慢脸陪雕辇⑤。后庭新宴⑥。

【注释】

　　①景阳钟：参卷六顾敻《虞美人》"触帘风送景阳钟"注①。

　　②轻飙：微风。北周王褒《九日从驾诗》："华露霏霏冷，轻飙飒飒凉。"琼花：花名。唐李白《秦女休行》："西门秦氏女，秀色如琼花。"宋宋敏求《春明退朝录》卷下："扬州后土庙有琼花一株，或云自唐所植，即李卫公所谓玉蕊花也。"

　　③玉叶：对花木叶子之美称。接上句琼花而写及玉叶。南朝梁江淹

《学梁王菟园赋》:"青树玉叶,弥望成林。"

④坠香:唐吴融《和僧咏牡丹》:"都是支郎足情调,坠香残蕊亦成吟。"此指坠落的琼花。承上片"轻飙吹起琼花旋"。

⑤修蛾慢脸:长眉娇脸。唐白居易《忆旧游》:"修蛾慢脸灯下醉,急管繁弦头上催。"雕辇:饰有浮雕、彩绘的华美辇车。汉张衡《东京赋》:"是时称警跸已,下雕辇于东厢。"

⑥后庭新宴:言陈后主后宫纵乐,新开宴席。可参《陈书》卷七《皇后列传》、《南史·陈本纪下》。

【简析】

词咏本调,写陈后主宫廷事,乃吊古之作。上片描写宫中景色,词彩明丽,调性轻柔。下片写宫中晚宴。高阁之上,珠帘卷起,为一场盛宴做好了准备,这时,漂亮的宫娥们陪侍着后主的车辇,正来赶赴盛大的后庭夜宴。陈后主"荒于酒色,不恤政事"、"君臣酣饮,从夕达旦"的记载,见于《南史》等史书,当为此词所本。词中轻飙吹花、"坠香千片"的景物描写,或寓有词人的盛衰之叹。此词铺写陈后主奢靡的后宫生活,词藻绮丽,风格香艳,总的来看仍相当鲜明地显示出《花间》词体的特点,咏史怀古之作借古讽今的意图并不明显。

其 二

石城依旧空江国①。故宫春色②。七尺青丝芳草碧③。绝世难得④。　玉英凋落尽⑤,更何人识。野棠如织⑥。只是教人添怨忆。怅望无极。

【注释】

①石城：即石头城。故址在今江苏南京清凉山。本楚金陵邑。《三国志·吴书·吴主传》："建安十六年，权徙治秣陵，明年城石头。"城负山面江，南临秦淮河口，当交通要冲，六朝时为建康军事重镇。唐以后，城废。江国：河流众多的地区，多指江南。唐李白《献从叔当涂宰阳冰》："秀句满江国，高才揽天庭。"

②故宫：前朝的宫殿。唐刘禹锡《踏歌行》："为是襄王故宫地，至今犹自细腰多。"此言陈后主宫殿。

③七尺青丝：《陈书》卷七《后妃列传》："张贵妃发长七尺，鬓黑如漆，其光可鉴。"

④绝世难得：即汉《李延年歌》"宁不知倾城与倾国，佳人难再得"之意。

⑤玉英：花之美称。唐皎然《读张曲江集》："春杼弄缃绮，阳林敷玉英。"

⑥野棠：即棠梨。南朝梁沈约《早发定山》："野棠开未落，山樱发欲然。"

【简析】

此首吊古之作，咏陈后主亡国之事。起句写石头城仍在而陈朝已亡，取江山依旧人事已非之意，寓有深沉的慨叹。接下由陈朝"故宫春色"，忆及当年宫中宠妃张丽华，其绝世难得的美色，正是倾人家国的祸胎。"七尺"二句明写张妃秀发之美，实刺后主贪色淫靡导致亡国的严重后果。下片承上"春色"，写玉英凋落、野棠如织的故宫荒凉之景，无人识正因沧桑之巨变。结二句抒发词人的叹怨怅惘之情，是感慨后主的荒淫误国，还是惋惜张妃的香消玉殒，抑或是有感于这样的历史悲剧不断在现实中重演,"词意蕴藉凄怨,读之使人意消"(李冰若《栩庄漫记》)。

生查子

寂寞掩朱门,正是天将暮。暗澹小庭中,滴滴梧桐雨。　绣工夫,牵心绪。配尽鸳鸯缕①。待得没人时,偎倚论私语②。

【注释】

①鸳鸯缕:刺绣鸳鸯而配的线缕。

②私语:低声说话。唐白居易《琵琶行》:"大弦嘈嘈如急雨,小弦切切如私语。"

【简析】

词写闺情。上片描写朱门日暮时分的寂静环境气氛。光线暗淡的小庭中,雨滴梧桐的声响,更衬出闺阁黄昏的寂寞悄谧。过片写闺中女子为绣鸳鸯图案而精心搭配彩线。"牵心绪"三字,明说牵心于刺绣,实乃因所绣为"鸳鸯"而牵动怀春的心绪,含蓄微妙,颇耐寻味。结二句写因绣鸳鸯牵动春心的女子,与人诉说隐秘心事的愿望。"偎倚"句可作两解:一是偎倚绣伴,一是偎倚情郎,词意不明,未知孰是。

其 二

暖日策花骢①,弹鞚垂杨陌②。芳草惹烟青,落絮随风白。　谁家绣毂动香尘③，隐映神仙客④。狂杀玉鞭郎⑤，咫尺音容隔⑥。

【注释】

①策花骢（cōng）：言骑马游春。策：马鞭子，头上有尖刺。此用为动词，驱策。花骢：即五花马。唐杜甫《骢马行》："邓公马癖人共知，初得花骢大宛种。"

②挅鞚（duǒ kòng）：松开马勒。唐杜甫《醉为马坠诸公携酒相看》："江村野堂争入眼，垂鞭挅鞚凌紫陌。"

③绣毂：华丽的车子。唐李白《拟恨赋》："若乃错绣毂，填金门，烟尘晓沓，歌钟昼喧。"

④神仙客：唐王维《送王尊师归蜀中拜扫》："大罗天上神仙客，濯锦江头花柳春。"此言车中美女。

⑤玉鞭郎：指马上之少年。

⑥咫尺句：言车中、马上相距咫尺，却无法闻见彼此音容。

【简析】

词写游春猝遇生情，从男子的角度加以表现，洋溢着浪漫的青春气息。上片写少年公子策马游春，陌上日暖，杨柳青青，芳草含烟，飞絮飘白，缤纷的景物意象中透出热烈的感觉，为下片描写少年痴狂举动和懊恼心理进行烘托铺垫。下片写少年猝遇香车美女，"谁家"的疑问说明彼此并不相识。少年隐约看到车帘之内，是一位貌如天仙的少女，顿生爱慕之意，然而近在眼前，却无缘互通款曲，一帘之隔，竟是咫尺天涯。"狂杀"表明少年心理和行为极其冲动，但也不能改变交接无方的现实，他的内心该是何等的焦灼痛苦！这首描写男女猝遇生情的词，与南朝乐府民歌乃至梁陈宫体诗，风格较为接近。所以，汤显祖认为"六朝风华而稍参差之，即是词也"，此词可视为"唐词间出选诗体，去古犹未河汉"的一个例证（汤显祖评《花间集》）。

其 三

金井堕高梧①，玉殿笼斜月②。永巷寂无人③，敛态愁堪绝④。　玉炉寒，香烬灭。还似君恩歇⑤。翠辇不归来⑥，幽恨将谁说⑦。

【注释】

①金井：井栏上有雕饰的井，一般用以指宫庭园林里的井。唐王昌龄《长信秋词》其一："金井梧桐秋叶黄，珠帘不卷夜来霜。"

②玉殿：宫殿的美称。三国魏曹植《当车以驾行》："欢坐玉殿，会诸贵客。"

③永巷：宫中长巷。《三辅黄图》卷六："永巷，宫中之长巷，幽闭宫女之有罪者。"唐李华《长门怨》："每忆椒房宠，那堪永巷阴。"

④敛态：端正容态。唐王琚《美女篇》："须臾破颜倏敛态，一悲一喜并相宜。"

⑤君恩歇：犹言君恩竭尽。歇：尽，到了尽头。《左传·襄公二十九年》："难未歇也。"唐李贺《伤心行》："灯青兰膏歇，落照飞蛾舞。"

⑥翠辇：饰有翠羽的帝王车驾。《北史·突厥传》："启人奉觞上寿，跪伏甚恭。帝大悦，赋诗曰：'鹿塞鸿旗驻，龙庭翠辇回。'"

⑦幽恨：深藏于心中的怨恨。唐元稹《楚歌》之十："各自埋幽恨，江流终宛然。"

【简析】

词写宫怨。上片描写宫中夜景,金井梧坠,玉殿月斜,永巷无人,其境凄寂。"金井"、"玉殿"、"永巷"等意象,表明所写乃是宫中。那么在这寒凉的秋夜里的"敛态愁堪绝"之人,自然是幽闭永巷之宫女了。"敛态"谓端正容态,可知她在努力克制自己,而仍觉愁绝,则见出其愁之深永。下片交待宫女"愁绝"原因。换头描写宫女居室炉寒香灭,以喻君恩断绝。翠辇不再临幸,幽恨无以诉说,等待她的,将是在愁怨的无尽折磨之中青春生命的空耗虚度。此词所写,虽是"宫怨常语"(钟本《花间集》评语),但不乏认识价值和社会意义,这是封建制度带来的宫女的命运悲剧。至于有无"寄托",读者自可见仁见智。

临江仙

霜拍井梧干叶堕①,翠帏雕槛初寒。薄铅残黛称花冠②。含情无语,延伫倚栏干③。　杳杳征轮何处去④,离愁别恨千般。不堪心绪正多端⑤。镜奁长掩⑥,无意对孤鸾⑦。

【注释】

①霜拍:霜打。井梧:井栏边的梧桐。唐杜甫《宿府》:"清秋幕府井梧寒,独宿江城蜡炬残。"干叶:枯叶。

②薄铅残黛:言略施铅黛。称花冠:人面与花冠相称。花冠:装饰美丽的帽子。唐白居易《长恨歌》:"云鬓半偏新睡觉,花冠不整下堂

③延伫：久立，久留。《楚辞·离骚》："悔相道之不察兮，延伫乎吾将反。"王逸注："延，长也；伫，立貌。"

④杳杳：幽远貌。《楚辞·九章·哀郢》："尧舜之抗行兮，瞭杳杳而薄天。"洪兴祖补注："杳杳，远貌。"唐柳宗元《早梅》："欲为万里赠，杳杳山水隔。"征轮：远行人乘的车。唐王维《观别者》："挥泪逐前侣，含凄动征轮。"

⑤多端：多头绪，多方面。《楚辞·九辩》："何况一国之事兮，亦多端而胶加。"

⑥镜奁：镜匣。唐杜牧《杜秋娘诗》："椒壁悬锦幕，镜奁蟠蛟螭。"

⑦孤鸾：单栖的鸾鸟。比喻失偶或分离的人。北周庾信《拟咏怀》之二十二："抱松伤别鹤，向镜绝孤鸾。"此指镜中孤影。

【简析】

词写秋闺怨思。上片描写霜叶飘坠、闺帏初寒之秋景，烘托含情无语、延伫倚栏的思妇形象。"薄铅残黛"见其无心妆扮，但脸容仍"称花冠"，则其人之美艳，自是非同一般。下片抒发思妇怀人之情。其人虽美艳如斯，却也仍然无法避免被舍弃的命运，郎君薄幸一去无踪，让空闺独守的她，心中溢满千般离愁别恨。"不堪"句内涵丰富复杂，"多端"与上句"千般"照应。结二句写她掩镜罢妆的慵懒孤寂情态，回应上片的"薄铅残黛"四字，是她不堪离情折磨的形象表现和必然结果。看来红颜薄命，乃是男权社会里女子的宿命。

其 二

暮雨凄凄深院闭①，灯前凝坐初更②。玉钗低压鬓云横。半垂罗幕,相映烛光明。　　终是有心投汉佩③,低头但理秦筝④。燕双鸾偶不胜情⑤。只愁明发⑥,将逐楚云行。

【注释】

①凄凄:寒凉貌。《诗经·郑风·风雨》:"风雨凄凄,鸡鸣喈喈。"《疏》:"凄凄,寒凉之意。"南朝齐谢朓《敬亭山》:"泄云已漫漫,多雨亦凄凄。"

②凝坐:静坐。

③汉佩:用郑交甫遇汉皋神女典事。参卷五毛文锡《浣溪沙》"春水轻波浸绿苔"注④。

④理秦筝:弹奏秦筝。秦筝:古代秦地(今陕西一带)的一种弦乐器,似瑟,相传为蒙恬所造。三国魏曹丕《善哉行》:"齐倡发东舞,秦筝奏西音。"

⑤燕双鸾偶:言禽鸟成双,让女子情有不堪。

⑥明发:黎明,平明。《诗经·小雅·小宛》:"明发不寐,有怀二人。"朱熹《诗集传》:"明发,谓将旦而光明开发也。二人,父母也。"唐王维《春夜竹亭赠钱少府归蓝田》:"羡君明发去,采蕨轻轩冕。"亦解为早晨起程。晋陆机《招隐》之二:"明发心不夷,振衣聊踯躅。"

【简析】

此词赋别。上片描写寒雨凄凄的初更时分,深院门闭,罗幕半垂,烛光灯影里,一对男女对坐话别。门闭幕垂的环境,凝坐的姿势,钗低鬓横的模样,无不透出别前低沉压抑的气氛。下片刻画女子怨别的愁苦复杂心理。她有心赠佩,弹筝寄情,她想禽鸟尚能成双,自己却要和情人分离,心情特别不堪。结二句写她深一层的担忧:天一放明,情人就要远走天涯。"逐楚云"呼应"投汉佩",均为南国地域特征明显的典故意象。"楚云"二字,其辞色更有特殊的寓意,读者于此自当细绎。

酒泉子

空碛无边①,万里阳关道路②。马萧萧③,人去去④。陇云愁⑤。　香貂旧制戎衣窄⑥。胡霜千里白⑦。绮罗心⑧,魂梦隔。上高楼⑨。

【注释】

①空碛:空旷之沙漠。唐王维《出塞作》:"暮云空碛时驱马,秋日平原好射雕。"

②阳关:古关名,在今甘肃敦煌西南古董滩附近。《元和郡县志》:"阳关,在县西六里。以居玉门关之南,故曰阳关。本汉置也,谓之南道,西趣鄯善、莎车,后魏尝于此置阳关县,周废。"唐王维《渭城曲》:"劝君更尽一杯酒,西出阳关无故人。"

③萧萧:马鸣声。《诗经·小雅·车攻》:"萧萧马鸣,悠悠旆旌。"唐李白《送友人》:"挥手自兹去,萧萧班马鸣。"

④去去:谓远去。汉苏武《古诗》之三:"参辰皆已没,去去从此辞。"唐孟郊《感怀》之二:"去去勿复道,苦饥形貌伤。"

⑤陇云:关陇之云。唐卢照邻《送郑司仓入蜀》:"陇云朝结阵,江月夜临空。"

⑥香貂：貂的美称。指貂冠、貂裘。南朝陈江总《赋得谒帝承明庐》："香貂拜黻衮，花绶拂玄除。"此指貂裘。戎衣：军服，战衣。《尚书·武成》："一戎衣，天下大定。"孔《传》："衣，服也。一着戎服而灭纣。"唐杜审言《赠苏味道》："边声乱羌笛，朔风卷戎衣。"

⑦胡霜：胡地之霜。南朝宋鲍照《出自蓟北门行》："箫鼓流汉思，旌甲被胡霜。"

⑧绮罗心：女子思夫之心。

⑨上高楼：登高望夫。唐赵征明《思妇》："犹疑望可见，日日上高楼。"

【简析】

孙光宪学问淹博，阅历丰富，留意文史，究心治乱，视野开阔，非一味醉心花间尊前者所可比方。缘此，他的词取材广泛，艳情之外，举凡咏史怀古、边塞征战、田家生活、隐逸情趣、南土风物等，在其词作中均有表现。此首边塞词，抒写战争给人民生活和情感造成的痛苦。上片着眼征夫。起二句写边塞之景，荒漠无垠，阳关万里，为《花间》小词中罕见之壮阔境界。接写征夫辞家赴敌，但见阳关道上马鸣萧萧，征人匆匆，陇坂云雾惨淡，仿佛也为这人间惨别而生愁。下片转写思妇。换头一句的貂制戎衣，为边塞征人所穿，乃家中思妇所缝，这一句把内地边塞、征人思妇紧密联系在一起。"胡霜千里白"，是思妇悬想中的边地酷寒景色，见其对征夫的忧念体贴。结三句写梦绕魂牵的思妇，登楼凭眺远方，纾解心中离忧。戍边征战之事，征人思妇之情，在边塞诗中已是司空见惯，孙光宪将其引入词中，则有着拓展题材领域、增富美感风格的特殊意义。此词七言、六言、五言、四言交互参差的句法，尤其是前后结的三言叠句，都有助于词情的抒发。汤显祖誉之为"三迭之

《出塞曲》，而长短句之《吊古战场文》也。再读不禁鼻酸"（汤显祖评《花间集》）。

其 二

曲槛小楼，正是莺花二月①。思无憀，愁欲绝。郁离襟②。　展屏空对潇湘水③。眼前千万里。泪淹红④，眉敛翠。恨沉沉。

【注释】

①莺花：莺啼花开。泛指春日景色。唐杜甫《陪李梓州王阆州苏遂州李果州四使君登惠义寺》："莺花随世界，楼阁倚山巅。"

②离襟：犹言离绪、离怀。唐骆宾王《送宋五之问》："欲谂离襟切，歧路在他乡。"

③潇湘水：指屏风所绘之潇湘八景图。

④红：胭脂。

【简析】

词写闺怨。起二句描写"曲槛小楼"的优美环境和"莺花二月"的芳春风光，接写其间的思妇愁极无聊、离恨郁结的情态。换头二句，描写思妇独对画屏上的潇湘烟水出神，恍惚间她的心已追逐行人远去，眼前仿佛看得见千万里旅途上行人的劳顿艰辛。结三句刻画思妇的愁态，展示其内心的沉沉恨意。此词所处理的题材，为《花间》熟套，值得称道之处是"展屏空对潇湘水。眼前千万里"二句，能于小中见大，笔力不凡。

其 三

敛态窗前，袅袅雀钗抛颈①。燕成双，鸾对影。耦新知②。　玉纤澹拂眉山小。镜中嗔共照③。翠连娟④，红缥缈⑤。早妆时。

【注释】

①雀钗：有雀形饰物的钗。《晋书·元帝纪》："将拜贵人，有司请市雀钗，帝以烦费不许。"

②耦（ǒu）新知：言两人新知也。耦：同偶。新知：战国楚屈原《九歌·少司命》："乐莫乐兮新相知，悲莫悲兮生别离。"

③镜中句：伴嗔与新知共同照镜。

④翠连娟：翠眉弯细。连娟：弯曲而纤细。《史记·司马相如列传》："长眉连娟，微睇绵藐。"司马贞《索隐》引郭璞曰："连娟，眉曲细也。"

⑤红缥缈：淡饰胭脂，或谓形容簪戴之花色。唐常建《第三峰》："旁映白日光，缥缈轻霞容。"

【简析】

词写女子晨妆。与我们见惯了的《花间》词中那些慵懒女性的没精打采不同，此词一起四字即精神倍出，女子端坐窗前，如临大事，把美观的首饰斜插在颈边的发缕上，饶有兴致地开始梳妆打扮起来。燕钗成双插起云鬓，鸾镜对影照出娇容。欢快之感洋溢在字里行间。前结"耦新知"三字供出原委，"乐莫乐兮新相知"，原来词中女子新遇知音，正在难抑心中喜悦之情的当儿。下片集中描写女子的面部装饰。在她对镜轻描小山眉样时，他也凑到了镜子旁，镜中一时映出双影，这让她有些不好意思，于是佯作嗔怪，但心里却感到更加快乐了。"翠连娟，红缥缈"就是她更加快乐的表征，他见她眉翠舒展，颊飞红云，她甚至情不自禁地想对他说：莫添乱啊，我正在"早妆"呢。此词虽无大的价值，但亦可让读者在倦于闺怨伤感之作时，略沾一缕词中晨妆女子的喜气。

清平乐

愁肠欲断。正是青春半①。连理分枝鸾失伴②。又是一场离散③。　　掩镜无语眉低。思随芳草萋萋。凭仗东风吹梦④，与郎终日东西。

【注释】

①青春：指春天。春季草木茂盛，其色青绿，故称。《楚辞·大招》："青春受谢，白日昭只。"王逸注："青，东方春位，其色青也。"唐杜甫《闻官军收河南河北》："白日放歌须纵酒，青春作伴好还乡。"

②连理句：喻夫妻别离。连理：异根草木，枝干连生，旧以为吉祥之兆。汉班固《白虎通·封禅》："德至草木，朱草生，木连理。"《南史·垣崇祖传》："后为竟陵令，惠化大行。木连理，上有光如烛，咸以善政所致。"常以之喻结为夫妇或男女欢爱。

③一场：一回，一番。

④凭仗：依赖，依靠。唐元稹《苍溪县寄扬州兄弟》："凭仗鲤鱼将远信，雁回时节到扬州。"

【简析】

此词伤别,采女性的视角。"愁肠欲断"四字,情语领起,笼罩全篇。接写大好的仲春季节,夫妻却要痛苦别离。"又是"说明这"连理分枝鸾失伴"般的伤别之事,已非止一次发生过。下片抒别后思念之情。女子掩镜罢妆,低眉无语,思随芳草,萋萋不尽。她想凭借东风把自己的相思之梦吹向天涯,那样她就可以整日追随郎君,形影不离,不用再忍受这别情的折磨了。结二句就是宋姜夔《踏莎行》"离魂暗逐郎行远"之意,因涉想新奇,"思路凄绝"(陈廷焯《云韶集》),而愈见情感之"缠绵沉挚"(李冰若《栩庄漫记》)。至于陈廷焯、吴梅指此词有"风骚遗意"、"灵修楚累遗意",遵循的则是美人香草、男女君臣的比兴说词思路。

其 二

等闲无语。春恨如何去。终是疏狂留不住①。花暗柳浓何处。 尽日目断魂飞②。晚窗斜界残晖③。长恨朱门薄暮,绣鞍骢马空归④。

【注释】

①疏狂:狂放,不受拘束。唐白居易《代书诗寄微之》:"疏狂属年少,闲散为官卑。"

②尽日句:言整日眺望盼归,落魄失魂。目断:犹望断。一直望到看不见。唐杜甫《祠南夕望》:"兴来犹杖屦,目断更云沙。"

③斜界:华钟彦《花间集注》曰:"界,划线也,谓残晖一线,斜入晚窗也。"唐徐凝《庐山瀑布》:"今古长如白练飞,一条界破青山色。"

④绣鞍句：言马归人未归也。

【简析】

  词写闺怨。与上首情语领起不同，此词一起摹写女子"等闲无语"的仪态，造成悬念，然后揭出"春恨"。恨的内容是男子行为一贯放纵，不知道他今天又到哪里宿花眠柳去了。"终是疏狂留不住"，是女子从一次次痛苦的经历中总结出的沉痛经验，是对男子品性的本质认识，虽语含有责怨，但更多无可奈何之意。下片写女子期盼落空。终日等待使女子失魂落魄，又到"最难消遣"的黄昏时候，凭窗伫望的女子等回来的不是男子，而是男子骑乘的骢马驮回来的一副空鞍。这应算是古代家庭情感生活中的一个典型细节，男权社会里男人的荒淫无度，女性的束手无策和心灵痛苦，皆可于焉见出。徒赏词情怨而不怒、温柔敦厚，符合诗教，无伤风雅，其实还是男权立场上的男性话语。

更漏子

  听寒更①，闻远雁。半夜萧娘深院②。扃绣户，下珠帘。满庭喷玉蟾③。 人语静。香闺冷。红幕半垂清影。云雨态④，蕙兰心⑤。此情江海深。

【注释】

  ①寒更：寒夜的更点。唐骆宾王《别李峤得胜字》："寒更承夜永，凉景向秋澄。"

②萧娘：即姓萧的女子，用为女子的泛称。唐杨巨源《崔娘诗》："风流才子多春思，肠断萧娘一纸书。"

③喷：洒。玉蟾：月亮，唐李白《初月》："玉蟾离海上，白露湿花时。"此指月光。

④云雨态：言女子容态之美。《文选》战国宋玉《高唐赋》唐李善注："朝云行雨，神女之美也。"

⑤蕙兰心：言女子心性芳洁如蕙兰香草。唐鱼玄机《感怀寄人》："早知云雨会，未起蕙兰心。"

【简析】

词写月夜闺情。起三句用更声、雁声等听觉意象，衬写女子居处的静谧。接写门闭帘垂、满院月华的闺阁夜色。听更、闻雁、见月，都说明女子夜半尚未成眠。换头三句通过听觉、肤觉、视觉来描写闺中冷寂景况，红幕垂影回应上片的满庭月华。结三句写女子云情雨态的美丽容貌，兰心蕙质的芳洁品性，和对男子那份江海般深长的忠贞感情。或谓此词写男女月夜幽会，但词中闺阁静悄冷清，似与幽会欢愉的热烈气氛不谐。

其 二

今夜期①，来日别②。相对只堪愁绝。偎粉面，撚瑶簪③。无言泪满襟。　　银箭落④。霜华薄。墙外晓鸡咿喔⑤。听付嘱，恶情惊⑥。断肠西复东。

【注释】

①期：犹会也。唐李白《花间独酌》："永结无情游，相期邈云汉。"

②来日：明日，次日。三国魏曹植《善哉行》："来日大难，口燥唇干；今日相乐，皆当喜欢。"

③瑶簪：玉簪。唐杜牧《黄州准赦祭百神文》："瑶簪绣裾，千万侍女。酬以觥斝，助之歌舞。"

④银箭：银饰的漏箭。南朝陈江总《杂曲》之三："鲸灯落花殊未尽，虬水银箭莫相催。"或谓指月光。

⑤咿喔：报晓鸡声。唐刘禹锡《畲田行》："惊麇走且顾，群雉声咿喔。"

⑥情悰：情怀，情绪。

【简析】

词赋别情，而从幽会之时切入。因聚少离多，别易会难，这短暂的一夕相聚，竟让他们感受不到快乐欢愉，想到明朝即别，他们相对愁绝，泪满衣襟。过片写欢情易逝，漏壶银箭，一夕倏过，院中霜华薄结，墙外鸡声报晓，又是一个寒凉的早晨。结三句写临别之时，一双离人殷勤嘱托，片刻分手他们就将各自西东，所以情怀特别不堪。此词表现特定情境中的人物心理，切入角度新颖，缘此收到深挚感人的抒情效果。

女冠子

蕙风芝露①。坛际残香轻度②。蕊珠宫③。苔点分圆碧④，桃花践破红。　　品流巫峡外⑤，名籍紫微中⑥。真侣墉城会⑦，梦魂通。

【注释】

①芝露：灵芝上的露水。晋张载《羽扇赋》："濯以云精，拂以芝露。"词咏女冠，芝乃仙草，切题。

②坛际：祭坛边。

③蕊珠宫：参卷四牛峤《女冠子》"星冠霞帔"注②。

④苔点：青苔斑点。唐韩翃《题龙兴寺澹师房》："卷帘苔点净，下箸药苗新。"圆碧：状苔点之形色。

⑤品流：品类，流别。唐郑谷《鹧鸪》："暖戏烟芜锦翼齐，品流应得近山鸡。"

⑥名籍：名册。《汉书·昌邑哀王刘髆传》："奏名籍及奴婢财物簿。"唐元稹《酬乐天待漏入阁见赠》："谪仙名籍在，何不重来还？"紫薇：即紫微垣。星官名，三垣之一。《晋书·天文志上》："紫宫垣十五星，其西蕃七，东蕃八，在北斗北。一曰紫微，大帝之座也，天子之常居也，主命主度也。"唐杜甫《秋日荆南送薛明府辞满告别奉寄薛尚书之作三十韵》："紫微临六角，皇极正乘舆。"

⑦真侣：谓道士。唐李栖筠《张公洞》："稽首谢真侣，辞满归崆峒。"墉城：传说中西王母的居处。北魏郦道元《水经注·河水一》："承渊山，又有墉城，金台玉楼，相似如一……西王母之所治，真官仙灵之所宗。"

【简析】

词咏本调。上片写道观环境。神坛之上蕙风散香，玉露晶莹，蕊珠宫院碧苔斑驳，落红满地。"苔点"二句，赋物真切，造语新奇。下片集中笔墨描写女冠。其品流非凡，有如巫山神女；名标仙籍，上应星宿之数。她曾和道友在西王母的居处聚会，别后彼此入梦，相思不已。此词虽比女冠为巫山神女，结句染有男女情爱色彩，但笔法含蓄，无碍女冠形象的超凡脱俗之气，与温庭筠、薛昭蕴等人将女冠完全艳情化的词作异趣。

其　二

澹花瘦玉①。依约神仙妆束②。佩琼文③。瑞露通宵贮，幽香尽日焚④。　碧烟笼绛节⑤，黄藕冠浓云⑥。勿以吹箫伴⑦，不同群。

【注释】

①澹花瘦玉：状女冠之仪态精神。

②依约：仿佛，隐约。唐刘兼《登郡楼书怀》："天际寂寥无雁下，云端依约有僧行。"

③琼文：指道教经籍。刻于玉板，故称。唐皮日休《寄题玉霄峰叶涵象尊师所居》："晓案琼文光洞壑，夜坛香气惹杉松。"明杨慎《艺林伐山·仙经》："琼文、藻笈、琳篆、琅函，皆指道书也。"此指女冠所佩玉符。

④瑞露二句：华钟彦《花间集注》曰："道家焚香贮露，皆修炼事。"贮露当为炼丹服食之用。瑞露：甘露。唐郑畋《麦穗两歧》："瑞露纵横滴，祥风左右吹。"

⑤绛节：红色符节。传说中上帝或仙君的一种仪仗。唐杜甫《玉台观》之一："中天积翠玉台遥，上帝高居绛节朝。"宋陆游《老学庵笔记》卷九："天下神霄，皆赐威仪，设于殿帐座外。面南，东壁，从东第一架六物：曰锦伞、曰绛节、曰宝盖、曰珠幢、曰五明扇、曰旌。"此乃

道士作法所用。

⑥黄藕冠：藕黄色的道冠。浓云：女冠丰美如云的鬓发。

⑦吹箫伴：用弄玉萧史典事。参卷五牛希济《临江仙》"渭阙宫城秦树凋"注③。

【简析】

词咏本调。一起用"澹花瘦玉"作比，形容女冠脱俗的仪容精神，堪称佳句。接写她佩带玉符，衣饰妆扮仿佛神仙一般。再写她通宵贮露，尽日焚香，皆为道士修炼的常规功课。过片"碧烟"句承上焚香，"黄藕"句承上"神仙妆束"，写女冠作法时的仪仗和冠戴。结二句在写足了女冠的飘渺仙气之后，转写她向往像萧史那样的伴侣。当然，女冠的这种人生欲求，也仍与吹箫引凤、升天成仙故事有关，从而不离词调本位。

风流子

茅舍槿篱溪曲①。鸡犬自南自北②。菰叶长③，水蘋开④，门外春波涨渌。听织。声促。轧轧鸣梭穿屋⑤。

【注释】

①槿篱：参卷六欧阳炯《南乡子》"画舸停桡"注②。溪曲：溪湾。唐陆龟蒙《赠老僧》之二："自有家山供衲线，不离溪曲取庵茅。"

②自南自北：从南到北。《诗经·大雅·文王有声》："自西自东，自南自北，无思不服。"唐李邕《大照禅师塔铭》："自南自北，若天若人。"此言田家鸡犬自在来往。

③菰（gū）叶：菰米之叶。菰米，六谷之一，即雕胡米，所造饭称雕胡饭。战国楚宋玉《讽赋》："为臣炊雕胡之饭，烹露葵之羹，来劝臣食。"

④水葓（hóng）：参卷二皇甫松《天仙子》"晴野鹭鸶飞一只"注②。

⑤轧轧句：言穿梭声传出屋外。轧轧：织机梭子声。唐薛莹《锦》："轧轧弄寒机，功多力渐微。"

【简析】

词写田家风光，为《花间集》所仅见，也是词史上第一首直接描写农村生活的作品。起二句写槿花篱墙围起的数椽茅舍，坐落在溪湾，鸡犬在篱舍边自在嬉闹，跑来飞去。接三句承上"溪曲"二字展开，描写菰蒲叶长、红蓼花开、水波涨绿的春溪景色。在写过村舍环境、田家风光后，结三句写人的活动。春耕时节，男人外出耘田，村中自是看不见他们的踪影。男耕女织，从屋里传出的急促的轧轧穿梭声中，可知女人也在为生计紧张地劳作。此词写景如画，风格朴素，语言清新，洋溢着浓郁的劳动生活气息。其优美动人的境界，仿佛"一小《桃花源记》"（钟本《花间集》评语）。李冰若《栩庄漫记》指出此词"扩放"《花间》词境的意义，其影响下及苏辛的农村题材词作。

其　二

楼倚长衢欲暮①。瞥见神仙伴侣②。微傅粉③，拢梳头④，隐映画帘开处。无语。无绪⑤。慢曳罗裙归去。

【注释】

①长衢:大道。《古诗十九首·青青陵上柏》:"长衢罗夹巷,王侯多第宅。"晋张协《咏史》:"朱轩曜金城,供帐临长衢。"

②瞥见:一眼看见。唐罗虬《比红儿》之十四:"若教瞥见红儿貌,不肯留情付洛神。"神仙伴侣:谓可意之人,犹言如花美眷也。

③傅粉:搽粉。南朝梁萧纲《独处愁》:"弹棋镜奁上,傅粉高楼中。"

④㧐:《通俗编杂字》:"小理发曰㧐。"

⑤无绪:情绪低落。唐张九龄《听筝》:"端居正无绪,那复发秦筝。"

【简析】

词就题发挥,写偶见生情,视角应是一闲游男子,所谓"风流子"是也。起二句写他在长街暮色里,偶然瞥见楼头的美丽女子。接三句描写女子薄施淡妆,隐映在画帘开处,美如画中神仙。结三句写女子无语无绪,若有心事,半拖罗裙,缓缓步入帘内。男子的情有不舍,怅然若失,自在言外。

其 三

金络玉衔嘶马①。系向绿杨阴下。朱户掩,绣帘垂,曲院水流花榭②。欢罢。归也。犹在九衢深夜③。

【注释】

①金络:即金络头。南朝梁何逊《学古》之一:"玉羁玛瑙勒,金络珊瑚鞭。"玉衔:玉饰的马嚼子。唐杜牧《长安杂题长句》之五:"草妒

佳人钿朵色,风回公子玉衔声。"

②花榭:植有花木的台榭。唐顾云《池阳醉歌赠匡庐处士姚巖杰》:"九华太守行春罢,高绛红筵压花榭。"

③九衢:纵横交叉的大道,繁华的街市。参卷一温庭筠《南歌子》"似带如丝柳"注③。

【简析】

词咏本调,写冶游之事。起句特写镜头聚焦风流荡子,"金络玉衔嘶马",确是贵游公子派头。绿杨系马,说明已至欢场。"朱户"二句描写门闭帘垂,暗示人已入室。"曲院"句宕开一笔,避开室内,对男女欢情作虚化处理。结三句写欢罢归去,九衢夜色犹浓,天尚未明。此词因赋"风流子",词意未免有些轻浮,但词无亵语,紧要地步避实就虚,尚属难能。

定西番

鸡禄山前游骑①,边草白②,朔天明③。马蹄轻。　　鹊面弓离短韔④,弯来月欲成⑤。一只鸣髇云外⑥,晓鸿惊。

【注释】

①鸡禄山:即鸡鹿山。《汉书·匈奴传下》:"汉遣长乐卫尉高昌侯董忠、车骑都尉韩昌,将骑万六千,又发边郡士马以千数,送单于出朔方鸡鹿塞。"塞在今内蒙古磴口西北哈隆格乃峡谷口,鸡鹿山当在此。游骑:担任巡逻突击的骑兵。《陈书·侯安都传》:"徐嗣徽、任约等引齐寇

入据石头,游骑至于阙下。"

②边草白:指生长在西北边塞的白草。《汉书·西域传上·鄯善国》:"地沙卤,少田,寄田仰谷旁国。国出玉,多葭苇、柽柳、胡桐、白草。"颜师古注:"白草似莠而细,无芒,其干熟时正白色,牛马所嗜也。"唐岑参《过燕支寄杜位》:"燕支山西酒泉道,北风吹沙卷白草。"

③朔天:北方的天空。《书·尧典》:"申命和叔,宅朔方,曰幽都。"《集传》:"朔方,北荒之地。"

④鹊面弓:弓名,即鹊画弓,弓背饰有鹊画。韔(chàng):弓袋。汉许慎《说文》:"弓衣也。从韦,长声。"《诗经·秦风·小戎》:"虎韔镂膺,交韔二弓。"《传》:"韔,弓室也。"

⑤弯来句:言拉弓如满月。

⑥鸣骲(xiāo):响箭。骲:同髇。《新唐书·地理志》:"妫州妫川郡……土贡:桦皮、胡禄、甲榆、髇矢、麝香。"

【简析】

此首边塞之作,描写边关骑将的矫健身手,应是题咏本调。上片人物出场,塞北的晨曦中,一骑巡哨驰过鸡鹿山前经霜的草原。仿佛剪影一般,词句的画面感很强,画面的异域色彩和战争生活气息浓烈。下片特写骑将弓开满月、仰射飞鸿的飒爽英姿,见其性格豪迈,武艺高强。小词一改《花间》绮靡香软的格调,抒写一种奋发蹈厉的昂扬情怀,洋溢着浪漫的英雄主义气质,其美感风格有类盛唐边塞诗。全词短句为主,斩截利落,劲健雄快,与内容相适应,见出词人"廉悍"的"笔力"。

其 二

帝子枕前秋夜①,霜幄冷②,月华明。正三更。 何处戍楼寒笛③，梦残闻一声。遥想汉关万里④，泪纵横。

【注释】

①帝子：指娥皇、女英。传为帝尧之女。《楚辞·九歌·湘夫人》："帝子降兮北渚，目眇眇兮愁予。"王逸注："帝子，谓尧女也。"此疑指汉乌孙公主。《史记·大宛传》："汉遣宗室女江都翁主往妻乌孙，乌孙王昆莫以为右夫人。"《采兰杂志》引《乌孙公主歌》云："我家嫁我兮天一方，远托异国兮乌孙王。愿为黄鹄兮归故乡。"或谓泛指和亲西番之公主。

②幄：《小尔雅·广服》："幄，幕也。"《左传·昭公十三年》："子产以幄幕九张行。"注："幄幕，军旅之帐。"此指乌孙之毡帐。

③戍楼：边防驻军的瞭望楼。南朝梁萧绎《登堤望水》："旅泊依村树，江槎拥戍楼。"

④汉关：汉朝的边关。亦泛指边关。唐严武《军城早秋》："昨夜秋风入汉关，朔云边雪满西山。"

【简析】

依华锺彦说，词咏汉乌孙公主事。上片写远嫁异域的乌孙公主秋夜不眠，毡帐霜冷，月光如水，触起了她深切的乡思。换头二句，写戍楼寒笛惊醒了她的故国归梦。辗转反侧之际，遥想家山迢递，汉关万里，自己和亲而来，今生也许永无归期，念及此，不禁热泪横流，悲伤难抑。此词可以纳入古典诗词的乡愁母题范围，篇幅虽短，却综合运用了乡愁主题诗词的望月思乡、梦忆还乡、闻声思乡等几种表现模式。这等词往低处说，乃就题敷演，无甚新意；往高处说，故国乡愁是爱国思想情感，意义重大；往坐实处说，"帝子"就是乌孙公主，是一特定的人物；往泛虚处说，"帝子"代指塞外女子，是一集合的符号。可知此首词意，具有一定的解读弹性。

河满子

冠剑不随君去①，江河还共恩深②。歌袖半遮眉黛惨③，泪珠旋滴衣襟④。惆怅云愁雨怨，断魂何处相寻。

【注释】

①冠剑：古人所服御。《初学记》卷二二《武部·剑》引《贾子》："古者天子二十而冠，带剑；诸侯三十而冠，带剑；大夫四十而冠，带剑；隶人不得冠，庶人有事得带剑，无事不得带剑。"古代官员戴冠佩剑，因以冠剑指代职官。南朝梁江淹《到主簿日事诣右军建平王》："常欲永辞冠剑，弋钓畎壑。"

②江河句：言恩情深如江河。

③歌袖：歌者之袖。唐李建勋《踏青尊前》："诗毫粘酒淡，歌袖向人斜。"

④旋：旋即。

【简析】

词写相思之情。起二句极有力度，虽言裙钗，不让须眉。"冠剑"是"君"所佩服之物，不随"君"去，留作信物以慰妾心也。所以女子睹物思人，感觉两人的恩爱之情，正像江河一般深长无尽。接二句写君去之后，女子旧情难忘，虽难脱欢场，实心中酸悲。"歌袖"二字，透露女子之身份。结二句写女子泪雨愁云，触处兴感，无处寻君，痛断肝肠。此词虽赋裙钗情恋，而有须眉风概，尤其是"冠剑不随君去，江河还共恩深"二句，是有肝胆人语，非寻常可比。或谓词咏唐武宗孟才人，则情有本事，而非泛言。

玉蝴蝶

春欲尽，景仍长①。满园花正黄。粉翅两悠扬②。翩翩过短墙③。　鲜飙暖④，牵游伴，飞去立残芳⑤。无语对萧娘⑥。舞衫沉麝香。

【注释】

①景仍长：景色依然美好。长：优长。

②粉翅：蝶身带粉，故云蝶翅曰粉翅。唐齐己《蝴蝶》："翠裛丹心冷，香凝粉翅浓。"悠扬：飘忽不定貌。唐李嘉佑《与郑锡游春》："映花莺上下，过水蝶悠扬。"

③短墙：矮墙。《左传·襄公二十五年》："吴子门焉，牛臣隐于短墙以射之，卒。"唐白居易《井底引银瓶》："妾弄青梅凭短墙，君骑白马傍垂杨。"

④鲜飙：清新的风。《文选》江淹《杂体诗·效许询自序》："曲棂激鲜飙，石室有幽响。"吕向注："鲜飙，鲜洁之风。"

⑤残芳：犹残花。唐白居易《东南行一百韵》："残芳悲鹎鸠，暮节

感茱萸。"

⑥萧娘：泛指女子。

【简析】

  词咏本调。上片描写暮春时节，满园花事尚好，花间流连戏蝶，自在飞舞。"过短墙"三字，为下片人物出场张本。过片三句承上，写暮春的暖风中，飞过短墙的蝴蝶成双作伴，栖落在凋残的花枝上。"残芳"二字，回应起句"春欲尽"。结二句写衣染麝香的女子对景无言的惆怅情态，花落春尽的季节，双飞双栖的蝴蝶，触动了她深深的迟暮孤寂之感。此词结构很有特点，词末人物的出场，使主要篇幅描写的残春蝶飞之景，具有了一种实际上的起兴作用，词的表现重心，还是落实在结二句的人物心理上，还是为了言情，这样安排结构，言情显得十分含蓄。

八拍蛮

  孔雀尾拖金线长。怕人飞起入丁香。越女沙头争拾翠①，相呼归去背斜阳②。

【注释】

  ①拾翠：拾取翠鸟羽毛以为首饰。后多指妇女游春。语出三国魏曹植《洛神赋》："或采明珠，或拾翠羽。"

  ②背：躲避，遮蔽。

【简析】

  此首蛮人山歌，咏南土风情。起二句写孔雀，这种"尾拖金线"的漂亮禽鸟，为南粤所独有，是地域性的标志。"怕人"二字暗转，词意过渡到后二句的写人。与孔雀、丁香这美丽芬芳的花鸟相映衬的，是黄昏沙滩上拾翠的土著女子，正是她们的"争"和"相呼"，惊得孔雀飞入丁香树丛里。此词纯然一幅南土风俗画，清新绚烂，斜阳照出的拾翠女子背影，又为这幅画面添加了几许绵邈的风神。

竹 枝

门前春水_{竹枝}白蘋花_{女儿}①。岸上无人_{竹枝}小艇斜_{女儿}。商女经过_{竹枝}江欲暮_{女儿}②，散抛残食_{竹枝}饲神鸦_{女儿}③。

【注释】

①竹枝、女儿：清万树《词律》卷一："《竹枝》之音，起于巴蜀。唐人之作，皆言蜀中风景。后人因效其体于各地为之，非古也。皇甫子奇亦有四句体。所用'竹枝'、'女儿'，乃歌时群相随和之声。犹《采莲子》之有'举棹'、'年少'等字。……刘禹锡在沅湘以里歌鄙陋，乃依骚人《九歌》，作《竹枝》新词九章，原无和声。后皇甫松、孙光宪作此，始有'竹枝'、'女儿'为随和之声。'枝'、'儿'叶韵。"

②商女：歌女。唐杜牧《泊秦淮》："商女不知亡国恨，隔江犹唱后庭花。"

③神鸦：逐舟觅食的乌鸦。唐杜甫《过洞庭湖》："护堤盘古木，迎棹舞神鸦。"亦指啄食祠庙祭品的乌鸦。宋范成大《吴船录》卷下："庙有驯鸦，客舟将来，则迓于数里之外，或直至县下，船过亦送数里，人

以饼饵掷空,鸦仰喙承取,不失一,土人谓之神鸦,亦谓之迎船鸦。"

【简析】

词写水乡小景。前二句写门前春水涣涣,白蘋花开,小艇横斜,的是水乡人家的光景。而"岸上无人",见出正是暮江。在这充满生机而又不无荒寂的江边黄昏里,一艘客船驶过,船上的商女旅途无事,抛食饲喂绕船不去的神鸦。这后二句写"偶然小事",别有南方风土气息。去掉"竹枝"、"女儿"的和声,此词仿佛一首"晚唐风调"的七言绝句。

其 二

乱绳千结竹枝绊人深女儿①。越罗万丈竹枝表长寻女儿②。杨柳在身竹枝垂意绪女儿③,藕花落尽竹枝见莲心女儿④。

【注释】

①绊:缠结。

②表:外衣。长寻:八尺长。古制,八尺为寻。华锺彦《花间集注》曰:"言越罗虽有万丈之多,所用以为外衣者,不过八尺而已。"

③杨柳句:华锺彦《花间集注》曰:"谓思绪缠身。柳丝之丝,与思同音相谐。"在身:自身,本身。意绪:心意,情绪。南朝齐王融《咏琵琶》:"丝中传意绪,花里寄春情。"

④莲心:即莲子,与"怜子"相谐。南朝乐府《西洲曲》:"低头弄莲子,莲子清如水。"

【简析】

此首言情,而取民歌写法,质朴生动,与《花间》艳情有别。首句用绳结之多喻女子陷入情网之深,次句用万丈丝罗比女子情多,"表长寻"是说情虽多而表露有限，大约是害羞含蓄，更主要的恐怕还是因为"世间只有情难诉"吧，所以辞费无益。三句用杨柳满树丝条垂袅，喻女子思绪纷纷，四句以"藕"谐"偶"，以"莲"谐"怜"，是说终有一天对方会知道自己的怜爱之心。此词全用比喻、双关的"吴格"修辞手法，南朝民歌风味更浓，确乎是《读曲》、《子夜》之遗响也"（李冰若《栩庄漫记》）。

思帝乡

如何。遣情情更多①。永日水堂帘下②，敛羞蛾。六幅罗裙窣地，微行曳碧波③。看尽满池疏雨，打团荷。

【注释】

①遣情：犹言排遣情思。北齐刘昼《新论·去情》："是以圣人弃智以全真，遣情以接物。"

②永日：从早到晚，整天。汉刘桢《公燕》："永日行游戏，欢乐犹未央。"水堂：临水的厅堂。唐王建《送吴谏议上饶州》："净扫水堂无侍女，下街唯共鹤殷勤。"

③微行：小路。《诗经·豳风·七月》："女执懿筐，遵彼微行，爰求柔桑。"毛《传》："微行，墙下径也。"

【简析】

词写闺怨。一起有力，以劲健之笔抒郁勃之情，是典型的孙氏句法。欲加排遣已说明情有不堪，怨情愈排愈多，直如抽刀断水，举杯消愁，可见其为情所困，已是遣愁无计。接写女子水堂帘下，整日愁眉不展的样子，是对起二句的印证和落实。下片仍写她多方"遣情"的行为。既然帘内长日愁坐无效，于是她走到庭院里，徘徊在小路上，聊以消忧。这里写她绿裙窣地，拖曳如泛碧波，仿佛凌波微步之仙子，暗示其人的美艳。结二句写她又来到池边，看雨打团荷，再作开解。"看尽"二字，知其久久伫立，迟迟未去。这二句以景结情，含思无限，此等"常语常景，自然丰采"的妙句，诚为一首小词"不易得"之好结裹。

上行杯

草草离亭鞍马①，从远道、此地分袂②。燕宋秦吴千万里③。　　无辞一醉④。野棠开，江草湿。伫立。沾泣⑤。征骑骎骎⑥。

【注释】

①草草：匆忙仓促貌。唐李白《南奔书怀》："草草出近关，行行昧前算。"离亭：建于离城稍远的道旁供人歇息的亭子，古人往往于此送别。南朝陈阴铿《江津送刘光录不及》："泊处空余鸟，离亭已散人。"

②从远二句：华锺彦《花间集注》曰："言自此地分袂，将遵远道而行也。"从：《广雅·释诂》："从，行也。"分袂：分别。唐王维《赠裴迪》："携手本同心，复叹忽分袂。"

③燕宋句：言将远游燕、宋、秦、吴诸地，路途遥远。南朝梁江淹《别赋》："况秦吴兮绝国，复燕宋兮千里。"

④无辞：不辞。

⑤伫立二句：《诗经·邶风·燕燕》："瞻望弗及，伫立以泣。"

⑥骎骎：马疾行貌。《诗经·小雅·四牡》："驾彼四骆，载骤骎骎。"三国魏阮籍《咏怀八十二首》之十一："皋兰被径路，青骊逝骎骎。"

【简析】

此词赋别，送别双方是亲友抑或情人，身份不明。起句"草草"打头，突出送别之时的匆促气氛，"离亭"是饯别场所，"鞍马"是行者乘骑，六字已别意具足。接三句写此地分别之后，行人就要踏上远道，秦吴绝国，燕宋千里，从此天各一方。换头写饯别宴席，酒深情深，频频举杯，不辞一醉。"野棠"二句，以春日风物烘染点缀。"伫立"二句，写送者依依不舍，感伤下泪。"征骑骎骎"四字，写行者匆匆离去，响应起句"草草"，强化全词的抒情调性。

其 二

离棹逡巡欲动①，临极浦、故人相送。去住心情知不共②。　金船满捧③。绮罗愁，丝管咽。迥别。帆影灭。江浪如雪。

【注释】

①逡巡：徘徊不进，滞留。汉贾谊《过秦论》："九国之师，逡巡遁逃而不敢进。"汉王逸《九思·悯上》："逡巡兮圃薮，率彼兮畛陌。"

②去住：去与留，就别离双方而言。汉蔡琰《胡笳十八拍》："十有二拍兮哀乐均，去住两情兮难具陈。"不共：不同。唐许棠《汝州郡楼望嵩山》："不共众山同，岧峣出迥空。"

③金船：一种金质的盛酒器。北周庾信《北园新斋成应赵王教》：

"玉节调笙管，金船代酒卮。"

【简析】

词赋故人送别。上片写与友人相别的地点和彼此的心境。"去住心情知不共"一句较有新意，一般送别之作，并不区分送者和行人在同一事件中的不同体验感受，此词揭示出彼此的差异，抒情更为深细。换头三句写饯别场景，歌声愁怨，乐声凄咽，须臾即别，更尽一杯。结三句写别后，居者目送去舟帆影消失在茫茫水涯，但见江上风起，白浪如雪。以景结情，写来境界阔大，韵味悠长。

谒金门

留不得①。留得也应无益。白纻春衫如雪色②。扬州初去日③。　轻别离④，甘抛掷⑤。江上满帆风疾。却羡彩鸳三十六⑥，孤鸾还一只⑦。

【注释】

①留不得：留不住。唐刘禹锡《杨柳枝词九首》之九："春尽絮飞留不得，随风好去落谁家。"

②白纻（zhù）：白色的苎麻，此指白纻麻所织之布。《乐府诗集》卷五五引《乐府解题》："古词誉白纻曰：'质如轻云色如银，制以为袍余作巾。袍以光躯巾拂尘。'"唐张籍《白纻歌》："皎皎白纻白且鲜，将作春衣称少年。"

③扬州：古九州岛之一，故址在今江苏扬州。《尚书·禹贡》："淮海维扬州。"《传》曰："北距淮，南距海。"《尔雅·释地》："江南曰扬州。"汉扬雄《扬州箴》："天矫扬州，江汉之浒。"

④轻别离：唐白居易《琵琶行》："商人重利轻别离，前月浮梁买茶去。"

⑤甘抛掷：甘心弃掷。抛掷：唐雍陶《遣愁》："抛掷泥中一听沈，不能三叹引愁深。"

⑥彩鸳三十六：三十六对彩鸳鸯。《西京杂记》："霍光园中凿大池，植五色睡莲，养鸳鸯三十六对，望之烂若披锦。"《乐府诗集·鸡鸣高树巅》："舍后有方池，池中双鸳鸯，鸳鸯七十二，罗列自成行。"又《玉台新咏·古乐府·相逢狭路间》："入门时左顾，但见双鸳鸯；鸳鸯七十二，罗列自成行。"是其所本。此言行者。

⑦孤鸾：单栖的鸾鸟。唐卢照邻《长安古意》："生憎帐额绣孤鸾，好取门帘帖双燕。"此处送者自指。

【简析】

此首闺人怨别。起句顿入，劈面飞来，顶点抒情，陡健有力，此种写法，在温韦等《花间》词人中罕见。开口即断言"留不得"，是知男子去意已决，自己回天无力。"留得也应无益"，则在首句说足说绝后略加转圜，退一步说，意为即使能留下人，也留不住心，似此虽留又有何益。这两句表现思妇别时怨尤无奈、矛盾痛苦的复杂心情，见出女子对人心和命运、对事物和情感本质的洞察透彻。"这种突起、急转，既坦率又峭劲的写法，正是孙词气骨遒健的一种表征。"（詹安泰《宋词散论》）"白纻"二句，写行人初别之时的衣饰打扮，鲜洁明丽，风流潇洒，则知女子对他责怨之中仍有着深深的爱怜，而他却并无伤别之意，女子和扬州,对他都已经失去吸引力,此刻的他也许感觉有几分莫名的兴奋,正在憧憬着远方的又一片崭新天地。换头三句,呼应起句,写衣着济楚、精神的行人对别离的态度,"轻"、"甘"二字,责其薄情负心。"满帆风疾",写其去程之速,是主观上欲急去,也是客观上助其急去,或许这就是所谓天意吧,这一句更印证了"留不得"和"留得也应无益"的判断正确。结二句,是比喻也是对比,写思妇羡慕成双成对的鸳鸯,自叹又成孤鸾,言外含有无限悲戚之意。李冰若、唐圭璋认为此词是游子自抒"相思之苦,漂泊之感",陈廷焯、吴梅更认为词中寄托了"不遇之感",是词人"不事侧媚,甘处穷寂"的高洁品格的写照。诸家观点可供解读时参考。

思越人

古台平①,芳草远,馆娃宫外春深②。翠黛空留千载恨③,教人何处相寻。　　绮罗无复当时事。露花点滴香泪④。惆怅遥天横渌水。鸳鸯对对飞起。

【注释】

①古台:姑苏台。参卷六欧阳炯《江城子》"晚日金陵岸草平"注⑤。

②馆娃宫:古代吴宫名,春秋吴王夫差为西施所造,在今江苏苏州西南灵岩山上,灵岩寺即其旧址。晋左思《吴都赋》:"幸乎馆娃之宫,

张女乐而娱群臣。"唐李白《西施》："提携馆娃宫，杳渺讵可攀！"参卷一温庭筠《杨柳枝》"馆娃宫外邺城西"注①。

③千载恨：春秋末至五代已千有余年，故云。南朝宋鲍照《代东武吟》："徒结千载恨，空负百年怨。"

④香泪：唐黄滔《江州夜宴献陈员外》："数枝红蜡啼香泪，两面青娥拆瑞莲。"多指女子的泪水。此言花瓣上的露珠点滴落下，如西子流下的眼泪。

【简析】

词咏本调，发思古幽情。上片描写姑苏台上馆娃宫外芳草凄迷的春深景色，慨叹人事沧桑，空留千载遗恨。下片说当年西施吴王的种种艳事，而今早已无处寻觅，只有那草花上的露水，还像是西施洒落的点滴香泪。结二句描写绿水长天、鸳鸯对飞之景，抒发吊古的"惆怅"之情。

其 二

渚莲枯①，宫树老②，长洲废苑萧条③。想象玉人空处所④，月明独上溪桥。　经春初败秋风起。红兰绿蕙愁死⑤。一片风流伤心地。魂销目断西子。

【注释】

①渚莲：洲渚旁的荷花。唐赵嘏《长安晚秋》："紫艳半开篱菊净，红衣落尽渚莲愁。"

②宫树：宫苑中的树木。唐王维《奉和圣制御春明楼临右相国亭赋乐贤诗应制》："小苑接侯家，飞甍映宫树。"此指馆娃宫树。

③长洲废苑：指吴王阖闾游猎的长洲苑。《吴郡志》："长洲苑，在姑

苏南，太湖北。"汉赵晔《吴越春秋·阖闾内传》："射于鸥陂，驰于游台，兴乐石城，走犬长洲。"晋左思《吴都赋》："造姑苏之高台，临四远而特建，带朝夕之浚池，佩长洲之茂苑。"

④玉人：此指西施。空处所：言西子已去，空留荒台废苑。

⑤红兰：参卷七孙光宪《浣溪沙》"蓼岸风多橘柚香"注④。绿蕙：与红兰对言，当指蕙草。南朝王筠《诗》："缘岩蔓芳杜，回崖掩绿蕙。"

【简析】

华锺彦《花间集注》曰："孙少监词二首，皆咏西子事，就题发挥。"所言良是。此首同前，赋咏西施旧事，抒发思古幽情。起三句描写吴王宫苑莲枯树老的荒芜萧条之景，兴起玉人杳然、往事如烟之慨叹。"月明独上溪桥"，见出词人追想往事的伤心怀抱。换头二句，再写吴宫荒凉，春往秋来，蕙死兰愁。"杜牧诗"的确"无此凄黯"（锺本评语），这是李贺诗中"荒国㺯殿、丘垅萲莽"的败落境界，其字面句法也是李贺式的。结二句用"风流伤心"概括西施旧事和吴宫旧地，进一步抒写词人怀古的销魂感受。这种疏冷而又凄艳俊逸的词笔，为孙光宪所独有。

杨柳枝

阊门风暖落花干①。飞遍江城雪不寒②。独有晚来临水驿③，闲人多凭赤栏干④。

【注释】

①阊门：吴王阖闾所建，在今江苏苏州城西。汉赵晔《吴越春秋·

阖闾内传》:"立阊门者,以象天门,通阊阖风也。阊闾欲西破楚,楚在西北,故立阊门以通天气,因复名之破楚门。"

②江城:姑苏城。雪不寒:言柳絮似雪而不寒。

③临水驿:临水的驿站。唐朱庆余《送韦繇校书赴浙东幕》:"水驿迎船火,山城候骑尘。"

④赤栏干:赤栏桥之栏杆。参卷一温庭筠《杨柳枝》"宜春苑外最长条"注④。此泛指桥栏。

【简析】

词咏本调,写姑苏阊门江城水驿柳树。前二句先以暖风中的落花,衬托飘飞如雪的柳絮;后二句再以驿桥栏杆旁游人的凭眺观赏,空际传出柳树长条拂水的仪态韵度之美。此词首句以"干"形容落花,字下得奇;"飞遍"句喻柳絮如不寒之雪,"得咏絮之妙"(李冰若《栩庄漫记》)。

其 二

有池有榭即蒙蒙①。浸润翻成长养功②。恰似有人长点检③,着行排立向春风④。

【注释】

①有池句:言柳树多傍池榭栽种。蒙蒙:纷杂貌。唐贾岛《送神逸法师》:"柳絮落蒙蒙,西州道路中。"

②长养:抚育培养。《荀子·非十二子》:"长养人民,兼利天下。"汉仲长统《理乱篇》:"安居乐业,长养子孙,天下晏然。"

③点检:检阅,校点。《旧唐书·懿宗纪》:"魏博何弘敬奏当道点检

兵马一万三千赴行营。"

④着行：犹成行。唐杜甫《鄠城西原送李判官兄、武判官弟赴成都府》："野花随处发，官柳着行新。"

【简析】

词咏柳树。首二句言柳树多傍池榭种植，池水的浸润，成就了培育柳树成长的功德。这两句意思平庸，次句被讥为"拙而蠢"（汤显祖评《花间集》）。后二句写柳树在春风中排列整齐，像是一列待人检阅的士兵，比拟手法，写出了柳树的别一种风貌，较有新意。

其 三

根柢虽然傍浊河①。无妨终日近笙歌。骖骖金带谁堪比②，还共黄莺不校多。

【注释】

①根柢：草木的根。柢，即根。南朝梁刘勰《文心雕龙·宗经》："根柢盘深，枝叶峻茂。"此指柳树之根。浊河：混浊的河流，特指黄河。北魏郦道元《水经注·河水一》："河水浊，清澄一石水，六斗泥……是黄河兼浊河之名矣。"唐高蟾《感事》："浊河从北下，清洛向东流。"

②骖骖（cān cān）：当作"毵毵"，垂拂纷披貌。韦庄《古别离》："晴烟漠漠柳毵毵，不那离情酒半酣。"

【简析】

词咏柳树。首二句言柳树根须虽然扎在浊河岸上，但无妨它高处的枝条整日飘拂在笙歌楼台畔。后二句取比拟修辞，形容低垂如带的柳条嫩于黄金的颜色。词虽点缀以笙歌，映衬以黄莺，但仍乏意趣。

其 四

万株枯槁怨亡隋①。似吊吴台各自垂②。好是淮阴明月里③,酒楼横笛不胜吹④。

【注释】

①万株枯槁:唐白居易《隋堤柳》:"隋堤柳,岁久年深尽衰朽。风飘飘兮雨萧萧,三株两株汴河口。老枝病叶愁杀人,曾经大业年中春。"枯槁:草木枯萎。《老子》:"草木之生也柔脆,其死也枯槁。"亡隋:何光远《鉴戒录》引炀帝《柳枝》词云:"柳枝歌,亡隋之曲也。"唐白居易《隋堤柳》:"后王何以鉴前王,请看隋堤亡国树。"

②吴台:指姑苏台,与第一首"阊门"呼应。

③淮阴:古县名。《汉书·地理志》载临淮郡属二十九县之一,故址在今江苏淮安淮阴区。

④横笛不胜吹:乐府横吹曲有《折杨柳》。

【简析】

词咏柳树,与前三首相同。这四首《杨柳枝》,大约是孙光宪作品中水准最低的一组。相较之下,此首引入怀古的内容,写隋堤枯柳,虽仍就题缘饰,总算有些许感慨。后二句写淮阴月夜,酒楼上吹奏的《折杨柳》笛曲,将咏柳虚化,较有意境韵味,同时也完成了点题的任务。

望梅花

数枝开与短墙平。见雪萼、红趺相映①。引起谁人边塞情②。　帘外欲三更。吹断离愁月正明。空听隔江声③。

【注释】

①雪萼：白色的花萼。唐崔道融《梅花》："数萼初含雪，孤标画本难。"红趺（fū）：即朱趺，红色花萼。趺，通"柎"。《管子·地员》："朱趺黄实。"尹知章注："趺，花足也。"

②边塞情：由梅花而及《梅花落》笛曲，《梅花落》属汉乐府横吹曲名，横吹曲军乐，故云"边塞情"。

③隔江声：隔江送过的笛曲声。

【简析】

词咏本调，就题发挥。上片写墙角数枝早梅，红趺映衬雪萼，煞是好看，不知会引起谁人折花寄赠塞外的想法。下片写深夜隔江闻笛。"帘外"句暗写帘内之人三更未眠，承上"谁人"。"吹断"二句写帘外月明如水，隔江传来了《梅花落》笛曲声，嘹亮凄清，时断时续，帘内不眠人听出了曲子中包含的浓重离愁。这里使用乐府横吹曲《梅花落》的典故，点出"离愁"，回应上片的"边塞情"。这首题咏词，明写梅花而实抒离别相思之情，月夜隔江闻笛的画面，"尤多幽韵"（钟本《花间集》评语）。

渔歌子

　　草芊芊①,波漾漾②。湖边草色连波涨③。沿蓼岸,泊枫汀④,天际玉轮初上⑤。　　扣舷歌,联极望⑥。桨声伊轧知何向⑦。黄鹄叫⑧,白鸥眠⑨。谁似侬家疏旷⑩。

【注释】

①芊芊:草木茂盛貌。唐赵冬曦《灉湖作》:"水还波卷溪潭涧,绿草芊芊岸蕲苲。"

②漾漾:荡漾闪耀貌。唐皇甫曾《山下泉》:"漾漾带山光,澄澄倒林影。"

③湖边句:承上二句,总言岸草与湖水。

④枫汀:长有枫树的汀洲。唐陆龟蒙《小雪后书事》:"枫汀尚忆逢人别,麦陇唯应欠雉眠。"

⑤玉轮:月的别称。唐元稹《月三十韵》:"绛河冰鉴朗,黄道玉轮巍。"

⑥联极望:华锺彦《花间集注》曰:"谓张望四极也。"极望:放眼远望。唐温大雅《大唐创业起居注》卷一:"直指西南,极望充天。"

⑦伊轧:象声词,船桨声。

⑧黄鹄:鸟名。《商君书·画策》:"黄鹄之飞,一举千里。"唐杜甫《秋兴》之六:"珠帘绣柱围黄鹄,锦缆牙樯起白鸥。"

⑨白鸥：水鸟名。唐李白《江上吟》："仙人有待乘黄鹤，海客无心随白鸥。"

⑩侬家：自称，犹言我。家：后缀。唐寒山《诗》之一百六十九："侬家暂下山，入到城隍里。"疏旷：豪放，豁达。唐岑参《郡斋闲坐》："平生好疏旷，何事就羁束！"

【简析】

词咏本调，写渔隐之乐。上片描写黄昏月夜的湖景，湖边芊芊的草色，连着湖上漾漾的波光，渔父泊舟蓼岸枫汀之时，一轮皓月正从天际升起，水月一片空明。下片抒写渔父怡然自乐之情。月夜水湄，他时而扣舷啸歌，时而放眼远望，如此美好的湖光月色，让他情不自禁地摇起船桨，荡舟湖上，赏玩这浮光跃金、静影沉璧的水月美景。"知何向"三字，见出渔父信舟而行，没有明确的目的地，湖光月色，无非美景，娱目赏心，是处皆可，这种无目的而合目的的状态，正是审美陶醉的美妙境界。"黄鹄"二句，以动静的相衬，进一步点缀湖上月夜的恬静。一结问句点题，渔父快然自足之情溢于言表。此词溢出了《花间》情词的题材范围，清旷之意，野逸之气，令人神往。

其 二

泛流萤①，明又灭。夜凉水冷东湾阔。风浩浩②，笛寥寥③，万顷金波澄澈④。　杜若洲⑤，香郁烈。一声宿雁霜时节。经霅水⑥，过松江⑦，尽属侬家日月。

【注释】

①流萤：飞行无定的萤。南朝齐谢朓《玉阶怨》："夕殿下珠帘，流

萤飞复息。"唐杜牧《秋夕》："银烛秋光冷画屏，轻罗小扇扑流萤。"

②浩浩：广大无际貌。《诗经·小雅·雨无正》："浩浩昊天，不骏其德。"孔颖达疏："浩浩然，广大之旻天。"此指风势强劲。唐元稹《送侍御之岭南》："飓风狂浩浩，韶石峻崭崭。"

③寥寥：清越高远。唐姚合《过无可上人院》："寥寥听不尽，孤磬与疏钟。"

④金波：谓月光。《汉书·礼乐志》："月穆穆以金波，日华耀以宣明。"颜师古注："言月光穆穆，若金之波流也。"南朝齐谢朓《暂使下都夜发新林至京邑赠西府同僚》："金波丽鳷鹊，玉绳低建章。"

⑤杜若：香草名。多年生草本，味辛香，夏日开白花。《楚辞·九歌·湘君》："采芳洲兮杜若，将以遗兮下女。"

⑥霅（zhà）水：即霅溪。在今浙江湖州。南朝梁顾野王《舆地志》："霅水亦若水之异名也，水深不可测。俗谓之霅水。"唐孟郊《湖州取解述情》："霅水徒清深，照影不照心。"

⑦松江：吴淞江的古称。清钱大昕《十驾斋养新录·松江》："唐人诗文称松江者，即今吴江县地，非今松江府也。松江首受太湖，经吴江、昆山、嘉定、青浦，至上海县合黄浦入海，亦名吴松江。"

【简析】

词咏本调。上片描写湖上夜景，泛舟东湾，夜凉水冷，流萤明灭，迎着浩荡的长风，吹奏清越的渔笛，但见万顷金波滉漾，一片水月空明。"万顷"句承接"东湾阔"，展示空阔浩大的境界，宋张孝祥《念奴娇》词句"素月分辉，明河共影，表里俱澄澈"所写境界与之相似。下片写夜晚行舟，抒渔隐之乐。月夜江湖的自然美景，令渔父陶醉，他索性荡起双桨，"经霅水，过松江"，聆听着栖宿江湖的嘹唳雁声，呼吸着江风吹送的杜若香气,欣赏着江湖秋夜的清幽风景,享受着那份俗世难得的自在快乐,感觉心旷神怡,乐哉漪欤。此词写江湖月夜泛舟的隐逸之乐,表达词人遗落世务、潇洒出尘之想,闲适疏旷,论者叹赏其"竟夺了张志和、张季鹰坐位,忒觉狠些"(汤显祖评《花间集》)。

魏承班 二首

【小传】

魏承班(？—九二五),许州(治今河南许昌)人。其父魏弘夫,前蜀王建收为养子,赐名王宗弼,封齐王。承班亦从其父改名王承班,为驸马都尉,官至太尉。前蜀后主咸康元年(九二五),后唐军攻蜀,宗弼叛蜀归唐,据成都,自称留后。承班奉父命赂唐军。唐军入成都后,族诛王宗弼家,承班亦罹难。生平事迹详见《九国志》卷九、《新五代史》卷六三、《十国春秋》卷三九《王宗弼传》,并《资治通鉴》、《锦里耆旧传》等书。魏词《花间集》录存十五首,《尊前集》录存六首,共计二十一首。

菩萨蛮

罗裾薄薄秋波染①。眉间画时山两点②。相见绮筵时③。深情暗共知。　翠翘云鬓动④。敛态弹金凤⑤。宴罢入兰房⑥。邀人解佩珰⑦。

【注释】

①罗裙：丝罗衣裙。南朝乐府《吴声歌》："情人戏春月，窈窕曳罗裙。"秋波染：言裙裾色如秋波澄碧。

②山两点：言所画山眉式样。温庭筠《归国遥》："粉心黄蕊花靥。黛眉山两点。"

③绮筵：华丽丰盛的筵席。唐高勔《晦日宴高氏林亭同用华字》："绮筵歌吹晚，幕雨泛香车。"

④翠翘：翠鸟尾上的长羽。妇女头饰状似之，亦名。唐韦应物《长安道》："丽人绮阁情飘飘，头上鸳钗双翠翘。"

⑤金凤：琵琶、琴、筝之属。因弦柱上端刻凤为饰，故称。

⑥兰房：犹香闺。参卷七顾敻《浣溪沙》"惆怅经年别谢娘"注④。

⑦佩珰：耳环，亦泛指玉佩。唐李贺《李夫人歌》："红壁阑珊悬佩珰，歌台小妓遥相望。"

【简析】

词写男女欢情。起二句描摹女子美丽的妆容，接二句叙写在一场豪华的宴席上，女子与人一见生情，两心相许。换头转写女子敛态弹筝的动人姿容，意有所属，借曲传情，女子微妙的内心世界，抑制不住的激动喜悦，都通过"翠翘云鬓动"五字表现出来，十分生动传神。结二句叙写宴罢欢爱的情状，女子主动邀人帮助卸妆，见出其性格的大胆泼辣。词中所写女子应是欢场中人，色艺俱佳自不待言，其多情而近于放恣，亦是风尘习性，读者于此不可不察。此词内容上有温词之艳冶，表现上无温词之深隐，虽"弄姿无限"却"一腔摹出"（沈雄《古今词话》），相比温词，就显得直露许多。

其　二

罗衣隐约金泥画①。玳筵一曲当秋夜②。声泛觑人娇。云鬟袅翠翘。　　酒酽红玉软③。眉翠秋山远。绣幌麝烟沉。谁人知两心④。

【注释】

①金泥：即泥金。参卷四牛峤《菩萨蛮》"舞裙香暖金泥凤"注①。

②玳筵：玳瑁筵。南朝陈江总《今日乐相乐》："绮殿文雅遒，玳筵欢趣密。"

③酒酽：唐白居易《醉后戏题》："今夜酒酽罗绮暖，被君融尽玉壶冰。"红玉：红色宝玉。古常以比喻美人肌色。《西京杂记》卷一："赵后体轻腰弱，善行步进退，女弟昭仪，不能及也。但昭仪弱骨丰肌，尤工笑语。二人并色如红玉。"

④两心：彼此之心，双方的思想。汉焦赣《易林·大过之小过》："两心相悦。"唐白居易《长恨歌》："临别殷勤重寄词，词中有誓两心知。"

【简析】

此首同前，亦写欢场女子情爱。起句描写女子衣饰之美，次句写她在秋夜华宴上，献歌一曲。三句写她歌声微颤，含情觑人，娇娆可爱。四句即前首"翠翘云鬟动"，都是描写女子弹奏或歌唱时，发鬟首饰的动态，以之映衬人物的情感心理。但也小有差异，前首写女子弹筝，需低头用力，发鬟首饰摆动幅度较大，故用一"动"字；此首写女子唱歌，随着声音的高低抑扬，发鬟首饰只是轻微地晃动，故用一"袅"字。凡此，见出词人字法的讲究。换头二句，描写女子酒酣之时的妩媚容态，"远"字在形容眉样的同时，也隐约逗起女子的情思。结二句描写女子宴罢回到香烟氤氲的绣幌里，感叹无人解知两情相悦的心意。回看上片"觑人娇"，可知女子唱歌时已心有所属，但是出于客观原因，情爱没能实现，所以引发了她空帏独宿的嗟怨。这是与前首所写女子得遂心愿不一样的地方。

卷九

魏承班 十三首

满宫花

雪霏霏①,风凛凛②。玉郎何处狂饮。醉时想得纵风流,罗帐香帏鸳寝。　春朝秋夜思君甚③。愁见绣屏孤枕。少年何事负初心④,泪滴缕金双衽⑤。

【注释】

①霏霏:雨雪盛貌。《诗经·小雅·采薇》:"今我来思,雨雪霏霏。"毛《传》:"霏霏,甚也。"

②凛凛:寒冷。《古诗十九首·凛凛岁云暮》:"凛凛岁云暮,蝼蛄夕鸣悲。"

③春朝秋夜:指一年四季。南朝梁沈约《与约法师书》:"春朝听鸟,秋夜临风。"

④初心:本意。晋干宝《搜神记》卷一五:"既不契于初心,生死永诀。"唐吴融《和杨侍郎》:"烟霄惭暮齿,麋鹿愧初心。"

⑤缕金:金缕。衽:衣襟。《公羊传·昭公二十五年》:"再拜稽首以衽受。"《汉书·张良传》:"楚必敛衽而朝。"

【简析】

　　此首为闺怨之词。起二句对举成文,描写风雪严寒天气。三句写在这寒冷的冬日,浮薄少年不与女子闺中相守,不知又到何处狂饮寻欢去了。四、五句展示女子的心理活动,是她想象之中少年醉酒后的放纵情态,衬出她的孤独压抑痛苦。上片写女子一季怨思,换头写她从春到秋长年的怨思,少年整日冶游不归,女子无限寂寞感伤。"少年何事负初心"的怨责,虽有"故意求尽之病"(沈雄《古今词话》),但也是词情迫发而出的真切人生体验;女子虽然仍觉困惑,但她的诘问,已触及爱情心理中的性别差异这一深层问题。

木兰花

　　小芙蓉,香旖旎①。碧玉堂深清似水。闭宝匣②,掩金铺③,倚屏拖袖愁如醉。　　迟迟好景烟花媚④。曲渚鸳鸯眠锦翅⑤。凝然愁望静相思⑥,一双笑靥嚬香蕊⑦。

【注释】

　　①旖旎:多盛美好貌。《楚辞·九辩》:"窃悲夫蕙华之曾敷兮,纷旖旎乎都房。"王逸注:"旖旎,盛貌。"

　　②宝匣:女子的妆奁。唐乔知之《定情篇》:"妾有秦家镜,宝匣装珠玑。"

　　③金铺:兽面形铜制门环,此处代指门。《文选·司马相如〈长门

赋〉》："挤玉户以撼金铺兮，声噌吰而似钟音。"

④烟花：雾霭中的花。南朝梁沈约《伤春》："年芳被禁御，烟花绕层曲。"泛指绮丽的春景。唐杜甫《清明》之二："秦城楼阁烟花里，汉主山河锦绣中。"

⑤眠锦翅：敛起锦翅而眠。

⑥凝然：犹安然。形容举止安详或静止不动。唐李咸用《升天行》："玉皇据案方凝然，仙官立仗森幢幡。"

⑦笑靥：笑容，笑颜。南朝梁萧统《拟古》："眼语笑靥近来情，心怀心想甚分明。"亦指古代妇女脸上的妆饰品。韦庄《叹落花》："西子去时遗笑靥，谢娥行处落金钿。"嚬：蹙眉。香蕊：花瓣。唐无名氏《白衣女子木叶上诗》："桃花洞口开，香蕊落莓苔。"此指女子如花之容颜。或指女子面饰。

【简析】

　　词写闺情。整体上看，此词确属"庸调"（李冰若《栩庄漫记》），然起三句以离合之笔，人花双写，虚实之间，具见运思之妙，不可笼统抹倒。接三句以连续性的动作，摹写女子无情无绪、如痴如醉之愁态。换头以乐景衬悲情，以双栖之鸳鸯衬独处之女子。"凝然愁望静相思"一句，是上片"愁如醉"三字的落实，"凝"、"静"正见其迷醉，故有结句乍笑还颦的表情，传达出女子忽忽如痴、悲喜莫名的微妙相思心理。词笔虽不能说已经曲尽人情，但也还是有相当的表现力的。

玉楼春

寂寂画堂梁上燕。高卷翠帘横数扇①。一庭春色恼人来,满地落花红几片。　　愁倚锦屏低雪面②。泪滴绣罗金缕线。好天凉月尽伤心,为是玉郎长不见③。

【注释】

①横数扇:指横列数扇窗子。

②雪面:面颊白皙如雪。唐白居易《柘枝妓》:"带垂钿胯花腰重,帽转金铃雪面回。"

③为是:因是。唐徐凝《汴河览古》:"渡河不似如今唱,为是杨家怨思声。"

【简析】

词写闺怨。起句即以画堂寂寂与梁燕呢喃构成对比,反衬画堂中人的孤单。二句写卷帘开窗,当是女子深感闺中寂寞,意欲凭眺排遣。三、四句逆接,不意映入眼帘的"一庭春色",反让女子觉得十分烦恼,满地落红的暮春光景,也让她生出年华虚度之叹。过片二句承接"恼人",描写她触景伤情的愁怨之态。结二句交待"好天凉月"之所以让女子尽觉伤心,都是因为"玉郎长不见"。此词是典型的情景分离写法,以乐景衬哀情,收相反相成之效。至于结句,或贬为故意求尽,了无余味,或赞为凄切惊醒,语意爽朗,两种看法出入很大,这是评鉴的角度和尺度不同所致。

其 二

　　轻敛翠蛾呈皓齿。莺哢一枝花影里。声声清迥遏行云[①]，寂寂画梁尘暗起[②]。　　玉斝满斟情未已[③]。促坐王孙公子醉[④]。春风筵上贯珠匀[⑤]，艳色韶颜娇旖旎[⑥]。

【注释】

　　①清迥：清越而有回声。唐李涉《题清溪鬼谷先生旧居》："寂寞天籁息，清迥鸟声曙。"遏行云：《列子·汤问》："薛谭学讴于秦青，未穷青之技，自谓尽之，遂辞归。秦青弗止，饯于郊衢，抚节悲歌，声振林木，响遏行云。薛谭乃谢求反，终身不敢言归。"唐赵嘏《闻笛》："响遏行云横碧落，清和冷月到帘栊。"

　　②画梁尘暗起：形容歌声动听。汉刘向《别录》："汉兴以来，善雅歌者鲁人虞公，发声清哀，盖动梁尘。"唐刘兼《春宴河亭》："舞袖逐风翻绣浪，歌尘随燕下雕梁。"

　　③玉斝（jiǎ）：玉制酒器。唐杜甫《朝享太庙赋》："福穰穰于绛阙，芳霏霏于玉斝。"用为酒杯之美称。唐韩愈《忆昨行和张十一》："青天白日花草丽，玉斝屡举倾金罍。"

　　④促坐：靠近而坐。《史记·滑稽列传》："日暮酒阑，合尊促坐，男女同席，履舄交错。"晋孙楚《登楼赋》："百僚云集，促坐华台。"

　　⑤贯珠匀：形容歌声如串珠般清脆圆润。《礼记·乐记》："故歌者上如抗，下如队，曲如折，止如槁木，倨中矩，句中钩，累累乎端如贯珠。"

⑥艳色韶颜：艳美的容颜。唐王维《西施咏》："艳色天下重，西施宁久微。"唐白居易《岁暮》其二："穷阴急景坐相催，壮齿韶颜去不回。"

【简析】

词咏歌女。起句特写女子引吭启齿的歌唱表情，二句比喻其歌声如花影里传来的莺声一样婉转动听。三、四句形容女子歌喉清越高远，响遏行云，声动梁尘。过片转写宴席上王孙公子的沉酣之态，以之衬托女子歌声的美妙动人。结二句人歌双写，其声清脆圆润如贯珠，其人姿容娇美艳丽。此词正面表现的是歌女和歌声之美，间接地写出了士大夫文人对酒当歌的日常享乐生活。

诉衷情

高歌宴罢月初盈①。诗情引恨情。烟露冷，水流轻。思想梦难成②。　　罗帐袅香平③。恨频生。思君无计睡还醒。隔层城④。

【注释】

①月初盈：月初圆。唐李世民《帝京篇十首》之九："佩移星正动，扇掩月初圆。"

②思想：想念，怀念。《公羊传·桓公二年》："纳于大庙。"汉何休注："庙之言貌也，思想仪貌而事之。"三国魏应璩《与侍郎曹长思书》："足下去后，甚相思想。"此言男女相思。

③袅香平：形容烟缕平匀。

④层城：重城，高城。南朝宋刘义庆《世说新语·言语》："遥望层城，丹楼如霞。"唐杜甫《奉和严中丞西城晚眺十韵》："层城临暇景，绝域望余春。"

【简析】

词写歌女怀人。一起"高歌宴罢"即点出其人的身份，"月初盈"则是怀人的典型时空背景。接写歌女对月吟诗，触起了心中的离愁别恨。"烟露"二句描写夜色凄清，烘衬女子欲梦不成的孤凄烦恼之情。换头承接前结，描写帐帏之中香烟袅袅，女子辗转不寐，恨意频生，才睡又醒，心绪不宁。然与所念之人有高城相隔，终亦无可奈何。结二句所写情形，是古典诗词中常见的"间阻思慕"模式。

其 二

春深花簇小楼台①。风飘锦绣开②。新睡觉③，步香阶。山枕印红腮。　鬟乱坠金钗。语檀偎④。临行执手重重嘱。几千回。

【注释】

①花簇：花朵丛聚。唐白居易《和答诗十首·答桐花》："叶重碧云片，花簇紫霞英。"

②锦绣：此指锦绣帘帏。

③新睡觉：刚睡醒。唐裴度《凉风亭睡觉》："饱食缓行新睡觉，一瓯新茗侍儿煎。"

④语檀偎：与檀郎偎私语。

【简析】

词写男女欢会之后的别离情景。起句点出"小楼台"的欢会地点，而以"春深花簇"的景语进行烘托暗示。次句描写风开绣帘,自然引出词中人物。接写欢会已罢,女子出帘相送,脸腮上还留有睡时的枕痕。"山枕印红腮"一句,"写枕席间香宛之致"(钟本评语),与张泌《柳枝》"红腮隐出枕菌花"撷取的细节类似。换头二句描写鬓乱钗坠的女子,别前与情人相偎软语,情态娇痴,语句香艳。结二句描写别时执手千番叮咛,尤见依依不舍,缠绵情深。此类词作,切入角度颇有讲究,选取欢会之时还是欢会之后,内容就会大相径庭。此词撇开正面切入别后,只就女子容饰略加点染,既不失情词香艳本色,又不至于"露骨",就其表现而言,颇有可取之处。

其 三

银汉云晴玉漏长①。蛩声悄画堂②。筠簟冷③,碧窗凉。红蜡泪飘香。　　皓月泻寒光④。割人肠。那堪独自步池塘。对鸳鸯。

【注释】

①银汉:天河,银河。南朝宋鲍照《夜听妓》:"夜来坐几时,银汉倾露落。"玉漏:漏壶之美称。唐苏味道《正月十五夜》:"金吾不禁夜,玉漏莫相催。"

②蛩(qióng)声:蟋蟀鸣叫声。唐白居易《禁中闻蛩》:"西窗独暗坐,满耳新蛩声。"

③筠簟:竹席。唐顾甄远《惆怅诗九首》之二:"禁漏声稀蟾魄冷,纱橱云簟波光净。"

④泻:形容月光如水泻落。唐李商隐《题郑大有隐居》:"石梁高泻月,樵路细侵云。"

【简析】

词写闺情。起二句以漏声蛩鸣衬出环境的幽静，烘托银河在天的晴夜里，画堂内外的悄谧氛围。接三句丽字凄境，描写闺帏之内窗冷簟凉，蜡泪飘香，令人难耐。于是转入下片，叙写女子索性走出画堂，来到池塘边散步排遣，但见皓月泻下一池寒光，让她伤情断肠，又见池塘内鸳鸯双栖，更让她感觉孤独不堪。词作虽然没有点明题旨，读者通过词中的情景描写和氛围渲染，不难体会到女子深重的伤离恨别之意。"皓月"二句，琢语尖新；结句"用相对写法"，亦显得"较有情味"。（李冰若《栩庄漫记》）

其　　四

金风轻透碧窗纱①。银釭焰影斜②。欹枕卧，恨何赊③。山掩小屏霞④。　　云雨别吴娃⑤。想容华⑥。梦成几度绕天涯。到君家。

【注释】

①金风：秋风。《文选·张协〈杂诗〉》："金风扇素节，丹霞启阴期。"李善注："西方为秋而主金，故秋风曰金风也。"唐李白《酬张卿夜宿南陵见赠》："当君相思夜，火落金风高。"

②银釭：银灯。南朝梁萧绎《草名》："金钱买含笑，银釭影梳头。"唐长孙佐辅《幽思》："金炉烟霭微，银釭残影灭。"

③赊：长远无尽。唐郎士元《闻吹杨叶者》："妙吹杨叶动悲笳，胡马迎风起恨赊。"

④山掩小屏霞：指小屏风上所绘山色霞光掩映的图画。

⑤云雨：用宋玉《高唐赋》典，代指男女欢会。吴娃：吴地美女。

《文选》左思《吴都赋》："幸乎馆娃之宫，张女乐而娱群臣。"刘良注："吴俗谓好女为娃。"唐李白《经乱离后天恩流夜郎忆旧游书怀赠江夏韦太守良宰》："吴娃与越艳，窈窕夸铅红。"

⑥容华：美丽的容颜。三国魏曹植《杂诗》之四："南国有佳人，容华若桃李。"

【简析】

词写男子秋夜相思。上片描写金风透窗的夜晚，室内摇曳的灯影里，男子攲枕侧卧、满腹惆怅，对着屏风上的画面怔怔出神。下片交待男子夜深不眠的原因，抒发对"吴娃"梦绕魂牵的深长思念之情。"梦成"二句，语势曲折，不是入梦即到"君家"，而是"几度绕天涯"之后，始才得到"君家"，足见男子用情之深挚。

其 五

春情满眼脸红绡①。娇妒索人饶②。星靥小③，玉珰摇④。几共醉春朝⑤。　别后忆纤腰。梦魂劳。如今风叶又萧萧。恨迢迢。

【注释】

①脸红绡：谓脸颊细腻红润如薄绡。

②娇妒：娇嗔貌。唐李白《白头吟》之一："此时阿娇正娇妒，独坐长门愁日暮。"索人饶：欲得人疼爱。

③星靥：指女子酒窝或酒窝上的面饰。唐杜审言《奉和七夕侍宴两仪殿应制》："敛泪开星靥，微步动云衣。"

④玉珰：玉制的耳饰。唐李商隐《夜思》："寄恨一尺素，含情双玉珰。"

⑤几共：屡共。唐齐己《采莲曲》："时逢岛屿泊，几共鸳鸯眠。"

【简析】

词写男子相思忆旧之情。上片回忆所恋女子的容貌、妆饰和情态，描写细腻。"娇妒索人饶"的娇憨泥人情态，尤为生动传神。"几共醉春朝"一句，概括他们共度花朝月夕的美好欢乐。换头二句，抒发男子别后的相思之情，"忆纤腰"三字，凸显出男子爱情心理的焦点。结二句以风叶萧萧之物态，映衬离恨迢迢之人情，词笔清疏，浅语"颇有深致"（钟本评语）。

生查子

烟雨晚晴天，零落花无语。难话此时心①，梁燕双来去。　　琴韵对熏风②，有恨和情抚③。肠断断弦频④，泪滴黄金缕⑤。

【注释】

①难话：难以用语言表达。唐李山甫《别杨秀才》："如何又分袂，难话别离情。"

②琴韵：琴声。唐许浑《重游飞泉观题宿龙池》："松叶正秋琴韵响，菱花初晓镜光寒。"熏风：东南风，和风。《吕氏春秋·有始》："东南曰熏风。"高诱注："巽气所生，一曰清明风。"

③和情：含情。抚：弹奏。

④断弦频：频频断弦。

⑤黄金缕：金线绣饰的衣服。唐聂夷中《大垂手》："金刀剪轻云，

盘中黄金缕。"

【简析】

词写闺怨。起二句描写日暮花落之景，一种迟暮伤春意绪，氤氲字里行间。由"花无语"到人"难话"，转接自然。对暮春晚景，看双燕来去，此时心情，有非语言所可形容者。不言言之，是一种比说出来更为有力的表达。过片转写女子将无诉的心事，托之琴韵，聊作排遣。但一曲翻教肠寸断，使得女子更加悲伤。"肠断断弦频"一句，连用两个"断"字，前一个"断"字虚写看不见的"断肠"，后一个"断"字实写看得见的"断弦"，把女子抽象的痛苦情感转化为眼前的具象，不仅构句很有特点，而且富有表现力。全词虽极写女子的悲苦愁怨，却始终不曾点明原因，在"浅易"、"求尽"的魏词中，显得"蕴藉可诵"。（李冰若《栩庄漫记》）

其 二

寂寞画堂空，深夜垂罗幕。灯暗锦屏欹，月冷珠帘薄。　　愁恨梦难成，何处贪欢乐。看看又春来①，还是长萧索②。

【注释】

①看看：眼看，转眼。唐刘禹锡《酬杨侍郎凭见寄》："看看瓜时欲到，故侯也好归来。"

②萧索：萧条冷落，凄凉。晋陶潜《自祭文》："天寒夜长，风气萧索，鸿雁于征，草木黄落。"

【简析】

词写闺怨。上片描写画堂空寂、幕垂帘薄、月冷灯暗的深夜居室环境,渲染出浓郁的清冷空漠氛围,以之烘衬女子孤寂凄寒的心境。过片承上,转写满腹愁恨的女子,不眠无梦之际,对纵游不归的薄幸男子的怨恼情绪。结二句又来、"还是"转折递进:说明独守空闺的萧索日子,挨度已非一春;大好的春天眼看又要来临,这萧索的日子还得挨度下去。无可奈何的怨艾之情与酸楚之感,溢于言外。

黄钟乐

池塘烟暖草萋萋。惆怅闲霄含恨①,愁坐思堪迷。遥想玉人情事远②,音容浑似隔桃溪③。　　偏记同欢秋月低④。帘外论心花畔⑤,和醉暗相携。何事春来君不见,梦魂长在锦江西⑥。

【注释】

①闲霄:即"闲宵",寂寞无聊的夜晚。唐元稹《莺莺传》:"自去秋以来,常忽忽如有所失。于喧哗之下,或勉为语笑,闲宵自处,无不泪零。"

②玉人:容貌美丽的人。《晋书·卫玠传》:"(玠)年五岁,风神秀异……总角乘羊车入市,见者皆以为玉人,观之者倾都。"唐元稹《莺莺传》:"隔墙花影动,疑是玉人来。"后多用以称美丽的女子。

③浑似:完全像。唐京兆韦氏《悼妓诗》:"不教布施刚留得,浑似初逢李少君。"桃溪:即桃源,喻指仙境。

④偏记:犹最忆。

⑤论心：谈心，倾心交谈。晋陆机《演连珠》之二十九："抚臆论心，有时而谬。"唐李白《答王十二寒夜独酌有怀》："与君论心握君手，荣辱于我亦何有。"

⑥锦江：岷江分支之一，在今四川成都南。传说蜀人织锦濯其中则锦色鲜艳，濯于他水，则锦色暗淡，故称。唐杜甫《登楼》："锦江春色来天地，玉垒浮云变古今。"

【简析】

此首为春夜怀人之词。对抒情主人公性别的确定，依赖于对"玉人"性别的理解。起句描写池塘春草之景，呼起相思怀人之情。接下即切入怀人，主人公闲宵愁坐，遥想"玉人"旧事，但觉音容渺茫，如隔桃溪。换头以"偏记"二字领起，突出强调在一片恍惚的记忆里，几个清晰的片段和细节，格外让人铭心刻骨。"秋月低"见出"同欢"之时的忘情沉醉，执手"论心"见出两相投契。结以春来人不见，只能梦里长相追寻，回扣起句"春草萋萋、王孙不归"之意，进一步强化"怀人"的题旨。"何事"的疑惑语气，摹写出怀人者的痴迷心态，也和上片的"思堪迷"前后呼应。全词感今忆昔，今夕映衬，较好地完成了"怀人"主题的表达。

渔歌子

柳如眉，云似发①。蛟绡雾縠笼香雪②。梦魂惊，钟漏歇。窗外晓莺残月。　　几多情，无处说。落花飞絮清明节。少年郎，容易别。一去音书断绝。

【注释】

①柳如眉,云似发:即"眉如柳,发似云"。

②蛟绡:即鲛绡。参欧阳炯《南乡子》"袖敛鲛绡"注①。雾縠:薄雾般的轻纱。《文选·宋玉〈神女赋〉》:"动雾縠以徐步兮,拂墀声之珊珊。"李善注:"縠,今之轻纱,薄如雾也。"香雪:喻指女子洁白芬芳的肌肤。

【简析】

词写闺情。起三句连用比喻修辞,形容女子的美丽。接三句叙写女子梦魂暗惊,见出其心绪不宁。钟漏声歇,残月晓莺,是女子梦醒之后所闻见,敷彩点色,以为烘衬。过片展开黎明时分女子的相思心理,落花飞絮,又是残春,深感岁华虚度的女子,满腹伤春怀人之情无处诉说。她责怨那薄情的少年郎,不知珍惜,轻易别去,而且一去杳无音讯,让人尤觉情有不堪。结三句虽有"一语道尽"(李冰若《栩庄漫记》)之弊,但其间所写的少年心性行径,却很有普遍性,《花间》情词中无数美丽女子的情感心灵痛苦,都由此辈造成。

鹿虔扆 六首

【小传】

鹿虔扆,年里不详。以工小词事后蜀孟昶为永泰军节度使,进检校太尉,加太保。事迹见《茅亭客话》卷三、《十国春秋》卷五六。鹿词

《花间集》存六首。

临江仙

金锁重门荒苑静①,绮窗愁对秋空②。翠华一去寂无踪③。玉楼歌吹④,声断已随风。　　烟月不知人事改,夜阑还照深宫。藕花相向野塘中⑤。暗伤亡国,清露泣香红⑥。

【注释】

①金锁:门上的金色连环形图案。唐李中《隔墙花》:"朱门金锁隔,空使怨春风。"重门:宫门。《文选·谢朓〈观朝雨〉诗》:"平明振衣坐,重门犹未开。"吕向注:"重门,帝宫门也。"唐李白《酬坊州王司马与阎正字对雪见赠》:"价重铜龙楼,声高重门侧。"

②绮窗:雕刻或绘饰得很精美的窗户。《文选·左思〈蜀都赋〉》:"开高轩以临山,列绮窗而瞰江。"吕向注:"绮窗,雕画若绮也。"

③翠华:天子仪仗中以翠羽为饰的旗帜或车盖。《文选·司马相如〈上林赋〉》:"建翠华之旗,树灵鼍之鼓。"李善注:"翠华,以翠羽为葆也。"用为御车或帝王的代称。唐陈鸿《长恨歌传》:"潼关不守,翠华南幸。"此指蜀主王衍。

④歌吹:歌声和乐声。南朝宋鲍照《芜城赋》:"廛闬扑地,歌吹沸天。"温庭筠《旅泊新津却寄一二知己》:"并起别离恨,思闻歌吹喧。"

⑤相向：相对，面对面。《孟子·滕文公上》："昔者孔子没，三年之外，门人治任将归，入揖于子贡，相向而哭，皆失声，然后归。"唐孟郊《古怨别》："含情两相向，欲语气先咽。"

⑥香红：多指代花。唐顾况《洛阳陌二首》之一："风送名花落，香红衬马蹄。"此处代指荷花。

【简析】

词抒亡国感伤。上片描写秋日宫苑荒凉寂寞。从金锁、重门、绮窗、翠华、玉楼、歌吹等宫庭意象群落上，犹能想象出当年的一派繁华景象。如今翠华一去无踪，歌吹随风飘逝，江山易代，人世已改，在秋日宫苑荒寂之景的描写中，含有深沉的兴亡感慨。下片先以夜阑还照深宫的烟月之无知，衬出词人的物是人非之感，月亮代表永恒的存在，阅尽沧桑，是人世盛衰的见证者。结三句移情于物，在词人的眼中，含露的野塘藕花，依依相向，也似在感伤亡国，暗自饮泣。此词写法上最大的特点，就是借助景物描写，抒发"国亡不仕"的词人凭吊故国的黍离之悲，"但写景物而情在其中"，可谓"善言情者"（况周颐《蕙风词话》）。尤其是下片对"烟月"、"藕花"的比拟性描写，同中见异，同是自然意象，月亮无知而藕花有知，一以衬出词人的有情，一以烘托词人的有情，"各极其妙"，使词情"感伤复感伤"，共同起到强化抒情的表现效果。

其 二

无赖晓莺惊梦断①，起来残酒初醒。映窗丝柳袅烟青。翠帘慵卷，约砌杏花零②。　　一自玉郎游冶去，莲凋月惨仪形③。暮天微雨洒闲庭。手挼裙带④，无语倚云屏。

【注释】

①无赖：无聊。谓多事而使人讨厌。南朝陈徐陵《乌栖曲》之二："惟憎无赖汝南鸡，天河未落犹争啼。"

②约砌杏花零：零落的杏花遮住了台阶。约：笼遮。

③莲凋月惨仪形：形容女子如莲似月的美好仪容已然憔悴。

④手挼：以手揉捻。唐赵牧《对酒》："手挼六十花甲子，循环落落如弄珠。"

【简析】

词写春思。起句化用金昌绪《闺怨》诗意，责晓莺"无赖"，见出女子之气恼，盖由留恋梦境也。次句"残酒初醒"，说明昨夜为消愁而饮醉，则女子之愁苦已可想见。早晨梦回酒醒，当更不堪。三句描写所见窗外丝柳含烟之景，略加点染，青青柳色暗示并唤起别情。"翠帘"句写女子之慵懒萎靡，"约砌"句写季节之迟暮衰残。下片交待女子愁怨的原因是"玉郎游冶去"，荡子不归，让女子的花容月貌变得憔悴不堪。"暮天"句融情入景，黄昏的霏微细雨，不正是女子黯淡缭乱的心绪的外化表现吗？结以女子手挼裙带、无语倚屏的动作情态描写，其终日相思的焦渴之意、酸楚之情，尽在不言之中。

女冠子

凤楼琪树①。惆怅刘郎一去②。正春深。洞里愁空结③，人间信莫寻。　　竹疏斋殿迥，松密醮坛阴④。倚云低首望，可知心。

【注释】

①凤楼琪树：指女冠居所。参卷一温庭筠《女冠子》"含娇含笑"注④。

②刘郎：即刘晨。参卷二温庭筠《思帝乡》"花花"注⑥。

③洞里：上文既言刘郎，此指桃源仙洞，即女冠所居。"洞里"四句，《全唐诗续补遗》卷一七引《全五代诗》卷五九作鹿虔扆五绝，题为《赠女道士》。

④醮坛：道士祭祀之坛。醮：祭祀。战国楚宋玉《高唐赋》："醮诸神，礼太一。"后亦指道士设坛祈祷，北齐颜之推《颜氏家训·治家》："符书章醮，亦无祈焉。"

【简析】

词咏本调，写女冠相思之情，把宗教题材艳情化。上片用刘晨、阮肇故事，写女冠身居仙境，而有思凡之心。刘郎一去，杳无音讯，暮春时节，女冠伤春怨别，相思惆怅。换头"竹疏斋殿迥，松密醮坛阴"二句，与起句"凤楼琪树"，都是对道观环境的描写形容。末二句，以女冠倚云低首眺望刘郎作结，形象地展示出她对俗世情爱渴望向往的心曲。

其 二

步虚坛上①。绛节霓旌相向②。引真仙③。玉佩摇蟾影④，金炉袅麝烟。　　露浓霜简湿⑤，风紧羽衣偏⑥。欲留难得住，却归天。

【注释】

①步虚坛：道士唱经礼赞的台子。步虚：道士唱经礼赞。唐李白《题随州紫阳先生壁》："喘息餐妙气，步虚吟真声。"清王琦《注》引南

朝宋刘敬叔《异苑》卷五："陈思王游山，忽闻空里诵经声，清远道亮。解音者则而写之，为神仙声。道士效之，作步虚声。"

②绛节霓旌：坛上之旗幡。唐韩偓《六言三首》之三："桃源洞口来否，绛节霓旌久留。"参卷三韦庄《喜迁莺》"人汹汹"注⑥。

③真仙：仙人。五代刘昫《旧唐书·裴潾传》："真仙有道之士，皆匿其名姓。"唐高适《玉真公主歌》："仙宫仙府有真仙，天宝天仙秘莫传。"

④蟾影：月影，月光。唐张子容《璧池望秋月》："蟾影摇轻浪，菱花渡浅流。"

⑤霜简：竹简，本指御史弹劾的奏章。南朝陈江总《诒孔中丞》："故人名宦高，霜简肃权豪。"此指道士作法的符牒。

⑥羽衣：用羽毛编织之衣。汉司马迁《史记·孝武本纪》："使使衣羽衣，夜立白茅上。"东汉班固《汉书·郊祀志上》："五利将军亦衣羽衣。"唐颜师古注："羽衣，以鸟羽为衣，取其神仙飞翔之意也。"后常称神仙或道士所服之衣为羽衣。唐白居易《梦仙》："羽衣忽飘飘，玉鸾俄铮铮。"

【简析】

此首亦咏本调，描写女冠月夜设坛作法的情景，以女冠导引"真仙"开始，以真仙难留、归天结束，叙写了道徒神坛法事活动的全过程。全词不染世俗艳情化色彩，是其特点；至于词作本身，泛泛无足道。

思越人

翠屏欹①,银烛背,漏残清夜迢迢②。双带绣窠盘锦荐③,泪侵花暗香销。　　珊瑚枕腻鸦鬟乱④。玉纤慵整云散⑤。苦是适来新梦见⑥。离肠争不千断。

【注释】

①欹:斜,倾侧。同"攲"。《荀子·宥坐》:"吾闻宥坐之器者,虚则欹,中则正,满则覆。"

②清夜:清静的夜晚。唐李端《宿瓜州寄柳中庸》:"怀人同不寐,清夜起论文。"迢迢:形容时间长久。唐戴叔伦《雨》:"历历愁心乱,迢迢独夜长。"

③绣窠:衣带上的刺绣花纹。唐岑参《玉门关盖将军歌》:"使君五马谩踟蹰,野子绣窠紫罗襦。"锦荐:以锦缘饰的卧席,泛指华美的席垫。荐:卧席。温庭筠《常林欢歌》:"锦荐金炉梦正长,东家呀喔鸡鸣早。"

④珊瑚枕:以珊瑚为饰之枕。唐李绅《长门怨》:"珊瑚枕上千行泪,不是思君是恨君。"鸦鬟:黑如鸦羽的丫形发髻,同"鸦髻"。唐李白《酬张司马赠墨》:"黄头奴子双鸦鬟,锦囊养之怀袖间。"清王琦《注》:"双鸦鬟,谓头上双髻,色黑如鸦也。"

⑤玉纤:女子纤白的手指。温庭筠《菩萨蛮》:"玉纤弹处珍珠落,

流多暗湿铅华薄。"云散：发散如云。

⑥适来：刚才。唐皮日休《重题后池》："适来会得荆王意，只为莲茎重细腰。"

【简析】

词写相思怀人之情。起三句写在残漏迢迢的清夜里，不眠的女子背对烛光、斜倚翠屏的情态。"双带"二句，描写女子锦褥上的绣花衣带，浸满淋漓的泪水，香艳中见出绮怨之意，时人推为绝唱。下片转写女子枕上鬟乱、纤手慵整，显示其心绪不佳。结二句写她梦中得遇情郎，梦醒后愈觉痛苦不堪的心情。此词语言"辞熔句冶，镂玉镌金"，情感酸楚忧伤，形成"凄丽"的抒情风格。

虞美人

卷荷香澹浮烟渚①。绿嫩擎新雨②。琐窗疏透晓风清。象床珍簟冷光轻③。水纹平④。　九疑黛色屏斜掩⑤。枕上眉心敛。不堪相望病将成。钿昏檀粉泪纵横⑥。不胜情。

【注释】

①卷荷：尚未舒展之荷叶。唐王周《和程刑部三首》之三："片雪翘饥鹭，孤香卷嫩荷。"烟渚：烟雾笼罩的洲渚。唐孟浩然《宿建德江》："移舟泊烟渚，日暮客愁新。"

②绿嫩：形容荷叶。唐齐己《谢中上人寄茶》："绿嫩难盈笼，清和

易晚天。"

③象床珍簟：象牙装饰的床，珠宝装饰的席，形容卧具之精美。唐李峤《床》："传闻有象床，畴昔献君王。"南朝宋刘骏《伤宣贵妃拟汉武李夫人赋》："宝罗昈兮春幌垂，珍簟空兮夏帱扁。"

④水纹：指席上之花纹。唐李益《写情》："水纹珍簟思悠悠，千里佳期一夕休。"参卷六和凝《山花子》"银字笙寒调正长"注②。

⑤九疑：山名，在今湖南南部宁远南。《史记·五帝本纪》："（舜）葬于江南九疑。"北魏郦道元《水经注·湘水》："蟠基苍梧之野，峰秀数郡之间。罗岩九举，各导一溪。岫壑负阻，异岭同势。游者疑焉，故曰九疑山。"也作九嶷。东汉班固《汉书·武帝纪》："望祀虞舜于九嶷。"

⑥钿昏句：谓泪水污了脂粉钗钿。

【简析】

词写相思之苦。上片先写早晨的室外风景，再写居室环境。室外洲渚上晨雾未散，池沼里嫩荷带雨，空气中飘浮着淡淡的荷香。清凉的晓风吹入窗内，象床珍簟隐隐泛着一层冷光。风景与环境描写，清雅中透出寒凉之意，侧面烘托人物心情。下片特写屏中枕上人物的蹙眉愁态，正面表现她相思成病的情感痛苦。"钿昏"说明她久不修饰，无心治容，而檀粉泪痕纵横模糊之状，正是女子不胜离情折磨的形象写照。词旨虽无新意，但上片侧面烘托的写法，下片情感态度的真挚，均不无可取之处。

阎选 八首

【小传】

　　阎选,年里不详。布衣终身。酷善小词,时人称为"阎处士"。事迹见《十国春秋》卷五六本传。阎词《花间集》存八首,《尊前集》存二首,共计十首。

虞美人

　　粉融红腻莲房绽。脸动双波慢①。小鱼衔玉鬓钗横②。石榴裙染象纱轻③。转娉婷④。　　偷期锦浪荷深处⑤。一梦云兼雨⑥。臂留檀印齿痕香⑦。深秋不寐漏初长。尽思量。

【注释】

　　①粉融二句:形容女子脸如荷花初绽,眼波媚人。莲房:莲蓬。以其小孔布列,分割如房,故名。杜甫《秋兴八首》之七:"波漂菰米沉云黑,露冷莲房坠粉红。"此指莲花。双波:眼波。慢:借为曼,美好。

　　②小鱼衔玉:指鱼形玉钗。唐吴融《和韩致光侍郎无题三首十四韵》

之二："篦凤金雕翼，钗鱼玉镂鳞。"

③石榴裙：朱红色裙子，色如榴花，故名。亦泛指女性裙裾。南朝齐何思澄《南苑逢美人》："风卷葡桃带，日照石榴裙。"象纱：丝织品，即制作石榴裙之材料。参卷七顾夐《遐方怨》"帘影细"注①。

④娉婷：姿态美好貌。东汉辛延年《羽林郎》："不意金吾子，娉婷过我庐。"唐柳宗元《韦道安》："货财足非客，二女皆娉婷。"

⑤偷期：暗自约会。锦浪：如锦缎般的水浪。唐李白《鹦鹉洲》："烟开兰叶香风暖，岸夹桃花锦浪生。"

⑥一梦句：用宋玉《高唐赋》楚王巫山云雨典故，代指男女情事。

⑦檀印：唇膏印痕。檀：檀注，胭脂、唇膏类化妆品。

【简析】

词写艳情相思，从男、女角度理解均可，若取男子追忆角度，则词意更显曲折些。上片描写女子之美。起二句以红荷喻女子红颊，以莲房绽放喻女子眼波瞬动，造语灵妙。接三句写女子鬓插鱼形玉钗、身着石榴纱裙，仪态显得格外娇美。下片回忆藕花深处偷期旧事，用巫山云雨之梦，形容其欢洽酣畅。"臂留"七字艳极，写男女幽会恣情狂欢，是一个铭心难忘又无以言表的细节。结二句由回忆转到现实，写秋夜辗转不寐的相思之情。此词绮情艳语，风格的确"颇近温尉一派"（李冰若《栩庄漫记》）。

其 二

楚腰蛴领团香玉①。鬓叠深深绿②。月娥星眼笑微频③。柳夭桃艳不胜春。晚妆匀。　水纹簟映青纱帐。雾罩秋波上。一枝娇卧醉芙蓉④。良宵不得与君同。恨忡忡⑤。

【注释】

①楚腰：女子的细腰。《韩非子·二柄》："楚灵王好细腰，而国中多饿人。"唐李商隐《又效江南曲》："扫黛开宫额，裁裙约楚腰。"蛴领：洁白的颈项。参卷六和凝《采桑子》"蟏蛴领上诃梨子"注①。团香玉：形容女子体肤丰腴馨香白皙。香玉：有香气的美玉。唐苏鹗《杜阳杂编》卷上："肃宗赐辅国香玉辟邪，其玉之香闻数百步，虽锁之金函石匮，终不能掩其气。"此喻美女体肤。温庭筠《晚归曲》："弯堤弱柳遥相瞩，雀扇团圆掩香玉。"

②鬟迭句：谓女子头发乌黑丰美。

③月娥：传说的月中仙子。唐孟郊《看花》之一："月娥双双下，楚艳枝枝浮。"或作月蛾，谓眉如新月弯曲纤细。南朝陈徐陵《玉台新咏》卷一〇范靖妇《映水曲》："轻鬟学浮云，双蛾拟初月。"星眼：明丽的眼睛。南朝宋王韶之《太清记》："华岳三夫人媚。李湜云：'笑开星眼，花媚玉颜。'"

④醉芙蓉：喻女子如娇媚的荷花。唐白居易《忆江南》之三："吴酒一杯春竹叶，吴娃双舞醉芙蓉。"清劳大舆《瓯江逸志》："温州芙蓉……最妙者名醉芙蓉，晨起白色，午后淡红，晚则变为深红。"

⑤忡忡：忧愁貌。《诗经·召南·草虫》："未见君子，忧心忡忡。"

【简析】

词写闺情。上片描写晚妆女子的美艳，楚腰蛴领，肌肤如玉，绿发丰茂，月眉星眼，微笑含嚬，其体态、发肤、容貌、风情，真如嫩柳艳桃，娇媚无比。下片先喻写簟纹如水，纱帐如雾，再形容晚妆匀停的女子娇卧如一枝醉芙蓉。在充分描写女子的美艳之后，结二句转出独守空闺的愁怨之情,完成题旨的表现。词情之香艳,一如前首,惟稍显质实,似较前作为逊。

临江仙

雨停荷芰逗浓香①。岸边蝉噪垂杨。物华空有旧池塘②。不逢仙子,何处梦襄王③。　　珍簟对欹鸳枕冷,此来尘暗凄凉。欲凭危槛恨偏长④。藕花珠缀⑤,犹似汗凝妆。

【注释】

①荷芰:荷与菱。唐白居易《池上早秋》:"荷芰绿参差,新秋水满池。"

②物华:自然景物。南朝梁柳恽《赠吴均》之一:"离念已郁陶,物华复如此。"唐杜甫《曲江陪郑南史饮》:"自知白发非春事,且尽芳樽恋物华。"

③不逢二句:用宋玉《高唐赋》中楚襄王梦神女典事。

④危槛:高楼之栏干。唐孟贯《冬日登江楼》:"远村虽入望,危槛不堪凭。"

⑤珠缀:形容露水像珠子连缀。唐沈佺期《长门怨》:"清露凝珠缀,流尘下翠屏。"

【简析】

此词就题发挥,写男子的怀人之情。起二句描写雨后荷塘景色,兴起物华依旧而不逢仙子的感叹,今宵云雨何处,襄王好梦难成,嵌入神女高唐典故，正是题中应有之义。下片转写室内枕簟冷落尘封的凄凉情景，烘托男子"恨偏长"的心境。结二句写男子凭栏排遣时所见，那池塘中缀满露珠的藕花，看上去还像是仙子汗湿姣面的模样，记忆中细节的恍惚再现，见出往事的难以忘怀。从结构上看，"藕花"响应起句的"荷芰"，前后照应，脉理细密。

其 二

十二高峰天外寒①。竹梢轻拂仙坛②。宝衣行雨在云端③。画帘深殿，香雾冷风残。　欲问楚王何处去④，翠屏犹掩金鸾⑤。猿啼明月照空滩⑥。孤舟行客，惊梦亦艰难。

【注释】

①十二高峰：指巫山十二峰。参卷二皇甫松《天仙子》"晴野鹭鸶飞一只"注⑤。

②仙坛：仙人住处。唐元结《登九疑第二峰》："九疑第二峰，其上有仙坛。"

③宝衣：珍贵的衣服。南朝梁陆倕《石阙铭》："焚其绮席，弃彼宝衣。"也指僧道的衣服。《法华经譬喻品》："无量宝衣，及诸卧具。"唐皮日休《奉和鲁望上元日道室焚修》："飙御有声时杳杳，宝衣无影自姗姗。"此处指代巫山神女，用宋玉《高唐赋》"旦为行云，暮为行雨"句意。

④楚王：指《高唐赋序》中梦见神女的楚襄王。

⑤翠屏：绿色屏风。或谓指巫山十二峰之翠屏峰。金鸾：金属制作的鸾鸟。唐曹唐《小游仙诗》："手抬玉尺红于火，敲断金鸾使唱歌。"

或谓指仙人的车驾,此指楚王之车驾。

⑤猿啼:三峡巫山猿啼,诗词多有描写。唐姚合《送友人游蜀》:"峡猿啼夜雨,蜀鸟噪晨烟。"宋杜安世《两同心》:"听巴峡,数声啼猿。惟独个。未有归计。"

【简析】

词仍就题发挥,抒写孤舟行客的寂寞心情。一起切题,写巫山十二峰的神女庙。接写神女仙袂飘飘,在天上施云布雨。"画帘"二句,言由于神女离去,所以庙宇冷落。在上片写过神女之后,下片转写巫山神话的男主角襄王。神女不在仙坛,襄王亦不知去往何处,只剩下翠屏峰后面的车驾仪仗。"猿啼"句写月明之夜的巫峡猿声,渲染孤寂凄清的气氛。结以啼猿惊梦,行客梦回心伤。此词神话与现实打成一片,情与景妙合无垠,汤显祖评曰:"非深于行役者,不能为此言。"(汤显祖评《花间集》)

浣溪沙

寂寞流苏冷绣茵①。倚屏山枕惹香尘。小庭花露泣浓春。　　刘阮信非仙洞客②,常娥终是月中人③。此生无路访东邻④。

【注释】

①流苏:帐幕之穗饰。参卷二韦庄《菩萨蛮》"红楼别夜堪惆怅"注②。绣茵:彩绣坐垫。

②刘阮:用刘晨、阮肇采药遇仙女典事,参卷二温庭筠《思帝乡》

"花花"注⑥。信非:诚非。唐韦应物《种瓜》:"信非吾侪事,且读古人书。"

③常娥:即嫦娥,亦作姮娥。喻指所思女子。

④东邻:代指美女。战国楚宋玉《登徒子好色赋》:"楚国之丽者,莫若臣里。臣里之美者,莫若臣东家之子。"汉司马相如《美人赋》:"臣之东邻,有一女子,玄发丰艳,蛾眉皓齿。"唐李白《效古》:"自古有秀色,西施与东邻。"

【简析】

词写男子单恋。起二句写居处绣茵冷清、屏枕蒙尘的寂寞冷落,"小庭"句花朵泣春的比拟,实是主观哀伤心情的写照。上片的男子居处环境描写,仿佛思妇闺中,女性化色彩明显,折射出《花间》词人的女性化审美心态。下片三句连用三个典故,抒写男子相思望绝的沉痛心情。一方面比对方为月中仙子、东邻美女,一方面自认的确不是刘晨、阮肇,慨叹此生无分,见其用情之深,亦见其对自己单相思的悲剧性结局已有清楚的体认。

八拍蛮

云锁嫩黄烟柳细,风吹红蒂雪梅残①。光影不胜闺阁恨②,行行坐坐黛眉攒③。

【注释】

①红蒂:红花之蒂。唐贯休《落花》:"蝶醉蜂痴一簇香,绣苞红蒂

堕残芳。"

②光影:光景,风光,景象。唐韩愈《酬裴十六功曹巡府西驿途中见寄》:"是时山水秋,光景何鲜新。"

③行行坐坐:坐卧不安貌。攒:指皱眉。东汉蔡琰《胡笳十八拍》:"攒眉向月兮抚雅琴,五拍泠泠兮音弥深。"

【简析】

词写闺怨。起二句写嫩柳红梅,染以云烟,衬以风雪,方见出是早春风物。三句写美好的初春风景,惹起了女子无限的怨情。结句描写女子"行行坐坐"的动作和"黛眉攒"的表情,以见其怨情的深重难遣。词中展示的情景关系,虽是良辰美景而无赏心乐事之意。

其 二

愁锁黛眉烟易惨①,泪飘红脸粉难匀。憔悴不知缘底事②,遇人推道不宜春③。

【注释】

①烟:画眉的黑色颜料,此指眉色。唐沈亚之《湘中怨》:"醉融光兮渺渺弥弥,迷千里兮涵烟眉,晨陶陶兮暮熙熙。"

②缘底事:因何事。唐曹邺《风人体》:"念郎缘底事,不见天与日。"

③推道:推说。唐韦应物《发广陵留上家兄兼寄上长沙》:"推道故当遣,及情岂所忘。"

【简析】

词写闺怨。前两句推出一幅女子面部特写:紧锁眉头,黛色惨淡,泪流双颊，脂粉污损，愁苦憔悴之状可掬。三句设问，探究女子愁苦憔悴的原因，然又不知究竟为何。四句宕开一笔，以不适应春天气候的托词，把话题引开。一结不加说破，含蓄入妙。

河 传

秋雨。秋雨。无昼无夜，滴滴霏霏①。暗灯凉簟怨分离。妖姬②。不胜悲。　西风稍急喧窗竹③。停又续。腻脸悬双玉④。几回邀约雁来时⑤。违期。雁归人不归。

【注释】

①滴滴霏霏：形容阴雨连绵不断。唐韦应物《赠令狐士曹》："秋檐滴滴对床寝，山路迢迢联骑行。"韦庄《台城》："江雨霏霏江草齐，六朝如烟鸟空啼。"

②妖姬：妖艳的女子。三国魏阮籍《咏怀》之五十一："念我平居时，郁然思妖姬。"南朝陈后主《玉树后庭花》："妖姬脸似花含露，玉树流光照后庭。"

③稍急：渐急。唐李商隐《拟沈下贤》："倚风行稍急，含雪语应寒。"

④腻脸：细润的脸颊。欧阳炯《菩萨蛮》："画屏绣阁三秋雨，香唇腻脸偎人语。"双玉：即双玉箸，指女子泪痕。南朝梁刘孝威《独不见》："谁怜双玉箸，流面复流襟。"

⑤邀约：约请。唐钱起《江行一百首》之九十："未敢相邀约，劳生只自怜。"

【简析】

词写闺情。上片写秋雨之夜女子的悲怨。起三句连用叠字，形象地写出了秋雨的无昼无夜、连绵不断。接写这个秋雨淅沥的夜晚，闺房里灯暗簟凉，一派凄冷，美丽的女子正为别离而不胜悲愁。下片再写窗外夜风渐紧，摇动竹子发出断续的声响，进一步渲染雨夜的凄凉氛围。空闺独守、听风听雨的女子，禁不住感伤下泪。结三句是女子的内心独白，致怨对方违背雁来人归的诺言，如今雁归人不归，女子虽内心悲怨亦无可奈何，词的语气也趋于沉缓。全词句法节奏前急后缓，缓急相济，有"抑扬顿挫之致"（唐圭璋《词学论丛》）。词中叠字的运用，被汤显祖赞为"大奇"，影响下及宋李清照的《声声慢》（汤显祖评《花间集》）。

尹鹗 六首

【小传】

尹鹗，生卒年不详，成都（今属四川）人，锦城烟月之士。性滑稽，工诗词，与李珣友善。仕前蜀为校书郎。《花间集》卷九称"尹参卿鹗"，参卿为参佐官的敬称，非具体官守。事迹见《鉴戒录》卷四、《十国春秋》卷四四本传。尹词《花间集》存六首，《尊前集》存十一首，共计十七首。

临江仙

一番荷芰生旧沼①,槛前风送馨香。昔年于此伴萧娘②。相偎伫立,牵惹叙衷肠。　　时逞笑容无限态,还如菡萏争芳③。别来虚遣思悠扬④。慵窥往事⑤,金锁小兰房。

【注释】

①一番:一度,一回。唐刘禹锡《闻蝉》:"一雨一番晴,山林冷落青。"

②萧娘:此指所思女子。参卷八孙光宪《更漏子》"听寒更"注②。

③时逞二句:系回忆之词。谓其当时逞露无限娇态,还同荷花争艳。争芳:竞比艳丽芬芳。唐孟郊《和宣州钱判官使院厅前石楠树》:"争芳无由缘,受气如郁纡。"

④悠扬:同悠扬,指思绪飘荡,连绵不断。

⑤慵窥:闲思。

【简析】

词写男子思念情人。写法上"托幽芳于芰荷",即把所爱之人与荷花等同视之。昔年曾于槛前相偎赏荷,倾诉衷肠,爱人时露欢颜,风情无限,其美艳赛如菡萏,给他留下了最深刻的印象。如今,当他一人来到槛前,看到池沼里荷花又开,闻到风中送来的荷香,睹物思人,便再也止不住对往事的回忆。但别来的每一次回忆,都不过望梅止渴、画饼充饥而已，只是让他的思念之情更加强烈，因而也更加痛苦。以至于他害怕触起往事，不得不锁起他们共同生活过的"小兰房"，以免徒增物是人非之感伤。

其 二

深秋寒夜银河静。月明深院中庭①。西窗幽梦等闲成②。逡巡觉后③，特地恨难平④。　　红烛半消残焰短，依稀暗背银屏⑤。枕前何事最伤情。梧桐叶上，点点露珠零。

【注释】

①中庭：庭院中。汉司马相如《上林赋》："醴泉涌于清室，通川过于中庭。"南朝宋鲍照《梅花落》："中庭杂树多，偏为梅咨嗟。"

②西窗句：谓西窗下睡眠经常做梦。幽梦：隐约的梦境。唐李白《淮南卧病书怀寄蜀中赵徵君蕤》："故人不可见，幽梦谁与适。"等闲：轻易，随便。唐白居易《琵琶行》："今年欢笑复明年，秋月春风等闲度。"

③逡巡：顷刻，片时。欧阳炯《贯休应梦画罗汉歌》："逡巡便是两三躯，不似画工虚费日。"

④特地：特别，格外。唐罗隐《汴河》："当时天子是闲游，今日行人特地愁。"

⑤银屏：镶银的屏风。唐白居易《长恨歌》："揽衣推枕起徘徊，珠箔银屏迤逦开。"

【简析】

词写秋夜怨思。起二句描写银河在天、满院月明的深秋寒夜之景。

接写西窗眠卧之人的"幽梦"。等闲成梦，见出日间醒时惦念牵挂之甚。"逡巡"二句，写片时梦醒，心中感到特别难以为怀。过片二句描写室内红烛残焰、屏影依稀的暗淡境况，烘染幽梦恨情。"枕前"句设问提起，引而不发，结二句宕开情语，接以梧桐叶上零露点滴之室外景物描写，不做直接回答，以景结情，"尤有婉约之思"（李冰若《栩庄漫记》）。此词语言明净，意境清幽，没有《花间》情词的绮艳繁缛之弊，值得称道。词中抒情主人公性别不明，亦可解为前首的联章。

满宫花

月沉沉，人悄悄。一炷后庭香袅。风流帝子不归来[①]，满地禁花慵扫[②]。　　离恨多，相见少。何处醉迷三岛[③]。漏清宫树子规啼，愁锁碧窗春晓。

【注释】

[①]帝子：指湘君。战国楚屈原《九歌·湘夫人》："帝子降兮北渚，目眇眇兮愁予。"此似指蜀主。

[②]禁花：宫苑中的花。唐卢纶《皇帝感词》："禁花呈瑞色，国老见星精。"

[③]三岛：即传说中仙人所居的海上三神山。参卷三薛昭蕴《女冠子》"云罗雾縠"注[④]。

【简析】

　　此首写宫怨。起三句写宫禁月夜，悄无人声，女主人公后庭焚香祈愿。接写由于帝子不归，情绪萎靡，满地落花不扫。"满地落花"四字切题，被华锺彦指为"就题发挥"（《花间集注》卷九）。这四个字暗写了暮春季节。过片承上"帝子不归"，直抒聚少离多之悲恨。"何处"句猜测帝子寻欢的去向，透出怨艾之意。结以漏声清幽、子规悲啼的春晓之景，情韵悠然。

　　或谓此词借写宫怨"伤蜀之亡"，乃"寄慨"之作。

杏园芳

　　严妆嫩脸花明①。交人见了关情②。含羞举步越罗轻③。称娉婷。　　终朝咫尺窥香阁，迢遥似隔层城④。何时休遣梦相萦⑤。入云屏⑥。

【注释】

　　①严妆：装束整齐。南朝宋范晔《后汉书·清河孝王庆传》："常夜分严妆，衣冠待明。"花明：花色明艳。唐武元衡《摩诃池送李侍御之凤翔》："柳暗花明池上山，高楼歌酒换离颜。"此处形容女子妆后容色。

　　②交人：即教人。关情：动心牵情。唐陆龟蒙《又酬袭美次韵》："酒香偏入梦，花落又关情。"

　　③越罗：越地所产丝织品，以轻柔精致著称。唐刘禹锡《酬乐天衫

酒见寄》:"酒法众传吴米好,舞衣偏尚越罗轻。"

④终朝二句:谓无缘聚会,虽咫尺犹天涯。终朝:终日。唐杜甫《冬日有怀李白》:"寂寞书斋里,终朝独尔思。"层城:重城,高城。南朝宋刘义庆《世说新语·言语》:"遥望层城,丹楼如霞。"唐杜甫《奉和严中丞西城晚眺十韵》:"层城临暇景,绝域望余春。"

⑤梦相萦:魂梦相萦绕,形容思念心切。

⑥云屏:有云形彩绘的屏风,或以云母装饰的屏风。晋张协《七命》:"云屏烂汗,琼壁青葱。"唐刘长卿《昭阳曲》:"芙蓉帐小云屏暗,杨柳风多水殿凉。"

【简析】

词写男子相思。上片先写女子美貌如花,让男子一见生情。"关情"二字,是全词眼目,以下就是"关情"的具体展开。接写男子对女子进一步观察,发现女子不仅容貌美丽,她那含羞举步罗裾飘曳的仪态,更加妩媚动人。面对如此美妍的女子,男子陷入情网就是必然的。下片写男子的相思之苦,是"关情"的深化。他终日偷窥近在眼前的香阁,因无缘交接,而有远隔层城、咫尺天涯之感。结二句是他结束相思之苦、达成美好爱情的衷心祈愿。词作语言浅明,抒情真切,题材凡俗,"遂开柳屯田俳调"(沈雄《古今词话》)。

醉公子

暮烟笼薛砌①。戟门犹未闭②。尽日醉寻春。归来月满身。　　离鞍偎绣袂③。坠巾花乱缀。何处恼佳人。檀痕衣上新④。

【注释】

①薜砌：长有苔藓之台阶。唐郑谷《寄赠孙路处士》："酒醒薜砌花阴转，病起渔舟鹭迹多。"

②戟门：《周礼·天官·掌舍》："为坛壝宫棘门。"汉郑玄《注》："郑司农云：棘门，以戟为门。"唐制，官、阶、勋俱三品得立戟于门，因称显贵之家为戟门。参清顾张思《土风录》四《戟门》。唐白居易《裴五》："莫怪相逢无笑语，感今思旧戟门前。"

③绣袂：彩绣之衣袂。代指女子。唐贯休《善哉行》："绣袂捧琴兮，登君子堂。"

④檀痕：口脂印痕。

【简析】

词咏本调。起二句从妻子黄昏等候切入，"戟门"明其为豪家。接二句写尽日寻春的公子买醉归来，已是月华初上之时。这二句借满身月光渲染醺醺醉意，被誉为"写景入神之句"（贺裳《皱水轩词筌》）。过片写公子烂醉如泥，全仗妻子搀扶方能行走。"坠巾花乱缀"照应"寻春"，暗示其醉入花丛。结二句写妻子搀扶时的一个细节，她发现丈夫衣服上留有女子的唇印，让她气恼莫名。这是一个很有表现力的细节描写，"似怨似怜，娇嗔之态可想，而含意亦不轻薄"（李冰若《栩庄漫记》）。

菩萨蛮

陇云暗合秋天白①。俯窗独坐窥烟陌②。楼际角重吹③。黄昏方醉归。　荒唐难共语④。明日还应去⑤。上马出门时。金鞭莫与伊⑥。

【注释】

①陇云：陇上的云雾。唐鲍溶《寄归》："塞草黄来见雁稀，陇云白后少人归。"

②烟陌：烟尘中的小路。宋杨舜举《春日田园杂兴》："露畦烟陌里，名利等秋毫。"

③楼际：楼头。唐李峤《柳》："庭前花类雪，楼际叶如云。"

④荒唐：言行乖戾放荡。

⑤还应：揣度之辞。唐白居易《邯郸冬至夜思家》："想得家中深夜坐，还应说着远行人。"

⑥伊：人称代词，他。

【简析】

词写女子复杂情感。起二句写女子秋日俯窗，凭眺候人。接二句写直到黄昏，男子方醉酒而归。男子的放纵浪荡，与女子的孤寂烦恼，从中可以想见。过片写男子虽然归来，然醉酒狂悖，难以共语。女子想到他明天还会出门醉饮寻欢，于是就产生了藏起金鞭、阻其出行的念头。

全词由盼归到醉归,再到怨其归,直到欲阻其出门,"层层转折",婉曲尽情。结二句摹写女子心理,"娇痴之情态可掬"(陈廷焯《云韶集》)。此词写人娇而不纵,写情艳而不俗,在尹鹗词中"最为佳胜"(况周颐《餐樱庑词话》)。

毛熙震 十六首

【小传】

毛熙震,生卒字里不详。宋初尚在世。好书能词,《花间集》卷九称其为"毛秘书",知曾仕蜀为秘书监。事迹见《花间集》卷九、《茅亭客话》卷三。毛词《花间集》存二十九首。

浣溪沙

春暮黄莺下砌前。水精帘影露珠悬。绮霞低映晚晴天①。　弱柳万条垂翠带②,残红满地碎香钿③。蕙风飘荡散轻烟④。

【注释】

①绮霞:美丽的彩霞。南朝梁何逊《七召》:"绮霞映水,蛾月生天。"唐唐彦谦《牡丹》:"开日绮霞应失色,落时青帝合伤神。"

②垂翠带:言柳丝袅娜如翠带下垂。唐段成式《折杨柳七首》之三:

"玉楼烟薄不胜芳,金屋寒轻翠带长。"

③残红句:言残花似香钿碎地。香钿:女子额上鬓颊的饰物。

④蕙风:和暖的春风。晋左思《魏都赋》:"珍树猗猗,奇卉萋萋,蕙风如熏,甘露如醴。"

【简析】

词写暮春晚景。有三点值得注意:一是全词结构上以"暮春"二字领起,直贯全篇;二是画面并置,词中依次描写黄莺落砌、帘影露悬、绮霞映天、翠柳万条、残红满地、蕙风轻烟等春晚景物,"细腻婉约"地"描出无人曾画之景色"(郑振铎语);三是通篇景中无人,意境恬淡闲静。整体上看,喻柳丝为翠带,喻落花如香钿,词采略加点染,既不过分艳丽,又不失《花间》本色。

其 二

花榭香红烟景迷①。满庭芳草绿萋萋。金铺闲掩绣帘低②。　　紫燕一双娇语碎③,翠屏十二晚峰齐④。梦魂销散醉空闺。

【注释】

①花榭:建于花木丛中的台榭。唐许浑《瓜洲留别李诩》:"柳堤惜别春潮落,花榭留欢夜漏分。"

②金铺:金饰铺首,用为门户之美称。唐包佶《朝拜元陵》:"宫前石马对中峰,云里金铺闭几重。"

③紫燕:燕名,也称越燕。宋罗愿《尔雅翼·释鸟三》:"越燕体形小而多声,颔下紫,巢于门楣上。谓之紫燕,亦谓之汉燕。"唐杨凝《春怨》:"绿窗孤寝难成寐,紫燕双飞似弄人。"

④十二晚峰：言翠屏上所绘巫山十二峰晚景。

【简析】

词写闺情。上片描写庭院台榭花红草绿之烂漫春景，映衬闭门垂帘之人物居处环境，见出人物情绪之低抑。下片转写室内，归巢的双燕娇语呢喃，让女子倍感孤单寂寞；画屏上的巫山十二晚峰景色，更撩动她的云雨情怀。结句写女子空闺醉酒，借以消解独守之相思痛苦。

其 三

晚起红房醉欲销①。绿鬟云散袅金翘②。雪香花语不胜娇③。好是向人柔弱处④，玉纤时急绣裙腰⑤。春心牵惹转无憀。

【注释】

①红房：指闺房。唐曹唐《小游仙诗》："细腰侍女瑶花外，争向红房报玉妃。"

②金翘：金制首饰，形如鸟尾上的长羽。唐李贺《河南府试十二月乐辞·二月》："蓣帐逗烟生绿尘，金翘峨髻愁暮云。"

③雪香花语：形容女子娇态。

④好是：犹好在、妙在。表示赞美。唐司空图《杨柳枝寿杯词》之十七："好是梨花相映处，更胜松雪日初晴。"

⑤急：《花间集注》曰："急为缓之反，紧也。言以手紧其腰之裙，谓人已消瘦也。"

【简析】

词写娇女春思。上片描写闺中女子宿醉晚起之娇态：绿鬟云散，金翘斜袅，肌肤白如散香之雪，声音美如解语之花。下片写她自怜娇媚、柔弱依人的动作和心理,衬出她被春心牵惹的无聊之感。词中女子形象娇美魅惑,情思绮怨撩人,读之使人魂销。

其　四

一只横钗坠髻丛。静眠珍簟起来慵①。绣罗红嫩抹酥胸②。　　羞敛细蛾魂暗断,困迷无语思犹浓。小屏香霭碧山重③。

【注释】

①珍簟:精美的竹席。南朝宋孝武帝《伤宣贵妃拟汉武李夫人赋》:"宝罗旸兮春幌垂,珍簟空兮夏帱扃。"

②酥胸:白润如酥之胸。唐李洞《赠庞炼师》:"两脸酒醺红杏妒,半胸酥嫩白云饶。"

③香霭:焚香的烟气。碧山重:言屏风所绘之重重碧山。

【简析】

词写女子娇慵情思。上片描写珍簟静眠的女子,娇柔懒起,钗坠髻丛,红罗抹胸,模样慵懒而又妩媚。词语纤秾,笔法细腻。下片写懒起的女子羞敛眉黛、困迷无语的情态,"魂暗断"、"思犹浓",见出睡眠对她触动甚深,让她兀自留恋不舍。大约总不外销魂春梦、惹思春情,但这一层意思未予挑明。结以小屏香烟缭绕、碧山重叠的画面,词情显得深隐蕴藉。

其　五

云薄罗裙绶带长①。满身新裹瑞龙香②。翠钿斜映艳梅妆③。　　伴不觑人空婉约④,笑和娇语太猖狂⑤。忍教牵恨暗形相⑥。

【注释】

①绶带：此指衣带。

②衣（yì）：熏染。瑞龙香：即龙脑香。明李时珍《本草纲目》卷三四《龙脑香》："唐天宝中交趾贡龙脑，皆如蝉、蚕之形。彼人云：老树根节方有之，然极难得。禁中呼为瑞龙脑，带之衣衿，香闻十余步外。"

③艳梅妆：即梅花妆。参卷四牛峤《酒泉子》"记得去年"注⑤。

④婉约：娇柔貌。汉王粲《神女赋》："扬娥微眄，悬藐流离。婉约绮媚，举动多宜。"

⑤猖狂：随心所欲，无所束缚。《庄子·在宥》："浮游，不知所求；猖狂，不知所往。"成玄英疏："无心妄行，无的当也。"南朝宋鲍照《侍郎报满辞阁疏》："幼性猖狂，因顽慕勇，释担受书，废耕学文。"此言女子之娇纵。

⑥形相：端详，细看。温庭筠《南歌子》："偷眼暗形相。不如从嫁与，作鸳鸯。"

【简析】

词赋美人娇态，而采男子视角。上片描写她的美丽妆扮，罗裙云薄，丝带长衣，龙香新衣，芳气袭人，翠钿梅妆，明艳娇媚。下片转写她的风韵仪态之美，她伴不觑人，痴语憨笑，无拘无束，俨然无视男子的存在，这让男子大受刺激，也更增爱慕。结句即写男子欲近不得、欲罢不舍、暗中偷觑、牵愁惹恨的情形，男子的反应更衬出女子之娇美动人。

其 六

碧玉冠轻袅燕钗①。捧心无语步香阶②。缓移弓底绣罗鞋③。　　暗想欢娱何计好④，岂堪期约有时乖⑤。日高深院正忘怀⑥。

【注释】

①碧玉冠：碧玉为饰之冠。唐曹唐《小游仙诗》之四十七："红云塞路东风紧，吹破芙蓉碧玉冠。"燕钗：即玉燕钗，玉制的燕形钗。唐李贺《湖中曲》："燕钗玉股照青渠，越王娇郎小字书。"叶葱奇注："燕钗，指燕子形的钗。"参卷七顾夐《酒泉子》"掩却菱花"注③。

②捧心：即西施捧心。《庄子·天运》："故西施病心而矉其里，其里之丑人见之而美之，归亦捧心而矉其里。其里之富人见之，坚闭门而不出；贫人见之，挈妻子而去之走。彼知矉美，而不知矉之所以美。"后因以"西子捧心"谓美女之病态，愈增其妍。唐韦蟾《句》："伤频诋关舞，捧心非效颦。"

③弓底绣罗鞋：缠足女子之鞋，即"弓鞋"。宋黄庭坚《满庭芳》："直待朱幡去后，从伊便窄袜弓鞋。"宋张世南《游宦纪闻》卷四："又有富室携少女求颂。僧曰：'好弓鞋，敢求一只。'语再四，不得已遗之。即裂其底得衬纸，乃佛经也。"

④何计：如何。唐曹松《己亥岁二首》之一："泽国江山入战图，生民何计乐樵苏。"

⑤期约：约期，约会。唐崔橹《春晚泊船江村》："自怜爱失心期约，看取花时更远游。"乖：违背。

⑥忘怀：不介意，不放在心上。晋陶潜《五柳先生传》："忘怀得失，以此自终。"此指女子因专心怀人而忘情事物。

【简析】

词写闺思。上片描写女子香阶独步的情态，起句的冠轻钗袅，三句的缓移罗鞋，都是展示女子的步态之美。捧心无语，缓步香阶，透露出女子的孤寂心绪。下片转写女子的心理活动，她暗想欢娱，却无计可施；对方乖违期约，让她特别痛苦。结句写她耽情沉浸之状，见其用情之专深。

其 七

半醉凝情卧绣茵①。睡容无力卸罗裙。玉笼鹦鹉厌听闻。　慵整落钗金翡翠②，象梳欹鬓月生云③。锦屏绡幌麝烟熏。

【注释】

①凝情：情意专注。唐李康成《玉华仙子歌》："转态凝情五云里，娇颜千岁芙蓉花。"绣茵：绣褥。

②金翡翠：指钗头所饰金玉。

③象梳：象牙梳。唐虞世南《北堂书钞》卷一三六《服饰部》五："《东宫旧事》云：'太子纳妃，有瑇瑁梳三枚，有象牙梳一枚。'"唐崔涯《嘲李端端》："独把象牙梳插鬓，昆仑山上月初明。"月生云：言梳鬓相倚，如月从云出。月喻梳，云喻鬓。

【简析】

词写闺中女子情态。起句"半醉凝情"四字，是理解词意的关键。"半醉"应是宿酒残醉，可知她昨夜曾借酒消愁；"凝情"见其意有所属，用志不分。这四个字告知读者，她乃是为相思怀人而生愁怨。明乎此，以下写她和衣而卧、睡容无力、厌听鹦鹉、慵整金钗、斜插象梳的疏懒之态和烦闷心情，看上去也都顺理成章，其中的意蕴也可迎刃而解。结句以闺中麝烟烘染女子的苦闷慵倦情绪，收情景相生相融之效。这一组七首《浣溪沙》，如一幅春闺美人长卷，辞藻绮丽不为儇薄，风格浓艳富饶情致，"丽字名句，巧韵纤词，故自相逼，然气韵和平，犹中土之音也"（汤显祖评《花间集》）。

临江仙

南齐天子宠婵娟①。六宫罗绮三千②。潘妃娇艳独芳妍③。椒房兰洞④，云雨降神仙⑤。　　纵态迷欢心不足，风流可惜当年。纤腰婉约步金莲。妖君倾国⑥，犹自至今传。

【注释】

①南齐天子：指南齐废帝东昏侯。宠婵娟：谓贪恋美色。婵娟：指美人。唐方干《赠赵崇侍御》："却教鹦鹉呼桃叶，便遣婵娟唱《竹枝》。"

②六宫：古代皇后的寝宫，正寝一，燕寝五，合为六宫。因用以称后妃或其所居之地。唐白居易《长恨歌》："回眸一笑百媚生，六宫粉黛无颜色。"罗绮三千：言宫女众多。三千：泛言数目之多。唐白居易《长恨歌》："后宫佳丽三千人，三千宠爱在一身。"

③潘妃：东昏侯妃。《南史·齐东昏侯纪》："东昏侯之潘妃，名玉儿，侯宠之甚，尝凿地为金莲花，令妃行其上，曰：'此步步生莲花也。'后梁武帝入建康，见潘妃色美，欲纳之，王茂谏曰，'此尤物也，不可留。'将以赠田安启，玉儿不从，自缢死。"

④椒房兰洞：指潘妃所居之奢华宫殿。椒房：汉皇后所居的宫殿。殿内以花椒子和泥涂壁，取温暖、芬芳、多子之义。泛指后妃居住的宫室。《北史·周纪下·高祖武帝》："椒房丹地，有众如云，本由嗜欲之情，非关风化之义。"兰洞：兰香氤氲的深宫洞室。

⑤云雨句：用《高唐赋》典事，代指东昏侯与潘妃纵欲享乐。

⑥妖君：指潘妃。

【简析】

词咏南齐废帝东昏侯事。以绝大篇幅铺写东昏侯耽乐后宫、宠幸潘妃、纵情声色的情形，词采香艳，格调绮靡。只在结末点出"女色误国"的题旨，"犹自"句说明词人或亦有感于现实。此词具有一定的历史认识和现实批判意义，但"敷衍史实"，韵味稍乏。

其 二

幽闺欲曙闻莺唬，红窗月影微明①。好风频谢落花声。隔帏残烛，犹照绮屏筝②。　　绣被锦茵眠玉暖③，炷香斜袅烟轻④。澹蛾羞敛不胜情。暗思闲梦，何处逐云行⑤。

【注释】

①红窗：闺房之窗。唐杜牧《八六子》："听夜雨，冷滴芭蕉，惊断红窗好梦。"

②绮屏：即锦屏。

③眠玉：睡眠之女子。玉，言其肌肤如玉，玉人。

④炷香：燃香。唐柯崇《宫怨二首》之一："尘满金炉不炷香，黄昏独自立重廊。"

⑤逐云行：言梦中追云逐雨。用巫山云雨典事。

【简析】

词写闺情。选择天将亮前、女子尚未起床之时切入。上片描写女子闻莺惊梦，此时天色欲曙，窗外月影微明，风中落花簌簌。卧室之内，隔帏残烛犹燃，照着锦屏前女子昨宵卸下的钿筝首饰。下片转写女子的睡态和表情。其不胜娇羞，盖因为回忆梦中光景，就是结句所写的"暗思闲梦"。既曰"闲梦"，为何还让女子回味不已？"何处逐云行"五字透露了底蕴，但仍恍惚其词，不欲过露。此词从莺声惊梦起，到回味梦境结，前后照应，结构完整。词笔既"婉转缠绵，情深一往"，又"丽而有则，耐人玩味"（陈廷焯《白雨斋词话》），此种"风流凄婉"的格调，下开北宋"晏、欧先声"（陈廷焯《词则》）。

更漏子

秋色清，河影澹①。深户烛寒光暗②。绡幌碧③，锦衾红。博山香炷融。　更漏咽。蛩鸣切。满院霜华如雪。新月上，薄云收。映帘悬玉钩④。

【注释】

①河影：天河云影。唐曹唐《萼绿华将归九疑留别许真人》："河影暗吹云梦月，花声闲落洞庭风。"

②深户：幽深的居室。唐韩翃《题荐福寺衡岳暕师房》："疏帘看雪

卷，深户映花关。"此指女子深闺。

③绡幌：薄纱帐幔。

④玉钩：指新月。南朝宋鲍照《玩月城西门廨中》："蛾眉蔽珠栊，玉钩隔琐窗。"

【简析】

词写秋闺寂寞。上片由室外的秋色凄清、河影浅淡，写到室内的烛寒光暗、炉香静燃。下片由听觉的更漏声咽、蛩鸣声切，写到视觉的霜华满院、月映帘钩。全词不见人的活动，但"绡幌"、"锦衾"、"玉钩"等物象，表明是女子闺帏。词人通过深秋寒夜闺帏内外凄清萧瑟的景物描写，烘染出女子空闺独守的孤寂冷落之感。

其　二

烟月寒，秋夜静。漏转金壶初永①。罗幕下，绣屏空。灯花结碎红②。　　人悄悄。愁无了。思梦不成难晓。长忆得，与郎期。窃香私语时③。

【注释】

①金壶：铜漏壶的美称。晋陆机《漏刻赋》："挈金壶以南罗，藏幽水而北戢。"唐崔液《蹋歌词》："金壶催夜尽，罗袖舞寒轻。"

②碎：华锺彦《花间集注》曰："各本如字，疑当为穗之误。灯花常出现若干圆点，略呈穗状，故言'结穗红'。"

③窃香：《晋书·贾充传》："时西域有贡奇香，一着人则经月不歇，帝甚贵之，惟以赐充及大司马陈骞。其女密盗以遗寿，充僚属与寿燕处，闻其芬馥，称之于充。自是充意知女与寿通"，后"遂以女妻寿"。详参

《世说新语·惑溺》。唐薛能《赠解诗歌人》:"朝天御史非韩寿,莫窃香来带累人。"

【简析】

词写秋夜怀人。起三句从寒月静夜、漏声初长切入,接写空寂的罗幕绣屏之内,灯花红结,似有吉兆,这对女子是一种强烈的心理暗示,让她心情激动,怀有期待。下片逆接,灯花报喜,却不见远人归来,徒然撩起女子的无限情思。无奈之下,女子只好寄希望于梦中相逢,但空闺寂寞,愁思不尽,又让她难以成眠,无法致梦。于是只能靠回忆昔日的欢会,来挨度眼前这长夜难明的时光。结三句点出怀人题旨,构成今昔悲欢对比,"余情几许",让人回味。

女冠子

碧桃红杏。迟日媚笼光影。彩霞深。香暖熏莺语,风清引鹤音①。 翠鬟冠玉叶②,霓袖捧瑶琴③。应共吹箫侣④,暗相寻。

【注释】

①鹤音:鹤鸣声。唐孟郊《投赠张端公》:"鸾步独无侣,鹤音仍寡俦。"

②冠玉叶:即戴玉叶冠。唐高宗武后女太平公主冠名,其冠以玉为饰,为稀世之宝。唐郑处诲《明皇杂录》卷下:"太平公主玉叶冠,虢国夫人夜光枕,杨国忠锁子帐,皆稀代之宝,不能计其直。"唐李群玉《玉真观》:"高情帝女慕乘鸾,绀发初簪玉叶冠。"此指女冠头饰。

③霓袖：彩袖。唐李商隐《李肱所遗画松诗书两纸得四十一韵》："浓蔼深霓袖，色映琅玕中。"瑶琴：用玉装饰的琴。唐王昌龄《和振上人秋夜怀士会》："瑶琴多远思，更为客中弹。"宋何薳《春渚纪闻·古琴品说》："秦汉之间所制琴品，多饰以犀玉金彩，故有瑶琴、绿绮之号。"

④吹箫侣：用弄玉、箫史典事。参见卷五牛希济《临江仙》"渭城宫阙秦树凋"注③。

【简析】

词咏本调。上片描写丽日芳景，唤醒女冠的青春生命意识，兴起她对爱情幸福的内在渴望。下片转写女冠脱俗的装束和清雅的生活，结二句用典故意象，展示她的深度心理。此词虽将宗教题材艳情化，但清风鹤音、玉叶瑶琴等意象，适度冲淡了怀春的俗艳，使女冠的情思显出几分"神清气肃"的雅美格调，从而达成和人物身份的某种程度契合。

其 二

修蛾慢脸①。不语檀心一点②。小山妆③。蝉鬓低含绿，罗衣澹拂黄。　闷来深院里，闲步落花傍。纤手轻轻整，玉炉香。

【注释】

①修蛾：修眉。亦以指代美女。温庭筠《黄昙子歌》："蘘荷小城路，马上修蛾懒。"慢脸：美丽的脸颊。慢：曼，柔美。南朝梁刘遵《繁华应令》："鲜肤胜粉白，慢脸若桃红。"

②檀心：檀注涂抹的口唇。或谓指女子额上所点梅花妆。

③小山妆：女子妆式，鬓发高拢如小山。

【简析】

词写女子闲愁。起二句是美丽女子的面部特写镜头,以"不语"暗示其情绪低抑。接三句描写女子的服饰装束,词笔细腻精工。"低含"、"澹拂"虽形容鬓式衣色,其中也隐约着人物情绪的暗示意味。下片转写女子花院散步、玉炉燃香的行为举止,总是愁闷无聊的表现。词作言情仅及"不语"、"闷来",并未说明原因和内容,用笔较含蓄。是写女冠还是泛写女性,不能确定。

清平乐

春光欲暮。寂寞闲庭户。粉蝶双双穿槛舞。帘卷晚天疏雨。　　含愁独倚闺帏①。玉炉烟断香微②。正是销魂时节,东风满树花飞。

【注释】

①闺帏:闺房的帷幕,借指女子所居。《后汉书·刘瑜传》:"今女嬖令色,充积闺帷,皆当盛其玩饰,冗食空宫,劳散精神,生长六疾。此国之费也,生之伤也。"

②香微:香快要燃完,或言香气微弱。唐贯休《古塞上曲》:"赤落蒲桃叶,香微甘草花。"

【简析】

词写春愁。上片描暮春景色,下片抒闺妇愁怨。词中庭户闲寂、炉香烟断的闺帏内景,粉蝶双舞、晚天疏雨、风中落花的室外之景,都是愁情的触媒、载体、象喻和外化。结句摄取"东风满树花飞"的眼前景,映衬女子空闺独守、黄昏难耐的"销魂"之情,含蓄入妙。

南歌子

远山愁黛碧①,横波慢脸明②。腻香红玉茜罗轻③。深院晚堂人静,理银筝④。　鬟动行云影⑤,裙遮点屐声⑥。娇羞爱问曲中名⑦。杨柳杏花时节,几多情。

【注释】

①远山愁黛:参卷一温庭筠《菩萨蛮》"雨晴夜合玲珑日"注⑥。

②横波:比喻女子眼神流动如水波。《文选·傅毅〈舞赋〉》:"眉连娟以增绕兮,目流睇而横波。"李善注:"横波,言目邪视,如水之横流也。"借指妇女之目。北周庾信《拟咏怀》之七:"纤腰减束素,别泪损横波。"

③腻香红玉:言肌肤细腻红润。茜罗:亦作蒨罗。绛色丝罗。唐韩偓《净兴寺杜鹃》:"一园红艳醉坡陀,自地连梢簇蒨罗。"

④理银筝:弹奏银筝。

⑤鬟动句:言女子行走时鬟发如云影飘动。

⑥点屐声:木屐着地声。《世说新语·容止》:"庾太尉(亮)在武昌,秋夜气佳景清,使吏殷浩、王胡之之徒登南楼理咏。音调始遒,闻

函道中有屐声甚厉,定是庾公。俄而率左右十许人步来。"唐齐己《夏日言怀》:"树栉烧炉响,崖棱蹑屐声。"

⑦曲中名:曲调名称。

【简析】

词写弹筝女子情态。起三句描写她的容貌、肌肤、衣饰之美,接二句写她在深院晚堂中闲理银筝,以见其人色艺双佳。过片二句承接起三句,再写其鬓发和衣着之美。问曲名承接前结"理银筝",而曰"爱问",说明有人在旁不厌其详地解说应答。借曲写心、娇羞相问之中,含有女子几多脉脉春情。确如陈廷焯所评:"风流蕴藉,妖而不妖。"(《云韶集》)

其 二

惹恨还添恨,牵肠即断肠。凝情不语一枝芳①。独映画帘闲立②,绣衣香。　　暗想为云女③,应怜傅粉郎④。晚来轻步出闺房。髻慢钗横无力,纵猖狂。

【注释】

①凝情:情意专注。唐李康成《玉华仙子歌》:"转态凝情五云里,娇颜千岁芙蓉花。"一枝芳:言女子凝情不语如一枝花。韦庄《下第题青龙寺僧房》:"千蹄万毂一枝芳,要路无媒果自伤。"此言女子凝情不语如一枝花。

②闲立:静立。唐徐铉《寒食宿陈公塘上》:"折花闲立久,对酒远情多。"

③为云女:巫山神女。此为女子自喻。

④傅粉郎：指三国魏人何晏。南朝宋刘义庆《世说新语·容止》："何平叔（何晏）美姿仪，面至白。魏明帝疑其傅粉，正夏月，与热汤饼。既啖，大汗出，以朱衣自拭，色转皎然。"后以"傅粉何郎"称美男子。此指女子所恋之人。韦庄《白牡丹》："闺中莫妒新妆妇，陌上面惭傅粉郎。"

【简析】

词写闺情。上片写女子的情感心绪和动作情态，"惹恨"、"牵肠"二句情语对起，叠言成文，奇警质重。接三句笔致轻灵，用比喻手法形容女子美艳如花，画帘闲立、凝情不语的动作情态描写，暗示女子的心理活动，为下片回忆张本。下片"暗想"二字领起，承上"凝情"，回忆昔日与情人幽会的销魂情景，缠绵悱恻而又娇纵痴狂。在毛熙震词中，此首言情较为大胆直露。

卷十

毛熙震 十三首

河满子

寂寞芳菲暗度①,岁华如箭堪惊②。缅想旧欢多少事③,转添春思难平。曲槛丝垂金柳,小窗弦断银筝。　　深院空闻燕语,满园闲落花轻。一片相思休不得④,忍教长日愁生⑤。谁见夕阳孤梦,觉来无限伤情。

【注释】

①芳菲:花草盛美。南朝陈顾野王《阳春歌》:"春草正芳菲,重楼启曙扉。"以喻大好青春。

②岁华:时光,年华。南朝梁沈约《却东西门行》:"岁华委徂貌,年霜移暮发。"

③缅想:追思,缅怀。《宋书·隐逸传·孔淳之传》:"遇沙门释法崇,因留共止,遂停三载。法崇叹曰:'缅想人外,三十年矣,今乃倾盖于兹,不觉老之将至也。'"唐陈子昂《秋园卧病呈晖上人》:"缅想赤松游,高寻白云逸。"

④休不得:止不住。韦庄《癸丑年下第献新先辈》:"何事欲休休不得,来年公道似今年。"

⑤长日：本指冬至或夏至。《礼记·郊特牲》："郊之祭也，迎长日之至也。"此指漫长的白天。唐张固《幽闲鼓吹》："令狐相进李远为杭州。宣宗曰：'比闻李远诗云"长日唯销一局棋"，岂可以临郡哉！'"

【简析】

词写闺怨。起二句慨叹岁华如流，青春虚度，唤起情绪，笼罩全篇。接二句回忆旧日欢情，触起眼前无限春思。"曲槛"句以柳垂金丝之景点染芳菲岁华，"小窗"句以银筝断弦之象喻示愁多难遣。过片深院燕语、满园落花二句暮春景语，承上"芳菲暗度"，烘染"春思"。"一片"二句，直抒暮春时节长日相思的愁怨之情。结二句以"夕阳孤梦"烘托"无限伤情"，意境惝恍迷离，情味愈出。

其 二

无语残妆澹薄，含羞軃袂轻盈①。几度香闺眠过晓，绮窗疏日微明②。云母帐中偷惜③，水精枕上初惊④。　　笑靥嫩疑花拆，愁眉翠敛山横。相望只教添怅恨，整鬟时见纤琼⑤。独倚朱扉闲立，谁知别有深情。

【注释】

①軃（duǒ）袂：下垂的衣袂。軃：《广韵》："垂下貌。"唐虞世南《应诏嘲司花女》："学画鸦黄半未成，垂肩軃袖太憨生。"

②绮窗：雕刻或绘饰得很精美的窗户。《文选·左思〈蜀都赋〉》："开高轩以临山，列绮窗而瞰江。"吕向注："绮窗，雕画若绮也。"唐王维《杂诗》："来日绮窗前，寒梅着花未。"

③云母帐：以云母为饰的帐幔。唐宋之问《明河篇》："云母帐前初

泛滥,水精帘外转逶迤。"

④水精枕:也作水晶枕,精美的枕头。宋邵博《邵氏闻见后录》卷二六:"楚氏洛阳旧族元辅者,为予言:家藏一黑水晶枕,中有半开繁杏一枝,希代之宝也。初,避虏入颍阳,凡先世奇玩悉弃之,独负枕以行。"

⑤纤琼:细白如玉的手指。

【简析】

词写闺情。起二句写女子残妆澹薄、含羞无语之态,应是睡起无心妆梳模样。接四句折回,补写女子香闺贪睡情形,"偷惜"、"初惊"四字,写女子心中暗惜好梦惊醒,寓意丰富。过片二句形容女子容貌之美,宜笑宜颦,应是妆成之后。"相望"句见出相思无益,"整鬟"乃女子下意识动作。结二句转写女子妆罢独自倚门闲立,别有深情而无人解会,"遐渊冲妙",韵味悠然。

小重山

梁燕双飞画阁前。寂寥多少恨,懒孤眠。晓来闲处想君怜。红罗帐,金鸭冷沉烟①。　谁信损婵娟。倚屏啼玉箸,湿香钿。四支无力上秋千②。群花谢,愁对艳阳天③。

【注释】

①金鸭:镀金的鸭形铜香炉。唐戴叔伦《春怨》:"金鸭香消欲断魂,

梨花春雨掩重门。"

②四支：即四肢。《周易·坤》："君子黄中通理，正位居体，美在其中，而畅于四支，发于事业，美之至也。"孔颖达疏："四支，犹人手足，比于四方物务也。"唐陆龟蒙《和袭美新秋即事次韵三首》："愁寻冷落惊双鬓，病得清凉减四支。"

③艳阳天：参见卷五毛文锡《虞美人》"宝檀金缕鸳鸯枕"注⑥。

【简析】

词写闺怨。上片由"梁燕双飞"兴起女子的孤寂之感，引发晓来懒卧"想君怜"的旧日欢情回忆。下片转写女子愁损仪容、泪湿香钿的憔悴感伤。"群花谢"二句以景结情，饶有韵致。

定西番

苍翠浓阴满院，莺对语，蝶交飞。戏蔷薇①。　　斜日倚栏风好，余香出绣衣②。未得玉郎消息，几时归。

【注释】

①蔷薇：落叶灌木，茎细长，蔓生，枝上密生小刺，羽状复叶，花白色或淡红色，有芳香。南朝梁江洪《咏蔷薇》："当户种蔷薇，枝叶太葳蕤。"

②余香：剩留的香气。唐丘为《左掖梨花》："冷艳全欺雪，余香乍入衣。"此指女子衣饰熏香的气息。

【简析】

词写春日怀人。上片描写烂漫春光,以"莺对语,蝶交飞"反衬女子空闺独守的孤寂。下片转写女子黄昏临风、凭栏盼归的情态,"余香出绣衣"顺接"风好",闲笔点染女子的芳洁可爱。结二句直抒对远人的思念牵挂之情。

木兰花

掩朱扉,钩翠箔。满院莺声春寂寞。匀粉泪①,恨檀郎②,一去不归花又落。　　对斜晖,临小阁。前事岂堪重想着。金带冷③,画屏幽,宝帐慵熏兰麝薄④。

【注释】

①粉泪:女子的眼泪。唐张文琮《昭君怨》:"玉痕垂粉泪,罗袂拂胡尘。"

②檀郎:《晋书·潘岳传》、《世说新语·容止》载:晋潘岳美姿容,尝乘车出洛阳道,路上妇女慕其丰仪,手挽手围之,掷果盈车。岳小字檀奴,后因以"檀郎"为妇女对夫婿或所爱慕的男子的美称。温庭筠《苏小小歌》:"一自檀郎逐便风,门前春水年年绿。"

③金带:指金带枕。参卷二温庭筠《诉衷情》"莺语"注④。

④宝帐:华美的帐子。南朝宋鲍照《代陈思王京洛篇》:"宝帐三千万,为尔一朝容。"

【简析】

词写闺怨。起三句描写居处环境,突出女子的春闺寂寞之感。接三句写花落春尽,檀郎不归,女子伤心落泪。过片写黄昏时分,女子登楼凭眺,回忆昔日欢情,情怀愈觉不堪。结三句写入夜之后,闺中枕冷屏幽、帐帏慵熏,进一步展示女子的内心痛苦。小词选取暮春黄昏的时段,将伤春伤别之情融合起来加以表现,是其艺术上的一大特点。

后庭花

莺啼燕语芳菲节①。瑞庭花发②。昔时欢宴歌声揭③。管弦清越④。　自从陵谷追游歇⑤。画梁尘黦⑥。伤心一片如珪月⑦。闲锁宫阙⑧。

【注释】

①芳菲节:花草繁盛之时,春天。唐上官仪《和太尉戏赠高阳公》:"倾城比态芳菲节,绝世相娇是六年。"

②瑞庭:宫庭之美称。或谓庭院之美称。华锺彦《花间集注》曰:"各如本字,《词律》以为应作后庭,正合题名,不为无见。"

③揭:声音高亢。唐贯休《新猿》:"风清声更揭,月苦意弥哀。"

④清越:清脆悠扬。《礼记·聘义》:"叩之,其声清越以长。"唐刘禹锡《谢柳子厚寄叠石砚》:"清越敲寒玉,参差叠碧云。"

⑤陵谷:《诗经·小雅·十月之交》:"高岸为谷,深谷为陵。"毛

《传》:"言易位也。"郑玄笺:"易位者,君子居下,小人处上之谓也。"后因以陵谷比喻君臣高下易位。或以喻自然和人世的沧桑变迁。北周庾信《周大将军司马裔神道碑》:"是以勒此丰碑,惧从陵谷,植之松柏,不忍凋枯。"唐韩偓《乱后春日途经野塘》:"眼看朝市成陵谷,始信昆明是劫灰。"

⑥尘黦(yuè):参卷二韦庄《应天长》"别来半岁音书绝"注⑦。

⑦如珪(guī)月:如玉珪般皎洁的月亮。南朝梁江淹《别赋》:"秋露如珠,秋月如珪。明月白露,光阴往来。"唐李咸用《倢伃怨》:"不得团圆长近君,珪月鈚时泣秋扇。"

⑧宫阙:帝王所居宫门前有双阙,故称宫殿为宫阙。《史记·高祖本纪》:"萧丞相营作未央宫,立东阙、北阙、前殿、武库、太仓。高祖还,见宫阙甚壮。"南朝齐谢朓《始出尚书省》:"趋事辞宫阙,载笔陪旄荣。"

【简析】

此词吊古。上片追忆太平时节,宫中莺啼燕语、姹紫嫣红、歌声嘹亮、管弦清越的宴乐繁华之景。下片转写而今繁华消歇、画梁尘黦、月照宫阙的荒寂败落之象,寄托陵谷变迁的今昔盛衰之感。王灼认为这首《后庭花》乃"赋后主故事"(《碧鸡漫志》),寓有词人的家国之恨,非泛泛之作。全词今昔对比,悲欢映衬,感慨深沉。王国维指出:此词"不独意胜,即以调论,亦有隽上清越之致"(《毛秘监词辑本跋》)。

其 二

轻盈舞妓含芳艳①。竞妆新脸②。步摇珠翠修蛾敛③。腻鬟云染④。　歌声慢发开檀点⑤。绣衫斜掩。时将纤手匀红脸。笑拈金靥。

【注释】

①舞妓：即舞伎，歌舞艺人。韦庄《秦妇吟》："舞伎歌姬尽暗捐，婴儿稚女皆生弃。"芳艳：芬芳艳丽如花。唐白居易《邓鲂张彻落第》："众目悦芳艳，松独守其贞。"

②竞妆新脸：竞相往脸上涂饰粉脂，描画新妆。

③步摇：附在簪钗上的一种首饰。参卷三薛昭蕴《浣溪沙》"越女淘金春水上"注①。

④腻鬟云染：言女子发髻丰美光洁，如云染出。唐罗虬《比红儿》："照耀金钗簇腻鬟，见时直向画屏间。"

⑤檀点：檀口。唐伊梦昌《句》："露凝金盏滴残酒，檀点佳人喷异香。"

【简析】

此词题咏舞妓。上片描写舞妓容貌妆饰之美艳，下片描写她唱曲时的撩人风姿。人物形象较为生动活泼，然着意外貌，缺乏情感内涵。

其 三

越罗小袖新香蒨①。薄笼金钏②。倚栏无语摇轻扇。半遮匀面。　　春残日暖莺娇懒。满庭花片③。争不教人长相见。画堂深院。

【注释】

①小袖：短小的衣袖。《汉书·王莽传下》："乃身短衣小袖，乘牝马柴车。"蒨（qiàn）：绛红色，蒨草所染。

②薄笼：微微地遮住。金钏：金质手镯。唐徐贤妃《赋得北方有佳

人》:"腕摇金钏响,步转玉环鸣。"

③花片:飘落的花瓣。唐陆龟蒙《置酒行》:"落尘花片排香痕,阑珊醉露栖愁魂。"

【简析】

词写女子春情。上片描写女子华美的衣饰和娴雅的情态,词采鲜丽。"倚栏无语"四字,暗示女子别有心事。过片转写满庭落花、莺声娇懒的残春之景,兴起伤春迟暮之意。因良辰美景虚度,女子的相思之情格外强烈,所以便有了"争不教人长相见"的直白诘问,表达了与情郎在"画堂深院"里共度似水流年的深切向往。或谓此词从男子角度,向慕女子之娇媚,致慨于无缘相见,说亦可通。

酒泉子

闲卧绣帏,慵想万般情宠①。锦檀偏,翘股重。翠云欹②。　　暮天屏上春山碧。映香烟雾隔。蕙兰心,魂梦役③。敛蛾眉。

【注释】

①慵想:懒散地想。情宠:宠爱之情。唐段成式《游长安诸寺联句》:"昔时知出众,情宠占横陈。"

②锦檀三句:写女子无心装饰,枕偏钗重鬟欹的无聊之态。翘股:钗股。

③魂梦役:梦魂不安。役:役使,驱使。《尚书·大诰》:"予造天役,遗大投艰于朕身。"

【简析】

词写相思愁怨。起二句写女子绣帏闲卧，怀想往事，昔日万般恩爱的情景，一幕幕浮现眼前。接三句写她懒散的卧姿，见其耽于回忆的痴迷。下片描写屏山凝碧、香雾缭绕的黄昏室内之景，烘托氛围。结三句抒发女子芳心难寄、梦魂不安的相思痛苦之情。汤显祖认为曲句"手抵着牙腮，慢慢的想"系从"慵想万般情宠"变出，"两两尖新"，审美感觉不确，词曲有别，一雅一俗，美感差异还是相当明显的。

其 二

钿匣舞鸾①。隐映艳红修碧②。月梳斜③，云鬟腻。粉香寒。　晓花微敛轻呵展④。袅钗金燕软⑤。日初升。帘半卷。对妆残。

【注释】

①钿匣：金银、珠玉等镶嵌的小箱子。如镜匣、砚匣、书画匣等。唐齐己《谢人惠端溪砚》："保重更求装钿匣，闲将濡染寄知音。"此指镜匣。舞鸾：镜上之舞鸾图案。

②艳红修碧：指女子的脸和眉。

③月梳：插于发鬟的月牙形小梳。

④呵展：呵气使之展开。

⑤金燕：燕形金钗。

【简析】

词写晨妆女子之美。集中描写梳发、傅粉、簪花、插钗的化妆过程，起句照以鸾镜，结句应以旭日，全词既运笔细腻，又虚实相生。尤其是"晓花微敛轻呵展。袅钗金燕软"二句，精致入微，形神兼备，"不止以浓艳见长也"(沈雄《古今词话》)。

菩萨蛮

梨花满院飘香雪①。高楼夜静风筝咽②。斜月照帘帷。忆君和梦稀。　小窗灯影背。燕语惊愁态。屏掩断香飞③。行云山外归④。

【注释】

①梨花句：唐李白《宫中行乐词八首》其二："柳色黄金嫩，梨花白雪香。"香雪：言梨花芬芳洁白。

②风筝：悬挂在殿阁塔檐下的金属片，风起作声。又称"铁马"。唐李白《登瓦官阁》："两廊振法鼓，四角吟风筝。"明杨慎《升庵诗话·风筝诗》："古人殿阁檐棱间有风琴、风筝，皆因风动成音，自谐宫商。"

③断香：一阵阵的香气。唐王勃《对酒春园作》："狭水牵长镜，高花送断香。"

④行云：喻思妇。或谓指梦境，用宋玉《高唐赋》典事。

【简析】

词写春夜闺思。因是夜晚，梨花色白可见，故而一起即从满院梨花雪切入，表明是仲春时节。接写高楼夜静，风筝声咽，从听觉意象侧写思妇夜不成眠。月色映入帘帷，格外撩动思妇的怀人之情，她期待着在梦中与离人相会，但寝寐不安的她，辗转反侧，却难以入梦。至此境况，思妇情已不堪。下片转写小窗灯影，燕语惊愁，进一步烘托空闺静夜的暗淡愁苦氛围。结二句承上"和梦稀"，写一夜炉香燃尽，思妇化作行云飞出屏山与离人相会的愿望落空。行云空归，表明入梦不成，一结凄怨沉哀。此词"以风华之笔，运幽丽之思"（俞陛云《唐五代两宋词选释》），藻采和句法，都与温词为近。

其 二

绣帘高轴临塘看①。雨翻荷芰真珠散②。残暑晚初凉③。轻风渡水香④。　无憀悲往事。争那牵情思⑤。光影暗相催。等闲秋又来。

【注释】

①高轴：高卷。轴，画帘之轴，此处用如动词。韦庄《谒金门》："楼外翠帘高轴，倚遍阑干几曲。"

②真珠：指荷叶、菱叶上的雨珠。唐吴融《微雨》："惆怅池塘上，荷珠点点倾。"

③残暑：初秋残余的暑气。唐沈佺期《酬苏员外味道夏晚寓直省中见赠》："小池残暑退，高树早凉归。"

④轻风句：言荷芰的香气随风飘过水面。

⑤争那：怎奈。情思：情感思绪。唐顾况《悲歌》序："情思发动，圣贤所不免也。"

【简析】

此词感时忆旧。上片描写卷帘所见荷塘雨景，笔致清丽淡雅。下片转写独自卷帘凭眺之际，因寂寞无聊而回忆往事，牵动相思之情。暗示出曾经与人在此共赏这一层意思，这是一种条件反射心理。结句感叹光影相催，暑往秋来，节序如流，往事成空，言外含有"无限怅惘"之意。

其 三

天含残碧融春色①。五陵薄幸无消息②。尽日掩朱门。离愁暗断魂。　莺啼芳树暖。燕拂回塘满。寂寞对屏山。相思醉梦间。

【注释】

①残碧：浅碧色。唐白居易《见紫薇花忆微之》："一丛暗淡将何比，残碧笼裙倦紫巾。"

②五陵：长陵、安陵、阳陵、茂陵、平陵五县的合称。均在渭水北岸，自今陕西兴平东北至咸阳东北。以西汉高祖长陵、惠帝安陵、景帝阳陵、武帝茂陵、昭帝平陵五个皇帝陵墓所在而得名。汉元帝以前，每立陵墓，辄迁徙四方富豪及外戚于此居住，令供奉园陵，称为陵县。故五陵多豪家纨绔子弟，即唐诗中多有写及的"五陵豪"、"五陵年少"之属。唐韦应物《骊山行》："秦川入水长缭绕，汉氏五陵空崔嵬。"薄幸：薄情，负心。唐施肩吾《代征妇怨》："寒窗羞见影相随，嫁得五陵轻薄儿。"宋晏几道《河满子》所谓"五陵年少浑薄幸"是也。

【简析】

词写相思怨情。上片写春光大好，男子却游荡不归，音信断绝。女子只能长日闭门，暗自神伤。"五陵薄幸"四字，为男子定性，责怨之意甚明。下片再写莺啼芳树、燕拂回塘的阳春美景，以之反衬女子幽居空闺、寄情醉梦的寂寞悲伤之情。词笔以乐写哀，言情效果良好。

李珣 三十七首

【小传】

李珣,生卒年不详,字德润,梓州(治今四川三台县)人。其先世为波斯人,后入蜀中。其妹舜弦,为前蜀主王衍昭仪,能诗。珣少小苦学,有诗名,亦通药理。以秀才豫宾贡,事前蜀王衍,与成都才士尹鹗相善。前蜀亡,不仕。事迹见《鉴戒录》卷四、《茅亭客话》卷二、《十国春秋》卷四四本传。李词有《琼瑶集》,已佚。《花间集》存词三十七首,《尊前集》存词十七首,共计五十四首。

浣溪沙

入夏偏宜澹薄妆①。越罗衣褪郁金黄②。翠钿檀注助容光③。　相见无言还有恨,几回掜却又思量④。月窗香径梦悠扬⑤。

【注释】

①偏宜:最宜,特别合适。唐张谓《同王征君湘中有怀》:"不用开书帙,偏宜上酒楼。"澹薄妆:淡妆薄衣。唐韩偓《袅娜》:"袅娜腰肢澹薄妆,六朝宫样窄衣裳。"

②郁金黄：用郁金草染成的黄色，亦泛指黄色。唐白居易《重阳席上赋白菊》："满园花菊郁金黄，中有孤丛色似霜。"

③容光：仪容风采。汉徐幹《室思》之一："端坐而无为，仿佛君容光。"唐元稹《莺莺传》："自从消瘦减容光，万转千回懒下床。"

④拚却：舍弃，不顾惜。唐韦同则《仲月赏花》："把酒且须拚却醉，风流何必待歌筵。"

⑤香径：花间小路，或指落花满地的小径。唐戴叔伦《游少林寺》："石龛苔藓积，香径白云深。"梦悠扬：梦境迷离飘荡。唐徐铉《梦游三首》之一："魂梦悠扬不奈何，夜来还在故人家。"

【简析】

词写女子矛盾复杂的爱情心理。上片先写女子衣饰的得体和容光的明艳。下片细致刻画女子的心理状态，见出其欲罢不能的情感挣扎之痛苦。丽语香艳，词浅意深，耐人咀味。一结小窗花径，月光梦影，化实入虚，赋予全词幽眇的意境情韵。

其 二

晚出闲庭看海棠。风流学得内家妆①。小钗横戴一枝芳。　镂玉梳斜云鬓腻，缕金衣透雪肌香②。暗思何事立残阳。

【注释】

①内家妆：皇宫内的妆式。内家：指皇宫、宫廷。唐王建《宫词》之五十："尽送春球出内家，记巡传把一枝花。"亦指宫女。唐薛能《吴姬》之十："身是三千第一名，内家丛里独分明。"

②雪肌香：唐苏鹗《杜阳杂编》卷上：元载宠姬薛瑶英"攻诗书，

善歌舞,仙姿玉质,肌香体轻。瑶英之母赵娟,亦本岐王之爱妾,后出为薛氏之妻,生瑶英而幼以香啖之,故肌香也。"

【简析】

词写女子难言之心曲。前五句工笔细描女子的妆饰仪态之美,风流闲雅,楚楚动人,堪称"如画"。这五句人物描写,美则美矣,而未入妙。此词之妙,全在结句"暗思何事立残阳"七字,唯是"说不出处",方显"情深无际"。李冰若《栩庄漫记》对此词结构上虚实安排的分析,深得词艺要领。

其 三

访旧伤离欲断魂。无因重见玉楼人[①]。六街微雨镂香尘[②]。 早为不逢巫峡梦,那堪虚度锦江春[③]。遇花倾酒莫辞频。

【注释】

①无因:无缘。唐陆龟蒙《离骚》:"天问复招魂,无因彻帝阍。"玉楼人:指所思之女子。唐孟浩然《长安早春》:"草迎金埒马,花伴玉楼人。"

②六街:唐京都长安的六条中心大街。北宋汴京也有六街。唐司空图《省试》:"闲系长安千匹马,今朝似减六街尘。"泛指京都的大街和闹市。镂香尘:雨入香尘,不见形迹。《关尹子·一宇》:"言之如吹影,思之如镂尘,圣智造迷,鬼神不识。"香尘:芳香之尘。多指女子之步履而起者。语出晋王嘉《拾遗记·晋时事》:石崇"又屑沉水之香如尘末,布象床上,使所爱者践之"。唐沈佺期《洛阳道》:"行乐归恒晚,香尘扑地遥。"

③锦江春：锦江的大好春光。唐杜甫《登楼》："锦江春色来天地，玉垒浮云变古今。"

【简析】

词写旧情难寻的感伤，采男子角度。一起"访旧伤离欲断魂"七字，实已概括说尽全词情事，以下皆是起句的具体展开。"玉楼人"即男子寻访的旧交，而今已是无因重见。六街微雨香尘的微茫之景，烘托出男子访旧不果的满腔遗憾之情。过片二句，曾被当时"词家互相传诵"（吴任臣《十国春秋》），其好处在于对句呼应映衬，写出既不逢赏心乐事又虚度良辰美景的双重失落痛苦，是雪上加霜的倍增之法。结句写无缘重温旧梦的男子，在极度惆怅之时的自救努力。频频对花倾酒，"非曰及时行乐，实乃以酒浇愁"，故而词情显得"温厚而不儇薄"。（李冰若《栩庄漫记》）

其　四

红藕花香到槛频①。可堪闲忆似花人。旧欢如梦绝音尘。　　翠叠画屏山隐隐②，冷铺纹簟水潾潾③。断魂何处一蝉新④。

【注释】

①红藕句：与卷七顾敻《醉公子》"红藕香侵槛"句义同。

②隐隐：隐约不分明貌。南朝宋鲍照《还都道中》之二："隐隐日没岫，瑟瑟风发谷。"

③潾潾：同粼粼，水清貌。《诗经·唐风·扬之水》："扬之水，白石粼粼。"《传》："粼粼，清澈貌。"唐杜甫《杂述》："泰山冥冥崒以高，泗水潾潾弥以清。"此言簟纹似水。

④断魂：销魂神往。形容一往情深或哀伤。唐宋之问《江亭晚望》："望水知柔性，看山欲断魂。"一蝉新：一声新蝉。指初夏的鸣蝉。唐白居易《六月三日夜闻蝉》："微月初三夜，新蝉第一声。"

【简析】

词写男子怀人。上片触景生情，由红藕花香想到如花之人，已是音尘断绝，点出怀人题旨，抒发旧欢如梦的感慨。下片转写画屏、竹簟等室内摆设服用之物，屏山隐隐、纹簟潾潾的描写形容，给人以迢遥、幽眇、冷清之感，乃是男子怀人心绪的投射。二句虽写眼前景物，却"如隔山水万重，小桥南畔，不异天涯也"（俞陛云《唐五代两宋词选释》）。结句一声新蝉，蓦然惊夏，令人魂断，言外含有不尽之情意。

渔歌子

楚山青①，湘水渌。春风澹荡看不足②。草芊芊③，花簇簇④。渔艇棹歌相续。　信浮沉⑤，无管束。钓回乘月归湾曲⑥。酒盈樽，云满屋。不见人间荣辱。

【注释】

①楚山：荆山或商山。此泛指楚地之山。唐张说《对酒行巴陵作》："鸟哭楚山外，猿啼湘水阴。"

②澹荡：犹骀荡。谓使人和畅。多形容春天的景物。南朝宋鲍照《代白纻曲》之二："春风澹荡侠思多，天色净渌气妍和。"

③芊芊：草木茂盛貌。《列子·力命》："美哉国乎，郁郁芊芊。"唐张聿《余瑞麦》："仁风吹靡靡，甘雨长芊芊。"

④簇簇：花丛聚貌。唐李建勋《采菊》："簇簇竟相鲜，一枝开几番。"

⑤信浮沉：听任渔艇漂流。以喻旷达超脱，不为外物所动。《诗经·小雅·菁菁者莪》："泛泛扬舟，载沉载浮。"唐牟融《赠欧阳詹》："为客囊无季子金，半生踪迹任浮沉。"

⑥湾曲：水湾，水曲。

【简析】

李珣四首《渔歌子》词，咏隐逸情怀，皆"缘题自抒胸境，洒然高逸"（李冰若《栩庄漫记》），当作于"蜀亡不仕"以后。此首上片描绘山青水绿、清丽野逸的楚湘风光，表达渔父的热爱之情。下片抒写渔父任天而动、无拘无束的生活理想。"酒盈樽，云满屋"六字，将醉乡和白云乡融合为一，是渔父在江湖中为自己觅得的避难逍遥之所。渔父实为词人化身，词句表现了经历过仕途蹭蹬、故国沦亡等诸般坎坷磨难的词人，了却尘缘，不以"人间荣辱"为念的归隐之志。

其 二

荻花秋①，潇湘夜。橘洲佳景如屏画②。碧烟中，明月下。小艇垂纶初罢③。　　水为乡，篷作舍④。鱼羹稻饭常餐也。酒盈杯，书满架。名利不将心挂。

【注释】

①荻花：芦荻之花。荻，多年生草本植物，生水边，叶长，似芦苇，

秋开紫花，茎可编席箔。唐朱长文《吴兴送梁补阙归朝赋得荻花》："柳家汀洲孟冬月，云寒水清荻花发。"

②橘洲：洲名，在今湖南长沙西湘江中，多美橘，故名。今称"橘子洲"。北魏郦道元《水经注·湘水》："湘水又北，径南津城西，西对橘洲。"唐杜易简《湘川新曲》之一："昭潭深无底，橘洲浅而浮。"

③垂纶：垂钓。三国魏嵇康《兄秀才公穆入军赠诗》之十五："流磻平皋，垂纶长川。"《南史·王彧传》："文帝尝与群臣临天泉池，帝垂纶良久不获。"

④水为乡，篷作舍：以水为家，以船作屋。唐孟浩然《送杜十四之江南》："荆吴相接水为乡，君去春江正渺茫。"

【简析】

词咏本调，题旨同前首。季节和时间背景由前首的春日转为潇湘秋月之夜。上片写秋江美景，下片写日常生活。渔父淡泊名利，以水为乡，以船为家，一日三餐，鱼羹稻饭，更有美酒盈樽可以畅饮，图书满架可以阅览，生活快适自足。词中抒写的江湖渔隐的高情逸致，让人心向往之。

其　三

柳垂丝，花满树。莺啼楚岸春天暮①。棹轻舟，出深浦。缓唱渔歌归去②。　　罢垂纶，还酌醑③。孤村遥指云遮处。下长汀④，临浅渡。惊起一行沙鹭。

【注释】

①楚岸：楚江之岸。唐杜甫《缆船苦风戏题四韵》："楚岸朔风疾，

天寒鹧鸪呼。"唐黄滔《雁》:"楚岸花晴塞柳衰,年年南北去来期。"

②渔歌:渔人唱的民歌小调。唐王勃《上巳浮江宴序》:"榜讴齐引,渔歌互起。"

③酌醑:饮酒。《玉篇》:"醑,美酒也。"南朝宋谢灵运《石门岩上宿》:"妙物莫为赏,芳醑谁与伐。"

④长汀:水边或水中狭长形平地。南朝宋谢灵运《白石岩下径行田》:"千顷带远堤,万里泻长汀。"唐杜甫《雕赋》:"晨飞绝壑,暮起长汀。"

【简析】

词咏本调,题旨同第一首。词写渔父晚归情景。起三句描写绿柳垂丝、鲜花满树、啼莺声声的楚岸春山暮景,极为清新优美。接三句写渔父轻舟划出深浦,唱着渔歌,缓缓归去,自在从容。过片写他结束一天的垂钓,小饮数杯,自为犒劳。接以"遥指"二字,引出渔父家住白云遮处的孤村,那里远离俗世红尘。结三句写渔父扁舟归家的水程。此首白描手法,清新明丽,通篇写景,不着议论,因而更饶江湖渔乐之逸气,几可与张志和"斜风细雨不须归"比美,允推同调四首之"尤佳"者。

其　四

九疑山①,三湘水②。芦花时节秋风起。水云间,山月里。棹月穿云游戏③。　鼓清琴④,倾渌蚁⑤。扁舟自得逍遥志。任东西,无定止⑥。不议人间醒醉⑦。

【注释】

①九疑山:参卷九鹿虔扆《虞美人》"卷荷香澹浮烟渚"注⑤。

②三湘：沅湘、潇湘、资湘。晋陶潜《赠长沙公族祖》："遥遥三湘，滔滔九江。"陶澍集注："湘水发源会潇水，谓之潇湘；及至洞庭陵子口，会资江谓之资湘；又北与沅水会于湖中，谓之沅湘。"又：王应麟《小学绀珠》卷二《地理类·三湘五渚》谓长江、湘江、沅江合称"三湘"。唐王维《汉江临眺》："楚塞三湘接，荆门九派通。"

③棹月穿云：言在月华烟云里行船，状渔翁之潇洒自在。唐王昌龄《缑氏尉沈兴宗置酒南溪留赠》："山尊在渔舟，棹月情已醉。"唐秦韬玉《钓翁》："朝携轻棹穿云去，暮背寒塘戴月回。"

④清琴：音调清雅的琴。三国魏曹丕《善哉行》之四："有客从南来，为我弹清琴。"

⑤渌蚁：酒上泛起的绿色碎沫。用为酒的别称。渌，同"醁"。《文选·谢朓〈在郡卧病呈沈尚书诗〉》："嘉鲂聊可荐，渌蚁方独持。"李善注引《释名》："酒有泛齐，浮蚁在上，泛泛然也。"

⑥定止：固定的处所，止息之处。晋葛洪《抱朴子·清鉴》："或外候同而用意异，或气性殊而所务合，非若天地有常候，山川有定止也。"唐高适《渔父歌》："料得孤舟无定止，日暮持竿何处归。"

⑦人间醒醉：人世的是非曲直。《楚辞·渔父》："举世皆浊我独清，众人皆醉我独醒。"

【简析】

词咏本调，题旨同第一首，而更突出游戏逍遥一层意思。渔父既已忘却人间名利荣辱、是非曲直，身心也就得到了最大限度的自我解放，摆去物累，舒展自由。于是，九嶷三湘，云间月里，清琴寄情，绿酒助兴，信流东西，乌有定止，无往而非快活之地也。其游戏人生、逍遥自放的旨趣，有着明显的道家思想影响痕迹。这等高逸的行为方式、价值取向和生命境界,自非《花间》艳词所可比数,故而瞿髯赞曰:"波斯估客醉巫山,一棹悠然泊水湾。唱到玄真渔父曲,数声清越出《花间》"(夏承焘《瞿髯论词绝句》)。

巫山一段云

有客经巫峡,停桡向水湄①。楚王曾此梦瑶姬②。一梦杳无期。　　尘暗珠帘卷,香销翠幄垂。西风回首不胜悲。暮雨洒空祠③。

【注释】

①水湄:水边。《诗经·秦风·蒹葭》:"所谓伊人,在水之湄。"《疏》曰:"水草交为湄。谓水草交际之处,水之岸也。"唐武平一《妾薄命》:"有女妖且丽,裴回湘水湄。水湄兰杜芳,采之将寄谁。"

②楚王句:用宋玉《高唐赋》典事,参卷二韦庄《归国遥》"春欲晚"注⑥。瑶姬:巫山神女。宋范成大《吴船录》卷下:"瑶姬,西王母之女,称云华夫人,助驱鬼神,斩石疏波,有功见纪,今封妙用真人,庙额曰'凝真观'。"

③空祠:指巫山神女庙,在今重庆巫山东巫山飞凤峰麓。唐罗隐《渚宫秋思》:"襄王台下水无赖,神女庙前云有心。"

【简析】

词咏本调。上片叙写行客经过巫峡,泊舟江边,来到神女庙前,联想起楚王当年在此梦见神女之事,不禁生出天人悬隔、幽眇难详之感慨。下片转回现实,珠帘尘黯,翠幄香消,是行客眼中所见神女庙之荒寂景象。古今茫茫，同归一梦，神女不见，楚王安在？此时秋风吹雨，洒落空祠，行客心中翻涌着吊古的无穷悲凉之感。

其 二

古庙依青嶂①，行宫枕碧流②。水声山色锁妆楼③。往事思悠悠。　云雨朝还暮，烟花春复秋。啼猿何必近孤舟。行客自多愁④。

【注释】

①古庙：指神女庙。青嶂：如屏障的青山。《文选·沈约〈钟山诗应西阳王教〉》："郁律构丹巘，峻嶒起青嶂。"吕向注："山横曰嶂。"此指巫山十二峰。宋陆游《入蜀记》云：神女庙后，"山半有石坛。坛上观十二峰，宛如屏障"。

②行宫：犹离宫，京城以外供帝王巡游时居住的宫室。这里指楚灵王所筑细腰宫遗址。宋陆游《入蜀记》卷六："早抵巫山县……游楚故离宫，俗谓之细腰宫。有一池，亦当时宫中燕游之地，今堙没略尽矣。三面皆荒山，南望江山奇丽。"

③妆楼：指楚王行宫里嫔妃所居楼阁。

④行客：过客，旅客。《淮南子·精神训》："是故视珍宝珠玉犹砾石也，视至尊穷宠犹行客也。"高诱注："行客，犹行路过客。"唐皇甫冉《润州南郭留别》："故人劳见爱，行客自无聊。"

【简析】

词咏本调。起句从神女庙切入，自是题中应有之义，对句由神女庙带出细腰宫。"依"、"枕"二字，状出古庙、行宫倚山临水的位置和形势。接以"水声山色",总收前二句。"妆楼"言细腰宫里嫔妃的寝殿,着一"锁"字,传写出宫人幽闭的生活和孤寂的心境;复以"往事思悠悠"收束上片,逗人遐想。过片承前,云雨朝暮写神女,烟花春秋写宫人,而又互文见义,彼此映衬。襄王、灵王,同一荒淫。而时序流转,神人皆空,往事如烟,古今一概。这就是结句"行客自多愁"所包含的内蕴。所以不待闻猿声,吊古的行客已是满腹惆怅,况又孤舟听闻猿声凄切呢!一结"语浅情深",而意蕴曲折,令人低回。

临江仙

帘卷池心小阁虚。暂凉闲步徐徐①。芰荷经雨半凋疏②。拂堤垂柳,蝉噪夕阳余。　不语低鬟幽思远③,玉钗斜坠双鱼④。几回偷看寄来书。离情别恨,相隔欲何如。

【注释】

①徐徐:迟缓,缓慢。《周易·困》:"来徐徐,困于金车。"高亨注:"徐徐,迟缓也。"汉桓宽《盐铁论·国疾》:"夫辩国家之政事,论执政之得失,何不徐徐道理相喻,何至切切如此乎?"

②凋疏:零落稀疏。唐胡传美《武康碧落观》:"欲脱儒衣陪羽客,伤心齿发已凋疏。"

③幽思:郁结于心的思想感情。南朝梁钟嵘《诗品·总论》:"资生知之上才,体沉郁之幽思。"唐孟郊《古妾薄命》:"空令后代人,采掇

幽思攒。"

④双鱼：钗头的鱼形饰物。或谓指书信，言低鬟钗坠于书信上。唐唐彦谦《寄台省知己》："久怀声籍甚，千里致双鱼。"

【简析】

词写闺思。上片写女子傍晚在池心小阁闲步，雨后凋疏的菱荷和黄昏柳树上的蝉噪，是其所见所闻，景中隐约寓有衰飒迟暮之意。下片写女子从徐步中停下来，低头不语，情思幽远。原来她是在"偷看"来信，"几回"见出思念远人之切，"偷"见出心性羞涩，不欲人知。几番看信，更加重了她的离愁别恨，但两地暌隔，相见无因，亦属莫可奈何。结二句以"不了语作结"，抒发女子无可奈何的深重怨情。

其 二

莺报帘前暖日红。玉炉残麝犹浓。起来闺思尚疏慵①。别愁春梦，谁解此情惊。　　强整娇姿临宝镜，小池一朵芙蓉②。旧欢无处再寻踪。更堪回顾，屏画九疑峰③。

【注释】

①疏慵：疏懒，懒散。唐元稹《台中鞫狱忆开元观旧事》："疏慵日高卧，自谓轻人寰。"

②小池句：言镜中佳人如池中芙蓉。池喻镜，芙蓉喻脸颊。

③九疑峰：即九嶷山。唐张署《赠韩退之》："九疑峰畔二江前，恋阙思乡日抵年。"

【简析】

词写闺情，从晨起切入。起二句写闺房内外晨景，日照帘栊，见其起来之迟，而犹觉疏懒，原因为何？这就引出"别愁春梦"无人解知的心事。过片二句运用比拟修辞，写女子临镜梳妆，"是人是花，一而二，二而一。句中绝无曲折，却极形容之妙"（况周颐《蕙风词话》）。"旧欢"句回应"别愁春梦"，是说梦醒了无痕。结二句用屏风所绘的九嶷山图，来烘衬旧欢无处觅踪，颇有巧思。

南乡子

烟漠漠①，雨凄凄。岸花零落鹧鸪啼②。远客扁舟临野渡③。思乡处。潮退水平春色暮。

【注释】

①漠漠：迷蒙貌。汉王逸《九思·疾世》："时昢昢兮旦旦，尘漠漠兮未晞。"唐杜甫《茅屋为秋风所破歌》："俄顷风定云墨色，秋天漠漠向昏黑。"

②鹧鸪：鸟名。古人谐其鸣声为"行不得也哥哥"，诗文中常用以表思乡之情。唐李涉《鹧鸪词》："惟有鹧鸪啼，独伤行客心。"

③野渡：荒落村野的渡口。唐韦应物《滁州西涧》："春潮带雨晚来急，野渡无人舟自横。"

【简析】

李珣《南乡子》十七首，《花间集》收录十首，皆题咏本调，描写南土风俗人情，扩大了词的表现领域，拓宽了《花间》词狭窄的题材范围，为词体文学创生了新的美感。俞陛云曾指出《南乡子》组词"为词家特开新采"的功劳。此首写南国暮春烟雨之景,抒远客黄昏思乡之情。词中所写岸花零落、鹧鸪啼鸣、扁舟野渡、潮退水平之景,有着鲜明的地域特色。

其 二

兰棹举,水纹开。竞携藤笼采莲来①。回塘深处遥相见②。邀同宴。绿酒一卮红上面③。

【注释】

①藤笼:采莲所用之藤筐。

②回塘:环曲的水池。南朝梁萧纲《入溆浦》:"泛水入回塘,空枝度日光。"温庭筠《商山早行》:"因思杜陵梦,凫雁满回塘。"

③卮:酒卮,盛酒的器皿。北周庾信《北园新斋成应赵王教》:"玉节调笙管,金船代酒卮。"红上面:酒红现于面颊。

【简析】

此首咏写采莲。前三句写采莲女划船携笼前来采莲,"竞"字见出人数之多,和她们对这种特殊劳动的喜爱。后三句写她们荷塘深处相邀饮酒的场面,反映了民风之醇厚和人情之亲密。"绿酒"一句写采莲女不胜酒力,脸飞红云,生动传神,娇态如见。

其 三

归路近,扣舷歌①。采真珠处水风多②。曲岸小桥山月过。烟深锁。豆蔻花垂千万朵。

【注释】

①扣舷歌：敲击船边以为节拍而歌。唐王维《送綦毋校书弃官还江东》："清夜何悠悠，扣舷明月中。"参卷八孙光宪《菩萨蛮》"青岩碧洞经朝雨"注②。

②真珠：即珍珠。形圆如豆，乳白色，有光泽，为蚌等软体动物壳内所产。为珍贵装饰品，并可入药。唐贾岛《赠圆上人》："一双童子浇红药，百八真珠贯彩绳。"

【简析】

词写采珠晚归。比之采莲，采珠是更富于南中地方色彩的劳动，前三句描写水风吹送、棹歌归来的情景，洋溢着收获的快乐气息。后三句写月上东山，晚烟迷蒙，沐着烟月，小船穿过豆蔻万朵的曲岸小桥，一路驶向村口门前。豆蔻花和珍珠，都是南中特有的地域风物意象。

其　四

乘彩舫①，过莲塘。棹歌惊起睡鸳鸯。游女带香偎伴笑。争窈窕②。竞折团荷遮晚照③。

【注释】

①彩舫：彩船，画船。唐权德舆《杂言和常州李员外副使春日戏题十首》之六："彩舫入花津，香车依柳陌。"

②争：竞比也。窈窕：娴静美好貌。《诗经·周南·关雎》："窈窕淑女，君子好逑。"毛《传》："窈窕，幽闲也。"

③团荷：指圆形的荷叶。五代孙光宪《思帝乡》："看尽满池疏雨，打团荷。"晚照：夕阳余晖。南朝宋刘裕《七夕》之一："白日倾晚照，

弦月升初光。"

【简析】

词写土著少女荷塘游乐情景。少女们乘坐彩舫,驶过莲塘,惊起了塘里交颈而眠的鸳鸯。绣羽鲜丽的鸳鸯是爱情鸟,这引起了她们莫大的好奇、兴趣,但又似有几分害羞,于是互相偎依着观看笑闹了一阵儿。这时夕阳犹热,斜照过来,少女们便争先恐后折来团团的荷叶,以为遮阳防晒之用。竞折团荷,少女们仿佛是在争相展示自己窈窕的体态,绿荷遮面,又为她们增添了几许婀娜美艳。然则竞折团荷,为遮阳乎,抑为遮羞乎?是爱美呢,还是出于实用?小词摄取的这个场面,生动活泼,洋溢着醉人的青春气息,诱发读者生出无限丰富的审美想象。

其　五

倾绿蚁①,泛红螺②。闲邀女伴簇笙歌③。避暑信船轻浪里④。闲游戏。夹岸荔枝红蘸水⑤。

【注释】

①倾:倾杯,饮酒。晋陶潜《乞食》:"谈谐终日夕,觞至辄倾杯。"唐杜甫《又观打鱼》:"东津观鱼已再来,主人罢鲙还倾杯。"

②泛:泛溢。红螺:亦称"红蠃"。软体动物名。壳薄而红,可制为酒杯。唐刘恂《岭表录异》卷下:"红螺,大小亦类鹦鹉螺,壳薄而红,亦堪为酒器。刳小螺为足,缀以胶漆,尤可佳尚。"因用作酒杯或酒的代称。唐陆龟蒙《袭美醉中寄一壶并一绝走笔次韵奉酬》:"酒痕衣上杂莓苔,犹忆红螺一两杯。"

③簇笙歌:聚集在一起歌舞娱乐。

④信船：听任小船漂流。皇甫松《采莲子》："船动湖光滟滟秋。贪看年少信船流。"

⑤夹岸句：言两岸荔枝红熟，累累果实垂接水面。

【简析】

词写乘船避暑游乐情景。前三句写女伴闲来无事，相邀歌酒作乐，"簇笙歌"三字写出一群女伴，一团热闹的场面。读"避暑信船轻浪里"一句，方知女伴们是在船上，水浪轻轻地摇晃着，船儿漫无目的地漂流着，她们一面饮酒，一面奏乐唱歌，这种游戏般的避暑方式，真是快活极了。结句"夹岸荔枝红蘸水"，是随手拈取的眼前实景，可"为闽粤诸村传谱"（卓人月《古今词统》）。李珣早年曾漫游各地，闻见广泛，阅历丰富，熟悉南国风土，所以有此写实而又传神的妙句。

其 六

云带雨，浪迎风。钓翁回棹碧湾中①。春酒香熟鲈鱼美②。谁同醉。缆却扁舟篷底睡③。

【注释】

①回棹：返棹，回船。唐祖咏《泗上冯使君南楼作》："明晨拟回棹，乡思恨风波。"

②春酒：冬酿春熟之酒，亦指春酿秋冬熟之酒。《诗经·豳风·七月》："为此春酒，以介眉寿。"晋陶潜《读山海经》："欢言酌春酒，摘我园中蔬。"此泛指酒。鲈鱼：明李时珍《本草纲目》卷四四《鳞》之三《鲈鱼》："黑色曰卢。此鱼白质黑章，故名。淞人名四鳃鱼。鲈出吴中，淞江尤盛，四五月方出。长仅数寸，黑点，巨口细鳞，有四鳃。"唐

李白《秋下荆门》:"此行不为鲈鱼鲙,自爱名山入剡中。"

③缆却:以绳系船。篷底:船篷下。

【简析】

词写渔父生活。起二句六字,云雨风浪具足,皆为渔父所惯经。仅此六字,即已活画出一个出没于云涛烟浪里的冲风冒雨的渔父形象。接写渔父从"云雨风浪"里回棹水湾,扁舟泊岸,畅饮饱食之后篷底酣睡的情形。小词展示了渔父生活中栉风沐雨的艰辛的一面,但词的重心在于表现渔父生活的自足和自在,"谁同醉"三字,并非说渔父感觉孤独,希望与人同醉,而是酒熟鱼美,陶然自乐,不需与人同醉之意。读者于此不可不察。

其 七

沙月静①,水烟轻②。芰荷香里夜船行。绿鬟红脸谁家女。遥相顾。缓唱棹歌极浦去③。

【注释】

①沙月:洒在沙滩上的月光。唐黄滔《寄边上从事》:"吟余多独坐,沙月对楼生。"

②水烟:水面上浮起的烟霭。唐王勃《泥溪》:"水烟笼翠渚,山照落丹崖。"

③极浦:遥远的水滨。《楚辞·九歌·湘君》:"望涔阳兮极浦,横大江兮扬灵。"王逸注:"极,远也;浦,水涯也。"

【简析】

词写月夜行船邂逅。起二句极清幽,结一句极有韵,中间描写月下行船擦舷而过时的偶遇一瞥，而绿鬓红脸，已自印象鲜明，遥相回顾，似觉牵情不舍。词如淡淡的水墨，在宣纸上氤氲开来，大片的留白中，只菱荷少女敷彩着色，格外醒人眼目。

其 八

渔市散①，渡船稀。越南云树望中微②。行客待潮天欲暮③。送春浦④。愁听猩猩啼瘴雨⑤。

【注释】

①渔市：买卖鱼类的场所。唐姚合《听僧云端讲经》："远近持斋来谛听，酒坊鱼市尽无人。"

②越南：即南越、南粤，古百越之地。指今两广、闽浙及越南河内以北地区。班固《汉书·地理志》颜师古注："自交趾至会稽七八千里，百越杂处，各有种姓。"唐杜佑《通典·州郡·古南越》："自岭而南，当唐虞三代蛮夷之国，是百越之地，亦谓南越，古谓之雕题。"云树：唐王维《桃源行》："遥看一处攒云树，近入千家散花竹。"望中微：在视线中一片微茫。

③待潮：待晚潮涨起渡水。

④送春浦：送客于春日的水滨。春浦：春日水滨。北齐魏收《棹歌行》："雪溜添春浦，花水足新流。"

⑤瘴雨：指南方含有瘴气的雨。唐郑谷《将之泸郡旅次遂州遇裴晤员外谪居于此话旧凄凉因寄二首》之一："黄鸟晚啼愁瘴雨，青梅早落中蛮烟。"

【简析】

词写行客晚渡。渔市散后,渡船稀少,放眼一望,云树微茫,黄昏渡口的冷清之景描写中,已暗写了人物,这人物就是待潮而渡的行客,亦即眺望云树的人。天涯孤旅,又值日暮,行客心情可知,故而在他听来,瘴雨蛮烟里传出的猩猩叫声,竟似啼哭一般,令人生愁。这是以我观物、主观情感投射于客观物象的结果。词中所写渡头渔市、越南云树、猩猩啼雨,地域色彩鲜明,具有某种程度的不可移易性,作品因之有了特色和个性。

其　九

拢云髻,背犀梳①。焦红衫映绿罗裾②。越王台下春风暖③。花盈岸。游赏每邀邻女伴。

【注释】

①背犀梳:反插犀梳。犀梳:犀角制的梳子。明李时珍《本草纲目》卷五一《兽》之二《犀》引《岭表录异》曰:"有避尘犀,为簪梳带胯,尘不近身。"唐唐彦谦《无题》之二:"醉倚栏干花下月,犀梳斜簟鬓云边。"

②焦红:即火红色。参卷五毛文锡《中兴乐》"豆蔻花繁烟艳深"注④。

③越王台:西汉初南越王赵佗所建之台。故址在今广东广州越秀山。唐曹松《南海旅次》:"忆归休上越王台,归思临高不易裁。"

【简析】

词写女伴相邀游春。前三句描写少女云鬟倒插犀梳、红衫映衬绿裙的衣饰装束，衬托出人物的美丽明艳。接写越王台下东风送暖、花满江岸的大好春光，更渲染出一种热烈的气氛。结句点题，交待美丽少女在这美好的季节里，时常邀请邻家女伴来到越王台下游赏。小词散发着动人的青春气息，写人写景，均有可观。

其 十

相见处，晚晴天。刺桐花下越台前①。暗里回眸深属意②。遗双翠③。骑象背人先过水④。

【注释】

①刺桐：亦称海桐、山芙蓉，落叶乔木。花、叶可供观赏，枝干间有圆锥形棘刺，故名。原产印度等地，我国闽粤一带亦多栽培。旧时多入诗。亦以指刺桐之花。宋吴处厚《青箱杂记》卷六："刺桐花深红，每一枝数十蓓蕾，而叶颇大，类桐，故谓之刺桐。"唐朱庆馀《南岭路》："经冬来往不踏雪，尽在刺桐花下行。"越台：即越王台。

②深属意：深表倾心。属意：犹倾心。指男女相爱悦。唐许尧佐《章台柳传》："柳氏自门窥之，谓其侍者曰：'韩夫子岂长贫贱者乎！'遂属意焉。"

③遗双翠：赠以双翠羽首饰。或解"遗"为丢下，言女子故意把自己饰有翠羽的首饰丢下来，好让小伙子捡起送还她。

④骑象：明李时珍《本草纲目》卷五一《兽》之二《象》："象出交广云南及西域诸国。野象多至成群，番人皆畜以负重，酋长则饬而乘之。"唐李商隐《送从翁从东川弘农尚书幕》："蛮童骑象舞，江市卖鲛绡。"背人：避开别人。唐李贺《美人梳头歌》："背人不语向何处，下

阶自折樱桃花。"

【简析】

　　李珣《南乡子》组词，不仅描写南粤风物十分出色，展示南粤的民情风俗也非常动人，"开《花间集》之新境"，应从写景言情两个方面理解。这首《南乡子》其十，表现的男女爱情方式就很有风俗画意味，烙上了明显的地域环境、民族习俗色彩。雨过天晴的傍晚，越王台前的刺桐花开得如火如荼，一对男女在这里相逢了。天真烂漫的少女对小伙子一见钟情，暗里回眸，频送秋波，"目成"之后，赠以翠羽。她自己则趁人不注意的时候，骑象先过河那边等待去了。这里所写南粤地方青年男女的爱情，既不同于《花间》文人的狭邪艳遇，也没有中土那么多的礼教束缚，它健康而又朴实，含蓄而又大胆，尤其是那位骑象约会的少女形象，在古典诗词中实属绝无仅有。此词所写与欧阳炯《南乡子》"水上游人沙上女。回顾。笑指芭蕉林里住"情形略相仿佛，有异曲同工之妙。

女冠子

　　星高月午①。丹桂青松深处②。醮坛开。金磬敲清露③，珠幢立翠苔④。　步虚声缥缈⑤，想像思徘徊。晓天归去路，指蓬莱。

【注释】

　　①月午：月至午夜。即半夜。唐刘禹锡《送惟良上人》："灯明香满室，月午霜凝地。"《太平广记》卷三七二引唐戴孚《广异记·蔡四》："世间月午，即地下斋时。"

②丹桂：桂树的一种。晋嵇含《南方草木状》卷中："桂有三种。叶如柏叶，皮赤者为丹桂。"唐白居易《有木诗》之八："有木名丹桂，四时香馥馥。"

③磬：古代打击乐器，形状像曲尺，用玉、石或金属制成，可悬挂。此乃用于道教活动之法器。

④珠幢：以珠为饰之幡。唐元稹《琵琶歌》："一弹既罢又一弹，珠幢夜静风珊珊。"

⑤步虚声：道士诵经礼忏之声。参卷九鹿虔扆《女冠子》"步虚坛上"注①。

【简析】

词咏本调。上片描写女冠夜半时分在"丹桂青松深处"设坛作法的场景，下片揭示女冠诵经时的浮想联翩，其心理指向非常明确，就是蓬莱成仙。此词纯粹咏写女冠的修行生活和理想，不染艳情化色彩。

其 二

春山夜静。愁闻洞天疏磬①。玉堂虚。细雾垂珠佩，轻烟曳翠裾。　　对花情脉脉，望月步徐徐。刘阮今何处②，绝来书。

【注释】

①洞天：道教称神仙的居处，意谓洞中别有天地。道教典籍有十大洞天、三十六小洞天之说。《云笈七签》卷二七："太上曰十大洞天者，处大地名山之间，是上天遣群仙统治之所。""三十六小洞天，在诸名山之中，亦上仙统治之处也。"南朝梁任昉《述异记》卷下："人间三十六洞天，知名者十耳，余二十六天，出《九微志》，不行于世也。"唐杜光

庭《洞天福地记》列出十大洞天、三十六小洞天、七十二福地的名称。后常以洞天泛指风景胜地。唐陈子昂《送中岳二三真人序》："杨仙翁玄默洞天，贾上士幽栖牝谷。"

②刘阮：用刘阮天台山采药遇仙典事。参卷二温庭筠《思帝乡》"花花"注⑥。

【简析】

词咏本调，但表现内容已不是前一首的道教徒清修生活，而是《花间》此调常常题写的女冠春情凡心。春山静夜的轻烟薄雾之中，珠佩翠裾的女道士是那样美艳，她显然已经无心修行，愁听洞天传响的法器声，感觉道观里空虚寂寞，其思凡之意已经呼之欲出。过片写她含情看花、徐步望月，已是春心荡漾的光景。此刻女冠的心理指向，已非上一首的蓬莱成仙，而是关切情人身在何处，见出其内心深处的隐秘渴慕。但情人音书断绝，让女冠惆怅不已。一结三字，斩绝有力。

酒泉子

寂寞青楼。风触绣帘珠碎撼①。月朦胧，花暗澹。锁春愁。　　寻思往事依稀梦②。泪脸露桃红色重。鬓欹蝉，钗坠凤。思悠悠。

【注释】

①珠碎撼：帘珠凌乱地晃动。

②寻思：思索，考虑。《后汉书·循吏传·刘矩》："民有争讼，矩常引之于前，提耳训告，以为忿恚可忍，县官不可入，使归寻思。讼者感之，辄各罢去。"唐白居易《南池早春有怀》："倚棹忽寻思，去年池上伴。"依稀梦：言往事依稀，仿佛一场梦。

【简析】

词写闺怨。上片描写闺阁月夜景物，以朦胧暗淡的色调光感，烘染女子心中的寂寞愁怨。下片转写女子回忆往事，但觉欢情成空，旧梦依稀，让她黯然泪下，感伤不已。结三句刻画女子鬟欹钗坠的情态，展示其相思怀人的低迷心绪。此首丽字艳情，是常见的《花间》风格，在李词中属平平之作。

其 二

雨渍花零①。红散香凋池两岸。别情遥，春歌断。掩银屏。　孤帆早晚离三楚②。闲理钿筝愁几许③。曲中情，弦上语。不堪听。

【注释】

①雨渍花零：言花朵在雨中零落。渍：水浸。

②三楚：战国楚地疆域辽阔，秦汉时分为西楚、东楚、南楚，合称三楚。《史记·货殖列传》以淮北、沛、陈、汝南、南郡为西楚；彭城以东，东海、吴、广陵为东楚；衡山、九江、江南、豫章、长沙为南楚。后人多以三楚泛指长江中游以南，今湖南、湖北一带。唐李商隐《过郑广文旧居》："宋玉平生恨有余，远循三楚吊三闾。"

③愁几许：多少愁。唐苏郁《鹦鹉词》："忽然更向君前言，三十六

宫愁几许。"几许：多少，若干。《古诗十九首·迢迢牵牛星》："河汉清且浅，相去复几许？"

【简析】

词写相思愁情。起二句写暮春凋残之景，烘托别情。接三句写别后女子无心娱乐、掩屏独处的孤寂情态。换头写女子对离人行程的揣想，见出关爱牵挂之意。以下写女子弹筝寄情，筝声愁苦不堪。此首类同上首，亦平平之作，惟琢句小有可观，如上首的"风触绣帘珠碎撼"，此首的"雨渍花零"，俱见功夫。

其　三

秋雨联绵，声散败荷丛里①，那堪深夜枕前听。酒初醒。　牵愁惹思更无停。烛暗香凝天欲晓②。细和烟，冷和雨，透帘旌③。

【注释】

①败荷：残荷。唐白居易《咏菊》："一夜新霜着瓦轻，芭蕉新折败荷倾。"

②香凝：炉香停止燃烧，意即炉香燃尽。凝：古冰字，从水，从疑。疑，止也。《广雅》："凝，定也。"引申有停止、静止之意。江淹《别赋》："舟凝滞于水滨，车逶迟于山侧。"

③帘旌：帘端所缀之布帛。亦泛指帘幕。唐白居易《旧房》："床帷半故帘旌断，仍是初寒欲夜时。"参卷二皇甫松《梦江南》"楼上寝"注①。

【简析】

词写雨夜愁思。起二句从听觉切入，写雨打败荷之声，唤起萧瑟凄凉之感。接二句交待听雨之人，深夜枕前，宿酒初醒，连绵不断的残荷雨声，聒耳惊心，让其深觉不堪。下片写这牵愁惹思的雨声不歇不停，折磨得人彻夜不眠。结三句写黎明之时，寒意和着雨烟，透帘而入，更添一层愁苦。此首语淡而情悲，辞浅而意深，较耐涵泳寻味，风调与韦词为近。

其 四

秋月婵娟①，皎洁碧纱窗外，照花穿竹冷沉沉。印池心②。　凝露滴，砌蛩吟③。惊觉谢娘残梦④，夜深斜傍枕前来⑤。影徘徊⑥。

【注释】

①婵娟：月色美好。唐孟郊《婵娟篇》："月婵娟，真可怜。"

②印池心：言月影映于池水中间。

③砌蛩：台阶缝隙里的蟋蟀。唐李中《秋夕书事寄友人》："砌蛩声咽咽，檐月影沉沉。"

④惊觉：惊醒。唐贾岛《送田卓入华山》："幽深足暮蝉，惊觉石床眠。"

⑤夜深句：言深夜月光斜照到床前。

⑥影徘徊：月影徘徊。南朝梁萧绎《关山月》："月中含桂树，流影自徘徊。"

【简析】

此首两解：一谓咏月，一谓言情，着眼点不同，说皆可通。从咏月的角度看，起句四字为全词定调，以下逐层铺写月映纱窗、照花穿竹、影印池心、斜傍枕前的种种皎洁美好，写出了月亮从初升到中天再到西斜的一夜运行的全过程。谢娘与窗纱、花竹、池水、清露、蛩吟一样，都是婵娟月色的映衬点缀。从言情的角度看，则恰好相反，谢娘成为全词的关键，词中自首至尾无处不在的月光，都是为了烘托谢娘的梦境。梦醒之后，那斜傍枕前、徘徊不去的月影，似有情意，也是为了慰藉谢娘的孤寂心情。全词借助月光，把女子的一种相思之意，表现得蕴藉含蓄，不落迹象。

望远行

春日迟迟思寂寥①。行客关山路遥。琼窗时听语莺娇②。柳丝牵恨一条条。　　休晕绣③，罢吹箫。貌逐残花暗凋。同心犹结旧裙腰④。忍辜风月度良宵。

【注释】

①春日迟迟：春天日长，阳光温暖、光线充足。《诗经·豳风·七月》："春日迟迟，采蘩祁祁。"毛《传》："迟迟，舒缓也。"《疏》："迟迟者，日长而暄之意。故为舒缓。"

②琼窗：雕饰精美的窗户。温庭筠《照影曲》："景阳妆罢琼窗暖，欲照澄明香步懒。"

③晕绣：一种刺绣工艺。华锺彦《花间集注》曰："谓以彩线纂成花纹，使其色深浅逐渐调和也。"

④同心句:言旧裙腰带仍打着同心结。

【简析】

词写闺中怀人。起句直抒女子春日寂寥之情,呼起对远隔关山的行客的思念。接以琼窗莺声娇啭,衬写女子凭窗怀人、魂不守舍的情态。窗前万条柳丝垂裊,也只供女子牵愁惹恨之用。过片写相思之情搅扰得女子心绪缭乱,折磨得女子憔悴不堪。结二句写同心结虽仍系在昔日的裙腰之上,但人已别离,也只能辜负风月,虚度良宵了。言外有无可奈何的无穷悲感。

其 二

露滴幽庭落叶时①。愁聚萧娘柳眉②。玉郎一去负佳期。水云迢递雁书迟③。　　屏半掩,枕斜欹。蜡泪无言对垂。吟蛩断续漏频移。入窗明月鉴空帏④。

【注释】

①幽庭:幽寂的庭院。唐赵存约《鸟散余花落》:"春晓游禽集,幽庭几树花。"

②萧娘:参卷八孙光宪《更漏子》"听寒更"注②。

③迢递:遥远貌。三国魏嵇康《琴赋》:"指苍梧之迢递,临回江之威夷。"

④明月鉴空帏:三国魏阮籍《咏怀诗》其一:"薄帷鉴明月,清风吹我襟。"

【简析】

词写秋闺怀人。上片叙写情郎一去,逾期不归,水云迢递,雁书来迟,使得女子在岁华将尽的萧瑟秋日里,愁聚柳眉,痛苦不堪。过片三句,描写秋夜闺中女子的感伤慵懒之态。"吟蛩"二句以景结情,凄怨哀婉,前一句的听觉意象和后一句的视觉意象,共同暗示着女子的辗转反侧,夜不成眠。"入窗明月鉴空帷"一句,义兼比兴,含有"自表孤贞"的言外之意。

菩萨蛮

回塘风起波纹细。刺桐花里门斜闭①。残日照平芜②。双双飞鹧鸪。　　征帆何处客③。相见还相隔。不语欲魂销。望中烟水遥。

【注释】

①斜闭:斜掩。唐王建《长安县后亭看画》:"县门斜掩无人吏,看画双飞白鹭鸶。"

②平芜:草木丛生的旷野。南朝梁江淹《去故乡赋》:"穷阴匝海,平芜带天。"唐丘为《题农父庐舍》:"沟塍流水处,耒耜平芜间。"

③征帆:指远行的船。南朝梁何逊《赠诸旧游》:"无由下征帆,独与暮潮归。"

【简析】

词写相思闺情。起二句描写女子的居处环境,笔触细腻婉美,构境小巧可人。接二句忽然境界大开,描写女子望中所见,落日照耀着无边的原野,鹧鸪鸟双双飞入苍茫暮霭之中。过片交待女子所思,乃是一位乘船路过的行客，短暂相遇之后，一帆风快，便告离别。女子销魂不语，眺望远去的帆影，眼前但见一片烟水茫茫，行客已消失在视线的尽头。词中出色的写景，拓开巨大的感情空间，很好地完成了女子相思别情的抒发。"残日照平芜"、"望中烟水遥"，此等景语，只在孙光宪词中可以看到。

其 二

等闲将度三春景①。帘垂碧砌参差影。曲槛日初斜。杜鹃啼落花。　恨君容易处②。又话潇湘去③。凝思倚屏山。泪流红脸斑④。

【注释】

①等闲：轻易，随便。唐白居易《新昌新居书事四十韵因寄元郎中张博士》："等闲栽树木，随分占风烟。"三春景：春天的时光。三春：农历正月称孟春，二月称仲春，三月称季春，合称三春。汉班固《终南山赋》："三春之季，孟夏之初，天气肃清，周览八隅。"唐李白《别毡帐火炉》："离恨属三春，佳期在十月。"

②恨君二句：华锺彦《花间集注》曰："谓轻易言远别也。"容易处：轻易就决定。容易：草率，轻易。《敦煌变文集·妙法莲华经讲经文》："转精勤，莫容易，夜靖（静）三更思妙理。"处：决断，定夺。《汉书·谷永传》："臣愚不能处也。"注曰："断决也。"

③又话：又说。唐储光羲《至嵩阳观观即天皇故宅》："一闻步虚子，又话逍遥篇。"潇湘去：离开潇湘。

④泪流句：言泪水在面妆脂粉上留下斑痕。

【简析】

词写女子怨情。所写为别前抑或别后，理解颇费推敲。若是别前，则"等闲将度三春景"一句，是说良辰美景兼有赏心乐事，表达的是欢乐易过之感。若是别后，则此句所写，就成了无人相守、良时虚度之意。还有过片"恨君容易处。又话潇湘去"二句，若解作别前，则系女子犹当欢乐未厌之际，男子已生去意，女子当面怨责。若解作别后，则是写女子心理独白。古典诗词语言的简约模糊，往往造成意脉上的断接，见仁见智，实难执一，即如此首小词，解读时恐怕就难以形成定论共识。

其 三

隔帘微雨双飞燕。砌花零落红深浅。捻得宝筝调①。心随征棹遥②。 楚天云外路。动便经年去③。香断画屏深。旧欢何处寻。

【注释】

①捻：弹拨丝弦之指法。唐白居易《琵琶行》："轻拢慢捻抹复挑，初为霓裳后六幺。"

②征棹：指远行的船。北周庾信《应令》："浦喧征棹发，亭空送客还。"唐张旭《清溪泛月》："旅人倚征棹，薄暮起劳歌。"

③动便：动辄。唐吕岩《赠乔二郎》："与君相见皇都里，陶陶动便经年醉。"经年去：一去经年。经年：经过一年或若干年。唐白居易《除夜寄弟妹》："万里经年别，孤灯此夜情。"

【简析】

词写相思闺怨。起二句描写暮春景物，含有比兴之义，落花时节，微雨天气，本来就容易引起人的怅惘情绪，况有雨中双飞的燕子，更加反衬出女子的孤单，触动她的伤离怀人之情。论者认为：晏几道《临江仙》名句"落花人独立，微雨燕双飞"，即以此为蓝本。（李冰若《栩庄漫记》）其实，晏词"落花"二句，原是五代翁宏五律《春残》的颔联，小晏借为己用，并非直接化自李珣词句。接二句写女子弹筝排遣，但是一颗心早又飞到离人的身边。换头二句承接前结，言楚天路远，离人动辄经年不归。结二句写画屏香断，旧欢难寻，表现闺中的冷落和女子的憾恨。

西溪子

金缕翠钿浮动①。妆罢小窗圆梦②。日高时，春已老③。人未到。满地落花慵扫。无语倚屏风。泣残红④。

【注释】

①浮动：颤动，飘动。

②圆梦：亦作原梦。解说梦中事，从而附会、预测人事吉凶。清赵翼《陔余丛考》卷三四《圆梦》："又有梅溪子者，姓宇文氏，精于太乙数，且善圆梦，以术授乐平人汪经。近世圆梦之术，盖本诸此。"

③春已老：言已是暮春。唐岑参《喜韩樽相过》："三月灞陵春已老，故人相逢耐醉倒。"

④残红：凋残的花，落花。唐王建《宫词》之九十："树头树底觅残红，一片西飞一片东。"

【简析】

词写春闺怀人。起句形容女子富丽的妆姿，二句写她晨妆一罢，即在小窗前回味昨宵梦境，祈得吉兆，女子的心情是有几分兴奋的。但是等到日高之时，仍未见所思之人归来，女子的情绪转趋低落，听任落花满地，也懒得去打扫收拾。她无力地倚靠在屏风上，对着枝头残花，暗自饮泣。此词"小有情致"，体现在三个方面：一是短小的篇幅之内，写出了女子情绪由兴奋、期待到失望、悲伤的起伏变化过程；二是词句前后照应，"落花"回应春老，"残红"回应"落花"，意脉贯通；三是春老花残之景中，融入的是相思之怨和迟暮之悲。

虞美人

金笼鹦报天将曙①。惊起分飞处②。夜来潜与玉郎期③。多情不觉酒醒迟。失归期。　　映花避月遥相送。腻髻偏垂凤。却回娇步入香闺④。倚屏无语撚云篦⑤。翠眉低。

【注释】

①鹦报：鹦语报晓。

②惊起句：言鹦声惊醒将要分别的情侣。

③夜来：夜间，昨夜。唐孟浩然《春晓》："夜来风雨声，花落知多少。"潜与：暗与。

④却回：回转。唐杜甫《自京窜至凤翔喜达行在所》之一："西忆岐

阳信,无人遂却回。"

⑤云篦:云头篦。唐白居易《琵琶行》:"钿头云篦击节碎,血色罗裙翻酒污。"

【简析】

词写幽欢别愁。上片先写早莺报曙、惊起分飞,再倒入夜来幽会,因贪欢醉酒,以致男子天亮未归。下片顺接"分飞",描写她依依不舍,悄悄相送。结三句写她送别之后回到闺房,倚屏无语,手捻云篦,低眉含愁的情态,揭示她留恋昨夜幽欢、感伤今朝别离的复杂心理。

河 传

去去①。何处。迢迢巴楚②。山水相连。朝云暮雨。依旧十二峰前。猿声到客船③。　　愁肠岂异丁香结。因离别。故国音书绝④。想佳人花下,对明月春风。恨应同。

【注释】

①去去:谓远去。汉苏武《古诗》之三:"参辰皆已没,去去从此辞。"唐孟郊《感怀》之二:"去去勿复道,苦饥形貌伤。"

②巴楚:巴地和楚地。巴:古国名,即巴子国,在原川东一带,即今重庆市。楚:楚国。

③朝云三句:用楚王梦神女、巫山十二峰、巫峡猿声等典事。

④故国:参卷二韦庄《清平乐》"春愁南陌"注②。

【简析】

　　词写旅愁。一起"去去"二字，即予人以旅途匆促、渐行渐远的强烈感觉。接以问句，带出巴山楚水的迢遥旅程。以下三句，选取最有表现力的一段路途，集中描写行经巫峡的见闻感受，云雨唤起相思别情，猿声映衬客船离愁。下片叙写因故乡遥远，音书断绝，而愁肠百结。结三句宕开眼前，透过一层，以客代主，遥想佳人花前月下的怀远春恨，与自己旅途客舟的思家之情，应是一般无二。全词"一气卷舒，有水流花放之致。结六字温厚"（陈廷焯《词则》）。

其　二

　　春暮。微雨。送君南浦①。愁敛双蛾。落花深处。啼鸟似逐离歌。粉檀珠泪和②。　　临流更把同心结。情哽咽。后会何时节③。不堪回首，相望已隔汀洲。橹声幽④。

【注释】

　　①送君南浦：南朝梁江淹《别赋》："送君南浦，伤如之何。"唐武元衡《鄂渚送友》："江上梅花无数落，送君南浦不胜情。"

　　②粉檀句：眼泪和脂粉混合。

　　③后会：日后相会。《孔丛子·儒服》："彼有恋恋之心，未知后会何期。"唐朱放《江上送别》："惆怅空知思后会，艰难不敢料前期。"

　　④橹声：摇橹声。唐刘禹锡《步出武陵东亭临江寓望》："戍摇旗影动，津晚橹声促。"

【简析】

　　词写南浦别愁。上片叙写暮天雨中南浦送别的情景。起三句所写黄昏的特殊时段，微雨的黯淡天气，南浦这一积淀了无数离愁的地点，均具有原型意象的性质，共同渲染烘托出浓郁的别情。然后聚焦愁敛蛾眉、泪流粉面的女子，她是送别画面的中心。这时分别在即，骊歌唱起，落花啼鸟，似与相和，复用景语烘染，加重别离的伤感愁怨气氛。过片描写别前一刻，男女临流再结同心，这是一个十分感人的细节。他们想到此时一别，后会无期，不禁悲从中来，哽咽失声，难以自持。"不堪回首"一句，既说眼前，亦兼往事，情感内涵丰富复杂。结二句写客船已去，女子犹自不舍，隔着汀州遥遥相望，目送行人，直至橹声渐渐幽微下去，一叶帆影也隐没在水天尽头。结以景语，画面中含蕴着惜别者的无限低回之意。一首别情小词，读罢令人不胜唏嘘，尤难为怀。以此"深情绵渺"之作"结束《花间》"，与温庭筠浓艳妩媚的开卷《菩萨蛮》前后呼应，"可谓珪璧相映"。（李冰若《栩庄漫记》）

附录

《花间集》序

武德军节度判官欧阳炯撰

镂玉雕琼，拟化工而迥巧；裁花剪叶，夺春艳以争鲜。是以唱《云谣》则金母词清，挹霞醴则穆王心醉。名高《白雪》，声声而自合鸾歌；响遏行云，字字而偏谐凤律。《杨柳》、《大堤》之句，乐府相传；《芙蓉》、《曲渚》之篇，豪家自制。莫不争高门下，三千玳瑁之簪；竞富樽前，数十珊瑚之树。则有绮筵公子、绣幌佳人，递叶叶之花笺，文抽丽锦；举纤纤之玉指，拍按香檀。不无清绝之辞，用助娇娆之态。自南朝之宫体，扇北里之倡风。何止言之不文，所谓秀而不实。有唐已降，率土之滨，家家之香径春风，宁寻越艳；处处之红楼夜月，自锁嫦娥。在明皇朝，则有李太白应制《清平乐》词四首。近代温飞卿复有《金筌集》。迩来作者，无愧前人。今卫尉少卿字弘基，以拾翠洲边，自得羽毛之异；织绡泉底，独殊机杼之功。广会众宾，时延佳论。因集近来诗客曲子词五百首，分为十卷。以炯粗预知音，辱请命题，仍为序引。昔郢人有歌《阳春》者，号为绝唱，乃命之为《花间集》。庶以《阳春》之甲，将使西园英哲，用资羽盖之欢；南国婵娟，休唱莲舟之引。时大蜀广政三年夏四月日序。

后记

　　2015年8月,中国词学研究会在河南大学举办第15届国际学术研讨会。其间,与会的中州古籍出版社副总编辑卢欣欣女士、编辑高林如女士,约我编撰一部《花间集》的简明注析本,列入中州古籍出版社的"家藏文库"丛书。感念盛情,我欣然接受了她们的邀约。

　　就个人阅读趣味而言,从少年时代起,我就嗜读唐五代北宋词,虽不排斥南宋词,但总感觉两相比较,南宋词人工着力太多,不似唐五代北宋词有一种发自天然的"真色生香"。即此而论,在对待唐宋词的美感价值判断上,我一直赞同王国维先生的看法。在唐五代北宋词中,又格外喜欢那些蕴藉旖旎、含蓄入妙的令词,几乎不假思索,就能直觉地被令词特有的风致情韵所吸引。所以,20世纪80年代中期考入华东师范大学中文系古典文学助教班进修诗词曲专业硕士课程时,在诸师的指导下,我就开始尝试着做了一些温韦词、小晏词、谢逸词的校注、析论工作。正是在此基础之上,经过进一步细致深入地研习,才有了后来列入中华书局"中国古典文学基本丛书"和"中华国学文库"的《花间集校注》的出版,《晏几道词校注》亦将在近期修订完成并付梓,探讨谢逸生平创作的文章和其他一些唐宋词论文,也先后在《词学》、《文史知识》、《古籍研究》、《文学遗产》、《文艺研究》、《中国韵文学刊》等期刊发表。此外,还大致完成了一本包括谢逸词、谢薖词、李之仪词、陈克词、吕本中词的《宋五家令词校注》的初稿,待将来有暇时完善定稿。中华书局"中国古典文学基本丛书"本《蒋捷词校注》,也是我后来又回到华东师范大学师从赵山林先生访学的收获之一。我的唐宋词学习研究之路，就是这样起步并慢慢走过来的。

这样，就很自然地又一次怀想起在华东师范大学进修时，接受诸师教诲的情景。卅余年前的华东师范大学中文系古典文学诗词曲专业助教班，共有30名学生，是从全国高校450余名报考的古典文学助教中，通过考试择优录取的。各省的考试，都集中安排在省教育厅举行。招生的华东师范大学更是认真对待，发放红字"录取通知书"的同时，给未被录取的考生发放了黑字的"不录取通知书"，以示郑重，这种做法似不多见。学校给助教班安排的导师阵容，可称豪华：徐中玉先生领衔并开讲首课，万云骏先生讲授诗词曲比较研究，马兴荣先生讲授词学概论，高建中先生讲授宋词研究，邓乔彬先生、方智范先生讲授词论，齐森华先生讲授曲论，蒋星煜先生讲授中国戏曲史，韩黎范先生讲授中国小说史。专题课则由华东师范大学的施蛰存先生、苏仲翔先生、郭豫适先生，复旦大学的王运熙先生、章培恒先生、蒋凡先生，上海社会科学院的陈伯海先生，上海古籍出版社的赵昌平先生等主讲。中山大学的王季思先生来沪看望万云骏先生时，也特为设坛传经。这些专题课时数不等，都赖班主任高建中先生、赵山林先生、方正耀先生延请安排。先生们的课全都精彩纷呈，对其中几位先生的课印象尤深。万云骏先生辨析诗词曲美感特质精致入微，讲课前必先右起竖排繁体写满黑板，然后坐下来，从旧中山装口袋里掏出一个巴掌大小的本子，贴眼细观有顷，再收起本子，面对黑板不停讲至下课。蒋星煜先生的《西厢记》版本研究独步学林，讲课富有激情，讲授《西厢记》、《牡丹亭》诸剧时，请来上海昆剧院的梁谷音、岳美缇等名角课堂表演，虽未傅粉墨，而盼睐流波，一顾倾城。苏仲翔先生文史兼通，一派名士风度，即兴吟咏，随手板书，字如云烟，言及"文革"中曾被包围于楼上,造反派鼓噪着逼他跳楼的本极惨痛之往事,却潇洒如讲六朝轶事小说。章培恒先生治魏晋南北朝文学和元明清小说戏曲,是位思想深刻、观念超前的大学者,开讲前从书包里掏出写于三百字标准方格稿纸上的讲义,然后读下去,始终不看学生一眼,但内容太精彩,几乎每节课都赢得不止一次的掌声。陈伯海先生看上去清癯文弱,一讲起文学史之宏观研究,则高屋建瓴,气势宏大,这些讲稿后来陆续发表,在国内学术界引发了一场中国文学史宏观研究的热烈讨论。施蛰存先生乃现代派小说、新诗名家,又精通古典诗词与金石碑帖,为助教班讲授古籍版本专题。已届高龄的施先生白发萧疏,略透黄褐,披梳脑后,依稀可睹二三十年代之清越风神。先生每授课,古代文学教研室老师均来听讲,座位不足,有自带凳子者。可以说,当年授课诸先生无不学问渊湛,风采卓异,令我辈后学小子大开眼界。助教班的同学亦不负师教,而后各有所成,李昌集兄、张仲谋兄、张寅彭兄可作代表,他们在散曲学、明代词学、诗话学研究领域,取得了丰硕的成果,早已是国内古典文学界举足轻重的学者。我在班里年龄最小,因素无大志,不思进取,后来长期安处于小城小校,翱翔于蓬蒿之间,但也还能不忘书生本分,不断做一些力所能及的专业工作,主要就是得益于当年诸师的教导。当然,由于个人才性偏嗜,自感于讲授词曲学诸师的课程受益最大、获教尤多。马兴荣先生、齐森华先生、高建中先生、赵山林先生,和复旦大学的章培恒先生等师长,在后来的漫长岁月里,也一直关心我的学习、成长和进步,并给予我许多宝贵的指导和帮助。这一切都让我每每情不自禁地缅想诸师,长怀感激,并把缅想和感激化为动力,激励自己在唐宋词研究之路上持续走下去。

作为中国词史上第一部文人词总集,《花间集》收词500首,规模较大，为了控制书稿篇幅，笔者只对每首词作加以简要的注释和解析。好在《花间》词本是当年的流行歌曲歌词，文不甚深，配以简明注析，读者理解即无障碍。但是和"家藏文库"其它篇目较少的选本相比，注析上就有了繁简之别，这是需要在此加以说明的。这本《花间集》注析虽是简体字版的普及读物，但对书中500首词作的文字歧异问题，笔者还是慎重对待，择取南宋绍兴十八年建康郡斋本《花间集》作为底本，认真参校南宋淳熙鄂州册子纸本等各种传世版本，择善而从，最后确定文字取舍。因体例所限，未出校记，故而在此一并加以说明。

成书之际，诚挚感谢卢欣欣女士的热情约稿，感谢高林如女士的辛勤编校，感谢雷倩老师辛苦校改清样，感谢中州古籍出版社又一次赐我机会！早在20世纪90年代初，中州古籍出版社就出版过约我撰写的《唐宋词佳句》一书。1997年，中州古籍出版社又出版了由孙鑫亭先生、王立群先生和我共同主编的国内首部哲理诗鉴赏大型工具书《古今中外哲理诗鉴赏辞典》。如此说来，我也差不多算是中州古籍出版社的一名老作者了。前此和本次合作均极感愉快，期待今后还有机会与中州古籍出版社再度携手，续写新篇。

欢迎方家同好和读者朋友们批评指正！

杨景龙

2017年3月